浙江省社会科学重点研究基地浙江师范大学

江南文化研究中心重大项目系列成果

江南文化史研究丛书

梅新林 陈玉兰 主编

清代江南女性文学史论

宋清秀 著

上海古籍出版社

图书在版编目(CIP)数据

清代江南女性文学史论 / 宋清秀著. —上海：上
海古籍出版社, 2015.5(2023.4重印)
（江南文化史研究丛书）
ISBN 978-7-5325-7633-3

Ⅰ.①清… Ⅱ.①宋… Ⅲ.①妇女文学—文学研究—
中国—清代 Ⅳ.①I206.2

中国版本图书馆 CIP 数据核字(2015)第 095035 号

江南文化史研究丛书

清代江南女性文学史论

宋清秀 著

上海古籍出版社出版发行

（上海市闵行区号景路 159 弄 1-5 号 A 座 5F 邮政编码 201101）

(1) 网址：www.guji.com.cn
(2) E-mail：guji1@guji.com.cn
(3) 易文网网址：www.ewen.co

上海新艺印刷有限公司印刷

开本 850×1168 1/32 印张 12.375 插页 2 字数 350,000
2015 年 5 月第 1 版 2023 年 4 月第 2 次印刷
ISBN 978-7-5325-7633-3

Ⅰ·2922 定价：89.00 元

如有质量问题,请与承印公司联系

总　　序

　　成立于 2006 年的浙江省社会科学重点研究基地——浙江师范大学江南文化研究中心（下文简称"中心"）历经十年的建设,在组织、联合校内外专家对江南文化精神、江南文化人物、江南文化遗产、江南文化成果做了大量的理论探讨、文献整理、个案研究之后,意欲继续以"江南"为范域,以"文化史"研究为主题,分专题梳理江南重要文化现象、文化成果的发生背景、发展历程,阐发其曾有的历史影响、探究其可能的现实作用,以系列研究成果的形式总结文化江南的历史经验以供当下取鉴,故继《两浙文学与文化研究丛书》、《江南文化世家研究丛书》、《江南城市与社会研究丛书》以及浙东学术文献整理书系之后,又推出另一重大研究项目的系列成果——《江南文化史研究丛书》。

一

　　虽然已有系列成果在先,但作为丛书的总序,似乎仍无法回避这样的问题:何处是江南? 何物是江南? 为何是江南?

　　所谓江南,就语词概念而言,既是地理方位,也是行政区划,更是意象空间,有三重互有交融的意涵;就空间范围而言,有大江南、中江南、小江南三种广狭不同的指向;就其地位和影响而言,从魏晋之前江南之江南,到南宋之后中国之江南,再到近现代以来世界之江南,经历了三个阶段不断迈进、超越的过程。而此丛书的取域范围、研究对象,仍然延续我们在《江南文化世家研究丛书·总序》中对江南的界定,重点研究以中江南——包括浙江省和上海市之全部以及江苏和安徽两省的长江以南部分地区为限的、以环太湖流域的小江南为核心的、大体接近于传统的"江东"、"江左"那片区域的文明成果;研究她在中华文化总体格局中的地位,并上溯早期渊源、下探现代进程和未来走势;也就是说,研究以小江南为核心的中江南地区在世界文明观照下的中华文化史定位。

的确,江南是一方神奇的水土,生息着极富创造力的先民,拥有光辉灿烂的文化,是中华文化极富魅力的标志。

由自然地理的江河间隔,区别人文地理的南北差异,这在我国,由来已久。《诗经·小雅·四月》就有"滔滔江汉,南国之纪"的天然分割,近世龚自珍《己亥杂诗》更有"黄河女直徙南东,我道神功胜禹功。安用迂儒谈故道,犁然天地划民风"的犁然界划,这些正说明大江大河在界别南北自然地理与人文地理方面的天然功能。

而长江之南正是人才汇聚之地。以界跨南北的江苏省为例,从前江苏境内有八府三州,这八府三州所处的地理位置,可以分作三个流域:长江流域、太湖流域、淮河流域。三个流域风土不同,人文殊异。长江流域有江宁、镇江、扬州、通州所领各县;太湖流域有苏州、松江、常州、太仓所领各县;淮河流域有淮安、徐州、海州所领各县。1934年,当时的国民政府曾通令各省分别评选本省历代"有益于国家民族与人伦政治经济"的乡贤,江苏省经章太炎等严格筛选拟定的40位"乡贤"中,长江流域8人,太湖流域26人,淮河流域6人[①]。产自不同流域的精英们

①　参《江苏青年的典型》一文,见1935年《江苏研究》。

数量上的对比及特质上崇文尚武的区别,正表明地理环境对人心性气质的不容轻忽的影响。以环太湖流域为核心的江南正是文化精英之渊薮。

"南为天之阳,其人多文明。精神得日月,变怪成文章"①,清初明遗民屈大均的诗句虽烙有时代的印痕,带有鲜明的民族主义倾向,但这类带着强烈感情偏向的诗句在传世文献中比比皆是。梁启超曾说:"数千年南北相竞之大势,即中国历史之荣光,亦中国地理之骨相也。"②可见中华民族的历史是南北文化的竞争史,而崇南喜阳的论议,往往有更多的拥趸,比如吕思勉的《南强篇》等③。"关河萧索暮云酣,流落乡心太不堪。书剑尚存君且住,世间何物是江南。"吴伟业的《偶成》昭示着这样一种信念:任世间风雨飘摇,江南都云淡风轻。江南是亘古以来书剑飘零之士歆慕、崇尚、向往之地,是他们的灵魂栖息之地,文人遍布载籍的江南情结是对江南区域文化由衷认同的表现。

在倡导文化多元的时代,我们实无意于对南北文化作孰优孰劣的判断,也无意于表明或褒或贬的立场,但不得不承认,南人创造了迥异于北方的文化。哲学思想的北儒南庄之别(王国维)、南北学派的喜浪漫和重实用之分(刘师培)、书之北碑南帖、画之南宗北派、禅之北渐南顿,以及人格精神上北人崇政治伦理而南人尚诗性审美、北人崇农耕守成而南人尚经商开拓、北人崇执著规范而南人尚自由通达、北人文心质朴而南人诗风飘逸等等对比,虽没有价值高下之分,却明显地呈现出两极对立,在在显示出南北文化各具特色。作为南方文化之核心区的江南,创

---

①　屈大均《送梁药亭北上》,《翁山诗外》卷二,清宣统二年(1910)上海国学扶轮社刊本。

②　见《饮冰室文集全编》卷十二,上海会文堂书局 1932 年刊本。

③　见《民国丛书》第五编第 38 册《吴越文化论丛》,上海书店 1996 年版。

造了丰富而又独具特色的物质文明、精神文明,有着深厚的思想资源、文化积淀,自南宋以后占居了全国文化中心的地位,近现代以来更是南风北渐,并且跨国传播,有着广泛的影响。江南文化是中国文化版图的重要构成部分,江南文化史在中华文明史长河中作为主干之一,有众流归向的意义,值得我们重点加以审视。

二

目前江南文化研究园地乱花迷眼,生机无限。一种文化的生命力是很能从受世人的关注程度上获得说明的。据浙江省高校图书馆联合目录检索显示,目前,浙江省高校图书馆藏书中主标题含"长江"的专书 2 574 种,含"黄河"的 2 562 种,含"江南"的 1 882 种,含"中原"的 1 224 种,含"岭南"的 1 219 种,含"蜀"的 1 008 种,含"赣"的 755 种,含"楚"的 471 种,含"闽"的 290 种,虽然这些专书并不一定完全以文化探讨为内容,但"文化"终究是一个很宽泛的概念,这些统计数据能够部分说明出版界、学术界、读者群的着眼点和兴趣所在,也能够部分说明这些区域文化的当代价值和研究意义。在这里,人们对长江、黄河的关注度貌似比江南、中原为高,但其实众所周知长江流域、黄河流域和江南、中原是有涵盖关系的,后者对前者就地域空间而言虽只是一个小小的组成部分,而就文化版图而言,却是主体要素;"长江"类书系中不管哪一部,江南一般是不可或缺的主题。江南文化之为人所重,还体现在,这个经济发达、社会稳定的区域,她的各个组成部分都具有极强的文化气场。若仍以上述办法进行统计,则浙江省高校图书馆藏书标题含"沪"的专书有 2 818 种,含"浙"的 1 630 种……江南文化笼盖了吴文化、越文化、海派文化,并且又以其轻柔曼妙、浓淡相宜的神韵而超乎三者之上,使吴越文化虽涵容于江南文化之中却不能取江南文化而代之。总而言之,江南社会、政治、经济、文学、艺术、宗教、风俗等文化研究的方方面面都极受研究者关注,出版了夥矣众哉的专题性研究成果,说明了江南文化的辐射力、生命力和在当代的传承力。但比较而言,对江南文化系统的理论探讨和史程梳理,相对于其他地域文化研究而言,却显得欠缺,因为若用同样的统计办法,标题含"中原文化"的专书 118 种,含"黄河文化(文明)"的 67 种,含"长江文化(文明)"的 53 种,而含"江南文化"的仅 40 种,与"中原文化"相比,有不小的悬殊。虽然这样的统计容有不周密之处,但至少从现象学上看,还是有一定的说服力的。可见颇显热闹的江南文化研究在很大程度上还停留在散点描述上,需要有系统的理论探讨和史程梳理来加以贯串。

新世纪以来,地域文化研究方兴未艾,热潮迭起。江南文化研究不管是从研究队伍看,还是从研究成果看,都无疑已经是地域文化研究中的显学,非唯聚焦于"江南"的研究专书数量众多,专题论文也涉及江南文化的方方面面,积累更是丰厚,已为专史的梳理和研究奠定了良好的基础。是我们对江南文化作历史流程梳理、对江南文明作历史经验总结的时候了。

三

"江南文化史系列研究"是浙江省社会科学重点研究基地——浙江师范大学江南文化研究中心重大研究项目,项目的设置正是"中心"基于对江南文化及江南文化史研究重要意义的上述认知,在对当前相关研究成果作初步评估的基础上,对"中心"研究方向的一个定位。该重大项目正式启动于 2006 年 5 月,采用开放管理的方式,试图通过课题的公开招标,整合校内外研究力量,集中推出一批高质量的重要成果,以填补相关研究的空白,从而将目前的江南文化史研究提高到一个全新的水平;并以此推动其他区域文化史研究,最终为中华文化史的研究奠定厚实的基础。

文化终究是人、地协和的结果。特定区域内别具一格的文化总是由在心性气质方面具有区域典型性的人努力创造的结果。招标课题标目的选拟正着眼于与江南人典型的心性气质相对应的一些物质文明和精神文明之现象和成果,以此作为追源溯流的史程考述描画的对象。

一提到江南,总有说不尽的春色春意春消息。这里物阜民熙、山柔水软,富饶而绮丽的水土赋予江南人特有的文化心态和气质:

(1)尚文不武　江南秀丽的自然环境有自足的审美价值,多水的区域地理、温润的区域气候、柔美的自然景观细腻温雅了一代代的江南人,使江南人尚文不武的风习渊源有自,源远流长。《中庸》记孔圣语曰:"宽柔以教,不报无道,南方之强也,君子居之。衽金革,死而不厌,北方之强也,而强者居之。"和平主义的南方是以文明、文化制胜的。这不仅仅是南人北人人格的尚文重德和崇武尚力之异的经典论断,更使南方成了充满人间温情的宜居之地,成了一种意象符号、一种象征语码、一种想象幻境,以其光明、温暖、和煦、诗意的表征,怀柔天下。

(2)晏安享乐　江南富饶的自然环境兼具很高的经济价值。"沃土之民多淫,瘠土之民思义,淫则溺于晏安,无复奋发有为、杖节死绥之志。"[①]优越的自然条件繁荣了江南的经济和商业,为江南人优游闲雅、从容不迫的生活提供了物质保证。注重

---

①　吕思勉《南强篇》,见《民国丛书》第五编第38册《吴越文化论丛》,上海书店1996年版。

感观审美、世俗情趣、生活质量的享乐之风弥漫其间。从南宋诗人林升《题临安邸》："山外青山楼外楼，西湖歌舞几时休？暖风熏得游人醉，直把杭州作汴州"，到清初钱谦益《金陵社夕诗序》谓金陵之盛："海宇承平，陪京佳丽。仕宦者夸为仙都，游谈者据为乐土"，"江山妍淑，士女清华，才俊歙集，风流弘长"[①]，皆为江南晏安享乐之风的形象写照。

（3）**读书仕进**　尚文的心性酝酿出一种文化氛围，使注重文化考试的仕进成了可能；享乐的心理需凭借经济的保障，使仕进成了必要。追求仕进的过程是读书习文、开阔胸襟视野、培养创造能力的过程，注重仕进的结果是造就了众多科举中试者、达官显宦以及与仕宦密切相关的颇为密集的世家大族，与此同时，大批寒士得以游幕坐塾，为地方人文水平和乡民个体素质的提高、文化的普及起了很大作用。

（4）**柔韧不折**　"淮水以西，席用武之余烈，故多亢爽刚劲。大江以东，承浮靡之遗习，故多优柔文弱"[②]。这样的论断早已深入人心。然"柔"而能"韧"，"弱"而有"文"，那便有了克刚的力量，更有着一种创造的潜能。这在民族压迫、阶级压迫、政治压迫严酷的时代表现得尤为突出。"江南是中国自由精神的传统所在，是对暴政和压迫最有反抗精神的地方，是中国最有骨气的地方之一"[③]。宋室将屋、明清易代之际江南人不屈不挠的反抗都是证明。

（5）**隐遁自适**　人大凡在失意的时候，都会有隐遁之想，以

---

① 见缪荃孙《秦淮广记》卷一，民国十三年（1924）刊本。
② 程廷祚《〈江南通志〉总图说》，见《清人文集·地理类汇编》册二，浙江人民出版社 1986 年版。
③ 胡晓明《"江南"再发现——略论中国历史与文学以及海外有关中国典籍中的"江南认同"》，见胡晓明主编《中国文史上的江南——"从中国看江南"学术研讨会论文集》，上海辞书出版社 2014 年版，第 37 页。

求精神的解脱和灵魂的自由。江南的明山秀水，是自足的审美世界，是富饶的生存资源——是理想的隐逸环境。钱塘龚自珍的《能令公少年行》是集隐逸文化之大成的长诗，他将山水渔樵之隐、金石书画之隐、茶烟口腹之隐、佛家禅悦之隐、儿女风情之隐……举凡文化传统中出现过的隐逸形态重加整合，结构出一个奇异绚丽的精神世界。乌托邦式的心造幻影，是令人怅惘、失望的现实中士人抑郁灵魂的自救。而在文祸不断的文化生态中，尚文的江南人的隐逸又有了一种颇具时代特色的表现形式——征文考献，隐于故纸堆中。江南是清代国学——政治立场和感情色彩的表达都显得较为隐讳的经史之学的隆兴之地。

以上对江南人心性气质的概括都包含了看似矛盾其实是相反相成的两个方面。尚文、享乐、仕进、柔韧、隐遁，这些被温润的自然环境柔化了的区域文化心理不断积淀、代相承递，成了颇便习传、足具自律化功能的传统心理。这些心理氤氲出一种特殊的文化氛围，薰习其中的江南人在人生价值取向上追求灵魂的独立自由，注重世俗的生活情趣，崇尚修饰，讲究学养和艺术品味。这种文化氛围叠合出江南迥异于北方的文化特质，其中以世家文化、科举文化、传播文化（藏书、刻书、演艺、诗社文会活动等）、园林建筑（区域文化心理的物质凝固）、隐逸文化、商帮文化、消费文化等等为典型，而尤以经史之学以及文学艺术方面的创造最为引人瞩目。

江南人以其特定的心性气质缔造了别具一格的江南文化。江南文化史系列研究既需要江南文化总体史程的宏观把握，也需要具体文化现象和文化成果的史程抽绎；它大体上包括江南精神文化之生成和物质文化之遗存两大方面，并且也可以按时段（如六朝、唐、宋、元、明、清、近代）或区域（如吴、越、沪、两浙、姑苏、婺、徽州、钱塘、会稽、常熟、嘉兴等等）两个向度再加分解，还可以根据文化人主体身份(如士宦、平民,寒士、闺阁,僧、道等)或大文化结构之分支要素(如文学之分支诗、词、文、小说等)的不同再加以细化。在拟选题时,要求既立足于江南文化的地域个性,又放眼于中华文化的整体宏观;在研究中,要求既注重时间上古今源流的纵向探究,又注重空间上区域内外的横向比较;既重视传统文化意蕴与精神的探析与研究,又重视当代文化价值与意义的阐释与重构。这便是"中心"对江南文化史丛书在研究取向上的基本定位。

基于上述思考,"中心"拟设了系列招标课题之标题。目前已经通过招标立项的课题有:江南女性文学史、江南戏曲史、江南戏剧史、江南游记文学史、江南世情小说史、江南音乐史、江南青铜文化史、江南园林史、江南服饰史、江南刻书史、江南民俗史、江南体育史等。继续接受招标的课题指南如下:江南文化通史、吴文化史、越文化史、婺文化史、江南石器文化史、江南稻作文明史、江南近代文明史、江南现代化进程史、江南文学史、江南美学史、江南美术史、江南书法史、江南经学史、江南史学史、江南教育史、江南诗史、江南诗学史、江南词史、江南词学史、江南民间文学史、江南科举文化史、江南书院史、江南藏书史、江南士商互动史、江南文人游幕史、江南文人雅集史、江南演艺文化史、江南社团发展史、江南文祸史、江南移民史、江南流民史、江南隐逸文化史、江南佛教史、江南道教史、江南基督教史、江南民间宗教史、江南宗族制度史、江南文化世家兴衰史、江南家族教育史、江南婚姻史、江南丧葬史、江南城市史、江南建筑史、江南陶瓷艺术史、江南经济史、江南商帮文化史、江南茶文化史、江南酒文化史、江南丝绸文化史、江南民间工艺史、江南交通史、江南海洋文化史、南风北渐史、绍兴酒文化史、苏州刻书史、南京文学史……

需要说明的是，"中心"既以课题招标的形式实行动态的开放式管理，则以上所拟的选题范围也只是一个初步的框架，在实施过程中可以不断调整和完善。各地同仁根据自己的研究兴趣，在投标时若对标目有所调整或添加，只要论证合理，都是竭诚欢迎的。

值此《江南文化史研究丛书》开始陆续出版之际，衷心感谢上海古籍出版社第一编辑室主任李保民先生的鼎力相助、各书责任编辑付出的辛勤劳动，以及所有作者的积极参与和热忱奉献。由于《丛书》诸作出于众人之手，成于忙碌之际，缺憾难免，有未臻预期者，尚祈见谅。我们愿与同仁一起加倍努力，使之更趋完善。

是为序。

浙江师范大学江南文化研究中心

梅新林　　陈玉兰

2015 年初夏

目　　录

绪　论

清代相比于前代，似乎没有一项"足称于后世"的"绝艺"，因此时"不仅各种文体都已齐备，文体资源的开掘也达到了一定的程度，创作更积累了相当的经验，以致清人没有多少拓荒的余地，只能在守成的基础上做点雕镂润饰的工夫，丰富一下古代文学经验的细节"①。这并不意味着"清代文学整体上缺乏创造性和艺术水准"，如此评价清代文学所取得的成就，只是说明清代作家受惠于最丰富的艺术经验的同时，也使自身的创造空间受到最大限度的压缩。如果一定要把清代文学纳入到"一代之兴，必有一代之绝艺足称于后世"的发展态势中，我觉得女性文学的兴旺发展足称有清"一代之所胜"，尽管在这里我用创作主体偷换了"绝艺"所指涉的文体概念。清代的戏曲小说取得成就较高，而在明末女性就已开始了戏曲的写作；清代小说的创作也很繁荣，有《聊斋志异》为代表的文言小说，还有古吴靓芬女史贾茗《女聊斋志异》尚值得一观，而女性弹词的创作亦蔚为大观；至于诗词更是女性文学中创作量最大的文体②，古文、骈文

---

　　① 蒋寅《清代文学的特征、分期及历史地位》，《清代文学论稿》，凤凰出版社2009年版，第4页。

　　② 胡文楷《历代妇女著作考》记录清代女作家3 000多人，而今流传下来的集子有800多种。

等亦有涉及①。文学批评或许是清代最有代表性的一门艺术,而汪端作为《明三十家诗选》的作者所取得的成就为"艺林所重",其选目远胜朱彝尊、沈德潜,不仅女性如恽珠认为其"知人论世,卓尔大家"(《正始集》卷二十),而"男性世界对汪端的接受和赞誉,应该说是十分慷慨的"②。众多女性如吴吴山三妇、林以宁、程琼等人还评点《牡丹亭》③。此外,在乾嘉考据学风气的熏染下,亦有王照圆、汪端、萧道管等人的三部《列女传》校注及叶蕙心《尔雅古注斠》等考据学著述传世;广东李晚芳的《读史管见》不仅在国内刊印,现还存日本安政三年(1856)群玉堂刊本。王微《名山记选》中山水游记的辑录、王佩香《愿香室笔记》中关于佛理的阐释,都可以代表清代女性文学的特色。如果说这些还不能充分证明女性文学是清代的"绝艺"和特色,那么女性题壁诗对历史的记录;女性雅集分韵及结社唱和的风流;通过序言、论诗诗、诗集题辞、闺秀诗话、女性选集等方面的写作,在理论上对女性书写范式以及女性话语体系构建的努力,都是前代女性文学创作及文学活动中所少见的,所以无论是从女作家人数上,作品数量及著述题材种类上,文学活动及理论建树上,性别意识及家国社会意识等方面所表现出的特色,都足以说明清代女性文学的成就。

　　正因为如此,女性文学研究被大陆、台湾及国外的学者关注。胡明《关于中国古代的妇女文学》是较早研究女性文学的论文,张宏生、张雁《中国古代女诗人研究导言》回顾了整个 20 世

---

　　①　参见颜建华《清代女性骈文作家及其创作述略》,《中国文学研究》2006 年第 1 期。

　　②　蒋寅《汪端诗歌创作及批评初论》,《清代文学论稿》,第 323—324 页。

　　③　华玮《明清妇女之戏曲创作与批评》,中研院中国文哲研究所 2004 年版。

纪大陆与台湾的中国古代女性文学的研究①。此外,韦国兆《中国古代女性文学研究回顾》、王春荣《中国妇女文学研究的历史与现状》对近年的女性文学研究进行总结。晏斌《晚明女性文学研究综述》、刘峰《"夕阳"的舞者:"清末民初女性诗"研究综述》则是对晚明与晚清女性文学的综述;邓丹《近百年明清女剧作家研究述评》、陈水云《20世纪女性词研究》则是对专门文学体裁创作的回顾和总结。毛慧君《文学史料运用中的性别视角研究(1995—2004)》、王郦玉《美国汉学家对明晚期至清中叶妇女诗词创作的研究初探》、陈友冰《台湾古典文学中的女性文学研究》等文章则介绍、归纳了女性文学研究方法和台湾及域外研究状况②。乔以钢《近百年中国古代文学的性别研究》则从理论层面上对目前女性文学与文化研究进行了全面的回顾和展望③,并提出了今后研究的方向。

　　清代是女性文学最为发达时期,无论是作者与作品的数量,都是前代无法比拟的。胡文楷《历代妇女著作考》共记载3 000多位女作家及其作品,目前流传下来可见的女性著作大约有1 500部。在已知的清代女作家中,绝大多数都是江南闺秀,施淑仪《闺阁诗人征略》中记载的江南女作家占总数的三分之二以

---

　　① 张宏生、张雁《中国古代女诗人研究导言》,《中国女诗人研究》,湖北教育出版社2002年版。

　　② 韦国兆《中国古代女性文学研究回顾》,《柳州师专学报》2008年第3期;王春荣《中国妇女文学研究的历史与现状》,《沈阳师范大学学报》2005年第1期;毛慧君《文学史料运用中的性别视角研究(1995—2004)》,上海师范大学2005年硕士学位论文;晏斌《晚明女性文学研究综述》,《湖北成人教育学院学报》2010年第5期;刘峰《"夕阳"的舞者:"清末民初女性诗"研究综述》,《焦作大学学报》2010年第3期。邓丹《近百年明清女剧作家研究述评》,《四川戏剧》2008年第1期;王郦玉《美国汉学家对明晚期至清中叶妇女诗词创作的研究初探》,华东师范大学2006年硕士学位论文;陈友冰《台湾古典文学中的女性文学研究》,《安徽大学学报》2002年第6期。

　　③ 乔以钢《近百年中国古代文学的性别研究》,《中国社会科学》2008年第3期。

上，所以江南女性文学史几乎可以说就是清代女性文学史。因此本书通过对怀着严肃的使命感与责任感进行创作的江南才女其人、其作品及文学活动的细致分析，深入探究女性文学的多元性与丰富性、文学理论的多层性与复杂性特征，从而阐述已经形成了一个完整的文学生态体系的女性文学的特殊性，准确理解清代女性文学所具有的文学史意义和价值。

第一章　明清之交名妓与
　　　　女性文学

　　活跃在明末清初的才女无论在文学创作与品德节操上，都值得关注。当时的名妓群体最值得大书特书。面对明朝的灭亡，很多名妓表现的不是"隔江犹唱后庭花"的颓废，而是用自己的行动起来抗争。如王月，字月生，归兵道蔡香君先生，贼破城，坠井而死①。如葛嫩，嫁于孙克咸，甲申之变，克咸"兵败被执，并缚嫩。主将欲犯之。嫩大骂，嚼舌碎，含血喷其面。将手刃之"②。在文学创作上，名妓种类丰富的著述不仅展示了名妓文学发展到顶峰的繁荣与昌盛景象，而且名妓在鼎革之际表现出来的独立精神、对人生价值的理性思考，对后来的闺秀具有重要的启示作用。本章以王微为例，来阐释名妓文学的艺术价值及名妓个人的理想与追求。

第一节　王微"纤郎"字号
　　　　及晚年入道考

　　王微在明末是与柳如是并称的才女③。王士禄《宫闺氏籍

---

① 《板桥杂记》载香君被俘，王月被献于张献忠，结果"断其头，蒸置于盘，以享群贼"。
② 余怀《板桥杂记》，上海古籍出版社 2000 年版，第 24 页。
③ 黄宗羲《李因传》，《黄梨州文集》，中华书局 1959 年版，第 88 页。

艺文考略》这样介绍:"王微,字修微,小字王冠,自号草衣道人,广陵妓,先归茅元仪,后归许都谏誉卿。所著有《远游篇》、《宛在篇》、《闲草》、《期山草》、《未焚稿》等集;又撰《名山记》数百卷,自序以行世。"①施蛰存更是认为王微的诗词成就超过柳如是,曾搜辑王微诗词②,但目前学者对王微的关注较少③,对其家世也不甚清楚。首先对王国维、陈寅恪关注的"纤郎"字号的由来以及晚年入道等做一些考述。

一、王微、王观微关系及"纤郎"字号小考

几乎所有的传记都载:王微,字修微,自号草衣道人。明姚旅《露书》④、清王士禄《宫闺氏籍艺文考略》还载"王微,字修微,小字王冠"。此外,王微还被陈继儒、汪然明、周永年等人称为纤道人、微道人⑤;柳如是、林天素则称其为纤郎。林天素《柳如是尺牍小引》称:"余昔寄迹西湖,每见然明拾翠芳堤,偎红画舫,徜徉山水间,俨黄衫豪客。时唱和有女史纤郎,人多艳之。"⑥柳如是给汪然明的尺牍中也提到"纤郎","承谕出处,备见剀切。特道广性峻,所志各偏,久以此事推纤郎,行自愧也"⑦。王国维

---

① 　王士禄《宫闺氏籍艺文考略》,转引《历代妇女著作考》,上海古籍出版社2008年版,第88页。

② 　施蛰存给孙康宜的信中曾说:"我辑王微集,已得诗词各一百多首,明年写成清稿,想印一本《王修微集》,比柳如是的资料不知多出多少。"见《施蛰存海外书简》,大象出版社2008年版,第36页。

③ 　《全明词》、张仲谋《明词史》、邓红梅《女性词史》中简单提及王微及其生平。马祖熙《女词人王微及其〈期山草词〉》,《词学》第14辑,华东师范大学出版社2004年版;詹学敏《王微研究》,南京大学2011年硕士学位论文。

④ 　姚旅《露书》卷三,福建人民出版社2008年版,第74页。

⑤ 　周永年,字安期,吴江人。

⑥ 　林天素《柳如是尺牍小引》,载《柳如是诗文集》,中国公共图书馆古籍文献珍本汇刊,第155—156页。

⑦ 　柳如是《尺牍》,载《柳如是诗文集》,第176页。

《高欣木舍人得明季汪然明所刊柳如是尺牍三十一篇并己未湖上草为题三绝句》诗云:"羊公谢傅衣冠有,道广性峻风尘稀。纤郎名字吾能忆,合是扬州王草衣。"又自注:"纤郎,疑即王修微,修微一字草衣道人,广陵人,后归许霞城给事。"①陈寅恪曾详细解释称王微为纤郎的缘由:"修微名微,复字修微。'纤'、'微'二字同义,可以通用。'纤郎'当是修微曾以此为称也。"②其实,王微被称为"纤郎"的原因并非如此。王微早年为西湖女校书时,还有另外一个名字:王观微,字曰"纤若",这才是她被称为"纤郎"的真正原因。只是后来因王微身份改变,成为东林名士许誉卿夫人,讳言曾为女校书的往事,以致后来的传记多不载王观微、纤郎等名字。王观微的名字见于记载的并不多,明潘之恒《亘史钞》中《王观微传》、其母《陶观涛传》提及此名;明张梦徵编辑的《青楼韵语》中收录名妓王观微诗词 16 首③;陆绍曾《古今扇名录》中载《王观微题画扇赠人》诗 1 首。那么何以断定王观微就是王微呢?

（一）《青楼韵语》所载署名为王观微的诗词与王微现存诗词相同,由此可推王观微与王微应是同人异名。

《青楼韵语》是一部专门收录青楼妓女诗词曲的总集,由武林环应居士朱元亮辑注并校证,六观居士张梦徵汇选并摹像,最初刊印于明万历四十四(1616)年。《青楼韵语》收王观微 17 首诗:卷二有《送生甫》、《叙别》、《送别》七言三首、《送别》五言一首,共 6 首;卷三有《赠香》、《秋夜逢故人》、《赠汗巾》、《题画扇赠人》4 首;卷四有《迟泠然不至》、《自叹》、《怀人》、《寄张梦徵六

---

①　萧艾《王国维诗词笺校》,湖南人民出版社 1984 年版,第 90 页。
②　陈寅恪《柳如是别传》,第 431—432 页。
③　本文所用《青楼韵语》是上海中央书店民国二十四年版。

兄》、《秋夜有感》二首、《有怀》,共 7 首。其中几首在姚旅《露书》、明徐𤊹《徐氏笔精》、季娴《闺秀集》、钟惺《名媛诗归》、钱谦益《列朝诗集》等书中都明确标明是王微的作品。

《青楼韵语》卷二载王观微《送生甫》诗:"尔别何所游,月明江上舟。异日思君处,凭栏看水流。"明姚旅《露书》卷四载:"(王微)有《期山草》二卷,采其可意者如左。"①共选王微诗词十四首,第一首就是这首《送生甫》。清季娴《闺秀集》卷下亦载此诗为王微所作,并且有评语说:"只当得一首古艳诗,即在古人中,亦且矫矫。"此外,明徐𤊹《笔精》卷五"薛素素王修微条"载此诗②,明黄传祖《扶轮集》卷十三亦载,还评价曰"绝平绝澹"③。钱谦益《列朝诗集》所选王微诗词中包括此诗,只是诗名为《送远》。《青楼韵语》卷四载《有怀》诗:"目断空闺花影移,含情偶草十离诗。一生会晤因缘薄,梦里逢君梦已疑。"此诗亦存于明钟惺《名媛诗归》卷三十六收录的王微诗中。

张梦徵与王观微关系匪浅。《青楼韵语》卷四有王观微《寄张梦徵六兄》诗:"一镜初开水上妆,涟漪风细过来香。闲凭画槛沉吟久,摘得莲花忆六郎。"姚旅《露书》载,1616 年他曾在赵凡夫寓所偶见王微诗文,非常仰慕:"比游五湖,过赵凡夫,见王修微女史诗而好之,时修微游苕溪,留寄以诗曰:'睡醒醒还睡,苕溪定雪溪。自怀千古意,不作两行啼。萍叶随风合,花枝映水低。隔江何处客,凡鸟到门啼。'有史凤迷香之想焉。"④据常理推之,姚旅不大可能选错王微的诗文,而以王微与钟惺、谭元春、钱谦益的关系,更不会出现选错诗的可能。

---

① 姚旅《露书》卷四,福建人民出版社 2008 年版,第 118 页。
② 徐𤊹《徐氏笔精》,《杂著秘笈丛刊》,台湾学生书局 1971 年版,第 465 页。
③ 黄传祖《扶轮集》,明崇祯十五年金闾叶敬池刻本。
④ 姚旅《露书》卷三,福建人民出版社 2008 年版,第 74 页。

钟惺《隐秀轩集》有《同韩求仲、林茂之、夏长卿诸子夜泛夹山漾》诗，王微亦有《同钟伯敬先生及诸子夜泛夹山、草荡二漾》诗记此次夜泛："轻舟泛何处，草荡夹山间。叶落凉波动，烟生夜色闲。茗炉深客话，水石澹人颜。倘窃即官字，风流千载还。"1619年秋季，王微与谭元春相识。谭元春《题湖上草》载："予以己未九月五日至西湖，三旬有五日而后返。又过吴兴，穷苕霅。"①这段时间，二人随兴而游。谭元春与王宇、闻启祥、严武顺、邹之峰曾同游法相寺②，王微因有事未能同行，深感遗憾，因赋《永启、友夏入法相，予以他事未往赋寄》一诗："闻到宗雷伴，幽寻古寺中。衣香连雾出，杖影落山空。题就一林叶，潭生众壑风。差池无翼去，共听晚烟钟。"季娴《闺秀集》卷下评价王微此诗说："修微大抵以淡远取胜，喜其淡而多姿，远而有韵。"③所以能写出这种"多姿"、"有韵"的诗句，是因为王微心中对谭元春有知己之感。谭元春赠王微的诗中有"不用青衫湿，天涯沦落同"之句，深得王微之心；王微为之作《送友夏，友夏赠予诗，有天涯沦落同之句》诗："去去应难问，寒空叶自红。此生已沦落，犹幸得君同。"一个"幸"字道出了王微的心意与感激。

　　王微与钱谦益的关系，从汪然明的不系舟集会可见一斑，柳如是的"桃花得气美人中"就是钱谦益在王微的西湖草堂中读到的。由于许誉卿的关系，钱谦益与王微多有往来。钱谦益在《士女黄皆令集序》中有"草衣之诗近于侠"的评价，非常确切，不仅是王微诗文的特色，更是王微人格的概括。王微的确当得起这个"侠"字，"尝行灵隐寺门，见白猱坐树端，迫之，

---

① 谭元春《谭元春集》，上海古籍出版社1998年版，第812页。
② 谭元春有《十五夜，同王宇、闻启祥、严武顺、邹之峰宿法相寺》诗。
③ 季娴《闺秀集》，《四库存目丛书》集部，第414册。

展翅疾飞去。包园夜半,有两炬炷射窗缝上,谛视之,虎也,修微挑灯吟自若"①。又曾"月下从开先寺看青玉峡,道遇虎不怖"。这是胆气之侠。人称王微"胆可包身,独往独来,布帆无恙"②。这是胆识之侠。"颍川(许誉卿)在谏垣,当政乱国危之日,多所建白,抗节罢免,修微有助焉。乱后相依兵刃间,间关播迁,誓死相殉"③。这是气节之侠。以钱谦益对王微的熟悉和了解,不存选错诗的可能,特别是把另外一个名妓的诗文与王微诗文相混淆。

另查余怀《板桥杂记》、严明《名妓艺术史》等与名妓相关的资料,未曾发现有名妓名为王观微,只有王修微。如果王观微不是王修微,那么在杭州刊刻的《青楼韵语》中为何没有王微的名字呢?王微此时以诗词闻名湖上,岂有漏失不收的道理?《青楼韵语》之所以没有收录王微的原因,其实就是因为王观微就是王微。《青楼韵语》刊于1616年,因而书中收录王微的诗文都作于此年前,其内容大多是酬答如《赠汗巾》、《赠香》等香艳旖旎之作,怀人如《有怀》、《叙别》、《送别》、《怀人》等充满了离愁别绪之作。《叙别》诗中有"祖帐迷离候馆鸦,送君南浦碧轮斜"之句,《自叹》诗云"自恨不如辽海燕,无由得傍故人飞"。这与王微此时的西湖美人身份相符。据潘之恒《王观微传》载,王微在西湖时曾经有一个恋人叫吴子茂,后来吴子茂应南都试,"星河之夕,始分途而归,洗妆敛容,闭门谢客甚固"。已与吴子茂订终身的王微"闭门谢客"等待吴子茂应试归来,故此时的诗文风格与后来"萧然有抖擞俗尘、咀嚼冰霜之气"的风格迥然不同。

①③　钱谦益《草衣道人王微》,《列朝诗集小传》,第760页。
②　陈继儒《草衣道人生圹记》,《晚香堂小品》卷十九,上海杂志公司1936年版,第350页。

　　王微 1616 年扁舟出游后,不仅结识茅元仪、钟惺、谭元春等人,又先后嫁给茅止生、许誉卿,与之前的王观微身份已大不相同。钱谦益《列朝诗集》将《送生甫》诗改名为《送远》,就是因为王微既嫁许誉卿,诗题保留旧人名字,终有不便。这与陈寅恪分析王微《汪然明以不系园诗见示赋此寄之》在《列朝诗集》中题目改为《汪夫人以不系园诗见示赋此寄之》的原因一致:"牧斋所选之诗,其题当仍因旧文,惟'夫人'二字,其原文疑作'然明'二字耳。此二字之改易,殆由修微适许霞城后,有所不便之故耶? 其实汪然明夫人,虽不如刘伯玉妻段氏兴起风波,危害不系园之津渡,但恐亦不至好事者不惮烦,而寄诗与修微也。故作狡狯,欲盖弥彰,真可笑矣。"①

　　(二)从潘之恒《王观微传》、《陶观涛传》可以推知王观微就是王微。

　　潘之恒,字景升,歙人。"须髯如戟,甚口,好结客,能急难,以倜傥奇伟自负。晚而倦游,家益落,侨寓金陵,留连曲中"②。《王观微传》云:"余七年未至西湖,徒谓风景不殊,典刑凋谢,有不忍过雪堂、经桂舟之况。汪然明大诧,谓西湖迩来始盛青翰舫,曲折藏云,表里耀玉。昼开绮窗,则江云湖藻,施绘若虚;夜列绡屏,则兔窟蛟宫,渊澄皆洞。倾城之色,并艳三倪;绕梁之技,堪骄二采。晚得邵姬结局,今唯王生擅场。余以壬子夏来决别自乙巳冬,衰敝袭承,死亡踵接。想湖上三日,得见王生为首称焉。王生者,小名观微,字纤若。其母故广陵陶氏,字曰观涛,素负丽情,十产而举一女,是为观微。质莹白,志高洁,体单弱若

---

　　① 陈寅恪《柳如是别传》,第 376 页。
　　② 钱谦益《潘太学之恒》,《列朝诗集小传》丁集下,上海古籍出版社 2008 年版,第 630 页。

不胜衣。性具夙慧，有口，善以气乘人，诸姬咸为之避席，故与交名士，无不倾心。"①《陶观涛传》云："壬子之夏，余得见纤若于湖中，增一字曰观微，而定其字。"从上面的传记可以推知如下事情：

第一，王观微与王微的籍贯以及母亲姓氏均相同。《陶观涛传》说："观涛之居维扬，以行名曰陶二。后从父姓，复称王氏。"徐世昌《晚晴簃诗汇》载"草衣道人，字修微，扬州人，王氏女"②。可推知王微之母为王氏，王观微之母复称王氏。

第二，《王观微传》载："王生者，小名观微，字纤若。其母故广陵陶氏，字曰观涛，素负丽情，十产而举一女，是为观微。"《陶观涛传》载潘之恒"壬子之夏，余得见纤若于湖中，增一字曰观微，而定其字"。潘之恒说王微字"纤若"，又说其小名"观微"，此小名由潘之恒"增一字曰观微"而得之。小名是针对大名而言的，此"增一字"是在原名的基础上增一字而成的，原名是王微无疑。

第三，王观微与王微都喜好诗文，王微更是以其才学而名扬西湖。《青楼韵语》选王观微诗文 17 首。《陶观涛传》亦提及王观微喜好诗文，张卿子自武林游歘，对潘之恒述言"纤若之倾慕髯（潘之恒）也"。吴子美、汪履康亦对潘之恒言"纤若把诗苦吟，憾不得当髯"。山阴李鼎《西湖小史》载："湖中不可无美人，犹鬓无关于神明，而失之不佳。……王微诗惊四座，读书谈道而多胜情。"③日后王微更是因"与李清照、朱淑真相上下"，"管教钟谭作后人"的才学而为人所知。

---

① 潘之恒《亘史钞》卷十四，《四库存目丛书》子部，第 193 册，第 635 页。
② 徐世昌《晚晴簃诗汇》卷 199，上海三联书店 1989 年版，第 1551 页。
③ 李鼎《西湖小史》，《丛书集成续编》史地类，第 224 册。

第四,王观微与王微交往的士人尤其是关系密切之人相同。对潘之恒言西湖之上"惟王生擅场"的汪然明和王微是至交。汪汝谦,字然明,号松溪道人,有湖山主人之目。除了与董其昌、陈继儒、潘之恒诸名流相交之外,还与当时名媛才女有密切来往,《听雪轩集》就是专写西湖名妓杨云友的诗集,他还为柳如是刊刻《湖上草》、《尺牍》。汪然明对王观微亦是关心备至,在其有困难时鼎力相助,"丙辰春,有青鸟衔汪然明书至,言观涛挟女雏礼白岳,将过视髯"①。这是汪然明请求潘之恒帮助王观微母女的书信,因时"有黠奴挟凤债,欲易雏于赵氏",王观微母女不得不"礼白岳";汪然明还曾为王微结庐湖上,《西湖遗事诗》关于王微的诗文是这样写的:"西泠筑室惬幽情,挥麈高谈心迹清。不独吟流时檥櫂,梦中诗草亦同评。"后附《王修微传记》云:"王微字修微,工词翰,前明广陵校书也,晚独放情山水,自号草衣道人,曾来湖上,汪然明为筑馆于西陵桥畔以居之,名曰净居。"②王微《汪夫人以不系园诗见示赋此寄之》末句"何时同啸咏,暂系净居前"提到净居。净居之名在汪然明诗中也有提到。汪然明《绮咏集》有《余为修微结庐湖上,冬日谢于宣伯仲过临,出歌儿佐酒诗》。王微有《为汪然明题梦草》诗:"情为梦因缘,情真梦多妄。非梦能渺茫,渺茫反多状。先生忘情人,独醒众所谅。梦中与意中,是一或成两。湖舫读梦草,使我识情量。斯时残月在,千顷碧漾漾。梦起与梦消,只看梨花上。"钟惺评道:"借《梦草》二字参入因想之微,卫洗马之言不过大略耳,兼此通透。"又云:"情而流荡,固不足以言情,然漠漠兼情,则又与草木何异,惟深情人方得

---

① 潘之恒《陶观涛传》,《亘史钞》卷二十四,《四库存目丛书》子部,第194册。
② 朱彭《西湖遗事诗》,《丛书集成续编》史地类,第224册。

无情之妙,何物闺英,能参其微如此。"①周之标《女中七才子兰咳集》卷二在王微诗文后评价说:"惟此道人,可与说梦。"②可见王微真是汪然明知己,能解《梦草》真意。汪然明还梦己与张卿子在王微的净居谈论此诗,其有《冬夜梦于修微净居与张卿子评梦草》诗。

张卿子字相期,号卿子,又号西农,仁和人,好谈《易》。其《野花诗》十首非常有名。张卿子有《题不系舟诗》云:"两堤多少画楼船,谁似新裁最可怜? 十幅碧纱烟雾里,一痕新月水风前。留人信宿春能借,笼妓清弹夜不眠。总羡心同湖上水,为园肯系北山偏。"可知他们经常参与汪然明不系舟集会。厉鹗辑《湖船录》载:"不系园,汪然明制。是时,湖上诸姬,如王修微、杨云友能诗,林天素能画山水,兼能琵琶,王玉烟能走马,吴楚芬能歌。然明招诸名士集湖舫,诸姬必与坐。红袖乌丝,传为胜事。"③

综上所述,可以断定王微与王观微就是同一个人,王微被称为纤郎的原因不仅是"纤"、"微"同义,更重要的是王微最初名"纤若",所以柳如是、林天素二人称其为"纤郎"。后因她成为才子妇,这些前尘往事不宜提起,加之又改观微为修微,故观微之名遂不为人所知,只闺中好友林天素、柳如是仍称王微为"纤郎",既有避讳原因,不欲别人知晓,同时也表明她们之间的关系亲密。

王观微改名王修微,不知何时,但与憨山大师有关则有可能④。

---

① 钟惺《明诗归·闺秀》,《续修四库全书》集部,第338册。
② 周之标《女中七才子兰咳集》,国家图书馆藏清初刊本。
③ 厉鹗《湖船录》,《丛书集成续编》,第90册。
④ 憨山大师(1545—1623),即德清,明高僧,本姓蔡,号憨山,全椒(安徽)人。出家后,云游各处,住东海崂山(今属山东青岛)。万历二十三年(1595),坐私造庙宇罪,发配广东雷州充军,十余年始归。在广东时,住曹溪宝林寺,大兴禅宗。著有《法华通义》、《楞伽笔记》及注解《庄子》、《老子》、《中庸》等,遗稿有《梦游集》五十五卷、《憨山语录》二十卷。

王微早年就"已奉竺乾古先生之教,刺血写小品经",1620年又专程去庐山拜见憨山大师,并作《参憨大师》诗:"远公曾振锡,喜复现优昙。石火千年梦,寒炉半偈参。弥天悲念切,离日道心酣。愿作投怀鸟,香云绕佛龛。"又说:"自今伊始,请忏从前绮语障,买山湖上,穿容棺之墟,茆屋藤床,长伴老母,岂复问王孙草、刘郎桃、苏小小同心松柏哉。"①憨山大师曾给人取字曰"士修",并解释"修"的含义:"盖志于道。非修不足以尽道。然道在吾人,本来具足。无欠无余,良由物欲蔀蔽,而失其固有,以致六凿相攘,六官失职,此愚不肖者所不及。即有志者,又或贤者行之过,智者知之过,圣人所以折衷之,抑其太过,引其不及,归于大中至正之体,以完其本有,不失其天真,故谓之修耳。非舍此之外别有修也。"②我不禁推测,王微从观微改名为修微,或许与憨山大师有一定的关系。此外,王微还有小字王冠的记载,这应该与"纤道人"、"微道人"得名相同,是集王微之姓与入道二事而命名的小字。此为当时通行的称呼之法,如潘之恒《陶观涛传》中提及一位"玉女冠",因是入道之人,所以称"玉女冠"。

二、王微晚年入道考

关于王微的生年,孙康宜根据钱谦益《草衣道人王微》说:"因为有柳如是的发现,使我更相信王微的生卒年约为1600—1647。"③马祖熙则说:"其出生之年当在万历二十四年

① 陈继儒《微道人生圹记》,《晚香堂小品》卷十九,上海杂志公司1936年版,第350页。

② 憨山大师《士修字说》,载《憨山老人梦游集》,第219页。

③ 孙康宜《明清女诗人选集及其采辑策略》,载《陈子龙与柳如是的诗词情缘》,陕西师范大学出版社1998年版,第224页。

(1596)。"①说法虽略有不同,但差别不大。

　　王微的卒年,孙康宜、马祖熙都根据钱谦益《列朝诗集小传》所载"乱后,相依兵刃间,间关播迁,誓死相殉。居三载而卒,颍川君哭之恸"②,定于1647年。清姜兆翀《松江诗钞》卷五十五也说:"及相依于兵燹间,誓死相从,居三载,临殁以薙刀诫衣属光禄,俾其于急难之中得为自全之计云。"但汪启淑《水曹清暇录》卷四却说"王微参禅有道,寿最高,国初尚存"。这里说"寿最高"值得注意。王微如果卒于1647年,即使按马祖熙推论生于1600年算,也仅53岁,说不上"寿最高"。若把汪启淑此语与其他记载联系在一起,或许可以作别的猜想。清朱彝尊《明诗综》卷九十八载:"王微初归归安茅元仪,晚归华亭许誉卿,皆不终。"朱彝尊说的"不终",似乎是指不能白头偕老。王微确实与茅止生"不终",王微选择离开之时,茅止生尚在人世。许誉卿去世则在王微后,这么说来,"不终"似是暗指王微离开许誉卿。那么王微为什么要离开许誉卿,离许之后到什么地方去了呢? 这是一个值得研究的问题。

　　庞石帚这样解释朱彝尊的"不终"含义:"余谓修微早年造生圹于西湖,矢志学道,而霞城于国变后亦剃发为僧,夫妇时或别居,斯亦情理之常。"③如果仅仅是因为"学道",而"住无长地"的话,似乎不能解释通"不终"。阮元《淮海英灵集》壬集载王微"适太仆寺许誉卿,后为女冠","后为女冠"是在王微嫁给许誉卿之后,应无疑义。黄秩模《柳絮集》卷二十六、民国徐世昌《晚晴簃

　　① 马祖熙《女词人王微及其〈期山草词〉》,《词学》第十四辑,华东师大出版社,第221页。

　　② 钱谦益《草衣道人王微》,《列朝诗集小传》,第760页。

　　③ 庞石帚《草衣道人轶事》,载《养晴室笔记》,四川文艺出版社1984年版,第108页。

诗汇》卷一百九十九都持此说。清李仲元《三异笔谈》曾载王微为女冠的情形:"明亡,筑小庵下发,岁时至家,一省太夫人而已。"①王微为什么要离开许誉卿为女冠呢? 王微以名妓的身份嫁给许誉卿这位东林名士,即使在动乱鼎革之际,许誉卿也没有像钱谦益做贰臣,王微又为何要"筑小庵下发"为女冠,其原因是婚姻不幸呢? 还是缅怀明朝,誓做明遗民呢?

　　陈寅恪曾考证许誉卿与卞赛之妹卞敏也曾有过一段情缘。余怀《板桥杂记》记载卞敏"顾而白,如玉肪,风情绰约,人见之,如立水晶屏也。亦善画兰鼓琴,对客为鼓一再行,即推琴敛手,面发赪色。画兰,亦止写筱竹枝、兰草二三朵"。后归申进士维久。"维久宰相孙,性豪举,好宾客,诗文名海内,海内贤豪多与之游。得敏,益自喜为闺中良友"。"亡何,维久病且殁,家中替。后嫁一贵官颍川氏"②。陈寅恪根据《纪钱牧斋遗事》载:"先年郡绅某黄门,尝纳其同年亡友妾。虽本校书,终伤友谊。绅称清流,竟无议之者,亦士大夫之耻也。"认为"然则霞城与维烈同为万历丙辰进士,公实历任诸科给事中,号为清流,且与绍芳交好。上引牧斋《王微小传》中,牧斋称霞城为'颍川君',故综《痛史》、《板桥杂记》、《列朝诗集》、《小腆纪传》推之,《痛史》所指'某黄门',殊有许誉卿之可能"③。此外,《南吴旧话录》卷十八记载的另一件事可为许誉卿娶卞敏之事做佐证。"许太仆往虞山候钱牧斋,归与王修微盛谈柳蘼芜近事。蘼芜故姓杨,字蘼芜,云间妓也,能诗,嫁虞山钱牧斋。忽拍案曰:'杨柳小蛮腰,一旦落沙叱利手中。'修微哂之曰:'此易解,渠恐蛮府参军追及耳。'"王微

---

①　许仲元《草衣道人》,载《三异笔谈》,重庆出版社 1996 年版,第 56 页。
②　余怀《板桥杂记》,上海古籍出版社 2000 年版,第 38—39 页。
③　陈寅恪《柳如是别传》,第 794—795 页。

似是戏语,但许誉卿有过此种行径也未可知。王微和许誉卿的婚姻与柳如是和钱谦益不同,柳如是因仰慕钱谦益的才华,主动拜访钱谦益于半野堂,而王微则是因"偶过吴门,为俗子所嬲,乃归光禄"①,所以清李延昰《南吴旧话录》卷十八载"修微尝呼之为许蛮",从这个蛮字的戏谑看出王微对许誉卿的情感非仰慕之情。王微在《与汪夫人书》中曾说:"微虽得自由,亦有上下,即如夫人,不使外知,能私厚尊慈否。事同一理,而况无出者乎。"②这里提到"无出"一事,后又再次重申,"微多病无出",可知王微与许誉卿婚后无子,无论王微如何洒脱,但在奉行"夫死从子"的时代,以女校书的身份嫁入仕宦之家而无子可依,其内心的孤苦伤感不言而喻。故王微虽艳羡赵凡夫与陆卿子共同隐居支硎山,感慨"最难同学又同修,夫妇双栖百尺楼"(王微《挽赵凡夫诗》),但许誉卿不是黄茂仲,"嗟乎,茂仲何人,洗却康乐繁华,唤醒鹿门枯寂哉"③。所以不能仿效黄茂仲与项兰贞夫妻如"刘纲夫妇霞为骨"那样双栖礼佛。

但王微晚年入道不是被迫无奈的;相反,是主动积极的,这与有过作"才子妇"经历的李香之却币洁身,卞玉京之潜身入道是不同的,这是王微为自己的心灵选择的最终归宿,"同心松柏非吾愿,茆屋藤床貌姑仙"是她一生的夙愿。或许在王、许二人的婚姻中有矛盾,但王微是以"礼同正嫡"的方式娶入许家的,且被太夫人认可,而许誉卿对其尊之敬之,"许霞城家居时,相欲以饵致之。道人闻之,蹙然者经日。许问故,道人答曰:'唾溺不同器,恶非其类也,况可与若轻同槽枥。'许揖之曰:'人争笑我为帐

---

① 钱谦益《列朝诗集小传》,第 760 页。
② 陈枚《凭山阁留青二集选》卷三,《四库禁毁书丛刊》集部,第 155 册。
③ 王微《湖上草序》,载《续玉台文苑》卷三,《四库存目丛书》集部,第 339 册。

中人弹压,苟念斯语,胡得不事如畏友。'"①因而王微明亡为女冠,究其根本与其青年时期醉心佛道的志向有关。王微早年就"奉竺乾古先生之教,刺血写小品经",生活上"修微饭蔬衣布,绰约类藐姑仙。笔床茶灶,短棹逍遥,类天随子"②。又曾"买山湖上,穿容棺之墟,茆屋藤床",说自己已是"木石人"。她最后离家"筑庵下发",虽然因明清鼎革的动荡而具有时代的特征,但更多的是出于对理想信念的追求,是个体生命对人生价值加以深思后作出的主动选择,若仅以"忠孝"来解释其下发为女冠的原因,就太简单、太平面了。

关于王微的父母兄弟,据陈继儒说"(王微)自伤七岁父见背,致飘落无所依,眉妩间常有恨色",后来"寻获兄,指其父埋骨处,仆地哭失声,延僧作水陆道场,凡十五日,以荐父灵"③。可知王微有一兄,但是事迹不可考。清王企埥《明诗百卅名家集钞》、民国徐世昌《晚晴簃诗汇》都记载王微得知其父埋骨处是因其"泣涕皈命,刺血书经,饭千僧于广陵,作水陆大会,卒感异梦,得父骨"。这为王微的寻父增加了一层神秘色彩。既然得父骨,则应该知道其父是何人,可是目前所知的资料中都无记载。恽珠《国朝闺秀正始集》卷十二及《国朝闺秀柳絮集》卷二十四中都有另外一个王微的记载:王微,广东孝感王仲贤女。还附录其一首《探梅》诗:"故人辞我去,期我梅花时。昨夜偶相念,起看庭树枝。"而周之标《女中七才子兰咳集》卷三《闲草》中也载有此诗,并且还评价说:"从人说到梅,才有深情,空咏清香,有何趣味。"清季娴《闺秀集》卷下亦载此诗,赞王微"不愧青莲"。钱谦

---

① 李延昰《南吴旧话录》卷二十四,上海古籍出版社1985年版。
② 陈继儒《微道人生圹记》,《晚香堂小品》卷十九,上海杂志公司1936年版,第350页。
③ 同上,第351页。

益《列朝诗集》亦以此诗属王微,似乎可以证明这个广东王微就是广陵王微吧,否则广东王微的诗文为何与广陵王微的诗文相同,且只有一首呢? 这种记载的失误或许与王微曾经游历过广东有关系。

另外,王微因"幼失父,不知葬处",与母亲相依,曾经为避难而"雨雪载涂",但"性至孝,不沐浴不奉母飧"。王微《未焚稿》中有《冬日同外入山为母择地,遇雪偶占,此地予旧拟卜筑》诗:"西溪一片雪,此夜不曾寒。忽忆十年事,低头溪月残。"王微曾于1623年卜筑葛洪岭下,其《湖上曲序》说:"癸亥(1623)秋秒,病归湖上,卜筑葛洪岭下。"①据入山为母择墓地距离卜筑葛洪岭"十年"推算,可知王微母亲在1633年前去世。

第二节　王　微　别　集　考

陈寅恪称王微《樾馆诗集》是"有明一代诗什佼佼者"②,甚至蒋敦复等人还将庵堂以王微的字"修微"来命名③,可见王微在明末清初女性诗人中的突出地位。现据周之标《女中七才子兰咳集》中保存的王微诗文以及相关的传记资料,具体分析王微现存的诗词别集情况。

---

① 王微《湖上草序》,载《续玉台文苑》卷三,《四库存目丛书》集部,第339册。
② 陈寅恪说"圆海人品,史有定评,不待多论。往岁读《咏怀堂集》,颇喜之,以为可与严惟中之《钤山》,王修微之《樾馆》两集,同是有明一代诗什之佼佼者"。见《柳如是别传》,上海古籍出版社1980年版,第843页。
③ 《芬陀利室词集》卷三载:"松江城北郭一兰若,往时余以僧服结社于此,壁间得董香光与草衣道人石刻残字,曰著手心头便判。案道人姓王,名微,字修微,华亭人,工诗词,堕落风尘。中年入道,往来吴越,与名士辈游,尝筑生圹于西湖,盖奇女子也。余为言于雷约轩,因名是庵曰修微。约轩作志,筱峰填《扬州慢》一解,余和之。秀水于惺伯亦和是韵。"

一、王微作品概述

王微的作品,明赵世杰《古今女史》①载:"著《期山草》,谭元春为序。"明钟惺《名媛诗归》卷三十六载:"著《远游篇》、《闲草》、《期山草》行世。"明卓人月《古今词统》载"有《期山集》、《远游篇》"②。清周铭《林下词选》卷九载:"所著有《期山草》、《远游篇》、《闲草》诸集。"③清刘云份《翠楼集》载:"著《远游篇》、《闲草》、《期山草》行世。"④清钱岳等《众香词·书集》载"王微,字修微,江都人,《浮山亭集》"。《众香词·书集·族里》载"著《远游篇》、《浮山亭草》行世"。清朱彝尊《明诗综》卷九十八载"有《期山草》、《樾馆诗集》"⑤。清圣祖《御选明诗》卷一百十六载"有《期山草》、《樾馆诗集》"。清王士禄《宫闺氏籍艺文考略》载:"王微,字修微,小字王冠,自号草衣道人。广陵妓,先归茅元仪,后归许都谏誉卿。所著有《远游篇》、《宛在篇》、《闲草》、《期山草》、《未焚稿》等集。又撰《名山记》数百卷,自为序以行世。"清姜兆翀《松江诗钞》卷五十五载"著《远游草》"。清阮元《淮海英灵集·壬集》载"著有《远游篇》、《闲草》、《期山草》"。清黄秩模《柳絮集》卷二十六载:"著有《远游篇》、《闲草》、《期山草》、《樾馆诗集》。"民国徐世昌《晚晴簃诗汇》卷一百九十九载:"有《远游篇》、《闲草》、《期山草》。"另外,曹寅《栋亭书目》载:"《王修微集》,明湖上女冠王微著,三卷一册。"⑥杜文澜《憩园词话》卷四"朱紫鹤布衣词"条下载朱紫鹤"词中多佳句,有二事可想见其为

① 赵世杰《古今女史》,国家图书馆藏明崇祯刻本。
② 卓人月《古今词统》,《续修四库全书》集部,第1729册。
③ 周铭《林下词选》,《续修四库全书》集部,第1729册。
④ 刘云份《翠楼集》,进修书店1948年版。
⑤ 朱彝尊《明诗综》,中华书局2007年版。
⑥ 曹寅《栋亭书目》,《北大图书部月刊》1930年第1—2期,第118页。

人。一则明季广陵妓王修微,色艺双绝,初录乐籍,继悦禅宗,工诗词,兼善丹青。暇日在各选本搜辑,得倚声二十四阕,录成一册,名曰《草衣道人词》。其中忆秦娥调《多情月》一首,最为风流蕴藉。依其原韵成两阕,书于册尾"①。

综上记载,可以知道王微的作品主要有《远游篇》、《宛在篇》、《闲草》、《期山草》、《未焚稿》、《浮山亭草》、《名山记》等,除了《名山记》外,都是诗词集。清初周之标选编的《女中七才子兰咳集》辑有王微的《未焚草选》、《远游草选》、《闲草选》、《期山草选》。其中卷二《未焚草选》录诗 38 首,《远游草选》录诗 18 首,无词;卷三《闲草选》录诗 14 首、词 12 首,《期山草选》录诗 9 首、词 6 首。《樾馆诗》不见流传,但从钱谦益的记载说"修微《樾馆诗》数卷"②,董其昌《容台文集》卷二有《樾馆诗选序》③,可知《樾馆诗集》曾经刊行。汪启淑《水曹清暇录》卷四《草衣道人王微》载:"王微,字修微,江苏扬州人。参禅有得,寿最高,国初尚存,予故选入《撷芳集》。顷又见其所著《樾馆诗选》,佳句颇多,附录于此。"④可知在清初《樾馆诗选》尚存。关于《宛在篇》,未见其他记载,《续玉台文苑》卷三有王微《宛在篇自叙》云:"予近憩,必在山水之间,诗名宛在,率取此意,非敢以伊人自目也。嗟乎,我所感存亡生死之变多矣。造化七尺相拘,而不能捐笔焚研,忏除绮语之业,犹沾沾向蝉鸣蚓窍中作生活耶。秋水浩淼,风露已盈,苟复有情,谁能遣此? 予多言,予诚不自知其多言。"又据李世熊《寒支初集》中《徐叔颖以林校书诗笔见诒次韵》诗:"昔年疏

---

① 杜文澜《憩园词话》,载《词话丛编》,中华书局 1986 年版。

② 钱谦益《草衣道人王微》,《列朝诗集小传》,上海古籍出版社 2008 年版,第760 页。

③ 董其昌《容台文集》,载《四库禁毁书丛刊》集部,第 32 册。

④ 汪启淑著、杨辉君点校《水曹清暇录》,北京古籍出版社 1998 年版。

放滞秦淮,狂客飘零酒百杯。薇露名章过轻眼(自注:向客秦淮以诗文相质者众),草衣新韵愧萦怀(自注:时得王修微《宛在篇》,读之自愧屈不如)。三山再见《金荃集》,一代仍推锦字才。天上只怜香艳种,梓楠摧后蕙兰配。"①可知《宛在篇》应该是王微当年为湖上女校书时期的作品。《浮山亭草》只见载于《众香词》,未见其他著录。浮山亭具体在哪里,不可考,但传说扬州园林起于大禹所造浮山亭,而看《名媛诗归》、《林下词选》、《翠楼集》记载的次序是"《远游草》、《闲草》",《众香词》的次序则是"《远游篇》、《浮山亭草》",周之标《兰咳集》亦把《闲草选》位于《远游草选》之后,且《闲草》选录词有 12 首之多,因《众香词》是词选,或可猜测《浮山亭草》是《闲草词集》的别名。这样关于王微的诗集流传情况有了一个较为清晰的线索。

　　施蛰存曾编辑《王修微集》,他说:"《王修微集》二卷抄讫,凡诗九十首,词五十阕;编《王修微集》附卷,分小传、投赠、佚事、遗韵四录。""重抄《王修微集》稿,得诗一百三十篇矣。"②郑逸梅《艺林散叶续编》亦提及此事,"施蛰存网罗前人遗著,为钩沉工作,厥功甚伟。曾费二十年之精力,裒成《王修微集》四卷。王微,字修微,为明末松江名校书,擅诗词,与柳如是齐名。诗四散,蛰存之乃辗转收录其残楮零编,得诗词各一百数十首,又遗闻彰事数十则,'文革'运动起,被抄未还"③。王微诗确实逾百首,但词的数量,马祖熙说"现时施蛰存教授所辑之本,得词五十一首"④。因施蛰存曾致信马祖熙说:"《王修微集》尚未发,字数

　　①　李世熊《寒支集初集》,载《四库禁毁书丛刊》集部,第 89 册。
　　②　施蛰存《施蛰存日记》,文汇出版社 2002 年版,第 190 页。
　　③　郑逸梅《艺林散叶续编》,中华书局 2005 年版,第 236—237 页。
　　④　马祖熙《女词人王微及其〈期山草词〉》,《词学》第十四辑,华东师大出版社,第 221 页。

少，出书太单薄。尚在考虑，又想与杨宛诗词合为一集。"①胡文楷有《王修微诗辑本》，以所见《女中七才子兰咳集》、《燃脂集》残本汇集，得《未焚稿诗》，诗38首、诗余4首；《远游篇》，诗28首；《闲草》，诗18首、诗余12首；《期山草》，诗10首、诗余6首；《樾馆》，诗6首。又从《名媛诗归》中"取对《兰咳集》、《然脂集》所无者，从《诗归》中录出，又《香奁诗泐》中有王修微诗八首，为《诗归》所未选者，合计六十首，写成一册"②。胡文楷所辑王微诗160首，词22首，实际上若把钱谦益、钟惺的辑录加上其他散落的王微的作品，应远多于此数，估计目前存留诗约194首，词约53首，文5则。

二、《期山草》与湖上女校书

姚旅《露书》载："王微有《期山草》二卷。"③此书刊刻是在1622年，但其成书则在1619年，所以《露书》载的16首诗词应是王微1619年前所作。又据谭元春为《期山草》作的序言："己未(1619)秋阑，逢王微于西湖，……尝出一诗草，属予删定，以为诗人也。诗有巷中语、阁中语、道中语，缥缈远近，绝似其人。"亦可证《期山草》是1619年以前的作品。《露书》选录作品如下：《湖上早起》、《怀宛叔》、《同太史过湖上，未几先归，予独留湖上，苦雨感赋》、《初冬拜孙太初墓，同友夏诸子》、《送生甫》、《偶赋》、《秋暮送蕅卿》、《过宛叔梦阁》、《秋夜送别》、《秋夜》、《昌化道中作》、《新秋赋送止生东归》、《宫怨》、《戏代》、《梦宛叔》、《代宛叔寄止生》、《中秋赋戏宛叔》等诗。周之标《期山草选》录诗9首，

---

① 沈建中《遗留韵事：施蛰存游踪》，文汇出版社2007年版，第112页。
② 胡文楷《历代妇女著作考》，上海古籍出版社2008年版，第88页。
③ 姚旅《露书》卷三，福建人民出版社2008年版，第74页。

除《湖上早起》、《怀宛叔》、《同太史过湖上，未几先归，予独留湖上，苦雨感赋》、《初冬拜孙太初墓，同友夏诸子》4 首外，还有《湖上苦雨怀长卿、令则》、《永启、友夏入法相，予以他事未往赋寄》、《重晤友夏同泛夹山漾，怀永启》、《次友夏韵》、《送友夏，友夏赠予诗，有天涯沦落同之句》5 首不见载于《露书》。加之《燃脂集》中选录的 2 首，共 23 首。《期山草选》录词 6 首，《露书》载词 1 首，《燃脂集》载词 1 首，共有 8 首。

观《露书》与《兰咳集》所录诗文，发现二书所选内容差异很大：《露书》中所载多是与杨宛往来茅止生赠答的诗，而与茅止生往来赠答的诗文在《兰咳集》中无一首录入。原因何在？是因为这些诗才情不高吗？但《兰咳集》未选录的《送生甫》一诗却被人盛赞。《送生甫》云：“尔别何所游，月明江上舟。异日思君处，凭栏看水流。”此诗除《露书》外，钱谦益《列朝诗集》、徐𤊹《笔精》、黄传祖《扶轮集》、季娴《闺秀集》都有记载。季娴说：“只当得一首古艳诗，即在古人中，亦且矫矫。”[①]若不是才情的原因，又是什么呢？《送生甫》这首诗还曾收录在张梦徵编的《青楼韵语》中，此书 1622 年于杭州刊刻，收录署名为王观微的名妓诗词共 17 首[②]：卷二，《叙别》1 首、《送别》七言 3 首、《送别》五言 1 首，共 6 首；卷三，《赠香》、《秋夜逢故人》、《赠汗巾》、《题画扇赠人》4 首；卷四，《迟泠然不至》、《自叹》、《怀人》、《寄张梦徵六兄》、《秋夜有感》2 首、《有怀》共 7 首。这些诗作主题多是与人别离或应酬的香艳“绮语”之作。这些诗文大多是王微在西湖做女校书时期所作。山阴李鼎《西湖小史》载：“湖中不可无美人，犹鬓无关于神明，而失之不佳。……王微诗惊四座，读书谈道而

---

① 季娴《闺秀集》，《四库存目丛书》集部，第 414 册。
② 王观微即王微。

多胜情。"①王微"七岁失父,流落北里"②,在1613年西湖之上已
是只有"王生擅场"了。潘之恒1613年来西湖,汪然明为之介绍
"西湖迩来始盛青翰舫,曲折藏云,表里耀玉。昼开绮窗,则江云
湖藻,施绘若虚;夜列绡屏,则兔窟蛟宫,渊澄皆洞。倾城之色,
并艳三倪;绕梁之技,堪骄二采。晚得邵姬结局,今唯王生擅
场"③。张梦徵《青楼韵语》中所录王微的诗作,当是此时所作。
这些诗文大部分诗选中均未载录,《送生甫》诗钱谦益《列朝诗
集》选录时,故意改诗名为《送远》,大概是因为后来王微成为东
林名士许誉卿的夫人,湖上美人的前尘往事不宜提起之故吧,那
么就能够明白为什么王微为茅止生所作的诗词不见选录在《兰
咳集》以及其他诗选中,亦是为了避讳王微与茅元仪曾经为夫妻
的亲密关系吧。所以只有明姚旅《露书》卷四载:"王微字修微,
小字王冠,维扬妓。归茅止生,后以止生视姬人杨宛厚于己,遂
逸去。"清王端淑《名媛诗纬初编》、清季娴《闺秀集》、清曾灿《过
日集》、清姜兆翀《松江诗钞》、清阮元《淮海英灵集》、清黄秩模
《柳絮集》、民国徐世昌《晚晴簃诗汇》都只记载其"适太仆寺许誉
卿",未及其他。只有清王士禄《宫闺氏籍艺文考略》、清朱彝尊
《明诗综》都载王微"初归归安茅元仪,晚归华亭许誉卿"。甚至
现代学者庞石帚考证说王微嫁给茅止生的说法是传闻有误:"钱
《传》列修微于《香奁上》,以别于乐籍诸人。《淮海英灵集》列之
于《闺秀》,直不言其失身北里,而竹垞谓修微初归茅元仪,当亦
传闻之误。修微归之霞城,时人以为谈柄,如谈迁《枣林杂俎・
丛赘门》云:'云间许都谏娶王修微,常熟钱侍郎谦益娶柳如是,

---

①　李鼎《西湖小史》,《丛书集成续编》史地类,第224册。

②　钱谦益《草衣道人王微》。

③　潘之恒《亘史钞》卷二十四,《四库存目丛书》子部,第194册。

并落籍章台,礼同正嫡。'黄梨州《南雷文定前集》(卷一)《李因传》云:'当是时,虞山有柳如是,云间有王修微,皆以唱随风雅闻于天下。'若修微尝归茅氏,亦必喧于一时,何以诸书皆不言之?盖归茅止生者,杨宛(宛叔)也。宛叔与修微为女兄弟,齐名当时。牧斋诗云:'王微杨宛坐词客,肯与钟谭作后尘'是也。王、杨皆以乐籍而擅才名。故有传伪。然宛叔卒以放诞坠溷,不得其死。非修微之伦也。"①其实庞石帚的论断恰与事实相背,正因王微曾"落籍章台",嫁给东林名士许誉卿时又"礼同正嫡",所以在为名者讳的心理作用下,前尘事才变得模糊。正如李宜之把与"修微离合因缘、多亵猥事、有题署"的"古律词曲"在其"既嫁之后,遂杂人无题下,欲斥言其人以避嫌也"②。王端淑、季娴、曾灿、姜兆翀、阮元、黄秩模、徐世昌等人只载王微"适太仆寺许誉卿",原因亦与此同。

三、《闲草》、《远游篇》与西湖草衣道人

《闲草》则是王微 1619—1620 年间的作品。周之标《闲草选》录诗 14 首,词 12 首。《闲草》集中收录的词在当时流传很广,陈继儒《题王修微草》评论读修微此稿③,当"盥手蔷薇露,方许开襟"。特别其《天仙子》一词,周铭《林下词选》卷九说:"眉公称此词为千古绝调。"周之标亦认可此评语,"此等妙词,宋人正未梦见。眉公谓此首为千秋绝调,良然良然"。当时《闲草》词集流传很广,张大复说:"顾子贻还自虎林,缄一篚一集相贻,则修

---

①　庞石帚《草衣道人轶事》,载《养晴室笔记》,四川文艺出版社 1984 年版,第 108 页。

②　李延昰《南吴旧话录》,上海古籍出版社 1985 年版。

③　《白石樵真稿》卷十八,《四库禁毁书丛刊》集部,第 66 册。

微所著《闲草》与手书《抱疴诗》也。"①《闲草》所录诗除了一首是
《题王郎画》外,大都记录与陈继儒、钟惺、谭元春交游的情况以
及记录自己心境的诗文。如《同钟伯敬先生及诸子夜泛夹山、草
荡二漾》、《送眉公先生过夹山漾》、《九日同董太史、李宗文泛石
湖戏赋》、《西陵怀谭友夏》四首诗;《中秋前怀宛叔》、《秋夜舟中
怀宛叔》、《冬夜怀宛叔》三首写给杨宛的诗;还有《探梅》、《怨
梅》、《代送》、《忆昔》诗,特别是《庚申秋夜,予卧病孤山,闲读虎
关女郎秋梦诗,怅然神往,不能假寐,漫赋一绝,并纪幽怀,予已
作木石人,尚不能无情,后之览者,当如何耳》诗是王微当时心情
实录。

　　1620 年的王微名声如日中天,当时"慕翰墨者,辐辏案前,
如农诉水旱",而能毅然"掷笔出避西子湖"去远游拜访憨山大
师,原因何在? 看王微当时的《闲草》诗集,有怀念杨宛的作品,
其对杨宛的怀念,也包含了对茅元仪的怀念,所以这时期写的词
惆怅缠绵,如《卜算子》词:"灯尽正无聊,忽梦郎遗玦。永夜深江
月似烟,清恨寒如雪。　　心断路沉沉,暗枕空凝血。莫怨郎心
似玦离,曾有圆时节。"又如《寄调·千秋岁》云:"伤心处,波中仍
有双鸂鶒。"但这首《庚申秋夜,予卧病孤山,闲读虎关女郎秋梦
诗,怅然神往,不能假寐,漫赋一绝,并纪幽怀,予已作木石人,尚
不能无情,后之览者,当如何耳》诗却表明了王微在心情上的改
变,言自己"已作木石人",开始忘却了过去种种,决定去庐山拜
访憨山大师。在远游前,董其昌《容台文集》卷三赠王微文:"修
微才并左芬,禅参月上。枇杷花下鄙之而不居,蕊珠宫中招之而
不往。沾泥柳絮,无复随风,净土莲台,时常入定。今将远寻庐
阜,问法憨师,孤云何依,明月独举。虽多求友之情,宁无怀璧之

虑哉？惟此行卷，作护身符。星河在望，犹垂机杼之文；弱水难航，遥出步虚之响。但使异鸡反走，即知黄鹄雄飞。上官之秤，岂有神锤；夫人之城，屹焉天险。暂游万里，其在斯乎？"王微"远寻庐阜，问法憨师"的万里途中"孤云何依，明月独举"，似乎也可以理解为此时王微的内心写照吧，尽管"才子慕之，辐辏两涯之间"，王微还是决定远游拜访憨大师。

王微此次远游所作诗文辑为《远游篇》，又称《楚游稿》，周之标《远游篇选》录诗 18 首，无词。诗文大多是记载其游览途中的景物，如《冬夜渡江》、《江上望九华晴雪》、《阳台山晚步》、《鹦鹉洲候月》、《寒夜泊湖上》、《吴江舟次》、《舟次江浒》、《青羊涧》、《起步》等诗文；以及其在游历中交往的文人往来唱和诗，如《湖上留别王永启、谭友夏》、《西湖寒夜与令则诸子话旧分赋》、《登大别山眺黄鹤楼鹦鹉洲同王幼度、朱其勤、李宗文、张仲虎、王子云、龙梦先、熊元敬分韵》、《雨夜柬令则》、《重晤远达，并次朱先生韵》、《为汪然明题梦草》、《答寄》、《雨夜泊湖上》、《月下》、《问愁篇》等诗。《参憨大师》诗有"愿作投怀鸟，香云绕佛龛"句，表达了王微对佛教的向往。回来之后王微于西湖之上"筑生圹"，有"终老之意"。

据王士禄《宫闺氏籍艺文考略》载，王微还著有《宛在篇》。李世熊《寒支集》中有《徐叔颖以林校书诗笔见诒次韵》诗云："昔年疏放滞秦淮，狂客飘零酒百杯。薇露名章过轻眼，向客秦淮以诗文相质者众。草衣新韵愧萦怀。时得王修微《宛在篇》读之，自愧屈不如。"王微《宛在篇自序》云："予近憩必在山水之间，诗名宛在，率取此意，非敢以伊人自目也。嗟乎，我所感存亡生死之变多矣。造化七尺相拘，而不能捐笔焚研，忏除绮语之业，犹沾沾向蝉鸣蚓窍中作生活耶。秋水浩淼，风露已盈，苟复有情，谁能遣此！予多言，予诚不自知其多言。"王微"七岁失父，流落北里",因而有"我所感存亡生死之变多矣"之感;1613年以后王微在西湖之上,"扁舟载书,往来吴会间",目的是为了生存,浪迹青楼,本非所愿,因而才会有"不能捐笔焚研,忏除绮语之业,犹沾沾向蝉鸣蚓窍中作生活耶"的感慨。《宛在篇》中的诗文不知具体诗篇,但据李世雄诗及王微自序推测,《宛在篇》或许是王微此时的一个诗文选集。

四、《樾馆诗集》、《焚余草》与樾馆主人

清朱彝尊《明诗综》卷九十八载王微"字修微,扬州妓。皈心禅寂,自号草衣道人。初归归安茅元仪,晚归华亭许誉卿,皆不终。有《期山草》、《樾馆诗集》"。《期山草》是王微与茅元仪相恋时期作品的结集,而《樾馆诗集》则是与许誉卿婚后的作品选集。

钱谦益《草衣道人王微》云:"修微《樾馆诗》数卷,自为叙曰:'生非丈夫,不能扫除天下,犹事一室。参诵之余,一言一咏,或散怀花雨,或笺志水山,嘳然而兴,寄意而止。妄谓世间春之在草,秋之在叶,点缀生成,无非诗也。诗如是,可言乎? 不可言乎?'性好名山水,撰集《名山记》数百卷,自为叙以行世。"董其昌《容台文集》卷二有《樾馆诗选序》云:"当今闺秀作者,不得不推草衣道人,观其新集,如贻桐汭五言古四篇,绰有韦司直之古淡,而《代陶琴》、《代庄蝶》等,命篇亦复独创。大都闺秀之诗,虽饶于才致,而俭于取境,未有若道人之凿空者,岂直缘情绮靡,为《宛转之歌》、《十离之什》已耶。吾又闻道人竖精进幢,被忍辱铠,师月上而友南岳,不欲仅以诗人传,何论唐山、文君,吾过矣,吾过矣。"清圣祖《御选明诗》卷一百十六载"王微字修微,扬州妓,晚号草衣道人。有《期山草》、《樾馆诗集》"。《樾馆诗集》在清初还有存本,汪启淑曾经见过。《水曹清暇录》卷四《草衣道人王微》云:"字修微,江苏扬州人。参禅有得,寿最高,国初尚存,

予故选入《撷芳集》。顷又见其所著《樾馆诗选》，佳句颇多，附录于此。"

《樾馆诗集》应刊于 1630 年之前，因为董其昌《容台集》载有《樾馆诗集》序言，《容台集》刊于 1630 年。不知《樾馆诗集》中具体的诗文，但汪启淑《水曹清暇录》中附录王微的《樾馆诗选》四首诗："《偶作诗》：'月凉山气净，风断雁声孤。'《吴江舟次》：'半窗残月梦，几树断烟愁。'《雪夜小泛》：'滩声疏落雁，鬼火怯啼乌。'《闲居》：'幽冥从云宿，庭虚待月行。'《汪夫人以不系园诗见示赋寄》：'春随千嶂晓，梦借一溪烟。'《闲步》：'菊荒篱影澹，叶积涧声微。'"其中前四首《偶作》、《吴江舟次》、《闲居》、《汪夫人以不系园诗见示赋此寄之》载于钱谦益的《列朝诗集》中，所以《樾馆诗选》虽然看不到，但是仍然可以根据一些诗文选集一窥其风采。

钱谦益《列朝诗集》选录了王微《期山草》7 首：《舟次水浒》、《偶作》、《吴江舟次》、《寒夜泊湖上》、《冬夜渡江》、《怀宛叔》、《初冬拜孙太初墓》；《闲草》4 首：《怨梅》、《探梅》、《庚申秋夜，予卧病孤山，闲读虎关女郎秋梦诗，怅然神往，能假寐，漫赋一绝，并纪幽怀，予已作木石人，尚不能无情，后之览者，当如何也》、《冬夜怀宛叔》；还选录了《露书》中 7 首：《秋夜送别》、《过宛叔梦阁》、《梦宛叔》、《昌化道中》、《偶赋》、《秋夜》2 首。钱谦益《列朝诗集》与《名媛诗归》所载相同又不见于其他选集有 9 首：《天柱峰》、《代梅答》、《病中听雨》、《山斋坐月》、《有人以断肠草寄怨，予偶见戏反之》、《题小姬画兰》2 首、《送友夏，友夏赠诗，有天涯流落同之句》、《丹阳道中作》。此外，还有 27 首诗：《近秋怀宛叔》（清季娴《闺秀集》卷下载此）、《仙家竹枝词》、《雪夜小泛》、《别窗下蕉》、《新秋逢人初度感怀诸女伴》、《湖上次韵答黄孟畹夫人》、《寒夜送夏夫人从楚入洛》、《今夜寒》、《舟居拈得风字》、

《哭黄夫人孟畹》、《夜归忆邻舟女郎》、《读张秀先传偶题》、《吴老夫人出访山庄,以诗见示,次韵赋答》、《拟燕子楼四时闺意》、《哭韩夫人》、《春夜留别》、《挽赵凡夫》、《题小姬画兰》2首、《月夜留宿冯夫人池上》、《秋夜集石湖分得妆字》、《问侍儿月上花梢几许》、《病中偶拈》、《游牛首阅春江即目》(清季娴《闺秀集》卷下载此)、《忆江南》、《长至入云栖》、《园居》诗。这样在《列朝诗集》中可以辑出王微诗45首,列入《樾馆诗选》中。

钟惺《名媛诗归》中共有诗文98首诗,其中选录《远游篇》16首:《起步》2首、《鹦鹉洲候月》、《为汪然明题梦草》、《晤元达,并次朱先生韵》、《阳台山晚步》、《寒夜泊湖上》、《西湖寒夜与令则诸子话旧分赋》、《吴江舟次》、《参憨大师》、《雨夜柬令则》、《月下》、《冬夜渡江》、《舟次江浒》、《答寄》、《青羊涧》;《闲草》10首:《忆昔》其一、《秋夜舟中怀宛叔》、《代送》、《同钟伯敬先生及诸子夜泛夹山、草荡二漾》2首、《探梅》、《怨梅》、《庚申秋夜,予卧病孤山,闲读虎关女郎秋梦诗,怅然神往,不能假寐,漫赋一绝》、《冬夜怀宛叔》、《同太史过湖上,未几先归,予独留湖上,苦雨感赋》;《期山草》8首:《湖上苦雨怀长卿、令则》、《送眉公先生过夹山漾》、《永启,友夏入法相,余以他事未得随从,赋此志愧》、《初冬拜孙太初墓,同友夏诸子》、《独泛》、《重晤友夏同泛夹山漾怀永启》、《次友夏韵》、《怀宛叔》。此外与《露书》重复的还有10首:《秋夜送别》、《中秋赋戏宛叔》、《偶赋》、《送生甫》、《秋夜》2首、《宫怨》、《昌化道中作》、《戏代》、《梦宛叔》。再除去与《列朝诗集》相同的9首诗文,还有44首诗是其他诗文集所未载的:《秋夜舟中留别》、《忆昔》其二、《中秋后二日,同瞿弥仲、来君余、雪柯、麻衣和尚集虎山桥,月下送眉公先生还云间》、《感怀》、《秋日送夏长卿北去》、《武林纪火》、《暮春歌》、《日沉歌》、《湖上留别王永启、谭友夏》、《登大别山眺黄鹤楼,鹦鹉洲诸胜,同王幼度、朱其勤、李宗文、张仲虎、王子云、龙梦先、熊元敬分韵》、《次朱咏白先生韵》、《湖上再晤永启》《寒夜讯眉公先生》《新秋闭关灵鹫山中》《宛叔招饮花下得狂字》《秋夜送别》(钱谦益《列朝诗集》中有同名异词《秋夜送别》)、《重过嘉禾感怀》(明黄承昊《崇祯嘉兴县志》卷二十亦载)、《大堤曲》4首、《怀苏郎》《秋夜梁溪道中别御君》《题姬人画兰》2首、《送友人东归》《寄别》《和宛叔》《新月》《冬夜》《孤山坐月》《夜月》《秋日闲赋》《近秋怀宛叔》《庐山草堂》2首、《代送项先生北去》《西陵怀谭友夏》《晓泊钓台》《春日有怀》《泊金阊戏赠邻舟女郎》(《明诗归》、明徐𤊹《笔精》亦载此诗)、《送董太史还云间》《赋戏闺人》(明徐𤊹《笔精》亦载此诗)、《留别林天素》。

因而从《列朝诗集》和《名媛诗归》中可以辑得王微诗86首,可能就是《樾馆诗选》所选录的。

《焚余草》与《樾馆诗选》有一定的关系。《焚余草》自序结尾说"草衣道人书于樾馆"。王微《焚余草自序》说:"余诗十余年,实未知诗,亦何敢言诗。诗者,志之所之也。志之所之,而嗟叹之,咏歌之。即不知诗,何讵不可言诗? 余生不辰,早岁失怙。生非丈夫,不能扫除天下,犹事一室。惟参诵之余,一言一咏,或散怀花雨,或笺志水山,不违天籁之丛,独应无人之野,每怀少文之言,辄有天际之想。喟然而兴,寄意而止,妄谓世间,春之在草,秋之在叶,点缀生成,无非诗也。诗如是可言乎? 不可言乎? 虽然,昔人有怀古人不见我者矣,我遂不得见古人,亦何以诗哉? 吾焚吾砚已尔。"所以名曰《焚余》。周之标《女中七才子兰咳集》卷二末云:"此修微序其《闺中草》而未尝行之世也。原刻74首,似是焚余所留,而余选仅38首,竟删其半,较之《远游篇》《闲草》《期山草》,反似严汰,正以其诗境愈老,诗情逾深,诗律愈熟,不得不更苛于昔也。嗟乎! 如修微者,岂特女中峥峥哉? 始可云盛明诗人矣。"由此可知《焚余草》中的作品应是王微晚期的作品,其中有一些诗文肯定是归许誉卿之后所作的。因《焚余草》不仅有关于寓客长安时候的诗文,还有居于西湖时的诗文。有《辛未(崇祯四年1631)春夜,偶阅少陵同学少年诗,有感寄宛叔,忽想古人岂是女子胸眼》诗云:"无情翻笑嵇中散,一封书绝长安盟。"可推想寓客长安当在1631年之前,此后又回到西湖。《焚余草》结集当系与许誉卿婚后之作,或在明末结集。

钟惺《名媛诗归》、钱谦益《列朝诗集》中也没有王微《焚余草》中的作品。因为这是王微"未尝行之世"之诗,可能钟惺、钱谦益、柳如是编纂时未曾寓目《焚余草》中的作品。

综上考述,王微的诗存于《宛在》15首,《期山草》21首,《闲草》14首,《远游篇》18首,《樾馆诗》86首,《焚余稿》38首,共192首。此外,清邹涛《三借庐赘谭》载王微诗一首:"王修微云:'布袍竹杖飘然出,元岳匡庐讨胜还。便不扫除天下事,终须键户著名山。'"还有《题永兴寺壁》诗:"西溪溪上路,窈究何回复。白石卧苍云,寒香透修竹。清泉漱其间,残雪共旅额。我来春始晴,日出林烟绿。何处似当年,横枝覆茅屋。"[1]共有194首诗。

王微的词在周之标《兰咳集》中选录20首,加上其他选集中所存共53首。《古今诗余醉》选录王微词34首,除去重复还有16首:卷一2首:《五日满庭芳》、《除夜水龙吟》;卷七2首:《冬夜偶成鹊桥仙》、《寒夜玉楼春》;卷十1首:《宫怨巫山一段云》;卷十一10首:《湖上曲》10首;卷十二1首:《戏咏瓶内荷花浣溪沙》。《林下词选》选录17首:除去与《兰咳集》重复的《长相思》、《春日戏赋调寄菩萨蛮》、《代怨嘲调寄醉花阴》、《春日代赋调寄风中柳》、《又怨思》、《对月有怀调寄贺新郎》等7首重复,还有10首:《送远捣练子》、《临别似谭友夏如梦令》、《梦到旧居又》、《静夜

_____

① 《题永兴寺壁》见王国平《西湖文献集成·西溪专辑》,杭州出版社2004年版,第297页。

又》、《湖上有感忆秦娥》、《月夜偶代》、《春夜代少绪生查子》、《月夜卧病怀宛叔》、《戏留谭友夏》、《七夕鹊桥仙》。《草堂新余》中除去重复外还有 4 首：《初春用仄韵锦堂春》、《舟中代柬醉花阴》、《春恨蝶恋花》、《闺怨生查子》。此外，清王士禄《然脂集》2 首：《冬夜怀韩夫人》、《病中听雨浣溪沙》。明姚旅《露书》1 首：《春夜送止生东归》。马祖熙说"现时施蛰存教授所辑之本，得词 51 首"，其中可能没有加上《露书》及《然脂集》中的词。

王微还有文章五则：《续玉台文苑》载《宛在篇自叙》、《湖上曲序》、《隔溪十咏小引》三则；陈枚《凭山阁留青二集》卷三载《与汪夫人书》书信一则；赵世杰《古今女史》卷十一载《徐媛吊冢孙文》一则。

第三节　同心松柏非吾愿
茆屋藤床藐姑仙
——王微的婚恋观念及意义

明末，很多名妓都嫁与士人为妻，柳如是与钱谦益，顾媚与龚鼎孳，董小宛与冒襄，王微与许誉卿，这些从良的名妓都是以正妻之礼迎娶过门，所嫁之人或者文才为天下先，或者为东林名士，均为一时俊杰，所以一般认为明末名妓的爱情观念就是寻求才子名士为妻，努力成为闺秀一员，为世人接纳。其实，这只是一部分名妓的想法，并不是所有的女校书们都这样定位自己的人生。如王微，黄宗羲说："当是时，虞山有柳如是，云间有王修微，皆以唱随风雅闻于天下。"[1]陈寅恪说："往岁读《咏怀堂集》，颇喜之，以为可与严惟中之《钤山》，王修微之《樾馆》两集，同是

---

① 黄宗羲《李因传》，《黄梨州文集》，中华书局 1959 年版，第 88 页。

有明一代诗什之佼佼者。"①王微与当时士人交往频繁,曾有过两次恋爱,两次婚姻,但最后仍旧选择"下发","入道","为女冠"。究其原因,是因为她并没有把世俗的婚姻作为自己人生的终极目标,心灵的自由则是其最为期盼的,一直努力不懈地追求着自己的理想。王微的这种纯粹以女性个体生命为出发点来探寻生命意义与人生价值的哲学思考以及其行为超越时代的文化意义,都值得我们去关注、去探求。

一、王微的两次恋爱

王微因"排调品题,颇能压倒一座客"的卓越才学获得当时人的尊重与认可,与之交往的名士很多。据考,其早年流落北里之时,与吴子茂相识,后又与李宜之相恋,但两次恋情均无结果。

潘之恒《王观微传》记载了王微与吴子茂的相恋经过。王微"既悦吴子茂,与有盟言,吴之识度不能出其上,每从众中折五鹿角,于是子茂受戒。云栖曰:'无色淫。'其友戏之谓纤若何。子茂曰:'吾为纤若戒也者,而戒纤若乎哉。嗟乎!诚为纤若戒,则善矣'"②。后来吴子茂到南京考试后,二人关系结束。"子茂应南都试,相送于吴门,观者如堵,啧啧称艳,而观微跳浪自矜,人稍失望。"③

关于吴子茂的情况,笔者目前未见其他记载,只能从这段传记中略知其一二:吴子茂应是读书人,曾参加过科举考试,信奉佛教。王微对吴子茂一往情深,其南都试后,王微曾"洗妆敛容,闭门谢客甚固",但万历丙辰年(1616),王微因"黠奴挟夙债,欲

①　陈寅恪《柳如是别传》,上海三联书店 2001 年版,第 860 页。
②③　潘之恒《王观微传》,《亘史钞》卷二十四,《四库存目丛书》子部,第194 册。

易雏于赵氏"的事①,不得不避祸而"礼白岳",此后二人之间的
关系可能就结束了。

1621年以后,王微还曾与李宜之相恋。李宜之,嘉定人,字
缁仲,号寓园老人。李宜之1653年曾为吴梅村《秣陵春传奇》作
序说:"余弱冠时,尝为《步非烟》杂剧,颇有一二本色语,兵燹中
失去其本。与草衣道人往来吴越间,多以南曲散套及小令纪其
事,亦颇叶律。"②清李延昰《南吴旧话录》卷十八载:"嘉定李宜
之,字缁仲,长衡先生之侄也。哭修微绝句百首,序云:与修微
离合因缘,见之古律词曲,皆有题署,独七言绝句多亵猥事,既嫁
之后,遂杂入无题下,欲斥言其人以避嫌也。"又说:"修微每见余
诗,有时解颐,有时酸鼻,俟内传成,当录一通,相质地下,九原有
知,不知其喜怒哀乐,又当何如。仍是陪花旧主人,花前今日忽
为宾。有情有韵无蛮福,口里雌黄莫认真。注云:修微尝谓余
有一种死情,是日公实诉余,修微尝呼之为许蛮,故戏之。"③从
这两段记载可知王微与李宜之曾经相恋,那么二人何时相遇相
知呢?

据李流芳《檀园集》卷一二《题画册》载:"辛酉(1621)腊月北
行,意思萧索。到吴门,闻子将来,迟之同行,因暂住虎丘之铁佛
僧舍。时送余者为于薪、鲁生、舍弟无垢、舍侄宜之、儿子杭之。
武林都修之时时抱琴来,作数弄。比玉还白下,与予一路同来,
乐酒晨夕。古白同寓舍,间日一相对。楚中李宗文,居停亦相
近。女冠王修微,数以扁舟往来,山中差不寂寞。"④可知李流
芳、李宜之等与王微在辛酉(1621)往来,因而1621年到1624年

---

① 潘之恒《王观微传》,《亘史钞》卷二十四。
② 吴梅村《吴梅村全集》,上海古籍出版社1990年版,第1496页。
③ 李延昰《南吴旧话录》,1915年铅印本。
④ 李流芳《檀园集》,载《四库明人文集丛刊》,上海古籍出版社1993年版。

这段时间,王微与李宜之相恋,1624 年后王微嫁给许誉卿,二人恋情结束。

王微一生两次恋爱,均无结果。与吴子茂分手是因为在1616 年"有黠奴挟宿债",被迫"礼白岳",因而在游历时候与茅止生相识相知,开始了第一次婚姻;1621 年与李宜之相识后,因"偶过吴门,为俗子所偶㜑"而嫁给许誉卿,所以李宜之曾感慨说:"仍是陪花旧主人,花前今日忽为宾。"

二、王微与茅止生的婚姻

关于王微的婚姻有三种记载:(1)只记载归茅止生:明姚旅《露书》卷四载:"王微字修微,小字王冠,维扬妓。归茅止生,后以止生视姬人杨宛厚于己,遂逸去。"①(2)只记载归许誉卿:清王端淑《名媛诗纬初编》、季娴《闺秀集》、曾灿《过日集》、姜兆翀《松江诗钞》、阮元《淮海英灵集壬集》、黄秩模《柳絮集》、民国徐世昌《晚晴簃诗汇》都只记载王微"适太仆寺许誉卿"。(3)记载其先嫁茅止生,后嫁许誉卿:清王士禄《宫闺氏籍艺文考略》、清朱彝尊《明诗综》载王微"初归归安茅元仪,晚归华亭许誉卿"。

对王微婚姻的记载,分歧的原因何在呢? 明姚旅《露书》只记载王微与茅元仪的婚姻,是因为《露书》刻于1622 年,此时王微尚未嫁给许誉卿,姚旅不能预知后事,故无记载。而清代关于王微的传记资料只记载其与许誉卿的婚姻,则是为了避讳。因许誉卿为当时名流,所以王微的前尘事不宜多谈、多记。这与柳如是嫁与钱谦益之后,柳如是和陈子龙的很多往事不被人提及的道理相同,因而导致后人对王微嫁给许誉卿之前的事迹不甚

① 姚旅《露书》卷四,福建人民出版社 2008 年版,第 118 页。

明了。

现代学者庞石帚则分析王微嫁给茅止生的说法是因传闻有误,否则"若修微尝归茅氏,亦必喧于一时,何以诸书皆不言之"?"钱《传》列修微于《香奁上》,以别于乐籍诸人。《淮海英灵集》列之于《闺秀》,直不言其失身北里。而竹垞列之《教坊》,又谓嫁而不终,非也。至竹垞谓修微初归茅元仪,当亦传闻之误。修微归之霞城,时人以为谈柄。如谈孺木《枣林杂俎·丛赘门》云:'云间许都谏娶王修微,常熟钱侍郎谦益娶柳如是,并落籍章台,礼同正嫡。'黄梨州《南雷文定前集》(卷一)《李因传》云:'当是时,虞山有柳如是,云间有王修微,皆以唱随风雅闻于天下。'若修微尝归茅氏,亦必喧于一时,何以诸书皆不言之? 盖归茅止生者,杨宛(宛叔)也。宛叔与修微为女兄弟,齐名当时。牧斋诗云:'王微杨宛为词客,肯与钟谭作后尘。'(见《初学集》卷十七)是也。王、杨皆以乐籍而擅才名,故有传讹。然宛叔卒以放诞坠溷,不得其死。非修微之伦也"[1]。其实庞石帚的论断恰恰与事实相反。正是因为王微曾经"落籍章台",而嫁给许誉卿时候"礼同正嫡",且许氏为东林名士,故前尘诸事不宜提起,正如李宜之把与"修微离合因缘、多亵猥事、有题署"的"古律词曲"在其"既嫁之后,遂杂入无题下,欲斥言其人以避嫌也"[2]。

茅止生,名元仪,《列朝诗集》载"止生好谈兵,通知古今用兵方略及九边阨塞要害,口陈手画,历历如指掌。东事急,慕古人毁家纾难,慨然欲以有为"[3]。王端淑亦云:"止生侠骨凌云,肝

---

[1] 庞石帚《草衣道人轶事》,《养晴室笔记》,四川文艺出版社 1985 年版,第 109—110 页。

[2] 李延昰《南吴旧话录》,1915 年铅印本。

[3] 钱谦益《列朝诗集小传·丁集》,上海古籍出版社 1983 年版。

肠似雪，虽历戎间，乃一代才士也。"①

王微与茅止生曾结为夫妇无疑。首先，因王微为茅氏所作诗文中直呼茅氏为夫君。王微有《夏前送止生》一诗②：

送春肠已断，况复送夫君。

记得前年别，劳亭日已曛。

雨晴山色近，风细水光分。

花事凋残后，奇峰想夏云。

其次，茅止生《石民渝水集》卷一有《沿塞东行寄内》诗，是寄给王微的。其称呼王微为"内"，可知二人关系。诗云："塞上山奇丽，江南似不如。问耽山水者，癖尚向同余。"

王微《宛在篇自叙》云"予近憩必在山水之间"，钱谦益《草衣道人王微》云"性好名山水"；陈继儒《微道人生圹记》云"修微姓王，广陵人，自幼有洁癖、书癖、山水癖"，所以茅止生所言的"山水者"，当指王微，而以内称之，可知此时王微已经嫁给茅止生。

另外茅元仪有《戊午立春前一夕将禁诗止酒二百四十一日，醉以别酒，燕姬张次君即度索赠，遂走笔以答，因以别诗》，茅止生另有《燕雪新归，携之白下，示宛叔、修微》一诗③：

昔约经频易，今还定复疑。休猜曾别后，如忖未归时。

花灼无深浅，莺调有早迟。山山春色里，相共不相移。

杨宛嫁与茅止生是确实无疑的事情，这里把杨宛与王微并称，可知王微与茅止生的关系，所以"燕雪新归"，要告知杨、王

---

① 王端淑《名媛诗纬初编》卷十九《正集附上》。

② 徐𤋮《徐氏笔精》卷五，《杂著秘笈丛刊》，台湾学生书局1971年版，第465页。

③ 茅元仪《石民赏心集》卷三，《四库禁毁书丛刊》集部，第110册，第314页。

二人。

　　那么,王微与茅元仪的婚姻始于何时呢? 从《露书》刊刻的时间可知,王茅二人的相恋以及分开应在 1622 年以前。王微作品《期山草》中很多写给茅止生的诗文,且这些诗文多载于姚旅《露书》中。从谭元春为王微做的《期山草小引》载"己未秋阑,逢王微于西湖"可知,《期山草》作于 1619 年之间,那么可以推测王微与茅止生相恋应该在 1616 年至 1619 年之间。

　　1616 年之前,茅止生与王微不可能相恋。首先是因为王微与吴子茂在 1616 年"有黠奴挟宿债"被迫"礼白岳"后才分手,其次是因为茅止生此时与名妓陶楚生相恋。茅、陶二人相识于万历三十八庚戌(1610)西湖之上,二人情深意重。陶楚生曾为茅元仪安排纳妾,茅止生云:"姬谓余曰:'儿善病,且居风尘久。恐不能举子,太夫人抱孙子之念急,不可以儿故久误君。向当儿将谢风尘时,有即家儿,字秋水者,其标格态致皆昆仑,……其年少,且无痼疾,可以妊。'"① 又说:"自古往以来,亦未有合才交、情交、名交、意气交、鬼神交,萃而为一者也,而姬独兼之。余既逊昔人,然往者人以余贫困沮姬,姬屹不顾,余宁不骄长卿哉? 况白头之吟,长卿与文君几不能终始。夫不以真合者则不能永好,道固然也。余与姬三年如一日,姬又当傲文君矣。"② 所以陶楚生亡故后,茅止生非常怀念,其《醉忆亡姬率成二偈》云:

　　　　花影重重月影明,花开花谢月常盈。何曾月落花影留,月总无情花有情。

　　　　十三高楼烟海秋,相期常住久羁游。不弃弱水朝朝溺,

____

　　①② 茅元仪《亡姬陶楚生传》,载《石民渝水集》卷三十二,《四库禁毁书丛刊》集部,第 109 册。

挽尽黄河石上流。

杨宛与茅止生的相识，是因为陶楚生的极力撮合。茅止生远行，陶楚生说："儿尚弱，不能侍君行，君行无与言者，牢骚还故乡，将必神伤，儿深以为忧。向屡以人进君，君不许。君固欲慎重耳。今君试载宛叔以往，宛叔，才人也，当深怜之。苟当君意，即收之。比游者两载，儿意所更者五人，而皆不遂。两年归，宛叔未他适，不当谓非天也。"①在杨宛身上，有陶楚生的爱意，而杨宛又才学、美貌并重，因而1613年杨宛与茅止生完婚。

据王微《秋夜客坟素园怀宛叔》诗"壬子病起，夜气侵商"之句，可知王微与杨宛于壬子(1612)已经相识了，而王微与茅止生相识应是1617年的秋天。

1616年王微因避难而开始扁舟载书的远游生活。王微有《过宛叔梦阁》诗："照返江流急，霜多枫叶残。年年月光好，只共一闺寒。"诗中言霜多枫叶残，说明此时是秋天，且是在中秋，其《中秋赋戏宛叔》云："霜满枝，月满枝。仿佛孤衾薄，徘徊就枕迟。年年此夜翻成恨，落尽芙蓉知不知。"另有《代宛叔寄止生》云："月自明，愁自生。分飞虽已惯，长叹若为情。月入疏帘桐影薄，幽思应怯洞箫声。"

茅止生中秋之后归家，与王微相恋；不久，茅止生又离家东去。王微有《新秋赋送止生东归》、《秋夜送别》诗；另外还写了很多思念的诗文，如《秋夜二绝句》等。

1618年的初春，茅止生再次归家，之后又离开。王微有《春夜送止生东归·调得长相思》："未花残，惜花残，月落江潭烟水寒。离恨欲无端。试凭栏，怯凭栏，帆驱云际路漫漫。何人上

---

① 茅元仪《石民渝水集》卷三十二。

木兰。"

　　在茅止生归来的春天里,从王微的诗词中可以看出其心情非常愉快。《春日和人调寄浣溪纱》云:"春浓陌上暗飞香,个个情痴似蝶忙。梨花初嫩不胜妆。　　簇簇海棠云外月,趁风轻漾扑鸳鸯。小湾曲曲足行觞。"送走茅止生后,王微情绪低落,《春夜代少绪生查子》云:"久病怯凭栏,况忆人同倚。月寒花影筛,愁至欢难替。离魂未得飞,担带愁同去。芳草在天涯,绿到无回避。"《春暮病中次宛叔韵调寄捣练子》云:"心缕缕,愁踽踽,红颜可逐春归去。梦中犹带惜花心,醒来又听催花雨。"

　　但此时的不快与病重,除了与茅止生离别之外,还有别的原因。茅止生回来后,则把新纳的燕雪"携之白下,示宛叔、修微",这导致了后来王微的离去。

　　姚旅《露书》卷四说王微离去的原因是因为"后以止生视姬人杨宛厚于己,遂逸去,逸时匿其亲金七家三日"[①]。杨宛与茅止生之间感情的确很融洽,《静志居诗话》云:"(茅)止生得宛叔,深赏其诗,序必称内子。既以遣荷戈,则自诩有诗人以为戍妇。兼有句云,'家传傲骨为迁叟,帝贳词人作细君。'可云爱惜之至。"但王微与茅元仪相恋晚于杨宛,且终其一生,王微与杨宛二人都是女兄弟,一直与其有诗词唱和,所以其离开的真正的原因是因为"燕雪新归"。

　　王微有《近秋怀宛叔》诗云:"江流咽处似伤心,霜露未深芦花深。不是青衫工写怨,时见只有白头吟。"后两句诗或许解释其离开的真正原因。"青衫写怨"之典出自白居易《琵琶行》,"白头吟"用的则是文君与相如的典故。王微把它用在给杨宛的赠诗中,可推测在"燕雪新归"之后,杨宛与王微可能有

---

　　① 　姚旅《露书》卷四。

"白头吟"之感。王微的性格刚烈,有主见,平日里"间读班、马、孙武书,人莫得而狎视也。尝行灵隐寺门,见白猱坐树端,迫之,展翅疾飞去。包园夜半,有两炬烂射窗缝上,谛视之,虎也,修微挑灯吟自若"①,所以离开之后的王微在亲戚金七家暂住,并没有十分悲苦,"居广厦,金七屋如斗,犹日坐井栏读书,胸襟出人头地矣"。

茅止生《石民渝水集》卷三有《有寄》六首,诗中每有说明寄给谁的,但其中用到"白傅"的典故,与王微的"青衫"典故相呼应。白居易与名妓之间的悲欢离合与茅止生与王微的聚散相似,所以茅止生有"白傅自知恩尚薄,况余何敢独苛君。不嫌此日随风絮,但负当年几梦云"之句。这应该是在王微离开后,茅止生对其的怀念之语。而"恨少闲身为道侣"、"若欲问禅堪一过,法堂高处不相禁"之句则所指之意更加明显。"道身"、"禅"、"法堂"与王微的草衣道人身份相符,而且"曾言少小在邘江,多少伤心气未降"亦是指王微少年时候漂泊流落北里的情景。

王微的集子中,除了《期山草》之外,找不到与茅止生有关的诗文,但是在《闲草》、《焚余草》中都有很多怀念杨宛的诗文。《中秋赋戏宛叔》、《秋夜舟中怀宛叔》、《宛叔招饮花下得狂字》、《和宛叔》、《冬夜怀宛叔》、《怀宛叔》、《梦宛叔》等诗,这些诗文多表现对旧日的怀念与今日离别的悲伤,这种往来也许包含了王微对茅止生的怀念。

离开了茅止生,王微回到西湖,1619 年与钟惺、谭元春等人往来,"已而忽有警悟,皈心禅说,布袍竹杖,游历江楚",开始了另外一段生活。

---

① 钱谦益《草衣道人王微》,《列朝诗集小传》闰集四,上海古籍出版社 1983 年版。

三、王微与许誉卿的婚姻

许誉卿,字公实,华亭人。据《明史》记载,许誉卿万历四十四年(1616)进士,授金华推官。天启三年(1623)征拜吏科给事中。赵南星、高攀龙被逐,誉卿偕同列论救,遂镌秩归。庄烈帝即位,起兵科给事中。薛国观讦誉卿及同官沈惟炳东林主盟,结党乱政,誉卿上疏自白,即日引去。(崇祯)七年起故官,历工科都给事中。

许仲元《三异笔谈》载"道人先从黄门为女记室,奉太夫人命随侍入都,值魏珰初用事,杨忠烈疏上,留中未发,黄门纠同列继之,道人计祸必烈,不言负太夫人,乃于嘱缮疏稿,时以卤和墨。熹宗尸位,疏辍数月不阅,时经溽暑进御,以腐不可揭,乃以他事放归。"[①]从这段传记记载可知如下几件事情:

(1)王微是在"值魏珰初用事,杨忠烈疏上,留中未发"时嫁给许誉卿的,魏珰当权,杨忠烈上疏的时间应该是在天启四年(1624)左右。王微嫁给许誉卿的原因据钱谦益《草衣道人王微传》、清姜兆翀《松江诗钞》的记载是因为"偶过吴门,为俗子所嬲,乃归光禄"。当时王微说自己已经是"木石人",一心入道,平舆野史许经《修道人生志铭》载:"道人筑生圹六桥之间,意不欲与苏家松柏近。"[②]但是由于王微女校书的身份而受奸人骚扰,最后嫁给许誉卿。

(2)王微嫁给许誉卿得到家里人认可的。王微婚后是"奉太夫人命随侍入都",可知王微是得到太夫人的首肯,在许家里有正式身份的,且许誉卿娶王微之时"礼同正嫡"。

---

① 许仲元《草衣道人轶事》,载《三异笔谈》,重庆出版社1996年版,第56页。
② 许经《修道人生志铭》,载周之标《兰咳集》卷三。

（3）王微对许誉卿在政治上有一定的帮助。钱谦益《草衣道人传》说："颍川在谏垣，当政乱国危之日，多所建白，抗节罢免，修微有助焉。"关于王微对许誉卿在政治上的帮助，有很多记载。"初，公与虞山雅善，虞山晚节不臧，阿附马、阮，欲引公自助，再四通书，公不答。道人礼诘蘼芜君曰：'尚书终始参差，已成小草，重负阿姊，今复濡首下泉，昂友入谷，家公坚白不渝，岂为腐鼠嚇也。'"①，后复诏许誉卿出仕，"道人复谏公曰：'君方炎烈，臣尽披靡，衮衮诸公，皆一丘之貉，堂堂七尺，何必虚捐。'公遂闭门不出，筑小桃源以避世"②。小桃源在西湖断桥东，这是王微一生比较幸福的时光。二人谈诗论道，与士人交往唱和。钱谦益有诗云："草衣家住断桥东，好句清如湖上风。"

王微与许誉卿的婚姻结局，有"不终"和王微"后为女冠"两种说法。清朱彝尊《明诗综》卷九十八："王微初归归安茅元仪，晚归华亭许誉卿，皆不终。"清黄秩模《柳絮集》卷二十六载："王微字修微，号草衣道人，江苏江都人。太仆许誉卿室。按王微后为女冠。"民国徐世昌《晚晴簃诗汇》卷一百九十九载："草衣道人，适太仆许誉卿，后为女冠。"

朱彝尊说"初归归安茅元仪，晚归华亭许誉卿，皆不终"，这"不终"是何意？若指白头偕老而言，似乎不确。如果说王微与茅止生二人婚姻不终，这是确定无疑的，因为最后王微选择离开，而此时茅止生还在世，这肯定是不终；许誉卿应该是王微最后的归宿，又何言不终呢？陈寅恪《柳如是别传》说："然则当明之季年，江左风流佳丽，柳如是、王修微、杨宛叔三人，钱受之得其龙，许霞城得其虎，茅止生得其狗。王、杨终离去许、茅，而柳

---

①②　许仲元《草衣道人》，载《三异笔谈》卷三，重庆出版社1996年版，第56页。

卒随钱以死。"①这似乎可以做"不终"这个词的注脚,这个"不终"似是暗指王微离开许誉卿。那么王微为什么要离开许誉卿,离开之后到什么地方去,是一个值得研究的问题。

庞石帚这样解释朱彝尊的"不终"含义:"《小传》言修微于国变后三年乃卒,霞城哭之痛;而《静志居诗话》乃云:'修微归归安茅元仪,晚归华亭许誉卿,皆不终。'不知竹垞何所据也。又考阮伯元《淮海英灵集·闺秀类》云:'王微字修微,号草衣道人,江都人,适太仆寺许誉卿,后为女冠。住无常地,往来西湖,游三楚三岳,急人之困,挥洒千金。'此所叙述,更补钱、朱两传所未及,亦不言归许不终也。余谓修微早年造生圹于西湖,矢志学道,而霞城于国变后亦剃发为僧,夫妇时或别居,斯亦情理之常。"②如果仅仅是因为"学道",而"住无常地"的话,似乎不能解释通"不终"。

王微与许誉卿夫妻明亡一入道,一为僧,但其实二人可以仿效黄茂仲与项兰贞一样如"刘纲夫妇霞为骨"那样双栖礼佛,因为赵凡夫与陆卿子共同隐居支硎山,是为王微所艳羡的。王微《挽赵凡夫》诗中曾说:"最难同学又同修,夫妇双栖百尺楼。"可是许誉卿不是黄茂仲,"嗟乎,茂仲何人,洗却康乐繁华,唤醒鹿门枯寂哉"。而许誉卿虽然为僧,但却不废声妓,曾经与卞赛之妹卞敏有过一段情缘,且与松江名妓王彩生交情匪浅。钱谦益《有学集》有《霞城丈置酒同鲁山彩生夜集醉后作》诗云:

> 沧江秋老夜何其,促席行杯但愿迟。
>
> 丧乱天涯红粉在,友朋心事白头知。
>
> 朔风凄紧吹歌扇,参井微茫拂酒旗。

---

① 陈寅恪《柳如是别传》,第790页。
② 庞石帚《草衣道人轶事》,第108页。

今夕且谋千日醉,西园明月与君期。

还有《霞老累夕置酒,彩生先别,口占十绝句,纪事兼订西山看梅之约》诗,

其一

酒暖杯香笑语频。军城笳鼓促霜晨。

红颜白发偏相殢,都是昆明劫后人。

其二

兵前吴女解伤悲。霜咽琵琶戍鼓催。

促坐不须歌出塞,白龙潭是拂云堆。

其八

缁衣居士白衣僧。世眼相看总不应。

断送暮年多好事。半衾暖玉一龛灯。

陈寅恪评论这几首诗说:"至霞城虽'国变后,祝发为僧',但若未贮彩生于金屋,则'半衾暖玉'一语,恐尚不甚适当也。"①

此外,王微入道可能与其无子有关。王微虽然是"礼同正嫡"迎娶进许家的,而且得到太夫人的许可,但是在日常生活中也不是尽如人意。王微《与汪夫人书》中曾说"微虽得自由,亦有上下,即如夫人,不使外知,能私厚尊慈否。事同一理,而况无出者乎"。这里提到一次"无出",后又再次重申,"微多病无出"②,可见无论王微如何洒脱,在那个奉行"夫死从子"的时代,王微以女校书的身份嫁入仕宦之家,无子可依,其内心中的孤苦伤感不言而喻。

但王微最后的入道并不是对婚姻的失望,不是被迫的,无奈

---

① 陈寅恪《柳如是别传》,第 1148 页。

② 陈枚《凭山阁留青二集选》卷三,《四库禁毁书丛刊》集部,第 155 册。

的;相反,是主动的,积极的,这与有过作"才子妇"经历的李香之却币洁身,下玉京之潜身入道是不同的,这是王微为自己的心灵选择的最终归宿,"同心松柏非吾愿,茆屋藤床藐姑仙"是她一生的夙愿。或许在王、许二人的婚姻中有矛盾,但王微是以"礼同正嫡"的方式娶入许家的,且被太夫人认可;许誉卿对其尊之敬之,"许揖之曰:'人争笑我为帐中人弹压,苟念斯语,胡得不事如畏友。'"①因而王微清初后为女冠,最后离家"筑庵下发",是为了实现自己的理想,追寻自己的价值。王微早年醉心佛道,"奉竺乾古先生之教,刺血写小品经",生活上"修微饭蔬衣布,绰约类藐姑仙。笔床茶灶,短棹逍遥,类天随子"②。又曾"买山湖上,穿容棺之墟,茆屋藤床",说自己已是"木石人"。

明清鼎革的时代,给了王微一个实现理想的机会,所以王微的入道,是对理想和信念的追求,是个体生命对人生价值加以深思后作出的主动选择。尽管这种主动追寻理想,具有浓厚的个人色彩,不是为了改变或者提高整体的女性地位而做出的努力,但女性以独立的姿态,在山水间追寻人生意义,在宗教中寻求生命价值,这种独立行为本身所具有的超脱时代的文化意义,对于我们探求明清时代女性的生活及精神具有重要的启示作用。

第四节　独立的"她者"

——王微的交游与追求

最初,王微因"与李清照、朱淑真相上下","管教钟谭作后

---

① 李延昰《南吴旧话录》卷二十四。
② 陈继儒《微道人生圹记》,《晚香堂小品》卷十九,上海杂志公司 1936 年版,第 350 页。

人"的才学成为名满西湖的女校书,与汪然明、潘之恒等人关系密切;凭借"诗惊四座的才情"扁舟载书,自由往来五湖间;万历四十七年(1619)以后,为了摆脱"慕翰墨者,辐辏案前,如农诉水旱"的困扰,她"游历江楚,登大别山,眺黄鹤楼、鹦鹉洲诸胜,谒玄岳,登天柱峰,溯大江,上匡庐",在游历途中因其"包园夜半,有两炬烛射窗缝上,谛视之,虎也,修微挑灯吟自若"的胆识①,及"间读班、马书","生非丈夫,不能扫除天下"的失意情怀,成为落魄不得志士人的天涯知己,与钟惺、谭元春、夏长卿、李宗文等人关系密切;拜访憨山大师后归西湖上,以孔雀和鹦鹉为喻说明"色与才不足恃",陈继儒问:"今君才貌两艳,人间所擅,出世之盟,将无太早。"修微答:"嘻,是何言!孔雀金翠,始春而生,四月而凋,与花萼相衰荣。每欲山栖,必先择置尾之地,然后止焉,然禁中缀之以为帚,蛮中采之以为翣,甚有烹而为脯、为腊者,色可常保乎?鹦鹉驯扰慧利,洞晓言词,官家奇爱之,或教诗文,或授佛号,而未免闭于金笼、搏于鸷鸟,则韵语又可常恃乎?"②因而决定"自今伊始,请忏从前绮语障,买山湖上,穿容棺之墟,茆屋藤床,长伴老母,岂复问王孙草、刘郎桃、苏小小同心松柏哉"③,更"造生圹于武林,自号草衣道人",后因"偶过吴门,为俗子所嬲,乃归于华亭颍川君(许誉卿)","当政乱国危之日,(颍川君)多所建白,抗节罢免,修微有助焉"④。尽管许誉卿不以"人争笑我为帐中人弹压"为忤,以"胡得不事如畏友"的态度对之,但最后王微却仍选择"筑小庵下发"。

　　王微对宗教的这种执着追求,不是为了逃避现实,与很多才

　　①　陈继儒《微道人生圹记》,《晚香堂小品》卷十九,上海杂志公司 1936 年版,第 350 页。

　　②③　陈继儒《微道人生圹记》,《晚香堂小品》卷十九。

　　④　钱谦益《草衣道人王微》,《列朝诗集》闰集四,上海古籍出版社 1983 年版。

女中年以后因伤心而学佛迥然不同。沈宛君学佛,是因伤儿女的早夭,其《呈泐大师》诗云:"碌碌浮沉无息机,生涯回首总云非。幼劳未报肠空断,儿女相牵泪暗挥。幻境亦知难解脱,虚花不定更依违。迷途仰望垂哀悯,愿指慈航鉴所祈。"①吴藻皈依净土是因自身的"天壤王郎"之憾,其《香南雪北词·自序》说:"忧患余生,吟事遂废,因检残丛剩稿,恕而存焉。自今以往,扫除文字,潜心奉道。香山南,雪山北,皈依净土,几生修得到梅花乎?"②《浣溪沙》词云:"一卷《离骚》一卷经,十年心事十年灯。芭蕉叶上几秋声。欲哭不成还强笑,讳愁无奈学忘情。误人犹是说聪明。"王蕴章说:"钱谢庵《微波词》'人为伤心才学佛',略可与此词印证。"③王微学佛不是悲儿女,也不是叹"天壤王郎",而是一种对生命意义的主动探寻和追求,诚如王端淑所说:"修微不特声诗超越,品行亦属第一流。给谏为正人领袖,相得益彰。即其与诸名流唱和诸什,可使旗亭削色。况深入空门,实有解悟,岂非种性夙生,悟鹧鸪声而税驾者耶?"④尽管王微这种"种性夙生"的追求具有强烈的个人主义色彩,缺乏我们习惯上认为的女性寻求个性解放的抗争性质和进步意义,但是从个体的角度来看,这种主动的追求和探寻却具有重要意义。

一、"识之浅者以为诗"——湖上校书的才情与交游

王微"七岁失父,流落北里",凭借才学闻名湖上。李鼎《西

①　沈宛君《鹂吹集》,载《午梦堂集》,中华书局 1998 年版。
②　吴藻《香南雪北词》,道光庚戌刻本。
③　王蕴章《燃脂余韵》卷四,张彭寅《民国诗话丛编》,上海书店出版社 2002年版。
④　王端淑《名媛诗纬初编》卷十九,清康熙间清音堂刻本。

湖小史》载:"湖中不可无美人,犹鬓无关于神明,而失之不佳。……王微诗惊四座,读书谈道而多胜情。"①潘之恒《王观微传》载汪然明语云:"余七年未至西湖,徒谓风景不殊,典刑凋谢,有不忍过雪堂、经桂舟之况。汪然明大诧,谓西湖迩来始盛青翰,曲折藏云,表里耀玉。昼开绮窗,则江云湖藻,施绘若虚;夜列绡屏,则兔窟蛟宫,渊澄皆洞。倾城之色,并艳三倪;绕梁之技,堪骄二采。晚得邵姬结局,今唯王生擅场。"②这是万历四十年(1612)的事,"王生擅场"即指王微。此时她与汪然明、潘之恒二人关系最为密切。

汪然明,名汝谦,号松溪道人,有湖山主人之目,与当时很多名媛才女都有交往,《听雪轩集》就是专写西湖名妓杨云友的诗集;他还为柳如是刊刻《湖上草》、《尺牍》。汪然明与王微应相识于万历壬子年(1612)前,潘之恒壬子夏来杭州西湖时,汪然明对他盛赞王微。王微有困难时,汪然明鼎力相助,"丙辰春,有青鸟衔汪然明书至,言观涛挟女雏礼白岳,将过视髯"③。这是汪然明请求潘之恒帮助王微母女的书信,因时"有黠奴挟夙债,欲易雏于赵氏",王微母女不得不"礼白岳"。此外,汪然明还曾为王微结庐湖上,《西湖遗事诗》关于王微的诗文是这样写的:"西泠筑室惬幽情,挥麈高谈心迹清。不独吟流时檥櫂,梦中诗草亦同评。"后附《王修微传记》云:"王微字修微,工词翰,前明广陵校书也,晚独放情山水,自号草衣道人,曾来湖上,汪然明为筑馆于西陵桥畔以居之,名曰净居。"④汪然明《绮咏集》有《余为修微结庐湖上,冬日谢于宣伯仲过临,出歌儿佐酒》诗,提到净居之名;王

① 李鼎《西湖小史》,《丛书集成续编》史地类,第224册。
② 潘之恒《亘史钞》卷二十四,《四库存目丛书》子部,第194册。
③ 潘之恒《陶观涛传》,《亘史钞》卷二十四,《四库存目丛书》子部,第194册。
④ 朱彭《西湖遗事诗》,《丛书集成续编》史地类,第224册。

微《汪夫人以不系园诗见示赋此寄之》末句"何时同啸咏,暂系净居前"也提到净居。而且汪然明还曾梦与张卿子在净居谈论诗文,汪然明《冬夜梦于修微净居与张卿子评〈梦草〉》诗即载此事。王微有《为汪然明题〈梦草〉》诗:"情为梦因缘,情真梦多妄。非梦能渺茫,渺茫反多状。先生忘情人,独醒众所谅。梦中与意中,是一或成两。湖舫读梦草,使我识情量。斯时残月在。千顷碧漾漾。梦起与梦消,只看梨花上。"周之标《女中七才子兰咳集》卷二评价说:"惟此道人,可与说梦。"①可见王微确是汪然明知己,能够明白《梦草》真意。王微还经常参与汪然明的不系舟聚会,"不系园,汪然明制。是时,湖上诸姬,如王修微、杨云友能诗,林天素能画山水,兼能琵琶,王玉烟能走马,吴楚芬能歌。然明招诸名士集湖舫,诸姬必与坐。红袖乌丝,传为胜事"②。

　　潘之恒,字景升,安徽歙县人。"须髯如戟,甚口,好结客,能急难,以倜傥奇伟自负。晚而倦游,家益落,侨寓金陵,留连曲中"③。王微称潘之恒为"伟丈夫",倾慕其才华,潘之恒说"张卿子自武林游歙,又述纤若(王微)之倾慕髯也"④。王微母陶观涛听王晋公说潘之恒"能千金急人之困,虽囊无一钱,不示人以窘也"而慕之;知潘之恒"居南屏山之竹阁",于是"赘以果帨绣缛裳焉";潘之恒儿子病时,观涛又"就榻问之,自云身虽女子,愿一识韩荆州";后又"以酒肴馈",潘之恒"始报谒于其家",但亦只是"宾主礼而退,不及私语"。潘之恒对王微母女的情意也非常感动,"特感其交情,愧彼莽莽者尔"。王微母女如此仰慕潘之恒,

　　①　周之标《女中七才子兰咳集》,《兰咳集》卷二卷三均为王微诗选,本文王微诗均引于此书,北图清初刊本。
　　②　厉鹗《湖船录》,《丛书集成续编》,第90册。
　　③　钱谦益《潘太学之恒》,《列朝诗集小传》,上海古籍出版社1983年版,第630页。
　　④　潘之恒《陶观涛传》。

究其原因有二：其一是潘之恒性格豪爽与王微有相似之处：王微被称为"红妆季布"，"道人夙敦然诺，急人之困，挥数千金无所悋惜"①。故对潘之恒"能千金急人之困"的豪迈有惺惺相惜之感。其二是潘之恒喜游山水的爱好与王微的"山水癖"一致。王微"自幼有洁癖、书癖、山水癖"，此时王微声名尚微，不能自由行事，因而对潘之恒能游历四方自然非常羡慕。从万历壬子年(1612)到潘之恒去世的天启二年(1622)十年间，王微与潘之恒一直有交往。特别是万历丙辰年(1616)，王微因"黠奴挟夙债，欲易雏于赵氏"的事，不得不避祸于潘之恒家。潘之恒感念王微母女的知己之遇，又因汪然明的请求，遂馆之洪氏园。恰逢雨雪浃旬，王微母女在潘家盘桓旬日，别离时潘之恒"送之河梁，各洒泪别"。

汪然明《冬夜梦于修微净居与张卿子评梦草诗》提到张卿子，潘之恒也曾提到"张卿子自武林游歙，又述纤若之倾慕髯也"，知张卿子与王微在1616年前已相识，且常谈诗论词。张卿子"字相期，号卿子，又号西农，仁和人，高怀卷迹，似严君平、郑子真一流人"②，好谈《易》，尽管以医学名家，但其《野花诗》中"微霜茅屋鸣残叶，细雨林塘生野花"句流传很广。《乾隆杭州府志》载张卿子"少颖异，于书无所不窥，工为诗。以国子生游金陵，时名大起，见赏于董其昌诸公"③。《康熙杭州府志》又载其著有《名山胜记》、《湖上编》等游记作品④。

汪然明《绮咏集》有《春日同胡仲修、贺宾仲、徐震、岳泰、王

---

① 钱谦益《草衣道人王微》。
② 丁丙《武林坊巷志》，浙江人民出版社1990年版，第八册，第117页。
③ 转引丁丙《武林坊巷志》第八册，第118页。
④ 同上，第120页。

修微六桥看花,夜听冯云将、顾亭亭箫曲》诗①,可知王微与这些
人也是熟识的,另外她与葛一龙、李世熊、王晋公、吴子美、汪履
康等人也有交往。葛一龙字震甫,震父,号恩园居士,吴县东山
人。性好交游,屡试不售。一龙有《王修微期会菰庐中,予已出
山,怅然答意》诗:"闻说麻姑访洞庭,太湖云袖拂烟星。水西人
去空洲远,一片参差荻笋青。"②据张慧剑《明清江苏文人年表》
所载,葛一龙在万历四十七年(1619)赴京援例谒选,其《修竹编》
中《泛舟赤石矶同程孺文、黄明立、曾波臣、洪仲韦、郭圣仆、郑虞
臣、黄允修、黄飞卿、刘师藩、倪卢牟韵用开字,时三月廿六日》、
《三月晦日送春郭居士家看波臣写照》,编在《腊月十五日同伯
敬、圣仆、子丘、茂之集虚野王孙潭上山居》之后。据钟惺《隐秀
轩诗》系《腊月十五葛震父要集齐王孙山居》于万历四十六
(1618)年来看,二诗当作于万历四十七(1619)年三月。由此推
知因葛一龙与曾鲸等人一起游历,王微与之失之交臂。

王微早年以"诗惊四座"、"读书谈道而多胜情"闻名西湖。
李世熊说:"时得王修微《宛在篇》,读之自愧屈不如。"③王微虽
负盛名于湖上,"慕翰墨者,辐辏案前,如农诉水旱",但在世人眼
中也不过是不同于俗妓的校书、美人而已。文士辈不仅能超越
身份的偏见,赞赏她的才华,如梁溪邹迪光《始青阁稿》卷十一有
《王修微闲草序》,称王微诗"所谓空青水碧,不从丹唇皓腕中拈
出者也";而且论色与才的关系时,更突出赞美她气质的高华,称
"铅华尽洗,独存天倪,又如其诗;不谓狭邪跳荡,靡然斗色之日,
而有此素心人,诸青琴、弄玉、双成、萼绿华宛在人间矣"。王微

---

① 汪然明《绮咏集》,载《四库存目丛书》集部,第 192 册。
② 葛一龙《葛震甫诗集》,载《四库禁毁书丛刊》集部,第 123 册。
③ 李世熊《寒支集初集》,载《四库禁毁书丛刊》集部,第 89 册。

气质上"多道气",才学上称"词家",几乎压倒千古名媛才女。在得知王微入道的消息,邹迪光特意做诗贺之,有"青蛾多道气,翠袖是词家。秋水纹能剪,春山黛不加。心窝堆锦绣,舌片吐烟霞"之赞语,尽管称王微有"此世薛洪度,前身萼绿华"的资质,但偏偏以《妓女王修微意将入道,诗以赠之,凡十韵》为题①,直称"多道气"、"舌片吐烟霞"的王微为妓女,可见即使在赞赏其才学若是的士人眼中,王微的身份也不过是"妓女"而已,无论她才胜班姬几许,豪爽如"红妆季布",也始终是湖上美人。因此万历四十四年(1616)当"黠奴挟凭债"事发时,王微便开始了"礼白岳"的游历生活。此后,王微的社会身份逐渐发生变化,从风情、诗才兼具的女校书转变为胆识、豪情并重的女侠。

二、"识之深者以为侠"——王修微的游历与交游

钱谦益说:"余尝与河东评近日闺秀之诗,余曰:'草衣之诗近于侠。'"②"近于侠"不仅是王微诗文的特色,也是对王微品格的概括。王微"尝行灵隐寺门,见白猱坐树端,迫之展翅疾飞去。包园夜半,有两炬炷射窗缝上,谛视之,虎也,修微挑灯吟自若"③。又曾"月下从开先寺看青玉峡,道遇虎不怖"。这是胆气之侠。人称王微"胆可包身,独往独来,布帆无恙","颍川在谏垣,当政乱国危之日,多所建白,抗节罢免,修微有助焉。乱后相

---

① 《始青阁稿》卷六载此诗:"念尔抛铅粉,居然谢狭邪。长依多宝座,怕逐七香车。避客烧龙脑,要人种雀芽。洗红嫌印指,唾碧讶生花。津上应犹妒,林间正可夸。青蛾多道气,翠袖是词家。秋水纹能剪,春山黛不加。心窝堆锦绣,舌片吐烟霞。此世薛洪度,前身萼绿华。悔将丹鼎质,十载学琵琶。"见《四库禁毁书丛刊》集部,第 103 册。

② 钱谦益《牧斋初学集》卷三十三,《士女黄皆令集序》,上海古籍出版社 1985年版,第 967 页。

③ 钱谦益《草衣道人王微》。

依兵刃间,间关播迁,誓死相殉"①。这是气节之侠。至于"至栖贤桥,题字金井上,白云卷之而飞;见乐天草堂圮,解衣修葺;采芝天柱峰头,三观日出,殆飘飘乎仙也"②。正因为有这些普通女子难得经验的阅历,她的诗才能如王端淑所云"落想空灵,吐句慧远,他人说尽千行纸,不若修微寥寥数字。绝非温李,谁说苏辛,词家胜地,已为修微占尽。胸中若无万卷书,眼中若无五岳、潇湘,必不能梦到想到"③。

王微于万历四十七年(1619)与钟惺、谭元春结交,翌年又远游,"自冬徂夏,尽三楚三岳而归"。广泛的游历和交往使她和文士的关系少了美人与名士的味道,而增添了天涯知己的契合。时人也逐渐改变了对王微的态度,如汪然明崇祯十一年(1638)与祁彪佳"剧谈王修微女侠状",与二十几年前对潘之恒谈"今惟王生擅场"已大不相同。据祁彪佳记载,"与汪然明、魏行之放舟南塘,抵城。共访张燕客。……余送汪然明抵梅市田方别。舟次然明剧谈王修微女侠状,可下酒一斗"④。

王微此时游历间的交往以钟惺和谭元春为中心,钟惺《隐秀轩集》中有《同韩求仲、林茂之、夏长卿诸子夜泛夹山漾》诗⑤,这是钟惺记万历四十七年(1619)十月湖州游历之作,王微亦有《同钟敬伯先生及诸子夜泛夹山、草荡二漾》诗记载此次夜泛。王微与谭元春也是同年秋季在西湖相识的,九月谭元春曾居西湖月余。其《题〈湖上草〉》载:"予以己未九月五日至西湖,三旬有五

---

① 钱谦益《草衣道人王微》。

② 清周铭《林下词选》卷九《王微小传》,载《续修四库全书》集部,第 1729 册。

③ 王端淑《名媛诗纬》卷二十《正集》附。

④ 祁彪佳《祁忠敏公日记》,《北京图书馆古籍珍本丛刊》第 20 册,北京书目文献出版社。

⑤ 钟惺《隐秀轩集》,上海古籍出版社 1992 年版。

日而后返。又过吴兴,穷苔雪。"①在"己未秋闱,逢王微于西湖"
(《期山草小引》)。谭元春有《过王修微山庄》诗,记载他对王微
的最初印象:"绿溪天外没,宜有是人居。残叶埋深巷,新窗变故
庐。心心留好月,夜夜抱奇书。女伴久相失,荒村独晏如。"九月
十五夜,谭元春同王宇、闻启祥、严武顺、邹之峰宿法相寺②,王
微有事未能同行,深感遗憾,因作《永启、友夏入法相,予以他事
未往赋寄》一诗:"闻到宗雷伴,幽寻古寺中。衣香连雾出,杖影
落山空。题就一林叶,谭生众壑风。差池无翼去,共听晚烟钟。"
季娴《闺秀集》卷下评此诗:"修微大抵以淡远取胜,喜其淡而多
姿,远而有韵。"③所以能写出这种"多姿"、"有韵"的诗句,是因
为王微心中对谭元春有知己之感。约九月末,王微离开西湖去
吴兴。谭元春《期山草小引》说:"己未秋闱,逢王微于西湖,以为
湖上人也。久之,复欲还苕。"④王宇、谭元春二人为王微送行,
王微有《湖上留别王永启、谭友夏》一诗:"忽漫怅相对,今朝鸿独
飞。应知断桥路,夜止两君归。永日黄花地,方舟秋水矶。以兹
重离别,泪湿道人衣。"还有一首《如梦令》词《临别似谭友夏》:
"只合唤他如梦,前后空拈新咏。风便欲悬帆,一片离云生栋。
休送,休送,今夜月寒珍重。"明沈际飞《草堂诗余》新集评曰:"切
而至。是别时语,是可人语。"谭元春以《重送永启还闽,予亦从
湖上西归》诗送别王永启归闽后,西归路过湖州,在吴兴再次与
王微相逢。王微作《重晤友夏同泛夹山漾,怀永启》诗记之;后又
一同拜孙太初墓,韩敬、俞廷谔、黄令则等人同游,王微作《初冬
拜孙太初墓,同友夏诸子》诗。钱谦益《西湖杂感》诗云:"渍酒青

---

① 谭元春《谭元春集》,上海古籍出版社 1998 年版,第 812 页。
② 谭元春有《十五夜,同王宇、闻启祥、严武顺、邹之峰宿法相寺》诗。
③ 季娴《闺秀集》,载《四库存目丛书》集部,第 414 册。
④ 谭元春《谭元春集》卷二十四,第 677 页。

鞋褰宿莽,题诗红袖拂荒苔。"自注:"草衣道人有诗吊太初,为时所传。"吴兴离别时,谭元春为王微写了《在钱塘、吴兴间皆逢王修微女冠,每用诗词见赠,临别答以六章》、《答修微女史》等诗;王微也写了《次友夏韵》、《戏留谭友夏又》、《西陵怀谭友夏》等诗词。

从万历四十四年(1616)至天启六年(1626)十年间,王微与谭元春关系最密切。最初结识时谭元春就没有将王微作为女校书来对待,其《期山草小引》说:"香粉不御,云鬟尚存,以为女士也。日与吾辈去来于秋水黄叶之中,若无事者,以为闲人也。语多至理可听,以为冥悟人也。人皆言其诛茆结庵,有物外想,以为学道人也。尝出一诗草,属予删定,以为诗人也。诗有巷中语、阁中语、道中语,缥缈远近,绝似其人。"谭元春"天涯沦落同"之语使王微很感动,因此她《送友夏,友夏赠予诗,有天涯沦落同之句》诗说"此生已沦落,犹幸得君同"。"幸与君同"的情感在别离后让王微很怀念谭元春,万历庚申年(1620)秋王微病卧西湖时曾作《庚申秋夜,予卧病孤山,闲读虎关女郎秋梦诗,怅然神往,不能假寐,漫赋一绝,并纪幽怀,予已作木石人,尚不能无情,后之览者,当如何也》诗:"孤枕寒生好梦频,几番疑见忽疑真。情知好梦都无用,犹愿为君梦里人。"[①]虎关女郎诗前有谭元春序:"悲天悯人,勤王恤私,非惟俗士所不知,盖亦仕宦男子所吟之而面赤也。"王微对虎关女郎马氏感怀,其实就是对谭元春的思念。而此时西湖之上"慕翰墨者,辐辏案前,如农诉水旱",恰巧"客有言匡庐奇秀甲天下,道人遽命驾往"。谭元春有《王修微

---

① 虎关女郎即虎关马氏女,《列朝诗集小传》有"虎关马氏女"条;《秋闺梦戍诗》七言长句一百首,虎关将军妇马氏所作。莆田宋珏比玉客越,得之于荒村老屋中,见"芳草无言路不明"之句,为之惊叹,录而传之,题曰《香魂集》。

江州书到,意欲相访,书以尼之》诗:"无言无思但家居,僮婢悠然遂古初。水木桥边春尽事,琵琶亭上夜深书。随舟逆顺江常在,与梦悲欢枕自如。诗卷卷还君暗省,莫携惭负上匡庐。"谭元春对于王微的拜访之所以"尼之",是因为其母病而"怠不欲为诗"。康熙《天门县志》载:"(元春)母年五十三,病失明,卧床榻间。躬进苦粥,尝药饵,凡八年,而母始卒。"谭母卒于万历四十八年(1620),此后谭元春一直在家,其《题拭桐草》亦云:"万历庚申迄天启癸亥,余四岁多在家,怠不欲为诗。"

在与钟惺、谭元春的交际中,王微参加的集会,韩经、夏长卿、林茂之、俞廷谔、黄令则、王宇、闻启祥、严武顺、邹之峰等人都曾参与。王微《远游集》中有《登大别山眺黄鹤楼、鹦鹉洲诸胜,同王幼度、朱其勤、李宗文、张仲虎、王子云、龙梦先、熊元敬分韵》诗;王微还曾与李流芳一起作诗谈道。李流芳《檀园集》卷一二《题画册》载:"辛酉(1621)腊月北行,意思萧索。到吴门,闻子将将来,迟之同行,因暂住虎丘之铁佛僧舍。时送余者为于薪、鲁生、舍弟无垢、舍侄宜之、儿子杭之。武林都修之时时抱琴来,作数弄。比玉还白下,与予一路同来,乐酒晨夕。古白同寓舍,间日一相对。楚中李宗文,居停亦相近。女冠王修微,数以扁舟往来,山中差不寂寞。"[1]董斯张有《秋日夏长卿一行同修微过访作》[2]、《于昭彦至得修微金昌书》诗,其《鹊桥仙·感悟代寄修微》词中"水仙祠畔那人逢,刚认作梅花一树"句颇为人称道。《倚声初集》卷十载王渔洋评价这首词说:"草衣道人有洁癖、山水癖,往往扁舟往来吴兴、西湖之间。'水仙

①　李流芳《檀园集》,载《四库明人文集丛刊》,上海古籍出版社1993年版。
②　董斯张,字然明,号遐周,又号借庵,乌程人。明末监生,耽溺书海,手抄书达百部。其诗集《静啸斋存草词》,载《四库禁毁书丛刊》集部,第108册。

祠畔'十四字,孤冷闲靓,可谓传神。"王微交游的大都是仕途不得志而志行高洁之人,如王幼度,名王制,京山人,后以"丁母忧归,林居二十余年"①。龙梦先,"长安诸作,渊永清奥,与长安风气不类,……然则梦先虽居燕都,亦非风尘名利中人也"②。特别是与德清大师的见面③,使王微的生活方式和人生态度发生了巨大的改变。远游归来后,王微"筑生圹六桥之间,意不欲与苏家松柏近"④。

　　王微与钟惺、谭元春等人的交游是王微身份变化的一个转折点,也是王微思想变化的转折点。钟惺与谭元春编《名媛诗归》,选王微诗达 98 首,足见他们对王微诗文的赞赏。当时钟、谭负盛名于时,他们对王微诗的高度认可,意义绝不止于使王微"颇染其调,灭彼凿痕,登其雅构,直令季兰俊姬,掩袂而泣"⑤,更重要的是提高了王微的知名度和自我意识,促使她反思自身的身份和处境,为后来的远游奠定了思想基础。纵观与王微同时的才女,诗才纵横的不乏其人;以侠称的亦不在少数;青灯学佛的也大有人在。豪爽者如李贞丽,"李香之假母,有豪侠气,尝一夜博输千金立尽";而"香年十三,亦侠而慧";豪侠者如寇湄,"甲申三月,京师陷,保国公生降,家口没入官。白门以千金予保国赎身,匹马短衣,从一婢南归。归为女侠,筑园亭,结宾客,日

---

　　① 光绪《京山县志》卷十。

　　② 谭元春《龙梦先〈长安近艺序〉》,《谭元春集》卷三十一,上海古籍出版社1998 年版,第 830 页。

　　③ 憨山大师(1545—1623),即德清,明高僧,本姓蔡,号憨山,全椒(安徽)人。出家后,云游各处,住东海崂山(今属山东青岛)。万历二十三年(1595),坐私造庙宇罪,发配广东雷州充军,十余年始归。在广东时,住曹溪宝林寺,大兴禅宗。著有《法华通义》、《楞伽笔记》及注解《庄子》、《老子》、《中庸》等,遗稿有《梦游集》五十五卷、《憨山语录》二十卷。

　　④ 陈继儒《草衣道人生圹记》。

　　⑤ 转引胡文楷《历代妇女著作考》,第 88 页。

与文人骚客相往还，酒酣以往，或歌或哭，亦自叹美人之迟暮，嗟红豆之飘零也。既从扬州某孝廉，不得志，复还金陵"①。长斋绣佛者如卞赛，"逾两年，渡浙江，归于东中一诸侯。不得意，进柔柔当夕，乞身下发。复归吴，依良医郑保御，筑别馆以居。长斋绣佛，持戒律甚严，刺舌血，书《法华经》，以报保御"②。但是王微的不同则在于，当"慕翰墨者，辐辏案前，如农诉水旱"，"才子慕之，辐辏两涯之间"时，而能毅然"掷笔出避西子湖"，远游拜访憨山大师。西湖之上筑生圹的行为，在当时亦无可比肩之人。《旧唐书·文苑传》载司空图曾经造生圹与朋友一起饮酒做诗，劝友人"达人大观，幽显一致，非止暂游此中。公何不广哉"。清初尤侗亦有此举，"晚年尝言'不讲学而味道，不梵诵而安禅，不导引而摄生，此吾所异于人也'。筑生圹官山，自为之志，构丙舍于两旁。年八十时，偕老友二三人往来觞咏于其中，风流近代所少"③。尤侗尚且是在年八十才有此生圹觞咏之举，而王微筑生圹时年仅二十岁，其旷达洒脱的态度不但巾帼少有，即使须眉亦应侧目。所以许经说，"世之知道人者，浅者以其诗，深者以其侠，而不知其有鸿黄窈窕之学，绝类离群之行"④。他由此而许王微是继"渊明自祭，乐天自铭，司空图引平时故交，痛饮生圹中"这三君子之后的接踵者。

三、"不欲仅以诗人传"——草衣道人的交游和追求

据张照《天瓶斋书画题跋》载董其昌《自书诗卷》跋语"壬子

---

① 余怀《板桥杂记》，上海古籍出版社 2000 年版，第 22 页。
② 同上，第 37 页。
③ 天台野叟辑著、许朝元点校《大清见闻录》下卷《艺苑志异》，中州古籍出版社 2000 年版，第 36 页。
④ 许经《修道人生志铭》，载周之标《兰咳集》卷三。

十月六日,昆山道中为夏有之书,同观者修微王道人也"①,可知早在 1612 年董其昌、陈继儒就与王微有往来,而且这种交往伴随王微的一生。今传文献中所见陈继儒、董其昌总是使用微道人、修道人、道兄等来称呼王微。如董其昌《画眼》记载与陈继儒论画时王微常在旁,"予常与眉公论画,画者欲暗不欲明,暗者如云横雾塞是也。眉公胸中数具一丘壑,虽草草泼墨,而一种苍老之气,岂落吴下画师甜俗魔境耶? 同观者修微王道人也"②。称呼是身份的象征,是对王微社会身份的一种认可。陈继儒《点绛唇》词小序云:"庚申(1620)十一月二十二日,王修微从西子湖入云间,才子慕之,辐辏两涯之间。修微拂曙峭帆泖塔矣,因访眉道人于白石山寮,烧灯市酒,诗以外不暇及也。此来如鸿飞雪中,莫可踪迹,作《点绛唇》一词记之。"③李延昰《南吴旧话录》二十四"闺彦门"载此事:"王修微将至匡山,问法憨山德清师,诣东佘别陈征君。适有貌者王生在山中,遂写《草衣道人话别图》。"④在这次与陈继儒的会面中,王微还结识了施绍莘。施绍莘《秋水庵花影集》卷五有《忆秦娥·怀王修微》词,小序云:"修微,籍中名士也,色艺双绝,尤长于诗词。适从性夙斋闻其人,见其《忆秦娥》一章,有'多情月,偷云出照无情别'之句,风流蕴藉,不减李清照。明日入东畲,见修微于眉公山庄之喜庵,方据案作字,逸韵可掬。相与谈笑者久之,日西别去,此情依依,因用其调填词记之。他时相见,拈出作一话头耳。庚申冬至前四日花影斋识。"⑤陈继儒与王微"诗以外不暇及也",施绍莘与王微初识

---

① 张照《天瓶斋书画题跋》,载《中国书画全书》第 8 册,上海书画出版社 1994 年版,第 870 页。

② 董其昌《画眼》,载《美术丛书》初集第三辑,上海神州国光社 1936 年版。

③ 陈继儒《陈眉公先生全集》卷三十二,台湾中央图书馆藏明崇祯刻本。

④ 李延昰《南吴旧话录》,上海古籍出版社 1985 年版。

⑤ 施绍莘《秋水庵花影集》,载《四库存目丛书》集部,第 422 册。

于其"方据案作字"时,"妓女"王微是以"色艺"作为与人交往的基础,而"道人"王微的交游是凭借学识、才华、气度而赢得尊重的。张慎言有《寄赠王修微女山人》诗,龚士骧有《得草衣道人湖上信》诗,以"山人"和"道人"身份出现的王微与邹迪光口中的"妓女王微"尽管自然人身份相同,但是从社会文化人的角度来看则是不同的。

陈继儒对王微的才学很推崇,其《微道人诗序》云:"今微道人诗,皆古来诗人所未尝拈出。"①其《答王修微》文写道:"空山中自修道人飞至,便成洞府,何必处处鸾鹤,山山蕙兰,乃称世外也。别时黯惨,使人不能返视。黄芦白蒂,孤雁严霜,峭帆之下,幸尔无恙。昨梦秋月如规,游氛散尽,晓谓侍儿曰:'此梦可祥。'已得手书,迫呼二三韵士视之,惊叹其奇绝。天女散花,今见其人矣。梅花烂熳,度在二月初旬,能舞棹谐此请诺否?先期一报,煮雪相待衡门之下也。"②文中称王微为修道人,另一首《点绛唇》词小序也以道兄称之,"修微道兄泛泖入山,凌霜而至,独往独来,异人也,作词记之"③。王微有《送眉公先生过夹山漾》诗:"夹山寒水落,木叶下纷纷。斜日已难别,扁舟况送君。瑶华一以折,霜露还相闻。为我题纨扇,诗来似白云。"这首诗写作的背景,据《江都县续志》卷十二载引吴兴姜兆熊《樊川丛话》:"壬辰秋,陈眉公同草衣道人王修微诣予,道人有山水癖,游若上诸山,所至扶藤攀葛,折钗坠珥,不悔也。一夕泊舟夹山漾,持笺索诗,予吟云:'林皋秋已老,黄叶正纷纷。夙有寻山想,何期忽遇君。疏钟风际落,流水枕前闻。不负江干泊,殷勤话白云。'道人

---

① 陈继儒《陈眉公先生全集》卷六。
② 陈继儒《晚香堂小品》卷二十三。
③ 陈继儒《陈眉公先生全集》卷三十二。

咨赏不已,适眉公有武林之行,道人依韵赠别,云:'夹山秋亦冷,木叶下纷纷。斜日已离别,扁舟况送君。瑶华一以折,零落不堪闻。何处题纨扇,新诗寄白云。'眉公笑曰:'真才子佳人矣。'尝叩麻衣和尚,究竟如何,答曰:'当变一老妪耳。'怃然有感。"①

董其昌王微《樾馆诗选序》云:"当今闺秀作者,不得不推草衣道人,观其新集,如《贻桐汭》五言古四篇,绰有韦司直之古淡;而《代陶琴》、《代庄蝶》等,命篇亦复独创。大都闺秀之诗,虽饶于才致,而俭于取境,未有若道人之凿空者,岂直缘情绮靡,为《宛转》之歌、《十离》之什已耶。"②除才学外,王微更因其"饭蔬衣布,绰约类藐姑仙。笔床茶灶,短棹逍遥,类天随子。谒玉枢于太和,参憨公于庐阜,登高临深,飘忽数千里"的追求③,让陈继儒发出"吾师"的赞叹,"师月上而友南岳"的学道精神让董其昌发出"吾过"的感慨。

钱谦益《王德操墓志铭》载王德操"与草衣道人为尘外交,红笺小字频数问遗。斋庐瓶拂,每杂著怀袖间。余题其小像曰:'犹有闲情难忘却,虎丘明月马藤花'"④。钱谦益《王德操小像四首》其二云:"静夜然灯响木鱼,清晨瓶拂赴精庐。眉间黄气缘何事?新得萧娘一纸书。"自注云:"德操长斋入道,与草衣道人有世外之契。每得草衣手迹,笼置袖中,喜见眉宇,人望而知之。"⑤王德操对王微的欣赏与色艺无关,正如谭元春《期山草小引》所云:"苟奉倩谓妇人才智不足论,当以色为主,此语浅甚。如此人此诗,尚当言色乎哉?而世犹不知,以为妇人也,拟议数

---

①　壬辰是 1652 年,陈继儒早已去世,故"壬辰"应是"壬戌"(1622)的误写。
②　董其昌《容台文集》卷二,载《四库禁毁书丛刊》集部,第 32 册。
③　陈继儒《微道人生圹记》。
④　钱谦益《牧斋有学集》卷五十一,《四库禁毁书丛刊》集部,第 113 册。
⑤　钱谦益《初学集》卷九。

端,忽以此作定论,不愧其人。"这种交往是超越性别、基于共同的旨趣爱好而形成的友情。正如王德操《湖国访王修微》诗所言,"栖寂将疏客,犹令秀句传。见能深道想,交或在诗缘。湖水别成态,山花休浪妍。净心何所印,临镜绿窗前"。

这种"道人"的期许,使王微最后选择"筑小庵下发","甲申之变,太夫人尚寿考,道人奉缒衣以进,曰:'此公忠孝两全策也。'"①其行为背后的"忠孝"思想是肯定,但起决定作用的则应是王微个人的价值观念。王微青年时期曾言"同心松柏非吾愿",其实不尽然。1625 年赵宧光去世时王微作《挽赵凡夫二首》云:"吴中真陨少微星,洞中犹摹石上经。耆旧凋残猿鹤怨,支硎山色为谁青?""最难同学又同修,夫妇双栖百尺楼。到得一丝不挂处,长空孤月自悠悠。"其中"夫妇双栖百尺楼"的"同学又同修"的境界应是王微曾经羡慕的。赵宧光妻陆卿子也是当时的著名才女,钱谦益《列朝诗集》载:"凡夫弃家庐墓,与卿子偕隐寒山,手辟荒秽,疏泉架壑,善自标置,引合胜流。而卿子又工于词章,翰墨流布,一时名声籍甚,以为高人逸书,如灵真伴侣,不可梯接也。"②王微在 1623 年还与项兰贞夫妻相识。项兰贞,字孟畹,秀水人,黄卯锡妻,著有《裁云草》。王微《湖上曲序》记载相识始末。"癸亥秋杪,病归湖上,卜筑葛洪岭下,门掩飞泉,径埋落叶,意逌然也。适黄茂仲偕细君孟畹礼佛灵鹫,寓与予近,以轻舟就谈。至月上,听俞大家弹琴作水龙吟,继观夫人与大家手谈,遂烧烛忘返。嗟乎!茂仲何人,洗却康乐繁华,唤醒鹿门枯寂哉。醉后,与夫人偶咏《竹枝词》,欲一变调,以洗靡靡,遂分

①　许仲元《草衣道人轶事》,许仲元《三异笔谈》,重庆出版社 1996 年版,第56 页。
②　钱谦益《赵凡夫先生传》,《列朝诗集小传》,上海古籍出版社 1983 年版,第751 页。

韵为《湖上曲》，约晓烟初醒，再叩蓬芦。归时兰露未晞，渔灯已
没，因寝，不复能起，而夫人行矣。长堤烟柳，入望凄然。未几夫
人以新词寄示，读之琅琅，如夜光百串，落我怀袖，聊一拈笔勉
和，且纪其时，而感其遇。宇宙虽大，如斯邂逅，岂可多得乎。"
（《续玉台文苑》卷三）项兰贞有《鹊桥仙·七夕和女冠王修微》
云："秋叶辞桐，虚庭受月，漫道双星践约。人间离合总难期，空
对影，静占灵鹊。遥想停梭，此时相晤，可把别愁诉却。瑶阶独
立且微吟，睹瘦影，薄罗轻绰。"王微作《湖上次韵答黄孟畹夫人》
诗："去住湖山别有缘，门前红叶满来船。刘纲夫妇霞为骨，谢蕴
家庭雪作篇。翠袖风前谁薄醉，黄杨树底与参禅。回思飘渺伊
人迹，只隔鸳鸯南浦烟。"后来项梦畹去世，王微作《哭黄夫人孟
畹》诗："秋堤一片石，谁悟是三生。蕙质非松寿，梅魂伴月明。
遗奁皆竹素，杂组亦瑶珩。料得荀家倩，难言不及情。"王微用
"荀家妇"的典故，说明她也看重情，但却不是"修得才子妇"；以
霞为骨的"刘纲夫妇"、"同学又同修"才是其所愿。所以她最终
毅然选择"下发"是为了继续年轻时入道的想法，而不是因其婚
后生活不悦。王微不仅与男性往来，还与名妓杨云友、林天素、
杨宛，闺秀夏夫人、冯夫人、吴夫人、李夫人、汪夫人等人有往来。
王微集中有《仙家竹枝词二首同李夫人登武当山作》[①]、《雨中得
夏夫人书，赋以志感之一》、《寒夜送夏夫人从楚入洛》[②]、《吴老
夫人出访山庄，以诗见示，次韵赋答》、《冬夜怀韩夫人生查子》、
《哭韩夫人》、《柳下送钟夫人》、《月夜留宿冯夫人池上》、《留别孙
夫人》等作品。此外，王微还有《汪以不系园诗见示赋此寄之》诗

---

①　李夫人可能是李宗文夫人，王微在《兰咳集》卷二《未焚草》中有《舟过采石，
予正昼寝，觉而漫赋，示李宗文内人》诗，说明李宗文夫人与之相识。
②　夏夫人可能是夏长卿夫人，此时王微远游楚越，有夏长卿同行。

及《与汪夫人》文,文中提到"病余尚稽踵谢,复违雅召,此中殊愦如也。又以家务促归,不获久侍汤药。今老母虽赖庇粗安,而精神饮食,尚未如常,正须调理。俟归时,当叩谢高情耳"①。王微的女性交游网络可以说明王微婚后依旧常与众才媛诗文唱和,其生活与董小宛成为贤德的闺秀夫人不同②,她最后离家"筑庵下发",是出于对理想信念的追求,虽然因明清鼎革的动荡而具有时代的特征,但更多的是个体生命对人生价值加以深思后作出的主动选择,若仅以"忠孝"来解释其下发为女冠的原因,就太简单,太平面了。

小结

王微青年时有"山水癖",自言"余性耽山水,尝浮江入楚,礼佛参山九华之间,登黄鹤晴川,江山胜概,至今在目;已入匡庐,观瀑布,雪花万丈漾绕襟带,思结室其下"③。不仅在壮游时期写了大量的山水诗,即使后来为人妇后不能远游,还苦心编选《名山记选》一书,凡二十卷,以卧游的方式来放飞自己的心灵。明清时期编选《名山记》《游记选》者不少,但女性作者则寥若晨星,王微的这种"山水意识"绝非是写几首山水诗的才女可比拟的。纵观王微一生的交游与追求,可以得出两个结论:在明清关注女性才学的大社会氛围下,才女凭借自身不断的努力,可以获得一定的声望和社会地位,即使是女校书也可以改变自身的命运;其次,才女除了具有女儿、妻子、母亲等社会身份外,还是一个独立的个体,不是作为第二性而是相对于"他者"而独立存

---

① 王微《与汪夫人书》,见江元祚《续玉台文苑》卷三,载《四库存目丛书》集部,第 375 册。

② 董小宛婚后有著作,但是《奁艳》与王微的《名山记选》不可并论。

③ 王微《名山记选小引》,清初刊本。

在的"她者",尽管在当时并不多见,但确然存在。王微"流落北里"时,以西湖美人之风情、诗惊四座之文采,扁舟载书之浪漫行迹赢得汪然明、潘之恒等名士的尊重与帮助;"警悟"之后以游历名山之潇洒,恣情山水之壮怀,以女士、闲人、冥悟人、学道人、诗人之身份成为落魄不得志士人的天涯知己;以西泠桥边筑生圹之不羁,晚年祝发修行之旷达证明了女性作为独立的"她者"存在的可能性。王微这种主动追寻理想,改变自身命运的努力因其浓厚的个人色彩,虽不具有西方女权主义者为提高女性地位积极改革的进步意义,但她以独立的"她者"姿态在山水中寻求人生意义,在宗教中寻求生命价值的行为本身所具有的文化意义却值得我们去关注、去探求。

第二章 顺康雍时期女性
文学规范的构建

　　明末，很多名妓嫁作才子妇，逐渐与闺秀群体融合。清初，融入闺秀群体的名妓与闺秀群体一起通过雅集唱和、建立诗社、充任闺塾师等活动来加强女性文学的传播和接受的广度，通过出版诗歌总集、评点诗歌等活动从纵向的时空和横向的理论两个维度建构了自己的文学场域，使女性文学在这个时期得到长足的进步，为清代女性文学的发展奠定了文献和理论基础，形成了清代女性文学的第一个高潮期。

第一节 女性文学网络与清代
女性文学传统的构建

　　清代才女的文学交游活动，学者已有一定的关注。魏爱莲说"传统中国女性是在家庭背景内进行诗歌写作，自 17 世纪以降，特别是明代覆亡后，在没有家庭纽带关系的诗人群体中出现了重要的文学联系。这些诗人可在家庭背景外进行写作并希冀获得声名。这一关系结构为'文学网络'"①。文学网络对于才女

---

　　① 魏爱莲《十九世纪中国女性的文学关系网络》，《清华大学学报》2008 年第 3 期，第 106 页。

的创作动力、创作题材、提高作者及作品的社会影响力都有一定
的促进作用。以王端淑《名媛诗纬》及现存的清初才女的作品集
作为基本材料,就会发现 17 世纪的女性文学网络实际上具有了
跨血缘、家族、地域等特点,已然形成了一个遍布整个江南的网络
体系,并且对以后的女性文学发展具有重要的指导意义。没有 17
世纪女性文学网络的发展成熟,就不可能有 18 世纪沟通江南和
京师南北,横跨安徽、江西、福建、广东等地的全国性的文学网络,
19 世纪"跨越代际、地理和家庭界限"的女性文学交游网络正是前
两个世纪文学交游网络的继续延续和深化。本文希望通过勾勒
17 世纪江南地区跨血缘、家族、地域的女性文学网络的基本情况,
阐述清初才女的文学社会活动,分析文学网络对女性以及女性文
学的影响,进而重新认识女性文学在整个清代文学史上的意义。

一、明末清初才女的交游网络

17 世纪的才女数量不少,著名的亦不在少数①。主要隶属
于两大集团,名妓集团及沈宜修家族、王凤娴家族、吴胐家族、商
景兰家族、黄媛介、黄德贞姊妹、沈纫兰家族、王端淑姊妹、安徽
桐城方氏家族、吴山母女等闺秀群体。这些才女不仅有自己小
规模的文学交际网络,而且这些网络之间都存在着直接或间接
的往来,形成一个遍及江南的女性文学交游网络。首先让我们
来看当时著名的女性交游网络及其相互间的联系。

1. 王凤娴母女与吴胐家族的交往

明末,江苏有影响的女性群体除了吴江沈宛君家族,当属吴
胐家族与王凤娴母女。《众香词》载:"(吴胐)与王瑞卿、薄西真、

---

① 著名的才女主要是看她在当时社会的影响力,可以通过《名媛诗归》、《名媛
汇诗》、《古今女史》、《伊人思》、《列朝诗集》、《明诗综》、《名媛诗纬》、《翠楼集》、《闺秀
集》、《众香词》等选集著录的篇次和入选的频率来看。

莫慧如香闺唱和,启祯间称一时之盛","(吴胐)与进士张讷庵夫人文如子唱和,一时几社前辈,皆极叹赏"①。王瑞卿就是进士张讷庵夫人文如子王凤娴。王士禄《宫闺氏籍艺文考略》曰:"王凤娴字瑞卿,号文如子,云间人,宜春令张本嘉妻。《松江府志》云:'工文墨,有诗名,著《焚余草》三集行世。'《玉镜阳秋》云:'张夫人全集,殊苦肤廓,少精思,间有佳篇。《哭女》诸绝,最真挚可诵。'"刘云份《翠楼集》说王凤娴"垂髫时,大父试以骈句云:秀眉新月小。即应声曰:鬓发片云浓。云间范濂评其诗曰:'高华绝响钱刘,清新迥出温许'"。王凤娴的作品还有《东归记事》一卷。周之标《女中七才子兰咳集》评论说:"女才子独历长途,以诗词游览,消此孤寂。不得此记,悠悠千古,谁知之者。"②

王凤娴的女儿张引元、张引庆亦以能诗闻名。《众香词》载:"张引元字文姝,华亭人,宜春令张孟端长女,容止婉娈,天资颖拔,六岁能诵唐诗三体,皆得母王文如之训,《左》、《国》、《骚》、《选》诸书闻之憬然有觉,后适杨子安世,甚贫。姝力苦茹荼,日夕吟咏,与妹引庆唱和,皆尔雅俊拔,大类刘长卿风骨。"

在王凤娴母女的交际网络中,吴胐最有名。《撷芳集》曰:"吴胐字凝真,号冰蟾子,嘉善曹元明室。七岁能读书,长而端静敏慧,女工之隙,靡不综览,虽当操作,未尝释卷,相夫事姑,内外咸称其贤,不以吟咏而妨。所为诗词皆工,允明居半亩,构小酉阁,梅花饶屋,与冰蟾啸咏其间。尤善绘事,烟云花鸟,笔墨生趣,人争宝之。福清魏清度、新城王西樵皆不远千里,邮乞其诗词,有桓少君之风。嗣子十经文学、妇李玉燕俱能诗,一门相继,

---

①　参见胡文楷《历代妇女著作考》,上海古籍出版社 2008 年版,第 92 页。
②　周之标《女中七才子兰咳集》,北大清初刊本。

可称盛事。"①

薄西真即薄少君,字西真,通诗书,能琴,又好梵筴,不食鱼腥。著有《嫠泣集》一卷。苕溪生说她的《哭夫诗》"缠绵悱恻,凄入心脾,悲歌慷慨,尤惊鬼神,是悟道语,是无可奈何语,是悲壮语,是伤心沉痛语,一片哭声,千古血泪,真令千古伤心人读此一齐断肠矣"②。钱仲联《梦苕盦诗话》第二一六条说薄少君"能诗工楷,有《嫠泣集》一卷,皆七绝悼亡之作,奇语大句,石破天惊,亦巾帼之雄矣"③。莫慧如不知其具体情况。王凤娴有《春游同莫慧如》、《再赠莫慧如》等诗。《尺牍新语广编》载王端淑有《谢莫夫人惠鲜荔枝》,王端淑《名媛诗纬》卷四十二有《谢莫云卿惠献荔枝》诗。不知王端淑所言莫夫人与莫慧如是否为同一人。

吴肫儿媳李玉燕,浙江嘉善人,瑞金知县吴灏女,考选社师曹重妻。《嘉善县志》著录其有《双鱼谱》,她的创作以戏剧最为著名。吴肫孙女曹鉴冰,字苇坚,号月娥,江苏金山人,娄县张殷六妻。张贫,鉴冰授学徒经书以自给,能书善绘,造请者咸称苇坚先生。著有《清闺吟》二卷;《绣余试砚稿》、《瑶台宴传奇》。这个群体因曹鉴冰与蕉园诗社顾姒、林以宁往来而具有了广泛性。

《青浦闺秀诗存》载曹鉴冰"与顾启姬等结淀滨诗会,工画,著《清闺小草》,王西亭先生为之序,称其有朱淑真、管道升之风"④。顾启姬名姒,字启姬,浙江钱塘人,顾笨云次女,鄂幼舆妻。著作有《当翠园集》、《静御堂集》、《由拳草》、《未穷集》。《青浦闺秀诗存》在"曹鉴冰"条下还附有"林以宁"条,说林氏"以闺友顾姒在

①　胡文楷《历代妇女著作考》,上海古籍出版社 2008 年版,第 307 页。
②　苕溪生《闺秀诗话》卷四,上海广益书局民国四年版。
③　钱仲联《梦苕盦诗话》,张彭寅《民国诗话丛编》,上海书店出版社 2002年版。
④　钱学坤《青浦闺秀诗存》,民国十九年铅印本。

青,来与唱和,数月即去。以其留青甚短,未敢援为一家,姑附于此"。所以淀滨诗会至少有曹鉴冰、顾姒、林以宁等人参加①。

另外值得注意的是,《青浦闺秀诗话》"顾姒"条下还载"启姬在武林与林亚清、徐淑则、王凤娴等为蕉园十子","既迁青邑,复与钱塘林以宁、华亭曹鉴冰结淀滨诗会"。王昶《青浦诗传》卷三十一亦有关于蕉园十子的记载②。虽然蕉园十子之名不为人所知,但林以宁、顾姒等人组成的蕉园五子诗社和蕉园七子诗社在清初非常有名,影响极大。梁乙真《清代妇女文学史》说:"清初之文学,高、黄、卞、顾倡于前,蕉园七子兴于后,风气所播,遂以成一时词坛之盛。其后分道扬镳,各自授受,二百余年之妇女词坛莫不受其影响。"③

2. 商景兰家族的交往

清初闺秀群体中,商景兰家族的四女二媳非常引人注目④。《静志居诗话》载:"祁商作配,乡里有金童玉女之目。伉俪相重,未尝有妾媵也。公怀沙日,夫人仅四十有二。教其二子理孙、班孙,女德渊、德茝、德琼及子妇张德蕙、朱德蓉。葡萄之树,芍药之花,题咏几遍。过梅市者,望之若十二琼台焉。"⑤《两浙辑轩

---

① 林以宁:字亚清,浙江钱塘人,进士林纶女,监察御史钱肇修妻。著作有《墨庄诗钞》二卷、《词余》一卷、《文钞》一卷、《凤箫楼集》。

② 又见王昶著、周维德辑校《蒲褐山房诗话新编》,齐鲁书社 1988 年版,第 304 页。

③ 梁乙真《清代妇女文学史》,商务印书馆 1925 年版,第 23 页。

④ 商景兰(1605—1676),字媚生,浙江山阴人,明吏部尚书商周祚女,同邑祁彪佳妻。著作有《锦囊集》一卷。祁德渊,景兰长女,字玧英,姜廷梧妻,著有《静好集》。祁德琼,景兰次女,字修嫣,诸生王鳄叔妻,著有《未焚集》。祁德茝,景兰三女,字湘君,诸生沈子合妻。《越郡诗选》赞其诗"讲究格律,居然名家"。祁德玉,字卞容,文学朱尧日妻。张德蕙,字鲁缠,浙江山阴人,明谕德张元忭女,祁理孙妻。《越郡诗选》赞其诗"格律最峻,且多名句"。朱德蓉,字赵璧,浙江会稽人,明太史燮元女孙,祁班孙妻。《越郡诗选》赞其"《拟班婕妤咏扇》有随遇自安之意,怨而不伤,深见忠厚",又赞"《上巳》一诗,浩落有胜情"。

⑤ 朱彝尊《静志居诗话·闺门》卷二十三,《续修四库全书》集部,第 1698 册,第 521 页。

录》云："夫人有二媳四女,咸工诗。每暇日登临,则令媳女辈载
笔床砚匣以随,角韵分题,一时传为盛事。"①商景兰《琴楼遗稿
序》亦云："平生性喜柔翰,长妇张氏德蕙,次妇朱氏德蓉,女修
嫣、湘君,又俱解读书。每于女红之余,或拈题分韵,推敲风雅;
或尚溯古昔,衡论当世,遇才妇淑媛,辄流连不能去也。"

商景兰家族的文学活动的社会影响力很大。陈维崧《妇人
集》云："会稽商夫人,以名德重一时。论者拟于王氏之有茂宏,
谢家之有安石。"②商景兰母女的交际网络的覆盖面极广。首先
与蕉园诗社有联系;其次与当时著名的才女黄媛介姊妹、王端淑
姊妹关系都极为密切。

商景兰曾为蕉园诗社成员张昊诗作序。张昊,字槎云,浙江
钱塘人,孝廉张坛女,胡大濚妻,早卒。著作有《趋庭咏》、《琴楼
合稿》。商景兰极推崇张昊,认为"若槎云,固自有其不朽者",认
为"其诗忠厚和平,出自性情,有三百篇之遗意。反覆把玩,不忍
释手"(《琴楼遗稿序》)。

商景兰母女与黄媛介往来最为密切,有很多唱和的诗篇,后
来辑为《梅市唱和诗》③。祁德琼还参与王端淑的集会。

商景兰妹商景徽亦是著名才女,特别是商景徽女徐昭华,更
是越郡闺秀的领军人物,负有盛名。恽珠《正始集》卷三云:"伊

① 阮元《两浙𬨎轩录》,《续修四库全书》集部,第1684册,第473页。
② 陈维崧《妇人集》,《香艳丛书》卷一,人民出版社1992年版,第106页。
③ 《梅市唱和集》今已不传。现存商景兰《送别黄皆令》、《赠闺塾师黄媛介》、
《同黄媛介游寓山》、《喜嘉禾黄皆令过访却赠》、《寄怀黄皆令》、《喜黄皆令至》、《又送
黄皆令》等诗;祁德渊有《送黄皆令归鸳湖》;祁德茝有《送别黄皆令》;祁德琼有《送黄
皆令归鸳水》、《喜黄皆令过访》、《同皆令游寓山》、《送黄皆令望郡城》、《和黄媛介游
密园》、《寄怀黄皆令》、《同皆令登藏书楼》、《初寒别黄皆令》等诗;张德蕙有《送别黄
皆令》诗;朱德蓉有《送别黄皆令》诗。黄媛介有《同祁夫人商媚生祁修嫣湘君张楚缠
朱赵璧游寓山分韵二首》、《密园唱和同祁夫人商媚生、祁修嫣、张楚缠、朱赵璧咏》等
诗,可见她们的关系密切。同时虚谷(商氏妇,早寡而入空门)还与黄媛介有往来,虚
谷有《访黄媛介不遇》诗云:"遥闻佳客至,双桨渡江月。"

璧为女史商景徽女,幼承母教,诗名噪一时。工楷隶,善丹青,毛西河太史题其画幛,有'书传王逸少,画类管夫人'句,西河尝曰:'吾门虽多才,以诗无如徐都讲者。'"

3. 黄媛介姊妹的交际网络

黄媛介除了与商景兰母女往来频繁之外,与吴山、卞琳母女、赵昭、沈宛君家族都有联系,特别是与柳如是的交往,对于女性文学的发展具有重要意义。

吴山,字岩子,号青山。其长女名卞梦珏,字玄文,号篆生,工诗文,著有《卞玄文诗》一卷,收录在邹斯漪《诗媛名家集》中。次女德基,善画,并贤能,与其姊先后事江都举人刘峻度。徐世昌《晚晴簃诗汇》云:"岩子属词温雅,出入经史,相对如士大夫,以诗名海内垂四十年,工书法。"施闰章《黄皆令小传》载:"卞处士之妻吴岩子以诗名,假馆留(黄媛介)数月,为文字交。"《梅村诗话》曰:"吴岩子偕其女卞元皆有诗名,媛介相得甚。"

黄媛介与王炜[①]、赵昭有交往,《名媛诗纬初编》卷十三载:"其(王炜)有林下风兼闺房秀,以世乱偕纬度隐于娄。博学敦古,诗多名句,顾伊人称为笄帏中道学宿儒,不当以香奁目之。"王炜《与黄月辉书》云:"皆令妹久仰其徽音,幸见时道炜问讯,临风裁候,造次不度,惟雅见是荷。"可见王炜对黄媛介的仰慕之情。赵昭字子惠,陆卿子孙女,其《与黄皆令》云:"大传见诵,每评瑶篇,响答空林,九京赖以不朽,增辉虚室。"黄媛介亦有《立春前一日赴子惠招,入寒山拈山中近况》诗。

黄媛介与海虞叶文、郑庄范有交往。王端淑评价叶文时

---

① 王炜,字功史,一字辰若,太仓人,四川副史叔元公孙女,海盐陈纬度妻,著有《燕誉楼集》、《翠微楼集》、《续列女传》。

说①："皆令许其能诗,定非谬焉。"又云:"(叶文)知音舍皆令而谁。"《名媛诗纬》卷十五"郑庄范条"曰:"后从黄皆令得其(郑克庄)所赠《西归诗》,读之为避三舍。"此外,胡应佳有《赠别黄皆令》诗②。

黄媛介姊妹还有悼念叶小鸾、叶小纨姊妹的诗文。黄媛介有《伤心赋哀昭齐》、《挽诗》十绝、《读叶琼章遗集》、《挽诗》十绝;其姊黄媛贞有《挽昭齐》二首、《绝句》十首、《挽琼章》二首、《绝句》十首;从姊黄德贞有《挽叶昭齐》五首、《挽叶琼章》五首。叶绍袁《天寥年谱别记》云:"象三(黄媛介弟)感于知己,以其姊黄媛贞、黄媛介(字皆令)挽昭齐、琼章诗文来。"黄媛介《读叶琼章遗集》小序云:"甲戌春,家仲手《彤奁合刻》相示,曰'此冯茂远先生欲汝为瑶期挽歌诗也。'遂寻绎数四,尽其诸体。诗则与古人相上下,间有差胜者。词则情深藻艳,宛约凝修,字字叙其真愁,章章浣其天趣。成风散雨,出口入心,虽唐宋名人亦常避席。"③黄媛介交往的闺秀群体包括商景兰家族、沈宛君家族、吴山姊妹以及陆卿子孙女等,涵盖了整个江南(浙江、江苏、安徽)。

除了与闺秀往来,黄媛介与柳如是是密友。邓汉仪《天下名家诗观》"黄媛介"下云:"(黄媛介)时时往来虞山,与柳夫人为文字交。"陈寅恪说:"皆令与河东君虽皆著籍嘉兴,然其相识始于何年,今不易考。崇祯十二年前未有诗词往来,崇祯十六年冬或稍后,皆令之游虞山,居绛云楼。"④黄媛介在名媛和闺秀之间充当了桥梁,使两个才女集团不断融合,最后形成一种新型的女性

---

① 叶文,字素南,吴江人,适兵部张贲孙。
② 胡应佳,字季贞,山阴人,太仆少卿琳公孙女,侍御张汝懋孙中书陛妻。其为人"庄重不苟,诗不经意,故所著不多"。
③ 《午梦堂集》,中华书局1998年版,第683页。
④ 陈寅恪《柳如是别传》,三联书店2001年版,第493页。

文化。

4. 黄德贞的交往

黄媛介从姊黄德贞,字月辉,浙江嘉兴人,文学孙曾楠妻。著有《冰玉稿》、《雪椒集》、《避叶集》、《蕉梦稿》、《劈莲词》等。黄德贞的女、媳及妯娌周兰秀俱能文①。周兰秀丈夫孙愚公与德贞夫孙曾楠为兄弟,周兰秀母亲沈媛又是沈宛君从妹。

黄德贞的交游似较黄媛介更广泛,王炜《与黄月辉》云:"侧闻夫人含灵握文,忧出庶女,既敦诗教而悦礼,复咏月而裁云,洵是扫眉才子,海内无双者矣。"并不是浮夸之言,正如申蕙《与黄月辉孙老夫人书》所云:"器重瑚琏,望高山斗,以延陵之才,写巫山之句。挥毫有学,锦囊备秘阁之章;贞心自恬,绣口出修斋之语。鸳湖秀水,信不虚称。"现有《寄吴文如》、《寄赵子惠》、《寄周淑英》等书信留传②。王炜有《与黄月辉》,黄德贞有《答王辰若》,可知黄德贞与赵昭、王炜、吴山等闺秀有往来。赵昭与黄媛介、黄德贞姊妹都有交往,其祖母陆卿子与徐媛在明末号称吴门二大家,非常有名。徐媛为徐灿祖姑③,黄德贞有《五彩结同心·送湘蘋徐夫人归里,时陈素庵相国没塞外》,徐灿《拙政园诗集》存有《寄子惠马夫人》、《题子惠马夫人几上画石》,可见吴门二大家的友情在后代才女中一直延续。徐灿在当时是大家,

---

① 孙兰媛,沈纫兰长女,字介畹,陆渭室。《砚香阁词》;孙蕙媛,沈纫兰次女,字静畹,庄国英室。《愁余草》;屠蓝佩,字瑶芳,浙江秀水人,孙渭璜妻。著有《咽露吟》、《钿奁遗咏》;周兰秀,字淑英,一字弱英,江苏吴江人。周应鹫孙女,诸生孙愚公妻。著有《縢花遗稿》。

② 周淑英,字畹芳,浙江山阴人,周雪溪女,秀才宋西椒妻。工绘事,能诗。著有《藏香阁诗草》、《江行纪事》。

③ 徐灿,字湘蘋,江苏苏州人,光禄丞徐子懋女,大学士海宁陈之遴妻。其著作有《拙政园诗集》、《拙政园诗余》。

与朱中楣、杜漪兰等人关系密切①。朱中楣有《如梦令·闰春月和湘蘋陈夫人并咏垂丝海棠》、《满江红·丁酉夏读陈素庵夫人词感和》,朱中楣子李振裕《陈母徐太夫人八十二寿序》称:"先君子与海宁陈公契分尤密,所居衡宇相望,过从无间晨夕。而先母朱太夫人与徐太夫人亦密迩亲就,相与扬扢古今,讨论书史,间为有韵之言,遂盈签轴。两家子弟视同怀不啻,而余与执谦五兄年俱童稚,尤厚善。入则起居两太夫人,出与摄谦兄弟学弄纸笔,连骑角射以为嬉游,两太夫人顾而乐之,不复辨为谁子也。"

　　黄德贞的交往群体中最值得注意的是申蕙②、归淑芬。现存申蕙有《与黄月辉孙老夫人书》一文,还有《长相思·赠孙月辉夫人》词。申蕙诗苍老不作闺阁中语,有《缝云阁集》,与归淑芬齐名,世称《二云阁诗草》。申蕙在当时交游极其广泛,徐野君《名媛尺牍初编》曰:"(申蕙)与泾湄龚日辉、花村归素英、吴门许瑶清、王凤娴诸夫人为诗文友,嘉兴陆介畹、寒山赵芝贵、海宁李是麃为丹青友,虞山吴氏华山、檇李徐仪静、江南顾格霞为书法友,梅翠女禅师一揆为谈禅友。"因申蕙多才多艺,在她周围就形成了不同的交游群体。王凤娴前面已有论述。归淑芬,字素英,浙江嘉兴人,高葵菴妻。偕隐花村。著有《云和阁静斋诗余》,还与黄德贞、申蕙共辑《名闺诗选》。徐仪静就是徐范,沈仞兰曾为之刊刻诗文。虞山吴氏可能就是吴胐,由申蕙与王凤娴,王凤娴

---

　　① 朱中楣(1622—1672),字爵则,号远山,江西南昌人,吉水李元鼎室。著有《随草诗余》、《镜阁新声》、《随草续编》、《亦园嗣响》等,均收入《石园全集》中。杜漪兰,字中素,江西吉水人,熊文举妻,有《耻庐集》。杜漪兰曾于1646年南归,徐灿和朱中楣为之送行,朱中楣《南乡子·送熊雪堂夫人南归》(《林下词选》题作"送熊雪堂少宰、年嫂杜漪兰南旋"),序云:"丙戌(1646)秋月,漪兰随少宰得请南归,余偶制《南乡词》送别都门,泪落沾襟。漪兰潞河发舟,寄余此序……甲午(1654)立冬日远山识。"

　　② 申蕙,字兰芳,别号诗农。江苏长洲人,申胤荣女,适秀水沈氏。著有《缝云阁集》、《花下吟》、《绣余吟》、《涤砚亭帖》等。

与吴胐之间关系密切可以推知。寒山赵芝贵则可能是赵昭（字子蕙）。值得注意的是海宁李是庵，即名妓李因[①]，后归葛征奇，与王微、柳如是等人为好友。

归淑芬在当时与黄德贞号称词坛盟主，除了编辑《名闺诗选》，还与黄德贞之女孙蕙媛、武水沈栗恂仲、长溪沈贞永琼山选辑《古今名媛百花诗余》四卷[②]。淑芬撰自序说："庚申秋杪，予纂《百花诗史》，乃托兴寄以消岁月，何当郡志邑乘，俱采入书目。辛酉夏末，就正海昌徐湘蘋夫人，幸蒙鉴赏，慨为玄晏，且期待以诗余，可歌可咏，庶几珠联璧合。"

另外，归淑芬、孙兰媛还为张鸿述的《清音集》做校注。张鸿述，字琴友，浙江慈溪人，著有《清音集》。从中国社科院文学所藏的《清音集》抄本可知，除了归淑芬、孙蕙媛外，袁半禅、段紫箫、陈凤音、陈德音、李是庵等才女也曾参与点评，足见在张鸿述的周围聚集了一个才女群体。其中以陈凤音、陈德音姊妹最有名，她们是徐灿丈夫陈之遴之弟的女儿。陈德音即陈皖永，字伦光，著有《素赏楼稿》八卷、《破涕吟》一卷；陈凤音即其姊，归佟世南。拜经楼所藏《海昌闺秀诗》有《佟陈氏稿》，前有题云："佟陈氏为海昌次升封翁女，大司空学山先生嫡妹。未出阁时所作，秀慧之致，已见一班。"

5. 沈纫兰家族的交往

明末清初嘉兴黄氏家族才女分为两个群体：一是黄媛介姊妹、从姊黄德贞家族，还有一个群体是以黄承昊妻子沈纫兰为首的黄氏女性家族群体。沈纫兰丈夫黄承昊的从妹黄淑德、女儿

　　[①]　李因（1610—1685），字今生，号是庵，又号龛山逸史，会稽人，葛征奇妻。著有《竹笑轩吟草》和《续竹笑轩吟草》各一卷。
　　[②]　沈栗，字恂仲，号麟溪内史，浙江嘉善人。明南昌司李沈玉虹次女，与姊孟端齐名。诸生陈仲严妻。长溪沈贞永琼山具体情况不详。

黄双蕙、媳妇周慧贞、侄媳妇项兰贞都是重要成员①，在沈纫兰家族活动中，沈纫兰除了与黄媛介等人交往、为徐范刊刻诗集外，最值得注意的是周慧贞与沈宛君、项兰贞与王微的交往。

周慧贞与沈宛君有亲戚关系，沈宛君四子叶世侗娶周慧贞兄之女，天启三年(1623)到四年沈宛君之夫叶绍袁还曾馆于周家。沈宛君为周慧贞《周挹芬诗》作序，说："绍方以季长绛帐，余因无缘窥道蕴絮庭耳。"由于这层关系，沈纫兰为沈宛君之女作悼诗，有《悼琼章》十首、《再和叶夫人芳雪轩韵》二首。

项兰贞与王微相识于天启三年。王微《湖上曲序》(《续玉台文苑》卷三)记其相识始末："癸亥秋杪，病归湖上，卜筑葛洪岭下，门掩飞泉，径埋落叶，意遒然也。适黄茂仲偕细君孟畹礼佛灵鹫，寓与予近，以轻舟就谈。至月上，听俞大家弹琴作水龙吟，继观夫人与大家手谈，遂烧烛忘返。嗟乎！茂仲何人，洗却康乐繁华，唤醒鹿门枯寂哉。醉后，与夫人偶咏竹枝词，欲一变调，以洗靡靡，遂分韵为湖上曲，约晓烟初醒，再叩蓬庐。归时兰露未晞，渔灯已没，因寝，不复能起，而夫人行矣，长堤烟柳，人望凄然。未几，夫人以新词寄示，读之琅琅，如夜光百串，落我怀袖，聊一拈笔勉和，且纪其时而感其遇。宇宙虽大，如斯邂近，岂可多得乎？"项兰贞有《鹊桥仙·七夕和女冠王修微》，王微以《湖上

①　沈纫兰，字闲静，秀水司谏黄承昊妻也。纫幼攻书史，雅善临池，业以孝行闻，著《效颦集》。黄淑德，字柔卿，嘉兴人，承昊从妹，屠耀孙妻。著《遗芳草》，其侄妇项兰贞为传。《众香词》载项兰贞"尝与姑母黄柔卿倡和，黄有警句'鸣桡依落照，拂席近薜芜'，'径草乱垂犹带露，庭花渐老不禁风'，皆为世之所珍。填调杂入周美成集，亦不能辨"。黄双蕙，字柔卿，嘉兴人，黄承昊仲女，早卒。著有《闺禅剩咏》。周慧贞，吴江人，字挹芬，周文亨之女。嫁黄凤藻。沈纫兰儿媳。有集《剩玉篇》(《苏州府志》作《周挹芬诗集》)。项兰贞，字孟畹，嘉兴人，秀水黄卯锡妻。著有《裁云草》一卷、《月露吟》一卷、《咏雪斋遗稿》。寒山陆卿子为序。"每一摘藁，落笔成风，雅逸鲜妍，备尊众妙，观者目眩心惊。即子墨客卿所不能，而若得之，若探囊取珠，非宿世才情，何以有此"。武林徐野君曰："三吴闺秀，自陆卿子、徐小淑而外，不得不以此事推君。"

次韵答黄孟畹夫人》相酬。后兰贞去世,王微作《哭黄夫人孟畹》诗云:"秋堤一片石,谁悟是三生。蕙质非松寿,梅魂伴月明。遗奁皆竹素,杂组亦瑶珊。料得荀家倩,难言不及情。"项兰贞作为名门闺秀,与妓女王微相交,这表明当时社会风气,闺秀与校书往来已无障碍,才女身份在才学面前也没有分明的界限了。

此外,王微有《挽赵凡夫二首》诗,赵凡夫就是为项兰贞作序的陆卿子的丈夫。或可推测王微与陆卿子之间也有交往。陆卿子著有《考槃集》、《玄芝集》、《卧云阁集》等。《宫闺氏籍艺文考略》载:"陆服常,苏州人,尚宝卿师道女,太仓赵宧光妻。……《列朝诗集》:'卿子赋诔之作,步趋六朝。'徐氏《笔精》云:'所著诗赋、《连珠》,可方古人,徐淑之流亚也。'《玉镜阳秋》曰:'陆诗文规模古人,隆万间闺流能文者未见其匹也。'"

6. 王端淑姊妹的诗社网络

王端淑,号映然子,博学工诗文,善书画,长于花草,疏落苍秀。卒年八十余。著《吟红集》、《留箧》、《恒心》诸集。还辑有《名媛诗纬》、《历代帝王后妃古今年号名》、《史愚》行世。其长姊王静淑,《名媛诗纬》卷十五载:"字玉隐,号隐禅子,孝廉运同陈公汝元子文学树勒妻。生而聪敏,长嗜诗,早寡,入空门,法名曰净琳,号一真道人。"著有《清凉集》、《青藤书屋集》等。

王端淑与王静淑姊妹家庭内唱和频繁。王静淑有《初夏同玉映、玉旷两妹,徐子贞、祁悟因、姜遂箴三弟妇游山,分韵得心字》、姜廷枏有《同玉隐、玉映、祖藩、子贞、悟音诸姐看玉兰花》、陈德卿有《同玉隐、玉映、悟音、遂箴诸姐看玉兰花》诗。陈德卿是端淑长兄之妻,字祖藩,山阴人,州守至宣公女,早寡,抚诸孤,以节称。姜廷枏,号遂箴子,余姚人,端淑弟妇。

王端淑是《名媛诗纬》的编者,《诗纬》收录800多名女作家,可以想见其交游群体应是最大的,所以其雅集唱和已经不限于家庭之内,而是出现了诗社雅集。黄媛介有《丙申予客山阴,雨中承丁夫人王玉映过访,居停祁夫人许弱云即演鲜云童剧偶赋志感》《乙未上元,吴夫人紫霞招同玉隐、王玉映、赵东玮、陶固生诸社姊集浮翠轩,迟祁修嫣、张婉仙不至,拈得元字》等诗,王端淑有《上元夕浮翠夫人招黄皆令、陶固生、赵东玮、家玉隐社集,拈得元字》诗,"社集"说明王端淑等人的集会是具有诗社性质的,除了王端淑姊妹妯娌外,还有商景兰女祁德琼、黄媛介、胡紫霞、陶固生、赵东玮、张婉仙、许弱云等人参加①。这些人如吴夫人胡紫霞,王端淑是因生活贫困,"舌耕暂为生,聊握班生笔",充任闺塾师,馆于吴家而结识的,王端淑与之唱和诗很多②,如《答浮翠轩吴夫人》诗云:"素守清贫只自知,世人欲杀忌才思。狂蜂口压红颜污,断魂身归青爆期。寂寂烟分如绿柳,飞飞予不及黄鹂。此情愿博芸窗史,故向朱门作女师。"这种相交,已经具有社会性,不再是因家族血亲与地域的关系而形成的一种相知。将这些才女系连在一起的,主要是才学,以才学为根基形成了一个女性活动的场域,一个让才女发挥文才的空间,这对以后女性

---

①　胡紫霞,号浮翠轩主人,锦衣都督吴公国辅继配,姿容端好,治家严肃,子理祯文学,女祥祯,长适翰林沈振嗣。夫人善学,诗博雅爱才,篇什甚多,不以示人,著《浮翠轩集》。陶固生即陶履坦,固生是其字,号稽散子,会稽人,知州荣龄公女,大学士文懿公朱赓子衡州知府朱敬衡子骝元妻,法名智明,早卒。王端淑《名媛诗纬》载其《赋得灭烛听归鸿》《自叹》《春日感怀四首》《悲秋雨》等诗,并誉其诗"深秀清婉,酷肖其人"。赵东玮,法名智珂,字梵慧,山阴人,学博赵公之蔺女,刑部主事朱公应鲁孙,庠生某之妻,未一载,夫亡,誓不他适,居悠然堂,遂号悠悠子。与妯娌陶履坦为生死交,相唱和。《名媛诗纬》载其《立秋同稽散子玩月》《季夏稽散子见寄次和》等诗。张婉仙,即张嫩,字婉仙,绍兴人,文学龚荣春妻,聪慧不凡。王端淑评其诗曰:"诗自婉练,是近曰正雅,且出口自然,不似专以虚字为工者。"许弱云,生平不详。

②　王端淑还有《明妃梦回汉宫,次浮翠轩吴夫人韵》《答浮翠轩吴夫人》《季秋见杏花,喜而有作,次浮翠轩吴夫人韵》《中夜闻雁次浮翠轩吴夫人韵》《浮翠轩吴夫人索和赋答》《破船诗同吴夫人咏》《雨夜思和吴夫人》《次浮翠轩主人韵》《次浮翠轩咏美人韵》《咏美人再赠浮翠轩主人》《感遇诗呈浮翠轩主人》《仲冬得腊梅折送浮翠主人》《雪压桃花同翠浮主人咏》等诗。

文学的发展具有极大的促进作用。

二、清初女性文学规范的建立

1. 独立的女性文学场域形成

由上面的女性交际网络可见，17世纪家族女性群体不是孤立的，封闭的，而是通过每个群体中的一个或者几个关键人物，把这些表面分散的女性群体连接起来，形成了一个覆盖面极广的文学网络。如在王凤娴母女与吴胐家族中：王凤娴与申蕙有直接的联系，王凤娴、曹鉴冰与林以宁、顾姒等蕉园诗社成员有直接的联系；沈仞兰家族群体中：沈纫兰与黄媛介姊妹、王端淑姊妹直接联系，周慧贞与沈宛君、项兰贞与名妓王微有直接联系；项、王二人又都与陆卿子有联系；陆卿子是赵昭的祖母；沈纫兰家族与申蕙通过徐范也可以系连起来，徐范与申蕙为友，沈纫兰曾为其刊刻诗集。

清初女性文学网络涵盖了当时的著名才女，如王凤娴的诗作被认为"高华绝响钱刘，清新迥出温许"，范濂张引元评其诗云："尔雅俊拔，类刘长卿风骨，非但无宋人烟火气，即长庆西昆诸体，皆不逮也。"商景兰是"两浙闺秀之冠"；徐昭华的"诗工处，每驾出时贤若此"，毛奇龄转述曹侍郎评《探亲吴门同虞夫人之虎丘》之言云："禾中曹侍郎见此诗，手抄一通，遍示诸客，且谓生平每过是地，便思作诗不得，即唐宋人亦罕佳作，不意闺中人能压倒千古千士乃尔。因为作序赠文。又云：'自左嫔、苏若兰后，文章之盛无如徐昭华者。'"

闺秀与名妓关系密切，两种女性文学与文学传统逐渐融合。名妓交往的士人是当时的名流俊彦，大多是党社成员，因而其活动带有文人特点，并且因为其生活的范围本身就在闺阁之外，其对社会非常关注；闺秀则不同，其交往的对象主要是家庭成员,社会交往较少,其关注的大多是家庭内部事情。总体上看闺秀文化内敛保守,而名妓文化则开放积极。两种文化融合以后,名妓更加注重妇德,而闺秀则接受了其外向开放的生活方式及交往方式,加之闺秀自身的发展,形成具有社会交际广泛,活动空间扩展,关注事务范围扩大等特点的新型女性文化。

名妓除了在诗词上的造诣外,其在服饰、居室等物质生活等方面引领当时的时尚。明代中后期,社会风气变得奢侈无度,服饰追求时尚,居室则追求壮观舒适,而名妓在这些方面无疑代表着当时的时尚。因而其服饰成为当时闺秀仿效的对象。《板桥杂记》载"南曲衣裳妆束,四方取以为式,大约以淡雅朴素为主,不以鲜华绮丽为工也。初破瓜者,谓之'梳拢';已成人者,谓之'上头'。衣衫皆客为之措办,巧样新裁,出于假母。以其余物,自取用之。故假母虽年高,亦盛妆艳服,光彩动人。衫之短长,袖之大小,随时变易,见者谓是时世妆也"[1]。范濂《云间据目抄》卷二感叹明末社会女性追求时尚而效仿娼妓的打扮云:"前人服饰,愈清愈雅,而只为导淫者之资,识者不无感叹也。刬奴隶争尚华丽,则难为贵矣;女装皆踵娼妓,则难为良也。良贵不分,乌睹所谓仁厚之俗哉。"可见当时名妓的华丽与清雅为闺秀们模仿,而当时名妓的居室也甚高雅,顾媚的眉楼、李香君的媚香楼等都很有名。余怀《板桥杂记》云李十娘"所居曲房秘室,帷帐尊彝,楚楚有致,中构长轩。轩左种老梅一树,花时香雪霏霏拂几榻;轩右种梧桐二株,巨竹十数竿。晨夕洗桐拭竹,翠色可餐。入其室者,疑非人境"[2]。顾媚"家有眉楼,绮窗绣帘。牙签

---

① 余怀《板桥杂记》,上海古籍出版社 2000 年版,第 4 页。
② 同上,第 23 页。

玉轴,堆列几案;瑶琴锦瑟,陈设左右。香烟缭绕,檐马丁当"①。李大娘"所居台榭亭台,极其华丽,侍儿曳罗縠者十余人。置酒高会,则合弹琵琶、筝,或狎客沈云、张卯、张奎数辈,吹洞箫、声管,唱时曲,打十番鼓。曜灵西匿,继以华灯。罗帏从风,不知喔喔鸡鸣,东方既白矣"②。这样既典雅又华丽的居室之风,对当时的社会风气产生影响,同时对闺秀的生活方式也会产生影响。

柳如是、王微等人荡一叶扁舟纵横往来的行为对深居闺中的女性是一种诱惑。黄媛介与商景兰母女的唱和中很多是在游密山、寓园之后所作,如黄媛介的《同祁夫人商媚生祁修嫣湘君张楚缠朱赵璧游寓山分韵二首》、《密园唱和同祁夫人商媚生祁修嫣张楚缠朱赵璧咏》等诗就是在游玩寓山、欣赏密园后所作,而蕉园诗社的泛舟湖上,吟诗作词的活动与柳如是、王微等名妓扁舟载书,往来于西湖之上的举动何其相似,因而名妓的才情对闺秀走出家门,扩大生活空间有一定的影响。名妓的交际网络主要是文人名士,以男性为主,而闺秀的诗词唱和主要局限在家庭之内。明末清初,名门闺秀逐渐扩大了与外界男性的交往,从沈宛君、叶小鸾的作挽诗的男性只限于兄弟、姻亲发展到商景兰之妹商景徽之女徐昭华拜毛西河为师,这是闺秀文化自身发展的结果,但同时也受到名妓与男性的交往的影响,闺秀文化认同了名妓的社会交际方式,进一步扩大交际网络,甚至形成拜男教师为师的风气,以至于最后出现了女子结社,女性文化的迅猛发展同名妓文化与闺秀文化的融合有密切的关系。

名妓文化与闺秀文化融合后,闺秀文化的社会性明显增强,这样在频繁的交际中,才女通过出版诗歌总集、评点诗歌等活

---

① 余怀《板桥杂记》,上海古籍出版社 2000 年版,第 30 页。
② 同上,第 28 页。

动,从纵向的时空和横向的理论两个维度建构了自己的文学场域。同时在这个场域中进行自己的文学活动,通过建立诗社、雅集唱和、充任闺塾师等活动来加强女性文学的传播和接受,使女性文学在这个时期得到长足的进步,为清代女性文学的发展奠定了文献和理论基础。女性声望的获得需要男性支持是毋庸置疑的,男性的关注是女性社会地位提高的重要条件,但在声望和地位获得过程中,真正起决定作用的是女性自己的才学,以及可以表现施展才学的空间。所以女性文学交际网络的建立以及在此基础上形成的女性文学场域。女性文学场域的形成可以使闺秀进一步获得社会资本和文化资本,提高女性的社会地位。

　　2. 纵向的时空建构——女性文学谱系的建立

　　女性文学传统构建需要有文献资料为支撑,所以明末就有一些才女有意识地承担了搜集保存女性诗文的责任,如沈宛君《伊人思》,方维仪《宫闺诗史》,王端淑《名媛诗纬》,黄德贞等《名闺诗选》,归淑芬等编纂《百花诗史》、《古今名媛百花诗余》等。以王端淑《名媛诗纬》为例,本书共收录作者 847 人,作品 2 091 首,囊括了诗、词、曲三种体裁;作者的身份上至王公贵族,下至青楼方外;以诗存人的文献编纂原则涵盖了明代以及清初重要的女作家,在女性文学史上具有重要意义。王端淑《名媛诗纬初编·序》曰:"诗开源于窈窕,而采风于游女。其间贞淫异态,圣善兴思,则诗媛之关于世教人心,如此其重也。予不及上追千古,而尤恨千古以上之诗媛,诗不多见,见不多人;因取其近而有征者,无如名媛,搜罗毕备,品藻期工。人予一评,诗予一骘,辑成四十余卷。"王端淑丈夫丁圣肇序也说:"《名媛诗纬》何为选也? 余内子玉映,不忍一代之闺秀佳咏湮没烟草,起而为之霞搜雾辑。其耳目之所及者,藏之不忍;其耳目之所未及者,更县以有待,盖苦心积玩于字珠句玉者,已一十又余年于兹矣。怜才之心,过于自怜。"秉着以诗存人的宗旨,所以《凡例》述其收录原则,"如一人而有专集,则选其诗之臧否;如一人止有一首半首存者,虽有瑕疵,亦必录之,盖存其人也。"①

《诗纬》为女性文学构建了一个自己的历史谱系,为女性文学争得一个合理的位置。《名媛诗纬》以"纬"为名就足以说明这个问题,女性的《诗纬》与男性的《诗经》应比肩辉映。王端淑《名媛诗纬·自序》曰:"客问于予曰:'《诗》三百,经也,子何独取于纬也?《易》、《书》、《礼》、《乐》、《春秋》,皆有纬也,子何独取于诗纬也?'则应之曰:'日月江河,经天纬地,则天地之诗也。静者为经,动者为纬;南北为经,东西为纬,则星野之诗也,不纬则不经。昔人拟经而经亡,宁推守于纬,祥之足以存经也。《诗》开源于"窈窕",而采风于"游女",其间贞淫异态,圣善兴思,则诗媛之关于世教人心如此其重也。'"这种思想不是王端淑首发和独有的,当时很多人持这种观点,力图使女性写作具有经典意义。王献吉序王凤娴的《焚余草》即云:"《诗》三百篇,大都出于妇人女子,《关雎》之求,《卷耳》之思,《螽斯》之祥,《柏舟》之变,删诗者探而辑之,列之《国风》,以为化始。"葛徵奇序梁孟昭《墨绣轩集》有云:"则古之咏卷耳,赋蘋蘩、警鸡鸣、箴杂佩者,不得称淑媛耶?"正如孙康宜所说"明清文人所用来提高女性文学的方法就是这种凡事追溯到《诗经》传统的约定俗成的策略"。但把这种理论付之于实践,努力在文学场域内为自己划出一个空间并且卓有成效,则非王端淑莫属。这也是女性文学成熟的一个标志,只有具备了这样的文献基础、这样的宏阔眼光,才能在此基础上系统提出自己的文学理论,从而使女性文学依靠自身的力量成为清代文学场域中不可忽视的存在。

---

① 《名媛诗纬初编》凡例六。

3. 横向的空间建构——女性文学理论的提出

女性文学一直处于边缘的状态,所以艺术的标准都是按照男性的标准来衡量的,这是学术界普遍的看法。但其实不然,女性有自己的文学理论。方维仪《宫闺诗史》的评选主旨是"删古今宫闺诗史,主刊落淫哇,区明风烈,君子尚其志焉!"因为方维仪希望建立一个"节烈传统",而且还表现出了强烈的道德感,如评价徐媛说:"偶尔识字,堆积龌龊,信手成篇,天下原无才人,遂从而称之。始知吴人好名而无学,不独男子然也。"(见《列朝诗集小传·闰集·香奁中》"徐淑"条)

王端淑《名媛诗纬》与方维仪《宫闺诗史》相似的地方,有一定的道德关怀和遗民情怀。许兆祥的序言说:"所选《名媛诗辑》,由洪、永迄启、祯,其间可敬、可畏、可悲、可喜之章,种种毕具。且借他家情事,舒胸中块垒。"王端淑的胸中块垒有对故国的怀念是毋庸置疑的,王端淑在卷一"荆王宫人陈素"条中说:"吾尝览铜驼荒草、故国荆榛,未尝不抚卷长叹。"但王端淑更多的是从女性文学自身出发考虑,带有一种历史责任感和使命感,希望建立女性自身的诗学体系。归淑芬等人编纂《百花诗史》以及《古今名媛百花诗余》。《百花诗史》现已不传,但归淑芬、孙蕙媛等人编纂的《古今名媛百花诗余》则存。诗词的观念理应一致,所以从名字可以看出归、孙二人坚持的是带有女性自身特色的诗学主张。《百花诗余》所咏之花共有116种。按照所咏之数量排列:梅花四十二首;菊花十三首;桃花十二首;秋海棠十一首;海棠花十一首;荷花十一首;杏花十首。以上花如果按照季节分的话:桃花、杏花、海棠花属于春天;荷花属于夏天;秋海棠、菊花属于秋天;梅花属于冬天。分属于冬、夏、秋的代表花是梅花、荷花、菊花三种。这三种花都象征高洁,特别是梅花代表的"美人高士"的传统,是清代女性自我形象的一种期许,正如孙惠媛《百花诗余序》曰:"斯真花史而女史,词韵而人韵也。"

才女这种以梅花作为自我象征以及期许与当时社会风气有关,清代咏梅花诗很多,但梅花之与女性来说,不仅是一种附庸社会风气而发出的感慨,而且梅花就是才女本身的意向与期望。清代女性的梅花诗很多,特别是延续了《梅花百咏》的传统创作,如许在璞的《梅花百咏》诗,孔璐华的《广梅花百咏》等,而张问陶妻子的"修得人间才子妇,不辞清瘦似梅花"诗句,应是才女自我期许的最好说明吧。在男性诗词里,梅花仅仅是一种"意象",对于才女来说,梅花就是才女本身,"美人高士"就是其诗学理论及自我价值的实现,正如王端淑认为诗歌是至情、至美、至真的非凡之物,《名媛诗纬》卷五董少玉条曰:"诗,情物,以繁筵艳阁求之,则非其地;诗,灵物,以死景死笔咏之,则非其人;诗,冷物,以锦衾绣幕处之,则非其质;诗,静物,以喧嚣秽杂居之,则非其时。故神必欲闲,景必欲冷,思必欲远,想必欲慧,意必欲别,笔必欲健。"又如卷二十五"沙宛在"条曰:"诗真处,不加粉饰,方是性情。若随风掉弄,一味趋时,大伤风雅。"王端淑所追求的风格是"浑朴而风致自远"[①],"质淡而苍朴,绝不描画纤浓,浑然大雅之作"[②],"其诗古甚、朴甚、简甚、妙甚"。"神闲"、"景冷"、"思远"、"想慧"、"意别"、"笔健"境地是王端淑推崇的妙境。这种诗学标准正是从性别角度出发,对诗人所要达到的境界的一种要求。王端淑说:"凡为女子,幽娴贞静四字毕矣,若为绮语怨辞所最忌。"这种幽娴贞静表现在诗词上就是"爽志"、"秀";"以女郎诗赠女郎方是当行本色"[③],"不媚不轻"才是"女士中之有骨

---

① 《名媛诗纬》卷二十四李素素条。
② 同上卷五徐德英条。
③ 同上卷十二蔡娟娟条。

力者"①。

王端淑《名媛诗纬》中明确说明女郎写女郎诗是当行本色，"昔人谓梁简文无帝王气而有铅粉气，以帝王作铅粉乌乎可？然诗自不可废耳。静庵以铅粉写铅粉，安得不为之当行本色乎?"（《诗纬》卷二）基于这样的观点，秀是王端淑使用最多诗学评价话语：如秀气、疏秀、秀骨、深秀、娟秀（娟秀倩丽、娟秀可餐）、秀丽（秀丽不浮）、松秀、调爽姿秀、秀洁、秀远明靓、秀如青黛、秀雅（秀雅浑厚）、秀媚、秀餐翠滴、稳秀妥帖、古秀、秀劲，因此可以说"秀"是王端淑提出的一个女性诗学核心审美标准。这种诗学观念的形成是当时的共识，与归淑芬等人用梅花来作为才女的象征互为表里。以梅花自喻，不仅是梅花诗词传统的体现，更包含了清初才女的理性思考。在这样的理论指导下，女性雅集唱和活动逐渐具有社会性，规模扩大，形成了真正意义上的诗社。

4. 文学场域内活动的规范化——女性诗社的逐渐成熟

才女结社始于家庭母女间的唱和，如沈宛君的家庭唱和是女性诗社的早期形态，还具有明显的不成熟性，她们唱和诗篇的内容较少涉及社会事务，主要是写景状物、怀念家人、抒发个人情感之作，如宛君的诗文很多是抒发对丈夫的思念。少年绍袁为求仕进，苦读诗书，但因"频年失志，或闭户编蓬，或担簦丽泽"，与宛君朝夕相处，"经年无几日耳。甚且腊尽年除，尝栖外馆"②，因此宛君与绍袁唱和的诗词，都是表达对绍袁的思念之情，即便有一些诗句涉及科举，也是因夫妻分离而发的感慨。如《秋日望仲韶京报不至》云："西风初冷碧香裾，白首高堂暮倚闾。

---

① 《名媛诗纬》卷九张贞闺条。

② 叶绍袁《百日祭亡室沈安人文》，载《午梦堂集》，中华书局1998年版，第210页。

岂是上林无一雁,故教尺素杳双鱼。此时王粲登楼思,何日秦嘉寄陇书。吹尽白苹波自绿,松涛桐露暮帘虚。"《甲子仲韶秋试金陵》云:"桃叶秦淮几度秋,离魂长自系孤舟。而今莫再辜秋色,休使还教妾面羞。"《再望仲韶京报不至》云:"云稀月照但共愁,桐叶无凭空自秋。寂寞湘江不写恨,何须日夜只长流。"

　　但明清易代后,社会动荡,一些才女开始了颠沛的游历生活,才女社交范围从家庭之内走向家庭之外,如商景兰母女与黄媛介的交往,其活动空间从闺阁走到山水之间;王端淑、胡紫霞夫人的社集活动,使女性诗社具有了更强的社会性,一直到林以宁、顾姒等人成立蕉园诗社,女性有了第一个有固定成员、固定集会,较为成熟的诗社①。蕉园诗社有自己的领袖,即柴静仪。《正始集》云:"季娴工写竹梅,尝与闺友林亚清诸人结蕉园吟社,群推为女士祭酒。"雷瑨、雷瑊《闺秀诗话》云:"静仪吟咏而外,工写竹梅,在蕉园吟社中,群推为祭酒,集中佳什甚多。"还有自己的精神追求,钱凤纶《与林亚清》云,"顷将觅传神手绘蕉园雅集图,置五人于乔松茂竹、清泉白石间,使我辈精神,永相依倚。一时盛事,传之千秋。较彼七贤六逸,文学固不敢方,而其游泳殆一致也。"钱凤纶将诗社成员与历史上的男性名士七贤、六逸相提并论,充分表现了"莫道才华让男子,深闺亦有竹林期"的志向。林以宁亦有"有志愿穷延阁秘,还从闺阃作通儒"之志。

----

　　① 蕉园诗社成员除了上面提到的顾姒、林以宁、张昊、徐灿外,还有以下诸才女:柴静仪,字季娴,浙江钱塘人,柴云倩次女,沈汉嘉妻。著作有《北堂诗草》、《凝香室诗钞》。钱凤纶,字云仪,浙江钱塘人,进士钱安侯女,贡生黄式序妻,钱肇修姊。著作有《散花滩集》、《古香楼集》。冯娴,字又令,浙江钱塘人,同安宰冯仲虞女,诸生钱廷枚妻。著有《和鸣集》、《湘灵集》。朱柔则,字顺成,又字道珠,浙江钱塘人,沈方舟妻,柴静仪媳。《杭州府志》记载其著作有《绣帙余吟》、《嗣音轩诗稿》。毛媞,字安芳,浙江钱塘人,毛先舒女,徐邺妻。《杭州府志》、《众香词》、《撷芳集》著录其有《静好集》二卷。

除了名园宴集、赏花吟诗之外,蕉园成员最经常的是在湖上"授管分笺"。《杭郡诗辑》云:"是时武林风俗繁侈,值春和景明,画船绣幕,交映湖湄,争饰明珰翠羽,珠髻蝉縠,以相夸炫。季娴独漾小艇,偕冯又令、钱云仪、林亚清、顾启姬诸大家,练裙椎髻,授管分笺,邻舟游女望见辄俯首徘徊,自愧弗及。"[①]这些"自愧弗及"的女性必然会仿效其言行,形成风气。林以宁等人也为同里女性的诗文作序,鼓励支持她们在文学上的发展。林以宁《墨庄集》中有《林悬藜遗集序》、《玉尺楼传奇序代夫子》、《郡司马黄公夫人何韫山镜玉楼遗集序》、《柴季娴北堂诗集序》、《姑母沈太夫人山居诗序》等文章,此外还曾为梁瑛《字字香》、徐德音《绿净轩诗抄》等诗集作序。梁乙真《清代妇女文学史》说"盖自乾隆而后,百余年间,蔚为妇女文学极盛时期,实其流风余韵有以潜移默化之也",并非夸大之语。

5. 女性文学传承系统建立

女性文学接受和传播最主要的是得益于女师传统:主要有两类,母教与闺塾师。明末沈宛君对叶小鸾姊妹的影响,商景兰对于祁德琼姊妹的影响毋庸置疑,清中叶梁德绳对于汪端、沈善宝等人影响都是如此。在清初最有影响的蕉园诗社,其成员则受教于顾若璞。顾若璞教授其媳妇丁玉如,"从余读唐人诗,其《寄灿》有云'故有愁肠不怨君'语,几于怨诽不乱矣。"[②]受到顾若璞直接的影响,好经济大文。丁玉如"时为天下画奇计,而独追恨于屯事之坏也。且曰:边屯则患旁扰,官屯则患空言,鲜实事。妾与子戮力经营,倘得金钱二十万,便当北阙上书,请淮南北闲田垦万亩,好义者引而伸之,则粟贱而饷足兵宿饱矣。然后

① 吴颢辑《国朝杭郡诗辑》卷三十,同治十三年钱塘丁氏刻本。
② 《冢妇丁圹志》,《卧月轩稿》卷五。

仍举盐笑召商田塞下,如此则兵不增而饷自足,使后世称曰:以民屯佐天子,盖虞孝懿女实始为之,死且目瞑矣。"顾若璞认为"其言虽夸,然销兵宅师,洒洒成议,其志良不磨"①。

顾若璞弟顾若群的女儿顾之琼也受到顾若璞的影响。顾之琼母亲黄鸿字耀鸿,著有《闺晚吟》。顾若璞说"余与弟妇季昭夫人鸾笺酬答,遂有《闺晚吟》、《卧月轩》诸刻。侄女玉蕊夫人,才名鹊起,藻缋益工,果然积薪居上矣"②。在黄鸿与顾若璞唱和的同时,顾之琼一定会受到影响,其诗文风格亦是有"西京之气"。

在顾氏家族的第二代女性中秉承了顾若璞的文采以及经世的思想,在第三代才女中,钱凤纶、姚令则、林以宁都受到顾若璞的教诲,因而才有了后来的蕉园诗社。在顾若璞的教诲下,一家以吟诗唱和为乐,"雪夕听灿炜二儿读吴吏部和圻孙诗,次孙启均、启挺、启疆皆奋笔拈韵,各奏一篇,已而塈、埈、垣三女孙袖中皆簌簌有声,索视之,亦一诗也。虽工拙不掩,而幼女童孙皆好学知文,可藉手报地下矣。喜而赋此"③。

黄塈,字肃倩,顾若璞女孙,著有《绮窗集》。

黄埈,顾若群曰"余甥黄仲维韫炜女子也,名埈","埈生而隽慧,长失怙,依王母顾太夫人余姊也,读书学诗兼禅诵"④。

蕉园诗社成员钱凤纶与林以宁等人深受顾若璞的教诲⑤,"孙妇钱凤纶,玉蕊夫人之次女也。自其儿时弄墨,花鸟品题,已

---

①　《冢妇丁圹志》。
②　《历代妇女著作考》,第 757 页。
③　《卧月轩稿》卷四。
④　《武林黄氏童女智生发塔记》,《卧月轩》卷六。
⑤　钱凤纶,字云仪,浙江钱塘人,进士钱安侯女,贡生黄式序妻,钱肇修姊。著作有《散花滩集》、《古香楼集》。林以宁,字亚清,浙江钱塘人,进士林纶女,监察御史钱肇修妻。著作有《墨庄诗钞》二卷《词余》一卷《文钞》一卷、《凤箫楼集》。

有谢家风致。父母绝爱怜之。年十六归余仲孙,适余家中落,组
纴之余,不辞操作,陈馈之际,亦事染翰。间就正于余。"①林以
宁曾感慨"忆余从顾太君卧月轩时,六十年间,犹昨日事
情耳"②。

姚令则,字柔嘉,黄时序妻。钱凤纶《传略》曰:"娣姓姚,文
学龙起公长女,弱龄即能诗,年十四归叔氏。祖姑顾精翰墨,有
《卧月轩稿》,娣于定省之余,执经问字,晨昏讨论,力学有年,著
《半月楼集》;半月楼者即卧月轩之侧楼也。余不敏,同研席者二
三年,娣不我弃,常以诗文见投。"《杭郡诗辑》载:"柔嘉井曰余
闲,执经请益,又其姒钱云仪,蕉园名媛,雅擅清才,绣阁然脂,互
有赠答,故《半月楼》一集欲传祖姑衣钵。"

正是在顾若璞的影响下,林以宁、钱凤纶等人成立了蕉园诗
社,"终清之世,钱塘文学为东南妇女之冠,其孕育滋乳之功,厥
在此(蕉园诗社)也"③。因此可见钱塘女性文学受顾若璞影响
之大,可见女性文学的发展传播其实得益于自己的传承体系。

另外,闺塾师也起着重要文学传承作用。黄媛介、王端淑开
闺塾师风气之先。王端淑《吟红集·答浮翠轩吴夫人》有"此情
愿博芸窗史,故向朱门作女师"诗,其《出门难》诗:"静思今日言,
犹忆去年昔。寒风卷幽窗,居市仍如僻。舌耕暂生为,聊握班生
笔。"《两浙輶轩录》载黄媛介"己酉遭乱,转徙吴阊,羁迟白下,后
入金沙,闭迹墙东。张无放及夫人于氏资给之。时时往来虞山,
与柳夫人为文字交,其兄开平不善也。然皆令实贫甚,时鬻诗画
以自给。后僦居西陵,所居一楼与两高峰两对,隃糜侧理,是其

---

① 顾若璞《古香楼序》。
② 见林以宁为梁瑛作《字字香序》,载《历代妇女著作考》,第543页。
③ 梁乙真《中国妇女文学史纲》,上海书店1990年版,第385页。

经营，终不免卖珠补屋之叹。地主汪然明时招至不系园，与闺人辈饮集，每周急焉。继徙风雨中，渡西兴入梅市"。因为黄媛介"苕龄即娴翰墨，好吟咏，工书画，楷书仿《黄庭经》，书似吴仲圭而简远过之。其诗初从《选》题入，后师杜少陵，潇洒高洁，绝去闺阁畦径"（《松陵女子诗征》卷六），获得张无放、钱谦益、汪然明等男性的赞赏和经济资助，这才度过困顿艰难的时刻。但此时由于女性文学场域尚未完全形成，闺秀表现自己才能的空间不足，所以黄媛介这种行为也曾遭人非议。如《明诗综·闺门》"黄媛贞"条即说"皆令青绫步障，时时载笔朱门，微嫌近风尘之色"。但这正表明，黄媛介凭借文化资本谋生是清初才女活动的一个新动向，也是清代才女不同于以往才媛的独特之处。随着文学场的建立和发展，十年之后，当王端淑也得到男性的经济资助时，就再无人非议了。顺治十一年（1654）王端淑迁居青藤书屋时，家徒四壁，曾得到男性的经济资助，翌年有《为夫子赠钱子方兼呈周又元》诗赞美钱子方"解囊无愠色，知余不责贫"。王端淑接受馈赠，或许还有丁肇圣的缘故。但据王端淑《吟红集》以及《名媛诗纬》记载，王端淑交往的男性超过 70 人，所以阮元《两浙䩩轩录》载"山阴王季重先生有八子，惟女玉映能读父书。负才工诗。初得徐文长青藤书屋居之，继又寓武林之吴山。与四方名流相倡和，对客挥毫，同堂角麈，所不吝也"，并非虚语。而此时，"诗人闺秀，宜天地间所当珍重爱惜之物，其有坎坷，宜相共存之"的观念[①]，当已成社会共识。

此后，以"舌耕"、"女师"来谋生的才女在清代越来越多。如计珠（字孟渊），吴焕室。陆日爱曰："女士幼从祖质生文学学诗，质生赠诗：'诗骨碾成一轮月，文心编成九张机'之句。"中年后，

---

① 《燃脂余韵》卷一，张彭寅《民国诗话丛编》，上海书店出版社 2002 年版。

严小农、河帅郑夫人延之署中，"使女公子授业，其为一时倾重如此。"董兆熊云引计珠子吴君芝舫话，云"吾父足不良于行，不能治生，某年小兄弟众，不得已应河帅严小农夫人郑夫人之聘……"以此来"养我兄弟，使吾家完固无恙"[1]。又如孟文辉"自幼博览全书，精通翰墨，诗词清妙，里中称为女博士。孟銮殁后，支持门户，遣嫁二女，亲课两子。家渐落，氏念次子益谦功名，谋生馆谷。维扬司道延课女弟子，名播当道，大司马纲闻其名，以礼罗致京第，教授其女公子，旋富缘事宜查抄，氏行李亦没入。三日后，睿亲王亲临检，延氏即呈明始末。睿邸面试诗四首，大加赞赏，于是给还行李，延入内府，教郡主，其才固有大过人者"[2]。如董云鹤当其子兆熊"就馆旁郡邑，节孝君亦授徒于家，艺束修，佐尸饔，故虽贫，常不匮"[3]。王宝珠"早岁孀居，训导女弟子，如吴兰仙女史其一也"[4]；顾月瑛"性好吟咏，不善操作，以此不得于舅姑，抱子出门为人家课读，兼售针黹以为养"[5]；陆蕙"时春水（陆蕙之夫）已亡，璞卿授徒，藉修脯自给，及门受业者皆习举业，为八股文字。已成篇者为五人，未成篇者为六七人，洵不愧女士之目矣"[6]。"青田才女柯锦机，有宣文夫人之风，绛帐问字者数十人"[7]。《嘉兴府志》载陈氏（给事中鸿宝女弟，钱载子敏锡室），"孝事尊章，工吟咏，……宗伯未第时力贫训子，或乞抄《五代史》，得二千钱为儿制衣，操作辛苦"。《长兴县志》载朱新（字雨华，适德清戴氏），"工画法，倪稻孙评其画，以

---

① 《松陵女子诗征》卷六，第12页。
② 同上卷五，第3页。
③ 同上卷六，第3页，沈南一语。
④ 同上卷九，第21页，周之桢语。
⑤ 同上卷九，第21页，薛凤昌语。
⑥ 同上卷八，第1页，俞樾语。
⑦ 袁枚《随园诗话》卷八，第272页。

为清于恽氏,韵致嫣然,殆有过之。近今闺阁中不易觏也,年六十,犹卖画自给"。

　　闺塾师成为女性走向社会的一个途径。而家庭内聘请闺塾师也成为一种传统和风尚。一家之内聘请数位闺塾师的情况并不鲜见。天然居士《问诗楼》自序详细记载了当时家庭内聘请闺塾师的情况:"予生长闺阁,幼为父母所钟爱,以爱之切而训之备详,常不以女子而异视也。九岁读书,从师林姓,逾年复易一杨姓者,此二人俱不能诗。迨年十三,始问字于习幽女史,继又从雪楼教授。"婚后,"乾隆丙申之岁,因课女而延得岭南女史梅轩,晨夕晤对,结习复萌,于唱间作,皆可谓一时之乐"。正是这些闺塾师的启蒙和教育,使清代女性文学星火燎原,才女数量超过3 000人。而随着人数的增多,才女更加为社会重视,成为家庭和地方的荣耀,女性文学场域也因之更加稳固。清代出现大量的闺秀诗话来研究和记录才女掌故,就是因为才女及其活动已经成为一种引人注目的文化现象,引起人们强烈地关注和研究的兴趣。

第二节　清初才媛的遗民
情怀与文学自觉

　　闺秀诗人是清代文学史上极具光芒的一个群体,尤其是清初才媛,不仅因为其性别,更因为她们在鼎革时以遗民身份表现出的家国情怀、文学自觉性及严肃态度,创作了大量优秀的文学作品,同时还以选编点评闺秀别集、编纂闺秀诗歌选集来构建女性文学理论,使女性文学批评具有了一定的学术性。从清代女性文学史的发展来看,清初闺秀才媛的高尚节操、恢弘气度及高超的诗歌艺术开启了清中后期女性文学繁荣的历程,值得我们给予特别的关注并作深入的研究。

一、"青山自署女遗民"：清初才媛群体的家国情怀

考察清初闺秀的诗歌创作，离不开王端淑《名媛诗纬》(康熙六年,1667)、归淑芬《古今名媛百花诗余》(康熙二十四年,1685)等选本，其中收录诗文较多的作者，都是清初引领女性文学风尚的著名才媛。《名媛诗纬》中录诗5首以上的女诗人，清代有倪仁吉26首，朱中楣22首，方孟式21首，方维仪20首，黄媛介16首，商景兰15首，章有湘13首，沈天孙13首，屠瑶瑟13首，朱德蓉12首，祁德琼11首，王凤娴9首，祁得茝8首，章有渭7首，周洁8首，周兰秀6首；《百花诗余》中属于清代的有归淑芬64首，沈栗21首，沈贞永14首，沈兰11首，屠茞珮8首，黄德贞10首，黄媛介7首，徐灿7首，孙蕙媛7首。在此之外，还有一个人也很值得注意，那就是张鸿逑。虽然《诗纬》与《诗余》录其诗词较少，但归淑芬、孙蕙媛等人曾为其编选，还有袁半禅、段紫箫夫人、陈凤音、陈德音、李是菴等才女的评论，因而也可以算是当时的俊彦翘楚。这些才媛彼此之间都有一定的关系，形成了一个覆盖江南地区的文学网络，她们的诗文中都流露出浓郁的故国禾黍之感。

这部分诗人可以分为两个群体：一是以遗民自居的女诗人，一是学者型的女作家。前者如黄媛介、徐灿、商景兰、朱中楣、方孟式、方维仪、李是菴、章有湘等闺秀，后者如归淑芬、黄德贞、孙蕙媛等才媛。这两个群体联系甚密。黄媛介与黄德贞为从姊妹；朱德蓉、祁德琼、祁得茝是商景兰的女、媳；孙蕙媛、屠茞珮、周兰秀是黄德贞女、媳、妯娌。归淑芬与沈栗、沈贞永、孙蕙媛等共同编辑了《古今百花诗余》；方孟式与方维仪为姊妹，曾编纂《宫闺诗史》。徐灿不仅与朱中楣、黄媛介、商景兰等人交好，

也是归淑芬等人特别推崇的女诗人。这两类学者尽管表现方式不同，但她们的遗民情怀却为清初女性文学史增添了一抹亮丽的色彩。

与黄媛介、商景兰、徐灿等人交好的吴山被时人称为"女遗民"。其《清明》诗曰："而今何处觅桃源，风雨清明且闭门。芳草萋萋归不得，江南多少未招魂。"明朝的"桃源"因战火已然逝去，此时虽然芳草萋萋，但因故国江南的亡魂，使清明时节的雨更加纷纷。亡国之痛，身世之悲，尽在诗中。据《竹净轩诗话》说："魏淑子为（吴山）撰诗序，邓孝威赠诗，皆目为女遗民。""邓孝威（汉仪）题其集曰：'江湖萍梗乱其身，破砚单衫相对贫。今日一灯花雨外，青山自署女遗民。'以其诗多玉树铜驼之感也。"①吴山等才女的气节，令士人敬重，所以吴山在西湖上居住时，因家贫，"钱塘县令张明为之分俸，可谓一时佳话"②。

孙静庵编选《明遗民录》时把商景兰、刘淑英、毕著、王微、隐隐、香娘、文鸳等人都录入其中③。商景兰《哭父》诗中"南云烽火靖，乔木世家残。国耻臣心切，亲恩子难报"几句，描绘了烽火中的凋落世家，国耻下的泣血臣心，破家丧父的哀痛子女等画面，构成一幅鼎革之际的社会图景，表达了闺秀才女前所未有地深刻体会到的"禾黍"之感。恽珠的《国朝闺秀正始集》没有选录商景兰的作品，恽珠说："如纪映淮、朱中楣、黄媛介、方维仪诸人或膺封奖，或为遗逸，均一例入选，惟祁忠公夫人商景兰、黄忠端公夫人蔡玉卿，其夫既以大节殉明，妇人从夫，自应不选，以全其

---

① 吴颢辑《国朝杭郡诗辑》卷三十，清同治十三年（1874）钱塘丁氏刻本；施淑仪《闺阁诗人征略》，第 1728 页。
② 吴颢辑《国朝杭郡诗辑》、钱仲联《清诗纪事》、施淑仪《闺阁诗人征略》、徐世昌《晚晴簃诗汇》均载此事。
③ 孙静庵《明遗民录》卷四十八，浙江古籍出版社 1985 年版，第 363—368 页。

志。"①一直到清末徐世昌《晚晴簃诗汇》沿袭这种尊敬,"《正始集》不选(商)媚生与蔡玉卿诗,以全其志,今从之"②。可见清初女遗民在清代一直被尊为政治道德的典范。

朱中楣,吴骞序《拙政园诗集》载:"昔庐陵李梅公司马序其夫人朱氏《远山随草》云,余既遭时弗造,赋命不犹,从刀锋剑雨中万死一生,皆内子周旋而左右之,境遇亦良苦矣。"不仅英勇,还胸怀天下,"每闲居,相与扬抣风雅,凡古今人物之贤否及世道之治乱兴衰、升沉显晦之迹,未尝不若烛照而数计之"③。朱中楣诗《赠涂年侄女南归》诗曰:"每话家园泪雨潜,蓟门秋老雁初还。惊魂自逐潇湘水,忍见溢城山外山。""共羡山公古道稀,黄金解尽出重围。丰城剑合珠还浦,故国文姬此日归。"因为明清鼎革,自己就如蔡文姬入胡一样,背井离乡,颠沛流离,因此"每话家园泪雨潜",渴望有人能驱除清朝,回复大明山河,希冀能如蔡文姬一样有回归故国的日子。诗中的亡国之痛,读之使人黯然。

王端淑《悲愤行》写道:"凌残汉室灭衣冠,社稷丘墟民力殚。勒兵入寇称可汗,九州壮士死征鞍。娇红逐马闻者酸,干戈扰攘行路难。予居漏地不求安,叶声飒飒水漫漫。月催寒影到阑干,长吟汉史静夜看。思之兴废冷泪弹,杜鹃啼彻三更残。"则是拟蔡琰《悲愤诗》来表达自己明朝灭亡的哀痛之情。

徐灿与朱中楣交好,且境遇相似,吴骞说:"夫人(徐灿)之境亦何已异(朱中楣)!"所以评价说"湘苹尽洗铅华,独标清韵,又多历患难,忧愁拂郁之思,时时流露楮墨间","俾世之论湘苹者不得仅以词人目之"④。这种"多历患难"之感发于诗词,作品中

①　恽珠《国朝闺秀正始集例言》,清道光刊本。
②　钱仲联《清诗纪事》,江苏古籍出版社1987年版,第15512页。
③　徐灿《拙政园诗集》,清刊本。
④　吴骞《拜经楼诗话》,《续修四库全书》集部,第1704册。

就带有了强烈的故国之思。因此徐灿不仅仅是"词人",是才女,更是精神上的女遗民。

黄媛介,乙酉之后,"家被蹂躏,乃跋涉于吴越间,困于檇李,踬于云间,栖于寒山,羁旅建康,转徙金沙,留滞云间。其所记述,多流离悲戚之辞,而温柔敦厚,怨而不怒,既足观于性情,且可以考事变。此闺阁而有林下风者也"①。其《丙戌清明》诗曰:"倚柱空怀漆室忧,人家依旧有红楼。思将细雨应同发,泪与飞花总不收。折柳已成新伏腊,禁烟原是古春秋。白云亲舍常凝望,一寸心当万斛愁。"诗中用"漆室女"的典故,抒发自己的家国情仇:凝望旧日山河,心中惆怅较"万斛"还重,眼中有泪似点点"飞花",飘落的都是哀痛之情,哀思愁肠跃然纸上。

另一类学者型的女遗民以归淑芬等人为代表,她们不仅自己作诗,更通过编选具有遗民情怀的女诗人的诗集以及诗词评论来表达自己的家国政治情怀。归淑芬字素英,浙江嘉兴人,高葵菴妻,著有《云和阁静斋诗余》。还曾与黄德贞、申蕙共辑《名闺诗选》。冯金伯《国朝画识》卷十六载:"归淑芬,字素英,高文学阳室也。初居花村,晚迁香溪北,偕隐联吟,辑《古今名媛百花诗》行世。有《云和阁集》。同里王方伯庭、曹侍郎溶为之序,兼工书画,然笔墨珍惜,购之不可多得也。"②查继佐《罪惟录·闺懿列传》卷二十八载:"归淑芬,字素英,鸳水人,适同里文学高庭坚。刻有《云和阁》一集、二集。素英栖心禅定,僻居深村。笠山徐来宾称素英尝就其妹学诗。明季徐妹远字濮水,贻书素英:'惩尔井臼,毋匿简素。'素英答书:'胡不携管城子,看花长安道。'意从其夫子振天衢也。甲申后,庭坚废应制,偕花村,与诸

---

①　施闰章《黄皆令小传》,载《施愚山集》,黄山书社 1992 年版,第 352 页。

②　冯金伯《国朝画识》,《故宫珍本丛刊》第 463 册,海南出版社 2001 年版。

闺秀唱和无间,则香溪申蕙为之叙。蕙系文定公五世孙女,字兰芳。叙中有云:'一时名淑如黄月辉、孙介畹、孙静畹、汪昙云、常俶伽,至比之前代班、谢。'又平阳氏超圣、秋泾黄德贞并有弁言,称素英之句清婉和丽,不涉诗余一字,谓得之家教,盖素英为震川之嫡裔也。"①沈季友《檇李诗系》中称归淑芬为"归隐君",是因为她有遗民情怀,这可以从归淑芬及孙蕙媛等人评选张鸿述《清音集》看出。

张鸿述的诗词被选编及点评的原因,是其遗民情怀与编纂者、评定者的遗民情怀。冯元仲序曰:"尝考古之诗人,惟杜少陵言言皆泪,字字皆愁,无时无处不竭其忠君爱国之诚,所以为诗家之绝。千年后乃有女才郎,心少陵之心,诗少陵之诗,于忠孝节义而发为刚毅激楚之音,岂不为今古诗家之尤绝者耶。"《清音集》中诸多诗篇都体现了"故国禾黍之感"。张鸿述《煤山怨》小序曰:"甲申初夏闻李贼陷都城作。"颜累元评道:"以和平之音接风云之气,此以《春秋》为诗。"乙酉《登楼有感》诗:"独坐危楼思渺然,凄风吹彻暮云天。遥怜万里关山月,断草零烟哭杜鹃。"顾小痴评曰:"有禾黍之感。"辛卯年《秋日索画换米不得》:"北斗南箕迥自悬,墨痕无分换炊烟。空将蝉鬓餐风露,故把鲛绡当石田。纸上山河迷赤县,中原禾黍怨苍天。河清固有千年问,问我生逢第几年。"顾小痴曰:"后四句是痛伤亡国之意。"正是张鸿述有此杜陵诗心,才让归淑芬等人为之赞赏,为之编选点评。

清初女诗人群体用诗词吟唱自己的禾黍之感、漆室之忧,即张鸿述《衔恤吟》序所说"妇女既不可以拯国难"的哀痛之情,同时也诉说着"人生惟恃忠孝活"的关注社会、关注政治的淑世情怀。顾炎武之母王氏言:"昨日梦尔父同吉,携余行于沙漠之地,

---

① 查继佐《罪惟录》,浙江古籍出版社1986年版,第2590—2591页。

此大祥也。然国事至此,死且嫌迟,死又何惜！余惓惓于尔者,
不在言而在行,不在学而在品。尔固明之遗民也,则亦心乎明而
已。余尝论古人,谓夷齐叩马而谏是也,谏既不从,胡弗殉国？
乃登首阳采薇蕨,何为乎？噫嘻,夷齐误矣！甲子以后,首阳尚
得为商之山乎？薇蕨尚得为商之食乎？噫嘻,夷齐误矣！一时
侪辈,莫不訾余持论之偏。梨州心韪之,则其怀抱可想。且余观
尔友中,亦梨洲品诣敦笃,尔虽师事之可也。惟尔之子孙,嘱其
为耕读中人,勿为科名中人,则尔不愧余家肖子也。"[1]如果说清
初才媛家国情怀引领了清初遗民风尚似乎嫌过,但王氏对顾炎
武的影响至巨则并不过分。

　　清初"自署女遗民"的才媛的诗词中,包含着跋涉避难的艰
辛、羁旅异乡的困顿与从深闺流离道路的无奈,深刻表现出战争
的残酷,她们笔下的诗文及蹒跚的流浪步履都是时代变迁最真
实的记录;另一部分学者型的才媛则用文学点评与编选诗集的
文学方式来抒发自己的蔼蔼爱家之情,表达自己的拳拳爱国之
意,创作的同时,试图建构女性文学理论,故而清初闺秀文学无
论在思想上,还是文学价值上都具有了别样的风采。

二、"琼琨果出玉山中":清初才媛群体的文学创作

　　清初才媛有诗文传世的女作家数量很多,仅王端淑《名媛诗
纬》所载就有 800 多人。不过目前流传下来且笔者所寓目的别
集只有约 150 种。闺秀才媛在其擅长的诗词领域内作品数量
多,题材丰富,如咏史诗、梅花诗百首、落花诗三十首、回文诗等;
还有文章游记、文献整理、史学传记、诗话理论等著作。正如张
鸿述诗中所云"琼琨果出玉山中",在女性文学这座有待发掘的

---

[1]　王氏《弥留书》,载王秀琴《历代名媛书简》,第 44 页。

玉山中，琳琅满目的琼琨硕果，具有极高的文学艺术价值及社会价值。

清初才媛有温柔敦厚之作。如沈蕙玉《四箴诗》曰："天生烝民，有觉其性。阴阳肇判，含元达顺。琴瑟载咏，蘋藻攸司。夙夜用敬，犹惧或亏。无日深闺，莫余云觊。淑慝在躬，指视暗室。维椒与兰，植于中田。我思君子，淑慎塞渊。"①将女诫妇职用四言诗来表现，妇德与女才完美结合。

有柔美清新具有女性特征的诗词。王朗"抱月怀风绕夜堂，看花写影上纱窗，薄寒春懒被池香"之句，陈维崧说"'抱月'四字，非温、韦不能为也。'绿肥红瘦'何足言警"②，对其评价甚高，认为从艺术价值上看，可超过李清照的名句。王凤娴有《过严陵钓台》："钓台寂寂枕寒波，烟水依然客再过。千古山灵对世泽，汉家宫阙黍离多。"其诗词被范廉等人评为"高华绝响钱、刘，清新迥出温、许"③。还有如烈妇吴宗爱《栀子同心图》这样的灵心妙思。《两浙辅轩续录》载："（宗爱）尝用《璇玑图》例为《同心栀子图》，外为六出，象栀子花，其缘各书七言诗一联，内书八十一字，以雪字居中，析为雨山二字，纵横回互读之，得五六七言诗及长短句四十余篇，其巧慧类此。"④

此外，亦不乏古文大家。清初杭州才媛顾若璞被认为是一代女宗⑤，她的文章备受赞赏。其《卧月轩集》中收录《先夫子行状稿》、《先舅少参寓庸黄公元配赠孺人沈姑行实》、《孙女埈儿往

---

① 《国朝闺秀正始集》卷一。
② 施淑仪《清代闺阁诗人征略》卷一，第 1746 页。
③ 同上，第 1742 页。
④ 潘衍桐《两浙辅轩续录》，《续修四库全书》第 1685 册，第 155 页。
⑤ 顾若璞（1529—1681），字和知，浙江钱塘人，晚明上林署丞顾友白之女，同邑贡生黄东生茂梧妻。著有《卧月轩集》。参见胡文楷《历代妇女著作考》，第 206—209 页。

生纪实》、《家妇丁氏圹志》、《金母诔》、《江母许硕人传》;《虞夫人四十寿序》、《诰封淑人徐老亲母五十寿序》、《丁老亲母张夫人四十寿序》、《分析小引》、《草创宗谱置祭田示灿、炜两儿》、《卜置祭田》、《闺晚吟题辞》;《西园记》、《驱鼠文》、《听经》等文章十六篇,加之《卧月轩自序》、《古香楼诗序》等①。王渔洋《池北偶谈》云:"近日,武林黄夫人顾氏,名若璞,所著《卧月轩文集》,多经济大篇,有西京气格。常与妇女宴坐,则讲究河漕、屯田、马政、边备诸大计,副笄中乃有此人,亦一奇也。"②清中叶才女赵棻《黄夫人卧月轩集跋》具体评价其文章佳处曰:"近代妇人能古文者不多见,余生平所见妇人别集中有古文者,唯明季钱塘顾知和《卧月轩集》而已。""其文爽朗苍坚,无澳涩脂粉态,如《先夫子行状》、《先舅姑行实》、《子妇圹志》,质直疏快,不加文饰,而立言得体,饶有劲气,他如《述古警女》、《分析小引》、《创宗谱祭田》诸篇,无意为文,而委曲肫挚,言皆有物,寿序数首,并能脱离窠臼,叙次有法,杂文亦古雅秀润,当推作者,一时殆罕其匹。"③仔细研读顾氏之文,觉这一赞誉并非夸张。顾氏诸文的确既有女性的温柔细腻,清丽隽永,而又议论高拔,苍秀古劲。

　　清初寿序已经成为一种文体,而且几乎所有文人都有寿序作品,但是一般无甚新意。行文通常有较为固定的格式:一、寿星的出身和家世;二、寿星的生年;三、父祖的官历;四、子孙的官历、女儿的夫家;五、寿星的女德(如侍父母、训子等)④。语言描述上也有一定的格式,称颂寡妇守节,引用《诗

---

① 参见胡文楷《历代妇女著作考》,第 208、757 页。
② 王士禛《池北偶谈》卷十五《妇人经济》,四库全书本。
③ 赵棻《滤月轩文续集》,清刊本。
④ 参见野村鲇子《明清女性寿序考》,《明清文学与性别研究》,江苏古籍出版社 2002 年版。

经·柏舟》；赞扬慈母恩德，则引用《凯风》中的句子。作寿序的
文人常引用《列女传》中的女性来比喻称颂对象，使用的典故范
围有限。因此女性的寿序较男性寿序更易流于千篇一律①。但
女性撰写的寿序不同，"她们的寿序文更为细腻和深入，通过生
活中的一二细事，将女性独特的妇德、妇言、家庭观、教育观一一
展现，更为深入地呈现了明清之际女性对自我家庭角色的扮演
和闺阁生活的体悟"②。顾若璞《诰封淑人徐老亲母五十寿序》
被时人誉为"叙次层递有法，如回澜叠嶂，后引入大议论，绝非巾
帼语"③，仔细研读此文，赞誉还是符合事实的。文章开始介绍
徐母家庭背景，"西湖距太末六百里而遥，余戚属未有通婚者，有
之自吾女赵始"。继而叙述文章创作缘由："今年三月，淑人春秋
五十矣。二子灿、炜谋所以介寿者，谒余文。"这里叙述徐母的品
德时，则未按照惯有的程式，而是通过顾若璞与黄灿问答的形式
一层一层展现徐母的品德：首先说明她是能遵妇职的贤妇；其
次说明她是能教子的贤母；再次是能秉承孝道的贤媳；最后则是
有不妒之德的贤妻。通过这样抽丝剥茧的层层叙述之后，顾若
璞对徐淑人关注世事、襄助丈夫平天下的志业作了总结："虏寇
交讧，民生狭隘，乃顾瞻天下，惟闽独完。问谁领方岳，则方伯公
也。而淑人左右之。"因为"淑人以御妾之道相公，为天下庇材，
则败革屑木溲渤之细无所漏；以御仆之道相公，则为天下击奸，
则城狐社鼠之蠹无所容。内填抚百姓而外却四夷，以登斯民于
寿域"。只有这样的女性才是值得顾氏赞美的，所以结尾以二子
之语点出此寿序的意义。黄灿曰："微母言，儿壹不知淑人之德

---

① 野村鮎子《明清女性寿序考》，《明清文学与性别研究》，第 25 页。
② 贺晓燕《明末清初女作家顾若璞研究》，复旦大学 2011 年硕士学位论文。
③ 顾若璞《卧月轩集》评语，国家图书馆藏清顺治刊本。

之大、寿之远至此也！"这篇寿序结构完整，层层深入，构思巧妙，议论高扬，不愧被赞为"叙次层递有法"，"脱离窠臼"，且"立言得体，饶有劲气"，堪称当时女性文坛"大作手"。其他文章如《丁老亲母张夫人四十寿序》被赞为"人奇事奇文奇，俱有烈丈夫气"，《分析小引》则被称为"其迂回曲折之致，即昌黎手笔不能过也"。

清初的女性还有一些史传作品，现在流传不多。据才女周庚《与仲嫂书》其五所言"《三国志》经嫂点定"①，可知当时才女曾点校《三国志》。梁山舟夫人《论史书》曰："周公诛管蔡，史称大义灭亲，予窃不然。当孟津伐商而后，既指纣为独夫，何以犹有多方之训，顽民之梗乎？况武庚为商之宗支，其在殷也，安知不日复仇为志？及使管叔监之，其志必灰。何也？叔固周公之兄，而新朝之懿亲也，则其以殷畔也，必管蔡导之，而武庚使敢毅然发难。使管叔所辅非武庚，或如石厚之州吁，则谓大义灭亲可也。今既辅得其主，虽周之叛臣，而实商之忠臣，则谓之大义灭亲不可也。"②此种说法新颖有见地，出于女子之口，无怪乎梁山舟笑曰："此说虽创而有理，然周公之罪人矣。"③不仅论史有识，且条理清晰，"笔亦超俗"④。后来广东才女李晚芳《读史杂记》沿袭这种史学风尚，并且发扬光大。

才女周庚的尺牍清雅，且纵论诗学原理。《与夫书》说："《离骚》之所以妙者，在乱，辞无绪，绪益乱则忧益深，所寄益远，古人亦不能自明。读者当危诚正求其所以然。知粹然一出于正，即不得已奥郁高深奇之也！"⑤此段议论对于《离骚》的艺术手法的论述新奇有见地，前人或未从此处着眼，以"乱"为《离骚》妙处之

①　周庚《与仲嫂书》，载王秀琴《历代名媛书简》卷二，商务印书馆1941年版，第4页。
②③④　叶玉麟《历代闺秀文选》，大达书局1936年版，第149页。
⑤　王秀琴《历代名媛书简》卷二，第6页。

所在。此外,吴柏《寄吕家姊》书信中亦有关于诗学理论的阐述。

综上所述,闺秀之所以能在清代女性文学史上占据一席之地的原因,并非是因为其性别,而是因为其超越性别的文学才华。

三、"刚毅激楚之音"与"铺艳中风骨秀出"
——清初才媛群体的创作风格及其评论

受到时代影响,清初才媛学杜之风盛行,闺秀创作了许多具有刚毅激楚风格的诗作;同时,受传统诗学的影响,注重情景交融、自然轻妙、以情感人;而且最重要的是才媛因性别关系,最作品中还有独具女性魅力的风格创作,就是"铺艳中风骨秀出"。从清初开始,秀丽婉润的创作风格一直是女性的审美理想。

清初才媛因为世变,故而诗作多有壮怀激烈之感。如刘淑英的《题壁诗》曰:"消磨铁胆甘吞剑,抉却双瞳欲挂门。"[①]此诗背后的本事据徐鼒《小腆纪传》记载刘淑英七岁时父罹祸,其母萧氏"陈其父书,自课之,旁及《司马兵法》,公刘剑术,至《普门》经咒,莫不精贯"[②]。甲申之后,刘淑英"因散家财,募士卒,得千余人,并其童仆婢媵,部勒之成一旅"。顺治三年,南明楚将张先壁驻扎永新,刘淑英带兵见之。"流涕指陈大义,诸军胥变色,拱立听命",但"先壁不敢赴敌,且微露欲纳淑英之意。淑英乃大怒,就筵间拔剑将斩之,先壁惶遽还柱走,一军皆甲。淑英叱曰:'汝曹何怯也?怯如是而能赴汤蹈火乎?此吾自不明,吾自误。吾一女子耳,又安事甲?'大书壁上云:'销磨铁胆甘吞剑,抉却双

---

① 钱仲联《清诗纪事》载此诗,江苏古籍出版社1987年版,第15508页。
② 徐鼒《小腆纪传》,《台湾文献史料丛刊》第五辑,台湾大通书局,第852—853页。

瞳欲挂门。'从容北向再拜曰：'臣妾将从先国母周皇后在天左右矣。'先壁悔且惧，率麾下叩头请死。淑英曰：'妇言不出于阃，吾以国家蒙耻，以至于此。事之不济，天也。将军好自为之。'跨马竟去，尽散所部，归田里，独辟一小庵，曰莲舫，迎其母归养，奉佛以终"①。刘淑英临死前作《闻雷》诗有"迅雷欲雨清且幽，天公慰我困龙愁"之句，以困龙自喻，以示不忘家恨国仇。刘淑英散财募兵的义举，虽不能改变明朝覆亡的命运，但却对当时的女性产生重要的影响，如吴黄曾作《闻刘节妇淑英倡义勤王》诗云："天纲竟坠地，倡义对故宫。白面谭兵有，红妆殉国难。王章还有女，吕母本无夫。我亦髫髦者，深闺愧执殳。"吴黄的这种"深闺愧执殳"之感代表了闺秀才媛在国家危难之时的政治情怀，这种情怀让她们的诗文颇得杜诗之味。

与刘淑英相仿的才女毕著曾有"入军营而杀贼，虎穴深探；夺父尸以还山，龙潭妥葬"②的英勇。清沈来远为毕著《织楚集》序云："梨花枪万人无敌，铁胆弓五石能开。"更加惨烈的是才女用生命谱写的绝命题壁诗。广陵女子《题壁》说："将军空自拥旌旗，万里中原胡马嘶。总使终生能系颈，不教数载泣明妃。"江阴女子《题城墙内》说："血胔白骨满疆场，万死孤忠未肯降。寄语行人休掩鼻，活人不及死人香。"淮上女子《新乐县南关题壁》说："北去南来空自猜，边愁为膺几时怀。妾心最慕汉天子，自将单于不敢来。"杜氏妇《绝命诗》诗说："不忍将身配满奴，亲携酒饭祭亡夫。今朝武定桥头死，留得清风故国都。"刘氏的《绝命词》说："生有命，死有命。生兮妾身危，死矣

---

① 徐鼒《小腆纪传》,《台湾文献史料丛刊》第五辑，台湾大通书局，第852—853页。

② 同上，第853页。

妾心定。"①这些诗歌真实记载了清初的世情,百姓流离凄惨的境遇。

清初学杜诗风盛行,一方面则是世情所致;一方面是才媛有意为之。张鸿逑《九日不见菊》有"苍雁声谐风里角,碧梧愁送晚来砧"句,其兄评曰:"声调逼真老杜。"张鸿逑《寒松引》诗,孙蕙媛评曰:"四句一篇,筋节妙在参差变调出之";归淑芬评曰:"极有劲力。"《草堂》诗,归淑芬评曰:"极悲壮。"《丁巳冬日渡钱塘江志感》诗,陈凤音评曰:"悲壮却自气慨。五言律如此起句,盛唐甚少。"《端午》诗,孙蕙媛评曰:"萧条语中出之甚壮。"归淑芬评曰:"极悲壮。"这些诗获得的评语均为"悲壮"。清初才媛在诗法传授上也极为重视杜诗的创作。林以宁《诸子问诗法口占》曰:"四杰新吟开正始,高岑诸子各称能。英华敛尽归真朴,太白还应让少陵。"②

不过,另外一种闺秀诗作风格也被赞赏。如张鸿逑的《赠别佟少君》诗云:

访胜天台路不穷,琼琨果出玉山中。光含桂魄英华满,瑞结松根琥珀融。

学士曾夸无女贵,经传犹合二南工。自怜绣阁儒冠误,久识金陵王气雄。

枝上乳乌方爱日,江边彩鹢欲乘风。牵裾浪绾留仙带,赠珮多趋拾翠丛。

野鹤批翎徒拜舞,文鸳顾步倍玲珑。永怀之子临波渺,有美伊人落照红。

蕉叶莫随河朔主,鹔裘贻笑酒家翁。飘零魂梦花间蝶,

---

① 均见《国朝闺秀正始集》卷一;钱仲联《清诗纪事》亦载这些诗作。
② 林以宁《墨庄集》,清康熙刊本。

　　怅望蒹葭塞上鸿。

　　　把臂细论千里意，悠悠只与白云通。

归淑芬评价说："此诗卢骆避席，彼专主铺艳，而此铺艳中风骨秀出。彼平衍散漫，此结构紧峭，气脉融贯，故胜。"这个评价不同于张鸿述其他诗歌中的悲壮高远的杜甫风格，铺陈艳丽与风骨秀出更具女性特征。这是女性自身性别所致。才媛"身既为绮罗香泽之人，乃欲脱绮罗香泽之习，是其辞皆不根于性情乎？不根乎性情，又安能以作诗哉"①，所以女子感伤世事，可以刚毅雄壮；思亲怀夫之时，可以情真语挚；在抒发情怀之时，可以灵妙秀丽。这种艳丽秀婉、具有女性特征的诗歌在清初亦有很多。

　　才媛吴绌虽然被列入《明遗民录》，但其诗歌却轻艳秀雅。《艳曲》曰："金屋暖长春，兰阶人似月。但愿如月圆，不愿如月缺。赠妾紫金环，遗郎白玉玦。郎恩环不解，妾心玉比洁。"《采莲曲》曰："弱柳系游艭，丛花映娇面。郎珮紫纹囊，侬从扇底见。"纪映淮《桃叶歌》诗曰："清溪有桃叶，流水载佳人。名以王郎久，花犹古渡新。楫摇秦代月，枝带晋时春。莫谓供凭览，因之可结邻。"可以说艳丽之中秀婉动人。

　　带有女性特色的夫妻唱和诗歌感人至深，为时人欣赏。如顾姒有"花怜昨夜雨，茶忆故山泉"，赢得时人赞赏。宋牧仲中丞《赠鄂幼舆》诗云："闺中有良友，茶忆故山泉。似此惊人句，难为赠妇篇。画眉君暂辍，下榻我相延。赋就滕王阁，灵风促转船。"王渔洋盛赞其"一轮月照，一双人面"句。王士禛《池北偶谈》卷十六《谈艺六·蟹字韵诗》载："顾姒字启姬，杭

————————————

　　①　沈彩《春雨楼诗集·跋书蜀花蕊夫人宫词》，民国十三年（1924）影印本。

州人,适鄂生某。康熙庚申,从其夫至京师。尝见所著《静御堂集》,小赋诗词颇婉丽。九日,予与同人饮宋子昭工部小园,限蟹字韵。翌日鄂诗先就,顾代作也。其末云:'予本澹荡人,读书不求解,尔雅读不熟,蟛蜞误为蟹。'予惊叹。顾善歌,所制词曲有'一轮月照一双人面'之句。予最赏之。"[1]朱柔则《河渚观梅约顾女春山》:"相期河渚玩春华,一棹迎风路未赊。楼外有梅三千树,美人不到不开花。"被认为深具风人之旨,具有不妒的气度。不过这首诗与柳如是的名句"桃花得气美人中"的艺术手法有异曲同工之妙。

此时,闺秀才女争相唱和王渔洋《秋柳词》者甚多,如苏世璋、何佩珠等才女都有唱和之作。王渔洋《秋柳词》虽然具有怀念故国的情怀,但是才女更重视的则是《秋柳词》中"美丽的语汇和意象,流动的富于音乐感的节奏"[2],更是其"朦胧其义而又风神摇曳、情韵清远的格调"博得了才女的喜欢[3]。《秋柳诗》含蓄朦胧的抒发内心情感的方式与女性的秀婉风格一致。苏世璋"枚叔不逢空旖旎,小蛮欲别尚缠绵"抒发的是赞扬的情感吗?无需仔细阐释,因为"一曲凄凉羌笛里,无情有绪总难论"[4];何佩珠"斜倚画阑娇不语,幽情应与世相违"的幽情是什么呢? 是"漫道轻盈桃叶渡"之后"梦醒华清事已非"的感叹吗? 这就是女性所要表达的自身飘渺的心绪,但基点却是无限的才情和内心真实的感触。

只要是真情流露于诗篇,就是好诗。因此激楚刚劲具有杜

---

① 施淑仪《闺阁诗人征略》第 1798 页、钱仲联《清诗纪事》第 15651 页均载此事。

② 袁行霈《中国文学史》,高等教育出版社 2005 年版。

③ 严迪昌《清诗史》,浙江古籍出版社 2002 年版。

④ 钱仲联主编《清诗纪事》,江苏古籍出版社 1987 年版,第 15659 页。

诗风格的写作被赞赏。钱仲联《梦苕盦诗话》开篇载薛秀玉（绍徽）及其《老妓行》诗①，论曰："虽沈博绝丽，未逮樊王二家，而翔实胜之。出诸闺秀手笔，尤为难能可贵。"可见女性笔下的纪事叙史的诗歌风格被学者赞赏。而有烈行之才媛更得到诗人追念。钱仲联《诗话》中第98则讲刘淑英条未载其诗，收录赵孝在（允怀）《小松石斋诗集》中《刘淑英》长古一首，"志其本事如此"。第310则记载程春海（恩泽）先生为清初才媛沈云英所作的《忠孝女沈将军歌》。诗话中还收录了两位才女：第99则载"清初永康闺秀吴绛雪（宗爱），色丽才清，人称'桃溪女史'。归邑诸生徐明英，早寡。通音律，善写生并设色山水。尝作《同心栀子图》，回文绣为镜囊，纵横读之，得诗词数十首，见者叹为工绝"。第191条载"澄宇夫人陈秀元（家庆）女士，湖南宁乡人，今日有数之女诗人也"，并录其七绝《自遣》一首云："悔从闽苑到人间，梦里依稀自往还。弱水他年如有力，愿浮花片返蓬山。"最后评论："仙骨珊珊，纪阿男、王采薇不得专美于前矣。"可见在钱氏心中，女子诗歌之精髓在于"仙骨珊珊"。翻检其主编的《清诗鉴赏辞典》中收录六位清代女诗人及其诗词，可以与这种诗学观念相参照。

《清诗鉴赏辞典》中收录了徐灿的《送方太夫人西归》诗："旧游京国久相亲，三载同淹紫塞尘。玉佩忽携春色至，兰灯重映岁华新。多经坎坷赠交谊，遂判云龙断凤因。料得鱼轩回首处，沙场犹有未归人。"评曰："朴素无华的诗，唯其真实地再现了一段境遇中的真实状态，竟也楚楚动人，摇曳生姿在诗国里。"②顾媚《自题桃花杨柳面》诗曰："郎道花红如妾面，妾言柳绿似郎衣。

---

① 钱仲联《梦苕盦诗话》，载张寅彭主编《民国诗话丛编》第6册。
② 钱仲联主编《元明清诗鉴赏辞典》清·近代卷，第797页。

何时得化鹣鹣鸟,拂叶穿花一处飞。"这首诗写得极美,宛转低回,情意无限。论者曰:"桃花灼灼,杨柳依依。无论在男儿眼中还是女儿眼里,都是极具女儿情韵的两处好景。所以从《诗经》开始。中国的诗词文赋中,每一树夭桃,每一条弱柳的姿影里,都摇曳着女儿的笑靥或愁魂。"所以"纵使是世人眼中萧散疏朗有林下风致的顾横波女士也要绘一幅桃花杨柳图来书写心中的女儿情怀,并将它呈给自己的情人看了"①。这二首诗无论是平淡隽永还是艳丽多姿,都以情为主,以真情感人。席佩兰《寄衣曲》也是以情动人。"欲制寒衣下剪难,几回冰泪洒霜纨。去时宽窄难凭准,梦里寻君作样看。"论者曰:"全诗语从肺腑流出,炼字精审却又出自天然,形象鲜明,意境深远。诗如行云流水,然而仔细寻绎,却又移步换形,千回百折,愈转愈深,令人回味无穷。"②

　　仅仅是以情感人,未能说明闺秀诗歌的特色,闺秀诗歌之所以能在文学史上占据一席之地,还在于其艺术价值。纪映淮《秦淮竹枝词》诗曰:"栖鸦流水点秋光,爱此萧疏树几行。不与行人绾离别,赋成谢女雪飞香。"此诗曾被王渔洋赞赏,有"栖鸦流水空萧瑟,不见题诗纪阿男"。论者曰"栖鸦流水点秋光"中"点"字化用秦少游的词,但"秦词'点'是量词,这里却用作动词,'点秋光'三字意味着:'栖鸦'和'流水'点染成一片秋色"。"不与行人绾离别"句用"拟人的手法十分婉妙,曲曲传出作者的离情之外,还有一点风趣"。"赋成谢女雪飞香"这诗句本身也很造奇。运用谢道韫咏雪的典故,"因飞絮是视觉的图景,而诗句是想象的语言。彼此

---

① 钱仲联主编《元明清诗鉴赏辞典》清·近代卷,第 900 页。
② 同上,第 1038—1040 页。

呼唤,也有通觉的妙用"①。抒情的同时,兼顾艺术手法的运用,如炼字精审与推陈出新,达到情景交融的最佳境界,才是好诗。如柳如是《西湖八绝句》中的:"垂杨小院秀帘东,莺阁残枝未相逢。大抵西泠寒食路,桃花得气美人中。"论者曰最后一句"达到了人与自然、主观与客观的有机结合,从而造成独特的艺术美"②。

　　上述五首诗歌都没有激烈昂扬的刚毅之色,可见对于女性诗歌的审美还是从女性特质着手,女性特质就是"风骨秀出"。姚淑《过洞庭湖》诗是六首诗中评价最高的,这暗合了传统闺秀诗的审美理想。"一入洞庭湖,身似飘入无。山高何所见,风定亦如呼。天地忽然在,圣贤自不孤。古来道理大,知者在吾儒。"论者曰:"此诗艺术造诣,有两点值得标举。第一,是自然世界与精神世界一等相称,有机地融化为无限壮美的诗意境。举目浩瀚无涯际的洞庭湖自然壮观,与印心千百世上下的圣贤儒者抱负,皆具有撼慑人心的艺术力量,浑然融为一体,更为美善圆满。第二是艺术风格特别清奇。与一些女诗人之脂粉气、纤巧态绝缘。清,谓其情感清醇深厚。奇,谓其志气卓荦不凡。李长祥《海棠居初集序》:'仲淑诗和秀而大要清也。'"③姚淑的诗句被她丈夫兼诗人的李长祥评价为具有"和秀"的特征,这个特征与"清"这种一直以来的传统诗歌审美特征相结合,就是具有女性风格的审美理想的"风骨秀出"了。姚淑的诗歌具有了这样的风格,因而具有"撼慑人心的艺术力量"。

　　清初才媛的诗歌风格是多样性的。王端淑《名媛诗纬》的编

---

① 钱仲联主编《元明清诗鉴赏辞典》清·近代卷,第1038页。
② 同上,第792页。
③ 同上,第883页。

纂表明女性文学史是独立的,是能够与男性"诗经"并驾的"诗纬",能够写出与男性一样出色的诗史作品;同时女性编纂选集,命名为《百花诗史》则说明闺秀还有自己的独特的审美理想,像"百花"一样艳丽秀婉,能够"铺艳中风骨秀出"。

小结

明末名妓文学拉开清代女性文学的序幕之后,清代各个时期的女性文学创作都很旺盛,但各时期都有自己的特点。清初才媛群体的特点主要表现在女诗人的遗民意识、家国情怀及女性文学自觉两个方面。女性文学自觉又主要体现在文学创作的多样性及女性文学理论的建构与不断完善上。在文学创作与理论建构的互动中,闺秀本身更具文学自觉性,女性文学批评更具学术性,文学创作更具丰富性。在这样的良性互动中,女性文学得到长足的进步,为清代女性文学的发展奠定了坚实的文献和理论基础,形成了清代女性文学的第一个高潮。

第三节　秀
——闺秀诗学的核心概念

在蔚为大观的清诗话著作中,一个很引人注目的类别就是闺秀诗话。通常所谓闺秀诗话,都指记载、评论女性诗歌创作的著作,并不专指女性撰写的诗话。目前留存且得见的几部女性诗话著作中,我认为最具代表性的当属清初王端淑的《名媛诗纬》能代表清代闺秀诗话最高水平。不仅是因《名媛诗纬》创作出版的时间早;还因为王端淑用"纬"来定义自己编辑的名媛诗选,在空间上创建了一个属于女性的文学场域;更重要的是,在清初博大恢弘的学术氛围下,她从女性的视角出发,对前代的文学理论进行反思,对闺秀文学理论进行总结,赋予了"秀"——这个男女都适用的诗学话语以新的内涵,使之更具有女性特色,成为闺秀诗学的核心审美范畴,从而使清代诗学展现了不同于前代的风气和特色,使中国古代文学批评史真正丰满完备起来。

一、秀:闺秀诗学的核心话语

清丽是诗学的一个审美极致,刘勰《文心雕龙·明诗》曰:"五言流调,清丽居宗。"女子于清丽之道具有天赋优势,因为清是女子特有的性情禀赋。钟惺《名媛诗归·序》曰:"夫诗之道,亦多端矣,而吾必取于清。向尝序友夏《简远堂集》曰:'诗,清物也,其体好逸,劳则否;其地喜静,秽则否;其境取幽,杂则否。然之数者,本克胜女子者也。'盖女子不习轴濮舆马之务,缛苔芳树,养缃薰香,与为恬雅。男子犹藉四方之游,亲知四方。如虞世基撰《十郡志》,叙山川,始有山水图;叙郡国,始有郡邑图;叙城隍,始有公馆图。而妇人不尔也。衾枕间有乡县,梦魂间有关塞,惟清故也。清则慧,卢眉娘十四而能于尺绢绣《灵宝经》,字如粟粒,点化分明,又以丝一绚结为金盖,中有十洲三岛台殿凤麟之状。嗟乎,男子之巧,洵不及妇人矣。其于诗赋,又岂数数也哉?"加之处于深闺之中,"不知巧拙,不识忧郁,头施绀幕以无非耳。及至钗垂篦簌,露湿轻容,回黄转绿,世事不无反覆,而于时喜则反冰为花,于时闷则郁云为雪,清如浴碧,惨若梦红,忽而孤遽一线,通串百端,纷溶箭蓼,旖旎草歊,所自来矣"①。范端昂自序《衾渺续补》曰:"夫诗,抒写性情者也,必须清丽之笔。而清莫清于香奁,丽莫丽于美女,其心虚灵,名利牵引,声势依附之,汨没其性聪慧,举凡天地间之一草一木,古今人之一言一行,

_____

① 钟惺《名媛诗归·序》,《四库存目丛书》集部,第 339 册。

国风汉魏以来之一字一句,皆会然于胸中,充然行之笔下。诗惟衾制,尤乎不可尚已。"诗人性情天生。王端淑《名媛诗纬》卷三"田氏"条说:"天之生人,有灵钝二种,亦如山川花木之有芙蓉千岳之秀,即有丑石不毛之嫭。有香色明艳之枝,即有荆棘蒙茸之干。"正是在这样的观念、这样的背景下,明清时期出现了大量的闺秀才女,她们从"具中馈"的妇职走出来,登上文学创作的舞台,用诗文来展现其清心玉映的女性特质。

闺秀诗作为诗歌中一种类别,与其他的类别一样,也有自己的特色。翁方纲《石州诗话》卷二曰:"释子之诗,闺秀之诗,各自一种。随其所到,皆可成名。"那么闺秀诗的特色是什么呢?沈善宝《名媛诗话》卷七曰:"余常论,诗犹花也。牡丹芍药俱国色天香,一望知其富贵。他如梅品孤高,水仙清洁,桃浓李艳,兰菊幽贞。此外,或以香胜,或以色著,但具一致,皆足赏心,何必泥定一格也。然最怕如剪彩为之,毫无神韵,令人见之生倦。"写风云月露之致,显露女性的风采美丽的闺秀诗,写苍松劲柏之操,展示巾帼不让须眉的豪迈襟怀的女郎诗,"但具一致,皆足赏心",所以闺秀诗可以如盛唐诗般沉郁雄浑,也可如晚唐诗般清秀隽永,只要有自己的风格,皆可寓目、流传。正如明郑文昂《名媛汇诗》所言:"上自宫闱戚里,下及荒墅幽闺。或入道而洗铅华,或倚室而攻歌舞。苟言谈之微中,咸咳唾以成珠;倘真意之克宣,传火薪而阅世。大则有关于理乱兴衰之数,小亦曲阐其深沉要眇之思。正固足表其苍筠劲柏之操,衰亦能写其风云月露之致。"①

但就女子特质而言,王端淑始终认为"诗有逸致而不加装点,是闺帏本色","松腕秀格,销尽男子钝根","生秀英挺,不缀

---

① 郑文昂《名媛汇诗》,《四库存目丛书》集部,第383册。

轻绮"以及"秀艳灵动"、"骨韵清丽"、"别有才情"的风格才是闺秀诗的特色,才是真正的女郎诗。王端淑在《名媛诗纬》中提出了以"秀"作为女性诗学的核心概念。

王端淑《名媛诗纬》中使用的诗美概念,主要有高、老、古、雄、劲、灵、慧、清、秀、冷、寒、幽、寂、雅、淡、洁、真、自然等词根派生出来的概念①,但使用最多的当属以清和秀为核心而派生出来的复合概念。由清派生出来的概念有:清正、清厚、深厚、清肃、清幻、清幽、清英、气清意冷、清隽、清新幽隽、清幽、清迥、清婉、清英、清悄、清越、清空、轻清、词清、清芬、清婉。由秀派生出来的概念:秀气、疏秀、秀骨、深秀、娟秀(娟秀倩丽、娟秀可餐)、秀丽(秀丽不浮)、松秀、调爽姿秀、秀洁、秀远明靓、秀如青黛、秀雅(秀雅浑厚)、秀媚、秀餐翠滴、稳秀妥帖、古秀、秀劲。从王端淑所使用的评价术语来看,清、秀是她最为看重的两个概念。考察其他闺秀诗话,沈善宝《名媛诗话》中使用最多的也是清、秀两个字,如卷一评黄汉荐"诗笔颇清,似工于愁者",吴柔仙诗"颇清丽";武进沈采蘩"诗笔亦清",周庚文章"颇觉清老",松陵周羽步"诗才清逸";卷二评歙县吴喜珠"诗极清丽";卷三评屈婉仙《韫玉楼诗草》"清丽圆稳",周映清《咏梅五古四章》"最为清丽";卷七评戴令仪诗"老练清切"、吴佩芳诗"刻画无痕,秀丽清切";卷八评汤瑶清诗"不假雕琢,自然清雅";卷九评屈秉筠诗"文笔曲

---

①　以高老为主的词汇:高旷、高自标持、高老、格老韵高、韵高、高远、神远、高厚(宏阔、博大);以朴为主的词汇:直朴、朴直、苍朴、古朴、朴老、古直朴淡、浑朴、朴厚、朴甚;以古为主的词汇:浑古、古秀、古劲、古直、古甚、沉实、庄重;以雄、劲为主的词汇:雄劲、力雄、遒劲、劲甚、秀劲、雄健;以灵、慧为主的词汇中:灵异、灵妙、灵动、灵警、灵趣、灵慧、灵心、巧思隽舌、巧慧隽冷、慧心、警拔、灵警;以冷、寒为主的词汇:凄冷、冷眼隽舌、冷隽、隽冷、冷艳、骨韵孤寒;以幽、寂为主的词汇:幽寂、幽异、幽隽、幽细、闲寂、荒寂;以雅、淡、洁为主的词汇:雅淡可存、温雅平淡可餐、雅洁、恬雅流宕、雅淡、质淡、玄淡雅致、独洁、特洁、清洁;真:真致、自然真到、自然真挚、自然、自然妥帖、真致松隽。

折,情景相生,妍妙无伦",张静芳诗"秀逸如芬",刘慎之诗"秀慧无匹",郑莲孙诗"秀逸之气扑人眉宇";卷十评袁小芳"诗笔轻隽",李莲溪"诗俱自然工雅";卷十一评陈秀君"诗俱清俊",梅竹卿"诗文清丽";《续集》中评王素卿诗"清丽可诵",龚瑟诗女史"诗笔妍秀",陈蕙芳诗"有娟秀之致",陆娟诗"清婉";《续集》下评陈静宜"笔情苍秀"、仁和汪采湘"轻俊清圆",归佩珊"细腻熨帖,工丽非常"。再看男性所作的闺秀诗话,也使用相似的评语,如王蕴章《燃脂余韵》中评价俞麟州夫人诗"澹秀清婉",孟缇"词笔秀逸",德清朱湘姮诗"芳馨悱恻,其秀在骨",《绣余集》"秀逸无比",于式枚母诗"幽秀",姚栖霞"填词幽秀可诵",周饴蘩诗"幽秀可诵",陆锡贞诗"刻画幽秀",顾作昆诗"自有一种清秀之气"。其他的男性诗学著作中品评闺秀诗也常用"秀"作为标准。如沈涛《匏庐诗话》卷下说陆若筠女史诗"刻画幽秀",单学傅《海虞诗话》说"苏女士整洁苍秀,无脂粉气",林昌彝《射鹰楼诗话》卷三说嘉兴庞纫芳诗"骨秀神清"、卷二十说梁韵书"诗笔秀健",陶元藻《全浙诗话》说黄媛介诗"苍然劲秀",阮元《淮海英灵集》辛集卷二说"无垢诗轻清秀雅,不下柳絮因风之作",周琼诗"雄宕秀拔",裕瑞《题赠听秋轩主人秋灯课女图》说骆绮兰"诗笔秀而婉,画兰芳且幽"。

不仅女性如王端淑认为真正的女郎诗是女子灵秀的本色表现,男性批评家也持这种意见。明赵世杰《古今女史·序》曰:"海内灵秀,或不钟男子而钟女人。其称灵秀者何? 盖美其诗文及其人也。如昔《房中》、《铙歌》之章,则属之唐山夫人。即有宋寇莱公出镇北门之钥,腊天日短不盈尺,而妖姬一曲,亦可以呵单衣,度寒梭,赠束彩。既不无浮文胜质,纤巧斩朴,而引觚吐辞,花光蕊艳,袅娜飞芒;或幽悈轧轧,闺情缕缕,杜鹃枝上,梦和残月,其系人情想者,不可更仆,好将银管述之。其丽词堪付雪儿歌者，又不啻如'绿水红莲一朵开，千花万草无颜色'也。虽曰宇宙寥廓，世代绵渺，而女郎之轻俊，饶有声泽者，项背相望于世。大都外触于境，而内发于情，指冷齿芬，香喉檀板，传之不尽。吾不知女才之变，穷于何极，而所遭之变渐多，或事同而前后殊状，或情一而深浅殊态，并时代之升降，才伎之俊淑，影样具见于毫楮，一寓目而兴观群怨，皆可助扬风雅。"①赵世杰所用的"灵秀"一词，道出了闺秀和闺秀诗的本质特色，说明明清时期，尤其是清代，"秀"已经成为闺秀诗学中的一个核心的评价术语。

二、"秀"的闺秀诗学内涵

秀作为一个诗学概念，较早见于刘勰《文心雕龙·隐秀篇》："隐也者，文外之重旨者也；秀也者，篇中之独拔者也。隐以复意为工，秀以卓绝为巧"，"隐之为体，义生文外，秘响旁通，伏彩潜发，譬爻象之变互体，川渎之韫珠玉也。"学者们对于隐秀的具体含义也有不同的解释：或认为隐秀讲的是一种风格，或认为隐秀是一种修辞手法。在众多讨论隐秀的论文中②，姚爱斌对隐秀诗学内涵的分析和概括，与本文所论的闺秀诗学中"秀"的内涵最为契合。"隐"、"秀"并非一体之两面，应是互为对照的两种

① 赵世杰《古今女史·序》，转引《历代妇女著作考》，上海古籍出版社 2008 年版，第 889 页。

② 蔡育曙《〈文心雕龙〉"隐秀"的含义及柔美特征》，苏州大学学报（哲学社会科学版）1957 年第 2 期；兴膳宏《〈文心雕龙〉隐秀篇在文学理论史上的地位》，《北京大学学报》1996 年第 3 期；郑铁生《〈文心雕龙·隐秀〉篇关于意象建构的审美规范》，《嘉应大学学报》1999 年第 2 期；诸葛志《释"隐秀"》，《中州学刊》2000 年第 2 期；徐贞《释"秀"——探寻〈文心雕龙·隐秀篇〉美学意义的一个角度》，《吕梁高等专科学校学报》2002 年第 2 期。秦海英《〈文心雕龙·隐秀〉主题新议》，《广西社会科学》2004 年第 9 期；姜波《〈文心雕龙·隐秀〉主旨探微》，《吉林省教育学院学报》2009 年第 11 期。

诗歌文本形态。他根据《隐秀》残篇,将"秀"的诗学特征总结为:"第一,'秀'是'秀句',而不是整篇;第二,'秀'是'篇中独拔',是一篇之中独特的、出类拔萃的诗句;第三,'秀'以'卓绝为巧',追求不同寻常的修辞效果;第四,'秀'句的产生应该是'自然会妙',而非'雕削取巧'。"又进一步分析"秀"的诗学内涵:"第一,'秀'要求写景鲜明直接,抒情真切含蓄;第二,'秀'要求以景含情,情在景中;第三,'秀'要求自然天成,不假雕饰。"对于"秀"的钟爱反映了"一种新的审美标准正在建立,一种新的艺术趣味正在成型:这就是情景交融、情景俱胜的诗歌文本已经成为'比兴之义'之外的另一种理想。"[①]

刘勰《隐秀篇》中在解释"秀"的含义时,其实已经把秀与女性审美联系在一起了,"彼波起辞间,是谓之秀。纤手丽音,宛乎逸态,若远山之浮烟霭,娈女之靓容华"。那么,作为女性诗学核心概念的"秀",王端淑赋予了它什么样的内涵呢?

王端淑从性别的视角出发,在《名媛诗纬》中始终用"秀"这一诗学观念来引领闺秀诗学的方向,统筹具体的诗学理论阐释。卷五"董少玉"条说:"诗,情物。以繁筵艳阁求之,则非其地;诗,灵物。以死景死笔咏之,则非其人;诗,冷物。以锦衾绣幕处之,则非其质。诗,静物。以喧嚣秽杂居之,则非其时。故神必欲闲,景必欲冷,思必欲远,想必欲慧,意必欲别,笔必欲健。具此五者,可以操戈陶谢,兴师浣花,不令古人称王百代矣。"只有神闲、景冷、思远、想慧、意别、笔健,才能写出好诗。这几个因素中笔健、意别是基础,通过意别来统帅笔健,这样就会有灵趣,有新意;想慧、思远是核心,即要有诗心。卷三说:"诗有诗心,心之所在,运则如烟,入则如发,以浮词掩映,浮景撮合者,均非心也。"

①　姚爱斌:《从义生文外到情在词外》,《社会科学辑刊》2003 年第 2 期。

有"思远、想慧"的"诗心",就可以有温柔敦厚的诗骨;神闲、景冷是闺秀诗的自然秀逸风格的外在表现,通过情与景的自然交融,闺秀诗则可如刘勰所言"烟霭天成,不劳于妆点;容华格定,无待于裁熔;深浅而各奇,纤而俱妙",这就是"神秀"的境界。所以关于王端淑"秀"的诗学内涵,我想借用王国维《人间词话》中的"句秀"、"骨秀"、"神秀"三个概念来阐释。"句秀"是基础,"骨秀"是内核,"神秀"是外在表现,这三者之间又各有自己的要求和特点:句秀要兼具学问、才情、灵趣三个条件,就是在学习前人的基础上,要用字灵妙,语出惊人,才能有警拔的诗句;骨秀包括气韵、格调、性情,温柔敦厚、朗朗明艳是其特征;神秀是闺秀诗外在表现,通过写情,"文生乎情,情生乎文,相生不已"的表现手段,把内心温柔敦厚的性情用自然秀逸的风格表现出来。"句秀"、"骨秀"、"神秀"三者完美的统一,则是女性诗学的最高境界。

1. 句秀——学问、灵趣、才情

《隐秀篇》"秀"的含义是指修辞造句上秀异于人。如"秀也者,篇中之独拔者也","秀以卓绝为巧",文章要有秀句,秀句就是一篇作品中的精警独拔之处。王端淑在《诗纬》中多处使用警拔的字眼来品评具体的佳句。

秀句之得也在于天性、灵趣的自然流露,王端淑卷五"王虞凤"条说"凡人落笔疏秀,灵动不凡,皆自先天所得"。沈善宝说"诗本天籁,情真景真,皆为佳作"①,只要情真景真,就是佳作、佳句。但女性生在闺阁之内,不得见"山川风物之奇",见识不广是不争的事实,所以"闺秀诗柔媚者居多,而温厚清婉,即《名媛》

————————

① 沈善宝《名媛诗话》,《清代诗话丛刊》,凤凰出版社2010年版,第1册,第474页。

一集,亦仅数人。有此见闻不大、境界不远耳"①。因而有的"闺秀能诗者不过粗知声律对仗;原无甚精思实义也"②。或者"才思绮丽艳称人口,然此特纨儿郎搔头弄姿者所乐称耳"。如果闺秀诗仅仅是遣怀娱乐,则不必求其工拙。如葛贞秀《从妹琼娟诗序》说:"余从妹琼娟少未读书,天姿淑挺,女红纫组靡所不娴。余既听闻琼娟许字,归有日矣,已而所天遽陨,遂矢志守贞,往终其节。乌据此,岂复多乐?以语言文字自闻者耶。元年,余归自京师,见琼娟已鬓然为水蘖中人,顾自言针黹之余,颇以笔墨自遣。因出其诗观之,虽于声律意度皆未协节,单词孤句信心适口出,其言哀以思,婉而风,可因之以想见其人,读者固未宜以工拙求之也已。"③因此出现了"迩来女子以诗文名者,大江南北颇不乏人,逮得其集而披阅,则名与实每不相符"的局面④。

但是,诗文对王端淑以及很多女性来说,意义并非仅止于此。对王端淑来说,诗文是谋生的手段,如《答浮翠轩吴夫人》有"此情愿博芸窗史,故向朱门作女师"句,《出门难》有"舌耕暂生为,寥握班生笔"句;诗文还是对生命的体验以及对生命意义的思考,如《梅花十首次韵》"耻与夭桃逗丽妍,暗香愁结不知年","傲骨宜生痴作癖,檀心高远静中禅"等诗句;诗文还是对家国兴衰的慨叹,如《先翁文忠公殉难纪述》有"熹朝天启时,逆瑞神器窃。肆横任悉行,朝野尽结舌"句,《读今古舆图次韵》有"浩气冲流水自波,怅然空对旧山河"句。所以诗词对于女性来说意义重大,女子"舍笔札文史"则无事可做,沈彩《跋嘉兴徐范集八·妇人书真迹卷》云:"才藻非妇人职也。然孔子尝以臧文仲妾织蒲

---

① 闺秀应学韫为闵怀英诗所作序言,见汪启淑《撷芳集》卷二十三。
② 韩矩《任静宜诗序》,《撷芳集》卷二十一。
③ 葛贞秀《澹香楼小草》。
④ 吴元安序龙循《双清阁剩草》,《撷芳集》卷三十。

为不仁,则士大夫家闺阁佳丽,苟勤于纺织,与茅钥穷釐争利,是亦非宜,而身心又不可使逸,则舍笔札文史,其何所事哉"。[①]毛安芳(清代蕉园七子之一)老而无子,尝自持其诗卷,道:"是我神明所钟,即我子也。"基于此,清代很多家庭都很重视女性的教育,张淑莲《澄辉阁吟草》有《孙女辈学诗书示》诗[②],详细阐述了女子的家庭教育情况。还有很多家庭请数名闺塾师。如天然居士《问诗楼》自序:"予生长闺阁,幼为父母所钟爱,以爱之切而训之备详,常不以女子而异视也。九岁读书,从师林姓,逾年复易一杨姓者,此二人俱不能诗。迨年十三,始问字于习幽女史,继又从雪楼教授。"婚后,"乾隆丙申之岁,因课女而延得岭南女史梅轩,晨夕晤对,结习复萌,于喁间作,皆可谓一时之乐"。

学习是提高诗文创作水平和技巧的重要方法,如叶小鸾"年十余,知词赋。年十三四,工篇章,并古文及齐梁体,皆过目成诵,操翰成章,朗隽遒逸,咸尊其致"[③]。如吴瑛年十一"初学为诗文,遍诵六经,而于《左氏春秋》、《文选》诸书尤为精熟",年十二作帖括之文,"清真典雅,涵古茹今",年十四"能诗赋,多秀丽

---

①　沈彩《春雨楼集》,民国十三年(1924)影印本。

②　恽珠《国朝闺秀正始集》卷十四:我昔居闺中,我父喜吟诗。时方宦楚地,境好句益奇。豪气荡巫峡,健笔凌巴夔。少陵有遗集,一一亲和之。怜我颇聪慧,教女如教儿。兄弟及姊妹,唱和相娱嬉。吟成请甲乙,往往为额颐。女子嗟有行,此境不可追。老至愈放废,久懒柔翰持。汝辈复似我,婉娩甫发垂。镜奁箴管旁,书史常纷披。虽无研覃功,颇有颖妙思。因汝肄业候,感我趋庭时。梦里怀亲颜,花影春风吹。宣尼著明训,学诗本周召。雍雍关雎声,祥和气先导。动静谢宴私,可以感郊庙。媵侍被柔嘉,车服消矜傲。岂徒性情端,兼且文词妙。嘱汝三再思,涵咏宣蕴奥。擘丝闲汝性,纷悦勤汝操。珩琚节汝步,环璜淑汝貌。正言贵衷德,师古宜执要。哀乐得其平,闺门起风教。婉丽擅天资,灿以珠翠妆。忠孝有根柢,饰以经籍光。缅惟古贤媛,班左能文章。渊源溯风骚,贞淑久弥彰。厥后代有作,靡漫不可详。采藻非不新,正音转微茫。按之无邪思,毋乃逾范防。汝虽非男儿,期于姓名扬。亦须传家风,世业诗书长。务使才与德,相成毋相妨。慰我垂老怀,门楣著令望。戒哉勿贻罹,永永承芬芳。

③　沈自炳《返生香序》,《午梦堂集》,第299页。

刻画语"①。这样，通过学习，即使"抒情托兴，不出乎夫妻母子房枕门屏之间，骨肉虑叹门户绸缪，喜则真喜，悲则真悲"，则可称为"淑姬静女之诗也"②。即使"身不越香闺绮阁之外，日不见山川风物之奇，本其幽香，发为吟咏，而性真语挚。名流士大夫往往见而搁笔"③。如韩矩序杨盟鸥《柏杨诗抄》云："吾侄女有奇气，于技艺无所不娴，而尤工绘事，所点染丹碧为山水，可以乱董北土之真。至渔猎家所藏书，自四子五经而外，以及古史、纲鉴、《左》、《国》、秦汉诸子史之类，皆洞悉其旨，旁及骚雅辞赋，无不穷微诣粹。"

　　强调学习，钻研学问的同时，特别要注意的一点是学问不能影响诗歌的表情达意。王端淑关于遣词造句的主旨与《隐秀篇》所言"雕削取巧，虽美非秀矣"一样，正如黄侃《补隐秀篇》解释："若故作才语，弄其笔端，以纤巧为能，以刻饰为务，非所云秀也。"诗文不能平直，也不能卖弄学问，只重"纤巧"，关注"刻饰"，则落于时弊。卷六"沈天孙"条所言："诗者思也，为心之声，声以达情，以门面典故了之，焉以诗为？而浅之者止拾烟云陈迹、花鸟字面，又为不读书人藉口。句中有意，字中有情，句字之外有趣，斯为得之。"若只是堆砌学问，没有灵趣，则流于平直，如卷五"姚青峨"条所言："平则学富三坟，总归铺叙；直则立扫千言，殊少波折。"

　　协调学问与句秀之间的关系的是灵趣。卷五"黄幼藻"条说："诗有灵趣，在遣烟运墨之间，浅人以字句为诗，诗之趣尽失矣。《三百篇》皆趣也。"学问与灵趣二者如何兼得，就是要有才

---

① 吴瑛之父《芳苏书屋存稿序》，北图藏清乾隆十八年吴氏刊本。
② 范离珠《范劻叔诗序》，《撷芳集》卷十。
③ 陆夔为张屯《小华尊集》所作序，汪启淑《撷芳集》卷九。

情。卷三"陈茂贞"条说:"用字灵妙,化腐朽为新,如此女士方可称才情二字。"有学问并善用才情来表达,这样句子就会有灵趣,就能语出惊人,成为秀句,所以卷六"余少光"条感叹说:"如玉灵心妙齿,笔墨俱松,意真语切,自是名手,且措句有品,若再以才情出之,则未可量也。"具备才情的秀句,即使片言只句,亦可流传。

"句秀"是闺秀诗学的一个基本标准,而达到"句秀"则需要以"学问"作为基础,以"灵趣"为方向,以"才情"为手段来协调"学问"和"灵趣",这样才能达到"句秀"。如卷九载茅观《忆别》:"素影向人愁,同君月一钩。罗衫前日泪,新旧对君流。"王端淑评曰:《忆别》诗媚绝痴绝,只于常意中掉弄,自觉笔舌俱妙。"遵循这种观点,"未有才情,妄言学问,不能读书,抄写典故,少观载籍,不知气韵"的闺秀诗,"诗才庸思浅,于学问才情四字,尚未能具"的闺秀诗,"随人步趋,鸟言虫响遍于天下,时去一空"的闺秀诗,《诗纬》中不多辑入。正如卷七"郭午"条说:"诗不贵多而贵出语惊人,如二十字可传,其人即因二十字而传矣。若冗烂鄙俚,虽百千言何足贵也。此诗点缀幽致,予以二十字传郭午,何如?"

2. 骨秀——气韵、格调、性情

《诗纬》卷三"陈德懿"条说"诗以气韵为上,才情次之,学问又次之",卷五载萧凤质《慰夫》诗,有"闲花野草休关念,养取葵心向紫宸"句,评论说"若只取格调,徒浮说耳。此作举止雄大,特少性情二字";卷七"刘氏妾"条说:"诗虽近于排,然体格自正。"以上的评论中王端淑提到这样几个概念:气韵、格调、体格、性情。气韵与格调、体格相似,就是指作品的风格和格调。性情,在王端淑看来,就是内心真实情感的外在自然表现。《诗纬》卷二十五"沙宛在"条云:"诗真处,不加粉饰,方是性情。若随风掉弄,一味趋时,大伤风雅。"性情可以是家常之情,只要真率、真切就可感人,如卷二载镏氏《寄衣》诗:"岁岁为君身上服,丝丝是妾手中梭。剪刀未动心先碎,针线才缝泪已多。长短只依元式样,不知肥瘦近如何。"王端淑说:"夫妇之间只宜真率,如镏氏《寄衣》一律,何等家常大雅,毫无女郎习气。"如卷九评沈媛《挽昭齐甥女》诗说:"挽诗悼诗只要真切,如《离骚》体格,使人读之涕泪交集。"真切就是性情,如卷九论周兰秀说:"其所咏挽诗,俱是性情追忆,所以哭之愈恸愈深。"

此外,性情还是体格高远的家国情怀的体现,如卷十"吴令仪"条说:"方夫人诗高老如鸡群之鹤,木群之松,并绝去川云岭月,可谓高自标持,所称超超玄著,殆不愧矣。"卷十三论"章有渭"条说:"玉璜才大力瞻,是一作手,其诗高旷神远,直追初唐矣,读之不得不为俛首。"但只是体格高远浑健,无灵慧之气,也未臻佳境,如卷九论吴贞闺诗"朴浑幽健,不媚不轻,女士中有骨力者","然所不足者灵慧耳"。若有格调而无情思,如卷三载朱氏"功名成就归宁日,一榻清风绿野堂"之句,王端淑批评说"全是学究腐气满纸",亦未可称秀句佳作。可见格调、气韵、性情三者中,最重要的是性情,性情可以通过读《诗经》来获得。王端淑说朱氏"何不少读《国风》以佐情思乎"。李剑波《清代诗学的话语分析》认为"清代诗学所遵循的话语规则体系有四①,曰唐诗话语、宋诗话语、儒家传统诗学话语和性灵诗学话语"。又指出清代诗学四种话语规则的复杂关系:"唐诗话语排斥宋诗话语,但宋诗话语并不排斥唐诗话语;儒家传统诗学话语与唐诗话语、宋诗话语都是兼容的;性灵话语则是游离于此三种话语之外,与之难为水乳,亦非冰炭。"但王端淑的闺秀诗学则是温柔敦厚的

---

① 李剑波《清代诗学的话语分析》,《文学评论》2005 年第 1 期。

儒家诗教与性灵的一种结合,在《诗纬》中,风雅成为品鉴的重要标准。如卷一说孝陵宫人"歌以古谣,可与《关雎》、《葛覃》并传";卷四说吴氏诗"读之皆《关雎》、正始之音也";卷六说范氏"《忆母》诗词严而正,意深而厚,是《三百篇》余音";卷十说吴令则"七言一律不特风雅,亦征温淑,如此立念设想,可追国风一脉"。卷十四说张静纨所作"三诗具情思悲怆,怨而不怒,且朗朗明艳,绝去堆织,居然风雅遗音"。

清正是诗的气质和品格,骨秀所体现的就是这种脱俗的气质和品格。卷五"徐淑英"条说:"气格风味尚归清正,至哉斯言也。今人不知清正,徒言气格,似犹不及皮毛,而惜气格也,可不寒心?"温柔敦厚的气质,慷慨激昂的气节,都可称为有骨秀。有骨秀,就有了温柔敦厚的气质,诗文就有其存在的价值和意义,所以卷十二"方维仪"条评曰:"予品定诸名媛诗人,必先扬节烈,然后爱惜才华,当与海内共赏此等闺阁。"

句秀与骨秀,如容貌之与内在气质禀赋,有容貌者未必有气质,卷五"周玉箫"条说"丽质者未必有侠骨,有文采者未必有英姿",英姿和侠骨是当时女性审美的一个标准。即便是以容貌为资本的名妓都如此,只要有气质,容貌尚可少论,如尹春,"姿态不甚丽,而举止风韵,颇似大家。性格温和,谈词爽雅,无抹脂鄣袖习气"[1],顾喜,"性情豪爽,体态丰华,双跌不纤妍,人称为顾大脚,又谓之'肉屏风'。然其迈往不屑之韵,凌霄拔俗之姿,则非篱壁间物也"[2]。女性的"天然韶令之态"就如闺秀诗的骨秀,没有这种气质,"虽绝色犹俗女也,一览味尽。若夫丽华添胭脂井,玉环尽马嵬坡,不啻残红涨粪,枯粉埋泥,蜂蝶俱视矣"。所

----

[1]　余怀《板桥杂记》,上海古籍出版社 2000 年版,第 22 页。
[2]　余怀《板桥杂记》,第 44 页。

以卷十六"陈安人"条说"妇德如斯,诚足不朽,又何论诗文之末哉",同卷广西郭氏"十一首诗俱鄙埋烦冗,难以入选。但其节烈可嘉,故急切中不暇选声律",但"存此贞节女郎,可为诗家增声价"。

3. 神秀——写情、风雅、妙境

刘勰所说"彼波起辞间,是谓之秀。纤手丽音,宛乎逸态,若远山之浮烟霭,姿女之靓容华。然烟霭天成,不劳于妆点;容华格定,无待于裁熔;深浅而各奇,秾纤而俱妙",就是神秀。具体如《诗纬》卷六"刘苑华"条所言"《毛诗》之妙在意言之外,绘景写情,宛然生动,故以学问才情为诗,尤诗之次也。今古才人一隳作家气,去风雅自远,今之作者未免太肖。近体之创,所谓蹶裂风雅也。女士之诗,名心不存,才思不眩,风雅一线尤留红粉中"。因为闺秀"名心不存,才思不眩",所以只要是有真情,如《诗纬》卷二十四"叶星"条说"文生乎情,情生乎文,相生不已",如卷四"鸳湖女郎"条说"词生情,情生词,有词无情不可为词,有情无词不可为情,情词兼到,开口媚利",即使表达家常之情的闺秀诗,"凡作文必当日之景与当日之情相合",能够达到"绘景写情宛如睹面,毫不装饰,诗家妙境",这个妙境就是"景内有情,情内有景,字字生动",就是神秀。"才情"是"句秀"的关键,"性情"是骨秀的核心,"写情"是神秀的根本。

明末汤显祖、公安派、竟陵派、屠隆等各大诗人或文学流派都提出了"性灵"、"性情"的口号。王端淑的女性诗学理论与袁枚的"性灵"有相同之处,但不同的是王端淑始终以温柔敦厚作为前提和基础。《诗纬·自序》说:"诗开源于'窈窕',而采风于'游女'。其间贞淫异态,圣善兴思,则诗媛之关于世教人心如此其重也。"袁枚强调的"性情",对于闺秀诗而言,更多的是"性别"之"性",所以女性的美貌与才华是袁枚品鉴的两个标准。《袁闺秀诗话》载袁枚见一"年十九,风致嫣然"的女子,"欲娶之,而以肤色稍次,故中止"①。所以在品论胡慎仪时说:"余问若生:'玉亭貌可称其才否?'若生乃诵其《菩萨蛮》:'人言我瘦形同鹤,朝朝揽镜浑难觉。但见指尖长,罗衣褪粉消。若能吟有异,不管腰身细。清减肯同梅,凋零易是魁。'可想见其风调,使人之意也消。"②所以袁枚的所论的"性情"不免有男性的审美观杂于其中,不是一个非常严肃的性别诗学概念。王端淑则试图通过"秀"这个诗学概念,把闺秀诗构建成一种有自己特色和意义的严肃的艺术形式,使闺秀诗不是一种空疏的、哗众取宠的噱头,不是一种空泛的象征符号,而是一种可传承、可学习的文学形式。句秀、骨秀、神秀兼具的闺秀诗当如《诗纬》卷四"李氏"条所云"如娇桃嫩绿,又如花藕秋梨,食之有味,觉之无穷",这样的女郎诗是具有"明丽之色,幽艳之姿,复命意流动"的艺术品,如同德、才、色兼具的佳人一样,在文学场上独擅风流。

三、秀的审美内涵

秀本身就是一个具有品鉴意义的词语。秀一般有两个意义:一是《玉篇·禾部》曰:"秀,荣也。"《楚辞·大招》有"容则秀雅,稚朱颜只"句,王逸注"言美女仪容闲雅,动有法则,秀异于人"。这是用秀形容人的俊美、秀丽。二是《广雅·释诂一》曰:"秀,出也。"刘向《列女传》说"余但搜才行尤高秀者,不必专在一操而已"。用秀来表示突出其超群的含义。

闺秀一词也是由品鉴女性才学而来。《世说新语·贤媛》

---

①　《袁枚闺秀诗话》,《清代诗话丛刊》,凤凰出版社 2010 年版,第 1 册,第 96 页。

②　同上,第63页。

曰："谢遏绝重其姊，张玄常称其妹，欲以敌之。有济尼者，并游张、谢二家。人问其优劣，答曰：'王夫人神情散朗，故有林下风气；顾家妇清心玉映，自是闺房之秀。'"《晋书》也有类似记载。以"闺房之秀"直接品论顾家妇具有淡雅清秀、朗朗明艳的"清心玉映"。清郑绩《梦幻居画学简明》卷二《论肖品》曰："写美人不贵工致娇艳，贵在于淡雅清秀，望之有幽闲贞静之态。"如果一个人的风度仪态不凡，具有超凡脱俗的气质，人们便常用秀来赞美。汉张衡《定情赋》云"夫何妖女之淑丽，光华艳而秀容"，晋傅玄《有女篇·艳歌行》有"秀色若圭璋"句，将秀色与圭璋联系在一起，赋予了"秀"玉的内涵，使"秀"具有清心玉映的特质。后来大多用"灵秀"、"秀丽"等词语形容女性脱俗的风姿。清王韬《淞滨琐话》卷八说女郎"端庄秀丽，类神仙中人"，王培荀《听雨楼随笔》卷五描写女郎"风姿秀丽"。用"秀美"、"秀慧"形容女性飞扬的神采，沈善宝《名媛诗话》卷七说朱琴仙"丰神秀美"；关秋芙"丰神秀美"；畹卿"丰神秀美"；卷九载南昌姚慧卿姊妹"美秀能诗"；卷十载归佩珊"丰神秀美，颇类其诗"，用秀慧来形容女性聪慧兼具文采，如卷九宗芝馨"秀慧能文"、王采蘋"秀慧绝伦"等。

　　自刘勰《文心雕龙·隐秀篇》后，"秀"不仅是一种品鉴人物的标准，更成为一种诗学的审美标准。如唐殷璠《河岳英灵集》评论王维说："维诗词秀调雅，意新理惬。在泉为珠，著壁成绘，一字一句，皆出常境。"宋陈师道《后山诗话》曰"风致洒落，才思高秀"，葛立方《韵语阳秋》曰"造句亦可谓秀整"，"用笔清润秀整"。明清诗话中用"秀"来评价的例子更多，"笔端韶秀"、"神骨高秀"、"风格翘秀"等词语经常出现。还有用"秀"来评价一个时代或者派别：明陆时雍《诗镜总论》曰："齐梁人欲嫩而得老，唐人欲老而得嫩，其别在风格之间。齐梁老而实秀，唐人嫩而不华，其所别在意象之际。齐梁带秀而香，唐人撰华而秽，其所别在点染之间。"清初吴乔《围炉诗话》卷一曰："明初之诗,娟秀平浅而已。"卷二曰："中唐七律,清刻秀挺。"乔亿《剑溪说诗》卷上曰："齐诗骨秀神清,而力不厚。"朱庭珍《筱园诗话》卷二论浙派的风格曰："其清俊生新,圆润秀媚之篇,佳处自不可没。然病亦坐此。往往求妍丽姿态,遂失于神骨不俊,气格不高,力量不厚,无雄浑阔大之局阵篇幅,谐时则易,去古则远。"用"秀"来评价个人的风格,如吴乔《围炉诗话》卷五曰："遗山虽较之东坡,亦不免义理稍粗。然其秀骨天成,自是出群之姿。"特别是叶矫然《龙性堂诗话初集》还把秀作为终极的诗学审美标准:"诗不难于成而难于妙,不难于丽而难于古,不难于古而难于秀。"

与清相似,秀也有其缺点,就是弱。宋徵璧《抱真堂诗话》曰:"凡诗丽则必靡,秀则必弱。若兼厥二美,免此二憾,其思王乎?"乔亿《剑溪说诗》卷上:"齐诗骨秀神清,而力不厚。"冒春荣《葚原诗说》卷三曰:"诗欲秀润,然不得以懒弱为秀润;诗欲飘逸,然不得以佻达为飘逸。"吴衡照《莲子居词话》卷一曰:"大抵孟载未洗元人之习,诗多工秀清俊。工秀之极,形为纤巧,轻俊之过,流于卑弱,势所必至。"弱是闺秀诗的通病,即通常所说的脂粉气、女郎习气。明李东阳《麓堂诗话》曰:"咏闺阁过于华艳,谓之脂粉气。"亦作"脂泽气",宋许顗《彦周诗话》曰:"李氏女者,字少云,本土族。尝适人,夫死无子,弃家著道士服,往来江淮间。仆顷年见之金陵,其诗有云:'几多柳絮风翻雪,无数桃花水浸霞。'殊无脂泽气。"

诗过于华艳,则易有脂粉气。女性的生活环境相对闭塞,社会参与能力较低,入诗者大多是闺中景物及个人情感,难免绮丽缠绵。正如吴国辅《吟红集序》所言:"至于闺阁丽媛,绝不闻科制事,誉非所望也,故其言真;亦不与兴亡数,骚非所寄也,故其言冷;间有所怀疑,不过谢姬柳絮词、思伯飞蓬句耳。"因女子的本色性情,有时难免"未易深老",容易"柔、轻、浅",如《诗纬》卷五"周洁"条所言"柔则无骨,轻则无意,浅则无学",这样则易"坠入轻绮",形成"女郎习气",更易具有"脂粉气"。但"脂粉气"非专对女性而言。作为社会一员,每个人都必然都归属于某个阶层,在无意识间传承了这个阶层的特点和缺点。张贵胜《遣愁集》卷三载陈眉公曰:"武士无鲁莽气,书生无寒酸气,女郎无脂粉气,山人无烟霞气,僧道无香火气,必须换出一番境界,便为世上不可少之人。"孙宝瑄《忘山庐日记》曰:"余曰诗宜避四气:一曰脂粉气,肥红腻绿,以涂饰为工者。又有二病:一曰纤小,词家最宜犯之;一曰粗犷,文家最宜放之。"不仅诗歌如此,画法亦如此,汪文柏《柯亭余习》曰:"余尝谓画兰有三忌:游士避江湖气,方外有蔬笋气,闺阁有脂粉气。"所以脂粉气非为闺秀诗所独有,男性诗人也常有此弊病,蒋光煦《烟屿楼读书志》论姚燮说"复壮诗文五律亦有唐音,惟七律则多脂粉气"。

一般把"绵丽而体气轻弱"视为女郎诗的基本特征,脂粉气是闺秀诗作的常见弊病,但女郎诗绝非是脂粉气的代名词,女郎诗与女郎习气、脂粉气不同。对于女郎诗的贬低,始于金人元好问《论诗绝句》中对秦观的评价,"有情芍药含春泪,无力蔷薇卧晓枝。拈出退之山石句,始知渠是女郎诗。"其实只有无闺中纤媚习气,"去纤媚,去轻浮","秀艳灵动","清隽如女子口吻"的才是女郎诗;"骨韵清丽,别有才情"才是女郎诗的当行本色。只要情真意切,不是仅"以春花秋月、烟云飞鸟字面措辞,尽落时蹊"的写作,就是可以流传的好诗。"诗之必传贵乎真耳,真则可以自信",所以不仅是王端淑,在明清诗学体系中女郎诗也是被认可的。明瞿佑《归田诗话》说:"遗山固为此论,然诗亦相题而作,又不可拘以一律。如老杜云:'香雾云鬟湿,清辉玉臂寒';'俱飞蛱蝶元相逐,并蒂芙蓉本自双',亦可谓女郎诗耶?"清袁枚《随园诗话》卷五曰："芍药、蔷薇，原近女郎，不近山石；二者不可相近而并论。诗题各有境界，各有称宜。……韩退之诗，横空盘硬语，然'银烛未销窗送曙，金钗半醉坐添春'，又何尝不是女郎诗耶？《东山》诗：'其新孔嘉，其旧如之何？'周公大圣人，亦且善谑。"更有甚者，如棣华园主人认为"女子自言性情，大都丰韵天然，自在流出天地间，亦此种笔墨不得"，所以其所著《闺秀诗评》论曰："近人言诗，往往尚风格而不取性灵，甚至阅女子诗亦持此论，尤为迂阔。深闺弱质，大率近性灵多，学力少，焉得以风格律之？故予所录诸作，取其温柔袅娜，不失女子之态者居多。"①清末苕溪生《闺秀诗话》亦有此说："世之论诗者必曰'诗之为道，宜远规风雅，近寝馈于汉唐以来诸名作，然后润之山川之气，乃能超然成一家之言。'然若是者，求之白首写经之士，尤难多得，况乎深闺弱质者哉？故我之于闺秀诗，只求性情，不尚格调魄力，亦以其难得也。"②所以只要能脱掉脂粉气，去除沿习，则可达秀雅，这种秀雅的闺阁本色诗如卷四所载陈小蕴诗一样，"婉而静，无伤怨之句，虽不必方之于古，要自成闺阁本色"。

小结

王端淑之所以把"秀"作为闺秀诗学的核心概念，一个重要原因就是她认为秀中所蕴含的清薄之气可以救时弊。清初诗坛，一直充满了明代诗学的反思，蒋寅《清初诗坛对明代诗学的反思》一文中说："在他们眼中，明代是文学盲目模仿而迷失自我的衰落时代，不争气的上辈作家因不能自树立而使文学传统枯

---

① 棣华园主人《闺秀诗评》，《清闺秀诗话丛刊》，凤凰出版社 2010 年版，第 2278 页。
② 苕溪生《闺秀诗话》卷二，《清闺秀诗话丛刊》，第 1657 页。

竭中绝。于是当他们重新寻找文学传统之源时,首先就要反思明代文学创作的流弊,以弄清文学传统亡失在何处。正是在这样的诗学语境中,对明代诗学的反思成为清初诗坛最引人瞩目的焦点。"①正是在这种反思的诗学语境中,王端淑从女性的视角审视当时的诗坛,对当时动言盛唐的风气提出批评,认为各代诗皆有美者,卷十六"朱德蓉"条说:"三唐各不相袭,始并行不悖千百年,岂有长盛唐哉? 抹杀中晚一概才子,群趋初盛门面,识陋心愚,胆痴才劣,有识者岂蹈此病?"思考从宋代以来的诗文弊端,卷三卷首说:"诗有心,心之所在,运则如烟,入则如发。以浮词掩映,浮景撮合者,均非心也。有宋君子离却幽渺,矜才任气,诗之心已不复见;历下声起,变为弘壮整练,诗之声律愈振,诗之心曲愈杳矣。竟陵始寻思理,一抛宿习,而不无矫枉过正,其派一流浅学,以空拳取胜。竟陵独得处,肤浅人共引为捷径,使抱奇怀才之士笑为俭腹,为劣才,俱末学之失。今日起衰振弊之道,在别辟孤异,无蹈历下、竟陵余波可也;海内巨眼,当自有去取耳。"王端淑认为女性的灵动之气可以扫除当时的盛唐习气,卷三"潘碧天"条说:"碧天下笔清隽,运墨灵动,不似痴板手腕。今之海内动言盛唐,取词清薄一路,或可救今之时弊也。"

　　此外,"秀"还是一个具有外延性的概念,除了婉约的秀美之外,"秀"还包含壮美的秀美。刘勰论"临河濯长缨,念子怅悠悠",是"志高而言壮,此丈夫之不遂也","朔风动秋草,边马有归心"是"气寒而事伤,此羁旅之怨曲也";"大漠孤烟直,长河落日圆","山随平野尽,江入大荒流"等诗句都视为秀句。这类壮美的秀句所以称之为秀,是因为它们具有秀的独拔、卓绝的含义。所以闺阁本色诗可以秀美,也可以是壮美,二者共存。王端淑一

<hr />

① 蒋寅《清初诗坛对明代诗学的反思》,《文学遗产》2006 年第 2 期,第 108 页。

方面对云间派诗风大加赞赏,认为颜绣琴"诗是有力量文字,读其千载孤忠句,多少感慨雄壮,岂二八女郎口中语"。一方面对清隽似女郎口吻的女郎本色诗,也大加赞赏,如卷三"朱令文"条:"昔人谓梁简文无帝王气,而有铅粉气,以帝王作铅粉,乌乎可? 然诗自不可废耳。静庵以铅粉写铅粉,安得不谓之当行,谓之本色乎?"所以闺秀诗只要"温婉而静,无伤怨之句,虽不必方之千古,要自称闺阁本色,其落笔幽致停动,寂寥有情,故无浮衬语"就是好诗,"有逸致而不加装点,是闺帏本色","生秀英挺,不坠轻绮"的女郎诗,"松腕秀格,销尽男子钝根"的女郎诗,只要不是"动以春花秋月、烟云飞鸟字面措辞,尽落时蹊",只要是真率,无"绮语怨辞"具有"秀艳灵动"、"骨韵清丽"、"别有才情"的特征,这样的女郎诗就足以与遒劲壮美的诗风并驾中原。所以"灵秀"成为闺秀风采的标准,"秀美"成为闺秀诗的审美标准;同时慷慨激昂、刚阳遒劲的"壮美"也是闺秀诗人的追求目标。

第四节　清初蕉园诗社与西泠闺秀雅集

　　蕉园诗社是清代闺秀雅集唱和的典范,梁乙真说:"清初之文学,高、黄、卞、顾倡于前,蕉园七子兴于后,风气所播,遂以成一时词坛之盛。其后分道扬镳,各自授受,二百余年之妇女词坛莫不受其影响。"①关于蕉园诗社,学者亦有所关注。关于其成立年代,胡小林《清初蕉园诗社》提出的 1665 年成立说,陈静媚提出诗社应成立于 1670 年,吴晶《蕉园诗社考论》认为"蕉园诗社应初萌于 1665 年,顾之琼是首倡者。其后林以宁、冯娴、柴静

---

　　① 梁乙真《清代妇女文学史》,台湾中华书局 1979 年版,第 23 页。

仪等也对诗社的形成有促进之功，至 1674 年—1676 年间诗社渐形成"①，并且提出蕉园七子在前，五子在后的说法。笔者2004 年在《蕉园诗社成员考述》中曾说"蕉园五子当在 1674 年后，因为互相仰慕而神交，结为'金兰之契'"②。指出蕉园诗社的成立时间应即蕉园五子结为"金兰之契"之时。且重新梳理蕉园诗社"五子"、"七子"、"十子"发展脉络，论证先有五子诗社，且五子是蕉园诸子自称，而后又有蕉园七子、十子之称；同时诠释蕉园诗社的重要意义不仅在于诗社成员文学艺术的成就，更重要的是通过几代西泠闺秀对蕉园精神的传承，为闺秀提供了一个女性文学雅集唱和的范式，成为后来闺秀雅集唱和的一个诗意的想象符号，使钱塘闺秀在清代女性文学发展史上具有了里程碑的意义。

一、蕉园五子、七子、十子考

1."蕉园五子"及诗社成立的时间

蕉园五子之称由来，是诗社成立后的原圃集会有柴静仪、钱凤纶、顾姒、冯娴五人参加而得五子之名。蕉园五子是诗社成立初期的自称。诗社中坚钱凤纶《与林亚清》云："昔会者蕉园五子，今启姬已棹舟北上，我辈相去不数步，勿以尘务烦扰，经年契阔。"这里明确提出了"蕉园五子"，可知蕉园五子是钱凤纶等人的自称，且在顾姒北上之前已经有了。顾姒北上当是指康熙庚申(1680)燕京之行。王士禛《池北偶谈》卷十六《谈艺六·蟹字韵诗》载："顾姒字启姬，杭州人，适鄂生某。康熙庚申，从其夫至京师。尝见所著《静御堂集》，小赋诗词颇婉丽。九日，予与同人

---

① 吴晶《蕉园诗社考》，《浙江学刊》2010 年第 5 期。
② 宋清秀《蕉园诗社成员考述》，《北京大学古文献中心集刊》2004 年版。

饮宋子昭工部小园,限蟹字韵。翌日鄂诗先就,顾代作也。其末云:'予本澹荡人,读书不求解。尔雅读不熟,蝤蛑误为蟹'。予惊叹。顾善歌,所制词曲有'一轮月照一双人面'之句。予最赏之。"可知在1680年之前,蕉园诗社已经成立,且有五子之名。

但从资料可知,蕉园五子彼此全部相识、相知在1674年之后,所以诗社成立不应早于此年。林以宁与柴、冯二人均相识于康熙甲寅(1674)。林以宁《和鸣集》跋云:"余少读书也,苦无所资,独与伯嫂重楣称笔砚友。不知海内名媛,诗学最称者几人,人几集,集几卷。……后岁甲寅,嫂得疾以卒。兄寅三思成其志,始命余为小启,请海内同人为哀挽以吊焉。遂以余名达于闺媛大家。"林以宁《柴季娴北堂诗集序》云:"忆自甲寅之岁,班荆聚首,永志忘餐,承颜接辞,欣时幸会,遂定金兰之契,还成丹雉之盟。"从这两条证据可知柴静仪与林以宁相识则是在征集挽诗的过程中,而后才是"西陵花发,听拨琴而作歌;东阁筵开,共焚香而染翰",此后"共披图而评骘,枣栗问遗,弥历数年,诗歌赠答,迨无虚日"。

林以宁与冯娴相识也是在1674年之后,林以宁《和鸣集》跋云:"其耳余名而谬称许最先者,则又令夫人也。……遂因诗启以得见于夫人,忘其卑幼,而引与交,月必数会,会必拈韵分题,吟咏至夕,且又各推姻娅。"

钱凤纶与柴静仪则在康熙丙辰(1676)才见面的。钱凤纶《寿柴静仪连珠六首》自序云:"表嫂柴静仪,名家女也。闺门雍穆,说礼敦诗,丙辰秋季始于原圃,望见丰采,名下无虚,于是笔墨赏心,啸歌互答,足慰素怀。"

而蕉园诗社不可能成立于1665年的原因,除了此时五子之间不曾相识之外,还因为此时林以宁仅十岁,即使有才华,亦没有能力称为骨干成员。据其《赠言自序》说己酉岁(康熙八年,

1669)"余年十五",判断其出生应在顺治十二年丙申(1655)。《赠言自序》又说"岁壬寅丘嫂重楣来归,老母命为诗友,于是始学诗"。《集句悼嫂八首》小序说:"余方髫龄,姆训之暇,粗习经书,后读珠吟,不禁欣慕,因从学诗。"壬寅为康熙元年(1662),若是生于顺治十二年(1655),此时恰为八岁,正是髫龄。不可能参与诗社。且1666年是钱凤纶出嫁之时,钱肇修《古香楼诗序》有"今秋姊六十,余亦五十有二"句,此时为康熙癸未(1703),时钱凤纶为60岁,那么其出生则应在顺治元年甲申(1644),而其夫《古香楼序》也说"今年秋七月为内子四十初度",而作序时间为康熙乙丑(1685)孟冬望日,亦相吻合。

1666年,钱凤纶出嫁,钱肇修《序》还说"时姊年十六归于黄",那么钱凤纶出嫁时间恰是1666年,不方便参加母家的活动。另外,钱凤纶之母,林以宁的婆婆顾之琼也应无心情组织风雅的诗社活动。尽管一般都认为顾之琼是诗社的发起人,但其丈夫钱开宗曾官翰林院检讨,顺治十四年(1657)为江南乡试副主考(法式善《清秘述闻》卷一),后以科场案发而被"正法",家属一度被流放;长子钱安侯因父罹惨案,思寻冤家报仇,积病而死①。黄式序《古香楼诗序》说"内子钱(凤纶)少随外父宦游,且遭家难",家难应指此事。在夫死子病之时,顾之琼应是没有心情组织诗社的。在钱家外有忧患,内无女媳的时候,顾之琼应该不大可能有组织诗社的心情,即使到1669年林以宁嫁入钱家时,还是钱家"颠覆时"。钱凤纶《贺林亚清夫人四十寿》说:"夫人十五方结缡,正值吾家颠覆时。"因而在没有心情,也没有诗人的时候,顾之琼不会组织诗社,而是为了家里的生计问题操心不已吧。

---

① 朱则杰《钱凤纶考》,《文学遗产》2007年第3期。

　　蕉园诗社的成立应该是在 1674 年，林以宁"数岁月而嫂氏病卒，征名媛为挽歌，遂得又令、季娴、端明诸子相与订交"，才"遂以余名达于闺媛大家"。因诗启以得见于冯娴之后，则"月必数会，会必拈韵分题，吟咏至夕，且又各推姻娅"，这样在杭州城内逐渐知名。林以宁与柴静仪"欣时幸会，遂定金兰之契，还成丹雉之盟"的举动，应该是蕉园诗社成立的标志。

　　1674 年林以宁开始"征名媛为挽歌"与诸人的唱和，后"各推姻娅"，逐渐形成一定的氛围。1675 年钱凤纶归宁，与林以宁探讨古今，"今乙卯(1675)八日，予归侍北堂，问寝之暇，复与亚清讨论古今"，因为钱凤纶的归宁，所以有了 1676 年的原圃集会。

　　康熙丙辰(1676)秋季的原圃聚会是蕉园诗社的第一次大型的集体活动。原圃可能是顾家的私人园林①。此次原圃雅集是钱凤纶第一次与柴静仪见面，且柴静仪、冯娴、钱凤纶、林以宁、顾姒等五人均参加。林以宁有《秋暮宴集原圃同季娴、又令、云仪、启姬分韵》："早起登临玉露浓，画楼高处碧云凉。池边野鸟啼寒雨，篱外黄花媚晓妆。斜倚红阑同照影，闲挥绿绮坐焚香。溯洄他日重相访，一片蒹葭秋水长。"柴静仪《过原圃同冯又令、钱云仪、顾启姬、林亚清作》云："雕阑画阁倚层空，翠树红霞入望中。照水双双看鹤舞，衔芦一一数归鸿。帘前夜映梅花月，笔底春生柳絮风。相过名园夸胜景，清尊喜与玉人同。"

　　此次五人原圃雅集，令钱凤纶大有感慨，希望"一时盛事，传之千秋"。但钱氏所提五人中没有林以宁多次提到的李端明，其《赠言自序》说："征名媛为挽歌，遂得又令、季娴、端明诸子相与

----

　　① 冯娴有《重九后二日林亚清、顾启姬、钱云仪偕游顾侍御原圃即景限韵》，可知原圃是顾氏园林。

订交。唱和之什较多于嫂氏。"林以宁《和鸣集跋》也说与冯又令订交之后,"又各推姻娅,若柴静仪、李端明、钱云仪、顾启姬订金兰",但因李端明未定居杭州,很多时候未能参与雅集。据李渔传记记载,1660 年李淑昭与沈心友婚后,李渔曾举家前往金陵;1676 年再次定居杭州,所以李淑昭《柬冯又令》说:"昭别武林十六载矣,不谓天假良缘,得归故里,敢借溪水一片,暂屈鱼轩过我。"又说"已定亚清,互相刻烛,知不拒也",可见在 1676 年回杭州以后,与林以宁、冯娴等人多有往来,但并未参加原圃集会,所以钱凤纶的蕉园五子没有李端明。而且从李端明与冯娴的《与又令妹》信中可知其在杭州的生活并非富裕悠闲,经常不能参与集会,"城南城北,相去匪遥,总缘家累,不得一亲颜色,快伸积愫为怅耳!迩来贫愁交集,绝无善状。"李端明《辞亚清招游辋川看桂》说:"不见西湖芳桂几二十载矣,辋川之丁,不忍负名花,宁忍负同人耶?但家母卧病,已经两月",还请"善言黄夫人(钱凤纶)希垂鉴谅"。

所以吴晶推论的"蕉园诗社复兴即五子之社兴起在 1690 年前后"则与事实不符,蕉园五子之名是蕉园诸子对于最早结社的核心人员的自命名,这一点毋庸置疑。且陶元藻《全浙诗话》卷五十一"柴静仪"条引用《湖墅诗抄》说:"季娴(柴静仪)工书画,与林以宁(亚清)、顾启姬(姒)、钱云仪(凤纶)、冯又令(娴)称蕉园五子,诗有合刻。"而后恽珠《国朝闺秀正始集》、陈文述《西泠闺咏》中才提到蕉园五子,且有不同的说法。

2. 蕉园十子与蕉园七子

蕉园五子结社之初,参与订交的人数其实已经不止五人,蕉园五子只是钱凤纶因为一时集会的五人而有此提法。加上前述作《和鸣集跋》的林以宁,已经是六人了,所以才有了后来的七子、十子之称。

　　原圃集会之后,诗社日渐兴盛,如《众香词·乐集》"柴静仪"条说"暇辄以吟咏自娱,一时闺中才子钱云仪、林亚清、顾仲楣、冯又令,连车接席,笔墨倡和",这里提到的共有五人;《乐集》所收柴静仪《点绛唇·堤柳依人》词小序说"六桥舫集,同林亚清、钱云仪、顾重楣、启姬、冯又令、李端明诸闺友",此处提到七人;《众香词·礼集》"钱凤纶"条说:"与姊静婉、柔嘉、柴季娴、如光、顾仲楣、启姬、李端芳、冯又令、弟妇林亚清结社湖上园。春秋佳日,即景填词,传播鸡坛,称一时之盛。"这里提到的已经有十人了。所以后来除了蕉园五子,还有蕉园七子、蕉园十子之称。

　　蕉园十子之称提及较早,王昶《春融堂集》卷二十七《琴画楼词》有《声声慢·题若冰南楼吟稿后》曰:"诗宗北郭,家近南濠,芷斋当日齐称。十子飘零(西泠林亚清等康熙年间号"十子")犹继,渌净芳名。"王昶在"十子飘零"句的自注提到了林以宁等人在当时号"西泠十子",但未说明十子具体为何人。其《蒲褐山房诗话新编》第九十八则"顾姒"条说①:"启姬在武林,与林亚青以宁、徐淑则德音、王凤娴等人为蕉园十子。"不知此说法是否正确,因为王凤娴年龄较长,其参与的说法不能确定。但顾姒曾与曹鉴冰等人往来,并且结淀滨诗会,《青浦闺秀诗存》"曹鉴冰"条载其曾与"与顾启姬等结淀滨诗会,工画,著《清闺小草》,王西亭先生为之序,称其有朱淑真、管道升之风"②。在"林以宁"条下说林氏"以闺友顾姒在青,来与唱和,数月即去。以其留青甚短,未敢援为一家,姑附于此"。所以淀滨诗会至少有曹鉴冰、顾姒、林以宁等人参加。

　　曹鉴冰是吴胐孙女,《撷芳集》曰:"吴胐字凝真,号冰蟾子,

---

①　《蒲褐山房诗话新编》,第 304 页。
②　钱学坤《青浦闺秀诗存》,民国十九年铅印本。

嘉善曹元明室。七岁能读书，长而端静敏慧，女工之隙，靡不综览，虽当操作，未尝释卷，相夫事姑，内外咸称其贤，不以吟咏而妨。所为诗词皆工。元明居半亩，构小西阁，梅花绕屋，与冰蟾啸咏其间。尤善绘事，烟云花鸟，笔墨生趣，人争宝之。福清魏清度、新城王西樵皆不远千里，邮乞其诗词，有桓少君之风。嗣子十经文学、妇李玉燕俱能诗，一门相继，可称盛事。"①《众香词》载"（吴䎖）与王瑞卿、薄西真、莫慧如香闺唱和，启祯间称一时之盛"，"（吴䎖）与进士张讷庵夫人文如子唱和，一时几社前辈，皆极叹赏"②。

蕉园十子其实也只是对康熙间西泠闺秀雅集唱和的一个记载而已，因而具体的对象不明也无可厚非。但其影响却深远。吴中十子之一的江珠《采香楼诗集叙》说："惟昔西泠闺咏，有十子之目，清溪欲步其风，乃以先后酬赠篇什，采集一编，为《十子诗抄》。"吴中十子诗社就是欲步蕉园十子之风而创建的。蕉园十子的记载不多，恽珠《正始集》、陈文述《西泠闺咏》记载蕉园诗社时只说有"五子"、"七子"之名，于是十子渐不被人所知。

恽珠《正始集》云："亚清能文章，工书善画，尤长墨竹。与同里顾启姬姒、柴季娴静仪、冯又令娴、钱云仪凤纶、张槎云昊、毛安芳媞倡蕉园七子之社，艺林传为美谈。"《西泠闺咏》卷十钱凤纶条《古香楼咏钱云仪》说："（钱凤纶）与顾启姬、柴季娴、林亚清、冯又令、张槎云、毛安芳，号蕉园七子。"沈善宝《名媛诗归》云："季娴工写竹梅，尝与闺友林亚清、顾启姬、钱云仪、冯又令、张槎云、毛安芳诸君结蕉园吟社，群芳推季娴为女士祭酒，……季娴落落大方，无脂粉习气。"一直到俞陛升《清代闺秀诗话》云：

---

①　胡文楷《历代妇女著作考》，上海古籍出版社 2008 年版，第 307 页。

②　参见上书，第 92 页。

"启姬工诗,并精音律,与林亚清、柴季娴、钱云仪、冯又令、张槎云、毛安芳结社联吟,有蕉园七子之目。"根据这些材料,梁乙真《清代妇女文学史》也说:"林以宁与同里顾姒、柴静仪、冯娴、张昊、毛媞倡蕉园七子之社,以林为首。"

此七子得名包括了原来的蕉园五子,只是后来加上张昊、毛媞而已。毛媞与蕉园诸诗友唱和往来很多。林以宁有《赠毛安芳诗》云:"少小饶佳誉,风期自不凡。螽斯歌缉缉,葛屦咏掺掺。翠罨菱花镜,红霏杏子衫。清闺恩结好,何日惠瑶函。"林以宁与之"结好",就是因为其为诗社同人。毛媞生日,诸诗友各有贺诗,其逝时,又各作挽诗哀悼。林以宁有《挽毛安芳》,顾姒有《毛安芳挽歌》,哀叹"镜中鸾死悲娇面,织锦诗成那得闻"。钱凤纶也有《挽毛安芳》诗。除了唱和之外,毛媞也与诸诗友相与论文,胡孝思《本朝名媛诗抄》载毛安芳评柴静仪《燕燕诗》云"寄托遥深"。

但张昊是不可能参加诗社活动的,因为康熙七年戊申(1668)张昊去世。张昊"癸卯(1663)年十九归胡生缊漪,倡和极谐。……丁未(1667),步青(张昊之父)赴春官试,卒于京师,讣音至,槎云痛悼欲绝"①,逾年逝世。甚至蕉园诸子中较年长者如冯娴,也只是对"槎云之才,稍稍闻之矣",未能与之谋面。冯娴《与李端明书》说:"今春夫子复自尊公斋头携归槎云所著诗读之,奚特文章足传不朽,迹其懿德淑行,不更可风世乎?唯是天不假年,音徽遽隔,某虽企之慕之,而终不复可得见也,况相与唱酬乎?"②

张昊未能参与蕉园诗社活动,七子中包括李端明则毋庸置

---

① 阮元《两浙輶轩录》卷四十,第475页。
② 王秀琴《历代名媛书简》,第19页。

疑。她是李渔的女儿，与林以宁等人相识时间久，被蕉园诗社诸人称为同人，因而应是七子之一，只是因为"平生笔墨，不欲留人间，作下酒物也"，所以文名不盛。

五子、十子、七子之所以产生分歧的原因是因为即使蕉园诗社在当时影响很大，但一直是被当作"韵事"流传，真正进入到文献的记载并不多，如陈文述《西泠闺咏》卷十"顾之琼"条说："蕉园五子者，徐灿、柴静仪、朱柔则、林以宁及（顾之琼）女云仪（钱凤纶）也"，也只是臆测而已，因为不提为蕉园诸子认可的五子之一顾姒。

二、蕉园诗社的影响

蕉园诗社在文学史上具有重要意义，"盖自乾隆而后，百余年间，蔚为妇女文学极盛时期，实其流风余韵有以潜移默化之也"的评价并未有夸大。蕉园诸子希望闺秀雅集唱和能够"成千古之佳谈"的想法影响以后的西泠闺秀，使西泠闺秀文学在整个清代闺秀文学中占有重要地位。

林以宁等蕉园诸子的雅集唱和活动在当时影响很大，《杭郡诗辑》载："是时武林风俗繁侈，值春和景明，画船绣幕，交映湖湄，争饰明珰翠羽，珠髻蝉縠，以相夸炫。季娴独漾小艇，偕冯又令、钱云仪、林亚清、顾启姬诸大家，练裙椎髻，授管分笺，邻舟游女，望见辄俯首徘徊，自愧不及。"而诸子志向则引领了西泠闺秀的风尚。钱凤纶说蕉园五子"较彼七贤、六逸，文学固不敢方，而其游泳殆一致也"，又有"莫道才华让男子，深闺亦有竹林期"的诗句，林以宁的志向也是"有志愿穷延阁秘，还从闺阃作通儒"，因而从蕉园诗社诸子到徐德音、方芳佩、清溪诗社等人一直秉承着蕉园的文学风尚：以温柔敦厚为宗旨，在文学上能穷延阁秘，唱和上有竹林风，志向是成通儒。

　　蕉园诸子之后，18 世纪初期钱塘闺秀则以徐德音最为有名。徐德音，字淑则，浙江徐清献公女孙，适江都许荔生舍人，著有《绿净轩诗钞》五卷。被林以宁认为是蕉园诗社中"后来居上"者。"先是吾乡林亚清夫人倡为蕉园吟社，知吾女能诗，曾以缣素相遗，通殷勤焉。会吾女于归邗上，亚清亦随宦洛阳，竟不果相见阅十余年，至乙酉之岁，许生擢试舍人，挈女北去，时亚清先在京师，始得握手定交，辄相见恨晚，间以诗卷相质，亚清喜而叙之，且曰蕉园之社作者数人，人皆有集，今既晨星寥落，几令韵事销歇，得子之诗，政复后来居上矣。"①徐德音在 18 世纪初期被誉为能诗闺秀之首，袁枚说："比来闺秀能诗者，以许太夫人为第一。"②其所秉承的亦是温柔敦厚为宗，沈德潜说："太夫人学宗乎经，识准诸史，熟精《文选》，旁又览及诸家之集，而一以灵敏为思，运乎性情之真，以合乎伦纪之大。无论处常处变，为欣为戚，而总不失乎风人之旨也。"③

　　继徐德音之后的则是方芳佩。方芳佩（1728—1808），字芷斋，号怀蓼，又号凤池，浙江钱塘人，方宜照女，巡抚汪新妻。著作有《在璞堂吟稿》。方芳佩曾作《寄怀渌净太夫人》一诗，表达其未能升堂问学之憾："久奉南丰一瓣香，独怜弱质未升堂。姓名早入殷淳集，著述群推徐淑章。老去清标侪竹柏，闺中令望重珩璜。绛帏终拟从韦母，先托双鱼达八行。"虽然方芳佩不曾与徐德音有师生关系，但身处西泠，与蕉园之文学风尚一脉相承，被徐德音认为是蕉园替人。徐德音《在璞堂吟稿序》说："吾乡闺媛能诗者，惟蕉园五子，更倡迭和，名重一时。迄今六十年来，风

<hr>

① 餐霞老人《绿净轩诗序》。
② 袁枚《袁枚闺秀诗话》，第 66 页。
③ 徐德音《绿净轩诗集》，第 87 页。

雅浸衰,良可慨也。顷读方芷斋名媛《在璞堂吟稿》,其修辞琢句,清真沉郁,不类弱女子为之。加之博览群书,进而益上,则蕉园替人,舍芷斋其谁欤?"还作《附和芷斋侍史》诗有"蕉园旧社重凝香[①],作手今推在璞堂"之句,中又重申方芳佩是蕉园诗社的后继之人。

从蕉园诸子到徐德音、方芳佩,都是以温柔敦厚为诗学宗旨。一直到张允滋等吴中十子,仍是以此为宗。即使当时十子中很多人与袁枚有往来,但温柔敦厚的宗旨未曾改变。可见闺秀文学有其自身的诗学传统和审美风尚。这与顾若璞有关系。

顾若璞是林以宁的婆婆,钱凤纶的母亲,顾之琼的姑姑,不仅顾之琼亲受教诲,林、钱二人也曾得到她的指点。顾之琼母亲黄鸿字耀鸿,著有《闺晚吟》。顾若璞说:"余与弟妇季昭夫人鸾笺酬答,遂有《闺晚吟》、《卧月轩》诸刻。侄女玉蕊夫人,才名鹊起,藻缋益工,果然积薪居上矣。"[②]钱凤纶曾问学于顾若璞,"孙妇钱凤纶,玉蕊夫人之次女也。自其儿时弄墨,花鸟品题,已有谢家风致。父母绝爱怜之。年十六,归余仲孙,适余家中落,组纴之余,不辞操作,陈馈之际,亦事染翰。间就正于余"[③]。钱凤纶说:"娣姓姚,文学龙起公长女,弱龄即能诗,年十四归叔氏。祖姑顾精翰墨,有《卧月轩稿》,娣于定省之余,执经问字,晨昏讨论,力学有年,著《半月楼集》。半月楼者即卧月轩之侧楼也。余不敏,同研席者二三年,娣不我弃,常以诗文见投。"林以宁曾感慨:"忆余从顾太君卧月轩时,六十年间,犹昨日事情耳。"[④]

***

① 凝香指柴静仪,蕉园五子之一,年龄较林、钱二人为长,是蕉园诗社的"祭酒"。
② 胡文楷《历代妇女著作考》,第757页。
③ 顾若璞《古香楼序》。
④ 见林以宁为梁瑛作《字字香序》,载《历代妇女著作考》,第543页。

顾若璞秉承温柔敦厚的诗学观念。她曾有与诸女问答的对话，"巧前二日，诸女课暇，询及书可尽读否。余素不敏，典籍多寡不能遍晓，汝若悦而不绎，虽尽五车，于汝何益？窃闻夫子之道一以贯之，曾子曰忠恕而已矣。圣贤授受，或不外是。汝问读书，未闻妇要。乾道成男，坤道成女。柔顺利贞，妇道始矣。诗咏关雎，礼别男女。无非无仪，孝亲守己。女慕贞洁，慎勿轻举。蒸尝俎豆，有斋季女。蚕织勤供，衣服浣洗。小剪大裁，鸡鸣而起。洒扫内庭，能和妯娌。四德三从，低声下气。宜室宜家，勉而诸女。诸女唯唯，我心匪鉴。录证先觉，择乎斯语"①。顾若璞强调读书要知"妇要"，讲述"柔顺利贞，妇道始矣"的含义，读书之前要觉择妇德之要，这是读书之要。学诗以唐人为宗，顾若璞亲授子妇丁玉如读唐诗，"从余读唐人诗，其《寄灿》有云'故有愁肠不怨君'语，几于怨诽不乱矣"②。

但顾若璞并不是"内言不出阃门"的女子，自言"酒浆组纴之暇，陈发所藏书，自四子经传，以及《古史鉴》、《皇明通纪》、《大政》之属，日夜披览如不及。二子者从外傅，入辄令篝灯坐隅，为陈说吾所明，更相率咿唔，至丙夜乃罢。顾复乐之，诚不自知其瘁也。日月渐多，闻见兴积，圣贤经传育德洗心，旁及骚雅词赋，游焉息焉。"③王世贞说："常与妇女宴坐，则讲究河漕、屯田、马政诸大计"，"《卧月轩稿》中多经济理学大文，率经生所不能为者。"受到顾若璞直接的影响，西泠闺秀多关注国家大事，好经济大文。子妇丁玉如"慷慨好大略，尝于酒间与灿论天下大事，以屯田法坏为恨"。丁玉如认为"边屯则患旁扰，官屯则患空言，鲜

---

① 《述古训女》，《卧月轩稿》卷五，清初刊本。
② 顾若璞《冢妇丁圹志》，《卧月轩稿》卷五。
③ 顾若璞《卧月轩稿自序》。

实事。妾与子戮力经营，倘得金钱二十万，便当北阙上书，请淮南北闲田垦万亩，好义者引而伸之，则粟贱而饷足兵宿饱矣。然后仍举盐笑召商田塞下，如此则兵不增而饷自足，使后世称曰以民屯佐天子，盖虞孝懿女实始为之，死且目暝矣。"顾若璞认为"其言虽夸，然销兵宅师，洒洒成议，其志良不磨"①。

受其熏染，林以宁、钱凤纶等人也以温柔敦厚为宗旨。林二白《墨庄集序》说林以宁"对扬休命，藉其鸿篇以上郊庙，不啻唐山夫人之《房中歌》也。出其典故以备顾问，不啻曹大家之续《汉书》也。本其经术以经世务，不啻宣文君之垂章设帷也"②。毛际可序钱凤纶《古香楼诗集》说："其为五七言古及律绝体，沉雄妍秀，名擅其胜，而比事属词，尤合于风人之旨。"所以后来受蕉园余泽熏染的西泠闺秀都以温柔敦厚为宗旨。徐德音、方芳佩之后，吴中女子诗社则以瓣香西泠十子而闻名，尽管她们很多人与袁枚有唱和有往来，但其诗学与当时袁枚的性灵有所不同，仍旧秉承着温柔敦厚的宗旨，未曾改变。任兆麟《吴中女子诗抄叙》说："兹所采集，清藻若《选》，古腴若陶，近体则不减唐贤，《玉台》、《香奁》之颓波，扫涤殆尽。或以女子真面目当不若是，余为庄诵李白氏之诗曰'圣代复元古，垂衣贵清真'，宋元以后诗格日趋卑下，何独女子结音摘藻，剪截浮靡，始见女子真面目耳？乌得女子为宜有异也？此庶几先圣以诗立教之恉，世之女子从事于斯者，读《三百篇》后，当继唐中叶以上诸名家作徐诵之时。"如十子之一的沈蕙孙《读诗》中"后世为文藻，古人为性情"句，其见解为人称道。

顾若璞等蕉园诸子在清中叶以后仍旧有异代知己。赵棻是

① 顾若璞《冢妇丁圹志》。
② 见《墨庄诗抄》卷首，北图善本部藏清康熙间刊本。

道光咸丰间著名女诗人,著有《滤月轩集》七卷,包括诗集四卷,文集二卷,词一卷。《两浙輶轩续录》卷五十三载:"棻生而有文在其手,曰文,性耽文史,长于议论,幼即能诗词,长乃为古文及骈体,女红之暇,常手一编,尤喜读《通鉴》,论史事,多特识创意,出人意表,曾评议《温氏母训》,举以教人。"特别是她的《南宋宫闺杂咏一百首》被认为可补樊榭老人所未及,王蕴章《燃脂余韵》卷六说:"《南宋宫闺杂咏一百首》,珍闻馨逸,尤足补樊榭老人所未及。"赵棻的这种能诗词、耽文史、长于议论的风格与西泠闺秀之风尚一脉相承,得于顾若璞之传。赵棻本人对顾若璞赞誉有加,其《黄夫人卧月轩集跋》说"近代妇人能古文者不多见,余生平所见妇人别集中有古文者,唯明季钱塘顾知和《卧月轩集》而已","其文爽朗苍坚,无澳涩脂粉态,如先夫子行状、先舅姑行实、子妇圹志,质直疏快,不加文饰,而立言得体,饶有劲气;他如述古警女,分析小引,创宗谱祭田诸篇,无意为文,而委曲肫挚,言皆有物;寿序数首,并能脱离窠臼,叙次有法;杂文亦古雅秀润,当推作者,一时殆罕有其匹"①。顾若璞《卧月轩集》六卷,传本不常见,恽珠编纂《国朝闺秀正始集》时曾重金搜求而不得,但赵棻家则藏有此集,因"是册楮墨,乃吾家百余年前所藏旧帙,历水火之劫而幸存者",因而赵棻得以观《卧月轩》之文,得顾若璞之学,百余年后仍得蕉园风气的熏染,传承蕉园的理念,以温柔敦厚为宗旨,为通儒,关心时事。

钱凤纶的"使我辈精神,永相依倚"的想法得以实现,西泠闺秀一直在文学场域内活动,并且一直引领着文学的潮流。从顾若璞开始,蕉园诸子,徐德音及方芳佩,到撰写《名媛诗话》的沈善宝,以及"开辟班曹新艺苑,扫除何李旧诗坛"的一代才女汪

---

① 赵棻《滤月轩文续集》。

端,都擅长一时,不仅在西泠群芳争艳,而且使得西泠之花不与凡花同。一直到清末的萧山单士厘在闺秀文学走到尾声时期,编纂了《清闺秀艺文略》,从目录文献学的角度记录总结了闺秀文学成就;《正始再续集》则是从思想上阐释了闺秀诗文的诗史特征。在清末民初的政治变革中,西泠闺秀仍旧秉承着闺秀文学传统,站在历史的高处,回望从前,用闺秀之笔记录了闺秀历史,之后才优雅地退出历史的舞台。所以梁乙真"盖自乾隆而后,百余年间,蔚为妇女文学极盛时期,实其流风余韵有以潜移默化之也"的评价并不是夸大之词。

第三章 乾嘉道时期女性
文学活动(上)

　　乾嘉道时期是清代女性文学发展的重要阶段,最突出的特色就是对女性文学传统的重构。女性文学传统主要表现在两个方面:一是坚持温柔敦厚的传统诗教;二是强调秀婉绮丽的女郎诗风也是闺秀诗歌的本色表达。这两种女性文学传统在每个历史时期都并行不悖,只不过被关注度不同。在乾隆时期,以温柔敦厚的诗教为主导;到嘉庆时期,女郎诗风开始彰显。迨及道光时期,两种传统为不同的女性群体所倡导,呈现出百花齐放的势态。浏览这一时段的文献,女性诗学理论更加完善,不仅有沈善宝以女性身份总结女性文学理论,撰写了《名媛诗话》;汪端更超越了性别的界限,以女性身份品评男性的诗歌创作,编纂了《明三十家诗选》,这是女性文学批评发展的重要时期。

第一节 南楼授诗与乾隆时期
传统妇学的兴盛

　　清代女性文学的发展与传承离不开闺秀才媛自身的努力,主要表现在母教传统的延展及闺塾师的影响日趋扩大;但与男性文人的支持也密不可分。男性及社会的支持,肯定主要通过男性文人对女弟子的诗学传授及为女弟子刊刻诗集等方式来表现,扩大了女性文学作品的传播广度。男性与女性共同的努力是乾嘉道时期的女性文学发展兴盛的重要原因。

一、南楼授诗的女性文学教育传统

清代男诗人与女弟子的文学教育模式一直延续不断。沈大成与惠栋在南楼教授徐若冰,自言"昔冯定远有女弟子董双成,毛大可有女弟子徐昭华,以若冰之才,足以鼎力"①。杭世骏为方芳佩刊刻诗集时曾说:"余栖心经窟,景迫崦嵫,异日成一家之集。芷斋即西河之徐都讲也。"②都以毛奇龄与徐昭华作为榜样。可见从清初毛奇龄与徐昭华,清中叶沈大成、惠栋与徐若冰,杭世骏与方芳佩等人都是男教师女弟子传承的典型代表。这种女性文学教育模式具有三个特点:真正的诗学理论的教导与传授;男教师对女弟子期望甚高,甚至觉得可传自己的衣钵;为女弟子编选刊刻诗集。尤其是沈大成还曾做《南楼授诗图》,以作为教授女弟子徐若冰的纪念,因此可以把这种男教师女弟子的模式称为南楼授诗传统。

首先看毛奇龄与徐昭华的师徒授诗模式。徐昭华,字伊璧,有《徐都讲诗集》一卷,附于乾隆间刊本毛奇龄《西河全集》后。《四库全书总目提要》云:"《徐都讲诗集》一卷,徐昭华撰,诸暨骆加采妻。父咸清,与毛奇龄善。奇龄暮年居里,昭华从之学诗,称女弟子,固有都讲之目。是集即奇龄所典定,附《西河集》中者。"恽珠《正始集》云:"伊璧为女史商景徽女,幼承母教,诗名噪一时。工楷隶,善丹青,毛西河太史题其画幛,有'书传王逸少,

---

①　沈大成《书李义山诗后》。

②　杭世骏《在璞堂吟稿序》。

画类管夫人'句,西河尝曰:'吾门虽多才,以诗无如徐都
讲者。'"①

　　毛奇龄收徐昭华为徒是认真且正式的,经过两次考试方收
其为女弟子。第一次考试时毛奇龄"以他往,不赴",只是"贻试
题二:一拟《刘孝标妹赠夫诗》,一赋《得拈花如自生》,则摘自范
靖妻咏步摇句也"。徐昭华所作令毛奇龄非常满意,称:"昭华未
尝为古诗,学为之,其制效原体而下句妍婉,与原诗相埒。"而陈
维崧读昭华《拟刘孝标妹赠夫诗》后,"叹为奇绝,即欲拟和一首,
屡屡搁笔"。第二次考试则由毛奇龄亲自主持,称"予过是斋,昭
华出受业,谒余为师,即罢,仲山复请试以诗,时予方就饮,甬东
仇石涛在坐,会昭华为其从母范丞夫人作画幛,予喜其画蝶,遂
命题画蝶五绝,而以甬东客,限以东韵,语未绝而诗至,诵之,一
座惊叹"。徐昭华《题画蝶》诗云:"蛱蝶翻飞去,翩翩彩笔中。虽
然图画里,浑似觅花丛。"王蕴章《燃脂余韵》载此事,并记"西河
喜为和诗云:'腾王有遗谱,描之深闺中。羞杀东园蝶,翱翱满绿
园。'盖言羞时辈也。"

　　毛奇龄对徐昭华赞誉有加,评价其《青未阁影》云:"青未阁,
昭华所居,傍东城稽山,门筑重屋,瞰山甚近,因作十景诗,一时
和者数十人,皆不能及。昭华诗工处,每驾出时贤若此。"评《赋
得拈花如自生》云:"气体字句意调,无一不如六朝之髓,不意闺
中便能到此,目为虞、鲍后身,谁曰不然?"评《舟泊垂虹桥重翻吴
江闺秀诗有作》云:"淋漓宛转,极俯仰踯躅之致,千古才人相惜
处,读之生感。"评《送吴尼御符》云:"此等纯似唐诗,若落句则非
白傅不能矣。予门工诗者推盛唐、王锡,然俱不及昭华,以稍解
唐人法外意也。"评《探亲吴门同虞夫人之虎丘》云:"自左嫔、苏

　　①　恽珠《正始集》卷三。

若兰后,文章之盛无如徐昭华者。"甚至相信徐昭华可以传其衣钵,称"昭华有夙悟,始宁山川唯徐氏门阀代踵伟望,而昭华独擅山川之秀","予藉昭华以传矣"。并且把昭华诗附刻于自己的著作之后,"昭华既受业传是斋中,每赋诗,必书兼本,邮示余请益,陆续得若干首,留其帙,不忍毁去,遂附予杂文后,存出蓝之意"。

清中叶惠栋与沈大成在南楼教授徐若冰,且作《南楼授诗图》,不仅发展了这种教授模式,还使这种教授范式成为一种传统。徐若冰(1728—1762),名映玉,自号南楼,常州诸生孔统良(号青崖)妻。先寓居杭州,后迁居香溪。著有《南楼吟稿》。仙槎老人《南楼吟稿序》曰:"若冰幼慧而才敏,幼喜读书,女红妇事之余,即拈翰苦吟。后在西泠,会云间沈沃田先生来游,见其诗,录为弟子。自得指授,格律一变,骎骎乎窥作者门庭矣。"[1]沈大成《徐媛传》曰:"甲戌春,余游武林,见媛《梅花诗》,偶为更订数字,媛见之喜,曰:'此真吾师也。'遂来问业,称弟子。盖至于今十年。余往来吴中,馆其家。常留惠征君松崖饮,媛入厨治具,或以为腆。曰:'吾重惠先生之经学也。'它日,戚有为县者饭其舍,或又以为俭。曰:'若徒知取科名耳,安得俦惠先生哉?'呜呼!世惟崇势位、趋财利矣,媛一女子,能审轻重若此,其识岂不出于寻常万万哉!"[2]有感于此,尤其是徐若冰在诗学上的天分,惠栋后来也成为徐若冰的老师,传授诗学。惠栋《南楼授诗图序》曰:"余与沃田两人同志,同研经学诗,所得秘皆然,不得升堂弟子授之。沃田仅女弟子徐媛若冰一人传其诗学。沃田因慨诗道榛芜,学诗者曾不得其门而入,独若冰好学善悟,遂倾其胸中之秘而与之,此《南楼授诗图》所由作也。余谓沃田曰:'二南、十

---

① 《南楼吟稿序》,载《江南女性别集》,第178页。
② 沈大成《徐媛传》,载《江南女性别集》,第178页。

五国之风,半出女子之手。班彪之息,秦嘉之妻,谢遏之姊,鲍照之妹,咸有集以行世。古来巾帼类能诗而罕通经,故诗有传人而经独亡。'沃田曰:'是不然。昔河南女子传《说卦》,济南博士女传《尚书》,刘子骏妇女传《左传》,韦逞母宣文君传《周礼》,五经皆女子所传,他日岂无好悟若若冰者,从余两人授业而发其秘者乎!'余曰:'善。'适观是图,即述余两人之言,为之序。"[①]由此可知,对于徐若冰,惠栋与沈大成是抱着严肃认真的态度来对待教授徐若冰诗学这件事的,非仅当作风雅韵事,故而对徐若冰期望颇高:改变当时诗道榛芜的状况;而且研习经学,成为韦母那样的儒学大家。为此沈大成与惠栋教授徐若冰各种知识:史学、诗歌、文字、音韵、算数等,尤其是文字训诂。"媛自学于余,《汉书》《楚辞》《文选》、古乐府歌词皆成诵,能通其义。间问偏旁,调反切,习笔算。每见余行箧善本书,必借得,挑灯校勘,初寒盛暑勿恤也"[②]。

　　沈大成教授徐若冰诗学,不仅有自己的方法,还对徐若冰期望有加,与毛奇龄的目的一致。沈大成认为当时"诗道荒榛",具体表现为"学者问津玉溪,旁涉方城、樊川,泛滥于元、白、吴、韩诸家,八音杂会,五色相宣,意注笔翰,诗境日僻",而学诗的方法,在于"不越摹写情景;摹写情景之妙,不越缠绵悱恻、细腻风光而已。故夫情触景生,景因情立,二者交倚,阙一则龁。唐音皆然,玉溪生尤入三昧耳"。因此决定指授徐若冰学李商隐以入诗学之门。杨钟羲《雪桥诗话三集》卷七评价沈大成教授诗学之法说:"沃田授若冰玉溪生诗,谓诗之贵一曰缠绵悱恻,又曰细腻风光,……沃田胸中秘盖不止此,然其说

---

① 惠栋《南楼授诗图序》,载《江南女性别集》,第186页。
② 沈大成《徐媛传》,载《江南女性别集》,第178页。

于初学为宜。"①可见沈大成教授的认真态度。尤其值得注意的是,这种教授是面对面的,"若冰从吾受诗西泠,今秋自芜城过吴,憩南楼一月,香炉碗茗,晨夕商榷"②。这无疑是认真、严肃的真正意义上的传授诗学原则及诗学理论的方式。因此这种南楼授诗的模式是女性文学传承的一种传统,也是男性关注支持女性才学最直接的一个表现。

所以这种授诗模式在当时并非罕有,与徐若冰交好的方芳佩也有同样的学习经历。不过略有不同的是,方芳佩的老师有六位之多③,且前三位老师主要是教授诗学方法,后三位老师则显扬才名的意味更多,这就开启了后来袁枚女弟子及陈文述碧城仙馆女弟子那样的韵事。

方芳佩的第一位教师不知其姓名,是其父为其兄弟姊妹延请的塾师,方父云:"乙卯岁(雍正十三年,1735)为侄辈延师,令两侄女暨小女同学,但期略知《内则》、《闺训》,初不望其能文也。"④后乾隆元年丙辰(1736)因"无力复延,侄女遂废去,独小女与书卷有缘,性喜涉猎"⑤。

第二位老师是胡且安。"戊午(乾隆三年,1738)秋,迁居东城,同里老友胡且安经师也,课馆之余,邀至书斋,为之讲解《四书》,课《诗》、《礼》,使晓然大义,不为世俗女子所为,愿毕矣"⑥。胡且安在自己的课余,为方父邀至家中,为芳佩讲解诗书礼仪。

第三位老师是黄筠村。"庚申(乾隆五年,1740)春,黄筠村表弟来舍,传写先代遗像,见小女好弄笔墨,始教以临帖作诗,甫

---

①②　沈大成《附书李义山诗后》,《江南女性别集》,第186页。

③　方芳佩(1728—1808),字芷斋,号怀蓼,又号凤池,浙江钱塘人,方宜照女,巡抚汪新妻。著有《在璞堂吟稿》、《在璞堂续稿》。

④⑤⑥　方德发《在璞堂吟稿序》。

半年,事竣谢去,而(胡)且安嗣后亦远馆,不获卒业"①。在学习诗文之后,又开始习字作诗,但只是半年而已。

第四位老师是翁照②。"是时(乾隆五年,1740年左右)翁霁堂征君在中丞幕府,屡蒙枉顾,奖掖殷然。童年益觉鼓舞。然宾馆鲜暇,不能奉以为师,日受教益。"③可见翁照在其闲暇之余,亦曾教授方芳佩诗文。

第五位老师则是杭世骏④。乾隆八年癸亥(1743)夏,方家移居凤山之麓,"冬间,杭堇浦太史挈眷同居,素托通门,辱收子女之列,亲炙未久,即迁乔"⑤。

方芳佩的第六位老师是朱樟⑥。"戊辰(乾隆十三年,1748),鹿田朱太守自苏门归,以亲谊招致门墙,时相过从。怜其体弱,戒以勿多用心。三年来仅命数题。余素不工诗,兼之笔耕远出,不遑督课"⑦。

方芳佩的前三位老师是纯粹意义上的教师,主要教授诗礼、经史、书画,侧重学识、才艺的教育,特别是胡且安,对方芳佩诗文的技艺影响最大。所以舒瞻序云:"《在璞堂吟稿》者,钱塘方止斋所作,胡君且安之女弟子也。……芷斋乘其师授,含英咀华,誉流彤管。窃谓诗以温柔敦厚为教,即在闺阁,亦未尝不就伦纪抒写性情。……且安持稿索序,爰题数语,摘录其诗句,俾闺阁之学为操觚者所取法焉。"序言明确说方芳佩是胡且安的女

---

①③⑤⑦　方德发《在璞堂吟稿序》。

②　翁照(1677—1755),字朗夫,号霁堂,江阴人,太学生,乾隆元年举博学宏词,以疾不与试。有《赐书堂诗稿》、《文稿》。

④　杭世骏(1696—1772),字大宗,号堇浦,仁和人。雍正二年举人,乾隆元年举博学宏词,官翰林编修,改御史。后主扬州安定、广州粤秀书院讲席。

⑥　朱樟,字亦纯,一字鹿田,号慕樵,晚号灌畦叟,钱塘人,康熙三十八年举人,官至泽洲知府,卒年80。著有《观树堂集》七种、《一半勾留集》、《问绢集》、《白舫集》、《里居杂诗》等。

弟子,而胡且安为方芳佩《在璞堂吟稿》所作序,又详细地阐述了
方芳佩诗文的三个特点。"芷斋则连篇累牍,短什长谣,书残十
样之蛮笺,秃尽千堆之毛颖。苟其采之邦国,定盈太史之车;若
其传播旗亭,几废双鬟之唱。此其不可及者一也。……芷斋则
清而能腴,质而不野。初裁近体,三唐之响犹存;载讽古风,六代
之衰尽起。嗅蓣檀之味,寸寸皆香;如游琼树之材,枝枝是玉。
此其不可及者二也。……芷斋则生当南国,家住西泠,老生宿儒
之陶镕,名公钜卿之投赠。春风树惠,名媛之芳讯偏多;夜月红
蕉,仕女之联吟不少。葡萄异锦,藏秘笈者数千篇;桃李芳龄,享
盛名者十余载。此其不可及者三也。"①胡且安完全是以一种师
者的姿态来评论方芳佩的诗文,言下明显将方芳佩的诗词成绩
引为骄傲。

方芳佩与翁照、杭世骏、朱樟等后三位老师的关系主要是诗
词的唱和,翁、杭两位都是当时著名文学家,与他们唱和无疑有
助于提高方芳佩在社会上的声望。其中杭世骏的影响力最大,
不仅为其刊印诗集,还请名人为作序。方父的序言详细叙述了
《在璞堂吟稿》刊行始末。先是杭世骏要求王鸣盛为之删定出
版,"顾征君(杭世骏)独切嗜痂之爱,间岁必买棹惠临,锡以百
朋,厚加期许,谆切恳至,久而愈殷。携稿吴门,捐资付梓"②,而
后庚午(1750)冬,杭世骏"持一样本见示,系王凤喈孝廉选定",
但这个版本不精良,因为"未暇校雠,尚有遗漏,业经刷送,无从
增补"③。第二年(辛未,1751)三月杭世骏来杭,"又取去近稿数
纸,复付金闾钞胥,钦奉召试,驰赴江宁,适疾作,未及与考,归询

---

① 胡且安《在璞堂吟稿序》。
②③ 方德发《在璞堂吟稿序》。

梓人,已订就数百本"①。而此次订补也不理想,"益多差讹倒置,承先后分送于燕赵齐鲁及大江南北,而梓里亲友来索,愧无以应"②。第三次修改是在同年秋季,"重九前,征君携板见掷,嘱将差讹者改正,遗漏者续编,倒置者工,不能施仍之,爰备述所由,并历述颠末。"③杭世骏对方芳佩的奖掖,使其名为人所知,使其诗在社会上流传,令方父非常感激,自愧"余则无力栽培,师资不专,根底未厚,吟稿原不足存,而征君一片嘘植盛心,始终罔替,世所罕觏,岂惟愚父女永矢弗谖,即闻者亦应志感耳。"④

杭世骏还请王鸣盛为方芳佩删定诗集,为之作序。王鸣盛云:"庚午春,……出名媛方芷斋诗垂示,且谓曰:'吾与方氏通家世讲,今芷斋方待字,性耽佳句,有林下风,吾将为锓诸木,子其删定而序之。'予不敏,何足定芷斋诗,然以先生怜才若渴,搜遗剔隐,旁及闺闱,何敢藏其固陋,虚先生之盛心,遂以私意为决择,得尤雅者百十余篇,都为一卷。"方芳佩凭自身的才学以及杭世骏的大力推荐,得到王鸣盛很高的评价:"唐贤复古之功以清真为至,而予求之流辈,罕遇其人,若得诸闺闱中则尤难。今芷斋之诗,剪刻明净,欲以幽好避群,言志之篇则宛转而缠绵;体物之作,秀发而浏亮,譬则秋兰丛菊,嫣然风露之外,虽卷帙无多,性情风骨俱见焉,信乎其可传已。"⑤

杭世骏对于方芳佩的评价和期望也极高:"芷斋夙有灵解,从余指授诗法,微吟短咏,时露秀颖,为当今巾帼中所仅见,余尝戏谓涤山撒盐空中,真是笨伯,厕道韫于封胡遏末之后,不愈于谢家兰玉乎?"⑥因此为之刊刻诗集。

①②③④　方德发《在璞堂吟稿序》。
⑤　王鸣盛《在璞堂吟稿序》。
⑥　杭世骏《在璞堂吟稿序》。

从徐昭华、徐若冰到方芳佩,这种男教师女弟子的妇学传授传统都表现出这样几个特征:真正的知识传授;为女弟子刊刻诗集;对女弟子有着文学期待。这些做法扩大了闺秀才媛在社会文化和文学领域里的影响,吸引了大批女子从事文学创作,并且把拜师作为获得才名的一种手段,与南楼授诗的单纯的文学知识获得不同,因而才有了袁枚女弟子湖楼诗会这样的盛事与韵事。

即使袁枚与女弟子的诗会招致非议,或者被认为袁枚具有自己的个人目的,如王标所谓“风流才子的声名和肉体的生命力的确认”[1],但人们仍视之为南楼授诗传统的延续。陆以湉《冷庐杂识》云:“近日随园女弟子诗盖仿此(昭华每赋诗,必求毛奇龄指正)而益臻其盛,然人既多,而诗不佳,失之滥矣。”[2]虽然此时的这种授诗不具有南楼时期教授的严肃性与学术性,但其社会意义则相同。袁枚刊刻《随园女弟子诗选》,绘制《湖楼请业图》,对女性传播起了重要的推动作用是毋庸置疑的,且女弟子与袁枚也经常谈诗论道,并非仅是附庸风雅而已。如袁枚女弟子吴清浣有《与随园老人论用叠字法》云:“简斋吾师宗匠文席,西湖别后,又自夏徂秋矣。杭州酒痕,未知尚留襟上否?清浣作诗,最不喜用叠字,而吾师谓此未窥诗之门径也。历举毛诗‘关关雎鸠’、‘滔滔江汉’、‘赫赫师尹’等句以相指示,清浣虽若有所悟,而仍未尝一效其体。及读唐人‘漠漠水田飞白鹭’一联,始叹绘景之妙,全由‘漠漠’、‘阴阴’生出。又读‘梨花院落溶溶月’一

---

① 王标《城市知识分子的社会形态——袁枚及其交游网络的研究》,上海三联书店2008年版。
② 陆以湉《冷庐杂识》,中华书局1997年版,第253页。

联，愈叹上句清旷夷犹之气，非'溶溶'不显；下句蕴藉冲和之致，非'淡淡'不达，诚化工之笔。清浣遂一效颦，得句为：'晓树红蒸霞簇簇，香池碧泻水溶溶。'举示徐咏湘萌姊，而泳湘见之，不加可否。但濡毫易'泻'为'给'，易'溶溶'为'鳞鳞'。嗯！前贤有一字师，今清浣得此，可称为三字师矣。芸窗无事，书呈吾师，以博一笑。《随园诗话》，不胫而走，清浣承赐廿部，非为同伴强索，即遭肱箧之去。再乞吾师恩赐十部，清浣当什袭藏之，不复夸耀于姊妹行矣。梅开时节，拟买棹赴白门，躬省起居，一瞻清范。女弟子吴清浣盥手谨笺。"[1]从信的内容可知吴清浣曾与袁枚探讨诗歌运用叠字的技巧，这说明袁枚虽然女弟子众多，不再进行专门教授，但仍旧存在着谈诗论道的学问探讨。

男教师女弟子的模式在清代一直沿袭不断，虽然其间有些变化，但对诗词创作的指导，对闺秀文学传统的继承及才名的传播的作用，都不容忽视。

二、母教与闺塾师的女性文学教育传统

清代女性作家数量众多且取得辉煌成就，得益于男性的支持，尤其是以南楼授诗为代表的对女性才学、文名、作品刊刻等方面支持，这是一个不容置喙的事实；但是女性自身的努力却是女性文学成就取得的基本的前提和充分的条件。女性文学体系内母教与闺塾师传统是闺秀学习文学知识、继承文学传统的保障。这就是沈善宝在《名媛诗话》中赞美的女宗，以"节行文章为吾乡之冠"的顾若璞、"一代女宗"的陈尔士、汪嫈等人为代表。王力坚说："三人的桂冠，大抵来自经济之言、道德文章的建树，

---

[1]　叶玉麟《详注历代闺秀文选》，大达书局 1936 年版，第 148 页。

而非文学上的才学与成就。"①其实不仅于此,这三人被赞美的原因在于他们的道德,更在于他们文学的成就,特别是她们对女性文学传承上的重要贡献。

充当严父角色的母亲是母教的传统。隋、唐、宋时期有很多典范②,《旧唐书·薛播传》载:"初,播伯父元暧终于隰城丞,其妻济南林氏,丹阳太守洋之妹,有母仪令德,博涉《五经》,善属文,所为篇章,时人多讽咏之。元暧卒后,其子彦辅、彦国、彦伟、彦云及播兄据、摠并早孤,幼悉为林氏所训导,以至成立,咸致文学之名。开元、天宝中二十年间,彦辅、据等七人并举进士,连中科名,衣冠荣之。"林氏因"博涉《五经》,善属文",所以子侄七人并举进士,可见母亲自身的知识在教育子女中具有重要作用,但是《全唐诗》及《全唐文》中提及的女性亲子诗文只有五位女性:林氏《送男左贬诗》、杨氏《伤子辞》、卢氏《训子崔元祎诫》、淑德郡主的《教子诗》,其余则不多见。可见此时母教主要表现在类似严父的监督上,因而有人总结唐代的母教特点说:"归纳起来大致有:一是以身示范,母亲言传身教,让子女在观察模仿之中学会做人,学会做事。李景让母亲即使处于经济困厄之中,面对意外之财而毫不动心,并非眼前不需要这笔钱贴补家用,而是长远地考虑了这件事情对三个尚未成年孤儿的影响,确实难能可贵,高瞻远瞩。二是以情感人,用父母与子女间具有的血缘亲情,感化、引导和教育子女。寡母的眼泪使耽于畋猎的赵武孟幡然悔悟,感激勤学,一举考中进士。⋯⋯三是以利相诱,以名利诱导儿子科举及第,入仕为官,出人头地。杨收七岁丧父,母亲

① 王力坚《〈名媛诗话〉的自我指涉及其内文本建构》,《中山大学学报》2008年第1期。
② 徐庭云《隋唐五代时期寡母抚孤现象》,《北京理工大学学报》2000年第1期。

长孙夫人亲自教授。杨收以母亲奉佛而幼不食肉,母亲勉励说:
'俟尔登进士第,可肉食也。'这是将物质享受与功名追求联系在
一起,对幼小孩童的影响是可以想见的。"①唐代的母教观念是
训多于慈,母子关系中"无法从史料中发现母亲的温柔","看不
见对子女慈爱的流露,好像做母亲的唯一目的就是教育子女成
为有用的人"②。

　　延续历史传统,清代的母教最为发达,也最有特色:慈母不
仅是严父,还是先生。先生的含义,不仅仅是道德的熏陶和幼学
启蒙;还是教导处事、为臣之道的严父,还是谈文论诗的名师。
如顾若璞,吴本泰《卧月轩稿序》云:"余授经,每讲肄讫,(顾若璞
二子)退而省侍,诘旦覆说经义,多所解析,且旁及子史传记,每
与余意相发。余讶而问,则对曰:'此吾母氏所指画而口授者。'"
顾若璞还曾为黄灿造读书船于西湖之上,顾若璞《冢妇丁氏圹
志》说:"灿买舟读书西湖者凡二年,或招妇共泛,妇辄为书谢不
能往也。"《修读书船》诗云:"闻道和熊阿母贤,翻来选胜断桥边。
亭亭古树清疏月,漾漾轻凫泛碧居。且自独居扬子宅,任他遥指
米家船。高风还忆浮梅槛,短烛长吟理旧毡。"在这首诗里倾注
了顾若璞对于儿子的期望:"闻道和熊"点出了自己的一番苦辛,
而"扬子宅"与"米家船"的典故则希望儿子能够成为像扬雄与米
芾那样的大儒,有文名而且建功立业。

　　受到顾若璞影响的闺秀有西泠十子。西泠十子顾若宪的女
儿张藻是毕沅的母亲,是清代母教典范。"闺秀之能诗词而学术
渊纯者,当以太仓张藻为第一"。张藻既能吟诗词,且学术渊纯。

　　①　许友根《唐代"寡母教子"现象初探》,《内蒙古师范大学学报》2005 年第
10 期。
　　②　廖宜方《唐代的母子关系初探》,台湾大学历史研究所 2000 年硕士论文。

这样的母亲，自然是可以做慈母关爱孩子，成为她们的启蒙先生；又因自身的学术可以在孩子长大以后承担严父的责任，扮演名师的角色，实际上母教的重要性更甚于父教。所以熊秉真说："在明清家庭中，母亲对儿子的教育和发展前途的关心不仅不亚于父亲，而且在很多事例中，甚至比父亲表现得更为强烈。……在明清社会的传统制度下，妇女本人几乎不可能获得任何公开的揄扬，她的个人抱负只有靠男性才能实现，她只有靠男性才能获得社会的承认。儿子是帮助她实现抱负的最有希望的人选。"①

清代母教更加盛行与才女的数量增多有直接关系。汪嫈就是一个非常突出的母教典范。汪嫈《雅安书屋诗文稿》四卷中有78首诗中大部分内容与教子有关：《抵都后谒正阳门关帝庙敬赋》、《题正始集》、《哭三叔父》、《述怀三首寄赠江素英》、《喜士璧侄孙妇抵都》、《京邸玩月有怀大弟妇》、《邻家有女》、《哭徐氏姊》、《玉珍因请余和》、《黄春谷表叔寄示梦陔堂集赋谢》、《赠葆儿槝句有感》、《得夏载之渊侄卜玉珍与弟云生茂才哭之痛余亦甚戚》、《示玉珍》、《谒长白钟仰山师母归》、《夏日喜雨》、《送鲍馨山渊母回歙》、《题玉珍所绣观音像》、《孙女静仪四岁喜认字教之藉以遣怀》、《读梦陔堂集复赋一律》、《哭大弟妇程孺人》、《病中》、《赋呈方子佩孝廉时延课士诠读》、《闺训篇》、《哭四舒父》、《论诗六首示徐玉卿》、《晨起口占示玉珍》、《哭庶母王太孺人》、《士诠叹息相对因示以诗》、《寄示亢宝齐姨侄宜孙大侄元伯二侄》、《代葆儿作》、《秋夜忆葆儿》、《哭亡侄士诠》、《闻葆儿到京悲喜交集》、《阅葆儿祭士诠文感赋》、《送谢松崖云生两茂才归扬

---

① 熊秉贞《明清家庭中的母子关系——性别、感情及其它》，李小江等编《性别与中国》，三联书店 1994 年版，第 524 页。

州》、《庚子以后目疾愈剧有废书之叹》、《壬寅春病中作》、《病中作》、《梦亡侄为余祈祷》、《死别寄示近岷大弟》、《七月朔病革遗言付儿后口占》、《励志篇示葆儿与士诠》、《士诠咏铜雀台瓦诗以箴之》、《士诠观象归言象奴驱象舞戏绝工闻之有感》、《示葆儿八首》、《偶成示士诠》、《送葆儿告假回南集唐人句得七绝五首》、《示族再侄孙子仪孝廉》、《马嵬坡为士诠改作》、《筹笔驿二首为士诠改作》。这些诗文大多是为子侄辈而作，可见对汪婑来说，诗文的功能不是遣怀，而是与子侄辈的交流，以劝诫、论文为目的。阮元《序》说："其共传诵者，如《论诗》六首，洞见本源；《示儿》八首，可铭座右；为立身居官之镜，《论陶诗》一首，尤为至论。"黄爵滋《序》云："观《自哀吟示儿》、《送儿》诸篇，《劝学篇》、《励志篇》、《寄侄》、《示儿与诸从孙》等作，想见志趣所尚，而又能委曲尽情，不为过激，恐儒冠儒服不能若是平正通达也。"《晚晴簃诗汇》载："《哭亡侄孙》诗沉痛动人，世谓《祭十二郎文》后仅见之作。"

汪婑《处事论》："夫处事之道，措正施行，惟义所在，是在切实焉，强审焉，安重焉，为之以艰难，断之以果决。"要求在为人处事以义为宗旨，慎重与果断的处理事务。对于为官之道特别重视。汪婑《程母汪太宜人家传》载："道光癸未以寄籍试仪征入学，戊子，乡试中式，癸巳成进士，迎养太宜人入都乃示以居官之要曰：凡事据理准情，总期无愧于己，有利于物，是在虚心省察，不可偏听，不可轻举。葆奉教准谨，在郎署间卓然负清望，一时贤大夫金谓葆以孤露之身，克自树立，因由奉直公之绩学砥行，启佑其后人，而实则太宜人折蓘画迪，更百苦以成之者也。"至于居官，汪婑有《事君论》专文阐述事君之要，"但学为君子而力求远小人，则无事君之见，存无往不合古君子之道。事君之道，古君子之事也"。具体的居官之法则有《居官十则》：一兴利首重农桑；一利在兴其所急而害在去其太甚；一居官必坐大堂；一督抚至州县地方情形熟悉然后措施不少差谬；一稽查保甲以防奸贼害民；一士人最宜作养读书敦品，始独善其一身，积久寖成风俗。居官之人凡城内及各乡宜多立义学；一官与民宜亲近不宜疏远。一居官宜实心办事，勿去欺之一子。一居官最宜忠恕随事虚心省誉。一居官宜清心洁己，俭以养廉。以上各条与葆儿论居官偶及之，挂一漏万，知未免焉。

除了做人、为官之道的教育外，清代母亲因其自身诗词的造诣，不仅可以作为孩子文学的启蒙老师，还可以是与之唱和赠答，谈诗论文的学友。汪嫈《与儿妇夏玉珍言诗》曰："真州族母方静云著《有诚堂集》载一绝云：'闲吟风雅啸余时，谁道诗非女子宜。不解宣尼删订意，二南留得后妃诗。'作者自示所为诗导源《三百》，言固不愧也。大抵诗寓规劝，隐合'思无邪'一言，乃不虚。所作若止吟风咏月、摛藻求工，而香奁脂粉气流溢楮墨，真性情杳不可窥，不但违《三百篇》之旨，下笔先自觉无味，后人安得而珍重之？近日闺咏甚多，明此意者少。女有天分，苦无学力，于此三致意焉，思过半矣。"汪嫈论诗，倡导闺秀诗源于《诗三百》的传统观念，诗要有真性情，要不吟风咏月，要取境高远。从"高者著眼"；不摛藻求工，而要"日治性情学问而诗意油然而生"；无香奁脂粉气，而要"浑朴天真"，"一片清光"。在《答门人徐玉卿书》详细地说明这种观念："细阅诸作，取境极高，想见绣余苦吟，猛勇精进也。咏史诗十首，卓然独出机杼，惟子桓父子，颂以魏武魏文绮语，大属无谓，此种篡弑逆臣，本不足呈诗人颊齿，况其诗无真性，不独少君人之度，非若陈思天才爱君恋阙有真性情，能超越七子之上也。《田家杂兴》四首得谢颜风韵，真朴处尚少。愚意熟玩陶诗，自有进境。所问随园诗与诗话若何：简斋大令诗脍炙人口久，学者恃天分，废学力，下笔空滑；矫之者又排诟太过,均非也。窃谓随园诗于陈思、靖节、太白、少陵堂室固难几及,而笔随意到,圆转当行,亦匪易臻此境。时人谓得力《长庆集》,虽不尽然,然于唐人元白温李诸家,实能独得神理。至所著《诗话》,语详而择未精,摘录见道语,亦颇增长识见,如谓唐宋者,历代之国号,与诗无与。诗者,各人之性情,与唐宋无与。此种妙论发前人所未发,未可磨灭。考诗话自宋时盛行,历代名家可采者不少,须高著眼孔,自立主宰,方免金屑入目之患,以贤天人并到,不必斤斤。学诗但师古人,日治性情学问而诗意油然生矣。陆务观《示子诗》云:'女果欲学诗,工夫在诗外。'真名言也。兹偶成《论诗》六首奉赠。又去春进京《舟中答夏云升姻侄论诗》二首,一并寄阅。诗教权衡,似可得其大概。"在《论诗六首寄示徐玉卿》①、《答云生侄论诗》中对自己的诗学观念进行总结。

汪嫈赞成"诗家视陶渊明犹孔门视伯夷"。把陶渊明美化为圣贤,是当时人的态度,汪嫈亦认为"三代以下之诗可以称圣,子建、渊明、太白、子美四家而已。大都人非有真性情大忠孝不能得诗之本原"。陶渊明的真性情中表达出来的清旷与真厚则是汪嫈诗学的最高追求。正如王国维《文学小言》说:"三代以下诗人,无过于屈原、渊明、子美、子瞻者,此四子者,若无文学之天才,其人格亦自足千古。"天才"又须济之以学问,助之以德行,始

---

① 《论诗六首寄示徐玉卿》诗云:"曾向名山叩秘传,性情以外漫谈禅。自然乐府从骚出。根柢终须三百篇。花放水流无死句,池塘春草亦新栽。随人哪得成天籁,下笔神从妙悟来。自古修辞重立诚,文章无奈匪心声。遗山错把黄金铸,逆党难齐李杜名。慧业争夸有别材,但只李白是天才。狱中尚读留侯传,相见匡庐万卷开。伪体裁归风雅定,立言自得古人心。须知左右逢源日,诗外功夫几许深。吟风弄月雅非宜,浑朴天真悱恻思。一片清光渣滓净,无人知是女郎诗。"《答云生侄论诗》云:"好诗字字出天成,万卷全融入性情。风雅元音足千古,不须唐宋太分明。根柢都归三百篇,陈思而后又青莲。诗中夷惠陶元亮,子美能兼圣与仙。"

能产真正之大文学。此屈子、渊明、子美、子瞻等所以旷世而不一遇也。"

汪嫈《夫子喜读陶诗因赋此篇》评论前代诗人:"嵇阮务放达,性情少根柢。陆海与潘江,溢塞元气死。惟有陶靖节,百家难媲美。性情一流露,元气即满纸。所托乃清旷,中无一尘滓。语语见天真,寓言皆实理。不袭三百篇,适得风人旨。康乐幸齐名,真厚远逊此。建安七子中,陈思差足拟。"而元遗山则逊之,"若遗山诗笔雄阔苍秀,金元间实无敌手,惟集中多拗体,多复句,力争宏伟,求合于杜,神理不肖。苟不善学,疵累必多"。至于当代袁枚虽有真性情,"与唐人元白温李诸家,实能独得神理",但"学者恃天分废学力,下笔空滑",与"陈思、靖节、太白、少陵堂室固难儿及"。因而在汪嫈看来诗人以曹子建、陶渊明、李白、杜甫为最。其《复夫子书》中评论元遗山不如陶渊明,"来书云近喜元遗山诗,窃以为夫子读陶渊明诗久,仍读陶诗,不必学遗山也。遗山诗境与陶不相联属,《论诗三十首》内指渊明为唐之白乐天,只此一语,遗山真不知陶诗者矣。遗山力学老杜,论杜诗云"子美之妙无一字无来处,可谓不从古人中来,亦可意杜不喜陶诗,故轻之。不知'水流心不竞,云在意俱迟','寂寂春来晚,欣欣物自私','江山如有待,花柳自无私'等句,薛文清公谓是有道之言,涵养从容气象,皆与陶同一清旷,洞见道心也。蔡氏條谓'诗家视陶渊明犹孔门视伯夷',集大成手终归子美。是以诗圣品之,真得陶之分际。钟敬伯谓'孔门用诗,陈思入室'。夫子建真朴处实不如陶,然陶之前非陈思不能媲美,陶之后非李杜不能媲美也。陶谢并称,谢之人品心术岂能及陶之万一,匪独诗不如也,三代以下之诗可以称圣,子建、渊明、太白、子美四家而已。大都人非有真性情大忠孝不能得诗之本原。有明黄文节公诗云:'吾观道与文,不啻分主客,永言思无邪,性情有真宅。'

其诗骨坚气厚，可想见其为人，故所和陶诗数十首，理境宛合。唐人王、孟、储、韦、柳五家皆学陶而得其近似，常征君王龙标、刘眘虚五言古诗皆从陶诗而出，学之既深，得其清趣古音。诗固绝俗，即性天内，亦自具怡然涣然之乐。若遗山诗笔雄阔苍秀，金元间实无敌手，惟集中多拗体，多复句，力争宏伟，求合于杜，神理不肖。苟不善学，疵累必多。窃以为夫子读陶诗不必学遗山也。兹偶集遗山句得七绝八首奉正，知无不言，言无不尽，惟夫子鉴之"。

女性既是慈母，又是严父与先生，这些人在女性文学教育中扮演了领路人、启蒙者的角色，这是她们被沈善宝褒扬的重要原因。一大批闺秀才女以传承闺秀文学为己任，吸引女性关注参与到写作中来，使女性文学队伍日趋壮大，女性文学作品也日趋丰富，最终使女性在文学史中取得一席之地。

另一个为沈善宝赞扬的女宗是陈尔士。不过陈尔士得益于南楼老师陈书。陈书，晚号南楼老人。江苏南汇人，海宁钱纶光妻，太傅文端公陈群母。著有《纺余闲课》、《复庵吟稿》①。陈书是被乾隆及士人赞誉的教授"奇文难字"、讲论"五经纷论"的贤母典范。描写其教子过程的《夜纺授经图》"一时公卿，莫不叹羡，以为恒古罕有，愿获瞻者，数日乃得什袭也"②。

陈书首先是一位才女，凭借才学获得旌表，给家族带来荣耀。乾隆十六年，"钱陈群《香树斋集》刊成，弘历帝索阅，至《夜纺授经图》题诗，命钱陈群进是图以观，其后赐诗二首题于图，其云：篝灯课读澹安贫，义纺经锄忘苦辛。家学白阳谙绘事，成图底事待他人。五鼎儿诚慰母贫，吟诗不觉鼻含辛。嘉

①　胡文楷《历代妇女著作考》，第 587 页。
②　钱泰吉《文端公年谱》，北京图书馆藏珍本年谱丛刊本，第 77 页。

禾欲续贤媛传,不愧当年画获人。弘历在诗前并有序云:'索观钱陈群《香树斋集》,有题其母《夜纺授经图》,慈孝之意,恻然动人,且以见陈群问学所自来也。'"①乾隆褒奖陈书与陈书教子有方,有直接关系,但最根本的原因还是陈书本身的才学让乾隆钦佩。

阮元《石渠随笔》载女史陈书"工画山水花卉,绰有大家风范,其册卷蒙御题极多"②。具体统计陈书的《历代帝王道统图册》、《陈书山水扇面》、《仿王蒙夏日山居图》、《静日山长卷》、《长松图卷》四次御题,《杂画》六幅、《荷花轴》、《仿唐寅夏日山居图》、《山窗读易图》、《四子讲德论道图》、《写生册》十幅、《出海大士像》等作品都有乾隆题辞。此外,如《罗浮叠翠图》有阮元题辞,说此图"极云山漫衍之趣,云头皆是勾勒而成,活泼生动,不失米家法"。《山窗读易图轴》有和珅、梁国治、董诰题辞③。所以当时"南楼笔墨亦蒙睿赏,人间珍如宝璧矣"④。

《长松图卷》有乾隆四次御题。1764年曾经题诗:"壁画长松三百年,真松窗外绿参天。两翁不识谁兄弟,照影疑如立镜前。"1784年,乾隆又题曰:"三百年松挐古枝,写形女史壁间披。若论窗外真松古,相对还应弟视之。"1790年乾隆在松霞室题《长松图》:"岩松壁画各轩轩,霞举答相谡籁翻。女史古图经屡咏,笑予于此未忘言。"1793年再题曰:"江南塞北原无涉,室里山中若有期。女史或知此意否,七章佛偈早言之。"陈书曾作《山窗读易图轴》,自言"至其静气幽僻处,三伏悬之,可以忘暑",这

---

①　钱泰吉《文端公年谱》,第77页。

②　阮元《石渠随笔》卷七,第9页,清刊本。

③　参见赫俊红《清代文人及帝僚视野中的女画家陈书》,《中国书画》2004年第1期。

④　葛嗣澎《爱日吟庐书画续录》卷五,第4页,当湖葛氏1912年刊本。

幅有如此效果的画作博得乾隆喜爱。乾隆评曰:"细观此图,究因纸幅已穷,不可再布景,然而截然以止,不为缺欠,老人立意奇矣。"①陈书山水画的创作"摹仿王蒙满而不闷的构图、大气而繁密的用笔为主,同时兼学他家,如曹知白、沈周、唐寅等。特点是拒绝名家习气,主张体现疏老苍秀的自然山水气息,注重意境的表现"②,因此获得乾隆的赞赏。

　　正是陈书"疏老苍秀"的注重意境表现的画作,使其成为名重一时的女画家,不仅获得圣眷,还影响了钱氏数代画风。钱载从陈书学画,其跋《陈太夫人花卉册》云:"康熙癸巳,载六岁,始至祖居半逻之承启堂,拜曾叔祖妣陈太夫人于书画楼下,见太夫人作画。"③十八岁时又"每日课余上堂问陈太夫人起居,陈太夫人授少宗伯绘事"④;二十二岁"犹读书太夫人所,乡试被落,始临摹太夫人画三数幅,其实载何能于画哉,常常意为之而已"⑤。钱载一系四代中共有十人画史留名,他们以钱载画法为圭臬,而钱载"写生得南楼老人传",因而可见陈书在钱氏书画传承中举足轻重的地位。

　　除了以才名获得社会关注,名动公卿之外,陈书在女性文学中上的典范意义还在于不仅延续了女性文学传统,并且在教育的过程中,女性文学与文化传统经过子孙的传承,跨越了性别,影响了主流文学与文化传统。

　　陈书未婚之前就授弟读书,婚后教子孙等读书。"太学公没,母钱孺人居贫乏,太夫人缝纫给粥,仍句读授弟山鹤先

---

　　① 《石渠阁宝笈续编》第十九册,第219页,民国三十七年影印本。
　　② 赫俊红《清代文人及帝僚视野中的女画家陈书》,《中国书画》2004年第1期。
　　③⑤　钱载《箨石斋文集》卷十五,第6页,清乾隆刻本。
　　④　陈尔士《听松楼遗稿》,胡晓明主编《江南女性别集》,黄山书社出版社2008年版,第592页。

生";婚后,则承担了教子的重任。钱陈群《敬题家慈夜纺授经图》序详细介绍了当时慈母教子的经过。"陈群兄弟幼时,先父课督甚严,既而陈群祖教授信安,父过江省视,濒行谓陈群母曰:吾僻处乡曲,贫不能延名师授诸子业,汝请为我教之,我依奉老亲无忧矣。时陈群十岁,授《春秋》,弟峰八岁,授《孟子》,弟界五岁,授《小学》,辄录所授课,比月汇而邮寄信安官舍。……夜必篝灯课读,母躬自纺绩,夜分不辍,及晨则遣苍头入市易米,以其余积之授织室"①。陈书自己也读书不辍,"太夫人手录《朱子读书法》,榜于座隅,置字学诸书于纺车上,曰:'是吾师也。'"②陈书教子最成功的之处不仅是教出了钱陈群这样被乾隆赞为"词臣退居林下,齿爵学问,足为缙绅领袖者,惟钱陈群、沈德潜二人"的名臣及钱载这样的诗学画作名家,更在于其教出了陈家母教的传统,保持陈氏家风不坠的同时,还出现了两位才女。

陈书的母教传统被钱氏家族传承,尤其是陈尔士更加发扬光大。陈群教出了名臣儿子钱陈群,还曾代替儿媳照顾孙子钱载,"陈太夫人授少宗伯公绘事"。到了第三代安庆公配沈太恭人继了陈书的教子理念,"教子女严而有法。方安庆公为孝廉时,力不能延师以课子,伯翁艮斋、漆林两先生,少诵诸经,皆太恭人口授句读,每至夜分以为常"③。钱泰吉《篝灯教读图》详细记述:"泰吉小时,先大父方勤于政,不暇问家事。先母沈太宜人教督甚严,读少怠,言动或失当,必述先世家法以督责,且令诵文端公(钱陈群)题陈太夫人《夜纺授经图》诗,母击节和之,时或声

---

① 钱陈群《香树斋诗集》卷五,乾隆十六年刊本。
② 钱仪吉《文端公年谱》,北京图书馆藏珍本年谱丛刊本,第165页。
③ 陈尔士《听松楼遗稿》,胡晓明主编《江南女性别集》,黄山书社出版社2008年版,第592页。

泪俱下。呜呼！泰吉不闻母氏之训二十有四年矣，未尝稍自树立，回思往训，时惴惴焉。"①后来钱仪吉的妻子陈尔士则完全继承了陈书的教子传统，并且发扬光大。陈尔士《授经偶笔》详细记录了教子的过程："每朝居书屋，申酉之交，归房料理杂事"，在这里所教授的内容有：《左传》、《国策》、《诗》、《易》、《书》、《周官》、《仪礼》、《礼记》、《尔雅》、《四书》等经史。在陈尔士的书信里面，提到最多的是《左传》，在熟读之后，还要作传记、辩论文章。《听松楼遗稿》附有《郑厉公杀原繁》、《介之推不受禄》、《秦穆公用孟明》三篇文章，钱保惠后记云："先姚平日不轻议人得失，故论辩之文不多作，亦不存。甲戌之春，保惠始学为论，先姚间尝拟作，以示准程。"②王照园的《闺中文存》之《听松楼遗稿跋》赞扬了陈尔士带来自己及当时闺秀才媛的影响：

> 陈恭人《听松楼遗稿》读之终卷，喟然而叹，盖自赧也。照园少不嗜学，先慈林太安人，恒督课之，读至夜分，不中程，不得息，盖廿余年如一日。比少长，留心故训，又不能覃思穷其要眇，中更慈帏弃养，学遂荒落，以迄于今。伏念恭人，乃自髫鬌，未尝离卷轴，心窃恧焉，自谓弗如一也。恭人生长华胄，日嫔鼎贵而无骄倨习，学焉日有孳孳，不异寒门，余所弗如二也。夫显扬先祖所以崇学，故曰：无美而称，是诬也；有善弗知，不明也；知而弗传，不仁也。恭人《述训》、《述略》诸篇，扬先德之余烈，媲徽音于周诗，盖自班惠姬以来，乃今复睹雅裁焉。余以幼孤，追感先慈苦节勤劬，亦尝有所撰述，每恨词不称意，则弗如者三也。《女训》、《妇职》诸篇，实闲有家之盛节。考亭尝论大家《女诫》未尽作者之

---

① 钱泰吉《甘泉乡人稿》卷十五，第 27 页，光绪十一年增修本。
② 陈尔士《听松楼遗稿》，载胡晓明主编《江南女性别集初编》上册。

意。恭人本风人之敦厚,撷礼经之华腴,宏通淹雅,皆可以
垂闺范,树典型,余愧弗如四也。颜黄门云:父母威严而有
慈,则子女畏慎而生孝。余于子女有慈无威,不能勤加诱
导,俾以有成。今读《授经偶笔》及尺素各篇,意思勤绵,时
时以课读温经形于楮墨。虽古伏生女之授书,宋宣文之传
礼,不是过焉,余所弗如五也。谢媛咏絮,刘妇铭椒,代有新
词,流芳绣悦。余遇春秋佳日,未尝不流连风景,舒写性情,
靡堪甄录,旋亦零落无存。伏读古今诸体及诗余各首,清英
令淑,篇咏之外,令人如见其人,余所弗如六矣。

王照园六项感慨中有四项是有感于才学著述而发的,受陈
尔士的影响,王照园立志成为学者,以著述为乐,以才学为荣。

在陈书的影响下,陈氏家族中不仅有陈尔士这样的学者,还
有画家、诗人、诗词理论家。陈书孙女钱与龄"少承曾祖母南楼
老人家学,尝署所居曰仰南楼,复得从兄籜石(钱载)宗伯指授,
转精六法,无纤媚柔弱之态。工诗,不多作",著有《仰南楼闻见
集》、《闺女拾诵》①。其名句"玉簪坠地无人拾,化作东南第一
花",被时人传诵。钱氏家族最著名的女作家当属钱斐仲,字
餐霞,秀水人,籜石宗伯之后,恬斋方伯之女,适德清戚曼亭明
经士元。明经工书法,女史能诗文,兼习倚声,刻有《雨花盦诗
余》一卷,又擅小楷,学《灵飞经》。作花卉超逸有致,论者谓有
南楼老人之遗风也②。钱斐仲虽无缘亲承南楼老人教导,但犹
能秉承南楼遗风,在诗词理论上发扬光大。一直到晚清,钱定娴
女史善绘事,"盖得文端公母南楼老人之余绪者也,故自号曰

---

① 胡文楷《历代妇女著作考》(增订本),上海古籍出版社 1985 年版,第 755—
756 页。

② 张鸣珂《寒松阁谈艺琐录》卷六,续修四库全书本,第 383 页。

'又楼'"①。

纵观陈书在南楼的一生：从为钱氏族长，其翁举荐曰"吾新妇陈，至孝且慈，吾观其举措，家政当出吾右"到卖画养家②，其夫有诗云"山妻手里寻供给，卖幅青山佐读书"③；到其子怀念陈书"于事理无不通晓，此即汝之严父、慈母、明师也"④；从乾隆圣眷题辞，到后世子孙被赞"秉承南楼遗风"、"得南楼真传"，都有力证明了女性才学可以超越性别而获得艺术价值上的肯定。陈书的南楼成为女性追求才名的可能性与正统性的象征，对闺秀才媛巨大的激励作用毋庸置疑。

小结

传统妇学教育中男教师与闺塾师的两个传统，在清代发展到顶峰。男性士人充任闺秀的教师，对女性文学的提高大有裨益，很多才女都有男性教师切磋诗艺。如王梦楼与闺秀骆绮兰常在书信中谈诗论学。王梦楼说"《春宴》诗第一首第三句寄下另改"⑤，"《扫墓》诗甚佳，宜方伯之叹服也。《莫愁湖》诗亦佳，仍有宜酌之处，望自改"⑥；"诗甚佳，容订数字，再行缴上"⑦；"尊作甚佳，第四首'定'字改为'也'字，似更圆活"⑧。可见骆绮兰不仅从书本中学习秦汉文、唐宋诗；还虚心听取文人才士的批评意见，提高诗艺，进而识见过人，写下了"不是嫦娥甘独处，有谁领袖广寒宫"这样豪迈的诗句。

---

① 雷瑨《闺秀诗话》卷十六，第 1337 页。
② 钱陈群《诰封太淑人先批陈太君行述》，《香树斋文集》卷二十六，乾隆刻本。
③ 钱泰吉《文端公年谱》，北京图书馆藏珍本年谱丛刊本，第 9 页。
④ 钱陈群《至侄汝鼎》，《香树斋文集》卷七，乾隆刻本。
⑤ 骆绮兰《听秋轩诗赠言》，《江南女性别集二编》下册，第 792 页。
⑥⑦ 同上，第 794 页。
⑧ 同上，第 795 页。

聘请女性闺塾师来教授作诗技巧更是常事。"以女子教女子,授受亲而性情洽,其理更顺。宜乎信从者众,而诗词遂得以流传也"①。因此,甚至一家之内聘请数位闺塾师的情况也并不鲜见。天然居士《问诗楼合选》自序详细记载了当时家庭内聘请闺塾师的情况:"予生长闺阁,幼为父母所钟爱,以爱之切而训之备详,常不以女子而异视也。九岁读书,从师林姓,逾年复易一杨姓者,此二人俱不能诗。迨年十三,始问字于习幽女史,继又从雪楼教授。"婚后,"乾隆丙申之岁,因课女而延得岭南女史梅轩,晨夕晤对,结习复萌,于喁间作,皆可谓一时之乐"②。

家庭内闺塾师的传统促进了女性自身文学体系的发展及才名的扩展;男教师女弟子的南楼授诗模式对女性认识文学传统、掌握文学技巧及扩大才名同样起到重要作用。家庭内母教与家庭之外闺塾师与男教师的教育为女性延续传统、追求文名树立了榜样。清代的女性文学因此得以不断发展繁衍,最终成为一支独立的文学分支,有自己的历史谱系、文学传承以及文学理论,而且对主流文学与文化起到了促进作用,并且在与主流文学与文化的互动中,足称有清"一代之所胜"。

第二节　《蕊宫花史图》与嘉庆时期的女郎诗风彰显

徐康《前尘梦影录》卷下载:"相传乾嘉之间文昌星扫牛女度,故闺秀诗词极一时之选。"此时"闺秀著名者吴门有金纤纤、王梅卿、曹墨琴;黎里有吴珊珊;常熟有席佩兰、归佩珊;上

---

① 戈载序归懋仪《绣余续草》,《江南女性别集初集》上册,第662页。
② 天然居士《问诗楼合选》,社科院文学所藏抄本。

海有赵韫玉;浙江有方芳佩、孙令仪;毗陵有钱浣青,皆卓卓可传者"①。这些闺秀除了方芳佩、孙令仪、钱浣青略年长之外,其余都是随园弟子,可见随园女弟子是这个时期闺秀的代表。随园诗风秉承性灵传统,更加强调女性身份,以花自喻,这样乾嘉间的女郎诗风突出,与乾隆中期以前相比有了很大不同。

一、美人本是花真影

花即美人,如李渔说:"春花肖美人,秋花更肖美人;春花肖美人之已嫁者,秋花肖美人之待年者;春花肖美人之绰约可爱者,秋花肖美人之纤弱可怜者。"②女性也非常赞同这种观念,清初闺秀就常假花抒情,因而归淑英等名媛"睹四季之名花,集诸媛之丽体",编纂了《百花诗史》、《古今名媛百花诗余》,"四时分列,百花备举"。孙蕙媛赞曰:"是知置集案头,闲评窗下。展卷香飞,风姨不妒;开签艳发,雨横仍鲜。上林春色,不假剪采长荣;金谷柔条,岂待东皇始吐? 斯真花史而女史,词韵而人韵者也!"③花史即女史,女史又是花神。俞樾说:"尝读《淮南子》书,称有女夷之神司天和,以长百谷草木。草木有神,其说古矣。然其神必曰女夷,意者琼苗玉树,固女子之祥乎? 夫娇花宠柳,虽吾辈之闲情;而访紫寻红,实闺人之本色。"④所以才子"青琴载酒,白蒙微歌。品题多丽之碑,笔削群芳之谱",闺秀亦不遑多让。编选《百花诗史》为清初彤管韵事,从纵向历史的角度建立"花史"谱系;而嘉庆元年屈宛仙等才女则是为了

---

① 徐康《前尘梦影录》,中华书局1985年版,第41页。
② 李渔《闲情偶记·种植部》,浙江古籍出版社1985年版,第245页。
③ 孙慧媛《古今名媛百花诗余》题词。
④ 俞樾《十二月花神议》,载《香艳丛书》。

自己能"留芬简牒","以传久远"而"爰选古名姬,按月为花史",又"作十二阄,各拈得之",后"爰命画工,以古之装写今之貌,号《蕊宫花史图》"。

《蕊宫花史图》是记载嘉庆元年屈宛仙、席佩兰、归懋仪等12位才女雅集唱和的画卷。"柔兆执徐之岁百花生日,婉仙夫人招集女史十二人,宴于蕴玉楼。谋作雅集,以传久远。患其时世妆也,爰选古名姬,按月为花史"。"自正月至十二月,为谢翠霞、屈婉仙、言彩凤、鲍遵古、屈婉清、叶苕芳、李餐花、归佩珊、赵若冰、蒋蜀馨、陶菱卿、席佩兰,长幼间出,不以齿也。爰命画工以古之装写今之貌,号《蕊宫花史图》,两易寒暑乃成"①。屈宛仙有《蕊宫花史图记》曰:

> 柔兆执徐之岁,花生之辰,群史会于万花深处。疏岫欲云,幽溪蓄翠,竹林以清气相娱,兰泽以芳心自爱。琼阙垂景,瑶真接襟。顾异苔同岑,竟莒不如历时永也;众香殊魄,托咏不如标图显也。附今于昔,系月以花,爰召画工,集而绘之。芳梅照玉璎珞,翠裙淡素,若江采蘋捻花索笑者,谢翠霞也。服紫丝,据盘石,抚琴动操,幽兰缤纷,窃比于谢道韫者,则余也。浅赭仙裙,筠篮荷锸,如梨花一枝,效虢国淡扫蛾眉者,言彩凤也。璎珞霓裳,旋风回眄,作太真沉香亭北舞者,是吴素芬。淡碧袘扬,榴花映面,指拈雕管,约潘夫人火齐环者,屈婉清也。柳阴延伫,扇藕绉,若玉儿步莲花来者,叶苕芳也。秋花双碱,以红袖连花,运若兰织锦巧思者,为李餐英。其衣绿珞金,如丽华出广寒,桂底执玉树歌新卷者,言澹玉也。紫襜褕被云肩,仿佛西京贾佩兰,手泛

---

① 孙原湘《蕊宫花史图序》,载《天真阁集·外集》卷六,清嘉庆刻本。

菊酒者，为赵若冰。粉黄舞袖，镂金璎珞，疑花蕊在芙蓉城，自携一卷冰雪，是蒋蜀馨也。宝儿憨态，红绣垂髫，绿玉瓶插都胜一枝，捧之以当司花，为陶菱卿。乘灵槎，采玄芝，襫瑶佩，神其洛水与渺渺然而至者，席韵芬也。此十二司者，香国新盟，瑶池旧侣。写花作影，影尽如生，借古称神，神希于古。月雪之清，烟霞之幻，其姿也；风露之淡，水石之秀，其韵也。凉燠相代，图中之景不殊也；荣悴有时，景中之人不变也。是耶非耶？仙乎幻乎？人不得而知，又安取人之知！图成，酌酒共祝，而属余为记。余则屈宛仙也。时在嘉庆三年，岁次著雍敦牂如月古花朝日。①

《蕊宫花史图》表示女史即是花史的理想。兰花是闺秀性情的写照；梅花是闺秀品格的代表。

《蕊宫花史图》中有三位才女号称兰闺三友。孙原湘说："内子名佩兰，屈宛仙夫人字协兰，尝并写《如兰图》，近归夫人懋仪自上海归宁，日遣女奴驰诗筒往来两家。夫人自号兰皋，予为作《兰闺三友歌》②。"以兰花自喻，这是闺秀对自我才情的肯定。席佩兰《长真阁集》第一首诗就是梅花诗："玉是肌肤铁是肠，孤山岑寂抱孤芳。君才岂借春为力，天意应惭雪不香。色相空诸明月里，神仙宛在白云乡。便令开入浓华队，桃李原非姊妹行。"桃李不是姊妹行，与之相配的是兰花，所以品行如梅花高格，才

---

① 《名媛诗话》卷九，《清代闺秀诗话丛刊》，第510—511页。

② 《兰闺三友歌》：一兰托根缥缈巅，一兰挺秀潇湘边。两兰性体并芳洁。心是兰心舌兰舌，清吟日日吐兰芬。风吹诗香满县闻。一兰新从海上至，别擅奇芬发幽思。幽思春融融，来从双兰丛。朝吟芳泽畔，莫吟空谷中。三花同一气，胜如百和香。三人同一心，其言倍芬芳。峨者冠，博者带，跃者马，张者盖。五策摹典坟，七步不如娘子军。六韵哦湘灵，五言不敌夫人城。我读三家诗，如品幽兰荨。玉干黄殿讲，金棱赵师博。素心郑少举，妙处各有托。一春方苦病目深，对此忽如篦刮膜。三人压倒翁素兰（前明翁太常女），我愧不及徐芬若。

学如兰花清韵。孙原湘《李松云、陈云伯、郭频伽诸君各以蕊宫花史图题辞见寄戏书其后》云:"碧城十二幻诸天,吴下因缘越水传。岂有神人真示影,本来姊妹惯随肩。司花故事原应女,脱草新诗果似仙。传到蕊宫香口读,一时红紫尽嫣然。"

人似花,才女常假花以抒情,如《闺秀诗话》载:"彰德李氏字韫卿,姿容绝丽。有《咏海棠》诗戏其夫曰:'晓来春睡露初干,艳着红妆倚曲栏。只替看花人觉好,却与花事有何干。'岳阳沈氏女,色不胜才。有《咏梅花》诗则又云:'花好非关色,香清只在心。'"[①]而诗亦似花,洪亮吉《北江诗话》卷一评论五位女诗人的诗风曰"闺秀归懋昭诗,如白藕作花,不香而韵。崔恭人钱孟钿诗,如沙弥升座,灵警异常。孙恭人王采薇诗,如断绿零红,凄艳欲绝。吴安人谢淑英诗,如出林劲草,先受警风。张宜人鲍简香诗,如裁花隙地,补种桑麻。"

无论士人才子还是闺秀才媛,都认为女性与花之间有着不解之缘。人似花,那么所作之诗也应似花般艳丽,因此女性诗歌风格自然充满了缠绵绮丽的风格。

二、缠绵绮丽女郎诗

虽然一直以来,脂粉气被认为是闺秀诗的弊端,但在乾嘉时期,越来越多的诗论直接赞扬女郎诗是闺秀诗的特色,赞赏闺秀应有温柔袅娜、不失女子之态的诗风。如刊刻于1851年的《闺秀诗评》就是代表。"近人言诗,往往尚风格而不取性灵,甚至阅女子诗亦持此论,尤为迂阔。深闺弱质,大率近性灵多,学力少,焉得以风格律之? 故予所录诸作,取其温柔袅娜,不失女子之态

---

① 《清代闺秀诗话丛刊》,第1676页。

者居多"①。清末苕溪生《闺秀诗话》亦有此说:"世之论诗者必曰'诗之为道,宜远规风雅,近寝馈于汉唐以来诸名作,然后润之山川之气,乃能超然成一家之言。'然若是者,求之白首写经之士,尤难多得,况乎深闺弱质者哉。故我之于闺秀诗,只求性情,不尚格调魄力,亦以其难得也。"②如卷四所载陈小蕴诗"婉而静,无伤怨之句,虽不必方之于古,要自成闺阁本色"。闺阁本色则是"思巧而不伤于纤,态浓而不流于俗"的诗风。

　　闺秀论诗也直言闺秀应写女郎诗。沈彩《与汪映辉夫人论诗词》认为闺秀诗就要有从自己的真情实感出发,"夫诗者,道性情也,性情依乎所居之位,身既为绮罗香泽之人,乃欲脱绮罗香泽之习,是其辞皆不根于性情乎? 不根乎性情,又安能以作诗哉","故自唐以来,尽有名公巨卿可以赓雅歌颂者,乃逃于髡丝禅榻,所言皆绮罗香泽。此如饰鬓眉以巾帼,傅粉于优伶,是则可尽洗其丑也? 于文人学士,则以为有口无心,于妇人女子,反欲改头换面,是亦阴阳易位之一端也。顾今之评妇人诗者,不曰是'分少陵一席',则曰是'绝少脂粉气'。洵如是,以偎红曳翠之姝而唱铁板大江东,此与翰音登天,牝鸡司晨何异? 其为诞且怪孰甚! 尚安得谓诗哉? 三春桃杏,红艳为妍,乃责桃杏曰:'尔胡不为松柏之青苍?'是不能也。言为心声,犹自写照,乃自写照而顾揣摹他人之面目,不亦可笑矣。故彩窃以为诗者,惟本乎性情,必思无邪,素其时位,求声成文,有兴观群怨之风,而不失乎温柔敦厚之旨,斯可也"。

　　沈彩所谓的性情,就是"言为心声,犹自写照",也是乾嘉时期的一些诗人的主张,孙原湘《屈子谦遗诗序》说:"夫诗亦视其

①　棣华园主人《闺秀诗评》,《丛刊》,第 2278 页。
②　苕溪生《闺秀诗话》,《丛刊》,第 1657 页。

人耳,有真性情,斯有真诗。虽流连山水、嘲弄风月,下至闺房儿
女之词,其蔼然从肺腑中流出者,必有恻恻动人之致。"因此具有
女郎诗清丽婉转特色的诗风被人们赞誉。法式善在《梧门诗话》
中曾称赞王采薇诗:"兰陵闺秀王采薇(玉瑛),孙渊如观察之室,
著《长离阁诗集》,幽香冷艳,合长吉、飞卿为一体,真闺阁奇才
也。"袁枚说王采薇诗:"予读其乐府诸篇,哀感顽艳。"王采薇的
影响甚大,"古来选诗,每以闺秀置之寓贤之下、方外之上,殊乖
大雅。毕秋帆制军选《吴会英才集》,数不及十人,乃取孙渊如观
察王采薇以足之,寓才难之意,尤自来所罕闻。而随园则欲仿
《关雎》体例,以闺秀诗为卷首,又不免矫枉太过也"。从《清闺阁
诗人征略》中所收的众人评语来看,也可得出此结论。如庞蕙襄
的"骨秀气清",俞桂"才思颇清绮",杨守闲"诗多清丽之音",曹
鉴冰"诗词皆清新婉转",堵霞"诗清婉韶秀,高出晚唐",黄淑婉
"清丽可喜",徐七宝"清丽可诵",李含章"情文绮丽,真得唐人三
昧",范毓秀"诗俊逸可诵",高韫珍"诗才清妙",赵淑"诗新警秀
润",赵得珍"诗笔韶秀,颇有晚唐遗响",孟折莲"清雅可喜",胡
顺"温丽清新",余珍玉"清丽可诵",印白兰"诗多清警,不落纤佻
软媚之习",邹若瑗"格旨清远,在东吴仿陆卿子之风",席佩兰
"诗才清妙,字字出于性灵",归懋仪"清婉绵丽",陈淑兰"清婉处
故唐音",陈长生"清丽芊绵",陆瑛"诗才清婉",钮素高"清婉",
汪玉英"诗才秀逸,清丽可诵",许定生"清超有笔",陆素心"秀洁
如新柳含烟,青翠可挹",张步萱"清新婉妙",李佩金"空灵杳渺,
保于性真,不仅薰于习染者",孙湘蕙"别有性灵","清雅不俗",
金礼盈"诗多清灵凄婉之致",谈印梅"其诗清新宛转",叶令仪
"诗笔深婉,善于言情",胡橡"气韵娟秀",朱镇"清新之句",陶淑
"清婉可诵",张孟缇"缠绵悱恻",殷月楼"思巧而不伤于纤,态浓
而不流于俗",陆瑀华"出笔韶秀",黄婉橘"清丽",华韵莲"清婉

可诵",周曰惠"秀丽之什",王淑"清新可诵",阚寿坤"秀倩绝俗",凌祉媛"清丽缠绵,温润如玉",关瑛"闺房之事,有甚画眉;香艳之词,罔恤多口",钱卿藻"娟秀清逸",张逸藻"清新婉约",缪珠荪"秀倩可读"等。使用最多的是"丽",其中"清丽"8个,还有"流丽"、"绮丽"、"温丽"、"绵丽"、"秀丽"、"清绮"6个;其次是"婉",其中"清婉"8个;还有"婉转"、"婉妙"、"宛转"、"深婉"、"婉约"5个;与"秀"有关的,"韶秀"(3个)、"娟秀"(2个)、"秀倩"(2个)、"秀丽"、"秀洁"、"秀润"、"秀逸"、"秀雅";新也是被推崇的,其中"清新"7个,还有"新警"、"缠绵悱恻"也比较多。这里面最有女性的特色就是:丽(14个)、婉(13个)、秀(12个)、新(8个)、缠绵(3个)。因而可以说清丽、清婉、娟秀、韶秀、秀丽、清新、缠绵悱恻是女郎诗的代表,也是闺秀诗的特色。

清初王端淑《名媛诗纬》提倡秀是闺秀诗学的审美标准以来,嘉道时期是女郎清丽诗风最为认可和接受的时期。在太平盛世,夫妻琴瑟和鸣,闺友雅集唱和,这样的社会风气之下,闺秀一定多绮丽缘情之作。

三、闺秀"梅花妻"的爱情理想

乾嘉时期女性自认是花史,如《蕊宫花史图》中十二位才女摹拟十二月花神,与《牡丹亭》的花神观念流行有一定的关系。《书隐丛说》卷十四"花神庙"条说"汤若士《牡丹亭传奇》中有花神。雍正中李总督卫在浙时于西湖滨立花神庙,中为湖山土地,两庑塑十二花神,以象十二月。阳月为男,阴月为女,手执花朵,各随其月。其像坐立欹望不一,状貌如生焉。都中都城隍庙仪门塑十三省城隍像,抚州紫府观真武殿有六丁六甲神,六丁皆为女子像,西湖之花神其亦仿此意欤?今演《牡丹亭》传奇者亦增十二花神焉"。所以民间传说梅花的花神是柳梦梅,杜丽娘的情缘就是花神促成的,花神的职责就是"专掌惜玉怜香",所以"掌管南安府后花园花神是也。因杜知府小姐丽娘与柳梦梅秀才后日有姻缘之分。杜小姐游春感伤,致使柳秀才入梦",成就一段千古爱情。西湖花神庙的对联"翠翠红红处处莺莺燕燕,风风雨雨年年暮暮朝朝",梁章钜说:"曼调柔情,情景恰称。花神庙旁有月老祠,有金书联云:'愿天下有情的都成了眷属,是前生注定事莫错过姻缘',盖集《琵琶记》、《西厢记》两院本成句也。"在这个意义上的花神,演绎的是"原来姹紫嫣红开遍,似这般都付与赌棋斗茶。良辰美景奈何天,赏心乐事谁家院"的爱情,而乾嘉的很多才女与才子的婚姻堪称典范。

席佩兰(1760—1829),倪鸿《桐阴清话》云:"昭文孙子潇太史,与德配席浣云俱能诗,唱和甚夥,其《示内》句云:'赖有闺房如学舍,一编横放两人看。'"又孙原湘《赠内》云:"'五鼓一家都睡熟,怜卿犹在病床前。'上联想见闺房之乐,下联想见伉俪之笃。"孙原湘《天真阁集·自序》说:"原湘十二三时,不知何谓诗也。自丙申冬佩兰归予,始学为诗。"言语中对席佩兰尊敬有加。袁枚说:"女弟子席佩兰,诗才清妙,余尝疑是郎君孙子潇代作。今春到虞山访之。佩兰有君姑之戚,缟衣出见,容貌婀娜,克称其才。以小照属题,余置袖中,即拉其郎君同往吴竹桥太史家小饮。日未暮,而见赠三律来。读之,细腻风光,方知徐淑之果胜秦嘉也。"[①]席佩兰有《以指甲赠外》诗:"掺掺指爪脆珊瑚,金剪修圆露雪肤。付与檀奴收拾好,不须背痒倩麻姑。"孙原湘有《内人指甲》:"不爱匀黄不染丹,生来偏喜近豪端。只因久惯拈花后,落剪依然气似兰。"席佩兰把指甲赠给檀奴孙原湘,不知孙原湘是否会想起"烂嚼红茸,笑向檀郎唾"的美人。《草堂

---

① 《袁枚闺秀诗话》,《清代闺秀诗话丛刊》,第 134 页。

嗣响》有《李孔德藏得情人如玉所留指甲》词①，所以指甲不只是有解"书生背痒"的功能，还是日常家庭生活夫妻恩爱的见证。刘过《沁园春·美人指甲》曰："销薄春冰，碾轻寒玉，渐长渐弯。见凤鞋泥污，偎人强剔，龙涎香断，拨火轻翻。学抚瑶琴，时时欲剪，更掬水鱼鳞波底寒。纤柔处，试摘花香满，镂枣成班。   时将粉泪偷弹。记绾玉曾教柳傅看。算恩情相著，搔便玉体，归期暗数，画遍阑干。每到相思，沉吟静处，斜倚朱唇皓齿间。风流甚，把仙郎暗掐，莫放春闲。"卓人月《古今词统》卷十五载："《词品》云元人《咏指甲得胜令》一阕：'宜将斗草寻，宜把花枝浸，宜将绣线匀，宜把金针纴，宜操七弦琴，宜结两同心，宜托腮边玉，宜圈鞋上金，难禁得一掐通身沁知音，治相思，十个针。'艳爽之极。"夫妻的亲昵恩爱尽在指甲诗词的唱和之中。

吴琼仙（1768—1803），与夫徐达源"同之吴门，看春虎阜之麓，揽胜天平之顶，剔藓读碑，运笔题字，山花满衣，涧云承袂，见者艳为神仙，闻者传为韵事"②。《临行再赋送外子》"写韵楼头夜话长，闭门无计上河梁。长亭短堠同谁伴，薄暖轻寒要自量。小别未经真草草，归期预约转茫茫。痴情欲化天边月，一路随君入帝乡"，一片真情流露。吴琼仙与丈夫小别仅有半年，而"半年中从邮筒寄诗：前后至二十余首"③，这样的婚姻的确可以称得上典范。

孙星衍与王采薇（1753—1776）的婚姻更是为人所艳羡。王采薇的才学让孙星衍倾倒，"既婚数日，夫人属余填

---

① 见《奁史》卷二十七，《北京图书馆古籍珍本丛书》子部，第 72 册，第 348 页。
② 徐达源《吴琼仙行状》，吴琼仙《写韵楼诗集》卷首。
③ 洪亮吉《徐君妻吴安人墓志铭》，《写韵楼诗集》卷首。

词,并约围棋,余皆未学,颇心愧之。后遂为小词酬夫人,而卒不能对弈"①;二人共同学习,"余每陈书满案而出,比入室,则夫人为整齐之。偶得许氏《说文》,与余约日识数十字,久之,予遂通小学"②。孙星衍以自己诗才不如采薇而自豪,杨伦有诗题曰《君(指孙星衍)尝自夸室人知诗,予索观而不一示,前韵戏呈》,可见孙星衍以王采薇为荣的心情。更可贵的是采薇去世后,孙星衍署其所居名曰"长离阁",绘绣像悬之,终日焚香对坐,誓不再娶正室,仅于四十时应大母所请纳妾。嘉庆十六年(1811)孙星衍以粮道都运加三级晋从二品,王采薇赠夫人。孙星衍对王采薇的情意是当时知己恩爱夫妻的典范。

嘉道间才子闺秀以这样的婚姻作为理想的典范,文人才士娶才女为妻,自然是情笃爱厚,月下妙笔生花,湖山把臂同游。《闺秀诗话》卷二"洪氏条",载:"客岁之江,寓中见一少年携一美女子,年可十八九,浃洽之情流于言表,日事手谈,夜则击节讴歌,音礫礫不可辨。予疑其挟妓傲居,而举止间不类,问之,主人曰:'夫妇也。姓洪名璧,亦读书人。'予诣与少叙,知瓯江籍。女初欲避,洪止之。既乃令出所作诗篇示予。中有《思夫曲》十余首,深得风人遗意。"而"予问洪携眷来此何事?洪未及答,女笑曰:'娶妇在家何事?何处非家。'"更有甚者,才子竟然放弃功名,只为与妻相守,《闺秀诗话》"张梦莲"条:"湖州张梦莲适秦佩秋,秦以优行肄业京师,不耐孤寂,又与梦莲情笃,中道而归,尝语其友陆生曰:少年行乐耳。远离家室,以博浮名,即幸而得之,苦乐尤不相值,况事未可必乎?"就是在这样的氛围之下,才女吟唱"修到人间才子妇,不辞清瘦似梅花",把"梅花妻"作为自

---

① ②　孙星衍《诰赠亡妻王氏事状》,《长离阁集》附录《芳茂山人诗录》,嘉庆二十三年(1818)年版。

己的婚姻理想。

小结

嘉道间可以说是清代闺秀最幸福的时期：以嫁才子妇作为婚姻的目标；所嫁的是才士，不仅才情相当，而且又肯让才女一头。《随园诗话》补遗卷四载毛大瀛海客妻能诗，"初婚时，毛赠云：'他日香闺传盛事，镜台先拜女门生。'妻笑曰：'要改一字。'毛问何字。曰：'"门"字改"先"字方妥。'毛大笑"。此被传为韵事。乾嘉间才女不仅倾倒夫婿，家外才子也为之神往。《燃脂余韵》载："'江东独步推君在，天遣飘零郭十三'，金逸（纤纤）题袁湘湄诗稿句也。频伽见之，属武林蒋山堂以落句作一私印，佩之终身，以志知己之感。"在这样环境中的女性以花自娱，苏织云与丈夫王衡伉俪甚笃，针黹之暇，辄相唱和，其《看花》句云："晓来清梦警疏钟，携手寻春春色浓。将貌比花侬未及，花无夫婿不如侬。"又苏婉仪有《四时思夫曲》记载婚后生活场景："记得依依身畔坐，湘帘亲卷看梳头。""记得香罗衫似雪，镜中双照不胜羞。"因此女性诗歌中充满了缠绵绮丽的风格，在生活和诗歌中以花自喻，因才学而过得充实而幸福。

第三节　陈文述及碧城仙馆
女弟子的晚明追忆

乾隆时是传统妇学复兴时期，嘉庆时是女郎诗风彰显时期，道光间则是对晚明文化的追忆及清代女性文学创作的总结时期。对晚明名妓文学文化传统的追忆首先表现在陈文述为名妓柳如是修墓，重现秦淮记忆；现实中众名士与名妓雅集唱和，甚至收名妓为徒，传授诗画技艺。其次表现在晚明名妓与名士的爱情观在嘉道间更为流行,妻妾之乐表现得尤其明显。还有更多闺秀参与到女性文献编纂整理工作中。嘉道间的女性文学成就多样化,不仅在文学上,在其他方面也成绩斐然。

一、晚明名妓文学与文化的复兴

嘉道时期出现了一些与《板桥杂记》类似的笔记小说,如《续板桥杂记》、《吴门画舫录》、《吴门画舫续录》、《秦淮闻见录》、《秦淮画舫录》等作品,其中提到的秦淮与苏州的名妓与晚明名妓一脉相承。

嘉道名妓与晚明相似之处在于才学出众,诗画才艺兼擅。《吴门画舫录》所载"香雪性慕风雅,酷嗜翰墨,遇文士过从,必持纸乞诗。竹士云:'乞诗就烛拂红螺。'碧城生云:'美人磨墨乞题诗。'皆纪实也";高玉英"闻余谈《红楼梦》,执壶而前曰:'亦喜此书耶?'余醉中漫应:'熟读之二十年矣。'姬引一觞进曰:'亦数年从事此书,真假二字,终不甚了了。君暇日枉顾,当为解之。'"尤双喜"有文士风,日夕与其妹沁芳同砚席"。《续吴门画舫录》载钱素越"性耽女墨,恒自叹鬓年未学,然诗书之气,时流露于眉宇间。随园所谓'书到今生读已迟',其夙根固不凡欤? 好与文士杯酒言欢,酒阑即肃容送客,不及乱";"顾月舟、云洲,杨树弄双姊妹也。月舟行四,云洲行五。好读书,不喜装饰,案头无脂粉,亦无笙笛琵琶诸具,惟六朝三唐诸名家诗数十卷"。因此当时常与秦淮名妓相提并论。《吴门画舫录》作者西溪山人说:"余之编次是录也,尝笑吴苑莺花,可谓盛矣,然能如前朝之马湘兰、寇白门辈,竟少其人。甚矣,扫眉才子之难! 闻吾友(陈基言潘冷香《柳絮诗》二绝极工)言,始信我辈鲜闻浅见,挂漏正多,未可轻为訾议。"因此载"赵某官,居上塘。貌温婉,圆滑捷给,能得人欢心。长筵广席,各劝一觞,莫不欣然乐受。殆如《板桥记》之王小大者"。

明末名妓因其才学与才艺成为文人雅集中不可缺少的人物,嘉道间亦是如此。雪樵居士《青溪风雨录》卷上载:"胡莲漪、赵蓉香、马绮龄、梅巧龄辈作消寒雅集,折柬招邀。予因雪满檐楹,适作袁安闭户,闻兹盛举,魂与驰。入席含笑,握袖围炉,只觉满坐春生,不知千山万径,绝无鸟迹人踪也。归来酒气诗情,拂拂从十指间出,因赋纪事四律。"名妓集会必邀名士,而名士雅集宴饮归来则"酒气诗情,拂拂从十指间出",名妓可以佐诗,故名士唱和时名妓不可或缺。《续吴门画舫录》载:"庚申(1800)长夏,余与陈竹士、袁兰村,寓虎丘东塔院。时嵇获浦寓朱氏山庄,徐惕庵寓罗浮别墅,洪稚存、方云亭同木石山人住吕祖祠,张子白、刘芙初、郭频伽、吴次升、陆甫元辈常载酒同游,一时诗酒之集,花月之缘,极纸醉金迷之盛。会万石山房主人招同人听吴中第一琵琶(即名妓杜宛兰),惕庵即席立成七言律诗八首,争相传诵。"

陈文述为柳如是、卞玉京等名妓修墓,就是对秦淮名妓的追忆。其"几番修遍美人坟"后自注:"余重修胜玉、紫玉墓于吴门,修张丽华、孔贵嫔墓于白下,修袁宝儿墓于扬州,修菊香、小青、云友墓于西湖,修柳如是、吴水仙墓于虞山,修卞玉京墓于梁溪。"此外,陈文述书写了大量与柳如是有关的诗歌,如《半野堂》、《水岩访拂水山庄遗址》、《绛云楼》、《钱牧斋柳如是东山倡和小像》、《如是初访半野堂小像》、《柳如是沉香笔筒》、《题河东君月堤烟柳画卷》、《梅史以诗假余画舫泛月西湖并醼河东君墓书此奉答》、《七月十五日邀同梅史爽泉小园铁珊尚湖秋泛醼酒河东君墓下并访蘼芜泉归途雨后见月》、《红豆山庄红豆树歌》。此外还曾做《后秦淮杂咏题〈秦淮画舫录〉后》20首,《秦淮杂咏

题余曼翁〈板桥杂记〉后》23首,《碧城仙馆感旧》40首,在陈文述
与其他众文人名士的努力之下,秦淮名妓与嘉道名妓之间形成
了一种联系。

因为这种联系,对当时的名妓更加怜惜,很多名妓成为文人
才士的女弟子。《秦淮画舫录》"陆绮琴"条:"龙眠山人(方山)授
以画兰心诀,甫越宿,即能规其大意,亦慧心人也。"《吴门画舫
录》载:"尤双喜,字浣芳,善画兰,师事韵兰外史。"《吴门画舫续
录》载高玉霞"学琴于木石山人,学书于双树生,学诗于碧城外
史,其立意可知"。陈文述《清溪水阁有怀女弟子玉霞》:"清溪明
月白门花,来访秦淮旧酒家。"陆绮琴、尤双喜、玉霞等都是秦淮
女子,却都得以拜名士为师。

当时冶游的士人很多都与当时的闺秀有往来,因此名妓与
闺秀之间的往来也更加亲密。如邬鹤丹曾为劳蓉君《绿云山房
吟草》序;秦耀曾是女诗人毕还珠丈夫,编纂《秦淮廿四花品小
传》①;吴国俊是才女袁绥才丈夫;崇一颖是才女袁嘉丈夫;陈云
楷是才女汪端丈夫;陈竹士是随园女弟子金倩倩与王倩的丈
夫;徐达源是才女吴琼仙的丈夫,这样就使闺秀与名妓之间的
交往更加密切。前面提到的杜宛兰,才女王倩曾为之作画赋
诗。沈复《浮生六记》中详细记载了闺秀与名妓之间的往来。
沈复与陈芸游览中,"至半塘,两舟相遇,令憨园(名妓冷香之
女)过舟叩见吾母。芸、憨相见,欢同旧识,携手登山,备览名
胜"。憨园不仅与文人交接,还拜访沈复之母,特别是与陈芸
焚香结盟。"明午,憨果至。芸殷勤款接,筵中以猜枚赢吟输
饮为令,终席无一罗致语。及憨园归,芸曰:'顷又与密约,十

---

① 琅玕词客、惜花居士撰《秦淮廿四花品小传》,李汇群考证作者为秦耀曾、凌
志珪(号竹泉)。

八日来此,结为姊妹,子宜备牲牢以待。'笑指臂上翡翠钏曰:
'若见此钏属于憨,事必谐矣。顷已吐意,未深结其心也。'余
姑听之。十八日大雨,憨竟冒雨至。入室良久,始挽手出,见
余有羞色,盖翡翠钏已在憨臂矣"。闺秀与名妓之间焚香结
盟,似乎只有嘉道间才会有,而憨园并非虚构人物,《秦淮画舫
录》中就有张冷香及憨园的记载。

嘉庆道光时期是名妓文化复兴时期,主要表现在两个方面:
一是名妓与名士的雅集唱和方式相似;二是名妓才情、品格、爱
情观相似。且此时的名妓文化不仅较晚明更有特色,还承袭了
闺秀南楼拜师传统,很多名妓拜名士为师,学习诗画技艺,且与
闺秀之间的往来更加直接频繁。

二、晚明情爱观的追寻与实践

嘉道时期的名士才女的婚姻常被目为友爱婚姻,其实嘉道
时期很多的婚姻更与晚明清初的妻妾共处婚姻相似。清初徐渊
珠云[①]:"愿得侍文人,为东坡之朝云,闻而怜之,遂足矣。"清初
的闺秀愿"为朝云",而不是"梅花妻";男性则是希望"室有贤妻,
雅好吟风写月,相对于林泉小院,携图书琴酒于曲栏幽径间,修
竹栽花,分题和韵,于斯时也,得二三美女共盘桓其间,不大添
佳兴乎","然此姬也,必研通乎翰墨,有种蕴藉风流之态,飘飘若
仙之姿,而文字亦能粗解其末,且性体温和,善于应对,若此者乃
其选矣。盖夫妇妻妾之调也。有如鸣雅乐于皓月清风之下,其
为乐也,孰大于是"[②]。这种妻妾和谐共处的理想,在嘉道文人

---

① 《撷芳集》卷六十八载"徐渊珠,字善怀,江苏人,施愚山先生之侧室也,卒年
仅四十"。
② 徐叶昭《瑶仙闲话记》,载《职思斋学文稿》,清乾隆间刊本。

中得以实现。

晚明不得为朝云妾,受大妇迫害的第一有情人,第一伤心人是冯小青,而陈文述为冯小青修墓赋诗,并且娶转世的小青、才女管筠为妾,妻妾和乐,弥补了小青的遗憾,这可以说是嘉道时期与乾嘉间梅花妻才子妇同时并存的另一种婚姻典范。

管筠自以为是小青后身,其《颐道主人为菊香、小青、云友修墓于孤山葛岭间,营兰因馆合祀之,赋诗纪事,余既为重修三女士墓记并和四律》其中有"绿珠冤魄终难化,紫玉芳魂或可寻。梦里双莲因果在,生前生后费沉吟"句,自注曰:"家慈梦大士携青衣垂髫女子持双头莲花生余,说者以小青后身解之。"管筠认为小青"心孤似月,命薄于花,以藕丝莲性之缠绵,遭猜语哱声之摧折。烧灯读曲,照影怜春,朝泪夕泪之痕,新云旧云之感。爱之者以为千古第一有情人,怜之者以为千古第一伤心人矣",在嘉道间崇尚晚明风调的气氛之下,冯小青这样的才女理应得到才子眷爱,夫人怜惜。小青转世的管筠弥补了小青的缺憾,转世的冯小青得到才子眷顾。

陈文述妻与管筠唱和的诗文最多,可见陈文述对管筠的爱恋。如《小鸥波馆诗》有《九月二十管姬湘玉来归作》、《七月六日管姬静初四十初度既见于寄内子诗中生平淑行颇有可纪因更为古诗百二十韵以寄之》、《宫人折花曲为姬人湘玉题折花小影》、《为姬人湘玉书春帖子》、《海上夜泊寄湘玉》、《湘玉为余录海上游草因题卷端》、《仙女庙寄湘玉》、《海上对月怀湘姬二首》、《玉峰道中偕湘姬听雨》、《偕湘姬舟中望九峰》、《桐霞馆诗为湘姬作》、《春夜携姬人兰君乘月渡海即寄湘姬吴门》、《偕湘姬至刘河祈风碧霞元君祠下次日晓起渡海用前兰姬渡海韵》、《湘姬镌小印日曾经沧海余为赋诗》、《中秋夜同湘兰两姬海上玩月书寄吴门》、《夜闻湘姬咏诗声》、《花朝琴河官舍书寄管姬湘玉吴门十六

韵》、《金陵寓馆书寄湘姬》、《夜闻湘姬诵经》、《题管姬湘玉小鸥
波馆诗集》、《秋夜听湘姬鼓琴》、《湘姬选余诗为摘句图为题一
律》、《答湘姬见询湖上近游》、《汉皋七夕书寄仲姬吴门》、《妙香
坛偈中金门草色一语余虽赋诗终未得解管姬静初谓当是碧城二
字隐语思之良是更赋一律》。管筠也得到陈文述夫人龚玉晨的
信任与喜爱。管筠《西湖三女士墓记》曰："筠之归来颍川也,太
宜人爱若所生,女公子视如同气,大妇魏成君解序铭椒之集,名
家谢道韫共联咏絮之吟,主人气谊云霞,肝肠冰雪,玉台有丽人
之目,金钗列弟子之行。以筠之抱诗癖也,为示风雅之渊源;以
筠之耽禅悦也,为讲《华严》之音义。玉女双鬟之石,供作砚山;
蕊宫之图,列诸屏障。视菊香、云友未知何如,视小青则遭际较
胜矣。"夫人龚晨兰还将家事委任管筠处理,道光七年陈文述迎
娶管筠后,龚晨兰语之曰:"老身以下咸听命,有不尊者听治如
法。""并召家人辈谕之曰:今日家有主母,效前此泄泄也。汝辈
事姬如事我,有不遵者老身不汝贳也。"①

　　陈文述的家庭可谓妻妾和睦共处。陈文述与妻子龚晨兰之
间情深意重,《颐道堂诗集》有《银河引寄内》、《花海扁舟》、《花海
仙人饮酒歌》、《送内子归武林》、《西湖餐秀阁诗》等诗寄赠夫人。
《西湖餐秀阁诗》小序曰:"内子卜宅武林,得溯上,片石居在石函
桥玉壶水口,小楼数楹,即餐秀阁故址也,喜而作诗。"《花海仙人
饮酒歌》小序曰:"内子羽卿辟谷十余年矣,日以越中女儿酒、东
阿胶代饔飧,钱松壶为作《花海扁舟画卷》,因赋此诗。"有"一樽
闲话罗浮梦,我是花间偕隐人"句。陈文述说:"宜人有文数篇,
诗数十首,余诗为宜人作者亦数十首,将合而梓之,为花海琴音,
亦花海仙人饮酒诗意也。"除了管筠之外,陈文述还有很多妾室,

---

① 陈文述《先室龚宜人传》,《颐道堂集》文钞卷十三。

《留别诸姬》诗是赠给文静玉(湘霞)、云妮、玉嫣等妾室的诗[①]，此外还有《题姬人湘霞小停云馆诗抄用题管姬湘玉小鸥波馆诗抄韵》、《拟古艳歌行寄湘霞》、《琴园仙子松风琴歌为湘霞作》、《罗浮花凤歌为湘霞作》、《飞卿画红牡丹为湘霞小影因题四首》、《琴园月夜听湘霞弹琴》。还有《寄姬人云妮》、《小除夕祭诗是日姬人云妮二十初度诗以纪之》、《江上寄云妮》等诗。

嘉道间这种妻妾和睦的婚姻并不鲜见，除了陈文述的家庭，还有阮元这种官僚家庭及詹应甲、詹振甲兄弟等文人家庭。阮元继妻孔璐华能诗善吟，著有《唐宋旧经楼稿》七卷；妾刘文如擅长诗文，兼工绘画，著有《四史疑年录》；妾谢雪娴于诗，善绘事，尤工花卉；妾唐庆云工花卉虫鱼，用笔沈细，赋色妍妙，深得恽寿平真谛，著有《女萝亭稿》六卷。孔璐华等家庭唱和不断，还与王琼等才女曲江亭唱和，被当时称为盛事。普通的文人家庭如詹振甲，字声山，均以诗名荔乡。妻时瑛，亦工吟咏。振甲有三妾：邱卷珠，字荷香，福建闽县人，著有《荷窗小草》；张秀珠，字藕香，江苏长洲人，著有《绣余草》；张喜珠，字莲香，湖北黄州人，著有《莲香阁草》。其妻诗未见记载，但三妾则各有诗集，"荷香、藕香、莲香先后归詹生，寻荷、藕相继殁，声山乃合莲香诗编为《三生堂稿》"。湖北孝感才女王素雯(云仙)有《三生堂题词》诗云："莲根作藕大如船，莲叶摇风剧可怜。更向西湖种莲子，

---

①　《留别诸姬》：和风丽日好襟怀，似尔佳人洵是佳。因近中年长谢病，为怜远道更持斋。莲花会上拈红袖，桃叶舟中惜紫钗。珍重芳心似明月，春帆随我到天涯。(静初)　别愁容易上纤眉，不尽离怀付酒卮。病后最宜调药饵，倦来切莫理机丝。消闲好仿簪花格，破闷休吟折柳词。惆怅满襟清泪，江波难浣是相思。(湘霞)　原是桃根最小身，兰芽玉蕊共芳春。听来燕语初愁别，画到蛾眉略解颦。说法长依善天女，学好傍卫夫人。自调寒暑安眠食，莫为征夫怨苦辛。(云妮)　锦字三年怅远游，美人春梦共兰舟，珊瑚枕瘦孤鸳冷，玳瑁梁空乳燕愁。寒雁橹声过镜槛，乱鸦帆影拂帘钩。陌头杨柳伤心色，莫更凝妆上翠楼。(玉嫣)

都叫齐放并头莲。"应甲、振甲兄弟经常携妻妾一起吟诗唱和，张秀珠去世后，其嫂黄俪祥作《哭藕香女史并题绣余吟稿》，其中有"十斛香名围绣幄，两头妆具载文箫。织成黄绢中郎授，谱到清琴大妇调"之句。这样的夫妻关系完全是继承了晚明的那种妻妾之乐。

汪端的婚姻一直被赞为琴瑟和鸣，不过汪端丈夫陈裴之最传为流传的《香畹楼忆语》一书，回忆的是自己的姬室王子兰，汪端被赞扬的是大妇之贤，这种夫妻模式与王采薇和孙星衍的知己情爱夫妻已经完全不同。

陈裴之娶王子兰，是汪端极力主张的结果。汪端婆母龚玉晨叙述说："姬王氏，名子兰，字紫湘，一字畹君，秣陵人，余子裴之侧室也。初，子妇汪端来归，生子孝如，弥月殇。逾年又生孝先，娩后失调，体屡多疾。又因夫子颐道先生病剧，端誓愿长斋绣佛三年，继以选明代人诗初二集，聚书盈屋。晨书暝写，心劳神疲，恒数昼夜不得寐。因请于余及颐道先生曰：'作配高门，质沐慈爱，有逾顾复，比得醒疾，终夜不寝。医云疾在心神，不加静摄，将成怔忡。自问幼耽坟籍，疏旷针黹，十馈五浆，尤非所谙。虽重亲高堂，矜其不逮，夙夜循省，心何以安？且堂上膝下，仅止公子一人；饴含抱孙，亦止孝先一人。螽斯蕃衍，宜求淑俪，以主中馈，俾端得安心优游文史，以延屡弱之躯。'并于祖翁先奉政公、祖姑查太宜人前，再三言之。虽未即许，未尝不鉴其心之苦、情之挚也。嗣夫子以公至秣陵，闻姬贤，归言之。端闻请曰：'端之前言，实本肺腑。即不为公子求佳偶，独不可置簉室乎？且紫姬词翰，端曾一见之，尤非寻常金粉可比也。'夫子乃禀命堂上，介同岁生侯君青甫，暨欧阳大令棣之为塞修，诹吉迎归，端先期营香畹楼以居之，故又字畹君也。"

汪端不仅为丈夫纳妾，还对丈夫陈裴之与王子兰之间的深

情赞美有加。陈裴之曾与人论李香君与侯生的爱情,"余旧撰
《秦淮画舫录》序曰:蕊君叩余曰:'媚香往矣,《桃花扇》乐府,世
艳称之。如侯生者,君以为佳偶耶?抑怨偶耶?'余曰:'媚香却
聘,不负侯生,生之出处,有愧媚香者多矣。然则固非佳耦也!'
迨姬归余后,允庄(汪端)谈次戏余曰:'君当日以他人酒杯,浇
自己块垒。兴酣落笔,慨乎言之。苟至今日,敢谓秦无人
耶?'"[1]陈裴之与王子兰的爱情直接晚明余绪,《香畹楼忆语》与
冒襄《影梅庵忆语》文体相同,且时人将陈裴之与王子兰比作冒
襄与董小宛,"昔琴牧子谓:'非董宛君之奇女,不足以匹冒辟疆
之奇男。'今以余观孟楷(陈裴之)紫湘(王子兰)之事,遇奇而法,
事正而葩,郑重分明,风概既远轶冒董,即就《香畹楼忆语》与《梦
玉词》笔墨而论,尤非雉皋所及"。

　　观察汪端与王子兰对待爱情的态度,与此前才女梅花妻的
爱情观不同。汪端婚后自愿长斋,夫妇分室而居:陈裴之与汪
端婚后不久,因陈又述病而誓愿长斋,与丈夫分室四年,陈裴之
说"闺人允庄复于慈云大士前,誓愿长斋绣佛,并偕余日持《观音
经》若干卷,奉行众善。乃荷元化先生赐方四十九剂,服之病始
次第愈。自此夫妇异处者四年"[2];汪端于家事并不精通:龚玉
晨说汪端"疏旷针黹,十馈五浆,尤非所谙";每日所作则是编选
明诗,"允庄方选明诗,复得不寐之疾。左镫右茗,夜手一编,每
至晨鸡喔喔,犹未就枕。自虑心耗体屡,不克仰事俯育"。陈裴
之曾言"安得金屋千万间,大庇天下美人皆欢颜耶",可见其常常
取次花丛,汪端不妒忌是大妇之贤,而王子兰更是不妒忌,收藏
陈裴之的恋情纪念物品。"是以香影阁赠余鬈花绡帕,香霏阁赠

---

① 陈裴之《湘烟小录》,《香艳丛书》本。
② 陈裴之《香畹楼忆语》,《香艳丛书》本。

余冰纨杂佩,秋雯阁赠余瓜瓞绣缕,姬皆什袭藏之,又香霏阁寄余雕笼蝈蝈一枚,姬尤絷爱不释,曰:'窥墙掷果,皆属人情,苟非粉郎香掾,又谁过而问之者?'"①并且王子兰认为"飘藩堕溷,千古伤心,君能现身接引,亦是情天善果"。

三、大家自有名山业　一代文章付石渠

嘉道时期的闺秀最大的特点就是多才多艺,且"不羡明珠羡才名";闺秀之间唱和之余,更积极投身到女性文集搜集、刊刻、编纂、校对之中,力图使自己与闺秀的才名"庶不与草木同腐尔"。

嘉道间著名闺秀杨芸、李佩金与陈雪兰三人曾出资刻印随园女弟子金逸诗集,令陈文述感动,曾为之校定。《碧城仙馆诗钞》卷六《读吴门女史金纤纤逸瘦吟楼遗诗》有"蛾眉都有千秋意,肯使遗编付劫尘"句,自注:"杨蕊渊、李纫兰、家雪兰三女士,为捐金付梓。"施淑仪说:"大令平生韵事甚多,当以此为第一佳话。"②陈文述这种"不忍遗编付劫尘"的态度,促使碧城仙馆的女弟子们积极参与到女性文献的编辑中。《西泠闺咏》卷一陈文述妻子龚玉晨编,陆湘鬟校字;卷二管筠编,吕明徵校字;卷三文静玉编,吴飞容校字;卷四蒋蕊兰、薛纤阿编,萧凤箫校字;卷五辛丝、王兰修编,孙佩秋校字;卷六钱守璞、陈秀生编,叶文銮校字;卷七吴规臣、张襄编,巫山宋玉姝校字;卷八于月卿、史静编,卫懋清校字;卷九黄之淑、张仪昭编,苏黛仙校字;卷十汪琴云、许云林编,谢蕊佩校字;卷十一曹培英、陈曾滋编,季兰韵校字;卷十二吴藻、顾韶编,鲍尊瑜校字;卷十三陈筠湘、顾蕙编,王子

---

① 陈裴之《香畹楼忆语》,《香艳丛书》本。
② 施淑仪《清代闺阁诗人征略》,第 1996 页。

兰校字；卷十四范继成、张兰香编，华玉仙、董鬓仙校字；卷十
五汪端编，李锦姒校字；卷十六女陈华姒、陈丽姒编，叶菜、许
兰校字。一共有46人参与《西泠闺咏》的编辑工作。这些闺
秀的编纂过程其实就是梳理与阅读古代女性文学史的过程，
自己的创作是文学繁盛的表现。女性文学史的梳理工作则是
女性文学成熟的表现，这样的过程对闺秀的文学创作与文学
自觉的影响非常大，促进了对闺秀的女性文学的理解和进一
步探求。

《西泠闺咏》是对整个女性文学史的梳理，而闺秀参与编选
校订汪端《明三十家诗选》的工作，则是梳理明代文学史的体系，
定位明代文学家在文学史上的地位和价值。参与《明三十家诗
选》校定的女性达35人之多，卷一孙云凤、卷二李佩金、卷三上
席佩兰、卷三下归懋仪、卷四孙苕玉、卷五上屈秉筠、卷五下廖云
锦、卷六上杨芸、卷六下陈德卿、卷七上汤绣娟、卷七下汪筠、卷
八上金荸、卷八下华云芝。二集卷一上管筠、卷一下席慧文、卷
二上王钿、卷二下王蕙芬、卷三上陈萼仙、卷三下陈苕仙、卷四上
王琼、卷四下顾翎、卷五上汪嘉与钱佩、卷五下孙云鹤与孙云娴、
卷六上韩淑章与王德柔、卷六下黄之淑、卷七上许因姜与许云
姜、卷七下黄巽与汤蘅、卷八上李蓉琳与李蓉仙、卷八下王子兰
等人。这些闺秀几乎囊括了道光间著名的闺秀。孙云凤是著名
随园女弟子，湖楼诗会的召集者；席佩兰是随园第一女弟子；归
懋仪是嘉道间以闺塾师闻名的才女；李佩金与杨芸是浙西词学
的代表，著名的"秋雁诗人"；王琼是扬州才女，《同音集》及《名媛
诗话》撰者；屈秉筠在随园女弟子中以诗画闻名。这些闺秀才媛
在《明三十家诗选》中具体的贡献不得而知，但不可否认的是阅
读汪端的编选及评语就是一种文学思考，而汪端对明代文学史
的重新梳理的贡献非常重大。曹贞秀说《明三十家诗选》是"兼

收两家(沈德潜与朱彝尊)之美而去其失者",即使"竹垞、归愚两先生复起亦将不能易斯言"的"精思慎择"的大学问①,"读是书不特三百年诗学源流朗若列眉,即三百年之是非得失亦了如指掌"②。因此参与编辑的闺秀都参与重新评价建构明代文学史的工作,对文学的理解自然会不同,对文学的意义会有更加深刻的认识。

道光间这种女性文学氛围之下,闺秀积极为沈善宝的《名媛诗话》与恽珠《国朝闺秀正始集》提供素材就是非常自然自觉的文学行为。《名媛诗话》中记载了才女张孟缇于乙巳冬初,同令弟仲远大令赴武昌,丙午寄诗一册来③;宗寿香寄其姑周清馥太孺人芬诗稿来,嘱为摘录④;鸳湖陈静宜诗已录于前卷,今又寄《大江东去题〈名媛诗话〉》一阕⑤;项祖香出新安张彦如诗一卷,芬芳悱恻,想见其人⑥;梁楚生夫人《古春轩诗》已录六卷中,今云林以新刊《遗集》见示⑦;仁和甄钿卿蓝玉,工诗善病,闺友抄示数章⑧;蘋香出续刻《香南雪北庐词》见示⑨;玉士以尊堂王兰上太夫人《钿遗草》见示,秀丽天然⑩;关秋芙集诸闺友宴于巢园,出所著《花奁集》、《众香词》⑪;太清以大兴刘梅庄《静媛闺词》数十篇相示⑫;陈静宜"去秋随宦来晋,并寄近年所作,阅之觉慷慨

---

① 曹贞秀《明三十家诗选序》。
② 梁德绳《明三十家诗选序》。
③④ 沈善宝《名媛诗话》,第569页。
⑤ 同上,第568页。
⑥ 同上,第593页。
⑦ 同上,第594页。
⑧ 同上,第595页。
⑨ 同上,第596页。
⑩ 同上,第597页。
⑪ 同上,第603页。
⑫ 同上,第607页。

愈深,时事使然也①";静宜寄示金陵王云蓝瑶芬《写韵楼诗抄》
一卷,笔情苍秀②;(丁)芝仙寄相识投赠之作,命采数章于《诗
话》③;蘋香寄《红豆轩诗词》一卷,云为仁和汪采湘蘅之遗稿④;
佩琼曾以诗草一卷相示⑤;海昌郑佩香莲孙,年十四,工诗善画,
词学三李。其吟稿为许听樵孝廉携至都门,云林嘱余采入《诗
话》⑥;虚白老人少作《和矢音集》数章未刊,写示数联嘱联为采
之⑦;龚瑟君觅徐湘生苢残稿⑧;上元梅竹卿"出其姊看云子《看
云阁诗》并自序,嘱余采入诗话"⑨;虚白老人又出其祖姑苏谷兰
《遗草》数页见示。又以侄女潘萼亭佩芳太恭人诗命采诗⑩。这
是闺秀对当代女性文学史的记录,为才女文名的流传所作的
努力。

　　嘉道间的女性文学成就除了文献整理外,还表现在女性文
学理论建构上。首先是嘉庆六年王琼(1769—1848)编纂《同音
集》,现存三卷,卷一收录 18 位闺秀诗作;卷二收录 20 位闺秀诗
作;卷三收录 15 位闺秀诗作。恽珠编纂的《国朝闺秀正始集》道
光十一年(1831)刊刻,选录了清初至道光间女性 933 人,选诗
1 563 首;附录一卷选诗 81 首;补遗一卷,选诗 92 首,共计 1 736
首。1836 年孙女妙莲保编成《国朝闺秀正始续集》,附录一卷,
补遗一卷,挽辞一卷,共 1 200 余首,这是对传统妇学的一次总
结和重构,倡导文学的道德意义。正如《例言》所说:"是集所选

---

①　沈善宝《名媛诗话》,第 612 页。
②　同上,第 613 页。
③　同上,第 609 页。
④　同上,第 610 页。
⑤　同上,第 611 页。
⑥⑦　同上,第 500 页。
⑧　同上,第 517 页。
⑨　同上,第 536 页。
⑩　同上,第 471 页。

以性情贞淑、音律和雅为最。风格之高,尚其余事。"《弁言》曰:
"凡篆刻云霞,寄怀风月而义不合于雅教者,虽美弗录。"①这是
继方芳佩之后对传统妇学的又一次提倡和表彰。此后,张孟缇
因《撷芳集》收闺秀诗太滥,《正始集》选闺秀诗太简,故另选《闺
秀诗》一集,搜罗甚富②。

　　文学理论著作上,王琼及侄女王乃德、王乃容有《名媛诗
话》、《竹净轩诗话》、《浣桐阁诗话》,主要保存在王豫《江苏诗
征》、《淮海英灵集》中③。沈善宝(1808—1862)有感于"闺秀之
传又较文士不易",因此"不辞摭拾搜辑",编《名媛诗话》十二卷,
《续集》三卷,重点记叙了嘉道咸年间的女诗人的文学活动及生
存状况,表现了沈善宝自己的性别诗学理论。全书足本多达十
五卷,篇幅空前之大,被学者赞为"对传播和弘扬女性文学具有
重要的价值","不但建构了清代女性自己文学体系,也呈现了女
性在蜕变的里程中她们自己的面貌"④。

　　品论男性的理论著作有汪端(1793—1838)《明三十家诗
选》,初集八卷、二集八卷,共十六卷,自刘基以迄夏完淳,共三十
家正选,仿钟嵘《诗品》、高棅《唐诗品汇》而作。三十家正选为:
刘基、高启、李东阳、李梦阳、何景明、徐祯卿、谢榛、李攀龙、王世
贞、陈子龙、顾炎武、陆世仪、陈元孝以上13家;初集正选者计有
945首诗,附录有22人,212首诗。二集正选有贝琼、张以宁、杨
基、袁凯、孙蒉、林鸿、李昱、程本立、边贡、皇甫汸、高叔嗣、区
大相、徐熥、曹学佺、邝露、夏完淳等十七家,诗800首;附录则

---

①　恽珠《国朝闺秀正始集》,清道光间刊本。
②　沈善宝《名媛诗话》卷八,第428页。
③　刘源、邓红梅《清代丹徒王氏闺秀诗话三种辑录》,《山东女子学院学报》
2013年第1期。
④　钟慧玲《阅读女性·女性阅读——沈善宝〈名媛诗话〉的女性建构》,《东海
中文学报》2008年第20期。

为 48 人，611 首。合计共正选三十家，1 745 首诗；附录共 70 人，823 首诗。曹贞秀主张论诗论人并重，以诗论史其《明三十家诗选序》论及选诗之家大要有二：以人存诗，以诗存人。朱彝尊《明诗综》重在人，而沈德潜《明诗别裁》则重在诗，以人存诗则失之滥，而无当别裁之旨；以诗存人则失之严而罔具尚论之识。汪端兼采论诗及论人，每家系以事略，旁采各家评论以备参考。大旨推崇高启，"青丘诗众长咸备，学无常师，才气豪健而不剑拔弩张，辞采秀逸而不字雕句绘，俊亮之节，醇雅之旨，施于山林、江湖、台阁、边塞，无所不宜。有明一代学古而化，不泥其迹者，惟此一人"。张云璈赞曰："余读其《明三十家诗选》，所论磅礴千古，眼光如月，呜呼，直今之曹大家耳！"汪端的《明三十家诗选》被姨母梁德绳认为可传诸后世而不朽，"兹集之选，虽诗选，实史论也"，"清苍雅正为宗，一扫前后七子门径，于文成、青丘、清江、孟载诸人表章尤力。至于是非得失之故，兴衰治乱之源，尤三致意焉。读是书者不特三百年诗学源流，朗若列眉，即三百年之是非得失，亦了如指掌，选诗若此，可以传矣"。现在学者也认为汪端"以独到的批评眼光改变了男性世界对明代诗史的认识，在文学史上留下了女性的批评印迹，使得中国文学史不能再说是男性视角或男性标准的产物，回顾中华民族的文学史，还没有哪个女作家的成就能与汪端相比"①。此外，王仲兰与辛丝编辑《国朝诗品》，品评清代男性作家等，虽然把陈文述作为清朝第一家有失公允外，就其编纂的文学史意义，则值得重视。

不仅有诗学理论著作，还有词学理论著作。钱斐仲(1809—

---

① 蒋寅《汪端诗歌创作与批评初论》，载《清代文学论稿》，凤凰出版社 2009 年版，第 338 页。

1850?)著有《雨花盦词话》①,这是继李清照《词论》后的第二部
女性词学理论著作。"迷离惝怳,若近若远,若隐若见,此善言情
者也。若忒煞头头尾尾说来,不为合作。竹垞先生《静志居词》,
未免此病"。进一步强调词要婉转含蓄,若近若远,若隐若见,化
实入虚,在词学抒情的进程具有促进作用。

　　女性传记的编纂也极为兴盛。恽珠除了《正始集》之外,还
编辑《兰闺宝录》,"检阅廿三史,一统志、八旗志各一过,择列女
之卓行可传者分类编次为《兰闺宝录》一书,将是编同寿梨枣,盖
养班左才华与示郝钟之礼法意有并重,所以垂教闺门者至深远
矣"。陈敬编《古今名媛考略》②;赵景淑"尝集古今名媛四百余
人,各为小传,题曰《壶史》,又有《香奁杂考》一卷,征引详博,韵
语其余事耳"③。并且在诗学上有自己的看法,"本朝诗则推王
新城、恽南田、李丹壑,余不甚留目。澄少作多袭明七子格调,女
兄力诋之,谓如木偶登场,绝少生气"④。李淑仪以诗歌形式来
进行女性传记史的写作,著有《疏影楼名媛百咏》、《疏影楼名花
百咏》。其《疏影楼名媛百咏》就是女性诗史,沈敏芳题辞说:"前
辈风流尽可人,未逢知己亦沉沦",这是因红颜憔悴、青史不载的
女性不遇知音的悲情来编纂女性历史的心态,李淑仪说"花以香
传,人以才传,其权固花自操之,人自操之,天不得而限之"⑤。
秉着历史的使命感,闺秀可以自己凭借才学流传令名,天亦不能
因妒忌而失传。

　　此外,嘉道间训诂学著作现在可见的有王照园《列女传补
注》、梁端《列女传校注》、叶惠心《尔雅古注觇》等;经史流传下来

①　唐圭璋《词话丛编》第 4 册,中华书局 1986 年版。
②　沈宝宝《名媛诗话》卷四,第 419 页。
③④　赵对澄《延秋阁剩稿序》,《明清安徽妇女文学著述辑考》第 105 页。
⑤　李淑仪《疏影楼名姝百咏自叙》。

的有刘文如《四史疑年录》、陈尔士《授经偶笔》。还有汤漱玉的绘画史著作《玉台画史》,王佩香的佛学著作《愿香室笔记》,这些都可说明乾嘉道是女性文学的最后繁盛时期。道光时期由于文学女性的阶层更广泛,其生活境遇与明末闺秀相似;但文学素养更深厚,文学活动更频繁,因此无论在文学创作与思想观念上,都较以前有了更大的进步。

第四章 乾嘉道时期女性
文学活动(下)

乾嘉道时期是女性文学发展最繁盛时期,除了闺秀文学理论的成熟外,还主要表现在女性文学群体活动的丰富性与文学成就的多样性上。以杭州闺秀孙云凤为首的湖楼诗会、扬州闺秀王琼与阮元家族女性的曲江亭唱和、苏州周曰惠等人的绿凤仙花唱和与吴中十子的清溪诗社以及常州的张氏姊妹的活动,都是在清代女性文学史上具有代表性的女性文学活动;以诗论史的书写则表现了闺秀在吟唱之外,还有强烈积极的淑世情怀。这些都说明了女性文学在嘉道时期的兴盛与成熟。

第一节 湖楼诗会与杭州
女性文学传统

袁枚女弟子是 19 世纪后期女性文学活动中最为瞩目者,赞誉者有之,诋毁者有之,无论哪一种,都说明了袁枚及随园女弟子在当时的社会影响力之大①。特别是两次湖楼诗会,在当时

---

① 关于袁枚女弟子的论文很多:除了王英志的多篇论文外,还有沈金浩《论袁枚的男女关系观及妇女观——兼谈两者与其文学活动、文学创作间的关系》, 转下页

被传为韵事,后来成为研究的焦点。论者大多集中在湖楼诗会
与袁枚的关系上,不过仔细分析后,就会有这样的疑问,湖楼诗
会的主角到底是白发袁枚,还是红颜女弟子呢? 这是一个值得
探讨的问题。如果是女弟子,主角是孙云凤等杭州女弟子的话,
为什么杭州的闺秀能发起这样大规模的文学活动? 杭州闺秀女
性文学活动的文学史意义和影响有哪些呢? 这些问题都值得进
一步去探讨。

一、湖楼诗会——孙云凤的拜师雅集之会

关于袁枚及女弟子的湖楼诗会的意义,王英志说是为标榜
女子作诗的声气,王标认为是对袁枚"风流才子的声名和肉体的
生命力的确认"①,都有一定的道理,但是这些话题都围绕着袁
枚展开的,就形成了一个主观的印象,湖楼诗会是袁枚召集众女
弟子的唱和。事实上湖楼诗会不仅对袁枚有意义,更重要的是
这是杭州才女主动发起的一次雅集活动,是才女利用袁枚的声
望为自己营造一个理想的栖居空间而做出的努力。

第一次湖楼之会是在乾隆五十五年庚戌(1790)春,《随园诗
话补遗》卷一载:"闺秀吾浙为盛。庚戌春,扫墓杭州,女弟子孙
碧梧邀女士十三人,大会于湖楼,各以诗画为赘。余设二席以待

接上页　《深圳大学学报》2001 年第 3 期;刘咏聪《曲园不是随园叟,莫误金钗作赘
人"——袁枚与俞樾对女弟子态度之异同》,《岭南学报》1999 年新第 1 期;石昊《阻
隔的一时双璧——关于〈随园诗话〉忽略清溪吟社之分析》,《苏州大学学报》2007 年
第 5 期;祝伊湄《章学诚对〈随园诗话〉的批评》,《华侨大学学报》2006 年第 4 期;施幸
汝《随园女弟子研究——清代女诗人群体的初步探讨》,淡江大学 2005 年硕士论文;
王镱容《传播、声誉、性别:以袁枚〈随园诗话〉为中心的文化研究》,暨南大学 2002
硕士论文;陈盈妃《袁枚在女性墓志铭所反映的思想》,《彰化师大国文学志》第 19
期;刘振琪《论随园女弟子的创作取向与袁枚之关系——以〈随园女弟子诗选〉为分
析对象》,《东海大学图书馆馆讯》2009 年第 98 期等文章。
　　①　王标《城市知识分子的社会形态——袁枚及其交游网络的研究》,上海三联
书店 2008 年版。

之。徐裕馨,相国文穆公之孙女也,画法南田,诗吟中晚。"袁枚《庚戌春暮寓西湖孙氏宝石山庄,临行赋诗纪事》诗自注:"女公子张秉彝、徐裕馨、汪姷等十三人。"汪姷《简斋夫子别后,蒙寄手书存问寒家姊妹,赋诗奉答》,张秉彝有《蒙随园先生招集湖庄》诗,可知其也是随园女弟子。汪缵祖、孙廷桢《续同人集》有送别诗。可知到会为孙云凤、孙云鹤、王玉如、徐裕馨、张秉彝、汪姷、汪姷、汪缵祖、孙廷桢等九人。

第二次湖楼诗会是乾隆五十七年壬子(1792)春。《随园诗话补遗》卷五载:"今年,余在湖楼,招女弟子七人作诗会。太守明希哲先生保从清波门打桨见访,与诸女士茶话良久;知是大家闺秀,与公皆有世谊,乃留所坐玻璃画船、绣褥珠帘,为群女游山之用。而独自骑马还衙。少顷,遣人送华筵二席、玉如意七枝,及纸笔香珠等物,分赠香闺为润笔。一时绅士艳传韵事。"到会有孙云凤、孙云鹤、钱琳、潘素心、梧桐、袖香等七人。潘素心曾自注:"先生论诗以孙碧梧为首,以素心为次。"

湖楼诗会前后两次,共有孙云凤、孙云鹤、王玉如、徐裕馨、张秉彝、汪姷、汪姷、汪缵祖、孙廷桢、钱琳、潘素心、梧桐、袖香等13人参加。这些闺秀多是杭州人,且是孙云凤姊妹倡导发起的。特别是第一次湖楼诗会,其实就是孙云凤的拜师大会。在孙云凤的影响带动下,很多杭州才女都成为袁枚女弟子。因此湖楼诗会并不是袁枚想扩大文学势力和影响,而是孙云凤希望通过湖楼诗会的社会影响力扩大自身以及杭州才女的社会影响。

孙云凤是第一次湖楼会的组织者和邀请人,其《宝石山庄送简斋夫子还山诗序》曰:"我简斋夫子,行年七十,妇竖知名,所到四方,钗群引领。庚戌四月十三日,因停扫墓之车,遂启传经之帐。凤等抠衣负笈,问字登堂,一束之礼未修,万顷之波在望。

畅幽情于觞咏,雅会耆英;作后学之津梁,不遗闺阁。持符召客,
女弟子代使者之劳;置酒歌风,武夷君作幔亭之会。群季乏地主
之仪,能无愧也;先生具门人之馔,有是礼乎? 时也风雨有声,烟
波无际;山花留红,堤草萦绿。不栉进士,竞传击钵之诗;扫眉才
子,各逞解围之辨。"从这段记载中可以看出这是因袁枚路过杭
州,所以孙云凤借此机会"雅会耆英",孙云凤代使者之劳,召集
杭州闺秀来参与自己负笈问字之礼。在云凤的影响下,很多闺
秀也成为袁枚女弟子。故而袁枚说"女弟子孙碧梧邀女士十三
人,大会于湖楼,各以诗画为赞"。

　　参与湖楼诗会的除了孙云凤姊妹以及家人王玉如外①,大
部分是孙云凤的闺友。如张秉彝因孙云凤而拜见袁枚。《随园
诗话补遗》卷二载:"余与吾乡柴行之同庚。十八岁时,柴与其表
兄张静山见访,珊珊玉貌,彼此酬嬉,致相得也。逾年,张侍其尊
人官平陆署中,离桂林二百里。余虽到广西,竟不得见。从此永
诀。今年在西湖,静山之女因余系父执,与女弟子孙碧梧姊妹到
湖楼相访。谈论之余,方知故一诗人也。有《病起》一首云:'风
逼帘栊睡起迟,春寒无计可支持。双眉慵扫因新病,一卷丛残剩
旧诗。雪霁庭梅初破冻,日长堤柳暗抽丝。年来忧思凭谁诉?
独有妆台明镜知。'"

　　参与湖楼诗会的闺秀,本身的文采与诗学风格与袁枚并不
相同。在第一次湖楼诗会之上,"不栉进士,竞传击钵之诗;扫眉
才子,各逞解围之辨",这是一次闺秀逞才斗诗的盛会,闺秀"或

---

①　孙云凤姊妹六人,还有孙云鹤、云鸾、云鸿、云鹄、云鹏等,其中以云凤、云鹤
姊妹最有名。孙云凤(1764—1814),字碧梧,浙江钱塘人,四川按察使孙嘉乐长女,
诸生程庭懋妻。有《玉箫楼诗集》、《湘筠馆诗》、《香筠馆词》。《随园女弟子诗选》卷
一录孙云凤43首附《杂作》十二首。孙云鹤,字兰友,一字仙品,浙江钱塘人,观察孙
春岩女,云凤妹,金玮妻。工诗善画。撰《听雨楼词二卷》。《随园女弟子诗选》卷三
选录诗18首,附《杂作》五首。

真珠密字,写王母之灵飞;或吐绿攒朱,画仲姬之花竹",因此第二次湖楼诗会中已经有盛名的潘素心也来参加。潘素心自称弟子,不过与席佩兰等袁枚女弟子等人不同。潘素心不仅是才女才妇,还是福慧双修的闺秀典范。袁枚说:"近日闺秀能诗者,往往嫁无佳偶,有天壤王郎之叹。惟吾乡吴小谷明府之女柔之,适狄小同居士;绍兴潘石舟刺史之女素心,适汪润之解元:皆彼此唱和,如笙磬之调。"①潘素心《寄外》诗云:"瘦影新痕杨柳枝,杏花十里送春时。须知吟咏无闲笔,那向妆台更画眉。"潘素心更是贤母,沈善宝说其"好学之心,老而弥笃。往来书札其题咏必亲笔挥洒。令子五人四登贤书,一入词馆。乙酉同捷京兆者三人,海内艳称。太夫人精神福泽、德行文章可冠古今"②。故而具文采令名且福慧双修的潘素心只是适逢杭州闺秀的雅集而已,与席佩兰、金纤等人与袁枚的关系并不同,所以潘素心没有进入《湖楼十三弟子请业图》,也没有入选《随园女弟子诗选》。

另外,参加湖楼诗会的汪缵祖是方芳佩的女儿,字嗣徽,汤燧妻,撰《侍萱吟》、《蕉雨轩吟稿》。方芳佩的诗风重视格调,沈德潜曾为之选定诗文。方芳佩《在璞堂吟稿》有《霁堂先生以拙稿致归愚沈宗伯选定捐资付刊赋此奉谢》云:"雅意超今古,微才荷奖成。浮云随地有,青眼几人迎。自昔劳冰鉴,于今愧短擎。辨弦殊未及,何敢窃时名。典礼秩宗重,承恩帝眷隆。东山归谢传,南国问诗翁。敢拟峄桐识,深叨断鼻功。高情敦旧雨,推爱及雕虫。"沈德潜与袁枚的诗风截然不同,"格调"与"性灵"是乾隆诗坛中最具争论的两派,方芳佩的女儿参加诗会,从一个方面

---

① 袁枚《随园诗话补遗》卷四,人民文学出版社 1982 年版,第 669 页。
② 沈善宝《名媛诗话》,续修四库全书本,第 1706 册,第 628 页。

说明主要不是因为袁枚的名气,而是孙云凤在杭州的文学影响而参加的,故而湖楼诗会是以孙云凤为首的浙江闺秀的雅集盛会,而不是袁枚倡导的雅集盛会。

二、雅集与行旅:杭州闺秀的文学活动方式

孙云凤能召集借助袁枚的声望而增加女性文学势力的杭州闺秀雅集盛会的原因,是因为杭州西湖的女性文学传统。西湖的闺秀一直有雅集与行旅的文学传统。明末汪然明曾有不系舟泊于西湖之上,是当时名妓、闺秀与文人名士的集聚地。陈继儒题"不系园"舟名,并赋诗:"西湖谁与开生面?不系园收不断云。翠壁丹崖天宿构,黄鹂绿树水平分。卷帘花扑双鱼洗,顾曲香飘百蝶裙。金谷玉津成往迹,虚舟一叶总输君。"当时如王修微、杨云友、柳如是、林天素、黄媛介等人都能诗善画,经常云集湖舫,传为当时佳话。这是西湖雅集传统的开始;而这些雅集的名妓如王微早年"扁舟载书,往来于吴会之间";柳如是当年也曾一叶扁舟,往来湖上。从明末就开始的雅集与游历是杭州女性文学发展繁盛的两个重要因素。

湖楼诗会是西湖闺秀雅集唱和传统的一部分。西湖的雅集在清初以蕉园诗社最有名,诗社成员经常在湖上"授管分笺"。《杭郡诗辑》载:"是时武林风俗繁侈,值春和景明,画船绣幕,交映湖湄,争饰明珰翠羽,珠鬓蝉縠,以相夸炫。季娴独漾小艇,偕冯又令、钱云仪、林亚清、顾启姬诸大家,练裙椎髻,授管分笺,邻舟游女,望见辄俯首徘徊,自愧不及。"蕉园诗社的湖上唱和开启了清代女性在公共场合的雅集风尚。闺秀的才华是雅集成为可能,雅集成就了闺秀的友谊,雅集吟唱的是才媛的诗篇,这群"闺阁友"因"词章"聚集在湖上。

载酒寻芳、雅集唱和之际,才女们必然撷取佳景收入诗囊。

陆筠贞《约诸女伴春游湖上》诗云:"湖上寻芳处,扁舟引兴长。闲招闺秀伴,来到水云乡。白鸟飞江岸,红桥隐绿杨。宛然图画里,佳景付诗囊。"湖上赋诗之时,为了能才冠群芳,还须学太白醉后兴发。孙采芙《春日偕闺中诸姊妹泛舟湖上》写道:"小舟轻泛夕阳边,指点韶光又一年。春水半篙芳草岸,东风十里杏花天。不妨畅饮心拼醉,正好联吟句夺先。隐约楼台最堪爱,绿杨深护万条烟。"这就是才女之间的情谊和日常的游览生活,正如王元礼《湖上同柴季娴朱顺成》所云:"向暮游人绝,同君步曲塘。有山尽秋色,无水不荷香。雅调传金轸,闲情寄笔床。谁言闺阁友,相得在词章。"面对美景,才女们不仅有动人的词章,如凌祉媛《念奴娇·季夏偕同人泛舟湖上时三潭荷花盛开柳阴小泊花枝压船冷香醉人素影留客更于远处望之见绿阴摇动时露靓妆带笑含鬟仿佛西子浣纱时也》。

这种湖上泛舟是一种闺中游历,当年王微、柳如是扁舟载书的往来也一直延续。很多闺秀还有远游的经历。蕉园诗社的林以宁曾游历很多地方。孙云凤早年随父宦游,孙嘉乐《上随园先生书》载:"迨奉使滇中,二女初授《毛诗》,姊为口授,自此之粤,之蜀,两姊妹闺中无事,戏弄笔墨。"[1]《随园女弟子诗选》、《国朝闺阁诗抄》、《国朝闺秀正始集》等都选录了孙云凤的行旅山水诗作,《再游飞云洞》、《山行》、《征程》等诗是她的名作。临水登山的远游行旅,使女性诗文的题材不再局限于闺中风月的吟唱,而增加了对大自然各种奇异景观的描绘。如胡慎仪《舟行遇暴风雨》:"逆水行舟嫌道远,旅人闷对难消遣。倏忽之间风暴来,遥望高山黑云卷。一霎船颠如簸扬,舟子蒿乱如飞蝗。随流未辨泊何处,岚光云气纷茫茫。东西南北都不辨,空中但听雷电聒。

---

① 《续同人集》,《袁枚全集》第 6 册,江苏古籍出版社 1993 年版,第 365 页。

耳听波涛夹雨声,杳冥变幻如流霰。此时客怀心胆寒,新愁往事集眉端。少年不解离乡苦,老大方知行路难。追思昔日深闺内,玉肌绰约飘香佩。小鬟扶我傍花荫,弓鞋怕溜苔痕翠。宁知中岁苦奔波,烈日狂飚任折磨。自怜憔悴风尘里,谁唱红颜无渡河。久坐云收风雨了,余霞远带尖峰小。低徊鸥鹭泛清流,忘机只有无情鸟。"诗歌告诉我们,生活在闺中的女性,形象是美丽的:玉肌绰约;体态是柔弱的:小鬟扶我;生活是闲适的:坐于花荫;性格是胆怯的:弓鞋怕溜。置身于这样的生活环境,所作诗文的确是"不过风云月露"而已。一旦见过"一霎船颠如簸扬,舟子蒿乱如飞蝗"的景象,感受过"东西南北都不辨,空中但听雷电聒。耳听波涛夹雨声,杳冥变幻如流霰"的危险,体会到"久坐云收风雨了,余霞远带尖峰小"的静谧,就会对人生产生全新的认识。四处变幻的景色,不仅让她们体会江山如画的美好,同时更感受深闺独处的狭隘。闺中吟风弄月的婉转低回,在大自然中就一变为"朝来携伴寻芝去,到晚提壶沽酒回"的潇洒,"身倚石,手持杯,醉时何惜玉山颓"的豪迈。

这样的心境,即使行旅中遇到险阻也呈欣然之态。如王贞仪《舟中午日时阻风珠江》诗云:"珠江此日逢端午,瘴雨蛮烟恼客途。身健不须长命缕,时平何用避兵符。榴花为忆家园放,艾酒聊从客里沽。莫漫天涯怜弱质,慈颜还幸得承欢。"归懋仪《吴江舟阻》则云:"稍有村墟隔烟雾,决无鸥鹭罢渔樵。不饥那畏晨炊断,拥被长吟暮复朝。"曹贞秀《舟过南阳阻水》在"积水浑无地,波流接大荒。阴风掀白浪,落日度危樯"中看到"暮天空阔处,征雁独南翔"。沈绮《大风泊舟包山》诗有"我来风正号,浪花大如席"之句,让人联想到李白在"惟有北风号怒天上来"时看到的"燕山雪花大如席",李白最后说"北风雨雪恨难裁",而沈绮的感觉是"少焉月东上,风定湖一碧",可见巾帼襟怀之宽阔,也有不输于须眉的时候!

远游行旅中的风霜劳顿,也让闺秀诗人对人生的艰难有更深刻的体会。汪嫈《大风渡扬子江同蔚如大兄受卿族侄侄孙士诠》写道:"长江巨浪横长天,中有万丈蛟龙泉。风声怒号浪声急,摇摇顷刻新旌悬。家人相对面如土,呼天不已求生全。我言汝曹且无恐,我心素定中有权。昔我夏日游新安,舟行钱塘江雾连。奔潮逼舟向凫赭,海门咫尺篷窗颠。篙工束手我心悚,风回柁转寻帖然。平日问心恒视此,独居宴坐如乘船。至人有言祷久矣,到此忏悔何及焉。语罢风停日已出,瓜州历历来目前。此时痛定愈思痛,余曰吾侪宜勉旃。勿忘江心告天语,他日终须涉此川。"这是亲历"巨浪横长天"、"家人面如土"的闺秀,在阐释经历"钱塘江雾连"、"篙工束手我心悚"之后对于危险的理解。这也是对人生的感悟,"平日问心恒视此,独居宴坐如乘船",写出了深入吟味人生之后的宁静和洒脱。

经过这样的旅行的闺秀,回归到闺中后,对闺秀文学的意义自然就有了不同的思考,才名观与文学使命感增强。而才学更是成为如孙云凤这样的闺秀立身扬名的资本。湖楼诗会时孙云凤已婚,但婚姻不幸,毅然返回西湖家中,死后才回到婆家安葬。许宗彦《湘筠馆诗序》曰:"十九年九月二十一日,碧梧女史云凤卒于程氏,程君懋庭迎其丧以归礼也。"蒋宝龄《墨林今话》载:"后归某,见笔砚则憎,反目,归卒。"返家之后的孙云凤在西湖之上,书写成为她生活的重心。而湖楼诗会雅集的社会关注从某种意义上说是对孙云凤返家的行为的肯定,肯定其作为独立的个体,而不是妻子或者母亲的身份生存的意义,因此,在这个意义上来说,才学使闺秀得以获得社会地位,并且赋予其生存的价值。

三、西湖的女性文学史及其文学地位

虽然存在着"女子无才便是德"的话语,但是才名一直是一些女性毕生的追求,希望自己在文学史上留名,是很多女性的理想。杭州的女性文学史上这种观念一直很流行,并且西湖的闺秀们为之进行着不懈的努力。

顺治时顾若璞的经济文章开启了西湖女性文学中经世的实学传统,一直在西湖闺秀中延续。康雍蕉园诗社唱和群体的美人学士的理想,也是女性得以在社会上获得声名的保证。乾隆时的方芳佩与福建闺秀交往,并且为之刊刻诗集。方芳佩通过与福建闺秀的交游,扩大了女性文学交游的网络,特别是为许琛刊刻诗集的行动,表明闺秀才媛对自身文学传播的重视及文学价值的期许。许琛在闽与"闺秀廖淑筹、庄九畹、郑镜蓉、黄淑畹、黄淑窈结社唱和,诗学益进。后家益落,饔飧不继。会李夫人笃心、方夫人芳佩、福恭人宜鸾闻其名,结为文字交,皆厚资之,始得自给"①。沈善宝《名媛诗话》卷四载:"三山许素心德瑗以苦节闻于当世,有《疏影楼集》。方芷斋随任之闽,耳名往访,诗篇倡和,时有馈遗。素心爱写梅菊,晚年窘甚,售诗画以自给。殁后,芷斋序其遗稿而梓之。其投芷斋诗有'千仞龙门非易到,布裙来拜卫夫人'。芷斋之居贵不骄,爱才若命,亦可敬也。又有《题画赠芷斋》云:'冷淡生涯二十年,枝枝叶叶锁寒烟。与君载去西湖畔,记取愁人闽海边。'"一般来说都是家族男性为女性刊刻诗集、男教师为女弟子刊刻诗集,而方芳佩凭借自己的社会影响,以弘扬女性文学为宗旨,于许琛生前帮助其渡困厄;于其死后为其刊诗集,使其文名得以流传。方芳佩的这种行为表明

---

①　恽珠《国朝闺秀正始集》卷十二,清道光刊本。

了写作是闺秀人生与文学领域内的"经国大业",女性文学传统的继承与才女文名的传播是一项严肃的事业。

嘉道时期的沈善宝被认为是当时"文坛领袖"的西湖闺秀沈善宝则对女性文学具有总结发扬之功。沈善宝被称为"闺秀诗坛盟主"、"吟坛宗主",是因其编纂了《名媛诗话》一书,多达十五卷,篇幅空前之大。其中虽也博采前人著述,但多第一手资料,记录了自己与同时闺秀诗人的交往,为女性文学史保存了许多珍贵的女性生活和文学活动片段,具有自撰的原创性质,雷瑨、雷瑊《闺秀诗话》之类单纯辑录他书的诗话与之不可同日而语。编纂的目的就是要阐扬闺秀才名。《名媛诗话》卷一说:"窃思闺秀之学与文士不同,而闺秀之传又较文士不易。盖文士自幼即肄习经史,旁及诗赋,有父兄教诲,师友讨论。闺秀则既无文士之师承,又不能专习诗文,故非聪慧绝伦者,万不能诗。生于名门巨族,遇父兄师友知诗者,传扬尚易,倘生于蓬筚,嫁于村俗,则淹没无闻者不知凡几。余有深感焉。故不辞撝拾,搜辑而为是编。惟余拙于语言,见闻未广,意在存其断句零章。"[1]

沈善宝通过《诗话》"不但建构了清代女性自己的文学体系,也呈现了女性在蜕变的里程中她们自己的面貌"[2]。在沈善宝的评价体系中最值得称赞的是对汪端、吴藻等西湖闺秀的文学地位的肯定。

沈善宝说汪端诗"悱恻芬芳,闺中罕有其匹",那么汪端的《明三十家诗选》则是清代闺秀无出其右者了。汪端以女性身份纵论有明一代男诗人,"以独到的批评眼光改变了男性世界对明

① 沈善宝《名媛诗话》卷九,第663页。
② 钟慧玲《阅读女性·女性阅读——沈善宝〈名媛诗话〉的女性建构》,《东海中文学报》2008年第20期。

代诗史的认识,在文学史上留下了女性的批评印迹,使得中国文学史不能再说是男性视角或男性标准的产物,回顾中华民族的文学史,还没有哪个女作家的成就能与汪端相比"①。正如沈善宝说的,"议论古人有特识","议论英伟,可破拘墟之见"②。

沈善宝说吴藻"最工倚声","吟咏超妙绝尘"③,邓红梅的《女性词史》说吴藻是"清代社会转型时期女性词在情感特征和美学特征的最出色代表"④;谭正璧《女性文学史话》把吴藻当做女曲家来论述。不过,我想吴藻被推崇还应该与她的家庭背景有关系。吴藻非出生于文化世家大族,而是商人家庭,但却造诣非凡,这与沈善宝认为女子凭借才学足以动公卿,才女文名的流传在于其艺术价值而无关家庭背景的文学价值观一致,因此特别推崇吴藻。

通过沈善宝的总结,西湖的女性文学传统得以梳理,从顾若璞、蕉园五子、徐德音、方芳佩,一直到汪端、吴藻、沈善宝,西湖闺秀的女性文学实践一直引领着清代女性文学的发展,是清代女性文学的主流力量。

第二节　《曲江亭唱和集》与扬州女性文学活动

王豫《群雅集》卷一六八曰:"净因与孔经楼、刘书之、王凝香三夫人,谢月庄、唐古霞两女史,暨予妹爱兰,予女子一、子庄,甥

---

①　蒋寅《汪端诗歌创作与批评初论》,《清代文学论稿》,凤凰出版社 2009 年版,第 338 页。

②　沈善宝《名媛诗话》,续修四库全书本,第 1706 册,第 615、616 页。

③　同上,第 615 页。

④　邓红梅《女性词史》,山东教育出版社 2000 年版,第 436 页。

女季如兰辈,唱酬最密。凝香刻《曲江亭唱和集》。"《曲江亭唱和集》是因阮元携夫人来访王豫,居于曲江亭,与王琼及其侄女等人唱和作品的汇集,其本身的文学性并不特别突出,只是闺秀偶然唱和联吟的一段佳话,但把这次唱和放在闺秀文学史上来重新衡量和评价,这次唱和则具有重要意义。

一、《曲江亭唱和集》的内容与主题

曲江亭唱和的成员包括孔经楼、张净因、刘书之、唐古霞、王凝香、王琼、王乃容、王乃德、江瑶峰、鲍苣香、季芳韏等十一人。王琼自序《曲江亭唱和集》曰:"丙寅春,大中丞阮云台先生来访,家兄柳村子爱种竹轩林木幽邃,建曲江亭于轩西,为逭夏著书之地。夫人孔经楼贤而才,不鄙弃琼,遂携张净因、刘书之、唐古霞、家凝香诸子与琼互相赓和以为乐,而江瑶峰、鲍苣香二子亦先后寄诗订交,暨侄女辈共得十有一人,洵为一时闺阁盛事。"后来因"去年冬天净因忽为古人,今年春三月,经楼、书之、古霞随中丞入浙,而琼索居江村,睹溪边飞絮,柳外流莺,辄悼旧怀人不能已已。爰捡唱和之什,付之梓氏,以志予怀"①。

《曲江亭唱和集》的诗词主要以唱和为主要内容,诗词唱和是当时闺秀的交际方式。诗词唱和使闺秀交际方式更加精致典雅,更具有情趣意境。

《曲江亭唱和集》诗文包括四组唱和:第一组是孔璐华与王琼等人的唱和,以怀念为主题。王琼、王乃德、王乃容、季芳四人作《怀张净因孔经楼刘书之三夫人唐古霞女史》诗,张净因、孔璐华、刘文如、唐庆云四人和作《怀翠屏洲诸女史即和原韵》诗。唐庆云首句即是"遥忆曲江亭,伊人阻云岭",尾句展望"或到深秋

---

① 王琼《曲江亭唱和集自序》,清刊本。

时,幽轩坐可并"。孔璐华也说:"何日再来游,山色金焦并。"回
忆两个场景:品茗——读诗。张净因曰:"欲汲江心泉,共煮新
秋茗。细读联珠篇,家学深所领。"孔璐华曰:"应有采兰人,秋花
同采茗。瑶笺忽寄来,远景惟心领。"刘文如曰:"言念幽居人,擎
瓯啜浓茗。寄来江上诗,临风辄可领。"唐庆云曰:"今读瑶华篇,
味如啜清茗。"对品茗、读诗场景的怀念是对王琼等人的想念,王
琼曰:"吟侣两三人,论诗细煎茗。风定溪荷香,馥馥透衣领。"王
乃德曰:"倚竹玩溪流,祛暑赖苦茗。触目皆天机,妙趣间能领。"
王乃容曰:"竹深涤尘氛,敲诗与煮茗。雨霁闻荷香,清境神自
领。"季芳曰:"江潮日日来,汲之煮新茗。逭夏偶成咏,化机我独
领。"品茗吟咏与饮酒作诗是闺秀雅集的主要内容,作为品茗饮
酒的主人,闺秀的身份是美人,是女才子,是谪仙人,是武陵人。

　　第二组江秀琼、鲍之蕙的唱和诗中所表达的主题则是"一代
诗才属美人"。歙县江秀琼《寄翠屏洲王爱兰夫人子一子庄季如
兰三女史》曰:"冰雪聪明绝点尘,芙蓉出水句清新。联吟雅集珠
成串,一代诗才属美人。""尽是翩翩林下风,颂椒赋茗雅相同。
恍如玉女来香阁,散漫天花一卷中。""年来消尽旧诗魔,愧对阳
春白雪歌。明月一窗梅几树,淡香清影为谁多。"鲍之蕙《寄翠屏
洲诸女史即和江瑶峰夫人原韵》曰:"仙居江上远红尘,唱玉联珠
字字新。"王琼《和瑶峰夫人原韵》曰:"芳洲小筑静无尘,帘卷青
含柳色新。万树桃花一江水,何人知有武陵人。"王乃德曰:"飞
飞梅片逐香尘,几日风和柳又新。爱尔新诗比冰雪,才人原是谪
仙人。"王乃容曰:"文选楼中多旧雨,才子都是扫眉人(谓孔经
楼、刘书之、王凝香三夫人,唐古霞女史)。"季芳曰:"丝丝垂柳拂
香尘,红雨飘残万绿新。最是伤心向谁诉,玉楼征到女才人(谓
张净因夫人)。"把这些谪仙人、美人联系在一起的是"殷勤寄彩
笺",分享自己的生活体验。

　　第三组张少蕴、鲍之蕙等人夏日见怀的组诗也以怀念为主题。王琼《初夏即事柬张蒩香夫人少蕴女史》曰："偶见双飞燕，衔花绕翠屏。翻书消永昼，遣兴到江亭。雨过梁溪白，烟开岫敛青。忽惊春事了，芳草满前汀。"鲍之蕙《夏日和爱兰夫人见怀韵》曰："积雨春过尽，罗垣翠叠屏。伊人仍契阔，新绿又林亭。江水迢迢远，云山面面青。右丞家法在，秀句写烟汀。"张少蕴曰："微雨薄如雾，随风湿画屏。梦回花外径，春尽水边亭。课婢茶烟白，怀人杜若青。蕊珠何所处，缥缈隔芳汀。"王乃德曰："阴晴俄顷异，又是熟梅天。柳外流莺啭，天风弄管弦。闲吟思旧雨，怀古有残篇。为忆素心友，江鱼寄锦笺。"鲍之蕙《夏日和子庄女史见怀韵》曰："縠纹南浦浪，卵色晚晴天。一自知音鲜，无心理七弦。老深风木憾，早发蓼莪篇。多谢诸名媛，殷勤寄彩笺。"王乃德曰："怀君如中酒，对月不成眠。欲写相思意，殷勤拂锦笺。"鲍之蕙《夏日和子庄女史见怀韵》："含毫朝角胜，选韵夜迟眠。笑我诗情减，因君更擘笺。"张少蕴曰："踏莎时结伴，瀹茗夜忘眠。安得兰桡便，寻君共制笺。"季芳："适兴闲裁句，怀人懒抚琴。江乡好风景，所惜少知音。"除了忆远之外，共度的时光也是以诗文唱和联吟作为消遣。

　　第四组"对月偶成分韵"表达了生活的感受和女性的审美。王琼书写春天的感受曰："春夜坐焚香，江村疏雨歇。杳杳碧云飞，独揖双峰月。"王乃德书写夏天的感受曰："夜雨暑忽退，雨止琴亦歇。随意卷湘帘，已见前溪月。"王乃容书写秋天曰："寂寞江村夜，独坐理琴歇。池边鹤欲眠，秋思半帘月。"朱兰书写冬天曰："凄风吹同云，征雁声欲歇。帘外忽闻香，梅花照寒月。"

　　翻阅曲江亭唱和群体成员的诗集，发现诗文的应酬性特征非常明显。如季芳《环翠阁诗选》共存诗 17 首，除了《冬夜对月》、《初秋对月》两首外,其余都是应酬唱和性质的诗文①。王乃容《浣桐阁诗选》中有《晚望柬二姑母》、《和张月楼夫人芬春闺》、《春雨寄朱清畹夫人客汉上》、《柬朱清畹夫人》、《寄尤澹仙夫人》、《和经楼夫人见怀韵》、《题张暖香夫人采蘋藻图》、《读张净因夫人集》、《喜二姑母至》、《曲江亭纳凉同碧云姑母子一大姊如兰表妹》、《云起楼晚眺家梦楼太守别墅在翠屏洲上》都是应酬性质的诗歌;乃德的《竹净轩诗选》中也是如此,有《偶成寄尤澹仙夫人》、《寄侯香叶夫人》、《再寄香叶夫人》、《赠孙节妇》、《雨后同二姑母作》、《寄侯夫人》、《呈蔡芷衫夫人》、《柬朱清畹夫人》、《柬清畹夫人》二首,《雨后怀净因夫人春日寄松江家凝香燕生夫人》、《曲江亭纳凉同碧云姑母子庄次妹如兰表妹》、《怀孔经楼夫人用原韵呈刘书之夫人》、《怀二姑母》、《题张暖香夫人采蘋藻图》、《读张净因夫人集》等唱和诗。因此可以说,清代知识女性的诗词是交际的方式,主要的目的是为了应酬,而文学化的应酬方式使女性的交际变得富有情趣。

二、王琼的文学交游网络

诗词的功用是为了应酬和交际,是因为存在一个庞大的女性文学交游网络,在这个交游网络中,因为技术手段的缺乏,在不能见面时,诗词唱酬成为联系感情的重要方式,诗词的吟唱又促进了闺秀文学交游网络的扩大与发展。

王琼自身富才学,因此交游极其广泛。恽珠说王琼诗皆"极

---

① 如《曲江亭有怀黄净因夫人》、《和孔经楼夫人见怀之作》、《冬夜同子一表姊、子庄表妹作即柬黄净因孔经楼刘书之三夫人》、《秋江别王子一子庄》二首、《春日孔经楼黄净因两夫人唐古霞女史过翠屏洲游曲江亭未晤作此柬之》、《冬日怀表姊》、《冬日怀朱清畹夫人》、《初春有怀表姊妹之作》、《春夜有怀熊澹仙夫人》、《哭三舅柳溪大人》、《春日寄王子一子庄》二首、《春日同表姊游曲江亭》、《春日怀子一子庄》。

隽逸";阮元说其诗"得斜川、辋川之遗意"。《梧门诗话》卷十六第二十二条曰:"阮云台中丞称三女史所作诗得斜川、辋川之遗意。诗人志趣亦因所居而得其妙耳。因选其诗刻之,名《王氏联珠集》。"①《梧门诗话》卷十六第三十七条曰:"王碧云诗,清超绝俗,西泷宗伯拟以兰质蕙心,纸上有香气,述庵司寇有'秋水芙蓉'之喻。"阮亨《珠湖草堂笔记》云:"王爱兰女史琼诗词清雅,博览典坟,与兄柳村上舍齐名,佳句如'花气含疏雨,山光碍湿云','金风欺瘦骨,蕉雨乱秋心',皆可诵。其兄子竹净女史乃德、浣桐女史乃容,亦有诗名。竹净诗'柳色含烟重,溪流昨夜生','湖海推前哲,公卿谒后尘',浣桐诗'芜城环绿水,瓜洲隔斜阳','茶香删旧句,雨过看新秧',可谓极闺门之韵事矣。"王琼在当时负有盛名,俨然为诗坛领袖,《丹徒县志》载:"与诸女士结交,诗筒遍天下,一时名流操选政者,并采其诗及其论说。"朱清畹说:"蔡只山先生品王爱兰诗'玉止金停,琼思遥想',所著《名媛诗话》八卷持论严正,为风教所关,潘明经选《诗萃》一集多录其语,为时重如此。"

王琼的才名使其交游网络非常庞大,自称"江浙诸名媛""不下数十人"。"珠僻处江洲,粗解声韵之学,年未笄,即有《爱兰初集》之刻,吴中张清溪夫人见而爱之,附刻《林屋吟榭十子》之后,江浙诸名媛咸以琼为能诗,诗筒往还不下数十人,其间如张月楼、陆素心、江碧岑、沈蕙荪、毕智珠、金仙仙诸子皆相继赴玉台之召,甚可慨已。如侯香叶、骆秋亭、张霞城诸子又隔千里百里之外,不得合并,心非木石,曷能惄然于怀耶"。可见在王琼的交际网络中有清溪诗社成员、随园女弟子、阮元家族、毕沅家族、镇江鲍氏家族等才女,这都是吴中大家。

---

① 法式善《梧门诗话》,载《清代闺秀诗话丛刊》,第2414页。

　　王琼与清溪诗社成员交往密切。清溪诗社本身就是一个庞大的社团,除了《吴中十子诗抄》外,《吴中香奁诗草》中还记载除张滋兰、王悟源、张蕴、张芳、张棠、叶兰、刘芝、周澧兰、徐映玉、张因、钟若玉、周佛珠、孙旭英、凌素、陶庆余、蒋瑶玉、陆贞、赵镂香等人的唱和。在这些交往群体中,王琼、张因是曲江唱和群成员;徐若冰为张允滋之师。任兆麟《清溪诗稿叙》说:"清溪女史幼禀家训,娴礼习诗,尝以韵语质香溪徐夫人,香溪亟赏之。"张允滋《潮声阁集》中有《灯花和香溪徐夫人韵》,有小序曰:"香溪名暎玉,字若冰,昆山人,著有《南楼吟稿》行世。"徐若冰与方芳佩、钱浣青交好,徐德音《南楼吟稿序》说:"美人丽玉(芷斋夫人),林下盘桓;仙子飞琼(云清夫人),云端翰札。香灯小社,托豪素以题襟;花月深宵,话水天而接席。"

　　任兆麟甚至说王琼是其女弟子,其《爱兰诗钞二集序》曰:"近又得三子,暨琼(王琼)而四,将续十子编后,亦极一时之盛矣。三子者,一为汪玉轸,字宜秋,陈生昌言室;一为金逸,字仙仙,陈生基室;一为马素贞,字波仙,陆生尔燮室。皆余门弟子。"任兆麟选刻《吴中女士诗钞》毕,清溪闻王琼"诗宗唐贤,取所著《爱兰集》附刻于后,时艳称之"。王琼有《怀清溪夫人并呈林屋先生》、《题潮生阁诗集后》等诗,其诗集有张允滋题诗,张芬题序。张芬有《白杨花和碧云王妹作》诗作。袁枚三大知己之一的金逸也与清溪诗社的关系匪浅,甚至任兆麟称金逸与汪玉轸是其弟子。吴兰雪《过竹士瘦吟楼哭纤纤夫人》诗注有"夫人(指金逸)继沈散花女史女凤珍为女",沈散花即沈蕙孙,是清溪诗社核心人物。

　　王琼不仅在现实中与苏州、扬州、镇江等地的闺秀交游,还通过编选《同音集》,与一些闺秀进行文字上的交游;通过编纂《名媛诗话》,倡导自己的诗学主张。王琼编选《同音集》,其中汇集了二十多位闺秀及其诗词作品。王琼还曾编选《爱兰诗话》，这也是通过作品构建了一个文学场域，在其中进行文学交流。光绪《丹徒县志》载王琼有《爱兰名媛诗话》四卷；《闺秀正始集》卷十六作《爱兰名媛诗话》八卷。潘瑛《诗萃初集》曾引用其文。《梧门诗话》卷十五第四十二条载："本朝闺秀之盛，前代不及。汪纫庵驾部启淑所撰《撷芳集》，一千七百余家，人各系以小传，真大观也。其中能以学胜，不图缔张饰句者，如张蠹窗、柴静娴外，不多觏也。近日江宁侯香叶淹贯经籍，学守朱程，所谓理而不腐，朴而不陋。诵其韵语，足敦风教，宜王碧云《名媛诗话》以女宗推之。"第四十三条载："王碧云著《名媛诗话》，持论严峻，有功诗学。其兄柳村尝录一帙见寄，中有一则云：'士君子每每癖佛，而闺人尤易仍。张太恭人《示儿雯》云："老人自觉修斋好，不为儿曹讲佛经。"如此正论，出自巾帼，千古罕有。'恭人，田侍郎雯母，著《茹荼集》。又云：'凡诗文立言，宜持正教，不宜崇尚虚无。番禺方彩林恭人《薤上露》云："服食求神仙，仙成竟何时。守道以待终，令名庶可垂。"陈求仙之谬，以守道令名为不朽，粹然儒者之言。'"[1]在她的影响下，其侄女王乃德著有《竹净轩诗话》，王乃容著有《浣桐阁诗话》。

　　王琼的才学、交游网络、编纂女性文献及闺秀诗话的文学实践不仅使她本人获得文名，更重要的是使王琼开始思考女性文学的价值，以及扬州女性文学在女性文学史上的地位。

三、《曲江亭唱和集》的文学史意义

　　曲江亭唱和只是闺秀闲玩雅趣的唱和，这是女性文学的特性之一。不仅曲江亭唱和具有这样的闲暇特征，苏州闺秀周曰

---

① 《清代闺秀诗话丛刊》，第2400页。

惠的绿凤仙花唱和更是如此。

　　周曰蕙(1803—1851),字佩兮,江苏吴县人,周亦锜女,朱和羲妻。著有《树香阁遗集》诗词各一卷,咸丰二年壬子(1852)刊本。其中附有《绿凤仙花唱和集》一卷。

　　绿凤仙花唱和的起因是因为树香阁外绿凤仙花盛开,周曰蕙不仅自己为花写照,还赋诗索诗。其《绿凤仙花并序》说:"树香阁外,遍植凤仙,秋时红紫绕砌。今年花放,最后一种色绿,仙羽含翠,琼英浣青,其幺凤之幻欤?图之生绡,侔色揣称,并作小诗四章,以记花之别姿云。"其诗曰:"碧阑干外记亲栽,一种仙葩次第开。耀日翔风清淡宕,是花似叶暗疑猜。窗前浅色迷青草,阶上微风蘸翠苔。为嘱玉人箫莫弄,恐他飞上玉钗来。"周曰蕙诗成之后,写花照索诗,故翁怀为之题词赋诗,曰:"佩兮夫人得绿凤仙花一种,芳艳绝世,夫人赋诗纪异,并写花照索诗,即成四绝。"而后袁素梅蕚仙又为之征诗:"诗之咏物本难,至咏凤仙而拘以绿色则难之尤难,若过于数典,失之穿凿,过于高超,失之脱离,意在不凿不离之间,方称妙手。今佩兮夫人咏律四章,运典无痕,造词入妙,正所谓思入风云变态中也。吾知此诗一出,定传遍大江南北,尚冀兰闺名媛各和瑶章,同镌一集,以志林下之佳话耳。时在道光二十四年(1844)岁次甲辰孟秋月元和素梅老人袁蕚仙跋于疏影暗香楼中。"袁蕚仙作诗启之后,和章的才媛达16人之多,有改叔明(字佩之,华亭人,改琦妹,都阃沈清端室),陈湘筠(号灵箫,长洲人,诸生施沄室。著有《九华仙馆诗》),陆蕙(号璞卿,吴江人,张澹室。著有《归荑集》),韦孟端(号宾鸿,长洲人,诸生韦光黻长女),韦仲雅(号韵觉,长洲人,韦光黻次女。著有《琴言兰笑图序》),丁佩(号步珊,娄县人,兰溪陈毓桐室。著有《十二梅花连理楼诗集》及《绣谱》),李慧生(号定之,长洲举人李福女,诸生黄美镐室。著有《延春馆诗钞》),袁萼仙(字素梅,元和人,戈载母,戈宙襄妻。著有《疏影暗香楼集》),金婉(字玉卿,吴县人,诸生戈载室。著有《宜春舫诗抄》),董世蓉(字绣霞,号绿英,吴县人,举人董国琛女,国子监典籍戈昌颐室。著有《餐花小榭吟稿》),戈陞华(字如英,吴县人,诸生戈载女,南河通判王恩需室),吴蕙(号湘荃,吴县人,翁蕃室),张道恒(华亭人),江淑则(号阆仙,昭文人。著有《独清阁诗钞》),叶琼(字可娟,娄县人,叶安女),沈昭美(字伯玉,号佩蓉,娄县人,举人浙江候补库大使沈昌祺女,诸生冯颐昌室)等人。

这个唱和群体是才女诗意的栖居生活方式的一种写照。在闲暇中自由享受生命,读书、交友、吟诗、作画,在诗意的栖居中感受生命之美。在周曰惠及众才女眼中,凤仙花是仙葩,是神女,是才女,凝集了吴中才女对人生理想的感悟。绿凤仙花是仙葩、神女。周曰惠有"一种仙葩次第开";陈筠湘说:"女儿挂凤工游戏,仙子骖鸾误下凡。"丁佩:"谁把仙花阁外栽";袁萼仙:"九嶷仙子手移栽。"绿凤仙花又似才女绿珠。周曰惠:"金谷名园何处在,花飞犹忆坠楼人。"陈筠湘:"金谷珍珠此化身,袖颤石华香染唾。"韦仲雅:"彩笔自描金谷女,绮情不让玉溪生。"吴蕙:"绿珠庶可偕同伴,碧玉差堪认后身。"丁佩:"金膏已谢将涂色,珠阁尤留未坠人。"绿凤仙花又似仙人萼绿华。陆蕙:"可是仙娥绿萼栽。"韦仲雅:"偶将九曲穿珠慧,咏到三生萼绿华。"此时尽管世事变迁,但才学仍旧是吴中才女自娱和交流的工具,是才女精致生活的一种表现方式。

绿凤仙花唱和是闺秀闲暇的雅集唱和,与曲江亭唱和一样,是闺秀雅致生活的反映。但是这种闲暇的唱和却使闺秀更加能理解文学的意义和价值。亚里士多德说:"人惟独在闲暇时才有幸福可言,恰当地利用闲暇是一个做自由人的基础。""闲暇是人生的惟一本原",是最符合人性的生活,是人类追求终极目标的过程。在闲暇中人能够"自由而全面的发展",正如席勒认为只有"审美的人"、"游戏着的人",才是获得最高自由的人,"完全的人"①。女性处于闺中,相约"看花酌酒,对月高歌,便当足于欢娱"。这种纯粹的精神上的审美愉悦活动,对女性的生活产生很大的影响。钮琇《觚剩》卷三《事觚》"双双"条载吴门有名妓蒋四娘与毗陵吕状元苍臣一见倾悦,"以千金买之,携至京师,扃置花市画楼,穷极珍绮,以资服馔,自谓玉堂金屋,称人间佳配",后双双"以为琼盍芙蓉,雕笼鹦鹉,动而触隅,非意所适",后归吴门,双双曰:"人言嫁逐鸡犬,不若得富贵婿。我谓不然。譬如置铜山宝林于前,与之齐眉举案,悬玉带金鱼于侧,与之比肩偕老,既乏风流之趣,又鲜宴笑之欢,则富贵婿犹鸡犬也,又奚恋乎?"可见对于一些闺秀来说,富足与无聊不足以怡情,只有当泉石怡目,丝竹娱心,知己唱和,才是具有"风流之趣"的理想生活。闺秀闲暇时的雅集悠闲吟唱,其实就是女性文学成熟的一种表现。

　　践行这种成熟的女性文学活动的一部分精英女性,自然希望女性文学可以成为历史的永恒记忆,这种理想是女性文献编纂的目的所在。所以周曰惠等人有《绿凤仙花唱和集》的编辑,但绿凤仙花的唱和并不具有明显的历史追忆特征,因此需要具有历史纪念意义的方式来记录女性文学的成就。所以王琼《曲江亭唱和集》的编纂就是希望借助孔璐华圣裔的身份,以及曲江亭作为名胜古迹的历史意义,为女性文学繁荣与成熟建立一个有形的丰碑。闺秀唱和的曲江亭与历史上的曲江亭的辉煌联系在一起,将女性文学置身于文学历史的网络和谱系之中,展示了女性文学被记录和镌刻的意义以及可以流传后世的可能。

　　曲江亭在王豫家宅翠屏洲之右,王豫曾作《曲江亭图》,后有

---

① 席勒《审美书简》,中国文联出版社 1984 年版。

张崟题款:"柳村先生世居翠屏洲,阮云台中丞考其地即古之曲江,乃作曲江亭于宅之右。戊辰三月,同黻庵、轲斋赴柳村招,宿三宿而返,遂为图以识其胜。"翠屏洲是王豫家居之地,风景极佳。《北江诗话》五十二条载:"瓜州东北,七十年前又涨一新洲,长广四十里,土人名翠屏洲。洲上桃花极多,三月中,在焦公山望之,烂若锦绣,故又名桃花洲。王秀才豫,洲上诗人也,曾乞余作《桃花洲歌》。秀才与阮侍郎元、秦京兆瀛交最密,所著《种竹轩诗集》,京兆为之序。"此地风景秀美,梁章钜认为桃花源亦不过如此而已。其《浪迹丛谈》说:"洲旧为江中浩淼之区,相传观音大士卓锡所成,故名佛感洲,后为诗人王柳村豫居之,改名翠屏洲。立斋卜宅于此,已数十年,柴门临水,杂树环之,亭榭参差,溪流映带。时桃花盛开,一重一掩,迤逦可数百步,想武陵源不过如是也。"王豫建造此曲江亭乃是因为阮元认为此地即是古之曲江。

历史上有三个曲江,唐代长安的曲江与此不相干,还有就是广陵的曲江与浙江的曲江。《扬州画舫录》载:"费滋衡锡璜谓春秋时潮盛于山东,汉及六朝盛于广陵,唐宋以后,盛于浙江。此地气自北而南,有莫知其然者。"当年的曲江,枚乘《七发》中提到"以八月之望,与诸侯远方交游兄弟,并往观涛乎广陵之曲江"。当时的盛况,则是"春秋朔望辄有大涛,声势骇壮,至江北,激赤岸,尤为迅猛"。东汉王充《论衡·书虚篇》曰:"广陵曲江有涛,文人赋之。"阮元考证说王豫所居的翠屏洲即为当年的曲江旧址,故而在此建亭,名曰曲江。曲江亭命名的本身就是如同阮元重建文选楼一样,具有重要的象征意义。曲江亭成为王琼及孔璐华等人雅集唱和之地,为女性文学的流传提供了一种可能的方式,以此命名的《曲江亭唱和集》也承载了王琼希望建立女性文学的纪念碑的愿望,希望女性文学被记录和镌刻、流传。为了成就这种愿望,从名胜古迹中找寻历史的遗迹,为女性文学的建构溯源。

所以《曲江亭唱和集》本身的文学价值并不是特别突出,不过是汇集了孔璐华、王琼等人四次唱和诗文,留下闺秀偶然唱和联吟的一段佳话,但因孔璐华圣裔的身份,因为曲江亭的历史意义,这些唱和才被人们永远追忆。这次风花雪月的低吟浅唱,不再是一种点缀,似深谷幽兰般寂寞花开花落,而成为经典的闺秀唱和活动,在女性文学史上永存。所以王琼及其《曲江亭唱和集》是女性文学的一座丰碑,展示了女性文学活动的丰富性及特殊性;也表现了女性文学的独立性、典范性,表现了嘉道时期女性文学的成熟性。

第三节 《南宋宫闺杂咏》
与女性诗史观

厉鹗(1692—1752)《南宋杂事诗》是清代著名的咏史诗,而才女赵棻(1788—1856)的《南宋宫闺杂咏一百首》被认为可补厉氏所未及。单士厘《正始再叙集》卷一说:"《滤月轩集》中有《南宋宫闺杂咏》一百首,搜罗富有,有突过樊榭辈七君子之势。又《咏史诗》三十首多含道光季年时事,《和落花》三十首极世事盛衰之感,均杰作。"王蕴章《燃脂余韵》卷六载:"《南宋宫闺杂咏》一百首,珍闻馨逸,尤足补樊榭老人所未及。"这个评语并未夸大。厉鹗曾作《南宋杂事诗》,《四库总目提要》说其"警句颇多,而牵缀填砌之处亦复不少。然采据浩博,所引书几及千种,一字一句,悉有根柢。萃说部之菁华,采词家之腴润;一代故实,巨细详该,颇为有资于考证,盖不徒以文章论矣"[1]。赵棻在一百首

南宋宫闱诗后都详加注释,并将可补充说明的史料罗列于下。厉鹗等人的《南宋杂事诗》具有诗史的性质,那么赵棻《南宋宫闱杂咏》也应具有诗史性质,"有资于考证"。不同的是赵棻是以女性的视角来观察南宋社会,投射出对道光末期现实社会的关怀。赵棻的诗史观念表现在两个方面:一是以诗写史,用诗文的形式来记载南宋宫闱的历史;其次是传心之史,通过对南宋宫闱历史的记载,抒发对道光以后政治局势的看法。

一、以诗存史——为南宋女性立传

赵棻,字仪姞,一字婉卿,号子逸,又号次鸿,晚年自称善约老人。江南上海人,户部侍郎秉冲女,乌程汪延泽妻。著有《滤月轩集》七卷,包括诗集四卷,文集二卷,词一卷。《两浙𬨎轩续录》卷五十三载:"棻生而有文在其手,性耽文史,长于议论。幼即能诗词,长乃为古文及骈体。女红之暇,常手一编,尤喜读《通鉴》,论史事,多特识创意,出人意表。曾评议《温氏母训》,举以教人。"

赵棻的诗文以《南宋宫闱杂咏百首》最有特色,用诗歌的形式记载了南宋后妃、宫女、名门闺秀、夫人、女英雄、节烈女子、名妓等类型女性,以诗为史,用诗歌的形式为女性立传,每首诗后附有详细资料来说明所咏人物事迹。所引用的书目包括正史、笔记、诗文集等:有《宋史》的《后妃传》与《列女传》、《宋元通鉴》、《宋史纪事本末》等史书类资料;有笔记类资料,如《二老堂杂志》、《异闻总录》、《西湖游览志余》、《老余石溪二隐丛说》、《武林纪事》、《齐东野语》、《窃愤录》、《四朝闻见录》、《南宋相眼》、《谈荟》、《建炎以来朝野杂记》、《老学庵笔记》、《志雅堂杂钞》、《辇下纪事》、《经筵玉音问答》、《宋季三朝政要》、《古杭杂记》、《随隐漫录》、《敕祭阎妃文》、《浩然斋雅谈》、《金姬别传》、《东园友闻》、《庚申帝史外闻见录》、《学圃薫苏》、《湖壖杂记》、《独醒杂志》、《葵窗小史余录》、《朝野遗纪》、《枫窗小牍》、《武林旧事》、《玉照新志》、《夷坚志》、《鹤林玉露》等；诗文集如吴文英《梦窗乙稿》之《绛都春感序》与《花心动·郭清华新轩》、张雨《句曲外史集》之《题周汉国公主甲第图诗》、吴莱《渊颖集》，还有《豫章诗话》以及书画类《珊瑚网》及《书史会要》等著作。所引书目之多，资料介绍之详尽程度，不像是诗人在吟诗，俨然是女学者在讲论历史，不过讲述的是被人忽视的女性历史，但其意义重大，补充了宋代女性历史记载不足的状况，为我们提供了更为完整的宋代女性历史资料。闺秀历史虽然是小事，但亦是重要事，"足资考索"一代社会风尚。所以赵棻《南宋宫闺杂咏》与宋代《列女传》合在一起，就是一部完整的宋代女性史。

　　汉代刘向《列女传》是第一部女性传记，《后汉书·列女传》是女性入史的开始。刘向《列女传》为社会各类女性立传，将古代女性按行为道德标准分为"母仪"、"贤明"、"仁智"、"贞顺"、"节义"、"辩通"、"孽嬖"等七类。范晔《后汉书·列女传》立传的标准是"但搜次才行尤高秀者，不必专在一操而已"，因而主要是记载有高行美德的妇女。正如章学诚所言："后世史家所谓列女，则节烈之谓；而刘向所叙，乃罗列之谓也。节烈之烈为《列女传》，则贞节之与殉烈，已自有殊；若孝女、义妇，更不相入，而闺秀、才妇，道姑、仙女，永无入传之例矣。夫妇道无成，节烈、孝义之外，原可稍略；然班姬之盛德，曹昭之史才，蔡琰之文学，岂谓不及方技、伶官之伦，更无可传之道哉？刘向《传》中，节烈、孝义之外，才如妾婧，奇如鲁女，无所不载；及下至施旦，亦胥附焉。列之为义，可为广矣。自东汉以后，诸史误以罗列之列为殉烈之烈，于是法律之外，可载者少；而蔡文姬之入史，人亦议之，今当另立贞节之传，以载旌奖之名。其正载之外，苟有才情卓越，操守不同,或有文采可观,一长擅绝者,不妨入于列女,以附方技、文苑、独行诸传之例,庶妇德之不尽出于节烈,而苟有一长足录者,亦不致有湮没之叹云。"所以《宋史·列女传》的记载就以节烈为主,入传的 50 人中属节烈行为的有 33 人;贤母 1 人;忠勇 3 人。大多都是节烈不屈的烈妇形象。"至元十四年,江南既内附,永新复婴城自守。天兵破城,赵氏抱婴儿随其舅、姑同匿邑校中,为悍卒所获,杀其舅姑,执赵欲污之,不可,临之以刃曰:'从我则生,不从则死。'赵骂曰:'吾舅死于汝,吾姑又死于汝,吾与其不义而生,宁从吾舅、姑以死耳。'遂与婴儿同遇害,血渍于礼殿两楹之间,入砖为妇人与婴儿状,久而宛然如新。或讶之,磨以沙石不灭,又煅以炽炭,其状益显"。《宋史·列女传》贤母只有一人,"枋得母桂氏尤贤达,自枋得遄播,妇与孙幽远方,处之泰然,无一怨语。人问之,曰:'义所当然也。'人称为贤母云"。但《南宋宫闺百咏》的女性群像中则增加了女英雄、才女、名妓等形象,回归了刘向《列女传》的主旨,使得女性群像更加完整。

　　赵棻笔下的贤母,如岳飞养母姚氏是忧国忧民的典范,告诫岳飞说"为语五郎,勉事圣天子,无以老妪为念也"。《宫闺杂咏》中记载的女英雄形象是《宋史》中所缺失的,如勇敢善战的岳飞之女岳银瓶,"督战江中鼓乱鸣,乌珠骁勇亦心惊。世间多少胭脂虎,但解花丛骇燕莺"。如少数民族女子廖小姑,"武勇虚夸廖小姑,大言何必笑裙襦。飞来一语真成谶,后此杨幺亦被诛",注释引用《独醒杂志》曰:"岳公飞之破固石洞也,其酋长乃一女子,号廖小姑,持刃叫呼曰:'今日官军要破我砦,除是飞来!'公顾左右曰:'飞即我也。'击鼓进师,遂破贼砦,生擒其酋以归。《宋史》:'岳飞招捕杨幺'斩之。初贼恃其险曰:'欲犯我者,除是飞来。'至是人以其言为谶。"这些丰富了宋代女性群像。

　　赵棻《宫闺百咏》一个突出的特点就是为才女立传,这些才女包括闺秀、名妓及传闻中的才女。这些女性在《宋史·列女传》中基本上没有记载，而《宫闺百咏》不仅记载朱淑真、魏夫人、管氏等著名才女，还有一些不为人知的才女，如根据《留青日札》载了林妙玉："淳熙九年，女童林幼玉求试经书，四十三件并通，时年一十二岁，赐为孺人。或云林妙玉，赐为进士。"赵棻诗曰："谁将学业授青娥？幼女居然中甲科。此是经生非辩士，勿因早达比甘罗。"其中"此是经生非辩士"之句表达了赵棻对于才女的看法，才女在于通经知史，而非究心名利，所以在赵棻咏朱淑真诗中调侃说："不用断肠嗟薄命，赏音曾有魏夫人。"

赵棻《宫闺百咏》还记载了知书的钱塘名妓张秾以及名著一时的李师师、崔念月等名妓。据《三朝北盟会编》："张俊姜张秾，钱唐名妓也，知书，尝代俊文字，封荣国夫人。"赵棻诗曰："烜赫清河异姓王，武人也解选红妆。玉纤银管工笺奏，谁信张秾出教坊。"为李师师作诗曰："残英坠月感流离，细柳腰肢异昔时。辇毂繁华休更忆，江南垂老李师师。"还收录《墨庄漫录》中关于李师师的记载，"政和间，汴都平康之盛，而李师师、崔念月二伎，名著一时，李生门第尤峻。靖康中，李生与同辈赵元奴及筑毬吹笛袁绹、武震辈，例籍其家。李生流落来浙中，士大夫犹邀之，以听其歌，然憔悴无复向来之态矣"。又摘录《葵窗小史余录》中张子野赠李师师的词作，秦观赠汴城李师师《生查子》词，刘子翚《汴京纪事诗》中的诗句，集中展现了一代名妓李师师的才情及其在当时的社会影响。

家庭的唱和趣事本是不能入史的俗事，但以诗文的形式传载，则是韵事。赵棻在《南宋宫闺杂咏》中记载了很多夫妻唱和轶事，如宋吴七郡王姬人梅娇、杏倩的趣事，"拾翠寻芳事事慵，拈毫恰爱斗词锋。早梅晚杏名原称，戚畹栽来分外秾"。这据《林下词选》所载："梅娇、杏倩，俱宋吴七郡王姬，工词翰，常赋词相谑,梅嘲杏《满庭芳》云:'杏花何太晚,迟疑不发,等待春深。'杏嘲梅《满庭芳》云:'梅花何太早,萧疏骨肉,叶密花稀。'"还有赵葵姬妾婢女因能诗而免责的轶事,"调丝理竹课余时,偶摘青梅责赋诗。解借讴吟寓规讽,愧他婢续水亭词"。这是据《古今女史》所载:"赵葵同知枢密院,朝罢归私第,而诸姬不见,葵往访之,乃群聚摘青梅。有一姬善诗赋,葵责令赋诗,云:'柝声默报早春回,满院春风绣户开。怪得无人理丝竹,绿荫深处摘青梅。'"因诗而解赵葵之怒,可见才女情趣。《昨非庵日纂》亦载赵葵婢女趣事,"赵葵尝避暑水亭,作诗云:'水亭四面朱阑绕,簇簇游鱼戏萍藻。六龙畏热不敢行,海水煎彻蓬莱岛。身眠七尺白虾须,头枕一枚红玛瑙。'六句已成,葵遂睡去,有侍婢续云:'公子犹嫌扇力微,行人多在红尘道。'"读此可见宋代士人家庭生活的乐趣,迥异于正史中所载的理学盛行下的女子压抑印象。

此外,赵棻还记载了一些文学本事,如《玉簪记》的来历。"玉簪院本竞传钞,暂借鹦林作燕巢。难得于湖能不妒,缔缘委曲为心交"。据《古今女史》载:"宋女贞观陈妙常尼,年二十余,姿色出群,诗文俊雅。工音律。张于湖授临江令,宿女贞观,见妙常,以诗调之,妙常亦以词拒。后与于湖故人潘法成私通情洽,潘密告于湖,以计断为夫妇。即俗传《玉簪记》是也。"还有民间传说的记录如王氏子与陶师儿事,"结缡同心讵肯违,短桥月色照同归。香魂若傍青陵冢,化作鸳鸯亦并飞"。这是据《癸辛杂识》记载:"淳熙间,王氏子与陶女名师儿共溺西湖,有人作'长桥月,短桥月',正其事也。"另外还载一些神怪异事,"罗帕题诗认笔踪,梅根瘗玉梦惺忪。何须更说乔妃侄,知否韦娘受郡封?"罗帕题诗是据《异闻总录》所录:"潭州有清净觉地,咸淳间,游士胡天俊寓焉。月夜抚琴梅树下,遥见美女迤逦近前,胡执其手,女敛衽而去,曰:'后夜月明,当赴子约。'翌日友人拉入城,游饮忘归者两宿，大悔失期，亟归，于树下得一白罗帕，上有记。胡明日以帕示人，赵冰壶骇曰：'吾亡妾杭人乔氏望仙，贵妃侄女也。去年暴亡，殡梅树后，正其笔迹也。'"通过赵棻的记载，可见宋代的女性形象的丰富性。尽管宋代时理学昌明，但在实际的生活状态中，女性凭借才学可以有自己的天地，获得社会的认可和尊重，可以进入史册丹青的不仅仅是节烈的妇人。

吴乔《围炉诗话》说："古人咏史，但叙事，不出己意，则史也，非诗也。"从这个层面上看，赵棻有以诗作史的自觉意识，意图通过诗来为南宋女性立传。但与传统的咏史诗不同的是，赵棻摹拟刘向《列女传赞》的体例，有为《宋史·列女传》补颂完赞的意味。

刘向《列女传》是妇女最早的传记，赵棻很欣赏这种体例，曾说"刘子政《列女传》分母仪、贤明、仁智、贞顺、节义、辩通、孽嬖七篇，每篇系以颂义，小序一章，皆四言十句，惟孽嬖篇仅六句，盖有意略之，以示区别，非有佚脱也。每传颂义皆四言八句，本有一篇，故或云刘歆所撰，不知何时散入各传之后。贤明以下每篇皆十五人，惟《母仪篇》仅十四人，颂义亦只十四首。幼时诵习此书，每窃疑之。后读《孔氏诗正义》，见《齐风·鸡鸣篇》引《列女传》鲁师氏之母齐姜戒其女云'平旦缅笄而朝，则有君臣之严'，其文为今本所无，乃知旧本《母仪篇》有《鲁师氏母传》，今本亡失。《颂》既散附《传》后，故《传》亡而《颂》亦随之以亡也。"而后的"其《周郊妇人》以下续《传》二十篇，则后人附益，故缀于末卷，故有《传》无《颂》"。赵棻对《列女传》痛惜有传无赞的缺失，因"爰为补撰颂义，凡二十一首，皆质直不加藻采者，仿子政笔意也"。

尽管刘向《列女传》有赞，但女性入正史之后，由于体例的需要，从《后汉书·列女传》开始，传后再无赞。赵棻为了弥补《后汉书·列女传》的体例缺失,还曾作《后汉列女传颂》,"《史记》、《汉书》不传列女,范蔚宗《后汉书》始立《列女传》,盖以续刘子政之书也。政书每人各为颂义,而蔚宗仅有总赞四句,此则编入正史,体裁宜尔,自不能悉依子政之例也。余既补《列女传颂义》,因取范书所载一十七人,各系以《颂》云"。

赵棻《宫闺百咏》有27首的资料采自《宋史·后妃传》、《宋史·列女传》,因此从内容上来看有助于补充《宋史·列女传》的不足;从体例上看是以《列女传》赞为规范。从创作主旨上来看,则为希望《宫闺百咏》能成为传心之史,对南宋亡国的历史思考中有着强烈的现实关照的淑世情怀。

二、传心之史——南宋亡国史的现实关照

刘向撰《列女传》并不单纯是为了女性立传,背后有着强烈的政治讽谏目的。《汉书·楚元王传》附《刘向传》曰:"向睹俗弥奢淫,而赵、卫之属起微贱,逾礼制。向以为王教由内及外,自近者始。故采取《诗》、《书》所载贤妃贞妇,兴国显家可法则,及孽嬖乱亡者,序次为《列女传》,凡八篇,以戒天子。"刘向《列女传》企图"以著述当谏书",《南宋宫闺百咏》则包含了赵棻"以诗为史","以史为鉴"的现实关怀。

女性诗歌大多被认为是吟风弄月,沈德潜曾说:"诗之为道,主于淑性情,重伦纪,以无失温柔敦厚之旨。而女子作诗惟取嘲风月,弄花草,若此外无余事焉。"但也有士人持与此相反的观点,如曹锡宝说:"吾尝以为山川清淑之气,钟于女子与钟于男子不异,然女子之性静,静则易于领会,女子之心专,专则一于所业,而他事不得以相间。既静且专,而又有资其力,又有名父师为训迪,俾得肆力于风雅,以深究夫古今源流正变之故,由是作为诗歌,彬彬郁郁,不随人步趋,而自足媲美于文

人而流徽于彤管。"①闺秀诗歌除了抒发自己情感之外,还有反映现实的创作。女性虽然没有参与到关于到底何为诗史的宏大的理论讨论中,但却从实际的创作中践行了清代诗史的两种特征,兼容并包地把清代诗史中的两派争论弥合:从纪事的角度上看,咏史诗对正史的补充;从抒情的角度,包含了对现实的关怀。《南宋宫闺百咏》就是表现闺秀诗史观念代表著作:一部分诗歌承载了以诗纪事传史的功能,一部分诗歌则是赵棻抒泄悲愤与幽怨的载体,特别是关于后妃与烈女杂咏诗,更多地体现了赵棻对道光末期现实社会关怀。

《杂咏诗》第一首以哲宗昭慈圣献孟皇后为题,就体现了赵棻的创作意图。诗曰:"徽音曾说孟家贤,无罪缘何竟弃捐? 劫火余生天意在,中兴艰钜一身肩。"赵棻诗中提到三件事:1. 孟氏贤而无罪,但竟遭弃捐;2. 孟氏劫火余生的命运;3. 孟氏中兴艰钜一身肩的责任感。孟太后的事迹在《宋史·后妃传》有详细的记载:"初,哲宗既长,宣仁高太后历选世家女百余入宫。后年十六,宣仁及钦圣向太后皆爱之,教以女仪。元祐七年,谕宰执:'孟氏子能执妇礼,宜正位中宫。'……宣仁太后语帝曰:'得贤内助,非细事也。'"但后来却遭到"弃捐",因"后即爇符于帝前。宫禁相传,厌魅之端作矣。未几,后养母听宣夫人燕氏、尼法端与供奉官王坚为后祷祠。事闻,诏入内押班梁从政、管当御药院苏珪,即皇城司鞫之,捕逮宦者、宫妾几三十人,榜掠备至,肢体毁折,至有断舌者。狱成,命侍御史董敦逸覆录,罪人过庭下,气息仅属,无一人能出声者。敦逸秉笔疑未下,郝随等以言胁之。敦逸畏祸及己,乃以奏牍上。诏废后,出居瑶华宫,号华阳教主、玉清妙静仙师,法名冲真"。孟后既废,其实与刘后有

---

① 曹锡宝《蠹鱼草序》,《江南女性别集初编》,第 639 页。

关，"昭怀刘皇后，初为御侍，明艳冠后庭，且多才艺。由美人、婕妤进贤妃。生一子二女。有盛宠，能顺意奉两宫。时孟后位中宫，后不循列妾礼，且阴造奇语以售谤，内侍郝随、刘友端为之用。孟后既废，后竟代焉"。

"劫火余生"的背后则是政治纷争的真相："元符末，钦圣太后将复后位，适有布衣上书，以后为言者，即命以官；于是诏后还内，号元祐皇后，时刘号元符皇后故也。崇宁初，郝随讽蔡京再废后，昌州判官冯澥上书言后不得复。台臣钱遹、石豫、左肤等连章论韩忠彦等信一布衣狂言，复已废之后，以掠虚美，望断以大义。蔡京与执政许将、温益、赵挺之、张商英皆主其说。徽宗从之，诏依绍圣诏旨，复居瑶华宫，加赐希微元通知和妙静仙师。"后张邦昌"乃复上尊号元祐皇后，迎入禁中，垂帘听政"。

孟皇后在后位时力挽狂澜，"中兴艰钜一身肩"的背后是这样一段历史："上将幸扬州，命仲荀卫太后先行，驻扬州州治。会张浚请先定六宫所居地，遂诏忠厚奉太后幸杭州，以苗傅为扈从统制。逾年，傅与刘正彦作乱，请太后听政。又请立皇子。太后谕之曰：'自蔡京、王黼更祖宗法，童贯起边事，致国家祸乱。今皇帝无失德，止为黄潜善、汪伯彦所误，皆已逐矣。'傅等言必立皇太子，太后曰：'今强敌在外，我以妇人抱三岁小儿听政，将何以令天下？'傅等泣请，太后力拒之。帝闻事急，诏禅位元子，太后垂帘听政。朱胜非请令臣僚得独对论机事，仍日引傅党一人上殿，以释其疑。太后从之，每见傅等，曲加慰抚，傅等皆喜。韩世忠妻梁氏在傅军中，胜非以计脱之，太后召见，勉令世忠速来，以清岩陛。梁氏驰入世忠军，谕太后意。世忠等遂引兵至，逆党惧。朱胜非等诱以复辟，命王世修草状进呈。太后喜曰：'吾责塞矣。'再以手札趣帝还宫，即欲撤帘。帝令胜非请太后一出御殿，乃命撤帘。是日，上皇太后尊号。太后闻张浚忠义，欲一见之,帝为召浚至禁中。承议郎冯楫尝贻书苗傅劝复辟,上未之知,太后白其事,楫得迁秩。"

孟后一生沉浮就是北宋末南宋初历史的真实写照,"初,后受册日,宣仁太后叹曰:'斯人贤淑,惜福薄耳!异日国有事变,必此人当之。'""国有事变"之时,是"贤淑"、"福薄"之人"当之",这种对比更凸显出了女性历史作用,体现了赵棻希望人人都能有为清代"中兴艰钜一身肩"的历史情怀。君主臣子以及匹夫匹妇,即使有"无罪缘何竟弃捐"的感慨,但是在"漫向青编溯旧闻,感怀抚事思纷纭"之余,在"可悲黎庶遭屠戮,洵有人间铁石肠"的危难时刻,希望能警醒世人,希望"玉溪诗句今重读,诗史流传证古今"。

赵棻的历史记忆着重于北宋灭亡之时后妃的颠沛流离,希望道光朝的君臣能引以为戒。引《宋史·后妃传》所载:"乔贵妃初与高宗母韦妃,俱侍郑皇后,结为姊妹,约先贵者毋相忘。既而贵妃得幸徽宗,遂引韦氏,二人愈相得。二帝北迁,贵妃与韦氏俱。至是韦妃将还,贵妃举酒酌韦氏,曰:'姊善重保护,归即为皇太后,妹无还期,终死于朔漠矣。'遂大恸以别。"赵棻作诗曰:"饯别穹庐泪满衣,生怜同去不同归。一杯相劝肠应断,羡尔笼鹦化凤飞。"赵棻又用皇帝的"车前苦语泪潜潜",后妃的"饯别穹庐泪满衣"两个场景记载了宋钦宗与韦后的别离。这是宋代帝后个人离别伤感而流下的泪,更是因山河破碎哀伤而流下的泪。

女性眼中的世事盛衰更能发人深省,所以赵棻借王昭仪和宋昭仪之口来感叹南宋灭亡之时的悲凉,"对月悲歌酒半醒,美人掩涕倚楼听。朝来为诉飘流苦,更念昭仪墓草青"。赵棻据《水云集》附录载汪元量事迹来抒发自己的情怀。汪氏"字大有,钱塘人,以善琴受知宋主。国亡,奉三宫留燕甚久。世祖皇帝尝命奏琴，因赐为黄冠师。南归时，幼主瀛国公与宫人王昭仪清惠以下廿有九人，分韵赋诗，以饯其行。又恭宗皇帝送汪大有南还诗：'寄语林和靖，梅花几度开？黄金台下客，应是不归来。'"《宋旧宫人诗词》载："王清惠等送汪水云诗序：'水云留金台一纪，琴书相与无虚日，秋风天际，束书告行，此怀怆然，定知夜梦先过黄河也。一时同人，以"劝君更尽一杯酒，西出阳关无故人"分韵赋诗为赠。'又昭仪王清惠，字冲华，《满江红》词：'太液芙蓉，浑不似旧时颜色。'"赵棻的后妃杂咏其实就是宋代亡国的历史，李鹤田《湖山类稿跋》称汪水云"记亡国之戚，去国之苦，间关愁叹之状，备见于诗。微而显，隐而彰，哀而不怨，开元天宝之事记于草堂，后人以诗史目之，水云之诗亦宋亡之诗史"。赵棻的这些后妃诗也是"诗史"。闺秀自己来书写南宋灭亡之时的女性体验，这种"痛定思痛，痛何如哉"的感受，更加体现了赵棻杂咏诗"风人"宗旨。

北宋灭亡之时，朝廷不能北渡复兴，高宗自有难言之隐，如王夫之所言"君父之痛，土宇之蹙，诚不容已者"。因为"宋则虽有广土，而无绥辑之人，数转运使在官如寄，优游偃息，民不与亲，而无一兵之可集、一粟之可支。高宗盱衡四顾，一二议论之臣，相与周旋之外，奚恃而可谋一夕之安？琐琐一苗、刘之怀忿，遽夺其位而幽之萧寺，刘光世、韩世忠翱翔江上，亦落拓而不效头目之捍。自非命世之英，则孑然孤处，虽怀悲愤，抑且谁为续命之丝？假使晋元处此，其能临江踞坐，弗忧系组之在目前哉？故高宗飘摇而无壮志，诸臣高论而无特操，所必然矣"。所以"以时势度之，于斯时也，诚有旦夕不保之势，迟回蕙畏，固有不足深责者焉"①。对照此时清朝的情况，赵棻认为应该仿效汉代的历

①　王夫之《宋论》卷八，中华书局 2011 年版。

史,君主贤明,亲君子;臣子忠勇,定天下,所以在杂咏诗中赞美了如岳飞养母、岳银瓶、韩世忠妻等女英雄。赵棻曾作《读史杂咏三十首》,大多是对武将的赞美和歌颂,表达其对明君的渴求。所以单士厘评价说"《咏史诗》三十首多含道光季年时事"。赵棻"退想方当汉室隆,频施挞伐慑羌戎",感慨今日"可怜黎庶遭屠戮,洵有人间铁石肠";感叹今日"是处危疆殷战血,几人慷慨感闻鸡",感念今日"军中韩范今何在,艰巨能将只手担"。在这种情况下,赵棻怀念的是"当日珠崖仍肆毒","当时漆室早怀忧",此时赵棻希望的是"玉溪旧句试重吟,诗史流传证古今",能够以南宋灭亡为鉴,整顿朝纲,回复清朝当年的兴盛。

小结

清代的诗史观念不外乎两种:一种真实地记录历史;一种是言外之意。纵观赵棻的诗史观念,在记载历史的基础上兼有"寄托"之意,既有真实的记载,又"殆别有微意存乎其间,读史者又当于言外得之也"。赵棻在《南宋宫闺杂咏》里面表达"诗歌就是本于历史"的诗史观念,根据南宋的历史来创作诗歌,这是用诗歌来记录宋代政治史、女性生活史、女性文学史的方法。正是基于此,赵棻认为女性应该作诗,更应该出版,因为诗歌的写作本是女性生活的一个真实存在,无须隐匿,"宋以后儒者多言文章吟咏非女子所当为,故今世女子能诗者辄自讳匿,以为吾谨守内言不出于梱之礼也,反是则迁欺炫鬻于世以射利焉耳。是二者胥失之《礼》昏义、女师之教。妇言,居德之次,郑君注云:'妇言辞令也。'夫言之不文,行而不远,文章吟咏非言辞之远鄙倍者欤?何屑屑讳匿为?且讳匿者不终于讳匿也。其夫若父兄子弟揄扬于世,曰:'彼不肯出示人,吾曹窃为传播云尔。'若是则能文之名传,兼得守礼之称焉。视工于炫鬻者,其计更狡矣。而其人不尤足鄙哉"①。既然女性创作是历史的真实存在,是女性表达思想的方式,就应该被承认,被认可,就应当积极刊刻出版,"予之诗不能工,亦不求工",但也"不避好名之谤,刊之于木"。

同时赵棻还认为诗歌是女性内心情感的表达,"迩来苦幽郁,忧愁如疾蛊。聊复藉篇章,挥毫一倾吐尔"。更在《传书楼稿序》中说金顺"承其家学,故自幼能诗。方家难之兴,先舅仅六岁,太宜人扃之楼上,去其梯。每饮食必先尝而后与之,始得免于毒害。故病中感赋有句云:'龙泉趋死易,虎尾立孤难。'皆哀辞所未及详者"。这是诗歌对女性生活的记载,所以赵棻说:"韩文公言凡物不得其平则鸣,斯言诚然。观古来怀才抱德之士,生不逢时,率托之诗文以自写其胸中悲愤郁勃之气,非所谓不平则鸣者欤?"(《蚓喻》)赵棻认为诗歌是内心情感的一种宣泄和表达。《南宋宫闺杂咏》所表达的则不仅是个人的情绪,而更是通过宋代宫闺的历史表达自己对政治的看法,暗含微言大义的诗史传统。所以赵棻的《南宋宫闺杂咏百首》考证之详,不仅无脂粉气,且曾自言"诗史流传证古今",证明了闺秀诗歌不仅是风雅的点缀,更有深刻内涵和深远的社会意义。

---

① 赵棻《滤月轩集自序》。

第五章　咸同时期女性文学及其特征

　　咸丰同治时期，闺秀诗的内容与风格发生了很大的变化：首先是记录时事世情的诗文增多；其次是雄健的诗风突出。在动荡时局的影响下，闺秀诗文中多有关于战争的描写。如翁端恩《海宁陈氏双烈诗》诗，首句即"东南劫运浩无涯"，诗中抒发了"倚柱重填漆室忧，复壁何方工匿迹"的家国情怀；其《中秋月三首用东坡韵》首句云"前年遭寇乱，卜居海之东"，又说当时"秦关复严扃，干戈遍郊野"的情况。左锡嘉《黄州舟次即事》诗中有"狂寇夜窜扬飞沙，人民星散纷如麻。号呼奔走不辨路，手携背负何为家"之语，记载的是咸丰辛酉太平天国事件。因此诗史特征凸显是此时诗歌的突出特征。在这样社会氛围下，烈妇与贤母的道德典范意义尤为突出，而且女性的生活方式、诗歌风格与乾嘉道时期相比有了很大不同。

第一节　闺秀生活方式与写作风格的变化

　　闺中才女的生活一向是闲适的，到咸丰后，即使在以前崇尚风雅清赏的吴中地区，闺秀的生活也发生很大改变。随着生活方式的改变,闺秀诗歌的内容与风格也随之发生了改变。

一、咸丰时颠沛流离的避难生涯

朱和羲原配周曰惠的绿凤仙花唱和前面已经介绍过,而朱氏继妻许德蘋的生活与结局,与周曰惠大相径庭。

许德蘋(1826—1861),字香宾,号采石白仙子,吴县人。朱和羲继妻。著有《涧南词》一卷、《和漱玉词》一卷。许德蘋较周曰惠年长十岁,但在这十年之中的生活与周曰惠的生活截然不同。平日里许德蘋布衣操作,之后在战乱中惨死。“粤贼陷洞庭,晨熹掩至,家人奔告,咸仓皇披衣四出避之。姬与君子妇及孙匿宅后石家坞,有顷,贼至,次第搜财物。及姬,欲污之,刃拟于颈,不从,大呼骂贼。贼斩姬右臂,姬左手拾石投贼,中贼面,贼刃其喉,呜咽而绝。时十一年二月朔也”①。在咸丰年间,像许德蘋这种情况在咸丰时期绝非偶然,此时的殉节或者受到战争影响的才女非常多,据《清代闺阁诗人征略》卷九记载,除了许德蘋之外,还有黄淑华、吴瑸香、陆蒨、郑蕙、汪采、沈翠娥、高葆贞、沈玫、陈嘉、郑佩珩、陈润、唐爱仙、杜兰卿、屠姞、朱保喆、吴顺贞、郑贞华、沈元梅、沈桐凤、陈瑛、邹坤成、王孺人、鲍存轼、殷锴金、郑兰孙、卢德仪、陆惠、陆丰、金兰贞、储秀玉等很多人因为战争或者自杀或者过着颠沛流离的生活。卷十记载吴莒“生平耽翰墨,工吟咏”,“以避寇得疾殇”②;戴慎仪“耽韵语”,“以粤匪之乱,流离颠沛卒”③;戴静仪“粤匪之乱,流离转徙以死”;顾蕴吾“咸丰十年避乱”;林敬纫“咸丰间,侯官沈文肃公以名翰林出

---

①　《清代闺阁诗人征略》卷十,第565页。
②　同上,第475页。
③　同上,第476页。

守江西广信府。时值粤西群盗蔓延江西各郡，而广信全城之功，林夫人之力为多"；严永华历经"仓猝负母逾垣避"；汪清暎"洪逆之乱，曾之吴、之越、之粤，间关万里，兵火惊危，瘁矣哉"；沈性存"庚申之变，走上海"；胡孝曾"庚申城陷，抱四龄子玉年从父母投于艮山城河，适当亲戚家门，获救得醒，旋随夫避地粤东"；金兰"痛父巨毂生太守殉难，遂病呕血死"。众多闺秀才女在世变中要么壮烈殉节，要么饱尝逃难痛苦，她们的诗文中详细描述了这种生活。

孙佩兰"庚申杭城被陷，陛（孙佩兰夫）巷战殁，全家十余口相继殉难。妇痛不欲生，投缳赴河者再，均遇救得免"，后"与遗孤依光禄公，辗转迁避"。孙佩兰《吟翠楼稿》中记载了这种"辗转迁避"的生活。以"哭"与"泪"为题的"避难感怀"类诗歌直接表达孙佩兰对家破的感伤。如《避难塘栖哭外》、《哭外遗像》、《避难甬江家大人率子揩二弟回杭收取陛言骸骨悲痛实深泪咏二首》、《哭外周年》、《余自陛言殉难痛不欲生赴水三次天不绝我得神人相救又寄萍踪依随老父再生人世为两孤儿起见也讵料大儿上麟忽感时症竟尔去世呜呼余心如针刺矣爱泪咏四绝》、《避难船泊定海》、《余随家严避难桃花山谣传杭城寇信甚紧感而有作》、《端午寓甬感赋四绝》、《十一月二十八日知杭城失守余姑在杭存亡未卜泪咏二绝》、《寇围杭州念胞叔堂妹》、《寓甬接杭信知孙文伯舅公家殉难余姑暨小姑依随一处不免连累及之寸肠欲断泪咏二绝》、《逃灾七次今在甬江课授女徒五人有感》等。

通过对姊妹亲人的寄怀之作展现了才女个人生活的变化。《寄怀静芳盟妹》诗云："江北江南贼横行，遥闻烽火已心惊。家山无恙迎归棹，何日邮签报水程。"《避难延陵接读家大人书寄呈一绝》诗云："寻得桃源避荫深，屡闻烽火屡惊心。高堂幸有平安报，一纸家书抵万金。"《秋日忆静芳盟姊》诗云："烽火惊心将半载,归途风稳饱帆樯。"

在诗歌中表达自己的政治看法。《寒士节怀古》诗云:"万家
火禁一时同,忆昔名臣报国忠。"《明妃》诗有"男儿绝域无奇策,
女子深宫有老谋"句,感叹男子无谋略;在《杨妃》诗中有"君王自
取颠顶咎,错把胡儿当重臣"句,这是对男性政治失误的谴责。

咸同时期的闺秀才女很多都体验过闺中闲暇雅集的欢愉,
也都饱尝了战乱的颠沛流离。生活方式的改变与经历的丰富,
促使闺秀认真思考文学价值与生命意义,作品内容扩展,诗学风
格也发生了很大变化,闺秀及其作品被赋予了新的意义,具有诗
史的功能,而且是记录时事的真正的历史功能,与以前的咏史述
怀诗歌不同。

二、闺秀诗史观念的彰显

道光末期闺秀诗史观开始突出,但大多是咏史抒情为主,如
赵棻的《南宋宫闺杂咏百首》及咏史诗为主。咸同时期闺秀诗史
观的表达更多的是侧重于当时历史的叙写,如陈蕴莲的诗歌中
关于战争的实录,具有典型性。

陈蕴莲,字慕青,阳湖左晨妻。著有《信芳阁诗草》五卷。沈
善宝评价说陈蕴莲"深于史学"。深于"史学"的原因是陈蕴莲的
诗集中真实而详尽地记述了第一次鸦片战争、第二次鸦片战争
及太平天国攻占天津塘沽的战役。不仅有战乱中自己的感受,
更重要的是直接描述战争的情况。陈蕴莲的这些诗是真正意义
上的以诗记史。陈蕴莲《信芳阁诗草》卷三有《雁字》言及广东英
军滋事;《苦雨行》记载鸦片战争事;《闻定海复陷》记载定海陷,
姚怀湘、王锡朋、郑国鸿、葛云飞战死事;《旅夜抒怀》记载"津门
夷警,避居保阳"事;《闻宁波警》、《闻京口警》亦是当时战事的记
载。卷四《咏史》则为针砭时世之作;《喜雨质外》、《久旱已而甚

雨志感》是关于社会生活的记录。卷五多作于 1851 年、1859 年间,因当时战乱不断,故而叙事史诗较前四卷多。《触绪书怀》写收复武昌事;《津门剿匪纪事》记太平天国攻占天津塘沽事;《河北凯歌》赞美僧格林沁获胜事;《阅邸抄镇江瓜州同时克复喜赋二律》、《海口纪事》、《闻僧邸海口之捷诗以志喜》、《满江红》记载战事情势,表扬清军忠勇;《题若愚弟清净自娱图小照》等诗记叙战乱时自己及家人的生活变化。

历经战乱的咸同时期才女很多诗文中都有关于战争的记载,但陈蕴莲的叙事诗则最具特色。首先诗文是直接描写战争,而非自己的感怀,为了将史实叙述得清楚明晰,还用小注的形式加以说明,且创作目的就是为了通过鼓舞士兵的士气,这是与以往不同的变化。《闻宁波警》、《闻京口警》记录了第一次鸦片战争事。

可能擒贼便擒王,转战经年缺斧斨。诸将承恩兵用命,威弧指日落天狼。

传来消息浙川东,闻道楼船一炬空。果使逆夷真破胆,也应韩范在军中。

风月从来属四明,可怜烽火似边城。三千安得钱王弩,不射江潮射贼兵。

——《闻宁波警》

羽书驿使日纷然,楼橹惊闻北固传。浮玉山头开壁垒,无诸台畔接烽烟。神能褫贼三千弩,民不知兵二百年。可惜衣冠文物地,犬羊蹂躏更堪怜。

——《闻京口警》

这两首诗不仅记录了第一次鸦片战争中宁波与京口的具体战

事,还在小注中对于两次战争情况作了详细说明。"传来消息浙川东,闻道楼船一炬空"诗句后小注说:"总兵郑国鸿子鼎臣设计,烧毁夷船数只,贼始退至定海。"

《海口纪事》、《闻僧邸海口之捷诗以志喜》记录第二次鸦片战争事。《海口纪事》诗题下小注说:"四国夷船驶至,上命谭制军等率兵勇万余人驻防海口。"又在"四国徒乘衅"句下小注说:"时英吉利、俄罗斯、米利坚、佛兰西四国船驶至海口。"这场战争的结果在《闻僧邸海口之捷诗以志喜》中记录。"皇朝武功称第一,一战已经摧劲敌。千群火雉烧彼军,百尺井栏攻我壁。穷寇纷纷夜劫营,从容破敌鬼神惊。依稀睢水常山阵,仿佛昆阳巨鹿兵。帐下健儿猛于虎,呼声动地诸骄虏。忠诚共矢靖海氛,赏累千金封万户。卓哉将军史与龙,曾经百战真英雄。身当恩遇常轻敌,痛惜捐躯一炬中。如山气涌神威奋,方消恨。尸横撑距生者擒,何曾剩。"这首诗小注中提到了牺牲的两位将领,"史军门荣椿、龙协台汝元同时阵亡"。诗歌中赞扬僧格林沁"皇朝武功称第一",还在小注中说明其智勇双全,"是日意我军胜必疏懈,乘夜劫营,僧邸出马队,悉数歼焉,生擒者数人"。这种记载是一种纯粹的以诗为史的方式。

陈蕴莲记录太平天国军与清军在天津和河北的战争的叙事长诗《津门剿匪纪事》、《河北凯歌》,更是以诗记史的典范之作。《津门剿匪纪事》开头四句"贼势鸱张逼郡城,自怜闺阁罔谈兵。蚩尤妖雾如延及,便拟怀沙效屈平"表明创作的目的。在大敌当前之际,要以屈原"怀抱沙石以自沉"的勇气来捍卫家乡。陈蕴莲自述作诗是为了发挥"诗可以群"的功用,目的是:"以余癸丑曾赋《津门剿匪纪事诗》,咸谓表扬伊等忠勇,虽死亦足流芳千古,因共矢诚报国,踊跃从事。孰谓闺阁中词章末学,无激劝之力耶?"在国家兴亡的时刻,处在深闺的女子都能发出这种"知死不可让,愿勿爱兮。明告君子,吾将以为类兮"的屈原式呐喊,本来就肩负使命与责任的士兵们自然更不惜一腔热血来保家卫国,义无反顾地承担重任。

《河北凯歌》诗记载了战争的胜利及僧格林沁的赫赫战功。"喜闻逆首已成擒,第一奇勋帝室亲。畿辅肃清威震远,行看吴楚靖烟尘。号令严明哭乐同,三军感愤气如虹。洗兵力挽天河水,歼戮蛟螭沸鼎中。媲美凉公用佑诚,贤王为国胆包身。功成诸将俱茅土,可惜当时献镜人。才兼勇智度雍容,爪牙还如恝武通。百万妖氛俱扫尽,不令片甲返江东。"陈蕴莲特意说明僧格林沁的律己之严与谋略之精。小注说:"僧邸日夜围贼,不避风雪,有献貂裘者,斥去之,士卒乃益感愤,得成巨绩。""僧邸围贼于冯官屯,筑堤灌水,贼势穷蹙无食。"最后这场战争以太平军投降而告终,"百万妖氛俱扫尽",是陈蕴莲对于战争结局的描写。河北天津取得胜利的同时,南方也取得胜利。陈蕴莲《阅邸抄镇江瓜州同时克复喜赋二律》诗记载此事,又在小注中说明取得胜利的功成将领。"时钦差大臣和公春、翁公同书、德公兴阿、鞠公殿华、张公国梁等和衷破敌,得成巨功,一时俱得旨褒奖"。

陈蕴莲的诗歌直接叙述史事,以当事人写当时事,这种直接记录历史的方法,更具有时代性,诗史性质更加明显。比如关于天津兵勇七星旗的记载,小注说:"天津兵勇俱以七星旗制胜。奉调他省,每与贼相遇,共识七星旗为津兵,贼众见即胆慑云。"陈蕴莲说七星旗是天津兵勇的标志,而诗人张维屏在《三元里》诗曰:"乡分远近旗斑斓,什队百队沿溪山。众夷相视忽变色,黑旗死仗难生还。"小注曰:"夷打死仗则用黑旗,适有执神庙七星旗者,夷惊曰'打死仗者至矣'。"可见三元里抗英义勇们打的是七星旗。天津兵勇也打着七星旗,这就具有了丰富的史料价值。

陈蕴莲诗歌还记载普通民众对太平天国其一的看法。在百

姓心中的太平天国是"扰扰尘沙劫未终,枕骸遍野血流红。可怜
尽向河心弃,顺逐波涛鱼鳖同"。小注说:"沧州、独流、静海经逆
匪蹂躏,杀戮尤惨。"对照其他史料记载,如当太平军退守杨柳青
时候百姓编唱歌谣,可以从多种角度来看待太平军的意义和影
响。"天津杨柳青一带人民见太平军到来,欢欣鼓舞地欢迎,编
了一首歌谣唱道:'争天下,打天下,穷爷们天不怕来地不怕。杀
到天津卫,朝廷好让位。'"

　　陈蕴莲记录战争的诗歌中贯穿着神鬼庇佑的观念,这也
具有鲜明的女性特点。"天狗如雷坠地声,早知大角欲躔兵。
病躯久已轻生死,咫尺烽烟转不惊。"小注曰:"二月初有星陨
于西北,其声隆隆如雷。维时予已知贼将北窜。""彻夜秋霖涨
水乡,决堤直欲比淮黄。狂澜力遏西南路,始信神灵预设防。"
小注曰:"癸丑八月河决芥园,河神显圣。时张子班观察欲修
筑堤防,屡筑屡倾,西南遂成巨浸。迨贼至,仅东北一路兵勇,
得以专御一方。天意借水,盖以卫民云。"《闻京口警》诗"神能
褫贼三千弩"句下小注说:"海宁有武肃庙,最著灵异,近传夷
行近庙侧,若不能前,其领队头目坠马洞胸而死,众始退去。
海宁获全,盖邀神佑云。"这些记载带有神佑的思想,具有女性
的特质。

　　陈蕴莲认为诗歌具有重要的价值,"诗固非漫然苟作,发乎
人之情"。诗可以涵养性灵,通诚款,畅襟怀,"遇赏心处辄为诗
以咏叹之","藉吟咏以抒写其乌鸟之情","诗之为用,诚大矣
哉"。所以陈蕴莲"爰取数十年来所存诗,厘为四卷,以画易资,
付诸枣梨",目的是"以此存吾之志,而留吾性情于天壤间"①。

　　女性诗集传世,大多是藉父兄、丈夫、儿子为之刊刻,女性自

---

　　①　陈蕴莲《信芳阁诗草序》,第 394 页。

己刊刻自己的选集,少之又少,而自己筹措资金,以诗画易资来刊刻诗集更为少见。这种创举首先是对自己的诗歌的文学价值的充分肯定;其次是对女性诗歌的文学价值和社会意义有充分认识的基础上才能有这样的行为。这种行为说明闺秀自身的独立性和女性文学的文学性已经被闺秀自身及社会认可,只有女性具有独立性才能有刊刻自己诗集的打算,只有社会对女性文学的价值认可才能使诗集的刊刻得以实现。而这种独立性正是陈蕴莲诗歌具有不同特色的原因。

三、闺秀诗歌风格的转变

"写景绝胜摩诘画,感怀恰似杜陵篇"是对女性诗歌内容与风格的恰当总结与概括。闺秀诗学中,秀婉与激昂的风格一直并存。清初,在强调学习杜诗感怀的同时,女性提出了"秀"的审美特征是闺阁本色诗;康乾盛行的格调诗中,不乏清丽秀婉的女郎诗风;不过即使性灵诗潮大盛的时期,坚持温柔敦厚的儒家诗教的传统也未曾中落。可见在闺秀书写闺阁本色诗的同时,受到时代与诗学潮流的影响,闺秀诗风以及其创作理念也不断发生变化。

咸同时期的社会较之乾嘉道时期已经发生了很多变化,女性诗词的风格从秀雅向沉郁转变,关注的重心从闺阁情怀转向家国世事,女性诗词的创作不再固步家庭闺阁之内,而是与社会现实有着紧密的联系。与咸同时期战乱相侔的则是记录世事的诗史,其风格与从前抒发深闺情怀的幽约怨悱变成了关乎时代盛衰的风格了。

常州在清中后期已经成为与苏州、扬州并称的具有特色的文化中心。常州经学发达,文学繁荣,出现了著名的常州词派、阳湖文派。常州文学繁盛的原因又与女学发达有直接关系。女学发达在文学创作上的表现就是出现了一批著名的女诗人、女词人。徐珂《近词丛话》说："毗陵多闺秀，世家大族，彤管贻芬，若庄氏，若恽氏，若左氏，若张氏，若杨氏，固皆以工诗词著称于世者。"其中最著名者则有这样几个："国朝以来闺秀能诗者得三十四人，其诗可诵者得二十余人。而近时则孙光禄夫人《长离阁集》。崔观察室钱恭人《浣青诗草》为尤著。是篇（张孟缇之作）《长离》、《浣青》二集外，更推嘉话云。"这里提到的王采薇、钱浣青、张孟缇被认为是乾嘉道咸时期常州最具代表性的闺秀诗人，三人的风格变化恰可以说明咸同时期的女性文学风格与时代的关系。

　　王采薇诗时人多有论之。法式善《梧门诗话》说："兰陵闺秀王采薇（玉瑛），孙渊如观察之室，著《长离阁诗集》，幽香冷艳，合长吉、飞卿为一体，真闺阁奇才也。"袁枚"予读其乐府诸篇，哀感顽艳，丁当清逸"。洪亮吉《北江诗话》卷二："孙兵备星衍配王恭人，善诗，所著有《长离阁集》，兵备曾嘱余为之序。……其闺房唱和诗，虽半经兵备裁定，然其幽奇恓恍处，兵备亦不能为。……此类数十联，皆未经人道语。王蕴章《燃脂余韵》'一院露光团作雨，四山花影下如潮'，毗陵王采薇女史《长离阁集》中名句也。女史宜黄令鞠山第四女，年二十四而卒。其第三女亦才而早夭。执山尝以之比吴江叶天寥之昭齐、琼章二女子云。其才调可想见矣。"王采薇诗歌特色分为三类：清：清超、清隽、清逸；艳：冷艳、奇艳、哀感顽艳、凄艳欲绝；幽：幽奇恓恍、幽香冷艳等风格。这是江苏女性闺秀文学的一个传统，"近代闺媛之盛，推前明吴江叶氏小鸾姊妹与其母沈宛君，并工诗词，《午梦堂稿》及《返生香》等词，多哀感噍杀之音，少正始和平之什"。王采薇是传统闺秀才女的典型：以才名获得时誉，有幸成为才子妇，身似梅花清，作品风格具有女性气质，多哀感之词。

钱孟钿(1742—1806),字冠之,号浣青,江苏武进人,崔龙见妻。著有《浣青诗草》八卷、《续草》一卷。洪亮吉说其诗歌大多"皆述世德之渊源,伤弟昆之奄忽,怀人感事,纪行赠答之所作",但因钱浣青又曾赴秦、蜀之地游览,所以不仅胆识过人,更有咏史怀古之诗。赵怀玉《崔恭人钱氏权厝志》记载钱浣青宦游四川时,"川东咽匪蔓延","恭人知贼从西路来,遣人疾挚李渡场泊船于东岸。贼至,水阔无梁,遂遁,郡以获全"。钱浣青宦游湖北时,居危城中,指挥若定,"且以兵备指发书僚属,主坚壁清野之议,促收附郭积聚,贼侦有备,旋即解去","临危处变,动合机宜,无论巾帼之所难能,即士大夫当之或不敢自信。若恭人者,岂非聪明有识,染指于家庭之训深哉?"故钱浣青的诗歌除了"怀人感事,纪行赠答"之外,《始皇家》、《汉通天台铜人歌》、《华清宫废址》、《华清宫怀古》、《潼关》、《张子房祠》、《咏古三首》等咏史诗具有深刻的内涵,闺秀对历史的思考与政治的看法主要表现在咏史诗上,因而诗歌具有与闺秀秀丽婉转风格不同的气象。

被认为与王采薇、钱浣青齐名的才女张孟缇是常州词派创始人张惠言的侄女,张琦的女儿。张缊英(1792—1841),字孟缇,知县张琦长女,主事吴廷室。著有《澹菊轩集》。沈善宝曾称颂张孟缇"议论古今之事,持义凛然,颇有烈士之风,与余尤为肺腑之交"。"议论古今事","颇有烈士风",可以张、沈二人合作的《念奴娇》词为例来说明。

道光二十二年(1842)沈善宝与张孟缇因关心时局、议论时政而合作《念奴娇》一阕。《名媛诗话》卷八载:"壬寅荷花生日,余(沈善宝)过淡菊轩,时孟缇初病起,因论夷务未平,养痛成患,相对扼腕。出其近作《念奴娇》半阕。云后半未成,属余足之。余即续就。孟缇笑云:'卿词雄壮,不减坡仙。'余前半章太弱,恐不相称。余觉虽出两手,气颇贯串。惟孟缇细腻之致,予卤莽之状，相形之下，令人一望而知为合作也。"《念奴娇》云："良辰易误，尽风风雨雨，送将春去。兰蕙忍教摧折尽，剩有漫空飞絮。塞雁惊弦，蜀鹃啼血，总是伤心处。已悲衰谢，那堪更听鼙鼓。　　闻说照海妖氛，沿江毒雾，战舰横瓜步。铜炮铁轮虽猛捷，岂少水犀强弩？壮士冲冠，书生投笔，谈笑擒夷虏。妙高台畔，蛾眉曾佐神武。""鼙鼓"带来的伤心是因为当时"战舰横瓜州"，因为鸦片战争的吴淞口战役，所以即使身在闺中，也要"蛾眉佐神武"，虽然不能参战，但也有深深的"漆室之忧"。

在常州三位具有代表性的闺秀诗人中，除了王采薇因为早逝，少有关注时事的诗文外，钱浣青、张孟缇都有咏史诗或书写当时历史的诗歌。常州闺秀除了吟诗作画外，还有忧世之心、经世之才。在咸同时期由于时代的关系，具有忧世之心的才女书写风格变得更加苍劲雄壮，如张孟缇侄女王采蘋的诗风充满了沧桑刚劲的特色。

王采蘋（？—1893），字润香，著有《读选楼诗稿》十卷。《读选楼诗稿》共有290首诗。卷一庚子（1840）、丙午（1846）所作，选录18首，这是王采蘋初学诗的习作，如《秋山》、《秋水》、《秋荷》、《秋草》、《寒灯》、《寒柳》，俱是练笔之作，不过"笔致清婉"，"时出隽语"。其《题王月鸾伫月图次韵》有"别有遥情谁会得，洞庭秋月楚江风"，别有韵味。《楼头月》有"皎皎楼头月，纤纤镜里眉。盈盈出妆阁，宛宛拜阶墀"句，颇有齐梁风格；《纳凉》有"花光浥微润，露气生虚白"句，有初唐的隽逸；《秋山》中"一径碧烟合，半林黄叶幽"句，有杜诗味道。此卷中还有《过金陵》诗"兴亡多少恨，都付大江流"句，此时的兴亡之感只是就诗而论。历经战乱之后的咏史怀古诗句，则与此不同。

卷二丁未（1847）所作36首。武昌题咏古六首、楚中怀古八首、咏物六首、咏月十首、题画诗八首，还有一些赠答之作。卷二有14首咏古诗,这些诗较之前的深浑慷慨。《宋玉墓》有"春心千里江风冷,秋气中年蕙草悲";《陶士行》有"梦中幸折天门翼,江上犹传石磊功。一旅勤王仗温峤,千秋知己属刘公";《宝剑》诗"秋水横三尺,长虹倚九天。一挥绝域开,万里靖烽烟。结佩心从壮,深杯醉可怜。延津不变化,何处问龙泉"。具有雄浑的特征。从卷二开始,王采蘋诗歌中闺中儿女情思的创作越来越少,慷慨激昂的雄壮风格之作越来越多。这与王采蘋个人的性格有关,更与王采蘋所处的时代有关。

卷三戊申(1848)作,录拟古诗29首。其《读秦良玉传》开篇有"鲁女忧时悲漆室,木兰代父为戍卒。古来女子负奇才,不独闺帷著芳烈"。卷四己酉(1849),录读诗杂拟50首。其《杜甫瘦马行》,张仲远认为"坚劲苍郁,神似少陵",而《卢仝苦雪寄退之》、《杜牧大雨行》等诗则是借古述怀的诗史作品。卷五己酉(1849)至庚戌(1850),录诗20首。1848年以后的诗歌多以拟古为主,这样的模拟创作使王采蘋的诗歌感情更充沛,诗歌的风格更多元。这是把"著书立说"作为自己的事业来看待,写作的目的是为了实现自己的生命价值,即使自己不在人世,也能"不与草木同腐",而一直流传后世。

卷六辛亥(1851)至乙卯(1855)的诗歌不多,因为战乱散佚,而选录的《瑞麦歌》、《感事》6首大多记录当时的沧桑时事;《和孟缇从母避寇南归舟中感事诗》8首也是记载当时战乱情事。卷七丙辰(1856)至丁巳(1857),录诗9首;都是战乱之后所作,多叙乱世悲情。卷八戊午(1858)至己未(1859),记录了一些行旅诗。其中《寇乱杂诗》是长篇叙诗史。卷九庚申(1860)到辛卯(1891),录14首,因为战乱夫死、舅姑殁,王采蘋的诗作甚少,且悲苦异常。卷十壬辰(1892)至癸巳(1893)只有与许振祎及夫人赠答诗4首。

卷六至卷十的诗歌基本上可以说是王采蘋后半生生活的真实记录。从诗作的数量上可以看出战乱对王采蘋文学创作的影响：因为颠沛流离，闺秀的创作数量减少；因为生存艰难，闺秀的著述难以保存。这不仅是战争对王采蘋个人的影响，同时也是咸同时期女性文学整体状况的真实反映。王采蘋用诗歌记载自己的逃难生涯，记载自己的闺塾师经历，记载自己战争期间的所见所闻。这些诗歌可以说是王采蘋个人生活的传记，也是历史的记录。这种书写可以有助于我们了解女性的生存状况与思想情感。女性在战乱间关于家事的书写，也就是国事的书写；自己内心情感的书写就是当时百姓的心声与诉求的表达，所以王采蘋诗歌中对自己以及家庭颠沛流离的书写，除了具有女性生活史、文学史的意义外，还有社会政治史的价值。

小结

咸同时期的闺秀生活从"生小盈盈翡翠中"（吴芳华《题旅壁诗》）到"忽被干戈出画堂"（张氏《七言绝句》）的变化，使她们不得不经历"跨上玉鞍愁不稳，泪痕多似马蹄沙"（张氏《七言绝句》）的生活。女性在动荡的社会中所思、所想、所作与传统闺中女性有了很大不同，由于离乱，更加关注社会、关心政治。动乱的社会改变了闺秀的生活方式，改变了闺秀诗歌的内容和诗歌的风格，所以此时慷慨激昂、沉郁顿挫的雄壮之音尤为突出。

第二节　烈妇的道德典范意义：
吴绛雪与《徐烈妇诗抄》

吴绛雪是康熙间浙江永康女子，其家世、才学在清代并不算特别出众，但其作品版本之多，在清代尚属不多见。究其原因，是因为吴绛雪的节烈行为在道光咸同时期的社会典范价值，即女性的节烈行为可以起到激励士人的作用，唤起人们的爱国情怀。因此吴绛雪在沉寂了一百多年后，其身份从才女转变为烈妇，走入了人们的视野，获得了社会关注。

一、从《绛雪诗抄》到《徐烈妇诗集》

吴宗爱（1650—1674），字绛雪，教谕吴士骐之女，诸生徐明英之妻。"晓音律，兼工翎毛、花卉、人物、山水。而姿色秾粹，见者艳为天人"①。与吴素文为闺阁友，诗词唱和，尽享闺中乐趣。康熙甲寅（1674）六月，耿精忠部将徐尚朝兵至永康，闻知绛雪美艳，扬言献绛雪则免全城屠戮。绛雪得知后，慨然允诺，但在去徐尚朝驻地途中跳涧全节而死。不过康熙时吴绛雪并未为人所知，其才名传播则在道光中后期，特别是咸同时期。

吴绛雪有诗二卷：《六宜楼稿》一卷，随父宦游时所作；《绿华草稿》一卷，归永康后所作，另有《与素闻启》、《同心栀子图并启》。《徐烈妇诗抄》又名《吴绛雪诗抄》、《绛雪诗抄》，从诗集名称的演变可以看出吴绛雪从才女到烈妇的形象演变过程，从吴绛雪称谓的转变可以看出咸同时期女性文化与女性文学与前代的不同之处。

吴绛雪诗最早只是以同邑人的抄本形式存在。《永康诗录》卷十七《闺阁诗》载王崇炳《跋》："向求其全稿（吴绛雪诗集），罕有知者，久之得于武川友人家，乃抄本，不过数十首。"这个抄本不知何人所抄，后为王崇炳所得，重新抄录，这是后来吴廷康刊本的底本。吴廷康咸丰二年《徐烈妇诗序》曰："先是邑人为余言：吴绛雪，邑之才女也。武义李氏藏其诗，倪明

---

① 徐雨民《徐烈妇诗抄》跋语。

经兰谷梦魁为余借得抄本,知为东阳明经王虎文崇炳所编辑。"陈其泰咸丰四年《徐烈妇诗抄跋》:"绛雪诗,东阳明经王崇炳抄自武义一旧家者,原本分《六宜楼稿》、《绿华草》为二卷,诗仅百余首。《燃脂叙录》摘其佳句甚多,半存集中,余皆成广陵散矣。"

康熙无名氏抄本及王崇炳抄本,今不传,不过其面貌在《永康诗录》中保存。陈凤巢《永康诗录》卷十七《闺阁诗》云:"道光辛丑下,赞府吴廷康得之武义学生某,遂刊行。录中诗次第,先古体次今体,而此独遵照本集先后顺序时编次,俾阅者得其叙而不紊云。"现在《永康诗录》中载吴绛雪诗 55 首应是王崇炳抄本诗之面目。除了这两个抄本外,同治间《吴绛雪诗抄》丁宇芝精抄本,盐官王骧陆于 1862 年题名,扉页有陈宝琛丁卯 1867 年识语。

所见刻本最早是道光间双溪王家齐冰壶山馆本《吴绛雪诗抄》,卷首为吴廷康序,次序残缺,不知序者何人;次为王家齐序,仅有标题无内容;次为李菘秋《题六宜楼》绝句四首,次为戴玉尊《题六宜楼稿》四首。《六宜楼稿》、《绿华草》各一卷,共收诗 98 首。后附《同心栀子图并启》。正文之后有王家齐《回文同心栀子镜箔图》读法、后附录章汝铭、《燃脂叙录》、张南士、《图绘宝鉴》等相关评论及王崇炳的跋语。现藏于浙江永康市图书馆。陈其泰咸丰四年《徐烈妇诗抄跋》曰:"金华王君家齐尝取而刻之,萧山丁君文蔚、王君锡龄复刻一本。皆余友桐城吴廷康赞成其事。因为之序,而萧山本则余所校勘。"后萧山丁文蔚、王锡龄照此版重刊《绛雪诗抄》,陈其泰校勘,今已失传。

咸丰四年《绛雪诗抄》古均阁刊本,胡文楷《历代妇女著作考》载:"卷首长安散人阅本六字。前有长安散人序,《徐烈妇传》,陈其泰书后,末有附录四页。陈其泰跋。书中有圈点,有眉评。"《历代妇女名人年谱》收录此版本。陈其泰咸丰四年《序》曰："每思评点重刻,以广其传,而余年来笔墨似多田翁,耕耰甚苦,十指不得暇,乃以寄老友长安散人,强令加墨,宁宽毋苟,并缀眉批,以醒将书引睡者之眼。散人初未应,曰:'吾已为之传矣。'既而曰:'吾胸中磊块,亦正须酒浇耳。且吾曩者作传,为世故牵帅,颇失体,吾当改正而自刻之。因不复辞。既告成,散人自叙重刻之意,余复为任校勘之役,而识其原委如右。'"不知许楣所谓的"世故"具体所指何事,不过据《传》中有"国色是祸根,兼幼慧,尤是祸根"之语,或可推测其胸中块垒则与咸丰时期时局有关,故而《叙》言"值方寸岳起,辄摊卷观古人影","往者庚子、辛丑间,东南多故,所在有碧血影,大多阳乌赫然矣","坠崖遗烈莫能问,吾当成子之美,无俾使斯人之影就灭也。因点次终卷,叙以付剞氏"。咸丰间吴绛雪诗集刊刻的原因与当时的时局有关。此后,还有光绪元年本《徐烈妇诗抄》。民国石印本《徐烈妇诗抄》,是现在通行本。

光绪元年云鹤仙馆本《徐烈妇诗抄》2册,封面题名"女士云鹤仙馆诗",从集前的题辞及序言可以看出最早吴绛雪是以才女身份出现的,后来逐渐变成了烈妇的身份。这是因为烈妇的身份是咸同时期的士人需要的形象,具有激励人心的道德典范意义。

光绪刊本前有咸丰四年许楣《叙》;吴廷康咸丰二年《徐烈妇诗序》、许楣《徐烈妇传》、陈其泰《徐烈妇传后》、光绪元年希元《序》、俞樾同治十三年作《吴绛雪年谱》、秦缃业同治十三年《重刻徐烈妇诗序》等,从这些赠言、序跋中可知最初吴绛雪是以才女形象出现的。吴绛雪九岁通音律,十余岁父教令作诗,诗辄工,尝代父与同年生仿和,服其精当。许楣说:"永康故僻邑,绛雪死一百七十余年,无能以为文发之者,独传宝其诗画,其杂见诸家传记,亦目为才媛而已。"①其最有名者当属于《同心栀子图》,被称为"组织工巧,不减苏氏《回文》"。《同心栀子图》形若盛开的栀子花,全图凡 165 字,中间是以"雪"为核心的 81 字组成的方阵,其余 84 字成弧形,均匀排列在栀子花瓣外缘,每瓣 14 字。绛雪《咏四季诗》回文诗亦传诵一时。《春景诗》由"莺啼岸柳弄春晴晓月明"组成。"莺啼岸柳弄春晴,柳弄春晴晓月明。明月晓晴春弄柳,晴春弄柳岸啼莺"。《夏景诗》由"香莲碧水动风凉夏日长"组成。"香莲碧水动风凉,水动风凉夏日长。长日夏凉风动水,凉风动水碧莲香"。《秋景诗》由"秋江楚雁宿沙洲浅水流"组成。"秋江楚雁宿沙洲,雁宿沙洲浅水流。流水浅洲沙宿雁,洲沙宿雁楚江秋"。《冬景诗》由"红炉透炭炙寒风御隆冬"组成。"红炉透炭炙寒风,炭炙寒风御隆冬。冬隆御风寒炙炭,风寒炙炭透炉红"。从这些诗的艺术性与趣味性可知吴绛雪的才情,因而吴绛雪被目为才女毋庸置疑。

吴绛雪后来逐渐演变为节烈典范。《绛雪诗抄》在道光后期咸同时期刊本多且复杂,不仅因为绛雪才学出众,更深刻的原因是当时的社会需要女性作为节烈典范。吴廷康《徐烈妇诗序》说:"余官永康日,访得徐烈妇吴绛雪殉节事,求名人为传,且播诸管弦,以表彰之。"可见吴廷康为吴绛雪刊刻诗集的原因是感动于她的节烈行为,感慨于当世都以为绛雪是才女,而史书方志并未记载她"捐躯兵燹之中,完节荒凉之地","志乘未载,传闻异辞,设非急为咨访,又安能传信于一百七十余年之后哉"。吴廷康并非因吴绛雪是才女而对其青睐,这与之前的以吴绛雪为才女的看法大相径庭。吴廷康认为吴绛雪不以才学,凭借节烈行为,其名字自可以流传不朽。"如绛雪者,有才亦传,无才亦传,

---

① 吴绛雪《徐烈妇诗抄》,《江南女性别集二编》上册,第 7 页。

而何必计其诗之所存者甚少乎。余既传绛雪之烈，因以传绛雪之才，则诗又乌可以不传"。

其实事实并非如此，女子以诗传者多，这是当时社会女性文学兴盛所致。许楣《序》曰："绛雪之幼也慧甚，多艺能，九岁通音律，十余岁父教令作诗，诗辄工，尝代父与同年生仿和，服其精当，已知为小女子作也，乃大惊。善写生，间作设色山水，皆有致，绣回文诗镜囊，见者叹为双绝。既寡，尤盛年，以才故，艳名尤噪。"而且绛雪的才学在永康这个地方更显得不凡，"永康故僻邑，绛雪死一百七十余年，无能以为文发之者，独宝传其诗画，其杂见诸家传记，亦目为才媛而已"①。秦缃业《序》也说："夫烈妇之死，且合从容就义慷慨捐躯而一之，其事固有传者，然非能诗且工若是，世人亦未必艳称之。慨自粤寇之乱，妇女死节者何限，岂遽不如烈妇，而往往湮没不彰，并其戚族乡党，几不能举姓氏，以别无文采可表见故也。然后知诗以人传，人亦未尝不以诗传。而是集之复事梓行，又乌可以少缓与？"可知才名有时候较节烈更易为人所传扬。

但在道光后期，特别是咸同时期，这种观念有了很大变化，才女的节烈之名较才名更易为人们关注。这是因为此时社会动荡，官者不能任其职，朝廷不能设善法，而人们希望社会安定，但典范和榜样却不多见，因此一些士人积极发掘百余年前才女吴绛雪的节烈事迹，以此来鼓励世道人心。"乃迟一百七十余年，待康甫而其迹适显"，原因吴绛雪初死节"时际大难初平，有心世道之君子，采访难得其实。耿逆之变，英风义烈之士，为褒扬所不及者何可胜数，岂特绛雪一人哉"②。康熙年间，节烈的士人

---

① 吴绛雪《徐烈妇诗抄》，《江南女性别集二编》上册，第7页。
② 同上，第22页。

无数,不需要以才女来树立典范,所以一百多年来,吴绛雪只以才女之名流传。但咸同时期则不同,此时具有节烈行为的人物不多见,社会急需节烈人物来承担这个激励人心的社会任务。所以杨晋藩《永康烈妇吴绛雪诗后论》说:"献一女子以缓师期,事势可知也。夫取饮有人,殉节有地,而必求诸不测之渊,又或因所讳而阙之,是秉笔者之过也。"现在的任务是要使吴绛雪的节烈之名彰显。同时也让社会了解吴绛雪之所以能够令名彰显的原因是因为有像吴廷康这样的官吏。"绛雪以色艺兼擅遭造物忌,抑知厄之即所以显之耶。迨大节即著,秉笔者复以回护之见湮没者百数十年。天地正大之气,无屈而不伸,然不得主持风教贤有司而著之,虽贞烈如绛雪,未易揭幽而睹白日也。然则康甫之功岂在班范之下哉"。咸同时期社会时局动荡,一些官吏希望朝廷能够有所作为,希望士人有家国的意识,努力使政局安定,因此需要吴绛雪这样为大义牺牲的精神,来激励士人关注社会,保持清朝的统治,因此吴绛雪才从康熙间的才女转变为咸同间的烈妇形象。

二、节烈女性的道德典范意义传统

节烈女性在动荡世变时期最具道德典范意义,且有着悠久的传统。汉刘向作《列女传》的目的是"以戒天子"。《汉书·楚元王传》附《刘向传》载:"向睹俗弥奢淫,而赵、卫之属起微贱,逾礼制。向以为王教由内及外,自近者始。故采取《诗》、《书》所载贤妃贞妇,兴国显家可法则,及孽嬖乱亡者,序次为《列女传》,凡八篇,以戒天子。"明钱一本《女镜后序》云:"澄江茂卿之录《女镜》,家人女贞之利系也。……茂卿每有岩宾之思,而谓有家之炯鉴,常悬于士氏,此《女镜》所以录。若曰录女,将以镜男,几须眉丈夫可尧舜,谓有自处其身于女子下,而待镜于女子,必不其然。……系镜于女,于男子前而陈《女镜》,固者执之,达者通焉。道器何分,镜即道也。形胆俱彻,形即胆也。"①钱一本明确阐述了男性以女子为鉴的作用,可见女教书籍并非仅为女子而作,而是希望女子为男性树立道德典范,是男子为实现政治理想而为自己树立的榜样。明代汪氏《列女传》中这种思想表现得更为明显。《汪氏烈女传·高叡妻》云:"人臣荷天子之知,膺守城之寄,当与城为存亡,城全而身无恙者,上也;身死而城获全者,次也;城失而身苟存,罪益不可追矣。高叡守赵州,已陷于默啜,宁即死耳,何可复辱? 贼之异袍宝带有何荣,即使得之,何面目服此而视于天下。……幸而秦能激以忠义,不屈于贼,高叡勉为忠臣,秦氏则真烈妇矣。"

女性自身赞同这种观念,每每以忠臣自比。王防妻作诗云:"劲直忠臣节,孤高烈女心。四时同一色。霜雪不能侵。"汪氏评云:"世穷见节,世乱识忠臣,女犹士也。烈女之心犹忠臣也。忠臣耻仕二君,烈女岂事二夫。黄淑之配王防也。防既赖其内助,生也相敬如宾,死也相防如刍狗,孰忍乎哉? 故借竹以咏志,卒不改节,以全其贞。视古烈女,人有古今,心宁有真伪,行宁有淳浇乎? 特表之以风时,俾与古先媲美。"②李晚芳更是赞扬范滂母、王经母的大义凛然行为,说她们"皆能从容就义,临难而色不动,一则曰为子死孝,为臣死忠,得其所矣;一则以为得与贤士齐名为幸,又以令名寿考不可得兼为慰"③。很显然,把烈女与义士相提并论。

明亡后,女性节烈行为与明遗民心态相一致。《徐州县志》

① 明夏树芳辑《女镜》,北京大学图书馆藏明万历三十六年(1608)刻本。
② 《汪氏列女传·王防妻》。
③ 李晚芳《女学言行纂·教子女之道》。

载徐三省妻谭氏,夫亡,母令其再嫁,"氏痛哭曰:'女无二适,贵贱皆同,况出自名阀,号为士人妻者,敢盟他志以辱先人乎?'"《仪真县志》载盛可畏妻张氏夫亡后,人或泛论改节以尝之,张訾曰:"夫死不为守,徒慕荣华,岂人所为也!"从这些节妇的言语中可见她们守节与臣子尽忠朝廷是相一致的。而明遗民的生活方式与节妇有相似之处。"自疟式的苦行以及自我戕害,更是明遗民的生存方式。受疟与自疟,在许多时候难以区分,至于明遗民的苦节,甚至在形式上都与节烈妇女如出一辙"①。明清时期节妇的苦节自残与自疟令人吃惊。如《苏州府志》载,陈肇宗妻金氏,"年十九,兄欲强改适。氏剪发断一指,足不逾户五十余年";杨春辉妻曹氏,夫亡后,"乃抉左目自毁,依父以居";《崇明县志》载,龚以明妻沈氏,夫亡后"蓬垢一室,非祭祀、问候姑舅未尝至中庭"。这种自残自疟的行为与遗民为前朝守节的行为如出一辙。像《明史·列女传》所言"以至奇至苦为难能"。有的妇女苦节终生,以至于年少早衰,如《宜兴县志》所载的张巍登妻徐氏,夫亡后,"勤作苦守,中年发白齿落,家畜鸡犬,不知有牝牡事,人共奇之";还有《上虞县志》记载的陈元新妻龚氏,夫亡后,"姑以其年少,家贫,劝他适。氏啮指洒血曰:'宁为陈家鬼,不作他家妇!'日勤纺绩,事姑抚子,发槁容枯,盛年如老"。

因为这样的传统,所以女性,特别是熟读《孝经》、《列女传》的一部分知识女性更加遵守传统的道德规范。在和平时期的表现就是尽孝道与守节。如梁孟昭(字夷素),才学冠绝当时,王端淑评价其是"一代作手,为女士中之表表者。长短句诗歌皆清新幽异,大小墨妙远过前人。所著《相思砚》词句情深而正,意切而韵,虽梁伯龙、沈青门辈复出,亦当让一头地,可以与男子争高

---

① 赵园《明清之际士大夫研究》,北京大学出版社 2000 年版,第 13 页。

低"。而姑陈氏疾,"割臂肉和羹以愈之",正是"当亲笃病之时,计无后之,而习闻人肉可疗之说,故不暇问其术之效不效,事之义不义,毅然出此,忍痛剥肤,所谓其愚不可及也。非笃于至性而能然乎"①。这种至性一方面出自天性,还有一方面是由于自小所受的教育。徐文驹《林节妇传》载"有叔某语污郑(林节妇),郑怒曰:'未亡人耳不受污',自割其左(耳),叔惶恐,故以他事谩骂郑,郑执耳鸣官,薄惩叔,叔忿且暴,大污其耳。郑激复割右。……观者如堵,多叹息泣下,士大夫征诗纪事者有云'皎皎一心两耳当'"②。福建侯官人陈若苏有《割耳自述》诗云:"持刀割耳顾苍天,但愿书香绍昔贤。矢志抚孤如此苦,须知残毁即求全。"其自残的目的只是为了能够求全,为了实现一种理想的人格,这是传统文化教育的结果。因为知识女性大多研习经史、幼读闺训,有自己的思想。

如吴静,字定生,江苏昭文人。有《咏史诗》、《读纲鉴》诗:

> 不学何须诋霍光,托孤寄命报先王。匡张孔马多经术,青史于今若个芳。

> 更看名儒莽大夫,紫阳书法胜南狐。当年奇字人争问,曾识纲常二字无。(《咏史诗》)

> 直接麟经圣笔修,紫阳书法果无俦。统归汉室奸雄斥,帝在房州公论留。(《读纲鉴》)

从其诗中可见吴静是一个有思想的女性,熟读经史,有见识,因而其殉节的行为是一种理性的选择,因其研习经史,所以更加注重"纲常二字",因此自身作为被"所天"抛弃的"遗民",选择以忠

---

① 《光绪武进阳湖县志》卷二五《孝友》。
② 钱仪吉《碑传集·节操》。

臣的方式来"报先王"。女性这种节烈的行为"说明了一个庞大复杂的隐喻,然而实实在在的躯体才是真正表现美德的地方。美德借助于肉体得以深刻地表现,展现了一种关系概念,它跟我们现代西方人将自己看成个体的意识截然不同。在表现孝娣的浩如烟海的中国文学中,晚辈常常以己之体肉来饷长者,一个人的躯体属于家族,而不属于自己。依照五伦关系的逻辑,身体也属于皇帝,奉献给皇帝的躯体就是男男女女不惜一切代价表现忠诚的舞台"①。

这样的节烈女性因此可以得到社会的关注,她们的诗文可凭借她们的事迹得以流传。王端淑《名媛诗纬初编》记载镇江人周氏有《与夫泣别》云:

> 去燕有归时,去妇长别离。妾有堂堂夫,妾有呱呱儿。撇了夫与子,出门欲何之。有声空呜咽,有泪从涟而。百病皆有药,此病量难医。丈夫心翻覆,曾不记当时。山盟共海誓,瞬息有更移。吁嗟一女妇,方寸有夫知。

王端淑认为"诗虽真,然近于俚,中有俗字,已逗曲调存之,以彰节烈"②。又如郭氏,广西人,被掠至羊城,胁奸不从,泣诉沂接君杨公,郭赋诗十一首,杨怜之,给银三十两,差人送回。王端淑云:"郭氏十一首诗俱鄙陋烦冗,难以入选,但其节烈可嘉,故急切中不暇选声律,而语意可怜,存此贞节女郎,可不为诗家增身价乎?"③

有感于贞烈女性的事迹,一些女性写下了一些悼念节妇烈

---

① 凯瑟林·卡利兹《晚明女德的社会功能:列女传》,李小江主编《性别与中国》,三联书店1994年版,第167页。
② 王端淑《名媛诗纬初编》卷二十二《闰集》上。
③ 同上卷十三《正集》十一。

女的诗文。写作悼念节烈女性诗文的作者有的是诗词大家,其
水平在当时已经得到社会的公认;还有的女性其诗词水平不高,
姓名本来没有机会流传,但因所作诗词是赞扬节妇烈女的,因而
被选入诗文选集中,名字得以为后人所知。《撷芳集》中记载了
这样一些女性,如浙江会稽人鲁湘芝及金兰素、浙江山阴人王
兢、浙江归安张瑾英张昭英姊妹、江苏江阴人周昭素等人,这些
人的家庭背景既不显赫,本人亦无诗集,而名字被载入《撷芳集》
的原因只是她们各有一首《汪氏双节诗》。因为编辑者重视贞节
制度下的节妇,所以她们的名字被幸运地载入诗集。

　　尽管在咸同以前女性才名较节烈更易传播,但是节烈女性
的道德典范作用一直延续,特别是在社会风雨飘摇之际,烈妇与
烈女的行为更多地与家国联系在一起,所以咸同时期的吴绛雪
以烈妇的形象出现就是此时的节烈女性的道德典范价值彰显的
时期。

第三节　贤母的道德典范意义: 卢德仪与《焦尾阁诗抄》

　　卢德仪(1820—1865),字俪兰,号梅邻,浙江黄岩人。举人
埙女孙,卢肃炡女,同县王维龄室,同治庚午举人太常寺少卿彦
威、诸生彦澂、通判彦载、彦武、彦戠母。著有《焦尾阁遗稿》。卢
德仪"通五经、《尔雅》,熟《文选》,精词翰"[1];其诗"温厚高洁,无
脂粉气。其与夫子唱酬,闲雅有法度;干戈流离,备尝艰险而少
哀怨之音。长至祀先之作,蔼然诸姑伯叔之思"[2]。尽管卢德仪

_____

[1]　王彦威《先母卢太淑人事略》。
[2]　金永穆《书焦尾阁诗稿后》。

"精词翰",诗歌"温厚高洁,无脂粉气",但论其文学成就,并非无出其右者。可是在《西桥黄氏家集》中则保存了数量众多的焦尾阁诗序及大量赠诗。卢德仪缘何能获得大家的关注呢?除了文学成就之外,还有什么原因呢?

仔细分析卢德仪的诗歌特色及个人经历,可以看出卢德仪之所以受到关注,除其文学成就外,最主要的是因为卢德仪所具有的道德典范作用。作为道德典范的卢德仪,使其家族在地方上具有高知名度。可见闺秀获得盛誉与文学造诣有关;但有时闺秀的道德典范意义较其文学成就更能获得认可,得到赞誉。

一、《焦尾阁遗集》题辞:阐扬母志的人子之心

卢德仪及其《焦尾阁遗集》之所以能够盛名远扬的关键原因是王彦威阐扬母志的做法,积极征集名人题诗与序跋,这样的一种叙述和书写成就了卢德仪的文学地位。

卢德仪"生平为诗盈数卷,顾皆自藏之","以兵后作及自他所录归,都三十三首,曰《焦尾阁集》。兵后自署阁名也。又辑《焦尾阁胜录》二卷,《正气集》四卷,均佚"。《焦尾阁遗集》颇受赞誉,是因为这是兵乱之后所作,有着家国情怀的表达,因此在其子阐扬母志,征集题赠之作时,更容易受到士人关注。

卢德仪的诗歌以避乱感怀的诗篇为主。"辛酉,贼寇杭州,浙东势岌岌","贼陷绍兴,乃以十月朔偕季父,先母奉大母及仲母,尽室以行,避地邑西之五部";后"山居多警,一夕恒数徙,食不足",在这种情况下,卢德仪"饮食锐减,戌削柴立,又不忍贻大母忧,强自支拄,乃至通夜不暝,犹时托之吟咏,而疾不可为矣"。这些吟咏现在可见的有《避乱感怀》、《避乱石礐滩声作横彻夜不寐感赋一章》、《避兵五部已弥岁矣长至祀先怆然有感》等直接描写战乱的诗篇;《冬夜偶成》、《春草》、《看花》、《回首》等诗则是描

写战乱之后的生活与心境的诗篇。《冬夜偶成》曰:"穷谷犹传猿鹤警,亲遭兵燹将焉之? 将焉之? 伤别离,君不见矮屋团栾日,犹胜围城叫苦时。"表现了流离时候的痛苦。《回首》曰:"爨火断无温,雪冷前山皓。浮生四十年,两度干戈扰。生恐忧患多,朱颜不自保。回首望高堂,凄然已垂老。"都真切地描写战乱时期人们生活的痛苦。卢德仪《焦尾阁遗稿》为乱后存稿,更具道德典范意义。黄以周《焦尾阁遗稿序》也是强调道德:"盖古之诗发于性情,后之人徒留意于风月卉木之间,无才者不必论,其小有才者,又往往以才傲人,甚且有郎其夫,小郎其叔,其诗虽存,奚足为法?《国风》十五,什多不著妇女名,然名虽佚,而诗长存,后之作者亹亹乎唯恐其名之佚,而太夫人自弃其稿,不欲以诗名,亦不欲以诗存,盖其事父母,孝舅姑,敬相夫子,课叔季,恭而顺,道固有大于是。"卢德仪诗歌中具有诗史性质的描写,故能获得咸同时期士人认可与赞扬。

此外,卢德仪个人的品德也具有可传扬的价值。王彦威说:"王太淑人幼有至性,尝刮臂疗其亲,及长受女诫,读书相夫教子,柔顺以慈,暇或著歌诗自适。其所值与汤母虽殊,而以视柳、归两母,故同一士女子庸常之行,无所谓傀特瑰奇者也。长君虞部独能抱潜,阐扬母氏之志,著为行述,投之当代名公硕儒,句诗若文甚夥,是非所谓穷而不安于穷,而又知夫古文辞之用不让于史,后世人子欲阐扬其母氏者,舍是故无由哉。虽然,孙夏峰之志其母氏必请诸亭林,自余弗与之焉。然则为人子者亦具深识,蠲常见而殚心力以求之。今之世虽乏才,安在无柳氏、归氏其人之足与史家呈一日之长短?"卢德仪的行为在当时具有普遍性,是一种符合价值体系的行为。正如李契《书焦尾阁遗稿后》所言:"其所为作不过闺阁之内,周旋于大人夫子事。先送弟寄妹课儿等什,而间多避兵羁旅之作,其乐也不淫,其哀也不伤矣。

宜其被诸管弦,登诸金石,纪诸册书以垂教于后也。盖夫人自幼习经史,通大义,在家为孝女,适人为宜妇,有子为哲母。其卓行懿德事,皆可传,真女中君子也。故其发之吟咏而得乎性情合乎义理,而情发于中如是也。"这是因为性情合乎义理的闺阁之内的常行,周旋于大人夫子之间的常事,得到时人的心理认同。而王彦威的这种以孝子之心来显亲扬名的做法,符合一些士人自己内心的感受。汪宗沂《焦尾阁遗稿跋》曰:"自愧无状,不能如孝廉之显亲扬名,且存著作以不朽其亲。"孙德祖《焦尾阁遗稿跋》:"读王子所述先母卢太夫人状及遗诗册子,泫然有感焉。德祖生四年,先母王太夫人日课周兴嗣《千字文》、《文义引就》。"

卢德仪"在家为孝女,适人为宜妇,有子为哲母",诗歌又具有关注社会的淑世情怀,又有儿子王彦威的阐扬母志的决心,为其征集鸿儒硕士书写题辞,这些共同建构了卢德仪的贤母形象,正如王泳霓《焦尾阁遗稿序》所言:"予受而读之,荫甫太史之文已弁其端,北山先生之传亦著于录,装潢成册,校写不伪。是诚孝子之用心,风人之盛事也。"

二、《秋灯课诗图》题辞:扩大家族文化影响的举措

《西桥王氏家集》除了大量的《焦尾阁遗集》题辞之外,还收录大量王彦威《秋灯课诗图》的题辞。《秋灯课诗图》的题辞除了赞扬卢德仪的德行之外,更多的是赞扬王氏家族的文化传统,特别是梳理了王氏家族的文化教育传统,这对提高王氏家族的地方声望和影响具有重要作用。

《西桥王氏家集》的编纂原因是为了丰富《王氏家谱》艺文部分的记载。王舟瑶说:"既撰《家谱》十二卷,其中《艺文略》二卷,仿《汉志》例专载书目,乃别辑先世诗文及投赠之作,命儿子敬仿韦氏例,编为《家集》十卷,分为内外二编。惟是先世遗集已都不

传，而嘉庆旧谱又佚失，诗文补缺拾遗，十不获一。至《家传》不列生存，而《家集》并登见在者，盖论人以盖棺而允，文章则及身可传。"所以《家集》在补充《宗谱》中文学家及文学作品的记载不足，对王氏家族的文学与文化保存和传承具有重要作用。西桥王氏家族中有的人本无诗文集，有的虽然成集，但却已经不传。如王珏《懒吟稿》三卷、乾隆间王澧芷《江风阁草》、王于宣《怡云轩诗存》、王九畴《翠屏山人吟稿》、王沛林《乐彼园诗稿》、王树祺《莘村诗草》等人的集子，虽然距离此时不远，但诗集已经佚失。而《家集》注意收集整理保存家族成员的残章及著述成果，就格外具有价值。

一个家族只有具有丰厚的文化积累才能成为文化世家，在当地具有影响和地位。桥西王氏家族并非望族。王彦威说："先是我家称素封，曾祖字业公以事中落，至先大父谦受公仅余瘠田二十亩，屋一区而已。年三十始娶大母林太淑人，逾年生家君，十年连举丈夫子三，女子子二。道光甲午大饥，日食无所出，尽质余田于族昆弟，家益窘。"王彦威之所以能够以学问闻名当地，全都赖于母教。因家庭贫困，"大父念己已老而家君已有室，诸父均骎骎成立，后事不可问，恐荡然无所托命，乃命家君弃儒而贾"，王彦威父率兄弟"习贾人事，命先母课叔父、季父习书算贾"。此后"家稍振"。卢德仪饭毕即奉叔父（王彦威叔父）、季父坐大母经堂，课之读，其子"彦威五六岁亦执策侍其后，暇则举古今忠孝事为堂上陈之，以博色笑。其遗文坠典有关惩劝者比类录之，凌杂掌故则别纸录之，傍行侧注，一字不苟"。因为卢德仪贤德，所以祖父对王彦威曰："吾老矣，得汝母如是，吾又何恨！所恨者以贫故，不能使汝父卒业，汝当勉自刻厉，以缵尔父未竟之志，以报尔母！它日瞑目无恨也。"因父亲王维龄弃儒从商，王彦威兄弟的成长过程中，母亲卢德仪的教育作用就尤其突出。

王彦威说"五岁上学"时"先慈自课之";而后"长出就外傅,入复其所业,有不解,条晰缕辨,彻夜不倦,苟不率教,正容以示之,未尝事箠楚也"。在母亲的陪伴下深夜课读,成为王彦威的美好记忆。"七岁就傅,夜归复其所业,一灯明光,嘤咿相对,陶陶然广广然不自知其室之隘也"。

后来在王彦威科举取得功名的过程中,卢德仪的督促和鼓励起到重要作用。"同治乙丑浙江大定,补行乡试,先母已卧病阅月,彦威欲不赴试,先母促之行","彦威坚不欲行,先母抚床大恨曰:'吾二十余年黾勉教诲尔者,冀尔成名。今有试事而不往,欲何为耶?'"在卢德仪的坚持与催促下,王彦威才能参加考试。王彦威走后,卢德仪则大哭,曰:"廉儿我所爱,然我病若此,恐廉儿去有母,归无母矣!"王彦威赴行省试后母亲病逝,哀痛欲绝。家君抚谕曰:"儿勿复尔。儿他日终毋忘而母课读之苦心,则母为不死矣。"为了纪念卢德仪的教育之恩,王彦威成名后取卢德仪《课儿》"秋宵闲雅与诗宜,清课从头莫告疲。矮屋数椽灯一点,我家喜有读书儿"诗意画为图卷,"以永感母氏之劬劳"。孙葆田《秋灯课诗图序》:"弢甫奉太夫人遗诗辄号泣不止,会稽周扬叔感其意,为作《秋灯课诗图》,一时大江南北通人硕士题咏殆遍。图旋失于京师,阅十有三年,至光绪乙丑复得之。弢甫为文记其事。其实扬叔殁已三年矣。独封叔老且益壮。弢甫因以益求当世诗文以悦亲心而彰先德。"樊增祥《秋灯课诗图记》详细叙述图画内容,图凡七幅,都是记载母亲教育的图景。

母教的赞扬和吟咏是清代一个十分突出的话题。据统计清代《母教图》约 62 幅之多,这样大规模的母教传统是当时流行文化的一部分,如曹虹的《阳湖文派》专门有一节说明母教的重要性,这样宣扬家族的母教可以使家族文化传统成为社会文化的一部分,因而家族文化就从地方文化变成了具有典范意义的社会文化。《焦尾阁遗集》与《秋灯课诗图》的题咏不仅在王氏家族内部形成了一个良好的风尚，同时还扩大王氏家族的文学交游，提高家族男性的文学及文化的社会影响。

《西桥王氏家集》外编主要收录王氏家族交游唱和作品：卷一录85人交往唱和作品，其中与卢德仪《焦尾阁遗集》有关的作品如下：左宗棠《题焦尾阁遗集并序》、孙锵鸣《题焦尾阁遗稿》、潘曾莹《题焦尾阁遗稿》、潘曾绶《题焦尾阁遗稿》、杨沂孙《题焦尾阁遗集》、徐树铭《慈乌曲》与《题秋灯课诗图》、沈葆桢《题焦尾阁遗集》、俞樾《题秋灯课诗图》、程鸿诏《焦尾阁遗集题句》、彭玉麟《题焦尾阁遗集》、卞宝第《题秋灯课诗图》、孟沅《题秋灯课诗图》、薛时雨《题焦尾阁剩稿》、翁同龢《题秋灯课诗图》四首、孙毓汶《题焦尾阁遗集》、沈秉成《题焦尾阁遗集》、陈彝《题秋灯课诗图》、黄体芳《题秋灯课诗图》、恩锡《题焦尾阁遗稿》、洪良品《焦尾阁遗稿率题》二首、谭献《题焦尾阁遗集》、《题秋灯课诗图》与《再题秋灯课诗图》、郭传璞《题秋灯课诗图》、羊复礼《题焦尾阁遗稿》、蔡右年《题秋灯课诗图》、刘寿昌《题王母卢太夫人诗集》、陆廷黻《题秋灯课诗图》、瞿鸿禨《题秋灯课诗图》、施补华《题焦尾阁遗稿》及《题秋灯课诗图》与《秋灯课诗图既失复得为再题是篇》、潘鸿《题焦尾阁遗稿》、陈继聪《题秋灯课诗图》、曾之撰《题焦尾阁遗稿》与《题秋灯课诗图》、张寿荣《题秋灯课诗图》、周家禄《题焦尾阁遗稿》与《题秋灯课诗图》、张景祁《题焦尾阁遗稿》、王麟书《题秋灯课诗图》、郦青照《题焦尾阁遗稿》、郭本恭《题焦尾阁遗稿》、谢增《题焦尾阁遗稿》、赵彦修《题卢太淑人焦尾集》、杨长年《题焦尾阁遗集》、胡元洁《题焦尾阁遗集》、许等身《题焦尾阁遗集》、江培《题焦尾阁遗集》、金泽荣《题焦尾阁遗集》、李建昌《题焦尾阁遗集》、金昌熙《题焦尾阁遗集》。卷二收录与卢德仪有关的诗如下：袁昶《题焦阁遗集》、陈方琦《题焦尾阁遗集》、陈宝忠《题秋灯课诗图》、朱晶清《焦尾阁歌》、王仁堪《题秋灯课诗图》、樊增祥《题焦尾阁遗集》、董沛《题秋灯课诗图》、王颂蔚《题王水部弢甫母卢太淑人行述后》、沈曾植《题焦尾阁遗集》、徐宝谦《题秋灯课诗图》、甘元焕《题焦尾阁遗集》、刘近河、冯一梅《题焦尾阁遗集》、钱桂林《题卢夫人行述后》、沈宝森《题焦尾阁遗集》、范志熙《题焦尾阁遗集》、张昭潜《题秋灯课诗图》、胡志章《题秋灯课诗图》、郑孝胥《秋灯课诗图》、缪佑孙《题秋灯课诗图》、刘岳云《秋灯课诗图》、周恩熙《题焦尾阁遗集》、柯劭憼《焦尾阁遗集》、江标《与内子汪鸣琼联句敬题秋灯课诗图》、沈岩《题焦尾阁遗集》、《再题焦尾阁遗集》、许宜《题焦尾阁遗集》、许玉琢《翠楼吟·题秋灯课诗图》、王鹏运《题秋灯课诗图》、骆葆庆《金缕曲·题焦尾阁遗稿》、《百字令·题秋灯课诗图》、蔡篪、蔡燕綦《高阳台·题焦尾阁遗稿》、陆润庠《秋宵吟·题秋灯课诗图》等。

卷三收录与卢德仪相关的文章如下：王士铎《书焦尾阁遗稿后》、曾国荃《王母卢太淑人赞》、潘祖荫《焦尾阁遗稿序》、李文田《焦尾阁遗稿跋》、黄体芳《焦尾阁遗稿序》、吴长庆《焦尾阁遗稿序》、孙宪《焦尾阁遗稿序》。卷四文收录与卢德仪有关的文章如下：孙德祖《焦尾阁遗稿跋》、黄以周《焦尾阁遗稿序》、潘鸿《秋灯课诗图赞》、周郇雨《焦尾阁遗稿跋》、孙葆田《秋灯课诗图序》、顾云《书焦尾阁遗稿后》、管礼耕《王母卢淑人家传》、金永穆《焦尾阁诗稿序》、李契《书焦尾阁遗稿后》、杜贵墀《跋焦尾阁遗稿》、李慈铭《秋灯课诗图说》、樊增祥《秋灯课诗图记》、汪宗沂《焦尾阁遗稿跋》、朱福先《焦尾阁遗稿序》、袁鹏图《焦尾阁遗稿序》。

卷五收录与卢德仪有关的作品如下：王泳霓《焦尾阁遗稿序》、朱铭盘《焦尾阁遗稿序》、《考公王君秋灯课诗图后序》、冯煦《秋灯课诗图跋》、毕光祖《焦尾阁遗稿跋》、黄绍第《焦尾阁遗稿序》、刘可毅《书王弢夫先生秋灯课诗图后记后》、张謇《焦尾阁遗稿序》与《秋灯课诗图序》、范钟《焦尾阁遗稿序赞》。

这些题跋与唱和远远超过了其他王氏家族成员作品的唱和与题咏,可见卢德仪《焦尾阁遗集》及王彦威的《秋灯课诗图》已经成为王氏家族文学成就与道德的文化符号,是其家族与外界文化交流的一个纽带。

小结

咸同时期的闺秀不同于清中期以前的一个最突出的特点就是文学造诣不是最主要的,闺秀以及作品所表现出的道德典范意义在这个世变时期更加突出。烈妇与贤母的激励人心的作用,闺秀作品中诗史的叙述,是咸同时期女性文学最主要的特色。

第六章　光宣时期女性文学
空间的拓展

　　清代文学中最亮丽的一道风景就是才女群的出现,她们雅集唱和,结社出游,涉及各种文学领域,引领了一代文学风尚,那么她们是何时退出历史舞台的呢?"五四"时期流行的贤妻良母、国民之母、女英雌、新女性,与传统闺秀是什么样的关系,活跃在 20 世纪前期,特别是"五四"之前的女性,她们该归属于哪一类?是后来意义上的新女性还是传统闺秀? 在今天,更多的时候,才女仅仅是一个名词,闺秀仅仅是一个称呼,女性仅仅是一个被压迫的需要被解放的或者是获得一些权利的对象而已。不过庆幸的是,目前尤其是近二十年来,性别越来越得到人们的关注,对新时期的女性文学、古代的女性文学研究日益深入,那么古代才女、传统闺秀在历史的进程中如何表现呢? 王绯说清代是以女子诗词为正餐的文学大宴,"封建末世女子在最后的文学聚餐中的'自娱'与'闲吟'的书写品貌"[①],"近代妇女书写与政治的最初牵手,有赖于戊戌维新革命特殊的内容和手段"[②],

---

　　① 　王绯《空前之迹(1851—1930 中国妇女思想与文学发展史论)》,商务印书馆 2004 年版,第 104 页。
　　② 　同上,第 182 页。

在戊戌变法时期，"这些不屑于批风抹月的女子，毅然告别闺阁操练，以一种叛逆旧传统的全新姿态与政治牵起手来——通过投身民族、国家革命，同近代政治亲密接触，获得走上社会、参与历史变革过程的资格凭证，因而得以进入民族、国家的社会政治大舞台，从此打开了妇女文学书写的历史新页"①。经过戊戌变法之后，辛亥革命和"五四"新文化运动则改变传统女性书写面貌，盛英说："在一些学者看来，中国女性文学正是在这两次深刻的社会变革（注：辛亥革命与"五四"新文化运动）使父死子承、子承父位的父权统治结构出现了断裂，以及维护这种统治为根本目的意识形态体系出现了某种裂痕、缝隙之后产生的。借助于理性启蒙的现代性标准，自然也形成了中国女性文学的历史判断。尽管历代文学从来也没有忘记过对女性的描写，尽管在文学史里男作家旁边时或也点缀着一些女作家的名字，但从根本上来说，无改于一部文学史实际上是男性文学史这个事实。"在学者看来，辛亥革命和"五四"新文化运动以前，古代女性只是点缀而已，是"男性花边"、"家族花边"、"地域花边"，"中国古代女性文学由于没有主体意识的觉醒，尚未形成真正意义上的女性文学系统。从卓文君到蔡文姬，从薛涛到朱淑贞，从李清照到陈端生，她们尽管突破藩篱，或衷情倾诉，或低吟哀唱，保存下了古代女子的面貌，并使古代妇女的心声和才华不致完全地从历史风烟中消失。然而，她们的文学，封闭于深闺高宅，又深受封建礼教浸濡，虽也存有个别向往清平政治和讽刺统治者的诗章，但其大量抒情述怀的诗篇，应酬交际的诗篇，始终未能冲破封建伦理规范，自艾自怨的不平之声并未对男性社会作出切实的超越。就是像李清照这样的大词人，摆脱了'象牙美人'式（周作人语）的闺秀气息，

---

①　王绯《空前之迹（1851—1930 中国妇女思想与文学发展史论）》，第 179 页。

词作激荡着大女子的精魂与精艺，但她毕竟只属个别，仍然难以改变整个女性文学附属于父权文化，乏于女性意识，审美情趣单调的狭促格局。从二三十年代谢无量《中国妇女文学史》、梁乙真《清代妇女文学史》、谭正璧《中国女性的文学生活》（后改名为《中国女性文学史话》）的阐述来看，古代女子文学的品格也正在于它的依附性。在农业社会和宗法制统治下，女性文学只能作为正统文学的附庸淹没于茫茫史海"①。但事实确是如此吗？

这种说法有其合理性，清代女性文学以诗词为主，以前数量庞大的清诗尚且是一个不被注意的领域，那么清代女性诗词更是一个被忽视的角落了。自从1999年哈佛大学召开了清代女性性别的会议之后，高彦颐、曼素恩等人的专著出版，国内的女性文学研究始兴起，今方兴未艾，专著论文层出不穷，但主要集中在一些著名女性的研究上，从整体上、全局意识上的研究不够深入，而对于传统闺秀最后的归宿大多语焉不详。那么五四女作家群是如何出现的呢？乔以钢、林丹娅说："中国女性文学初兴期的创作，便在晚清至'五四'时期的中国近现代女权启蒙思潮蓬勃发展这一大背景下应运而生。其先驱者是秋瑾，其主要创作者是陈衡哲、冰心、庐隐、冯沅君、石评梅、陆晶清、凌叔华、苏雪林、陈学昭、濮舜卿、白薇、丁玲、袁昌英等'五四'女作家群的文学实践。"②盛英说："是秋瑾和她同时代女友们，用她们的壮怀，她们的侠情，她们的开放意识，扭转了古代女性文学航向，同维新派、革命派主脑、同志们共创了20世纪初始的民主主义文学，并显示了自身独立的品位。"还包括"国内的吴芝瑛、徐自华、徐小华等，在日本有一起重组'共爱会'的陈撷芬等"。"当时有个叫王妙的女子，发表

---

① 盛英《20世纪中国女性文学特征》，《妇女研究论丛》1994年第2期。
② 乔以纲、林丹娅《女性文学教程》，河北教育出版社2007年版。

小说《女狱长》，直接鼓吹女界革命；还有位随丈夫钱恂出使欧洲、日本和俄国的单士厘，也以自己见闻写成两本游记《癸卯旅行记》和《归潜记》，开创了思想新颖、视野开阔的报告体文学"①。但这些女作家被关注的并不多，所以郭延礼《文学研究中的一个盲点——评盛英、乔以钢〈20世纪中国女性文学史〉》中对于1900—1920年这20年间的文学研究提出批评，并且在随后的几篇文章中反复谈论这个话题，肯定这个时期的重要性，分析了这个时期的女性作家群体的分类以及在文学史上的意义。郭延礼说："中国向称诗礼之邦，古代女性以文学著称于世者历代多有，但由于她们生活范围和社会阅历的局限，其创作主要集中在抒情文体方面（如诗、词、赋），而叙事文学相对较少。20世纪开始，中国女性文学创作跨入了一个新天地，这就是20世纪第一个二十年中国女性文学四大作家群体的出现。这四大文学群体，即女性小说家群、女性翻译文学家群、女性政论文学家群和南社女性作家群。它的出现是中国女性文学史上破天荒的文学现象。"②"20世纪初

---

①　盛英《20世纪女性文学特征》，《妇女研究论丛》1994年第2期。
②　郭延礼《20世纪初中国女性文学四大群体研究》，《文史哲》2009年第4期。《20世纪初叶中国女性文学的转型及其文学史意义》，《上海师范大学学报》2009年第6期，其中说明小说家群体有60余人，其代表人物有王妙如、邵振华、黄翠凝、吕逸、幻影女士、杨令茀、秀英女士、徐赋灵、黄静英、曾兰、陈翠娜等。在最早的女翻译家薛绍徽带领下，"女性开始介入翻译文学，形成一个女性翻译群体，是在20世纪第一个二十年，这是中国文学史上一个破天荒的文学现象。主要有汤红绂、陈信芳、薛琪瑛、吴弱男、张昭汉、凤仙女史、黄翠凝、陈鸿璧、黄静英、陈翠娜、杨季威、罗季芳、刘韵琴、毛秀英等"。辛亥革命前后十余年中，女性政论得到了长足的发展，出现了许多政论文作家，其中的佼佼者有秋瑾（1877—1907）、陈撷芬（1883—1923）、林宗素（1877—1944）、燕斌（1870—?）、胡彬夏（1888—1931）、何震（1883—?）、吕碧城（1883—1943）、杨季威、张昭汉（1884—1965）、吴弱男（1886—1973）等。据柳亚子《南社略史》统计，南社有女社员61人。在这批女作家中有翻译家（张昭汉）、小说家（曾兰）、政论文学家（唐群英、吕碧城），但主要是诗人和词人，亦可称南社女性诗人群。其创作成就较大者有徐自华、徐蕴华、吕碧城、张昭汉、唐群英，这几位均与秋瑾有一定的关系。此外，张汉英、曾兰，湖南的陈氏三姊妹（陈家英、家杰、家庆），四川的张光蕙、光萱姊妹，广东梅县的吴其英，江苏松江的顾保瑜、金山的王灿，也都是其中的佼佼者。

女性作家的主要成员已是中国第一代知识女性。她们一般都接受过新式教育，其中的佼佼者还曾出国留学（或出国游历），这批人有秋瑾、康同璧、吕碧城、张昭汉、张汉英、燕斌、陈撷芬、单士厘、何震、杨庄、汤红绂、薛琪瑛、吴弱男等。她们的知识结构已不同于此前的闺秀作家，其写作内容至少包括自然科学、社会科学、人文科学、音乐、体育、美术和外语。受过新式教育的知识女性成为 20 世纪第一个二十年女性作家的主体，其比例约占同期女性作家的 80%。这批作家的生活范围已由兰闺走向社会，由国内走向世界；视野的开阔，知识结构的更新，其人生理念和文学观念也较 20 世纪前的作家有了差异，反映到创作实践上，这时段的女性文学也具有异于传统女性文学的个性内涵和创作风貌。"①所以 20 世纪第一个二十年的女作家已经不同于传统，郭延礼给这批 20 世纪前期女作家的主要成员如秋瑾、康同璧、吕碧城、张汉昭、张汉英、燕斌、陈撷芬、单士厘、何震、杨庄、汤红绂、薛琪瑛、吴弱男等定位是中国第一代知识女性，在上述论述中有一些女作家的身份暧昧模糊，如康有为之女康同璧、中国第一位女翻译家薛绍徽到底是第一代知识女性还是戊戌闺秀呢？单士厘除了《癸卯日记》之外，还继承清代恽珠《闺秀正始集》作《再续》；而既是南社成员又是女政论家的吕碧城最后却遁入空门。秋瑾作为第一代女知识分子，也是赞赏班昭的②，如何解释呢？这些 20 世纪初期的女作家中的佼佼者，他们该如何归属，是传统闺秀，还是"由闺秀嬗变为第一代知识女性"了？若是，为何在第一代知识分子中出

---

① 郭延礼《20 世纪女性文学研究中的一个盲点——评盛英、乔以钢〈20 世纪中国女性文学史〉》，《文艺研究》2007 年第 12 期。

② 秋瑾弹词小说《精卫石》第一回为"睡国昏昏妇女痛埋黑暗狱，觉天炯炯英雌齐下白云乡"，讲西王母叹世间女界黑暗，汉族衰微，乃"宣招诸男女仙童，下界作过英雄事业及有名者"，令其降生人间，扶弱救亡，"务使男女平权，一洗旧恨"。在四十余名"炯炯英雌"中，也有"班姬、伏女一同排"到下界再次演出一次。

现了很多思想矛盾的人物？如果传统闺秀是以批判的姿态转变为第一代知识女性的,那么"旧传统"是什么？具有代表性的新知识女性批判的又是什么呢？另外,20世纪头二十里出现的现代女性文学的先驱,为什么只有少数人成为经典,其余则被淹没呢？为什么此时的研究是如此的薄弱呢？如果想要弄清楚20世纪第一个二十年的女作家归属问题,首先要清楚传统闺秀的本质特征是什么？"五四"时期新女性的特征是什么？活跃在20世纪前期的女作家的特征是什么？才能对于"五四"女作家出现的背景有一个清晰的认识,同时也对传统闺秀最后的命运有一个清晰的了解。

　　20世纪初期传统闺秀的形象如梁启超《论女学》所说:"古之号称才女者,则批风抹月,拈花弄草,能为伤春惜别之语,成诗词集数卷,斯为至矣！若此等事,本不能目之为学。其为男子,苟无他所学,而专欲以此鸣者,则亦可指为浮浪之子,靡论妇人也。吾之所谓学者,内之以拓其心胸,外之以助其生计。"以梁启超的学识,并非如此短视,只是因为当时是一个"尚武"的时代,一个需要女国民的时代,以英雌为楷模的时代。1902年10月,梁启超的《近世第一女杰罗兰夫人传》(以下简称《罗兰夫人传》)在《新民丛报》上发表,开创国人用神话式的"历史著作"的评传体述写外国"英雌"事迹的先例。以"自娱"和"闲适"面貌出现的才女自然被剔除在外。当单士厘被认为是新女性的代表时,《癸卯日记》、《归潜记》被称道,而其《清闺秀正始集再续》则不大被提及;薛绍徽作为女翻译家被赞扬,作为《外国列女传》的作者享有荣誉的时候,其《女文苑》、《宫闺词综》及指导女儿陈芸创作的《小黛轩论诗诗》则不被提起;吕碧城的慷慨事迹被乐道的时候,她遁入空门的原因则不被人探究。如果不是用旧传统的眼睛看,那么传统闺秀并非只是"闲唱"和"自娱",曼素恩说:"饱学闺秀的人数自17世纪以来持续不断地增长,她们的权威得自古典学问和写作的力量。这种力量使得受教育的妇女能够创造出一种身份，一种在儒家高等文化'文'的语境中可以得到精神认同及世人理解的身份。"她们一直认为自己是"美人学士"；不仅在花前可以是"批风抹月"的"才女"，而且在板荡之间可以是一个用自己的闺秀诗来记录历史的女杜甫。

第一节　薛绍徽：书写域外的传统闺秀

女性即是"倚门和羞走、却把青梅嗅"的少女，也是"深闺不知愁"的少妇，还是严父、先生般承担孩子教育的母亲，更是"天下兴亡，匹妇有责"的社会一份子。只是在不同的历史时期，女性不同面貌被凸显。作为《八十天环游记》的翻译者，薛绍徽的定位是中国第一位女翻译家。郭延礼说："这部翻译小说的出现，意义重大，它开创了女性参与翻译文学活动的先河，刷新了中国翻译文学史上无女性介入的纪录。"①被这样介绍和赞美的薛绍徽，的确是与传统印象中吟风弄月的才女不同，罗列《女翻译家薛绍徽与〈八十日环游记〉中女性形象的重构》这样介绍："薛绍徽（1866—1911），字秀玉，号男姒，福建侯官（今福州）人，近代著名的女诗人，中国历史上最早的女性期刊《女学报》的主笔之一，同时也是中国近代第一位女翻译家。她同丈夫陈寿彭（1855—？）合作翻译了《格致正轨》、《八十日环游记》、《双线记》、《外国列女传》等作品。1900 年，由陈寿彭口译、薛绍徽笔述的《八十日环游记》由经世文社刊行，这不仅是法国科幻小说大师儒勒·凡尔纳（Jules Verne，1828—1905）作品的第一个汉译本，

---

① 郭延礼《20 世纪初中国女性文学四大群体作家考论》,《文史哲》2009 年第 4 期，第 7 页。

也是我国翻译的第一部西方科幻小说。"认为"薛绍徽并不是女
权主义者,相反,她的思想有许多守旧的成分,但在她的翻译中,
却让一位本在原文中模糊的女性身影,在译文中张扬其情感的
跌宕,赋予她言说自己的权利,无形中破坏了原文以男性为中心
的叙事模式,间插并突出了女性的主体性"①。从这个角度说,
薛绍徽的确可以被郭延礼称为"第一代知识女性"。钱南秀认
为薛绍徽作为《外国列女传》的作者,这本书是与丈夫"二人在
变法失败后的继续努力"。"考察薛氏编纂《外国列女传》的过
程,可知戊戌妇女积极自主、乐观向上,敢思考、有创见,远非
一般人所想象的那样,懦弱被动,等待男性变法志士的启蒙与
拯救"②。虽然丁初我,自言其书仅述"絮絮家庭事",属于"酒
后茶余之一噱"的"伟人佳话,名士美谈",但《女子世界》上刊
登的该书广告,竟以之与金一的名著《女界钟》相提并论,标榜
其"非特作一则伟人佳话观,抑亦可以生女国民之气"。所以
这确是新的知识女性了。钱南秀说:"戊戌时期知识妇女,无
论其文化背景、社会关怀如何,多能独立思考、直陈己见,并通
过新兴媒体,将观点揭诸报端,打破外言内言之别。其精神力
量来源,虽不排除西方影响,但就传统中国士绅妇女而言,更
主要的是对魏晋贤媛精神的有意识继承。女学运动中,妇女
参与者互称'贤媛',或类似称呼如'贤妇'、'贤母'、'贤淑夫
人'、'贤淑名媛'等,并以具'林下风气'互为激扬。风气所及,
即连美国传教士林乐知(Young J. Allen)与英国传教士李提摩
太(Timothy Richard)等西方赞助者,亦屡以此类语词指称参

---

① 罗列《女翻译家薛绍徽与〈八十日环游记〉中女性形象的重构》,《外国语言
文学》2008 年第 4 期。

② 钱南秀《清季女作家薛绍徽及其〈外国列女传〉》,见张宏生编《明清文学与
性别研究》,江苏古籍出版社 2002 年版,第 934 页。

与上海女学运动的中西妇女。"

薛绍徽的定位又是矛盾的，与真正的第一代知识女性相比，她是落后的，不独立的。郭延礼又说："20世纪前的闺秀作家，包括戊戌维新时期的女性精英，她们介入女性解放，主要是受到父兄和丈夫的影响。如康同薇主要受其父亲康有为的影响，薛绍徽受其丈夫陈寿彭和夫兄陈季同的影响，裘毓芳是受其伯父（或叔父）的影响，李端蕙、魏媖均受其丈夫梁启超、经元善的影响；她们并不像20世纪初的第一代知识女性精英（如秋瑾、唐群英、张昭汉、燕斌）那样，自觉地、主动地、全身心地投入女权运动，她们多半还是男性维新政治家倡导妇女解放的附庸，还是踏着父兄的思想路线前行。而第一代知识女性则站在女权运动的第一线，用自己的实践活动和那支生花妙笔来批判男权文化和男尊女卑的流毒。"而且"戊戌维新时期的闺秀与第一代知识女性在思想上也有一定的差距。闺秀作家，包括康同薇、裘毓芳、薛绍徽、潘道芳、蒋畹芳等戊戌女性精英，对以集封建女教之大成的《女诫》都持敬重与赞扬态度。而第一代知识女性则对班昭的《女诫》口诛笔伐。最有代表性的是政论文学家张昭汉的《班昭论》，此文把班昭视为女界的千古罪人。由对待女学和批评班昭《女诫》这两个案例，戊戌闺秀与第一代知识女性的思想倾向及高下已昭然矣"。

对于薛绍徽保守与进步看法的分歧，我觉得最根本的原因是对其身份的定位差异产生的，背后深层的原因则是没有认清和理解传统闺秀的特征。传统闺秀从来不是一个只受压迫而没有自己的思想和独立意识的群体。薛绍徽的身上传统闺秀的特征，体现了传统闺秀在文学上的卓越才华及对女性文学理论的建构与思考，传承着"慈母亦先生"的母教传统，并且力图光大，在社会上得到认可和赞扬①。薛绍徽作为传统闺秀的一员，自己进行大量的诗词文创作。薛绍徽著有《黛韵楼遗集》八卷，分《黛韵楼诗集》、《黛韵楼词集》、《黛韵楼文集》三个部分。《黛韵楼诗集》分为四卷，共 281 首：卷一是辛巳（1881）至丙申（1896），共 38 首；卷二从丁酉（1897）至甲辰（1904），共 98 首；卷三从乙巳（1905）至戊申（1908），共 104 首；卷四从乙酉（1909）至辛亥（1911），共 41 首；《黛韵楼词集》分上下两卷，共 145 首；《黛韵楼文集》分上下两卷，共 19 篇，几乎全部由骈文写成。卷上：《秦淮赋》、《茉莉赋》、《回銮颂并序》、《外国列女传序》、《双线记序》、《八十日环游记序》、《黄智舟宜人〈鲤庭献寿图〉序》、《丁耕林先生〈闽川闽秀诗话续〉序》。卷下：《中国江海险要图志后序》、《代拟南洋日日官报叙例》、《代拟南洋周制军暨配吴夫人七十寿序》、《英玉三姊五十寿序》、《敬如兄公五十寿辰征诗启》、《代救济善会拟致高丽国王书》、《覆沈女士书》、《西子论》、《李清照朱淑真论》、《医隐园记》。诗词均为薛绍徽临终前"手自删订"，按照创作时间先后排列。诗集前有陈寿彭所作叙及《亡妻薛恭人传略》各一篇，词集前有薛裕昆为之所作的序一篇。而其《黛韵楼遗集》封面系近代名士姚华题签，扉页由严复题签；前两册《黛韵楼诗集》集名系陈宝琛题；第三册《黛韵楼文集》集名系陈衍所题；第四册《黛韵楼词集》集名系林纾所题，可见其在当时的影响。

---

①　目前的研究论文有苗健青《独写幽香非写色　纤秾圆润自分明——读〈薛绍徽集〉》，《福州大学学报》2003 年第 4 期；林怡《简论晚清著名闽籍女作家薛绍徽》，《东南学术》2004 年增刊；杨万里《薛绍徽吕碧成异同论》，《南阳师范学院学报》2007 年第 1 期；刘静爽《晚清两性女学观比较——以梁启超、薛绍徽为例》，《昌吉学院学报》2008 年第 4 期；陈宏《浅论薛绍徽的诗词的艺术特征》，《广西师范学院学报》2010 年第 2 期；钱南秀《重塑"贤媛"：戊戌妇女的自我建构》，《书屋》2007 年第 2 期；钱南秀《晚清女诗人薛绍徽与戊戌变法》，载《晚明与晚清：历史传承与文化创新》，湖北教育出版社 2001 年版；钱南秀《清季女作家薛绍徽及其〈外国列女传〉》，见张宏生编《明清文学与性别研究》，江苏古籍出版社 2002 年版。

薛绍徽不仅自己创作了大量的诗词,还注重女性文献的收集整理及传统诗学理论的建构。单士厘说:"秀玉(薛绍徽)兼诗能画,尝卖画以佐家用,以恽选《正始》两集所采女史事略太简,有志作《文苑传》,仅百余篇为毕事也。"①薛绍徽也自言将"修《女文苑》一书,即以尔所述者(《小黛轩诗论》)为目,选列诸家名作,并附以尔之所谓无可附丽者,庶免挂一漏万,顾此失彼,致付诸荒烟蔓草湮没也"②。薛绍徽不仅拟作《女文苑》,还曾编《宫闺词综》,自言"绍徽自幼仰承母训,深守《女箴》,颂好《椒花》,集无香茗。虽偕楚娟嫂氏编《宫闺词综》,又佐绎如夫子辑《外国列女传》,然皆搜罗往古,扯拾穷荒,未能免乖讹之诮,奚足为里闾之光哉"③。

薛绍徽编纂《女文苑》、《闺秀词综》目的有二:一是传统的怜才之心,不愿前代闺秀作家"付诸荒烟蔓草湮没";二是在提倡新女学的时期,延续闺秀诗词文学传统。陈芸《小黛轩论诗诗》自序说:"方今异世,有识者咸言女学,夫女学所尚,蚕绩、针黹、井臼、烹饪诸艺,是为妇功,皆妇女应有之事。若妇德、妇言,舍诗文词外未由见。不于此是求,而求之幽眇夸诞之说,殆将妇女柔顺之质皆付诸荒烟蔓草而湮没,微特瘝女学,坏女教,其弊诚有不堪设想者矣。家慈因是忧郁成疾,芸所滋惧也。"所以陈芸著《小黛轩论诗诗》以薛绍徽的延续传统闺秀文学为宗旨。其《小黛轩论诗诗自叙》曰:"芸非能诗者,安能知诗?安能论各家诗?只以少时得承母教,微闻声韵之学,因念宫闺之诗,自《三百篇》、《十九首》而后,代有作者,惟我朝为尤盛,拟尽罗诸家遗集比附之。家大人以爱故,不加斥责,且代寻觅。或以高价征求,

---

① 单士厘《闺秀正始再续集》卷一下。
② 陈芸《小黛轩论诗诗·序》。
③ 薛绍徽《闽川闺秀诗话续·序》。

或嘱抄胥传写，数年以来，记得六百余种。然考之《类抄》、《诗话》所载，有集可名者，实不止此数。是其余者强半付诸荒烟蔓草，湮没而已。"正因为怀着对女性理解之同情的心态，所以编纂此集。"不揣固陋，爰取诸集，又参以各家征载可名者，杂比成章，谓为《论诗诗》。夜阑饭罢，嘱荭妹录之，诵于家慈前"[1]。

《小黛轩论诗诗》是薛绍徽母女三人共同完成的。陈芸妹陈荭曰："近年先慈病中苦寂，姊因作此。或于一首纂辑十家八家至数十家之目，甚至隐以编目诗句夹乎其间，故使荭摸索注之，论难于先慈前，至先慈顾笑色霁而后已。虽名论诗，实出于娱亲。姊自言此种诗，即作三五百首不能尽。"后来陈荭母姊先后逝世，"荭检是编，请去取，家严展阅数四而叹，诏荭曰：'此作若以诗言，应严删削，可存不过数十首。但其间大半意在传人传集，有清一代女子文献十罗八九，不如悉存其旧可也。'荭思先慈尝言：'自开清迄今，闺秀之诗文词可录者约三千余家。'今姊此书所录都二百二十一首，所括共千余家，意所遗必多，倘他日有所得，当作续篇，补姊未完之绪，或演为《女文苑》，以成先慈之志"[2]。薛绍徽母女"若妇德、妇言，舍诗文词外未由见"的观念，揭示传统女学的精粹诗词文就是妇言，就是妇德外在体现，所以诗词文的创作也是女性的职责之一。这是传统闺秀对"文史"的态度，此外，薛绍徽母女不仅作《闺秀词综》、《女文苑》、《小黛轩论诗诗》，还特别关注闽派女性诗学发展，梳理了闽派女性诗学脉络，以此加强对闺秀文学传统的认识和理解。

薛绍徽不仅在文献整理上作出贡献，还建构闽派女性诗学体系。以江采蘋、陈金凤、孙夫人、阮逸女等人为闽派女性诗学

---

[1]　陈芸《小黛轩论诗诗·序》。
[2]　《清代闺秀诗话丛刊》，第 1522 页。

开端人物。"是以江采蘋斛珠慰寂,陈金凤艳曲乐游,孙夫人柳结同心,阮逸女鱼游春水,纵内言不出,尤有词翰流传。而女作登于男,实秉山川灵秀"①。到了清初,随着闽派诗学的不断发展,闽派闺秀诗学也发展壮大,"迨国朝以来,衍光禄一派,黄家姊妹,香草留其遗徽;梁氏妇姑,莒林创为专集。一则备列附编,一则如传家乘。曷若博搜载记,扬彤管之辉光;细刻苕华,征故乡之文献乎?故耕邻先生有《闽川闺秀诗话》之续焉。"薛绍徽对清初光禄派女诗人十分推崇,《题〈闽川闺秀诗话〉后》曰:"千古关雎是艳谈,闺闱吟咏更何惭?聪明冰雪徐都讲,节操风霜纪阿男。上界星辰森女宿,骚坛旗鼓壮闽南。只今光禄无新派,玉尺空山冷暮岚。"光禄派是指福建许氏家族才女群体。陈芸《小黛轩论诗诗》说:"福州城内有巷曰光禄坊,宋法祥院旧地。中有小丘曰玉尺山。熙宁时知州事程师孟以光禄卿游其地,并书'光禄吟台'四字刻于石。明末为邑绅许豸宅。清初,豸子友仍居之,著《许有介集》。其家妇女皆能诗,多与戚属女眷相赠答。诗筒往返,婢媪相接于道。轻薄子弟,恒贿赂而盗窃录之,称'光禄派'。"此光禄派才女群一直到乾隆时期仍活跃在福建诗坛。梁章钜《闽川闺秀诗话》卷一载:"乾隆间,吾乡闺媛之能诗者,无过素心老人。"又说:"素心名琛,字德瑗,瓯香先生友曾孙女。"

　　福建闺秀诗坛在光禄派大盛之后,以黄任家族女性群体与郑方坤家族女性群体最为著名。陈芸说:"派传光禄记吾乡,姊妹黄家草亦香。"②梁章钜《闽川闺秀诗话》记载的黄任家族女诗人主要有黄淑窕、淑畹二女、游合珍(莘田外孙女,淑窕之女)、林琼玉(莘田外孙女,淑畹之女)、庄九畹(莘田之戚末)、张季琬(莘

---

①　薛绍徽《闽川闺秀诗话续·序》。
②　王英志编《清闺秀诗话丛刊》,第1531页。

田之友人)、庄氏(莘田妻)、林氏(作《和莘田〈重宴鹿鸣诗〉》)等，共计八位。陈芸说:"荔乡辛苦录闽诗，诸女天人幼妇辞。偏与芷廷作家乘，闽川诗话好师资。"陈芸列举了郑氏九女，郑荔乡之姊以及侄女，共十一人，说"可谓一门风雅"①。《闽川闺秀诗话》卷二载:"荔乡先生(郑方坤)一门群从，风雅蝉联，膝前九女，皆工吟咏。长即镜蓉，次云荫，字绿苔。三青苹，字花汀。四金銮，字殿仙。五长庚，阙其字。六咏谢，字凌波，又字林风。七玉贺，字春盎。八风调，字碧笙。九冰纨，字亦未详。九人中惟冰纨未嫁而殇，长庚诗无可考，余则人人有集。荔乡先生守兖州时，退食余闲，日有诗课，拈毫分韵，花萼唱酬，有《垂露斋联吟集》。自古至今，一家闺门中诗事之盛，无有及此者。"

　　继黄、郑二家之后，则是梁章钜家族才女群。梁章钜《闽川闺秀诗话》卷三收录梁氏家族女性，被人诟病。陈芸说:"梁芷廷先生著《闽川闺秀诗话》。既录郑氏诸女之后，即附以其母王淑卿，并其叔母许鸾案。著有《琴音轩诗草》。其妇郑其斋，妹紫瑛、蓉函、秀芸，并弟妇周蕊芳;长女兰省，字筠如;次女兰台，字寿妍;递及子妇杨渶皋，侄女藻芬、楚畹、金英、佩茳，侄孙女瑞芝等。论者以为梁氏家集目之。"尽管很多人都认同这种"梁氏家集"的责备，但也可以想见梁氏才女群体的繁盛。

　　正因为福建有这样的闺秀诗学传统，所以薛绍徽才有整理《女文苑》、《清闺秀词综》的想法②，陈芸才有《小黛轩论诗诗》的编辑，薛绍徽母女群体是继梁章钜家族女性群体之后的又一著名闽派女诗人群体。延续闺秀文学传统的同时，更因处于末代的传统

---

① 王英志编《清闺秀诗话丛刊》，第 1537 页。
② 苗健青《独写幽香非写色　纤秾圆润自分明——读〈薛绍徽集〉》，《福州大学学报》(哲学社会科学版)2003 年第 4 期(总第 63 期);林怡《简论晚清著名闽籍女作家薛绍徽》，《东南学术》2004 年增刊。

闺秀对自身传统以及命运的终极关怀，所以薛绍徽母女关注的不仅是福建地区家族、地域的女性文学传统，更关注整个清代闺秀文学传统，以此视野来着手整理传统闺秀文献、史料。正是因为这样的观点，才觉得梁章钜的狭隘，所著《闽川闺秀诗集》只是"梁氏家集"。同光体诸派中，闽派人数最多、影响最大、持续时间最长，与福建的女性诗学传统和薛绍徽等人的努力有密切关系。

　　"才"是传统闺秀获得赞誉和认可的方式，在薛绍徽这里，再次得到验证。《外国列女传》是中国第一部系统介绍西方妇女的著作，这是对传统母教的历史回应。《外国列女传》由薛绍徽与陈寿彭合作编译，完成于1903年，出版于1906年。薛绍徽《〈外国列女传〉序》曰："迩来吾国士大夫，慨念时艰，振兴新学。本夫妇敌体之说，演男女平权之文。绍徽闻而疑焉。夫暇荒远服，道不相侔。闺范阃仪，事犹难见。登泰山而迷白马，奚翅摸盘；游赤水而失玄珠，有如买椟。绎如夫子载搜秘籍、博考史书。因嘱凡涉及女史记载，遂与里巷传闻，代为罗织，以备辑录。"钱南秀说："《外国列女传》的编译，绝非一对知识夫妇的笔墨消遣。甲午海战，中国惨败于昔日追随者日本之手。有激于此，中国知识阶层遂有戊戌变法之新影响，以西法为主。其举此为有史以来第一次变传统帝制为宪制的尝试，所取模式，则不可避免地受日本明治维新中一项主要内容便是推行西方教育制度，包括女子教育，薛、陈夫妇均曾积极参与其事。《外国列女传》的编译，目的在于'观西国女教'，便是二人在变法失败后的继续努力。"[①]薛氏在当时的大背景下编纂此书时，心中固然不乏这种观念，但其还有一个目的就是如其序言所言"聊资是非得失之林"，然后

---

　　①　钱南秀《清季女作家薛绍徽及其〈外国列女传〉》，见张宏生编《明清文学与性别研究》，江苏古籍出版社2002年版，第934页。

"惟知女诫闺箴,得天独厚,借其镜烛,显我文明。所望静女其姝,善心为窈,永毕永迄,维持内则仪容,如友如宾,特立闺品,望四德表幽闲之操,自然风教宏施万国"。

《外国列女传》中,薛绍徽遵循着传统闺秀重"才"的态度,她认为"才"是女性品德中不可或缺的一个方面,在翻译时对这一点格外强调,将诗歌、词曲、传奇与西方文明的强大联系起来,所选的类别中女主15人,后妃27人,女官7人,闺媛12人,文苑67人,艺林11人,义烈8人,教门15人,私宠15人,优妓18人,妖妄18人。可见在提倡女英雄的时代,薛绍徽仍旧坚守着传统闺秀对"才"的态度,《外国列女传》中并不是以女英雌、女英雄为中心的。薛绍徽还认为:"西国虽男女并重,余不知其自古迄今,名媛贤女,成才者几何人? 成艺者几何人? 其数果能昌盛于中国否?"这是因为中国古代名媛贤女众多,所以女学发达,母教昌盛。在第一所女学堂创办的时候,以班昭与《女诫》为宗。1897年11月,上海创办中国第一所女学堂,建立中国第一个女学会,发行中国第一张《女学报》。《女学堂章程》曰:"中国女德,历代崇重。凡为女为妇为母之道,征诸经典史册,先儒著述,历历可据。今教女子师范生,首宜注重于此,务时勉以贞静顺良慈淑端俭诸美德,总期不背中国向来之礼教。"女学与古代的女学、母教联系在一起。

古代的女学很发达,女教书籍亦很多[①]。郑观应在《女教》中说:"中古女学诸书,失传已久。自片语散见六经诸子外,以班昭《女诫》为最先,刘向《列女传》,郑氏《女孝经》、《女训》、《闺范》、《女范》各有发明,近世蓝鹿洲采辑经史子集为妇人法式者,谓之《女学》,颇称详赡。"薛绍徽也认为古代女子教育非常发达,除了专门的女教书籍之外,"词章之学,可以陶写性情;宫闱文选,固是妇女

---

① 参见曹大为《中国古代女子教育》,北京师范大学出版社1996年版。

轨范",妇德舍诗词外则无由见。《小黛轩论诗诗序》说:"方今世异,有识者咸言兴女学。夫女学所尚,蚕绩针黹、井臼烹饪诸艺,是为妇功,皆妇女应有之事。若妇德妇言,舍诗、文、词外,末由见。不由此是求,而求之幽渺夸诞之说,殆将并妇女柔顺之质,皆付诸荒烟蔓草而湮没。微特隳女学、坏女教,其弊诚有不堪设想者矣!"《外子书言有人欲延入苏州主讲女学走笔答之》有"吾学本好古,世人多趣今。今古不同道,休劳一片心"。

因为传统的女学与母教如此发达,既是慈母,又是严父,还是先生,薛绍徽也是在这样的女学传统中的受益者,因而主张遵循传统的女学观念,特别是历史变革时期,更要从传统中找寻力量,改变现状,因为大力提倡传统女学与母教传统,反对当时对于闺秀文学传统的蔑视和母教传统的摒弃。这种薛绍徽及其晚清女子教育中出现的以班昭与《女诫》为中心的观念正是对传统女学的肯定和认可的原因。夏晓虹说:"第一所国人自办的新式女学堂仍然采用传统的妇德教育读本,未免令人失望。"如果站在改革者的角度,确是如此,但是当时实行变法、改革的主力军恰是在母教和女教熏陶下成长的男性与女性,恰恰说明传统教育的力量及优点,因而从传统的角度看,这正是女教母教的传统力量在变革时期的一次彰显。

第二节　单士厘:行走域外的
传统闺秀

单士厘(1848—1945),字受兹,浙江萧山人,钱恂妻[1],其著

---

[1]　钱恂(1853—1927),字念劬,自号积跬步主人,浙江吴兴人,清末外交官,先后出使过日本、俄国、荷兰、意大利诸国。

作经刊印者有《癸卯旅行记》三卷,《家政学》二卷,《家之宜育儿简谈》一卷,《正始再续集》五卷;其刊而未竟者有《归潜记》十卷,《清闺秀艺文略》五卷;其未刊者有《受兹室诗钞》、《发难遭逢记》、《懿范闻见录》、《嗷杀集》,唯《懿范闻见录》之稿俱在,《受兹室诗钞》已不全,他二种更因寄递失佚不归①。关于单士厘的成就,正如钱仲联说:"单士厘先后随钱恂往日本及欧洲数次,光绪二十年,即已往日本,比秋瑾早五年,亦比何香凝早。乃最早走出闺门、走向世界知识妇女之一。"②钱仲联说《癸卯旅行记》和《归潜记》"无论从中国人接受近代思想之深度或从介绍世界艺文学术之广度看,此二书在同时代人同类作品中,超出侪辈远甚,足以卓然自立"。盛英说单士厘"以自己见闻写成两本游记《癸卯旅行记》和《归潜记》,开创了思想新颖、视野开阔的报告体文学"③。

《癸卯旅行记》三卷,是单士厘 1903 年从日本经韩国、中国东北、西伯利亚,至欧俄近八十天之旅行日记。《归潜记》十二篇,成书于 1910 年,记述意大利、古希腊罗马及中西文化史的研究,是中国最早介绍希腊罗马神话的著作。其中还有对托尔斯泰的介绍:"托为俄国大名小说家,名震欧美。一度病气,欧美电询起居者日以百数,其见重世界可知。所著小说,多曲肖各种社

---

① 钟叔河《走向世界丛书》收录单士厘《癸卯旅行记》、《归潜记》,岳麓书社 1985 年版,第 679 页;单士厘、陈鸿祥校点《受兹室诗稿》,湖南文艺出版社 1986 年版。内容分上、中、下三卷,共 202 首,附诗 72 首。(1)卷上:86 首(附 5 首)。少女时期写景、抒情及中年之前的创作。(2)卷中:95 首(附 31 首)。时间约癸卯年春至乙丑年(1925),中年至暮年的诗作。其中包括随丈夫出使,旅行亚洲、欧洲的见闻,游览西湖、登八达岭所兴之感,感慨世风败坏、人情硗薄等。(3)卷下:120 首(附 36 首),时间约壬申年(1932)。邱巍《吴兴钱家:近代学术文化家族的断裂与传承》第四章《单士厘:闺秀传统与近代知识女性》对单士厘生平事迹、生卒年、作品、相关人物考证甚详。浙江大学出版社 2009 年版,第 112—149 页。
② 钱仲联《清诗纪事·列女卷》,江苏古籍出版社 1989 年版,第 5984 页。
③ 盛英《20 世纪女性文学特征》,《妇女研究论丛》1994 年第 2 期。

会情状,最足开启民智,故俄政府禁之甚严。以行于俄境者,乃寻常笔墨;而精撰则行于外国,禁入俄境。俄廷待托极酷,剥其公权,摈于教外(摈教为人生莫大辱事,而托澹然);徒以各国钦重,且但有笔墨而无实事,故虽恨之入骨,不敢杀也。曾受芬兰人之苦诉:欲逃无资。托悯之,穷日夜力,撰一小说,售其版权,得十万卢布,尽畀芬兰人之欲逃者,藉资入美洲,其豪如此。"钟叔河认为这是最早介绍托尔斯泰的文献①。

不可否认,走出国门后,域外的风光带给单士厘很大的不同感,所以她主张在全国范围内改用阳历,"于家中会计用阳历,便得无穷便利"②;她带着媳妇"冒大雨步行于稠人广众之场",步行数里到母舅家,"以风同里妇女"③。对于政治也有自己的看法,"譬如水旱偏灾,发帑移粟,乃行政者分内事。而在俄国则必曰'此朝廷嘉惠穷黎','此朝廷拯念民生'。一若百姓必应受种种损害,稍或不然,便是国政仁厚。此俄之所以异于文明国也"④。姚振黎把单士厘的成就总结为"倡女学、重教育,开发民智;反对殖民肆虐,唤起民族意识;揭露官员屈膝卖国、政府专制愚民,激发民本思想;引介西方艺文,启导神学、文化研究"。

因为诸多的第一和开创⑤,所以现在的研究者普遍认为单

---

① 钟叔河《走向世界:近代中国知识分子考察西方的历史》,第483页。

② 单士厘《癸卯旅行记》,第50页。

③ 同上,第31、36页。

④ 同上,第85页。

⑤ 马昌仪《我国第一个评述拉奥孔的女性——论单士厘的美学见解》,《文艺研究》1984年第4期;董剑平《中国近代第一位走出国门的知识女性单士厘》,《烟台师范学院学报》1998年第4期;戴东阳《惊醒女子魂 鉴彼媸与妍——论启蒙女学者单士厘》,《史学月刊》1996年第3期;侯绍华、朱华《论单士厘的妇女解放思想》,《汉江大学学报》2009年第6期;齐国华《巾帼放眼着先鞭——论钱单士厘出洋的历史意义》,《史林》1994年第1期;刘福森、聂会会《单士厘教育思想浅论》,《内蒙古师范大学学报》2006年第12期;黄海燕《"中和"之美——试析单士厘游记中的近代女性形象》,《长春工程学院学报》2008年第1期。

士厘是新女性的代表。如果仅从这些方面来看，单士厘的作为的确是开一代风气之先。特别是认同梁启超《论女学》所说的"古之号称才女者，则批风抹月，拈花弄草，能为伤春惜别之语，成诗词集数卷，斯为至矣"，那么单士厘的确是迥异于传统的新女性。但是如果不是单士厘，而是如《孽海花》中彩云一样的人物，同样也是走出国门，能写出这样的著作吗？正是因为单士厘拥有传统闺秀的学识和素养，才能有这样的成就，"闺秀传统不仅培养了单士厘深厚的文化素养、成熟的知识兴趣，也是单士厘应对和理解西方文化的基本凭藉与路径，是她成功走出国门、走向世界的本土资源"①。

如果能真正了解传统闺秀文学就会发现，闺秀从来不是点缀的"花边"。从明末沈宜修的《伊人思》开启女性文学谱系的构建之路，之后季娴《闺秀集》、梁小玉《古今女史》、方孟式《宫闺诗史》，特别是王端淑的《名媛诗纬》，不仅从文献上对女性诗、词、曲、小说等各个方面进行历史谱系的建构，还试图建立闺秀诗学核心话语体系，为闺秀文学建立一个自己的评价话语体系。这种历史谱系的构建和传承一直未曾间断。清代中后期有恽珠的《国朝闺秀正始集》、沈善宝《名媛诗话》，清末民初时有单士厘的《清闺秀艺文略》、《正始再续集》，都是在继承和发展和完善闺秀文学活动场域的建构和历史谱系的工作。

王端淑编辑《名媛诗纬》历时二十六年，《凡例》说："兹选集始于己卯年（1639）冬十月，迄于甲辰年（1664）秋九月，凡廿六年。"在编选的过程中她特别注重历史上闺秀谱系，"闺秀诗上自汉魏三唐，及于宋元，必广收博采，庶尽上下古今之胜"。更关注

---

　　① 邱巍《吴兴钱家：近代学术文化家族的断裂与传承》，浙江大学出版社 2009年版，第 112 页。

当代的闺秀文学发展现状，"近代闺阁之刻，未有全本，前有明近自兴朝风气日上，琬琰未集，风雅阙然，用是搜集同续史"，这样力图从历时和共时两个角度构建女性文学场域。单士厘编纂《清闺秀艺文略》的动机源于"曩读李更生夫人所著《红余籍室吟稿》，知其欲辑《女艺文志小名录》未成，心窃慕之"。在《凡例》中说："惟有清一代，土地之广，人民之多，三百年间，闺阁著述家奚止此数？挂一漏万，实深疚心。以后倘能延风烛年，续有闻见，当接续记载。耄年目昏，脱漏错误，不知凡几，阅者谅之。"这与王端淑的怜才之心一脉相承。丁圣肇《名媛诗纬·序》说："余内子玉映，不忍一代之闺秀佳咏湮没烟草，起而为之霞搜雾辑，其耳目之所及者，藏之不忍；其耳目之所未及者，更县以有待。"

与王端淑一样，单士厘的这项工作进行了数十年，从1910年开始编撰[①]，1927年底发表于《浙江图书馆报》，一直到1944年去世仍旧进行着补遗的工作。自跋曰："此稿十年前嗣弟单不曾取载于《浙江图书馆报》，固未整理也。翌年弟亡，修整遂亦废功。而近十年见闻所及，颇得多人，著录之数，约增三分之一。又以前后生卒时代，不能一一确知，乃依《广韵》编次人名，写付排印。中途又遇印刷局罢闭之厄，爰自写数部，留付子孙而已。亦以自遣余年，缪夺更非所计矣！戊寅（1938）秋日，萧山钱单士厘自识，时年八十有一。"又说："自庚午年（1931）以著作者之名，亦照《广韵》编次序。彼时赖玄同小郎排比雠校，积久渐多，自钞者十余部，愈近愈增，而缪误亦愈不少。小郎谢世，已逾五载，更无人指示。虽每部不同，其误处固不自知，难为定稿。耄年势不及待，遂以补遗补注勉强告成。倘延风烛之年，必当重钞修改。

---

①　见黄湘金《南国女子皆能诗——〈清闺秀艺文略〉评介》，《文学遗产》2008年第1期。

甲申年(1944)士厘又识。"可见从 1910 年一直到 1944 年,单士厘怀着历史的责任感,力图再建闺秀文学场域,重现古代闺秀活动影像,所以在《清闺秀艺文略》中尤其注意家庭背景的传承,女作家之间的联系和交流。具体体例,则先著作品,再言作者、字号、籍贯、夫族,最后以"士厘曰"的形式说明其他情况。举例如下:

《信芳阁诗》五卷《诗余》一卷,陈蕴莲,字慕青,江苏江阴人,左晨室。士厘曰:"陈蕴莲之女左白玉,白玉子妇汪韵梅,韵梅子妇丁毓英,均有著作,诚难得之事也。"

《吟香室诗抄》,杨蕴辉,字静贞。江苏金匮人,董敬箴室。士厘曰:"母秦氏有《梅花吟草》,继母毛氏有《蝉花阁吟草》,姊杨芸有《琴清阁集》,侄女杨琬有《选云楼诗》。"

单士厘说:"此编于能诗者母女、姑妇、姑侄、姊妹,家学所衍,风雅所萃,渊源所自,就所知者互举之。"①这种"互注系族之有文者以见渊源"的编纂宗旨,其实就是希望勾勒一个文学网络,在空间上构建一个女性文学场域,在这个文学场域中可以纵向考察闺秀家族渊源以及横向的闺友女伴之间的交游。此外,《清闺秀艺文略》是我国最早著录有清一代全国女作家的目录学著作,还体现了"辨章学术,考镜源流"的目录学传统。

在《艺文略》中还有一些补遗:如"菖蒲集"条,载:"徐柏,浙江海宁人陈之芳室。单士厘曰:'管元耀曰:"考诸《陈氏谱传》,未有柏名。"《杭郡诗续辑》误。'"

还对一些条目加以考辨:如《石园随草》二卷,朱中楣字远山,江西庐陵人,李元鼎室。《镜阁新声》同上;《随笔续编》一卷,同上;《亦园词响》一卷,同上。士厘曰:"李元鼎自撰《祭亡妻罗

①　单士厘《清闺秀艺文略》"宫婉兰"条。

安夫人文》，称中楣为省室，非继非箎。康熙四十二年传谕取李振裕母专集，而振裕以《石园诗集》进，则中楣无专集也。今考《石园随笔》中曰《倡和初集》二卷，则远山与梅公倡和作；曰《随笔》二卷，远山一人作；曰《诗余》一卷，曰《镜阁新声》一卷，又二人倡和作；曰《随笔续编》一卷，曰《亦园词响》一卷，又远山一人作。今据以入《志》。"

还运用了互著的方法，以便于查找相关联的闺秀：如《绣余小草》，归懋仪字佩珊，江苏常熟人，李学璜室。士厘曰："其姑杨凤姝有《鸿宝楼诗抄》，其母李心敬有《蠹鱼草》。"又曰："懋仪诗与母李心敬合刻者名《二余草》，见卷三。"

从意义上来讲，这是从学术层面上对闺秀文学的一次全面的回顾、整理和总结，特别是在传统闺秀走入历史边缘时，这项工作更具意义。在《清闺秀正始再续集》中，单士厘则更加侧重于闺秀诗史传统的传承和阐释。

闺秀诗从繁荣之初就具有这种诗史特征。明末清初是闺秀诗发展的重要时期，此时"章皇草泽之民，不无危苦之词"，所以当时的闺秀因为自身境遇的改变，所作的诗文中多有"漆室之忧"，如商景兰《哭父》诗、《悼亡》诗集中地体现了她的家国"禾黍"之感。黄媛介在乙酉之后，"家被蹂躏，乃跋涉于吴越间，困于檇李，跧于云间，栖于寒山，羁旅建康，转徙金沙，留滞云间，其所记述多流离悲戚之辞，而温柔敦厚，怨而不怒，既足观于性情，且可以考事变。此闺阁而有林下风者也"[1]。黄媛介还有"倚柱空怀漆室忧，人家依旧有红楼"之句，充满了对明朝的怀念。还有如吴山，《杭郡诗集》载"邓汉仪题其集曰：'江湖萍梗乱其身，破砚单衫相对贫。今日一灯花雨外，青山自署女遗民。'以其诗

---

① 施闰章《黄皆令小传》，《碑传集·贤明》。

多玉树铜驼之感也"①。清初"女遗民"的吟唱中自然多"玉树铜驼之感",所以此时女诗人的诗文足以"考事变"。《清闺秀艺文略》凡例所言断代"上以入关为限",商氏随夫祁彪佳殉明,理不当入选。但单士厘认为商景兰忠义可嘉,"其诗持理极正,然《明史》既无商景兰其人,则所著又将何属? 不得已,仍入此《略》"。这是单士厘对商景兰爱国品格的赞赏,所以违背该书凡例的原则将其入选。

单士厘的《清闺秀正始集再续集》的编纂原则强烈地体现了闺秀的雅正传统以及诗史观。《再续集》中,在小传"士厘曰"的评论以及诗文的选择上都贯穿着雅正的观念和诗史观念。单士厘在《闺秀正始再续集》卷一中选录闺秀 32 人,所录诗人大部分作品都是与时事有关。从单士厘将恽珠、翁端恩、汪嫈、吴宗爱四人列于卷首,可见其编选主旨:

首先是遵循雅正的传统。《凡例》说:"兹选一遵恽例,以雅正为主,故袭名正始。""恽珠"条下按语说:"正始选例严正,续选宗之,故以恽作冠首,用志仰止。"对汪嫈诗文的选择亦可见这种雅正观念。汪嫈的作品共选录 23 首,内容主要有三,一是家庭内唱和,包括与呈父亲、丈夫以及教育儿子的诗文:《咏石呈家大人》、《寄呈夫子五首》、《夫子喜读陶诗因赋此篇》、《劝学篇示葆儿与侄孙国楷族再侄德时同问业四侄学庠》、《示葆儿》八首;《励志篇示葆儿与士诠》、《士诠咏铜雀台瓦诗以箴之》;二是关于女教的诗文:《闺训篇》、《邻家有女名中山狼,随母来乞,葆儿诊疾,余用正言导之,并易其名为良姑,后渐改过作诗记之》、《题扬州宛虹桥史母张孺人澄潭尽节图代葆儿作》;三是关于诗歌理论及诗歌看法:《论诗六首寄示徐玉卿》。另外还有三首抒发自己情感的诗。

① 清吴颢辑《国朝杭郡诗集》卷三十,清同治十三年(1874)钱塘丁氏刻本。

　　其次是阐释闺秀诗史的特征。列于第二位的是翁端恩。翁氏为钱振伦夫人，翁心存的女儿，翁同龢的姐姐，著有《簪花阁集》。单士厘选录了其《海宁陈氏双烈诗》，首句即"东南劫运浩无涯"，中有"倚柱重填漆室忧，复壁何方工匿迹"的感慨，具有强烈的家国情怀；《中秋月三首用东坡韵》首句云："前年遭寇乱，卜居海之东。""秦关复严扃，干戈遍郊野。"这都是对当时时事的记载。

　　列于第三位是吴宗爱。吴绛雪（1650—1674），名宗爱，永康县城后塘弄人。父士骐。夫徐明英早逝。清康熙十三年（1674），耿精忠在福建叛乱，部将徐尚朝进兵浙江，兵至永康，慕绛雪才华姿色，言若献绛雪，可免永康全城屠戮。绛雪慷慨允诺，"未亡人终一死耳"，后途中跳崖自杀。道光年间，永康县丞、桐城吴廷康撰《桃溪雪》记其事；海盐词曲家黄韵珊编《桃溪雪传奇》，海宁许楣撰《徐烈妇传》。有《徐烈妇诗集》，众多人物为之作序，俞樾也曾作《吴绛雪年谱》。单士厘说："死年仅二十五，保身保邑一人兼之，足光浙水。"这种"保身"的节烈，"保家"的情怀，足可以考证康熙间三藩叛乱给百姓带来的苦难和不幸，亦可以说明三藩叛乱所以失败的一个原因。

　　当时社会上如梁启超、胡适等人都说才女"批风抹月"，而《正始再续集》选录的诗文中充满了杜甫式的家国情怀，可以说是对这种言论最有力量的反驳。此外，《再续集》中闺秀诗人的小传及选诗都体现了闺秀诗的诗史特征，如：

　　"张声琇"条，单士厘按语曰："兰芬北游燕赵，南履黔滇，皆随宦所至，跋涉多，阅历自富耳。诗叹兵乱迁徙，乃道光壬寅以前事，尚非发乱。"

　　"王梦兰"条，单士厘按语曰："畹芳丁发乱，所经困苦，诗未付梓。"选录《避乱乡居有送折枝牡丹者无瓶以竹筒贮水供之》诗。

"吴蓝"条，单士厘按语曰："佩缠少遭发乱，嫁未及期而桐于死，遗腹子又二岁而殇，嗣一子抚之，上事舅姑及老母，苦节十六年卒。"

"邓瑜"条，单士厘按语曰："慧珏幼时正发乱忧扰，时无欢词。"

"孙佩兰"条，单士厘按语曰："夫庚申（1860）死杭难，谱香投河殉难"。

"郑兰孙"条，单士厘按语曰："两遭发乱，失去所撰《都梁阁集》。《莲因室集》盖自道光丙申（1836）至咸丰壬子（1852）所作。"选录其《癸丑二月羊城问急》诗。

选录吴筠《书文丞相后》、《除夕自题稿后》；选录凌祉媛《梁红玉战袍小像歌》、《敬瞻岳忠武王翰墨谨书长古》，选录左锡嘉《黄州舟次即事》，其中"狂寇夜窜扬飞沙，人民星散纷如麻。号呼奔走不辨路，手携背负何为家"之语记载咸丰辛酉太平天国事件。选录严永华《湾甸匪变寄呈家大人军中》诗，《乙丑五月十四日叛苗陷石阡叔兄巷战死节，余亟负母逾垣出，余人从之，既闻贼将至，全家投署后荷池中，贼相谓曰："严太守清官，眷属不可犯也。"遂得免。贼退后奉母旋里途中纪事得诗四首》；选录孔祥淑《读史》长诗；刘夫人《读书》诗有"吾年日衰老，复值离乱世"等语，还有《乱后喜见诸弟》诗。

《再续集》卷一以薛绍徽和陈芸作为结束，也是单士厘的用心所在。选录薛绍徽《老妓行》，评论说"此诗较樊樊山之《彩鸾曲》已翔实多矣。可当吴梅村之《圆圆曲》读"，正可表现单士厘的诗史观，钱南秀曾说薛绍徽的作品是对清末局势所作编年诗史[①]。

---

① 钱南秀《晚清女诗人薛绍徽与戊戌变法》，陈平原、王德威、商伟《晚明与晚清：历史传承与文化创新》，湖北教育出版社 2002 年版。

如果说《艺文略》从目录文献学的角度来记录和总结闺秀文学成就的话,那么《再续集》则是从思想上阐释了闺秀诗文的特色和传统:闺秀诗除了自娱和遣怀之外,还延续了"载道"的功能,因而具有诗史的特征。在新旧交替的历史时期,在新女性、女国民、女英雌大量涌现的时候,单士厘践行闺秀传统,谨守闺秀的身份,怀着一种历史的使命感编辑《艺文略》与《正始再续集》,在保存闺秀文献的同时,再次阐述和诠释了闺秀诗史的传统和特征,传统闺秀及闺秀文学在新旧交替的历史时期再次"凸显",成就了最后的辉煌之后,才完全地走进历史,走出我们的视野。

第三节　吕碧城:最后的传统闺秀

吕碧城(1883—1943),字圣因,一字兰清,法号宝莲,安徽旌德人。约于1895年移居天津塘沽,1904年起在《大公报》任职,曾出任北洋女子公学总教习。民国成立后,她被袁世凯聘为公府咨议,出入新华宫。文学上则与易顺鼎、费树蔚、袁寒云等唱和。从1920年起,留学美国哥伦比亚大学。此后,她多次出国,游踪遍及欧美各地。1929年曾出席在维也纳举行的国际保护动物大会,并作演讲,轰动欧洲。1943年病逝于香港。若说吕碧城是传统闺秀,而非新女性、新知识分子的典范,似乎很多人不能认同。纵观吕碧城一生,晚清女子生活中的诸多新因素,如女学堂兴办,女报和女子团体兴起,婚姻自主等方面,在她身上都有所体现,所以很多人认为吕碧城当之无愧为新女性代表。从这个意义上说,这种说法也不无道理。所以目前的关于吕碧城的研究主要集中在她的社会活动、妇女解放、女子教育等方面,也有一些关于吕碧城词学的研究①,都给予她很高的评价,但仍是肯定她作为新女性的典范,如谓"碧城是一位爱国的知识分子,女权运动的先驱,是一位具有独立自主精神的中国女性,堪称清末民初变革时期新女性的典范。她更是中国近现代词坛上的一朵奇葩。碧城词植根于中国古典文学之深厚土壤,吸婉约之精华,承骚雅之微旨,把民族风格和西方文化完美融合,因此她的词作内容大有融古今中外于一体的创新,给人耳目一新之感,不愧为近现代词坛上清新、亮丽的一道风景线"②。不过吕碧城可以称之为新女性的典范,但本质上她仍旧是传统闺秀,并没有因清末民初的政治变革而改变身份。在沧海横流之时,用闺秀之笔创作了绝美的诗词才优雅地退出了历史舞台。

一、最后的传统闺秀

若要确定吕碧城身份,首先应该分析吕碧城引起当时人关注的原因是什么?"淮南三吕",因何"天下闻名"呢?归根结底,最主要的原因是吕碧城的才学。而传统闺秀,或者说古代才女能够凭借的主要力量就是才学。曼素恩《缀珍录》说:"虽然知识

---

① 王忠禄《吕碧城词研究》,西北大学 2004 年硕士学位论文;徐新韵《吕碧城词研究》,华南师范大学 2004 年硕士学位论文。

② 研究吕碧成的文章还有:士锲辑《吕碧城与秋瑾的交往》,《江淮文史》1993年第 4 期;王忠禄《论吕碧城的海外词》,《甘肃高师学报》2006 年第 1 期;姜乐军《从倡导"女权"到致力"护生"——吕碧城的角色转变探因》,《安庆师范学院学报》2007年第 4 期;傅瑛《吕碧城及其研究》,《淮北煤炭师范学院学报》2004 年第 2 期;刘洁《徘徊在现代与传统之间——吕碧城文学创作的矛盾性之解析》,《中国现代文学研究丛刊》2005 年第 2 期;王祖献《秋瑾与吕碧城的交往》,《江淮论坛》1984 年第 2 期。朱秋勤《从"倡导女权"到"皈依佛门"》,河南大学 2008 年硕士论文;姜乐军《从"女权"到"护生"》,华中师范大学 2004 年硕士论文;花宏艳《吕碧城思想及其词作研究》,暨南大学 2003 年硕士论文;王忠禄《吕碧城词研究》,西北师范大学 2004 年硕士论文;谷曼《评吕碧城的女权思想及其实践》,东北师范大学 2002 年硕士论文;徐新韵《吕碧城词研究》,华南师范大学 2004 年硕士论文。

女性的数量从 17 世纪以来便在持续不断地增长,但她们的权威
还是来自传统文化和写作的力量。这种力量使得受教育的妇女
在'文'(在儒家的最高境界)的语境内产生某种道义上的和人类
知识理解上的认同,而权利是使其在儒家'文'的方面具备了人
文和道德权威的身份。但同是这种力量,在 20 世纪剧烈的变革
中,在'文'的基础被革命领袖们——有男人也有女人——丢掉
时,也随之消失了。"①其实这种文的力量在 20 世纪初期没有消
失。吕碧城五岁就展示出才女早慧的传统,光铁夫《安徽名媛诗
词征略》卷三载:"一日侍父园中,父顾垂柳,以'春风吹杨柳'五
字命对,即应声曰:'秋雨打梧桐。'父奇之。时年五岁。七岁能
作巨幅山水,十二岁诗文俱已成篇。"但"梧桐"一语似乎也注定
了吕碧城一生的坎坷,这或许也是传统闺秀在末世的命运写
照吧。

　　吕碧城声望的获得也是因其文名,吕碧城的文才因其女性
的身份而更加受到关注。无论说吕碧城是女权主义者,还是女
学兴办者,不可否认的是她的"名媛派头",她声望的获得源于其
才学,而才学又因她的女性身份而愈加彰显。林庚白《孑楼随
笔》说:"碧城,故士绅阶层中闺秀也,惊才艳绝,工诗、词,擅书
翰。"②早年从舅氏家出走,遇到英敛之,英敛之为之倾倒,"碧城
清新俊逸,生面别开。乃摘其尤佳者,登之《大公报》中。一时,
中外名流投诗词,鸣钦佩者,纷纷不绝。诚以我中国女学废绝已
久,间有能批阅书史,从事吟哦者,即目为硕果晨星"③。因英敛
之的宣传,所以当时"绛帷独拥人争羡,到处咸推吕碧城",时人

---

① 曼素恩《缀珍录》,江苏人民出版社 2005 年版,第 284 页。
② 李保民《吕碧城词笺注》,第 549 页。
③ 英敛之《吕氏三姊妹集序》,李保民《吕碧城词笺注》,第 524 页。

"闻名来访者踵相接"，与"督府诸幕僚诗词唱和无虚日"，更将吕碧城目为李清照一流人物。樊增祥赞扬吕碧城"冰雪聪明芙蓉色，不栉明经进士，算兼有，韦经曹史"，"只漱玉，风流堪拟"①。易顺鼎誉吕碧城为"绝代销魂李易安"，所以"读'素手先鞭何处著，如此山川'，为之起舞；读'往返之间何所在，如此年华'，为之宕气；读'辽海功名，恨不到青闺儿女'，则为之敲碎唾壶矣"②。陈完读《信芳集》后说："奇思窈情，俊语骚音，不意水脂花气间，及吾世而见苍雄冷慧之才。北宋、南唐，未容傲视，今代词家，斯当第一矣。"③费树蔚《信芳集序》说："其诗词佳处，高挹群言，侠骨仙心，独居深念，贞孝悱恻流露行间，漆室、木兰逊其华好，道韫、清照无其瑰迈。"④

吕碧城在婚姻上秉承了"修得人间才子妇，不辞清瘦似梅花"的传统才女婚姻观，她的理想夫君要有"文学之地位"。她自言："生平可称许之男子不多，梁任公早有妻室，汪季新年纪较轻，汪荣宝尚不错，亦已居有偶。张謇公曾为诸贞壮作伐，贞壮诗才固佳，耐年届不惑，须发皆白何！我之目的，不在资产及门第，而在于文学之地位。"⑤因为不能修得人间才子妇，故碧城清瘦更甚梅花，即使死后也希望能葬在"梅花深处"，"碧城蛰香岛，忧心家国，抑郁成疾而死。遗蜕未能移葬梅花深处，未免有负夙愿矣"⑥。

吕碧城身为女性，勇于展示自己的女性魅力，"且染西习，尝御晚礼服，袒其背部，留影以贻朋友。擅舞蹈，于蛮夷乐玎珰中，

---

①　李保民《吕碧城词笺注》，第 530 页。
②　樊增祥《金缕曲》，李保民《吕碧城词笺注》，第 531 页。
③　陈完《沁园春·序》，李保民《吕碧城词笺注》，第 541 页。
④　李保民《吕碧城词笺注》，第 523 页。
⑤　同上，第 551 页。
⑥　同上，第 549 页。

翩翩作交际之舞,开海上摩登风气之先"①。所以 1908 年 10 月 7 日在《大公报》中发表诸如"女教习不当妖冶招摇"的言论,含沙射影地讽刺她。吕碧城对此非常不满,她说:"女人爱美而富情感,性秉坤灵,亦何羡乎阳德? 若深自讳匿,是自卑抑而耻辱女性也。""殊不知女权之兴,归宿爱国,非释放于礼法之范围。"所以她以身为女性而骄傲自豪,不管外界评论其"张扬"、"骄浮"与否,在 1929 年参加维也纳大会,"著拼金孔雀晚装大衣登台演说",维也纳大会次日,各报刊纷纷刊登了吕碧城身着华服演讲的照片,权威报纸《达泰格报(Der Tag)》报道:"会中最有兴味、耸人视听之事为中国吕女士之现身讲台,其所著之中国绣服斋皇矜丽,尤为群众目光集注之点。"

吕碧城更是"以诗文为性命",虽然"迫庚午春,予皈依佛法,随绝笔文艺",但《晓珠词自跋》说:"年来潜心梵夹,久辍倚声。由欧归国后,专以佉卢文字迻译释典,三载始竣,形神交瘁,乃重拈词笔,以游戏文章息养心力。顾既触凤嗜,流连忘返,百日内得六十余阕,爰合旧稿,厘为四卷。草草写定,从今搁笔,盖深慨夫浮生有限,学道未成,移情夺境,以词为最。风皱池水,狎而玩之,终必沉溺,凛乎其不可留也! 至若感怀身世,发为心声,微辞写忠爱之忱,《小雅》抒怨悱之旨,弦歌变徵,振作士气,词虽末艺,亦未尝无补焉。"②可见即使佛教也不能使她放弃传统诗词文的写作。毛安芳(清代蕉园七子之一)老而无子,尝自持其诗卷,道:"是我神明所钟,即我子也。"那么对于无夫无子的吕碧城来说,"文学自娱"更具重要意义,"予慨世事难虞,家难奇剧,凡

<hr>

① 郑逸梅《人物品藻录·吕碧城放诞风流》,转引自李保民《吕碧城词笺注》,第 551 页。

② 李保民《吕碧城词笺注》,第 525—526 页。

有著作,宜及身而定,随时付梓,庶免身后湮没",所以这种"以文学自娱",不是一般意义的"自娱",是"在有限的生命终结之后,诗歌作为生命的结晶,像佛祖的舍利子一样永存于世。在这个意义上,诗歌已经不是生命的一种装饰,而是生命的一种形式,一种凝固而恒久的形式"①,这是一种"以诗歌为性命"的"自娱"。

二、闺秀文学传统的承继与光大

吕碧城以最后闺秀的身份,凭借对传统闺秀才学的热爱,在闺秀擅长的词学领域取得了辉煌的成就。吴宓《信芳集序》说:"其艺术及辞藻,又甚锤炼典雅,实为今日中国文学创作正轨及精品。"龙榆生在《近三百年名家词选》中,共录 66 位著名词人的498 首词作,而以吕碧城的五首殿后。钱仲联《近百年词坛点将录》说:"地阴星母大虫顾大嫂吕碧城圣因,近代女词人第一,不徒皖中之秀。早岁《祝英台近》词,樊山赏为'稼轩"宝钗分,桃叶渡"一阕,不得专美于前'。中年去国,卜居瑞士。慢词《玲珑玉》、《旧罗怨》、《陌上花》、《瑞鹤仙》,俱前无古人之奇作。'休愁人间途险,有仙掌为调玉髓,迤逦填平。'(《阿尔伯士雪山》)'鄂君绣被春眠暖,谁念苍生无分。'(《木棉花》)'杜陵广厦,白傅大裘,有此襟抱,无此异彩。'《晓珠词》中,杰构尚多,'明霞照海,渲异艳,远天外。'(《瑞鹤仙》)尽足资谈艺家探索也。"②吴宓《空轩诗话》说:"宓共作长文评赞之,载《大公报温煦副刊》第九十一至九十二期。大意谓作者才情横溢,蕴蓄深富,独'得风气之先,漫

---

① 蒋寅《以诗为性命——中国古代对诗歌之人生意义的几种理解》,《古典诗学的现代诠释》,中华书局 2009 年版,第 295 页。

② 钱仲联《近百年词坛点将录》,《当代学者自选文库·钱仲联卷》,安徽教育出版社 2001 年版,第 709 页。

游大地,遂以其根柢于世家之旧学,溶于欧美新知,优于天才,饱于世变,复得山川之助',予平日评论诗词,恒主以新材料入旧格律,予又曾游欧洲,有欧洲诗之作,故与《信芳集》中之诗词,独有深契于心,自谓于其技术及内容颇多精到之评解。"①邓红梅《女性词史》说:"从词体本色的角度看,词由最初来自民间的易于被大众接受的新俗文体,变化到吕碧城词这一生僻幽邃、远离俗众的学人文体,也可谓登峰造极,'本相'尽失。"这也是一个评价,从李清照的《词论》到此时的学人文体,为女性词学画上了一个圆满的句号。

其次,吕碧城又重申闺秀诗文的源头,肯定女郎诗风。"况《诗三百》多言情写怨之作,而一言以蔽之曰'思无邪'。先圣不以为邪,后世竖儒反从饶舌,真可谓不识时务矣"②。肯定女子"性秉坤灵",善写柔美诗文,这是从明末一直以来的观念。钟惺《名媛诗归·序》曰:"夫诗之道,亦多端矣,而吾必取于清。向尝序友夏《简远堂集》曰:'诗,清物也,其体好逸,劳则否;其地喜静,秽则否;其境取幽,杂则否。然之数者,本克胜女子者也。'"还有赵世杰《古今女史·序》所言:"海内灵秀,或不钟男子而钟女人。其称灵秀者何?"赵世杰所用的"灵秀"一词,道出了闺秀和闺秀诗的本质特色。这是一直以来闺秀诗人自傲的传统禀赋。所以吕碧城主张抒写"女子本色",不必"言语必系苍生,思想不离廊庙",因为从文学的角度来说,只要是"性情之真",必是佳作。吕碧城赞同表现女子性情的女郎诗风,《吕碧城集》卷五曰:"兹就词章论,世多訾女子之作大抵裁红刻翠,写怨言情,千篇一律,不脱闺人口吻。"吕碧城说:"予以为抒写性情本应各如

① 《民国诗话编》,上海书店 2002 年版,第 6 册,第 61—62 页。
② 吕碧城《女界近况杂谈》,《吕碧城集》卷五《欧美漫游录》,第 59—60 页。

其分，惟须推陈出新，不袭科臼，尤贵格律隽雅，情性真切，即为佳作。诗中之温李、词中之周柳，皆以柔艳擅长，男子且然，况于女子写其本色，亦复何妨？若言语必系苍生，思想不离廊庙，出于男子且病矫揉，讵转于闺人为得体乎？女子爱美而富情感，性秉坤灵，亦何羡乎阳德？若深自讳匿，是自卑抑而耻辱女性也。古今中外不凡弃笄而弁以男装自豪者，使此辈为诗词，必不能写性情之真，可断言矣。至于手笔浅弱，则因中馈劳形，无枕葄经史、涉历山川之工，然亦选辑者寡视而滥取之咎，不足以综概女性也。"肯定"女子写其本色"，这是从清初王端淑就一直提倡的闺秀诗学话语。王端淑《名媛诗纬初编》卷三"朱令文"条："昔人谓梁简文无帝王气，而有铅粉气，以帝王作铅粉，乌乎可？然诗自不可废耳。静庵以铅粉写铅粉，安得不谓之当行，谓之本色乎？"所以闺秀诗只要"温婉而静，无伤怨之句，虽不必方之千古，要自称闺阁本色，其落笔幽致停动，寂寥有情，故无浮衬语"，就是好诗，"有逸致而不加装点是闺帏本色"，"生秀英挺，不坠轻绮"的女郎诗，"松腕秀格，销尽男子钝根"的女郎诗，只要不是"动以春花秋月、烟云飞鸟字面措辞，尽落时蹊"，只要是真率，就是好诗。乾隆间沈彩《与汪映辉夫人论诗词》大声畅言，"夫诗者，道性情也，性情依乎所居之位，身既为绮罗香泽之人，乃欲脱绮罗香泽之习，是其辞皆不根于性情乎？不根乎性情，又安能以作诗哉"，反驳"故自唐以来，尽有名公巨卿可以庚雅歌颂者，乃逃于鬓丝禅榻，所言皆绮罗香泽。此如饰鬒眉以巾帼，傅粉于优伶，是则可尽洗其丑也。于文人学士，则以为有口无心，于妇人女子，反欲改头换面，是亦阴阳易位之一端也。顾今之评妇人诗者，不曰是'分少陵一席'，则曰是'绝少脂粉气'。洵如是，以偎红曳翠之妹而唱铁板大江东，此与翰音登天，牝鸡司晨何异？其为诞且怪孰甚！尚安得谓诗哉？三春桃杏，红艳为妍，乃责桃杏曰:'尔胡不为松柏之青苍?'是不能也。言为心声,犹自写照,乃自写照而顾揣摹他人之面目,不亦可笑矣。故彩窃以为诗者,惟本乎性情,必思无邪,素其时位,求声成文,有兴观群怨之风,而不失乎温柔敦厚之旨。斯可也。"吕碧城以"绮罗香泽"之仙女美人赞成"女子写其本色"的女郎诗,本人也被赞誉为仙子,诗文也如花美。樊增祥《金缕曲》曰:"姑射仙子。指仙家,碧城十二,是侬名字。冰雪聪明芙蓉色,不�栉明经进士。算兼有、韦经曹使。玉尺家声娇女继,种鲤庭十万桃李新。男不重,重生女。   江南感旧识云英。写春风,红梅一卷,诗如花美。芍药清文今重现。始信花中有蕊。只漱玉,风流堪拟。料得前身明月是,睹声名,碧海青天里。应买贵,薛涛纸。"

　　清代女性诗风一直被闺秀倡导、推崇,一直到清末吕碧城仍旧坚持和提倡这种诗风。1915 年以后,由于新文化运动的影响,政论派的新女性逐渐占据主导地位,当时流行的女杰、女英雌,更多的不是以诗词闻名,而是以参与革命活动的爱国精神而闻名。在这样的历史背景下,传统的闺秀文学走到了末期。吕碧城皈依佛教,则是传统闺秀文学经过嬗变和坚守,之后终于退出了历史舞台的标志,此后翻开了女性文学新的一页,出现了"中国第一个具有现代意义的女性作家群,便诞生在这样一个'发现人'——'和你一样的一个人'(娜拉)、'发现女人'——'我是我自己的'(子君)的思想启蒙时代,产生了中国历史上从未有过的文化现象——女性作家的大量涌现:陈衡哲、谢冰心、冯沅君、苏雪林、庐隐、石评梅、凌叔华、沈樱、袁昌英、陈学昭、陆晶清、谢冰莹、丁玲等,犹如耀眼星群,第一次以群体的星辉映照历史的天空,为数千年来没有星座、沉默失声的女人,摸索自己的定位,发出自己的声音,她们的言说因其现代理念的观照和体现妇女解放的进程,获得了超越传统女子写作拘于男权话语樊篱的现代品格"①。这种现代品格是不同于传统闺秀的品格的外在表现在于新出现的这批新女性即后来的"五四"女作家群大都是"没有高跟皮鞋,没有花花绿绿的绸衣服"②,"女性的气息,在这里异常淡薄,绝对没有穿旗袍的女人,绝对没有烫发的女人,也没有手挽着手招摇过市的恋人"③。即使是曾写过《莎菲女士日记》的丁玲,也是"大眼、浓眉、粗糙的皮肤、矮胖的身材、灰色的军服,声音宏亮,'有一点像女人'"④。而传统的闺秀则是凭借自身"灵秀"的禀赋,开创了自己的闺秀雅集活动方式,创建了自己的女性文学理论,建构了自己的女性文学传统。一直到清末民初吕碧城等才女,一直秉承闺秀传统,并没有在新旧交替的时代发生本质的改变,仍旧坚守着旧日的风华,最后才优雅地退出了历史舞台。

① 常彬《"五四"及 1920 年代女性文学综论》,《河北大学学报》2008 年第 3 期。
② 陈学昭著、朱鸿召编《延安访问记》,广东人民出版社 2001 年版,第 6 页。
③ 赵超构《延安一月》,上海书店出版社 1992 版,第 58—59 页。
④ 同上,第 98 页。

余论 关于清代女性文学研究的思考

　　清代女性文学的研究现在已经非常热门，我觉得需要注意几个问题：首先是清代女性文学史的发展脉络的梳理。本书写作中力图进行清代女性文学史的分期与总结。从先秦时期的萌芽，经过唐宋元明的孕育发展，整个清代不同时期的女性文学都显示出典型特征。明末清初的名妓文学拉开了清代女性文学发展的序幕；顺康雍时期是女性文学理论规范的构建阶段；乾嘉道时期是两类女性文学传统重构与女性诗学理论完善时期；乾隆间是温柔敦厚的传统妇学复兴时期；嘉庆间是女郎诗风彰显阶段；道光间是女性文学历史谱系总结与女性文学理论完善时期。咸同是一个变风变雅的时期，因为政治原因，闺秀才女更关注世情，文学创作中诗史的特征极为突出。光宣时期则是女性文学最后的辉煌与结束阶段：薛绍徽对闽派女性诗学传统和古代女性文学传统的构建；单士厘穷 30 年之时编纂《清闺秀艺文略》、《清闺秀正始再续集》，对女性文献进行了一次学术上整理，重新阐释了闺秀诗史的传统。这些闺秀才女的努力，成就了闺秀文学的绝代芳华。随着吕碧城皈依佛门的举动，传统闺秀文学也退出了历史舞台，此后翻开了现代女性文学新的一页。理清清代女性文学的历史发展脉络具有重要意义，不仅可以将此前的具体研究成果贯穿起来,还可以为将来女性文学的深入研究提供一个思路,从整体全局的角度去审视清代著名女作家在文学史上的定位,使女性文学的研究更加深入,更加理性化。另外,还要积极关注女性文学文献的研究以及文学理论的归纳与总结。从文学史、文献、理论这三个维度入手,综合考察清代女性文学,才能推进清代女性文学的深入研究。

一、女性文学文献的重要性及研究

文献史料是学术研究的基础,最初的女性研究是从整理文献开始的。庄一拂《檇李女诗人》、《檇李闺阁词人征略》(《词学季刊》2 卷 3 号)、郑振铎《元明以来女曲家考略》(《女青年月刊》13 卷 3 期)、胡文楷《宋代闺秀艺文考略》(《东方杂志》44 卷 3 号)、施淑仪《清代闺阁诗人征略》(崇明女子师范讲习所铅印本,1922 年;上海书店出版,1987 年)、单士厘《清闺秀艺文略》(《浙江省立图书馆学报》第一、二卷,1927 年)、冼玉清《广东女子艺文考》(长沙商务印书馆,1941 年)这些女性文献的整理为女性研究奠定了基础。以后,姜黎梅《中国古代近代女作家作品研究资料索引》(昭乌达盟图书馆编印,1988 年)、齐文颖《中华妇女文献纵览》(北京大学出版社,1995 年)等相继出版。2010 年傅瑛《明清安徽妇女文学著述辑考》共收录明清安徽妇女文学作者617 人,附民国时期 37 人,总计 654 人。吴怀祺《序》说"全书是从包括《四库全书》在内的各种丛书、类书、史志、文集、别录、笔记、诗话、目录等文献中,搜罗爬剔,披沙拣金,得数千条诗词散文,其功伟矣"①,或许夸张,但此书确是为研究安徽女性文学提供了丰富的文献资料,为研究者提供了极大方便。此外,祖晓敏

---

① 傅瑛《明清安徽妇女文学著述辑考》,黄山书社 2010 年版。

《清代桐城女性文学创作的文化内涵》中也对桐城女作家进行整理①。石吉梅《清朝江西女性作家作品考论》以生卒年为标准②，分为前期、中叶、晚期，附"生卒年不详"一卷，主要介绍作家的字号、家庭、生平、作品及主要特点、刊刻保存情况等，每位作者后面有主要的资料来源书目，方便参考查阅。胡文楷《历代妇女著作考》是迄今为止最好的一部女性文献，2008 年上海古籍出版社再版，且引起了研究者的关注③。

　　近年来女性文学文献目录得到关注。谢玉娥等《女性文学研究与批评论著目录总汇 1978—2004》"按学科内容或主题分类原则和一定的编排方法排列、组织起来的每条款目，其所著录的文献题名，一般都能以简洁、明确的语言将学术论著的内涵、主题，直接、清楚地揭示出来。研究者通过对大量的文献题名（书名、篇名）等外部特征的系统查阅，可以简捷地大体了解、掌握学科的研究进展及概貌，对学科专题有一种'史'的把握"。因此，谢玉娥一直继续编辑"女性·性别研究与批评"学术信息，为"研究者了解、掌握本学科研究成果，从而找到自己研究课题的

---

　　①　祖晓敏《清代桐城女性文学创作的文化内涵》，安徽大学 2006 年硕士学位论文。

　　②　石吉梅《清朝江西女性作家作品考论》，江西师范大学 2007 年硕士学位论文。

　　③　谢玉娥《〈历代妇女著作考〉价值初探》，《湘潭大学学报》2006 年第 6 期；谢玉娥《〈历代妇女著作考〉所载妇女著作书名探析》，《昌吉学院学报》2007 年第 6 期；谢玉娥《〈历代妇女著作考〉所载妇女著者人名探析》，《殷都学刊》2007 年第 4 期；石吉梅《清朝江西妇女著作补考——胡文楷〈历代妇女著作考〉拾遗》，《现代语文》2006 年 10 月；吕立忠、曾冉波《清代广西妇女著作初探》，《广西地方志》2004 年第 5 期；史梅《江苏方志著录之清代妇女著作考》，《古典文学知识》1994 年第 1 期；李豫《〈历代妇女著作考〉订补十二则》，《文献》1992 年第 2 期；张宏生、石旻《中国古代妇女文学研究的现代起点——胡文楷〈历代妇女著作考〉的价值和意义》，《江西社会科学》2008 年第 7 期；庄新霞《〈历代妇女著作考〉订补六则》，《图书馆理论与实践》2007 年第 1 期；张清华《胡文楷〈历代妇女著作考〉明代妇女著作补遗》，《南华大学学报》2007 年第 6 期；史梅《清代江苏方志中妇女著作——胡文楷〈历代妇女著作考〉拾遗》，《古籍研究》1996 年第 2 期。

突破点和难点的编目清晰、查找方便的地形图,是女性/性别学术研究和学科建设不可或缺的资料工具书"①。

另外,一些女性诗文集的公布和出版为研究者带来方便。值得一提的是麦吉尔大学东亚系和哈佛大学哈佛燕京图书馆的明清妇女著作数字化工程,其缘起是由于"女性历史和文化处于中国领域内变化最快、最令人激动的新研究途径之中,并且女性写作为研究创新提供了重要资源。中国的妇女写作不仅能使我们通过聆听女性自己的声音进入她们的生命体验,而且为理解中国文化和社会提供了性别化的视域。但是,大部分前现代中国的女性作品仍然遭到忽视,仅以孤本手稿或稀有图书副本的方式存世,收藏于中国各图书馆内。由于接触这些重要文本正常途径的普遍缺乏,使得针对它们进行的广泛深入的研究变得十分困难。麦基尔大学—哈佛燕京图书馆'明清妇女著作'数字计划目的在于为学术研究提供哈佛燕京图书馆藏书中珍贵的明清妇女写作诗文集的在线接入"。这项工程将哈佛燕京所藏明清妇女著作的珍贵藏品公之于众,不仅提供原文,同时还可以检索闺秀的婚姻状态、民族背景、地域分布、家庭和地区活动,提供其他有关女性在社会及文化历史等各方面的统计分析,此项数字化工程对女性文学研究的推动作用是不言而喻的。后来方秀洁(Grace Fong)与伊维德(Wilt L. Idema)还据此编成《美国哈佛大学哈佛燕京图书馆藏明清妇女著述汇刊》(全五册),由广西师范大学出版社于 2009 年出版。另外,黄山书社 2008 年出版的胡晓明、彭国忠主编《江南女性别集初编》(全二册),收录三十

---

① 谢玉娥等《女性文学研究与批评论著目录总汇 1978—2004》,河南大学出版社 2007 年版;谢玉娥《论女性/性别研究文献目录的价值、作用和意义——以〈女性文学研究与批评论著目录总汇(1978—2004 年)〉为例》,《河南图书馆学刊》2009 年第 1 期,第 70 页。

六位江南闺秀的三十九种别集,也为区域女性文学的研究提供了丰富的文献。

国外还有两部重要的大型女性文学选集:孙康宜与魏爱莲(Ellen Widmer)合编的《明清女作家》共收录了美国13位学者的作品,主要讨论的是妇女写作的诸种问题。她还与苏源熙(Haun Saussy)合编了《中国传统女作家选集》,该书共收录了由63位美国汉学家翻译的中国古代女性诗歌,在编译过程中,孙康宜注重中国古代妇女的各种角色与声音,并希望通过翻译与文本阐释让西方读者重新找到中国古代妇女的声音,希望通过西方汉学家的梳理和评介使中国古典女性的文学作品进入世界女性作品"经典化"的行列,从而使中国古代女性从边缘的位置回归到主流的地位。

个人文集如杜芳琴《贺双卿集》、张璋编校《顾太清奕绘诗词合集》、刘燕远的《柳如是诗词评注》①,上海古籍出版社"花非花名媛诗词系列"丛书通过大量经过评注的诗词作品,向读者和研究者充分展示了吴藻、顾春、徐灿这几位女作家的才情学识和丰富内心,可见当代学术界对古代妇女创作日益增加的关注和逐渐增强的兴趣。

清代女性文学的主要成就在于诗歌,对女性诗歌的评论在清代文学批评中相当引人注目。在蔚为大观的清诗话著作中,一个很醒目的类别就是闺秀诗话。通常所谓闺秀诗话,都指记载、评论女性诗歌创作的著作,而不是指女性撰写的诗话。清代

---

① 杜芳琴《贺双卿集》,中州古籍出版社1989年版;杜芳琴《痛菊奈何霜:双卿传》,花山文艺出版社2001年版;张璋《顾太清奕绘诗词全集》,上海古籍出版社1998年版;张钧《顾太清诗词》,吉林文史出版社1989年版;金启棕、乌拉熙合编《天游阁集》,辽宁民族出版社2001年版;张菊玲《旷代才女顾太清》,北京出版社2002年版;张钧《顾太清全传》,长春出版社2000年版。

的闺秀诗话,蒋寅《清诗话考》著录经眼之书十五种,待考之书著录约二十种,是研究中国妇女文学史与中国古代文学史的重要文献,其中保存着大量反映女性文学创作的历史资料,是一笔宝贵的文学遗产。然而令人惋惜的是,这三十多种诗话多数亡佚,即有传本也星散四方,难得一见。为了"及时抢救这笔文化遗产",王英志"竭尽全力搜罗,并得各方朋友相助,觅得十三种,另有新编一种",辑为《清代闺秀诗话丛刊》一编,由凤凰出版社于2010年4月出版。《丛刊》,收录了陈维崧《妇人集》,袁枚《袁枚闺秀诗话新编》,梁章钜《闽川闺秀诗话》,丁芸《闽川闺秀诗话续编》,沈善宝《名媛诗话》,王蕴章《燃脂余韵》,雷瑨、雷瑊《闺秀诗话》、《闺秀词话》,雷瑨《青楼诗话》,施淑仪《清代闺阁诗人征略》,陈芸《小黛轩论诗诗》,苕溪生《闺秀诗话》,金燕《香奁诗话》,淮山棣华园主人《闺秀诗评》等十四种相关著作,还附录江盈科《闺秀诗评》,钱谦益《列朝诗集·闰集》闺秀诗人小传,法式善《梧门诗话》卷十五、十六两卷,蔡殿齐《国朝闺阁诗钞》序、小传、诗集目录,光铁夫《安徽名媛诗词征略》序、题诗、题词、小传,胡文楷《历代妇女著作考》序、跋选等六种。除了提供文献资料外,《丛刊》的编选还凸显了清代闺秀诗话的发展脉络及框架模式。

综上所述,女性文学研究伊始就有学者进行女性文学史的研究和著述,且成绩斐然;文学文化史与女性文学群体性、地域性、家族性研究逐渐成熟;女性文献整理与文学理论研究引起关注。但从整体上来说,女性文献研究还需进一步加强,女性文学理论的研究还需进一步深入。但总体上来说,清代女性诗学的理论研究还不够深入,需进一步加强。如女性文献目录的梳理、女性别集的整理、《闺秀诗话》考证等方面都需进一步加强。

女性文学文献的目录最有代表性也是迄今为止最完全的是

胡文楷的《历代妇女著作考》，这是目前中国古代女性著作最完备的目录书，初版于 1957 年，1985 年上海古籍出版社增订重版，2008 年经张宏生等人进行增订后又再版。两次增订，对于原书中存在的年代有误、姓名失考、事实不确、鉴定有误等方面进行了修订，资料搜集详尽，很方便使用。但最新版的增订本仍有个别遗漏，特别有些著名才女姓名失考。新版《历代妇女著作考》修订的条目中属于姓名漏考的约七条，其中根据《历代妇女著作考》提供资料的差异得出的有程文淑与程淑、吴娟娟与吴娟、两位汪华熙均为同一人。其实，还有李玉燕与李怀、许琛与许德瑗、钱璞与钱守璞亦是同一人。

1. 李怀即李玉燕

《历代妇女著作考》第 345 页"李怀"条：

> 李怀，字玉燕，江苏华亭人，瑞金县令颢女，文学曹尔垓妻。《众香词》著录，著作有《问花吟》、《系联环乐府》。

第 328 页"李玉燕"条：

> 李玉燕，浙江嘉善人，瑞金知县灏女，考选社师曹重妻。《嘉善县志》著录，著作有《双鱼谱》。《金山县志》著录还有著作《三秀集》，为吴朏、李玉燕、曹鉴冰三闺秀共同之作。

从这两条记载来看，李怀即李玉燕，可以无疑。不仅两人名字相同，父亲也都是瑞金知县，而丈夫则同为曹尔垓，即曹重。清彭蕴璨《历代画史汇传》卷二十一载："曹重，初名尔垓，字十经，号南陔，自号千里生，娄县人。画花，远视作凹凸状，近看却平，所谓张颠笔也。父诸生烺，乙酉遇害。绝意进取。才华溢发，诗文绚烂如赤城霞，或坚洁如蓝田玉。著《濯锦词》。好度曲,有《双鱼谱》留传。弦索炉香茗碗,古色斑然,至今风流犹可想见。"①清王豫《江苏诗征》卷四十载:"曹重,字十经,号南陔,华亭人。《松江诗话》:十经以父烺乙酉(1645)遇害,乃绝意进取,风雅自耽。博学工诗,善绘,尤长于词,著《濯锦词》一卷。并好度曲,著有《双鱼谱》流传。弦索、千里生,其自号也。"

　　佐以其他记载,也可知二人为同一人。《三秀集》为闺秀吴胐、李玉燕、曹鉴冰的合集,其中载吴胐与曹鉴冰传记:

　　　　吴胐:字方恒,号冰蟾子,通判吴丕显女,诸生曹焜妻。《撷芳集》载:"吴胐,字凝真,号冰蟾子,江苏华亭人,嘉善曹元明室。……嗣子十经文学、妇李玉燕俱能诗,一门相继,可称盛事。"②

　　　　曹鉴冰:字苇坚,号月娥,金山曹尔埭女,娄县张殷六室。有《绣余吟》、《试砚稿》、《清闺吟》③。《嘉善县志》载:"曹鉴冰字苇坚,适张日瑚。能诗善画,著有《绣余》、《试砚稿》。与祖母吴胐、母李玉燕合刻诗稿曰《三秀集》。"④

　　上面两条材料中,曹鉴冰之母一曰李玉燕,一曰李怀,可见李怀就是李玉燕。这里有一个疑问,李玉燕与李怀的籍贯不同:一是浙江嘉善,一是江苏华亭。分歧源于胡文楷引用资料的不同。在《嘉善县志》卷二十九除了记载李玉燕之外,还有吴胐和曹鉴冰的记载,都没有标出籍贯。吴胐和李玉燕的资料来源于《曹氏族谱》,可见是把吴胐与李玉燕的籍贯都当作嘉善来处理的,而曹鉴冰的材料则来源于《国朝词综》,该书卷四十八记载曹

---

① 彭蕴璨《历代画史汇传》,上海古籍出版社1996年版。
② 胡文楷《历代妇女著作考》卷三,上海古籍出版社2008年版,第306页。
③ 施淑仪《清代闺阁诗人征略》卷三,上海书店1987年版,第164页。
④ 胡文楷《历代妇女著作考》卷八,第540页。

鉴冰的籍贯是浙江嘉善。这是因为吴胐的丈夫曹允明是嘉善人，所以不管是吴胐、李玉燕，还是曹鉴冰的籍贯，在《嘉善县志》里都认为是嘉善人，因而《晚晴簃诗汇》卷四十有"曹尔垓，字锡九，嘉善人，有《石竹山房稿》"的记载。因为材料的出处不同，所以曹鉴冰也有两个籍贯。《全清词》载"曹鉴冰，江苏娄县人，一作金山人"，而曹重除了籍贯是嘉善以外，还有金山、娄县等记载。《晚晴簃诗汇》卷五十三载："曹重，字十经，别号千里生，金山人。"冯金伯《国朝画识》卷五载："曹重，曹尔垓，更名重，字十经，娄县人，与顾庵学士为从兄弟。十经年少才华溢发，其诗文绚烂如赤城霞，或坚洁如蓝田玉。又善丹青，与雪田诸子起墨林诗画社。"①《历代画史汇传》记载："曹重，干巷人（金山干巷镇），博学能诗，善绘事而长于词，著《濯锦词》十卷。母吴氏名胐，号冰蟾子。妻李氏，女鉴冰，并能诗善画，合编集曰《三秀》。"因此李玉燕与李怀的籍贯不同并不是二人非一人的证据。

2. 许琛即许德瑗

《历代妇女著作考》第563页"许琛"条、第565页"许德瑗"条分别记载如下：

> 许琛，字德瑗，号素心，福建侯官人，许良臣女，何燧隆妻。能诗，书法酷似董文敏。《福建通志》著录，著作有《疏影楼稿》。

> 许德瑗，字素心，号竹轩，福建晋江人，适何氏。夫亡守节。善丹青。《撷芳集》著录，著作有《疏影楼稿》。

许琛与许德瑗为同一个人。二人的籍贯相同，都是福建人；

_____

① 冯金伯《国朝画识》，载《清代传记丛刊》第72册，台北文明书局1986年影印本。

著作相同，都是《疏影楼稿》，其夫的姓氏相同，都姓何；还有一个相同的字号——素心。梁章钜《闽川闺秀诗话》卷一有关于许琛的记载："乾隆间吾乡闺媛之能诗者，无过素心老人。遇亦最苦，妇孺皆能详其事。素心名琛，字德瑷，瓯香先生友曾孙女，月溪先生遇孙女，澳门郡丞良臣之女也。早寡，以节终。有《疏影楼稿》，已梓行。闽中女士家有其书，林樾亭先生为之传，足以传素心矣。"再看诗话所引林樾亭《许素心传》的记载："节妇幼聪慧，能诗工书画。随父宦粤，许字同里何元祥之次子燧隆。何故巨家，饶于赀财，海舶往来诸夷岛贸易，遇风覆舶，赀尽没，其家遂贫。元祥之妻早卒，乃挈其长子光年及媳，旅食于吴，而使燧隆就婚于粤。时乾隆壬申，节妇年二十有二。燧隆素有劳瘵疾，日从事医药，居二年卒。节妇欲以身殉，为父母所持，不果。庚辰，父罢官归，节妇随夫柩归里，何氏已无宅，仍依父母以居。会光年有子，立其次子铎（为）嗣。未几，父母偕没，节妇益困。所居许氏宅东垣外小楼一间，一蓬头老妪应门执爨，庭植梅竹，自扁其楼曰'疏影'。日焚香观书，间展纸作画，自题小诗其上。先时节妇画工花鸟草虫，至是乃专写梅竹及寒菊数枝，具苍辣疏古之致。诗亦直摅胸臆，不藻饰规抚以为工。其素心之号，亦自是始著也。"[①]从梁章钜以及林樾亭的记载可以清楚地知道，许琛即许德瑷，同人而异名。

3. 钱璞即钱守璞

《历代妇女著作考》第 750 页"钱守璞"与第 760 页"钱璞"分别如下：

钱守璞，字藕香，又字莲因，亦字莲缘，浙江钱塘人。

①　梁章钜《闽川闺秀诗话》，《续修四库丛书》集部，第 1705 册。

《正始续集》作江苏常熟人。著作有《云梦轩诗》。列入《碧
城仙馆女弟子诗》，凡诗十九首。

　　钱璞，字寿之，号莲因，江苏昭文人，张骐妻。花草事改
琦，笔意秀雅。著有《藕耕砚馆集》、《小题襟馆集》。

钱璞与钱守璞其实是同一个人。《名媛诗话》提到钱莲因
（守璞），《颐道堂诗选》提到女弟子钱莲因（璞），可见钱莲因有
"守璞"、"璞"两个名字。至于籍贯的分歧，王蕴章《燃脂余韵》卷
五的记载可以解释，"钱璞字莲因，适张伯冶骐初，侨居维扬，制
古吟笺，颜其室曰小题襟馆"。可见，她原本是浙江人，后来侨居
江苏，所以在记载上有了两个籍贯。

此外，钱守璞是张琪的继妻，而非原配正妻。《闽川闺秀诗
话》载："婉蕙在桂林日，与常熟钱莲因夫人（守璞）游山赋诗。莲
因为江南名族女，龙门巡司张骐之继室也。"在《燃脂余韵》卷一
也提到钱守璞是继妻一事。"石蕴玉《独学庐诗集》中亦有《题影
怜图》诗，自注：'兼寄伯冶。'……同时吴门有张琪初者，字伯冶，
其室人钱璞字莲因，夫妇并工诗。……琪初纳妾催妆诗见各家
诗集。执如所云伯冶，当即指琪初也"。

钱守璞的作品，除了《历代妇女著作考》所载之外，《清代诗
人别集总目提要》还有："《绣佛楼诗》二卷，南京图书馆藏，同治
八年自刻。"①《哈佛燕京珍品藏本》著录钱守璞的作品还有《杂
著》一卷，《试帖》一卷。

此外，关于杨荃荫的记录不确，《历代妇女著作考》根据《燃
脂余韵》著录："荃荫字芬若，江苏常熟人，仪征毕几庵妻。"著作

────────────

　　① 李灵年、杨忠主编《清代诗人别集总目提要》，安徽教育出版社2000年版，
第1654页。

有《绾春词》、《绾春楼诗词话》、《绿窗红泪词》①。其实杨荃荫应
该是现代人：她的母亲是李鸿章孙女李道清，著有《饮水词》。
父亲杨云史生于 1874 年，19 岁娶李道清，卒于 1941 年，所以其
出生应该在 1893 年以后，那么应该将其列入现代较为合适。
按，《绿窗红泪词》是一部词选集，据雷瑨《闺秀诗话》卷十六载：
"虞山杨芬若女士《绾春楼词话》云：'余近有《绿窗红泪词》之辑。
集有清一代闺秀之作。体仿花间，专收小令、中调；词宗《饮水》，
意取哀感顽艳，类多伤春别怨之词，悉屏酬酢赠答之什，积时六
月，共选词凡九十五家，二百三十一首，书成置案头。自供吟讽。
吾友唐素娟英见之极加称许，题二十字于册端：无字不馨逸，无
语不哀凉，一读一击节，一读一断肠。'"

此外，考订的条目中有几处似乎不妥：

1. 洪氏即洪无仪

《历代妇女著作考》(增订本)第 1156 页增订条目有洪氏：

> 洪氏，号素辉阁女史，又自称椒江无名女子，浙江临海
> 人，适陈氏，三载而卒。善画。《和雪玉诗》。《三台词录》
> 著录。

其实这个洪氏原书已著录，就是第 435 页的洪无仪。

> 洪无仪，浙江临海人，陈斌妻。著有《素辉阁遗稿》。

洪氏与洪无仪的籍贯都是浙江临海，夫家都姓陈；洪氏号素辉阁
女史，洪无仪的诗稿名为《素辉阁遗稿》，可证二人实为同一人。

2. "秉堂"三女显误辨

《历代妇女著作考》第 1122 页关于何佩玉的修订似乎不确，
修订内容如下：

---

① 胡文楷《历代妇女著作考》，第 671 页。

第 291 页,何佩玉,原文:佩玉字琬碧,一字邬霞,又字琼若,安徽歙县人,两淮盐知事何秉堂三女。

今案:《国朝闺阁诗抄》第八册卷九:"何女史佩玉字琬碧,一字邬霞,安徽歙县人,两淮盐知事秉堂三女。"胡氏即据此著录,而作"秉堂三女",显误。另本书著录何佩玉之姊妹何佩芬、何佩珠,皆为秉堂女,明矣。

这里的"三女显误"不知具体何指。若把《国朝闺阁诗抄》中"秉堂三女"理解为何秉堂有三个女儿,那么何佩玉有姊妹,其为三女显然有误,但若依原文本谓何秉堂第三女,那就无误了。因为胡书中下面还有关于何佩芬、何佩珠的记载:

《绿筠阁诗抄》(清)何佩芬　《正始续集》著录

佩芬字吟香,又号兰卿,安徽歙县人,盐知事何秉堂次女,范志全妻。

《津云小草》(清)何佩珠　《严敦易藏书》著录(存)

佩珠字芷香,安徽歙县人,盐知事何秉堂四女,居住扬州,张子元妻。姊佩玉,字浣云;佩芬,字吟香。具有诗名。

在《正始集续集》卷十也记载了何氏三姊妹:

何佩芬,字吟香,安徽歙县人,盐知事秉堂次女,范志全室,著有《绿筠阁诗抄》。按:秉堂字子甘,深于诗学,诸女习闻庭训,各擅才名,方之张氏七女,袁家三妹,何多让焉。

何佩玉,字琬碧,秉堂三女,祝麟室,著有《藕香阁诗抄》。

何佩珠,字芷香,何秉堂四女,著有《环花阁诗抄》。

《国朝闺阁诗抄》出版于清道光二十四年(1844);《正始续

集》出版于道光辛卯(1836)年,所以《历代妇女著作考》中没有记载错误。何佩珠有《题三姊藕香馆集》四首、《探梅次吟香二姊韵》,可见何佩玉确实为何秉堂三女,只是由于何秉堂长女不见于记载,所以产生了误会。

3. 籍贯不同原因

胡文楷书中很多人的籍贯不一,有两个或者三个,这种情况是胡文楷所引书目不同所导致的。如果姐妹应著录同一籍贯的话,那么原书中有很多需要订正的例子。修订曾考证王瑶芬与王玉芬为姊妹,籍贯应该相同:

第245页,王瑶芬:原文:瑶芬字云蓝,江苏金陵人。考证说"据光绪《桐乡县志》,瑶芬为婺源望族,侨寓金陵。……第232页王玉芬与瑶芬为亲姊妹,玉芬既著录为婺源人,则瑶芬籍贯以作婺源为佳"。

其实在原书中,就寓居与原籍而产生的不同还有很多。如王贞仪,《历代妇女著作考》第236页原文:贞仪字德卿,江苏上元人,知府王者辅孙女,宣城詹枚妻。年三十卒。而《安徽名媛诗词征略》说:王贞仪,天长人,家于江宁。……侨居于吉。这样关于王贞仪的籍贯就有江苏与安徽的不同。

还有姊妹籍贯不同的例子,如第393页的屈苕缳与屈蕙缳姊妹:

屈苕缳,字云珊,浙江温岭人,逸珊姊,临海葛咏裳继妻。

屈蕙缳,字逸珊,浙江临海人,王咏霓继妻。

同页《同根草》二卷中介绍还说"苕缳字云珊,浙江临海人,葛咏裳继妻"。

这里屈苕缳有两个籍贯,一是温岭,一是临海,这样姊妹二人的籍贯在胡书中不相同。胡文楷著录的温岭籍贯是根据《台州经籍志》著录的;而临海的籍贯以及屈蕙缳的籍贯都是根据

《闺籍经眼录》著录的，所以姊妹二人的籍贯不同因为著录所引书目不同而有异。

另外，第 344 页与第 345 页李馥玉与李韫玉姊妹的籍贯不同也是如此。

李韫玉，江苏吴县人，娄县周忠忻妾。《松江诗抄》著录。

李馥玉，字馥香，江苏长洲人，李韫玉妹，华亭诸生徐同叔妾。工诗画，尤精骈体。《江苏诗征》、《苏州府志》、《撷芳集》著录。

4. 关于文字校勘问题

新版修订中还有关于文字校勘的内容，除了已经修订的条目之外，还有如下条目：

第 91 页王凤娴条："范濂序曰：'尔雅俊拔，类刘长卿，风骨非但无宋人烟火气，即长庆西昆诸体，皆不逮也。'"其中风骨误从后读。

第 402 页邵渊润条："渊润字琬章，江苏常熟人，举人邵广融女，赵元成妻。其母即鲍尊古史女，以能诗称。"此处的鲍尊古史女应作鲍尊古女史。

第 337 页李晚芳著《玄学言行纂》三卷，此处应是《女学言行纂》，非《玄学言行纂》。

增订本做了大量细致的工作，进行补遗，但还是有一些缺漏。如第 586 页陈贞源：贞源字娟秀，浙江海宁人。《海宁州志》著录，著有《挹秀闺吟草》。其实《清史稿艺文志拾遗》还著录陈贞源《西江草》一卷；其妹陈贞淑有《香雅楼诗抄》、《词抄》各一卷；现存于徐氏《汲修斋丛书》。二人合集为《海宁陈太宜人姊妹合稿》，现存于浙江海宁图书馆，有佚名评校。第 498 页：高出凡，浙江仁和人，汪敦妻。著有《超凡集》。北图藏有高韫珍《出凡遗集》。此高出凡可能就是高韫珍。第 89 页：江兰，字贞淑，湖北汉阳人，副宪江九同女，主事张淑珽妻。《湖北通志》、《撷芳集》著录，著作有《倚云楼诗集》。现北图藏有《倚云楼文选》四卷，尺牍一卷，词选一卷，为清康熙间刊本，可补充其著作情况。另外，《正始集》卷十二著录石学仙，江苏如皋人，进士为松女，诸生沙又文室，学仙善琴精弈，性巧慧。近世剪彩贴绒为人物花鸟，自学仙始。著有《冰莲绣阁诗抄》。

　　另外，考察地方志资料，还可以补充很多女性作家及作品，这样对清代的女性作家及著述的整体面貌可有进一步的认识，并且在此基础上进行研究。

　　其次是对于闺秀诗话著作的搜集整理与进一步研究，比如了解闺秀诗话的作者可以考察不同时代的闺秀诗学理论。很多闺秀诗话的作者不明确，因此给研究带来一定的难度，通过考证闺秀诗话的作者，可以进一步分析社会对闺秀诗学的认识及态度，有助于深入了解闺秀创作的社会影响。如咸丰二年（1852）《闺秀诗评》是一部很有代表性的闺秀诗话著作。咸同时期是女性文学的一个转折时期，而《闺秀诗评》中主张的女郎书写、女郎诗风是非常重要的观念，为了深入了解这个观念，必须了解作者以及这本书的后来的影响。

　　《闺秀诗评》又名《闺秀诗评初编》，有咸丰二年（1852）棣华园四卷本、光绪间《申报馆丛书》一卷本。蒋寅《清诗话考》说："书中言及道光二十二年壬寅（1842）读书安宜，二十四年甲辰（1844）在金陵应试事，则作者为道咸间人。"[①]

　　关于棣华园主人，蒋寅《清诗话考》说"张寅彭谓棣华园为汪宗忻斋号，今按兄静岚序下镌'山阳黄氏'印章，知作者姓黄氏，其名待考"[②]。庄一拂《古典戏曲存目汇考》载："棣华园主人，姓

---

①②　蒋寅《清诗话考》，中华书局 2005 年版，第 554 页。

名、字号皆未详,淮山(江苏清江)人,著《闺秀诗评》,旧有排印本。"①邓绍基主编《中国古代戏曲文学辞典》载:"棣华园主人,清戏曲作家。姓名、生平等未详。著有《闺秀诗评》。据《闺秀诗评》题辞,知其著有传奇2种,其一为《旌节记》,写安徽陆妻焦氏节烈事迹,其二为《管城梦》,内容不详,今俱佚。"②杜信孚、蔡鸿源《著者别号书录考》载:"棣华园主人,《闺秀诗评》一卷,题清棣华园主人辑。清光绪三年刊本。按:棣华园主人,阳湖张晋礼之别号,见《江苏艺文志》。"③根据《闺秀诗评》卷首棣华园主人兄静岚的序言以及下镌"山阳黄氏"印章,加上淮山棣华园主人的自称,可以判断棣华园主人为江苏山阳黄姓人。山阳俗称淮山,如山阳人刘金方号淮山儒士,淮安陈氏的族谱定名为《淮山陈氏族谱》,这样可知汪宗忻、张晋礼与棣华园主人的姓氏、籍贯均不符,二说均不能成立。

那么棣华园主人到底是何人？首先从其籍贯山阳入手,翻检有关山阳诗人的记载,在王锡祺《山阳诗征续编》三十一卷中发现黄钧宰的记载与棣华园主人有相似之处:"黄钧宰,字天河,原名振均,字宰平,道光甲辰诸生,乙酉拔贡,奉贤训导,著有《金壶七墨》、《寰海新闻》、《说环》、《国朝名人可法录》、《比玉楼闲话》、《闺秀诗评》。"但关于《闺秀诗评》的卷数以及刊刻情况没有进一步的详细记录。邱沅、王元章、段朝端编《续纂山阳县志》卷十《人物》中关于黄振均的记载如下:"黄振均,一名钧宰,字仲衡,号天河生。父以燠,贡生。兄振淮,字月卿,后易名霪,诸生,

①　庄一拂《古典戏曲存目汇考》(中册),上海古籍出版社1982年版,第1505页。

②　邓绍基主编《中国古代戏曲文学辞典》,人民文学出版社2004年版,第125页。

③　杜信孚、蔡鸿源《著者别号书录考》,凤凰出版社1999年版,第127页。

有文誉，客扬州，发逆贼破城，骂贼死。振均博学能文，偃蹇不遇，以拔贡就奉贤训导，中年丧偶，益佗傺不自聊。撰《金壶七墨》，书估多翻刊以行。"翻检《金壶七墨》，发现书中所载内容与《闺秀诗评》所记之事多处吻合，辅以其他资料佐证，可以确定《闺秀诗评》的作者棣华园主人就是黄钧宰。

（一）《闺秀诗评》所载的棣华园主人之友石生其人其事与《金壶七墨》所载的黄钧宰之友石生其人其事相同。

黄钧宰《离恨天杂记》篇载①："余君石生，名岱岩，关中奇士也。足迹几遍天下。往客淮扬，为予搜罗闺秀诗甚夥。喜说梦，每言精诚所感，梦竟可凭，且有梦中梦者。友人某娶妇数载，伉俪甚笃，旧有玉杯为老妪所破，意殊怫然。妇解之曰：'世间那有常存物，天下原多可恕人。'某为改愠为笑，而转念恶其不祥。后数月，将赴江南，妇病已剧，以贫故，忍撇而行。一夕泊舟江干，风激水涌，恍惚间行一山下，微有亭台，雪花飞舞，遇一女冠子云装练帔，说偈而来，语多荒渺不可解。记其浅近者云：'头上非天，吹起可通；脚下非地，失足即空。山间非人，与汝相同。'又云：'昨日一恩，今日一爱；今日一仇，明日一债。'末云：'焚思浣念，割欲埋情。回头合眼，放大光明。'某目其人，似相识而装束端严，意欲前叩姓名，倏忽不见。因自诧曰：'梦耳。'醒而前行，峰回路转，忽见琼楼玉宇，满坞莲花，别一女子，迷离绰约，舣舟而歌曰：'年年漂泊作生涯，屋是疏篷壁是花。打得鱼儿采莲子，不知何处是侬家。'凄音促节，双泪盈盈。某欲乘舆登舟，女微盼不言，折花掷之，断其梗，低头荡桨而去。某怅惘独立，茫然无所归，忽闻风雨飒沓声，千军万马奔驰声，则榜人喧呼潮来。披衣视之，惟见月落江横，一灯如豆，复自诧曰：'我已醒矣，何以仍在

---

① 黄钧宰《离恨天杂记》，《续修四库全书》子部，第1183册，第223页。

梦中耶？'回忆前辞，均非吉兆。明年春，渡江北归，始知得梦之日，果为妇丧之后一日也。《闺秀诗评》载前诗为周氏女作，误。"

　　这段文字提到石生是作者之友，"为予搜罗闺秀诗甚夥"。翻检《闺秀诗评》，发现其中常提及石生为棣华园主人搜集闺秀诗之事：如关于张梦莲的记载就是由石生寄示得知。"湖州张梦莲，适秦佩秋。秦以优行生肄业京师，不耐寂寞，又与梦莲情笃，中道而归。尝与石生曰：'少年行乐耳，远离家室以博浮名，即幸而得之，苦乐犹不相值，况事未可必乎？'出《梦莲诗草》示石生，有《寄外》云……石生寄予此诗，并言：'在浙与佩秋游最久……搜剔奇隐，崖壁间间有女子题咏，而绝少佳者，亦一憾也。'"①又如卷三载："乙巳秋，石生以闽粤风土人物、山川形势与夫海舶山谣之利害，作书数百言寄予，并谓'所得诗可读者多，可爱者少'。仅寄二十余首。"②卷三又载"石生因言河南潘氏女字云章者……"③及"近石生告余建昌洪氏女者……"④均是石生为其采集，可知石生确为作者"搜罗闺秀诗甚夥"。

　　另外还提及《闺秀诗评》所载周氏女之事有误。《闺秀诗评》载："石生善衡鉴人，尝谓性情之厚薄，境遇之忻戚，以至年寿之修短，可一见而知。其流露于语言文字者，尤显然也。有少年张氏持周氏女《采莲》一绝相示。诗云：'年年漂泊作生涯，屋是疏篷壁是花。打得鱼儿采莲子，不知何处是侬家。'石生云：'此解脱语，非衰飒语也。第恐不永于年。'无何，女果卒。始知张欲聘此女，竟以其言中止。石生甚悔之。"⑤《杂记》与《诗评》所载的

_____

①　王英志《清代闺秀诗话丛刊》，第 2295 页。
②　同上，第 2298 页。
③　同上，第 2296 页。
④　同上，第 2303 页。
⑤　同上，第 2309 页。

诗文相同,但一为"友人某妇",伉俪数载而后亡故;一为未嫁之
周氏女,显然其中一本所载有误。黄钧宰明确说《闺秀诗评》所
载有误,并且是以作者的姿态,不是批评者的语气来指出的,可
见黄钧宰就是棣华园主人。

(二)《闺秀诗评》所载棣华园主人行程及友人姜月台所述
吴郡女子事与《金壶浪墨》所载相同。

《闺秀诗评》载:"西安顾玉英,性敏慧,体致娴逸。适临潼王醴
泉孝廉。庚戌,醴泉试春官,携妇以行。予因与醴泉通谱①,得于寓
邸见之。出其所著《小蓬莱馆吟草》见示。"②因王醴泉孝廉道光庚戌
(1850)试春官,而得以在寓邸见之,可知1850年棣华园主人在京城;
黄钧宰是道光乙酉拔贡,所以《金壶浪墨》卷六《车夫》载其"道光三
十年庚戌春将以廷试入都"③,在时间、行程上二人相符。

《闺秀诗评》载姜月台叙述吴郡女子事,"少时闻有故家女杨
氏者,能诗。早寡。每哀哭欲落发,屈于尊嫜命不可。乃投心归
诚为清门信女。尝携婢妪历名佛寺,香火之愿甚广。言者谓:
'虽千百里外,不惮往焉。'予得其诗,不信其事也。辛亥,晤黄埔
姜月台,乃知更有甚者。月台于己亥应试金陵,寓报恩寺,时八
月十六日,方与同仁倦坐,寺僧淡永者走告月台:吴郡有一女子
从九华山回,泊舟聚宝门,来寺中扫塔修醮。月台询其姓,曰:
'杨氏,适某秀才,未数月而夫殁,因奉佛。凡寓律寺浮屠,必大
建斋坛,为亡者祈冥福。今佛场已设,行且至矣。'月台因出,步
月以待。塔八面,每面设道场一,僧九人,绣旛宝盖,陈设迤逦,

---

① 此处作者说与王醴泉通谱,并非作者姓王。上古王、黄读音不分,至今仍有
部分地方如此。《舆地纪胜》卷一百二十八载:"闽州越地……皆蛇种,有王姓,谓林、
黄等是其裔。"

② 王英志《清代闺秀诗话丛刊》,第2280页。

③ 黄钧宰《金壶浪墨》,载《金壶七墨》,《续修四库全书》子部,第1183册。

香花供养极盛。烛彩既辉,与金碧琉璃相照耀。未几,四人舁舆至,从一女尼、两妪、四婢女,苍头僮仆十数人,簇拥至塔下。女下舆,诸女伴遮护而前,服缟素行月下,柔弱如不胜衣。既由中阶上,端立甚肃。一妪代披白绮观音褶护头,上加雪萝兜,乃进,拈香佛前,众僧梵诵铙钹竟作,女合掌拜,俯首久之,默然若有所祷。拜毕,从婢进《法华经》数叠,女虔置案前,婢传语致送诸僧各一卷。转至东面,周塔皆然。既一婢以竹帚奉女前后,仆妇各执玻璃手灯,女尼扶之登塔,扫至三层而下,去佛装,少息,升舆时含泪盈盈矣。月台亲见其忧郁诚肃之致,可敬亦可怜。予意,凡此皆可见女子守节之苦,遭逢不幸,身无所依,不得已乞怜于佛,谓来世庶不至此。志弥笃而情弥惨已!其说与予所闻杨氏事绝相类,其即此女耶?"①《金壶浪墨》卷八《扫塔》中所记与此事除个别语句外,基本相同。

(三)《诗评》载棣华园主人有传奇数种,其中《旌节记》的题辞、内容与《金壶浪墨》所载《梦呼幺》的题辞、内容均相同。

《闺秀诗评》载棣华园主人自言:"予年二十以前好作词曲,有传奇数种,得女子题辞者三。《旌节记》叙安徽陆某妇焦氏节烈事,绍兴周雪莲题词云:……'自叹身亡事未终,白头黄口两无功。临危多少伤心泪,都付词人淡墨中。'兖州李畹芳云:'事到艰危死亦安,最伤抛母撇儿难。蓬窗读到幽贞处,满纸冰霜六月寒。'"②《金壶浪墨》卷八《梦呼幺》篇载:"宣城烈妇陆焦氏,诸生鉴明妻也。鉴明赌博负,卖妻以偿。氏闻之,赋诗十章而缢。……会同里某君好赌,衾箧一空,其家人忧之,请以陆生事演成《梦呼幺》,十有六折,以资讽劝。某视之若无睹也。润州傅

---

①　王英志《清代闺秀诗话丛刊》,第2314—2315页。
②　同上,第2313页。

味琴题词云……丹徒唐蔚生题云……绍兴周雪莲女史二首之一云……兖州李畹芳云……云南伍晚香夫人二绝云……夫人长公子稚虹司马《金缕曲》云……仪征友人吴筱香、都梁宋管侯题词者皆佳。"《旌节记》叙安徽陆某妇焦氏节烈事,《梦呼幺》载宣城诸生鉴明妻烈妇焦氏事,二传奇内容相同;《旌节记》有绍兴周雪莲、兖州李畹芳题词,而《梦呼幺》亦有此二人题词。《旌节记》与《梦呼幺》之所以不同名,因为二者的创作目的、写作时间不同。《梦呼幺》是为了劝戒目的而在《旌节记》的基础上修改而成的,故其成文时间晚于《旌节记》。棣华园主人说:"予年二十以前好作词曲,有传奇数种,得女子题辞者三。《旌节记》叙安徽陆某妇焦氏节烈事……一种名《管城梦》……前曲成于甲辰六月,此则冬日为之。"可知《旌节记》是棣华园主人少年时有感于焦氏"节烈事"而作,因以"旌节"名之;而《梦呼幺》则是因"会同里某君好赌,奁箧一空,其家人忧之,请以陆生事演成《梦呼幺》,十有六折,以资讽劝",故以焦氏《绝命诗》中"身倦囊空归寝后,梦中犹呼一声幺"的悲戚命名来震动同里某君,使之能够幡然悔悟。之所以判断《梦呼幺》晚于《旌节记》,是因为在《闺秀诗评》中没有记载云南伍晚香夫人所题二绝及其长公子杨稚虹司马所题《金缕曲》,而《金壶七墨》中则载此二人的题辞。《旌节记》是黄钧宰在道光甲辰(1844)六月写成,《闺秀诗评》于光绪元年(1852)刊刻,此时尚未结识此二人。黄钧宰于道光己酉(1849)拔贡之后出任奉贤训导,伍淡如之夫杨虹舫于同治元年(1862)任奉贤知县,此后有了结交唱和的方便条件。伍晚香长子杨稚虹曾编选《海滨酬唱词》一卷①,据杨氏自序,同治五年(1866)侨寓青村后,始与山阳黄天河唱和。黄天河即黄钧宰。卷末有钵池山农

①　杨稚虹《海滨酬唱词》,清光绪二十四年(1898)香海阁刊本。

黄天河同治十年跋，钵池山农即黄钧宰之号。《金壶七墨》刻于同治癸酉（1873），因而载有伍淡如及杨稚虹的题辞。据伍淡如题辞"玉茗风流孰嗣音，呼幺有梦可传今"句可知，此时《梦呼幺》已完成，《旌节记》之名遂湮没不传。另外，《金壶七墨》卷首还载比玉楼未刻书目，包括传奇四种：《管城春》、《十二红》、《梦呼幺》、《鸳鸯印》。棣华园主人说自己曾做《管城梦》传奇，或许《管城梦》与《管城春》为同一种传奇。

（四）《闺秀诗评》与《金壶浪墨》均以谢韵卿女史《读书有感》诗为殿后之作。

《金壶浪墨》卷八《积薪》载："自甲午（1834）至今十九年，浪游随笔所记，高可六寸许，□劫兵灾，蛛丝蠹粉，散佚过半。顷见谢韵卿女史句云：'词章考据两分驰，刻苦论文已太痴。等是积薪天地内，可怜终有一烧时。'下二句与予旧作不异一字，可谓此编一笑也。"《闺秀诗评》载："永平王仲成与谢韵卿至笃，杜门不出，评诗赌棋。《读书有感》云：'词章考据两分驰，何必劳心费苦思。直算积薪天地内，可怜终有一烧时。'下二句与予旧作不异一字，可谓此编一笑也。"[1]根据以上资料，可以判断棣华园主人应就是戏曲家黄钧宰。

黄钧宰的《闺秀诗评》后来成为苕溪生《闺秀诗话》的主要资料。《闺秀诗话》四卷，苕溪生撰。有民国四年（1915）上海广益书局排印本、民国二十三年（1934）上海新民书局排印本。蒋寅《清诗话考》说："苕溪生，名未详。书中采闺秀诗，间述生平，然多无年代可考。卷二言及清季刘景韩夫人孔氏，又言及辛亥年事，知作者为清末民初人，书成于民国初也。"[2]

---

①　王英志《清代闺秀诗话丛刊》，第 2315 页。
②　蒋寅《清诗话考》，中华书局 2005 年版，第 661 页。

　　茗溪生《闺秀诗话》所载的 106 则中，有 71 则与黄钧宰《闺秀诗评》所载的内容相同或者相似①，超过全书所载条目三分之

---

　　①　1. 第 1 则"予素性最喜诗词"条（见于《诗评》第 2286 页）；2. 第 2 则"苏婉仪"条（第 2304 页）；3. 第 5 则；"太原李秀鞶"条（第 2279 页）；4. 第 9 则"苏织云"条（第 2277 页）；5. 第 10 则"诗有咏一题"条（第 2301 页）；6. 第 16 则"女子能诗者"条（第 2312 页）；7. 第 21 则"李约云"条（第 2296 页）；8. 第 25 则"婚姻择门户"条（第 2291 页）；9. 第 26 则"江文通"条（第 2288 页）；10. 第 27 则"柳城傅国宾上舍室"条（第 2292 页）；11. 第 28 则"秋莲有姊"条（第 2292 页）；12. 第 30 则"城中演剧"条（第 2294 页）；13. 第 31 则"青州董叔齐妇周氏"条（第 2292 页）；14. 第 32 则"咏镜诗佳者颇多"条（第 2293 页）；15. 第 33 则"秦芷香"条（第 2293 页）；16. 第 34 则"凤翔戴仲循"条（第 2308 页）；17. 第 36 则"闽中秦小珊"条（第 2312 页）；18. 第 37 则"妇人之望得子"条（第 2315 页）；19. 第 38 则"杨氏女"条（第 2314 页）；20. 第 39 则"吴兴沈氏女"条（第 2295 页）；21. 第 40 则"张梦莲"条（第 2295 页）；22. 第 41 则"苏鄂华妻吴氏"条（第 2295 页）；23. 第 42 则"顺天方氏女"条（第 2296 页）；24. 第 47 则"天台陆季和"条（第 2288 页）；25. 第 48 则"洪淑仪"条（第 2289 页）；26. 第 49 则"汤阴女子韩淑珍"条（第 2288 页）；27. 第 50 则"贵阳蒋安甫"（第 2290 页）；28. 第 51 则"余乔寓吴门"条（一半相同第 2290 页）；29. 第 52 则"兴化陈辂卿"条（第 2298 页）；30. 第 53 则"瑶英表妹"条（第 2299 页）；31. 第 57 则"余尝谓深闺弱质"条（第 2303 页）；32. 第 58 则"洪氏女"条（第 2303 页）；33. 第 60 则"李月娟女史"条（第 2295 页）；34. 第 61 则"河南潘氏"条（第 2296 页）；35. 第 62 则"言理学者"条（第 2298 页）；36. 第 63 则"汝阳陆氏"条（第 2301 页）；37. 第 64 则"世称女子不宜有才"条（第 2306 页）；38. 第 69 则"女子有美色者"条（第 2307 页）；39. 第 70 则"沈氏女"条（第 2307 页）；40. 第 71 则"沈氏妹"条（第 2308 页）；41. 第 72 则"莱州谢淑清"条（第 2308 页）；42. 第 73 则"襄阳女杜盈盈"条（第 2310 页）；43. 第 74 则"人情"条（第 2310 页）；44. 第 75 则"泾阳周月波"条（第 2310 页）；45. 第 76 则"涪州蔡氏女"条（第 2312 页）；46. 第 77 则"周弼仲孝廉"条（第 2289 页）；47. 第 78 则"女子青年守志"条（第 2286 页）；48. 第 79 则"金陵某甲"条（第 2286 页）；49. 第 80 则"闺中咏月"条（第 2282 页）；50. 第 81 则"蒋生"条（第 2282 页）；51. 第 82 则"南康段氏"条（第 2285 页）；52. 第 83 则"新安程伯生"条（第 2285 页）；53. 第 84 则"香山女"条（第 2284 页）；54. 第 85 则"余姚高芷春"条（第 2285 页）；55. 第 86 则"剑舟沈眉秋"条（第 2284 页）；56. 第 87 则"陈韵和室方惠香"条（第 2284 页）；57. 第 90 则"倚岚女子"条（第 2280 页）；58. 第 91 则"顾玉英"条（第 2280 页）；59. 第 92 则"诗可以兴"条（第 2281 页）；60. 第 93 则"吴惠卿"条（第 2281 页）；61. 第 94 则"扶风汪晓山"条（第 2284 页）；62. 第 95 则"食色性也"条（第 2285 页）；63. 第 97 则"奉天赵朗岩"条（第 2277 页）；64. 第 98 则"扬州谢女史"条（第 2282 页）；65. 第 99 则"临江友人宋鼎言"条（第 2297 页）；66. 第 100 则"大庚章氏"条（第 2297 页）；67. 第 101 则"岫兰妹"条（第 2298 页）；68. 第 103 则"潮州叶双蕙"条（第 2300 页）；69. 第 104 则"福州张仲祥"条（第 2300 页）；70. 第 105 则"静闲"条（第 2300 页）；71. 第 106 则"《玉鸳楼集》"条（第 2301 页）。不同的是：第 3、5、6、7、8、11、12、13、14、15、17、18、19、20、22、23、24、29、35、43、44、45、46、54、55、56、59、65、66、67、68、88、89、96、102 共 35 则。

二以上：

如第 10 则：《诗话》云："诗有咏一题，而情韵间和平、哀愁异者，其境遇不同也，有同处一境，同咏一题，而字句间兴会、衰飒异者，其福泽不同也。"（《丛刊》第 1647 页）

《诗评》则云："诗有同咏一题，而情韵间和平哀怨异者。其境遇然也。有同处一境、同咏一题，而字句间兴会衰飒异者，其福泽然也。"（《丛刊》第 2301 页）或者把《诗评》中的"石生曰"变成"余谓"：

如第 52 则：《诗话》云："闲事闲情，而具见心灵口慧，然余谓月秋之属望夫婿，固其所宜，在瑶英则阿兄成名，亦大佳事，何亦如此偏袒也。"（《丛刊》第 1669 页）

《诗评》云："闲事闲情而见其心灵口慧，宜乎石生爱之。石生云：'月秋之属望夫婿，固其所宜。在瑶英则阿兄成名，亦大佳，何亦如此偏袒。'"（《丛刊》第 2299 页）

这两部闺秀诗话如此雷同，苕溪生看过《闺秀诗评》是毋庸置疑的。古人诗话著作大多是辑录前代笔记而成，只是如苕溪生摘录如此之多，但又不做说明者并不多见，因而造成很多误会。

关于苕溪生的资料不多见，仅《闺秀诗话》中第 24 则"杜琼枝"条、第 45 则"江宁黎氏"条、第 55 则"吴俗"条、第 96 则"薄氏"条后有其评语，故不能考述其具体为何人。只是据《闺秀诗话》中苕溪生的评语及其生活的年代，发现他与清末民初小说家徐枕亚有一些相似之处。

（一）二人均有以《诗话》"示女界于正轨"之意。徐枕亚著有《冰壶寒韵》、《续冰壶寒韵》、《花花絮絮录》等闺秀诗话。《冰壶寒韵》序言说明著作目的："自女学昌明而后巾帼人才良非昔比，然而有才无德，难免华而不实之讥，论爱言情，复多误解。自由之辈聪明自炫,逸乐思淫,情之既流,礼因以越。……因有《冰壶寒韵》之辑。取前清一代淑媛静女之能诗者,择其冰霜铁石之章,慷慨激昂之调,编我一种诗话,……女学士于课余之暇,得是篇而讽诵之,读其诗想见其人,殆未有不肃然起敬油然兴起者也。舞文弄墨之中,具有易俗移风之用。是篇之辑,余岂徒然哉!"①茗溪生曾说:"近世自由结婚之说盛行,又不免有淫奔之弊矣。余尝拟著《女子镜》一书以示女界于正轨。人事卒卒,恨未暇也。"②另外,茗溪生《诗话》中第12、15、17则都是关于张茝馨与庆筠仙母女的记载,徐枕亚《花花絮絮录》中也有张氏母女诗文的详细记载。

(二)二人均称"情奴",都是"有情种子"。茗溪生说自己是情奴,对于才子佳人充满赞赏与同情。第24则"杜琼枝"条,茗溪生曰:"余情奴也,情之所钟,正在我辈。"③徐枕亚是新鸳鸯蝴蝶派小说的创始人,其《雪鸿泪史》是以徐枕亚为原型创作的,第8章里面有"不愿弟为情场之奴隶"之语。徐枕亚说:"《雪鸿泪史》出世后,余知阅者……皆认余为有情种子也。余之果为有情种子与否,余未敢自认,而人代余认之,则余复何辞?"可知徐枕亚自认是情种,多情之人。另外,1922年9月,徐枕亚曾为亡妻蔡蕊珠作《悼亡词》100首,并改笔名为泣珠生;而茗溪生《诗话》中对于薄氏《悼夫诗》百首大加赞赏,认为这些诗"缠绵悱恻,凄入心脾。……真令千古伤心人读此一齐断肠矣"④。

(三)对自由结婚的态度相同。茗溪生说:"近世自由结婚

---

① 徐枕亚《冰壶寒韵》,《枕亚浪墨初集》卷三。
② 王英志《清代闺秀诗话丛刊》,第1665页。
③ 同上,第1655页。
④ 同上,第1685页。

之说盛行,又不免有淫奔之弊矣。"①而徐枕亚说:"我观于病夫,而知世之最不自由者,莫若病夫。虽然,病夫诚不自由矣,其所以致此不自由者,则自由之害也。"②

最后,也是最重要的一点,徐枕亚1916年将其旧作《玉梨魂》重新改写成日记体小说《雪鸿泪史》,里面增加了一些他人所作的诗词没有说明,被人诟病后全部删除。若苔溪生即是徐枕亚,或许可以从侧面解释《闺秀诗话》与《诗评》雷同的原因吧。

两本《闺秀诗话》的雷同,是什么原因造成的,二书中的不同是否可以说明嘉道期间的女性文学与咸同光宣时期的女性文学的差异;还有不同时代书写闺秀诗话的作者是否有相似之处,这又能说明什么样社会文化? 这些都是我们深入研究女性文学所要分析的问题。因此文学文献的研究还需进一步深入,这样才能促进女性文学研究的深度和广度。

二、清代女性文学群体地域性内涵分析

进入21世纪后,女性文学研究越来越成为学界关注的热点,特别是清代女性文学,因女作家数量众多及著述成果突出,更为引人注目。清代女性文学具有家族性、群体性、地域性特征,三者互为因果、相互依存。地域性在三者中更处于中心位置,因为地域是家族与群体活动所依赖的空间。空间内家族与群体分布的广狭决定了女性文学发展的荣衰;一个地域内文学群体的多寡与文学活动的有无决定了本地域女性文学的地位与影响。所以女性文学地域分布的多元性说明了女性文学繁盛的

---

① 王英志《清代闺秀诗话丛刊》,第665页。
② 徐枕亚《论自由为不自由之媒》,《枕亚浪墨初集》卷五,上海清华书局1937年版。

程度,地域分布的不均衡性表现了女性文学发展的复杂态势。分析不同地域间女性文学的同一性,可以发现温柔敦厚的儒学诗教是清代女性文学一直秉承的大传统;而对比同一地域内不同的女性文学群体,又会发现即使在同一地域内仍存在着文学观念的差异性。女性文学内部的复杂与多样性,文学观念的丰富与多层性,都说明女性文学已经成为一个完整的文学生态系统,具有不同于其他文学类型的特殊性,对于文学史的丰富和发展具有重要意义。

(一)女性文学地域分布的多元性:三个核心区域的形成

从王端淑《名媛诗纬》、恽珠《国朝闺秀正始集》、黄秩模《柳絮集》、单士厘《清闺秀艺文略》、施淑仪《清代闺阁诗人征略》、胡文楷《历代妇女著作考》的记载来看,几乎全国各省都有女作家及作品。著名群体如袁枚的随园女弟子群、陈文述的碧城仙馆女弟子群、吴江叶氏家族群、蕉园诗社、吴中十子等女性群体都已成为目前研究的热点。不仅苏州、松陵、常州、湖州等地的女性群体被关注,福建、广东,甚至偏远如贵州地区的女性文学群体都有文章论及。

从作家数量及著述成就上看,江苏、浙江两省毫无疑问排在前两位,其次是福建、安徽、湖南、江西、山东等省。这些省份排名在前的一个重要原因就是都有女性诗文总集与选集的编纂。

女性诗歌总集与选集编纂时,由于编纂者对本地女作家的作品所知所得较其他地区容易,收录自然较多;且因编者的桑梓之情,对本地女性及其朋侪之间的往来唱酬和赠之作也多有收录,特别是自己家族女性的作品,收录更多。因而女性诗歌总集与选集详细记载了编纂者家乡的女作家的著述,传述她们的事迹,评论她们的作品,不仅提高了本地女作家的文学声望,还扩大了本地女作家的传播广度。如刘云份《翠羽楼》、汪启淑《撷芳集》、徐乃昌《小檀栾室汇刻闺秀词》、《闺秀诗钞》记载的安徽女作家数量较其他省份多；王士禄《燃脂集》、《宫闺氏籍艺文考略》及许夔臣《国朝闺秀香咳集》则更多地关注山东女作家的著述；蔡殿齐在编纂《国朝闺阁诗抄》与《国朝闺秀诗抄续编》之后，更编纂了专录江西一省女性诗文的选集《豫章闺秀诗抄》。

女性诗文选集的编纂对女性文学发展具有重要影响，其中女性编纂的诗文选集与总集的影响力则更大。江浙两省女性自己编纂的闺秀诗歌总集最多：江苏有季娴《闺秀集初编》、柳如是《历代女子诗选》、恽珠《国朝闺秀正始集》、施淑仪《清代闺阁诗人征略》。明末江苏沈宛君的《伊人思》是才女自编诗文总集的开山之作；武进恽珠《国朝闺秀正始集》所收女性著述家近千人，对清前期妇学观念作了回顾和总结。这两部选集的存在就足以说明江苏何以能一直引领女性文学风向。浙江有王端淑《名媛诗纬》与《明代散曲集》、归淑芬《古今名媛百花诗余》、查昌鹝《学绣楼名媛诗选》、王谨《闺秀诗选》、张维《汉魏六朝女子文选》、单士厘《清闺秀正始再续集》与《清闺秀艺文略》、王秀琴《历代文苑简编》、徐畹兰《香艳书札》等。王端淑《名媛诗纬》是清初最重要的一部女性诗文总集，汇集了 800 多位女诗人的作品，保存了大量的明末清初女性文学创作及活动的资料，具有重要的文献学价值。

此外，湖南除了左宗棠辑《慈云阁合刻》外，还有闺秀郭润玉编辑的《湘潭郭氏闺秀集》、毛国姬编辑的《湖南女士诗抄》等，这使得清后期湖南女性文学在全国产生巨大影响。福建除了胡履春《麦浪园女弟子诗》、梁章钜《闽川闺秀诗话》、丁芸《闽川闺秀诗话续编》外，还有闺秀薛绍徽的《女文苑》与《闺秀词综》、陈芸《小黛轩论诗诗》等女性编纂的诗文总集。薛绍徽自言"修《女文苑》一书，即以尔所述者（《小黛轩论诗诗》）为目，选列诸家名作，并复以尔之所谓无可附丽者,庶免挂一漏万,顾此失彼,致付诸荒烟蔓草湮没也"①。这种怀着对女性理解之同情的心态,不愿前代闺秀作家"付诸荒烟蔓草湮没"而编纂女性诗文的行动,是一种文学自觉性的表现。

要成为女性文学核心区域,除了女作家数量及著作成就之外,还有一个重要的条件就是本地女性的文学自觉意识。这需要女性在家族和地域文化的熏陶、润泽下,有意识地建构一个独特的文学世界,并在这个文学世界里形成自己的文学传统与文学理论。所以在这些排名靠前的省份中,能与江浙女性文学相辉映的,只有福建省。其他省份尽管女性文学成就斐然,如安徽省是人文繁盛之区,"从世家数目来看,江苏、浙江、安徽最为突出,它们构成清代(亦可上溯至明代)的人文繁盛之区"②,尽管出现了很多女性作家与著作,但仍不能成为核心区域,因为没有成熟的皖派女性文学理论体系。闽省之所以能够与江浙并列为女性文学三大核心地域,就是因为闽派的女性文学传统与文学理论。

江、浙、闽三省的女性诗文选集中有很多是女性自己编纂的,更重要的是还通过选集与闺秀诗话建构了自己的女性诗歌理论。只有形成自己的女性文学传统与文学理论的地域,拥有强烈的辐射力,才能成为引领女性文学发展的核心区域,促进女性文学整体的繁荣与进步。目前所知的闺秀诗话约 30 种,编纂者为江浙女性的有王端淑《名媛诗纬》、沈善宝《名媛诗话》、王琼《爱兰轩名媛诗话》、张倩《名媛诗话》、杨芸《金箱荟说》、苏畹兰《名媛诗话》、蒋徽《闺秀诗话》、苏慕亚《妇人诗话》、雪平女士《红

---

① 王英志《清闺秀诗话丛刊》,凤凰出版社 2010 年版,第 1520 页。
② 徐雁平《清代文学世家联姻与地域文化传统的形成》,《华南大学学报》2011年第 3 期。

梅花馆诗话》、施淑仪《国朝闺阁诗人征略》等，其中以王端淑的《名媛诗纬》、沈善宝《名媛诗话》最有价值，尤其是王端淑的《名媛诗纬》最能代表清代闺秀诗话的水平。不仅因为它出版时间较早，更重要的是，在清初博大恢弘的学术氛围下，王端淑从女性的视角出发，反思前代的文学理论，对闺秀文学理论加以总结归纳，赋予了"秀"这个男女都适用的诗学话语以新的内涵，使之更具女性特色，成为闺秀诗学的核心审美范畴[①]。

福建薛绍徽的《闺秀词综》、《女文苑》及陈芸《小黛轩论诗诗》除了对历史上的女性文学谱系加以梳理外，还特别关注福建地区女性文学的发展脉络，刻意构建了闽派闺秀诗学的历史谱系，发扬闽地"里闾之光"。薛绍徽以江采蘋、陈金凤、孙夫人、阮逸女等人为闽派女性诗学开端人物，"是以江采蘋斛珠慰寂，陈金凤艳曲乐游，孙夫人柳结同心，阮逸女鱼游春水，纵内言不出，尤有词翰流传。而女作登于男，实秉山川灵秀"。到了清初，闽派女性文学发展迅速，出现了光禄派女性文学群。"迨国朝以来，衍光禄一派。黄家姊妹，《香草》留其遗徽；梁氏妇姑，荳林创为专集。一则备列附编，一则如传家乘。曷若博搜载记，扬彤管之辉光；细刻苔华，征故乡之文献乎？故耕邻先生有《闽川闺秀诗话》之续焉"。这里提到的光禄一派，是指闽省许氏家族才女群体。陈芸《小黛轩论诗诗》载："福州城内有巷曰光禄坊，宋法祥院旧地。中有小丘曰玉尺山。熙宁时知州事程师孟以光禄卿游其地，并书'光禄吟台'四字刻于石。明末为邑绅许豸宅。清初，豸子友仍居之，著《许有介集》。其家妇女皆能诗，多与戚属女眷相赠答，诗筒往返，婢媪相接于道。轻薄子弟，恒贿赂而盗

---

① 参见宋清秀《秀——清代闺秀诗学的核心概念》，《徐州师范大学学报》2011年第4期。

窃录之,称'光禄派'。"福建闺秀诗坛在光禄派大盛之后,以黄任家族女性群体与郑方坤家族女性群体最为著名。陈芸说:"派传光禄记吾乡,姊妹黄家草亦香。"光禄派才女一直到乾隆时期仍活跃在福建诗坛。梁章钜《闽川闺秀诗话》卷一载:"乾隆间,吾乡闺媛之能诗者,无过素心老人。"又载"素心名琛,字德瑗,瓯香先生友曾孙女",即是光禄派传人。此后,梁章钜家族才女群大放异彩。薛绍徽母女群体是继梁章钜家族女性群体之后的又一著名闽派女诗人群体。薛绍徽及陈芸母女对历史上女性文学谱系的整理及刻意构建,使得闽派女性诗学具有了完整性与理论性。

更可贵的是,薛绍徽母女在提倡新女学的时期,怀着历史的使命感及对女性文学的终极关怀之情,积极致力于闺秀诗词文学传统的延续。陈芸《小黛轩论诗诗》自序说:"方今异世,有识者咸言女学,夫女学所尚、蚕绩、针黹、井臼、烹饪诸艺,是为妇功,皆妇女应有之事。若妇德、妇言,舍诗文词外未由见。不于此是求,而求之幽眇夸诞之说,殆将妇女柔顺之质皆付诸荒烟蔓草而湮没,微特隳女学,坏女教,其弊诚有不堪设想者矣。家慈因是忧郁成疾,芸所滋惧也。"薛绍徽母女"若妇德、妇言,舍诗文词外未由见"的观念,揭示传统女学的精粹,她们通过女性文学总集与选集的编纂来诠释女性文学传统的正统性,这对女性文学传统的传播延续具有极大的激励作用。

因此,从女性诗文总集编纂、闺秀诗话撰写、闺秀诗派群体的规模以及女性诗学理论的构建方面来看,福建都有与江苏、浙江并称的资格。特别是清代后期,福建不仅有薛绍徽等人的诗文总集与闺秀诗话,还出现了萧道管《列女传补注》等学术著作,足以傲视他省,与江、浙并列为清代三大女性文学核心区域。

(二)跨地域的同一性文学观念:温柔敦厚的儒家诗教传统

女性写作一直备受诟病,因此明清时期很多学者与闺秀精英试图建构一个以《诗经》为源头的文学传统,显示写作的悠久性。与之相适应,温柔敦厚的儒家诗教就成了女性文学的基本规范。温柔敦厚的诗教传统一则可以昭示女性写作的正统性,使文学活动具有合法性;二则与传统的妇德观念一致,与女性的气质秉性相契合;又因女性文学活动空间的不断扩大,女性之间的交游网络逐渐扩展,文学雅集活动愈加频繁,就更需要这种诗教传统为女性文学活动的合法性正名,因此在整个清代温柔敦厚的儒家诗教传统一直被闺秀接受、传承。

邹漪《红蕉集自序》曰:"《三百》删自圣手,《二南》诸篇什七出于后妃嫔御、思妇游女。"承此观点,戴鉴序《国朝闺阁香咳集》说:"昔夫子订《诗》,《周南》十有一篇,妇女所作居其七。《召南》十有四篇,妇女所作居其九。温柔敦厚之教,必宫闱始。"经过不断的积累,《诗经》是女性文学源头成为一种常识,而温柔敦厚的儒家诗教也顺理成章地成为闺秀诗学的基本规范。

清代的闺秀诗人一直都谨守着这种文学规范。清初王端淑编纂《名媛诗纬》,说:"客问于予曰:'《诗三百》,经也,子何独取于纬也?《易》、《书》、《礼》、《乐》、《春秋》,皆有纬也,子何独取于《诗》纬也?'则应之曰:'日月江河,经天纬地,则天地之诗也。静者为经,动者为纬;南北为经,东西为纬,则星野之诗也。不纬则不经。昔人拟经而经亡,宁退处于纬之足以存经也。《诗》开源于"窈窕",而采风于"游女",其间贞淫异态,圣善兴思,则诗媛之关于世教人心如此其重也。'"这表明女性不仅宣告了闺秀诗学的典范意义,同时也阐明了"诗媛之关于世教人心如此其重"的女性诗教观。

随着女性文学活动空间扩大、跨地域的女性交流网络的扩展,温柔敦厚的诗教传统则被不断强化。顾若璞(1592—1681)

《延师训女或有讽故作解嘲》诗云:"不事诗书,岂尽兴生。""大家
有训,内则宜明。"顾氏孙女钱凤纶、孙媳林以宁等人组成的蕉园
诗社成员都秉承这一个传统。曾为蕉园诗社"祭酒"的柴静仪
(1638?—1692)《诸子问余诗法口占二绝句直抒胸臆勿作诗观》
诗云:"更诵葩经与骚些,温柔敦厚是吾师。"肯定女性学诗基本
方法就是背诵《诗经》、《离骚》,体会温柔敦厚的诗学传统。这种
传统随着女性跨地域的交往而逐渐普及。《青浦闺秀诗存》载青
浦闺秀曹鉴冰"与顾启姬等结淀滨诗会"。顾启姬名姒,是西泠
蕉园诗社成员。《青浦闺秀诗存》在"曹鉴冰"条下还记载蕉园诗
社的另一个重要成员林以宁也曾参与唱和,林氏"以闺友顾姒在
青,来与唱和,数月即去"。所以淀滨诗会至少有曹鉴冰、顾姒、
林以宁等人参加,这是清初浙江与江苏不同地域间闺秀密切交
往之例。闺秀们通过这个文学交游网络建立起自己的文学活动
场域,在这个场域里,随着交游的扩大,文学活动的增加,温柔敦
厚的传统也在不断加强。

　　清中叶方芳佩是杭州闺秀之首,杭世骏称其为"当今巾帼中
所仅见",被认为是蕉园诗社的传人。徐德音《在璞堂吟稿序》提
到:"吾乡闺媛能诗者,惟蕉园五子,更倡迭和,名重一时。迄今
六十年来,风雅浸衰,良可慨也。顷读方芷斋名媛《在璞堂吟
稿》,其修辞琢句,清真沉郁,不类弱女子为之。加之博览群书,
进而益上,则蕉园替人,舍芷斋其谁欤?"徐德音还曾作《附和芷
斋侍史》诗,"蕉园旧社重凝香,作手今推在璞堂"一联又重申方
芳佩是蕉园诗社的后继之人的重要传承地位,其诗学自然也秉
承诗教宗旨。

　　方芳佩与福建才女许琛交往密切,并且在其死后为之刊刻
诗集。沈善宝《名媛诗话》卷四载:"三山许素心德瑗以苦节闻于
当世,有《疏影楼集》。方芷斋随任之闽,耳名往访,诗篇倡和,时

有馈遗。素心爱写梅菊,晚年窘甚,售诗画以自给。殁后,芷斋序其遗稿而梓之。其投芷斋诗有'千仞龙门非易到,布裙来拜卫夫人'。芷斋之居贵不骄,爱才若命,亦可敬也。又有《题画赠芷斋》云:'冷淡生涯二十年,枝枝叶叶锁寒烟。与君载去西湖畔,记取愁人闽海边。'"许琛在闽与"闺秀廖淑筹、庄九畹、郑镜蓉、黄淑畹、黄淑窈结社唱和,诗学益进。后家益落,饔飧不继。会李夫人筼心、方夫人芳佩、福恭人宜鸾闻其名,结为文字知,皆厚资之,始得自给"。郑镜蓉是著名的郑方坤之女,姊妹一门风雅。据梁章钜《闽川闺秀诗话》卷二载:"荔乡先生(郑方坤)一门群从,风雅蝉联,膝前九女,皆工吟咏。(中略)自古至今,一家闺门中诗事之盛,无有及此者。"黄淑窈、黄淑畹是福建诗人黄任之女,姊妹二人的诗文皆"为时传诵","时人皆称之"。许琛以"苦节闻于当世",故而才德并称;郑镜蓉亦是"早寡,以节终,得旌表";廖淑筹亦是"夫卒归里,困踬无以为生,乃写花竹以自适,课子孙读书。有'清时弦诵重,廉吏子孙贫'句,为时传诵"。可见以许琛为中心的闽县唱和群体大多以节妇著称,而其诗文风调自然不离风雅。故而在以许琛与方芳佩等人形成的系连了江南与福建的女性诗坛的女性交游网络中的诸才女亦是秉承温柔敦厚之旨。

　　江苏吴中以张允滋为首的清溪诗社倡导以"以温柔敦厚之旨,写和平庄雅之音"。恽珠《正始集》卷十六载张允滋与"同里张紫蘩芬、陆素窗瑛、李婉兮嬿、席兰枝蕙文、朱翠娟宗淑、江碧岑珠、沈蕙孙缨、尤寄湘澹仙、沈皎如持玉,结清溪吟社,号吴中十子,媲美西泠"①。清溪诗社又称吴中十子,马素贞曰"诗道性情,故必以温柔敦厚为宗","余尝读任心斋先生所辑《吴中十子

————————
　　① 恽珠《国朝闺秀正始集》,清道光刊本。

合集》，或议论沉雄，或词旨俊逸，不专一家，而究其旨归，殆与温柔敦厚之风庶几焉"①。清溪诗社虽在吴中，其诗风却受到杭州蕉园诗社流风余韵的影响。江珠《采香楼序》说："惟昔西泠闺咏有十子之目，清溪欲步其风，乃先后酬赠篇什采集一编，为《十子诗抄》。"②可知张允滋等吴中十子是以蕉园诗社为榜样创建的。蕉园诗社对清溪诗社的这种跨地域的影响与闺秀的师承有关。张允滋曾拜徐若冰为老师。任兆麟《清溪诗稿叙》说："清溪女史幼禀家训，娴礼习诗，尝以韵语质香溪徐夫人，香溪亟赏之。"③张允滋《潮声阁集》中有《灯花和香溪徐夫人韵》诗，小序曰："香溪名暎玉，字若冰，昆山人，著有《南楼吟稿》行世。"徐若冰与杭州女诗人方芳佩交好，徐德音《南楼吟稿序》曰："美人丽玉（谓芷斋夫人），林下盘桓；仙子飞琼（谓云清夫人），云端翰札。香灯小社，托豪素以题襟；花月深宵，话水天而接席。"④描绘了徐若冰与方芳佩、钱浣青交游唱和的场面。沈大成序徐若冰《南楼诗稿》，说其诗"庶几窃附于《芣苢》、《汝坟》之义"⑤，可见徐若冰诗风应以温柔敦厚为主。

　　扬州王琼与孔璐华等人的曲江亭唱和群体不仅遵循温柔敦厚的诗学传统，更将之发扬。王琼《同音集序》曰："尝谓选诗难，选名媛诗尤难。女子教本贞静幽闲，温柔敦厚，孔子列为风诗之首，王化之原，实基于此，抑何重也！后之选女子诗者，无虑百数十家，大率谓女子能诗，便称韵事，采录失之太宽，甚至以秾纤新巧谓颖慧，淫佚邪荡为风流，相推相许，近于寡廉鲜耻而不知。呜呼，可悲矣！"⑥王琼反对"秾纤新巧"、"淫佚邪荡"的诗风，提

<hr>

①②③　任兆麟《吴中女士诗抄》，乾隆五十四年刊本。
④　胡晓明《江南女性别集初编》，黄山书社2008年版，第175页。
⑤　同上，第176页。
⑥　王琼《同音集》，清刊本。

倡风雅,以温柔敦厚为主,与清溪诗社诗风相近。王琼与清溪诗社成员交往密切,任兆麟甚至说王琼是其女弟子。王琼有《怀清溪夫人并呈林屋先生》、《题潮生阁诗集后》等诗,张允滋闻王琼"诗宗唐贤,取所著《爱兰集》附刻于《吴中女士诗抄》后,时艳称之"。其诗集有张允滋题诗,张芬题序。这些闺秀的交游与家庭背景、个人兴趣等很多因素有关,但秉承相同的诗学宗旨,无疑会使她们更加亲密。

即使崇尚性灵的随园女弟子亦不例外。随园女弟子席佩兰《与侄妇谢翠霞论诗》曰:"积理在读书,精粗要分晰。葩经三百篇,一一贞淫别。种树取芬芳,配瓮必高洁。世俗见迂拘,谓妇宜守拙。余曰理不明,究于礼多缺。请观周南诗,谁非淑女笔?"[1]

一直到清末,单士厘(1863—1945)的《国朝闺秀正始集再续集》、《清闺秀艺文略》,编纂原则仍秉承这一诗学传统。单士厘《国朝闺秀正始集再续集》将恽珠、翁端恩、汪嫈、吴宗爱四人列于卷首,《凡例》说:"兹选一遵恽例,以雅正为主,故袭名正始。""恽珠"条下按语说:"《正始》选例严正,续选宗之,故以恽作冠首,用志仰止。"[2]单士厘所提倡的雅正,就是温柔敦厚的诗学传统,可见这种儒家诗教传统一直被闺秀视为圭臬遵循着。

(三)同一地域文学观念的多层性

从上面的论述可知女性文学存在着大传统,但是不可避免地会受到诗学流派、家学风尚、个人兴趣等因素的影响而呈现出差异性。这种差异性存在于不同的地域之间。据胡文楷

① 胡晓明《江南女性别集初编》,黄山书社2008年版,第186页。
② 单士厘《国朝闺秀正始集再续集》,清刊本。

《历代妇女著作考》记载，江苏、浙江、安徽等地的女性著述囊括经史子集，包括诗词集、女教、史学、科技、学术等不同类型的著述；福建、湖南、江西女性的著述种类也较为丰富；广东偏重于女教、史学、文章等著述；山东、河南则偏重于学术、史学、文章等著述。同一地域内部女性文学群体的差异性则更能说明女性文学观念的多层性，这种多层性凸显出女性文学丰富与多样的生态景观。

周曰惠的绿凤仙花唱和群、随园苏州女弟子群虽然都隶属于江苏苏州，但却各具特色。周曰惠（1803—1851），江苏吴县人，周亦铝女，朱和羲妻，著有《树香阁遗集》，附《绿凤仙花唱和集》一卷。《绿凤仙花并序》曰："树香阁外，遍植凤仙，秋时红紫绕砌。今年花放，最后一种色绿，仙羽含翠，琼英浣青，其幺凤之幻欤？图之生绡，侔色揣称，并作小诗四章，以记花之别姿云。"①诗画成后，征同人题咏，翁怀为题诗，序曰："佩兮夫人得绿凤仙花一种，芳艳绝世，夫人赋诗纪异，并写花照索诗，即成四绝。"后袁萼仙为征诗，又曰："诗之咏物本难，至咏凤仙而拘以绿色，则难之尤难。若过于数典，失之穿凿；过于高超，失之脱离。意在不凿不离之间，方称妙手。今佩兮夫人咏律四章，运典无痕，造词入妙，正所谓思入风云变态中也。吾知此诗一出，定传遍大江南北，尚冀兰闺名媛各和瑶章，同镌一集，以志林下之佳话耳。"袁萼仙征诗启行于世，寄和章的才媛达16人之多。她们笔下的凤仙花是仙葩、神女。如周曰惠诗曰"一种仙葩次第开"；陈筠湘诗曰"女儿挂凤工游戏，仙子骖鸾误下凡"；丁佩诗曰"谁把仙花阁外栽"；袁萼仙"九嶷仙子手移栽"。同时绿凤仙花又是

---

① 周曰惠《绿凤仙花唱和集》，载《树香阁遗集》，咸丰二年刻本。本段所引均出自该书。

美人绿珠的化身。如周曰惠诗曰"金谷名园何处在,花飞犹忆坠楼人";陈筠湘诗曰"金谷珍珠此化身,袖颤石华香染唾";韦仲雅诗曰"彩笔自描金谷女,绮情不让玉溪生";吴蕙诗曰"绿珠庶可偕同伴,碧玉差堪认后身";丁佩诗曰"金膏已谢将涂色,珠阁尤留未坠人"。绿凤仙花还是仙人萼绿华转世,如陆蕙诗曰"可是仙娥绿萼栽";韦仲雅诗曰"偶将九曲穿珠慧,咏到三生萼绿华"。绿凤仙花唱和群体这种"看花酌酒,对月高歌,便当足于欢娱"的所思所想,充满了浪漫闲暇的意味。亚里士多德说:"人惟独在闲暇时才有幸福可言,恰当地利用闲暇是一生做自由人的基础。"①在这种闲暇中读书交友、作画吟诗、享受生活的雅集唱和,是乾嘉才女诗意栖居之生活方式的真实写照。这种闲暇雅集是一种纯粹精神上的审美愉悦活动,本质上是一种最高的人生精神境界,诠释了闲暇的哲学意义,体现了文学女性对生命意义与价值的追求。

与这种自由闲暇的雅集唱和不同,随园苏州女弟子群的雅集唱和背后则充满了能使个人才名流传久远的渴望。席佩兰《闻宛仙亦以弟子礼见随园喜极奉简》诗中有"诗教从来推内则,美人兼爱擅才名"的句子。屈宛仙、席佩兰等人曾作《蕊宫花史图》来记录嘉庆元年的一次雅集唱和。孙原湘详细记载雅集始末:"柔兆执徐之岁百花生日,婉仙夫人招集女史十二人,宴于蕴玉楼,谋作雅集,以传久远。患其时世妆也,爰选古名姬,按月为花史。""自正月至十二月,为谢翠霞、屈婉仙、言彩凤、鲍遵古、屈婉清、叶苕芳、李餐花、归佩珊、赵若冰、蒋蜀馨、陶菱卿、席佩兰,长幼间出,不以齿也。爰命画工以古之装写今之貌,号《蕊宫花

---

① J.曼蒂《闲暇教育理论与实践》,春秋出版社1989年版。

史图》,两易寒暑乃成。"①这种谋作雅集,以传久远的想法,与周曰惠等人雅集的闲适自得明显不同。

　　江苏扬州的曲江亭唱和群体以王琼家族及阮元夫人孔璐华等家庭成员在王豫家中曲江亭唱和、结集为《曲江亭唱和集》而得名②。曲江亭唱和从表面上看,不过是闺秀偶然雅集唱和而流传的一段佳话,但王琼真正的意图却是希望将真实的曲江亭雅集唱和与历史上曲江亭的辉煌联系在一起,借助孔璐华圣裔身份所具有的古典意义,使女性文学活动被记录和镌刻,成为一种经典和永恒,从而使扬州地域女性文学成为女性文学史的典范和正统。

　　曲江亭在王豫家宅翠屏洲之右,现有张崟为王豫作的《曲江亭图》传世。阮元《题曲江亭图》曰:"此地乃汉广陵曲江枚乘观涛处。"③枚乘《七发》说广陵"春秋朔望辄有大涛,声势骇壮,至江北,激赤岸,尤为迅猛"。因其壮观之势,广陵潮的盛况常见于诗赋。后因江苏曲江广陵潮因不及浙江曲江钱塘潮闻名,渐被淡忘。正如清代杭州蕉园诗社的雅集形式及其对女性文学正统地位的建构,使之成为女性文学的标志性的符号,清溪诗社诸闺秀就是慕蕉园十子之风采而号"吴中十子",所以梁乙真说:"终清之世,钱塘文学为东南妇女之冠,其孕育滋乳之功,厥在此(蕉园诗社)也。"④王琼希望改变这种局面,借助曲江亭的历史记忆功能来建构扬州女性文学的辉煌,确立其在女性文学史上的正统地位,使扬州地域女性文学成为女性文学主流。

　　王琼的这种文学观念的产生源于自身的文学造诣及文学地

①　孙原湘《天真阁外集》,民国十四年(1925)上海扫叶山房石印本。
②　王琼《曲江亭唱和集》,清刊本。
③　阮元《揅经室集》,中华书局 1993 年版,第 885 页。
④　梁乙真《中国妇女文学史纲》,上海书店 1990 年版,第 385 页。

位,并且为了实现其理想进行了努力。王琼曾与"诸女士结交,
诗筒遍天下",自言"珠僻处江洲,粗解声韵之学,年未笄即有《爱
兰初集》之刻,吴中张清溪夫人见而爱之,附刻《林屋吟榭十子》
之后,江浙诸名媛咸以琼为能诗,诗筒往还不下数十人。其间如
张月楼、陆素心、江碧岑、沈蕙荪、毕智珠、金仙仙诸子皆相继赴
玉台之召,甚可慨已。如侯香叶、骆秋亭、张霞城诸子又隔千里
百里之外,不得合并,心非木石,曷能恝然于怀耶"①。王琼曾编
选诗集、撰写诗话,诠释女性文学理论。光绪《丹徒县志》、《闺秀
正始集》都记载王琼撰写《爱兰名媛诗话》。法式善《梧门诗话》
卷十五第四十三条载:"王碧云著《名媛诗话》,持论严峻,有功诗
学。"②在王琼的影响下,其侄女王乃德著有《竹净轩诗话》、王乃
容著有《浣桐阁诗话》。凭借结交诸才女,建构一个女性文学交
游网络,扩大自身及扬州地域文学的影响。通过编选《同音集》,
撰《名媛诗话》,倡导风雅传统,使扬州地域女性文学如曲江潮一
样具有了"大涛"之"声势",为当世所瞩目,进而使扬州曲江亭具
备取代蕉园诗社成为女性文学新典范的可能。

　　同一地域的女性文学观念的多层性与复杂性,正说明了女性
文学已经成熟完善。在女性文学这个独立完整的生态体系内,构
建传播自己的大文学传统,并且各地域内部还形成各具特色的小
传统。闺秀为扩大本地区女性文学的影响,为争取女性在文学史
上的地位而作的努力,更促进了女性文学的繁荣与发展。

小结

　　清代女性文学之所以具有研究价值和意义,是因为拥有丰

---

① 王琼《同音集》,清刊本。
② 王英志《清闺秀诗话丛刊》,凤凰出版社2010年版,第2400页。

富的女性文献资料,对传世的上千部作品进行深入研究,一定探求出其中蕴藏的文学艺术、思想文化价值;对女性文学观念与理论进行深刻探讨,必然会丰富传统的文学批评理论;把女性文学纳入到文学史当中,女性文学的多元性、丰富性与文学观念的多层性、复杂性必将使文学史更加多元立体。因此,从女性文学所具有的重要价值和独特性来看,称其为清代最具独特性的"绝艺"亦不为过。

参考文献

史 料

曹柔和《玉映楼诗稿》，乾隆五十二年黄文映写刻本。

曹贞秀《写韵轩小稿》，嘉庆九年刊本。

陈继儒《白石樵真稿》，《四库禁毁书丛刊》集部，第66册。

陈继儒《晚香堂小品》，上海杂志公司1936年版。

陈枚《凭山阁留青二集选》，《四库禁毁书丛刊》集部，第155册。

陈廷焯《白雨斋词话》，中华书局1986年版。

陈维崧《妇人集》，王英志《清代闺秀诗话丛刊》，凤凰出版社2010年版。

陈文述《碧城仙馆女弟子诗》，民国刊本。

陈文述《颐道堂集》，道光间刻本。

陈芸《小黛轩论诗诗》，载王英志《清代闺秀诗话丛刊》，凤凰出版社2010年版。

虫天子《香艳丛书》，人民文学出版社1992年版。

褚人获《坚瓠集》，柏香书屋铅印本，民国十四年(1926)版。

单士厘《闺秀正始再续集》，清末刊本。

单士厘《癸卯旅行记》，湖南人民出版社1981年版。

棣华园主人《闺秀诗评》，《清闺秀诗话丛刊》，凤凰出版社

2010 年版。

丁丙《武林坊巷志》，浙江人民出版社 1990 年版。

丁芸《闽川闺秀诗话续》，王英志《清代诗话丛刊》，凤凰出版社 2010 年版。

杜文澜《憩园词话》，《词话丛编》，中华书局 1986 年版。

范端昂《奁制续渖》，清康熙间刊本。

范濂《云间据目抄》，《笔记小说大观》第十三册，江苏广陵古籍刻印社 1983 年版。

方芳佩《在璞堂吟稿》、《在璞堂续稿》，《四库未收书辑刊》，第 10 辑，第 20 册。

费善庆、薛凤昌编《松陵女子诗征》，民国八年己未(1919)吴江费氏华梦堂排印本。

冯梦龙《情史》，岳麓书社 2003 年版。

葛秀英《澹香楼小草》，乾隆五十七年春心草堂写刻本。

葛一龙《葛震甫诗集》，载《四库禁毁书丛刊》集部，第 123 册。

耿定向《耿天台文集》，《四库存目丛书》集部，第 131 册。

古墨浪子辑《西湖佳话》，上海古籍出版社 1980 年版。

顾若璞《卧月轩稿》，清初刊本。

黄秩模《国朝闺秀柳絮集》，清咸丰三年蕉阴小馆刻本。

黄宗羲《黄梨州文集》，中华书局 1959 年版。

计六奇《南明季略》，中华书局 1984 年版。

季娴《闺秀集》，《四库存目丛书》集部，第 414 册。

江元祚《续玉台文苑》，载《四库存目丛书》集部，第 339 册。

蓝鼎元《女学》，《四库存目丛书》子部，第 28 册。

雷瑨《闺秀诗话》，王英志《清代诗话丛刊》，凤凰出版社 2010 年版。

李保民《吕碧城词笺注》，上海古籍出版社 2007 年版。

李鼎《西湖小史》，《丛书集成续编》，史地类，第 224 册。

李开先著、路工辑校《李开先集》，中华书局 1959 年版。

李流芳《檀园集》，《四库明人文集丛刊》，上海古籍出版社 1993 年版。

李梦符《春冰室野乘》，广智书局宣统三年（1911）版。

李世熊《寒支集初集》，载《四库禁毁书丛刊》集部，第 89 册。

李晚芳《读史管见》，安政三年（1856）日本浪华书林群玉堂刻本。

李晚芳《女学言行纂》，清乾隆五十二年梁氏谧园刻本。

李延昰《南吴旧话录》，上海古籍出版社 1985 年版。

李渔《闲情偶记》，浙江古籍出版社 1985 年版。

梁绍壬《两般秋雨盦随笔》，上海古籍出版社 1982 年版。

刘云份《翠楼集》，进修书店 1948 年版。

陆以湉《冷庐杂识》，中华书局 1997 年版。

吕碧城《吕碧城集》，中华书局 1929 年版。

茅元仪《石民赏心集》，《四库禁毁书丛刊》集部，第 110 册。

茅元仪《石民渝水集》，《四库禁毁书丛刊》集部，第 109 册。

潘衍桐《两浙𬨎轩续录》，《续修四库全书》集部，第 1685—1687 册。

潘之恒《亘史钞》，《四库存目丛书》子部，第 193—194 册。

庞石帚《养晴室笔记》，四川文艺出版社 1985 年版。

庞元英《谈薮》，进步书局民国四年版。

祁彪佳《祁敏忠公日记》，《北京图书馆古籍珍本丛刊》第 20 册，北京书目文献出版社。

钱凤纶《古香楼集》，康熙刊本。

钱孟钿《浣青诗草》，《江南女性别集》，黄山书社 2008 年版。

钱谦益《列朝诗集小传》,上海古籍出版社 1983 年版。

钱学坤《青浦闺秀诗存》,民国十九年铅印本。

钱仪吉《碑传集》,中华书局 1993 年版。

钱泳《履园丛话》,中华书局 1979 年版。

秦云爽《闺训新编》,《四库存目丛书》子部,第 157 册。

荣文祚《名媛尺牍续集》,清末民国初抄本。

阮元《定香亭笔谈》,中华书局 1985 年版。

阮元《两浙輶轩录》,《续修四库全书》集部,第 1684 册。

苕溪生《闺秀诗话》,王英志《清代诗话丛刊》,凤凰出版社 2010 年版。

沈彩《春雨楼集》,上虞罗振常蟫隐庐民国十三年(1926)影印本。

沈善宝《名媛诗话》,载王英志《清代诗话丛刊》,凤凰出版社 2010 年版。

沈淑兰《黛吟草》,康熙八年乙酉(1669)浣花轩写刻本。

沈祖禹《吴江沈氏诗集录》,清乾隆五年(1740)吴江沈氏刻本。

施绍莘《秋水庵花影集》,载《四库存目丛书》集部,第 422 册。

史震林《西青散记》,上海杂志公司民国二十四年(1935)版。

孙蕙媛《古今名媛百花诗余》,清康熙间刊本。

孙原湘《天真阁外集》,民国十四年(1925)上海扫叶山房石印本。

谭元春《谭元春集》,上海古籍出版社 1998 年版。

唐圭璋编《词话丛编》,中华书局 1986 年版。

田艺蘅《诗女史》,《四库存目丛书》集部,第 321 册。

汪端《明三十家诗选》,同治癸酉刊本。

汪端《自然好学斋集》,道光汪氏振绮堂刻本。

汪启淑《撷芳集》,清乾隆五十年古歙汪氏飞鸿堂刻本。

汪启淑著、杨辉君点校《水曹清暇录》,北京古籍出版社1998年版。

汪然明《绮咏集》,《四库存目丛书》集部,第192册。

汪宪《汪氏列女传》,清鲍氏知不足斋刻本。

汪婺《雅安书屋文集》,道光二十四年刊本。

王昶《春融堂集》,《续修四库全书》,第1438册。

王昶著、周维德辑校《蒲褐山房诗话新编》,齐鲁书社1988年版。

王端淑《名媛诗纬初编》,清康熙清音堂刻本。

王夫之《读通鉴论》,岳麓书社1988年版。

王国平《西湖文献集成·西溪专辑》第18册。

王琼《曲江亭唱和集》,清刊本。

王微《名山记选》,清初刊本。

王秀琴《历代名媛文苑简编》,中华书局1957年版。

王蕴章《燃脂余韵》,王英志《清代诗话丛刊》,凤凰出版社2010年版。

王照园《列女传补注》,《郝氏遗书》本。

王贞仪《德风亭初集》,《丛书集成续编》本。

吴颢辑《国朝杭郡诗集》卷三十,清同治十三年(1874)钱塘丁氏刻本。

吴琼仙《写韵楼诗集》,《江南女性别集》,黄山书社2008年版。

吴瑛《芳荪书屋存稿》,清乾隆十八年吴氏刊本。

吴宗爱《徐烈妇诗序》,清石印本。

席佩兰《长真阁集》,《江南女性别集》,黄山书社2008年版。

夏树芳采辑《女镜》，明万历三十六年(1608)刻本。

徐德音《绿净轩诗集》，《江南女性别集》，黄山书社 2008年版。

徐𤊹《徐氏笔精》卷五，《杂著秘笈丛刊》，台湾学生书局1971 年版。

徐康《前尘梦影录》，中华书局 1985 年版。

徐若冰《南楼吟稿》，《江南女性别集》，黄山书社 2008 年版。

徐世昌《晚晴簃诗汇》卷一九九，上海三联书店 1989 年版。

徐叶昭《职思居学文稿》，乾隆甲寅(1794)本。

徐鼐《小腆纪传》，《台湾文献史料丛刊》第五辑，台湾大通书局。

许夔臣《国朝闺秀香咳集》，清光绪申报馆铅印本。

许仲元《三异笔谈》，重庆出版社 1996 年版。

薛绍徽《黛韵楼遗集》，民国三年刻本。

烟水散人《女才子书》，春风文艺出版社 1993 年版。

姚旅《露书》，福建人民出版社 2008 年版。

叶绍袁《午梦堂集》，中华书局 1998 年版。

余怀《板桥杂记》，上海古籍出版社 2000 年版。

虫天子辑《香艳丛书》，人民文学出版社 1992 年版。

袁枚《随园女弟子诗》，清光绪十八年(1892)上海图书集成印书局石印本。

袁枚《随园诗话》，人民文学出版社 1960 年版。

袁枚《袁枚闺秀诗话》，载王英志《清代诗话丛刊》，凤凰出版社 2010 年版。

袁枚《袁枚全集》，江苏古籍出版社 1993 年版。

恽珠《国朝闺秀正始集》，道红香馆刻本。

张大复《梅花草堂笔谈》，上海古籍出版社 1986 年版。

张鸿逑《清音集》，中国社会科学院藏清初抄本。

张梦徵《青楼韵语》，民国二十四年上海中央书店版。

张藻《培远堂诗集》，《四库未收书辑刊》，第 10 辑，第 20 册。

赵棻《滤月轩集》，清光绪丁丑年汪氏《荔墙丛书》本。

赵世杰《古今女史》，国家图书馆藏明崇祯刻本。

郑文昂《名媛汇诗》，《四库存目丛书》集部，第 383 册。

钟惺《名媛诗归》，《四库存目丛书》集部，第 339 册。

钟惺《隐秀轩集》，上海古籍出版社 1992 年版。

周铭《林下词选》，《续修四库全书》集部，第 1729 册。

周曰蕙《绿凤仙花唱和集》，清刊本。

周之标《女中七才子兰咳集》，清初刊本。

朱彭《西湖遗事诗》，《丛书集成续编》，史地类，第 224 册。

朱彝尊《静志居诗话》，人民文学出版社 2005 年版。

朱彝尊《明诗综》，中华书局 2007 年版。

卓人月《古今词统》，《续修四库全书》集部，第 1729 册。

邹漪斯《诗媛八名家集》，顺治十二年邹氏鹭宜斋刊本。

论　著

鲍晓兰《西方女性主义研究评介》，三联书店 1995 年版。

鲍震培《清代女作家弹词小说论稿》，天津社会科学出版社 2002 年版。

蔡静平《明清之际汾湖叶氏文学世家研究》，岳麓书社 2008 年版。

曹大为《中国古代女子教育》，北京师范大学出版社 1996 年版。

陈东原《中国妇女生活史》，上海商务印书馆 1937 年版。

陈来《宋明理学》，辽宁教育出版社 1997 年版。

陈平原等《晚明与晚清：历史传承与文化创新》，湖北教育出版社 2002 年版。

陈寅恪《柳如是别传》，三联书店 2001 年版。

陈玉兰《清代嘉道时期江南寒士诗群与闺阁诗侣研究》，人民文学出版社 2004 年版。

淡江大学中国文学系主编《中国女性书写——国际研讨会论文集》，台湾学生书局 1999 年版。

邓红梅《女性词史》，山东教育出版社 2000 年版。

邓小南主编《唐宋女性与社会》，上海辞书出版社 2003 年版。

董其昌《画眼》，载《美术丛书》初集第三辑，上海神州国光社 1936 年版。

董其昌《容台文集》，载《四库禁毁书丛书》集部，第 32 册。

杜芳琴《贺双卿集》，中州古籍出版社 1989 年版。

杜芳琴《痛菊奈何霜：双卿传》，花山文艺出版社 2001 年版。

段继红《清代闺阁文学研究》，南开大学出版社 2007 年版。

傅瑛《明清安徽妇女文学著述辑考》，黄山书社 2010 年版。

高彦颐《缠足——"金莲崇拜"盛极而衰的演变》，江苏人民出版社 2009 年版。

高彦颐《闺塾师——明末清初江南的才女文化》，江苏人民出版社 2005 年版。

郝丽霞《吴江沈氏文学世家研究》，复旦大学出版社 2009 年版。

胡文楷《历代妇女著作考》，上海古籍出版社 2008 年版。

胡晓真主编《世变与维新：晚明与晚清的文学艺术》，台北中研院中国文哲研究所 2001 年版。

胡晓真主编《欲掩弥彰：中国历史文化中的"私"与"情"——私情篇》，台北汉学研究中心 2003 年版。

华玮《明清妇女之戏曲创作与批评》，台北中研院中国文哲研究所 2004 年版。

黄嫣梨《清代四大女词人——转型中的清代知识女性》，汉语大词典出版社 2002 年版。

黄嫣梨《妆台与妆台以外》，牛津大学出版社 1999 年版。

蒋寅主编《中国古代文学通论·清代卷》，辽宁人民出版社 2004 年版。

金启棕、乌拉熙合编《天游阁集》，辽宁民族出版社 2001 年版。

康正果《风骚与艳情——中国古典诗词的女性研究》，东方出版社 1993 年版。

柯愈春《清人诗文集总目提要》，北京古籍出版社 2002 年版。

李汇群《闺阁与画舫：清代嘉庆道光年间的江南文人和女性研究》，中国传媒大学出版社 2009 年版。

梁乙真《清代妇女文学史》，台湾中华书局 1987 年版。

梁乙真《中国妇女文学史纲》，上海书店 1990 年版。

刘咏聪《德、才、色、权：论中国古代女性》，麦田出版社 1999 年版。

刘咏聪《女性与历史——中国传统观念新探》，台湾商务印书馆 1995 年版。

柳素平《晚明名妓文化研究》，武汉大学出版社 2009 年版。

曼素恩《张氏才女》，加利福尼亚大学出版社 2007 年版。

曼素恩《缀珍录——十八世纪及其前后的中国妇女》，江苏人民出版社 2005 年版。

齐文颖《中华妇女文献纵览》,北京大学出版社 1995 年版。

钱仲联《近百年词坛点将录》,《当代学者自选文库·钱仲联卷》,安徽教育出版社 2001 年版。

钱仲联《清诗纪事》,江苏古籍出版社 1989 年版。

邱巍《吴兴钱家:近代学术文化家族的断裂与传承》,浙江大学出版社 2009 年版。

沈建中《遗留韵事:施蛰存游踪》,文汇出版社 2007 年版。

施淑仪《清代闺阁诗人征略》,1987 年上海书店版。

施蛰存《施蛰存海外书简》,大象出版社 2008 年版。

施蛰存《施蛰存日记》,文汇出版社 2002 年版。

宋致新《长江流域的女性文学》,湖北教育出版社 2004 年版。

苏之德《中国妇女文学史话》,香港上海书局 1977 年版。

孙康宜《陈子龙与柳如是的诗词情缘》,陕西师范大学出版社 1998 年版。

孙康宜《古典与现代的女性阐释》,台北联合文学出版社 1998 年版。

孙康宜《文学经典的挑战》,百花洲文艺出版社 2002 年版。

孙康宜《耶鲁:性别与文化》,上海文艺出版社 2000 年版。

谭正璧《中国女性文学史》,百花洲文艺出版社 2001 年版。

陶慕宁《青楼文学与中国文化》,东方出版社 1993 年版。

王标《城市知识分子的社会形态——袁枚及其交游网络的研究》,上海三联书店 2008 年版。

王绯《空前之迹 1851—1930:中国妇女思想与文学发展史论》,商务印书馆 2004 年版。

王力坚《清代才媛沈善宝研究》,里仁书局 2010 年版。

王力坚《清代才媛文学之文化考察》,台北文津出版社有限公司 2006 年版。

吴存存《明清性爱史》，人民出版社 2000 年版。

夏晓虹《晚清女性与近代中国》，北京大学出版社 2004 年版。

谢玉娥等《女性文学研究与批评论著目录总汇 1978—2004》，河南大学出版社 2007 年版。

严明《中国名妓艺术史》，台北文津出版社 1992 年版。

张宏生、张雁《中国女诗人研究》，湖北教育出版社 2002 年版。

张宏生主编《明清文学与性别研究》，江苏古籍出版社 2002 年版。

郑逸梅《艺林散叶续编》，中华书局 2005 年版。

钟慧玲《清代女诗人研究》，里仁书局 2000 年版。

钟慧玲《清代女作家专题——吴藻及其相关文学活动研究》，乐学书局 2001 年版。

钟慧玲主编《女性主义与中国文学》，里仁书局 2002 年版。

钟叔河《走向世界：近代中国知识分子考察西方的历史》，中华书局 2000 年版。

宗白华《艺境》，北京大学出版社 1999 年版。

［澳］米特罗尔著、赵世玲译《欧洲家庭史——中世纪至今的父权制到伙伴关系》，华夏出版社 1987 年版。

［澳］萧虹《阴之德》，新世界出版社 1999 年版。

［法］杜尔凯姆著、钟旭辉等译《自杀论》，商务印书馆 2003 年版。

［法］伊·巴丹特尔著、陈伏保译《男女论》，湖南文艺出版社 1988 年版。

［芬兰］韦斯特马克著、李彬等译《人类婚姻史》，商务印书

馆 2002 年版。

〔美〕贺萧著,韩敏中、盛宁译《危险的愉悦 20 世纪上海的娼妓问题与现代性》,江苏人民出版社 2003 年版。

〔美〕梅里著、何开松译《历史中的性别》,东方出版社 2003 年版。

〔美〕约瑟芬·多诺万著、赵育春译《女权主义的知识分子传统》,江苏人民出版社 2003 年版。

〔美〕霍尔著、张月译《荣格心理学纲要》,黄河文艺出版社 1987 年版。

〔美〕列维-布留尔著《原始思维》,商务印书馆 1995 年版。

〔日〕沟口雄三《中国前近代思想的演变》,中华书局 1997 年版。

〔英〕马林诺夫斯基著、李安宅译《两性社会学》,中国民间文艺出版社 1986 年版。

论 文

鲍震培《从弹词小说看清代女作家的写作心态》,《天津社会科学》2000 年第 3 期。

鲍震培《真实与想象——中国古代易装文化的嬗变与文学表现》,《南开大学学报》2001 年第 2 期。

蔡育曙《〈文心雕龙〉"隐秀"的含义及柔美特征》,《苏州大学学报》1957 年第 2 期。

常彬《"五四"及 1920 年代女性文学综论》,《河北大学学报》2008 年第 3 期。

陈飞《二十世纪中国妇女文学史著述论》,《文学评论》2002 年第 4 期。

陈书录《"德·才·色"主体意识的复苏与女性群体文学的

兴盛——明代吴江叶氏家族女性文学研究》,《南京师范大学学报》2001 年第 5 期。

陈水云、王茁《文学女性从闺内到闺外——以山阴祁氏家族女性文学群体为例》,《湖南文理学院学报》2008 年第 4 期。

陈水云《顾太清研究的百年回顾》,《南阳师范学院学报》2004 年第 7 期。

陈婷婷《诗张一帜原非易　胸有千秋未肯狂——汪端诗歌简论》,《山东女子学院学报》2011 年第 1 期。

陈盈妃《袁枚在女性墓志铭中所反映的思想》,《彰化师大国文学志》第 19 期。

陈友冰《台湾古典文学中的女性文学研究》,《安徽大学学报》2002 年第 6 期。

崔琇景《乾嘉之际女性作家的文学交游关系及其意义——以骆绮兰为例》,《苏州大学学报》2010 年第 3 期。

戴东阳《惊醒女子魂　鉴彼媸与妍——论启蒙女学者单士厘》,《史学月刊》1996 年第 3 期。

戴庆钮《明清苏州名门才女群的崛起》,《苏州大学学报》1996 年第 1 期。

邓丹《近百年明清女剧作家研究述评》,《四川戏剧》2008 年第 1 期。

邓红梅《孤傲劲爽的顾贞立词》,《山东师范大学学报》1996 年第 3 期。

邓红梅《徐灿词论》,《山东师范大学学报》1997 年第 3 期。

定宜庄、阿风《清史研究的史料运用和清代妇女史研究》,《中华女子学院学报》2009 年第 5 期。

定宜庄《妇女史与社会性别史研究的史料问题》,《历史研究》2002 年第 6 期。

董剑平《中国近代第一位走出国门的知识女性单士厘》,《烟台师范学院学报》1998 年第 4 期。

杜桂萍《诗性建构与文学想象的达成——论叶小鸾形象生成演变的文学史意义》,《文学评论》2008 年第 3 期。

伏涛《"长俪"阁中"长离"情——试论王采薇的心境与诗情》,《殷都学刊》2010 年第 2 期。

伏涛《从王采薇、黄仲则之诗看"盛世"闺阁、寒士的心境同构》,《三峡大学学报》2010 年第 5 期。

付琼《〈国朝闺秀诗柳絮集〉的地位和特色》,《苏州大学学报》2010 年第 6 期。

付琼《论清代女诗人的地域分布——以〈国朝闺秀诗柳絮集〉所收诗人为例》,《海南大学学报》2008 年第 1 期。

傅瑛《吕碧城及其研究》,《淮北煤炭师范学院学报》2004 年第 2 期。

高彦颐《"空间"与"家"——论明末清初妇女的生活空间》,《近代中国妇女史研究》1995 年第 3 期。

龚缨晏《明清之际的浙东学人与西学》,《浙江大学学报》2006 年第 3 期。

郭延礼《20 世纪初叶中国女性文学的转型及其文学史意义》,《上海师范大学学报》2009 年第 6 期。

郭延礼《20 世纪初中国女性文学四大群体作家考论》,《文史哲》2009 年第 4 期。

郭延礼《20 世纪女性文学研究中的一个盲点——评盛英、乔以钢〈20 世纪中国女性文学史〉》,《文艺研究》2007 年第 12 期。

郭延礼《明清女性文学的繁荣及其主要特征》,《文学遗产》2001 年第 6 期。

韩丹丹《乾嘉吴中女性诗群成因初探》,《西南交通大学学报》2009 年第 3 期。

侯绍华、朱华《论单士厘的妇女解放思想》,《汉江大学学报》2009 年第 6 期。

胡小林《清代初年的蕉园诗社》,《古典文学知识》2008 年第 2 期。

胡小林《贤德与才情兼善——西泠名媛顾若璞》,《文史知识》2008 年第 10 期。

胡晓真《才女彻夜未眠——清代妇女弹词小说中的自我呈现》,《近代中国妇女史研究》1995 年第 3 期。

胡晓真《艺文生命与身体政治——清代妇女文学史研究趋势与展望》,《近代中国妇女史研究》2005 年第 13 期。

黄海燕《"中和"之美——试析单士厘游记中的近代女性形象》,《长春工程学院学报》2008 年第 1 期。

黄仕忠《顾太清与龚定庵交往时间考》,《中山大学学报》2009 年第 2 期。

黄湘金《南国女子皆能诗——〈清闺秀艺文略〉评介》,《文学遗产》2008 年第 1 期。

黄毅、章培恒《龚自珍〈和归佩珊诗〉本事考》,《上海大学学报》2008 年第 5 期。

纪玲妹《论清代常州词派女词人的家族特征及其原因》,《聊城师范学院学报》2000 年第 6 期。

蒋寅《清初诗坛对明代诗学的反思》,《文学遗产》2006 年第 2 期。

柯愈春《读顾太清手稿：兼及顾太清与龚自珍的情恋》,《社会科学战线》1996 年第 5 期。

李伯重《从"夫妇并作"到"男耕女织"——明清江南农家妇

女劳动问题探讨之一》,《中国经济史研究》1996 年第 3 期。

李贵连《黄媛介生平经历及其与山阴祁氏家族女性交游考述》,《长春大学学报》2011 年第 5 期。

李贵连《越中才媛徐昭华及其〈浣香阁遗稿〉研究》,《绍兴文理学院学报》2008 年第 4 期。

李国彤《明清妇女著作中的责任意识与"不朽"观》,《燕京学报》2006 年第 20 期。

李国彤《明清之际妇女解放思想综述》,《近代中国妇女史研究》1995 年第 3 期。

李浩《地域空间与文学的古今演变》,《陕西师范大学学报》2005 年第 3 期。

李剑波《清代诗学的话语分析》,《文学评论》2005 年第 1 期。

李圣华《论晚明女诗人群落分布与创作特征》,《厦门教育学院学报》2005 年第 3 期。

李圣华《明清区域文学史研究的价值、局限及走向——以近年来地域文学史撰著为中心》,《西北大学学报》2010 年第 1 期。

李豫《〈历代妇女著作考〉订补十二则》,《文献》1992 年第 2 期。

李真瑜《明代戏剧家叶小鸾卒年及作品考》,《文学遗产》1989 年第 2 期。

连文萍《诗史可有女性的位置?——方维仪与〈宫闺诗评〉的撰著》,《汉学研究》1999 年第 17 卷第 1 期。

林玫仪《论阳湖左氏二代才女之家族关系》,《中国文史哲研究集刊》2007 年第 30 期。

林树明《现代学者的三位女性文学史考察》,《中国现代文学研究丛刊》2003 年第 1 期。

林怡《简论晚清著名闽籍女作家薛绍徽》，《东南学术》2004 年增刊。

刘峰《"夕阳"的舞者："清末民初女性诗"研究综述》，《焦作大学学报》2010 年第 3 期。

刘福森、聂会会《单士厘教育思想浅论》，《内蒙古师范大学学报》2006 年第 12 期。

刘洁《徘徊在现代与传统之间——吕碧城文学创作的矛盾性之解析》，《中国现代文学研究丛刊》2005 年第 2 期。

刘静爽《晚清两性女学观比较——以梁启超、薛绍徽为例》，《昌吉学院学报》2008 年第 4 期。

刘咏聪《"曲园不是随园叟，莫误金钗作赘人"——袁枚与俞樾对女弟子态度之异同》，《岭南学报》1999 年新第 1 期。

刘咏聪《清代女性课子书举要》，《东海中文学报》2008 年第 20 期。

刘振琪《论随园女弟子的创作取向与袁枚之关系——以〈随园女弟子诗选〉为分析对象》，《东海大学图书馆馆讯》2009 年第 98 期。

陆草《论清代女诗人的群体特征》，《中州学刊》1993 年第 3 期。

罗列《女翻译家薛绍徽与〈八十日环游记〉中女性形象的重构》，《外国语言文学》2008 年第 4 期。

罗时进《地域社群：明清诗文研究的一个重要维度》，《文学遗产》2011 年第 3 期。

马昌仪《我国第一个评述拉奥孔的女性——论单士厘的美学见解》，《文艺研究》1984 年第 4 期。

马珏玶、高春花《〈国朝闺秀正始集〉浅探》，《南京师范大学学报》2005 年第 6 期。

马珏玶《论〈国朝闺秀正始集〉的民族兼容思想》,《民族文学研究》2011 年第 2 期。

马祖熙《女词人王微及其〈期山草词〉》,《词学》第十四辑,华东师范大学出版社 2003 年版。

曼素恩《章学诚之〈妇学〉:中国首部女性文化史》,《清史研究》1992 年第 3 期。

孟祥修《杜甫诗史说考辨》,《殷都学刊》1996 年第 1 期。

苗健青《独写幽香非写色　纤秾圆润自分明——读〈薛绍徽集〉》,《福州大学学报》2003 年第 4 期。

闵定庆《在女性写作姿态与男性批评标准之间——试论〈名媛诗纬初编〉选辑策略与诗歌批评》,《苏州大学学报》2006 年第 6 期。

聂欣晗《论〈国朝闺秀正始集〉在"教化"与"传世"间游走的诗学思想》,《满族研究》2009 年第 2 期。

齐国华《巾帼放眼着先鞭——论钱单士厘出洋的历史意义》,《史林》1994 年第 1 期。

钱南秀《重塑"贤媛":戊戌妇女的自我建构》,《书屋》2007 年第 2 期。

乔以钢《近百年中国古代文学的性别研究》,《中国社会科学》2008 年第 3 期。

乔以钢《中国古代妇女文学的伤感传统》,《文学遗产》1991 年第 4 期。

乔以钢《中国女性传统命运及其文学选择》,《天津师范大学学报》1996 年第 3 期。

秦海英《〈文心雕龙·隐秀〉主题新议》,《广西社会科学》2004 年第 9 期。

沈金浩《论袁枚的男女关系观及妇女观——兼谈两者与其文学活动、文学创作间的关系》,《深圳大学学报》2001 年第 3 期。

盛英《20 世纪中国女性文学特征》,《妇女研究论丛》1994 年第 2 期。

石吉梅《清朝江西妇女著作补考——胡文楷〈历代妇女著作考〉拾遗》,《现代语文》2006 年 10 月。

石旻《乱离中的"玉女"——明末才女商景兰及其婚姻与家庭》,《中国典籍与文化》2001 年第 3 期。

石旻《阻隔的一时双璧——关于〈随园诗话〉忽略清溪吟社之分析》,《苏州大学学报》2007 年第 5 期。

史梅《清代江苏方志中妇女著作——胡文楷〈历代妇女著作考〉拾遗》,《古籍研究》1996 年第 2 期。

史梅《清代中期的松陵女学》,《东南文化》2001 年第 11 期。

宋清秀《黄媛介——名妓文化与闺秀文化融合的桥梁》,《中国典籍与文化》2006 年第 3 期。

宋清秀《蕉园诗社成员考述》,《北京大学古文献中心集刊》2004 年第四辑。

宋清秀《秀——清代闺秀诗学的核心概念》,《徐州师范大学学报》2011 年第 4 期。

孙康宜《金天翮与苏州的诗史传统》,《中山大学学报》2007 年第 5 期。

孙康宜《美国汉学研究中的性别研究》,《社会科学论坛》2006 年第 11 期。

孙康宜《明清文人的经典论和女性观》,《江西社会科学》2004 年第 2 期。

孙康宜《新的文学史可能吗》,《清华大学学报》2005 年第

4 期。

陶慕宁《从〈影梅庵忆语〉看晚明江南文人的婚姻性爱观》,《南开大学学报》2000 年第 4 期。

王春荣《同一个声音,不同的话语形态——"中国妇女文学史"源流考察》,《文艺争鸣》2008 年第 11 期。

王春荣《中国妇女文学研究的历史与现状》,《沈阳师范大学学报》2005 年第 1 期。

王鸿泰《明清文人的女色品赏与美人意象的塑造》,《中国史学》2006 年第 16 期。

王鸿泰《青楼名妓与情艺生活——明清间的妓女与文人》,载熊秉真、吕妙芬主编《礼教与情欲:近代早期中国文化的后/现代性》,台北中研院近代史所 1999 年版。

王婕《知人论世具慧眼　清苍雅正为旨趣——论清代女诗人汪端及其〈明三十家诗选〉》,《苏州教育学院学报》2006 年第 1 期。

王力坚《〈名媛诗话〉的自我指涉及其内文本建构》,《中山大学学报》2008 年第 1 期。

王力坚《〈名媛诗话〉与经世实学》,《苏州大学学报》2006 年第 3 期。

王力坚《从〈名媛诗话〉看家庭对清代才媛的影响》,《长江学术》2006 年第 3 期。

王力坚《钱塘才媛沈善宝的随宦行迹与文学交游》,《浙江大学学报》2009 年第 3 期。

王力坚《钱塘才媛沈善宝与山东寿光安丘李氏之情缘》,《文史哲》2009 年第 2 期。

王力坚《清代"闺词雄音"的二难困境》,《中华词学》第 3 辑,东南大学出版社 2002 年版。

王力坚《清代才媛的山水意识——以〈名媛诗话〉为考察中心》,《中国文学研究》第 8 辑。

王力坚《清代才媛红楼接受研究的思考》,《中外文化与文论》2010 年第 1 期。

王力坚《清代才媛沈善宝的家庭性别角色》,《深圳大学学报》2008 年第 5 期。

王细芝《论清代闺阁词人及其创作》,《中国韵文学刊》2001年第 1 期。

王英志《随园女弟子概论》,《江海学刊》1995 年第 6 期。

王英志《随园女弟子考述》,《江南社会学院学报》2000 年第 4 期;

王英志《性灵派女诗人"袁家三妹"》,《复旦学报》1995 年第 5 期。

王英志《大家之女与贫者之妇——随园女弟子钱孟钿与汪玉轸》,《苏州大学学报》1994 年第 4 期。

王英志《关于随园女弟子的成员、生成与创作》,《井冈山师范学院学报》2002 年第 1 期。

王英志《扫眉才子两琼枝——随园女弟子孙云凤、孙云鹤》,《古典文学知识》1994 年第 5 期。

王英志《是真名士自风流——论袁枚对女性的关爱》,《福州大学学报》2001 年第 3 期。

王英志《随园"闺中三大知己"论略——性灵研究之一》,《文学遗产》1995 年第 4 期。

王英志《随园第一女弟子——常熟女诗人席佩兰论略》,《吴中学刊》1995 年第 3 期。

王英志《袁枚集外文〈十三女弟子湖楼请业图〉二跋考——兼订正两次湖楼诗会时间的误记》,《中国典籍与文化》2008 年第1期。

王忠禄《论吕碧城的海外词》,《甘肃高师学报》2006年第1期。

王祖献《秋瑾与吕碧城的交往》,《江淮论坛》1984年第2期。

韦国兆《中国古代女性文学研究回顾》,《柳州师专学报》2008年第3期。

魏爱莲《18世纪的广东才女》,《中山大学学报》2009年第3期。

魏爱莲《十九世纪中国女性的文学关系网络》,《清华大学学报》2008年第3期。

魏爱莲《十七世纪中国才女的书信世界》,《中外文学》第22卷第6期,1993年11月。

吴承学、曹虹、蒋寅《一个期待关注的学术领域——明清诗文研究三人谈》,《文学遗产》1999年第4期。

吴晶《蕉园诗社考论》,《浙江学刊》2010年第5期。

夏晓虹《"英雌女杰勤揣摩"——晚清女性的人格理想》,《文艺研究》1995年第6期。

夏晓虹《晚清女性典范的多元景观——从中外女杰传到女报传记栏》,《中国现代文学研究丛刊》2006年第3期。

谢玉娥《〈历代妇女著作考〉价值初探》,《湘潭大学学报》2006年第6期。

谢玉娥《〈历代妇女著作考〉所载妇女著者人名探析》,《殷都学刊》2007年第4期。

谢玉娥《论女性/性别研究文献目录的价值、作用和意义——以〈女性文学研究与批评论著目录总汇(1978—2004年)〉为例》,《河南图书馆学刊》2009年第1期。

熊秉贞《书写异性谱系：明清士人笔下的母女联系》,《情欲明清：达情篇》,麦田出版社 2004 年版。

方秀洁《性别与经典的缺失：论晚明女性诗歌选本》,《南阳师范学院学报》2010 年第 2 期。

徐贞《释"秀"——探寻〈文心雕龙·隐秀篇〉美学意义的一个角度》,《吕梁高等专科学校学报》2002 年第 2 期。

徐志啸《异域女学者的独特视角》,《苏州大学学报》2009 年第 2 期。

兴膳宏《〈文心雕龙〉隐秀篇在文学理论史上的地位》,《北京大学学报》1996 年第 3 期。

曾大兴《中国历代文学家的地理分布——兼谈文学的地域性》,《学术月刊》2003 年第 9 期。

翟如潜《郝懿行和王照园》,《烟台师范学院学报》1994 年第 1 期。

詹颂《道咸时期京师满汉女性的文学交游与创作——以沈善宝〈名媛诗话〉为主要考察线索》,《民族文学研究》2009 年第 4 期。

张伯伟《朝鲜时代女性诗文集题解》,《文献》2010 年第 4 期。

张宏生、石旻《中国古代妇女文学研究的现代起点——胡文楷〈历代妇女著作考〉的价值和意义》,《江西社会科学》2008 年第 7 期。

张宏生《〈白门柳〉：龚顾情缘与明清之际的词风演进》,《中国社会科学》2001 年第 3 期。

张清华《胡文楷〈历代妇女著作考〉明代妇女著作补遗》,《南华大学学报》2007 年第 6 期。

张雁《选集与作品的经典化——晚明女伴文学之接受研究初探》,《中国文学研究》第 8 辑。

张远凤《清初"蕉园诗社"形成原因初探》,《金陵科技学院学报》2008年第1期。

赵厚均《满架牙签销日月　半生心事许烟霞——清初钱塘女诗人徐德音及其作品论析》,2011年《首届江南文化论坛论文集》。

赵世瑜《历史人类学:发现历史时期女性的历史记忆是否有了可能?》,《历史研究》2002年第6期。

郑铁生《〈文心雕龙·隐秀〉篇关于意象建构的审美规范》,《嘉应大学学报》1999年第2期。

钟慧玲《〈西泠闺咏〉中的女性群像》,《东海大学学报》2005年第17期。

钟慧玲《陈文述年谱初编》,《东海中文学报》2004年第16期。

钟慧玲《陈文述与碧城仙馆女弟子的文学活动》,载《明清文学与性别研究》,江苏古籍出版社2002年版。

钟慧玲《期待、家族传承与自我呈现——清代女作家课训诗的探讨》,《东海中文大学学报》2003年第15期。

钟慧玲《阅读女性·女性阅读——沈善宝〈名媛诗话〉的女性建构》,《东海中文大学学报》2008年第20期。

朱则杰《钱凤纶考》,《文学遗产》2007年第3期。

祝伊湄《章学诚对〈随园诗话〉的批评》,《华侨大学学报》2006年第4期。

庄新霞《〈历代妇女著作考〉订补六则》,《图书馆理论与实践》2007年第1期。

学位论文

艾兮兮《清嘉道年间的女性声音》,复旦大学2009年硕士学位论文。

　　陈宇俊《午梦堂及其女性创作》,苏州大学 2004 年硕士学位论文。

　　崔丽娜《论嘉道年间女词人顾春、吴藻》,黑龙江大学 2003 年硕士学位论文。

　　高春花《恽珠与〈国朝闺秀正始集〉研究》,南京师范大学 2006 年硕士学位论文。

　　谷曼《评吕碧城的女权思想及其实践》,东北师范大学 2002 年硕士学位论文。

　　关春燕《明代吴江女性文学研究》,南京师范大学 2004 年硕士学位论文。

　　郭姮姮《吴藻及其作品研究》,安徽大学 2006 年硕士学位论文。

　　郭蓁《清代女诗人研究》,北京大学 2001 年博士论文。

　　韩丹丹《乾嘉吴中女性诗人群体研究》,苏州大学 2009 年硕士学位论文。

　　花宏艳《吕碧城思想及其词作研究》,暨南大学 2003 年硕士学位论文。

　　姜乐军《从"女权"到"护生"》,华中师范大学 2004 年硕士学位论文。

　　李冰馨《清代女作家顾太清研究》,四川师范大学 2007 年硕士学位论文。

　　李小满《把卷立苍茫》,陕西师范大学 2007 年硕士学位论文。

　　李艳菁《徐灿及其〈拙政园诗余〉》,福建师范大学 2007 年硕士学位论文。

　　李燕《论曼素恩对中国十八世纪社会性别关系的研究》,华东师范大学 2009 年硕士学位论文。

刘凤云《清代江浙地区"女子诗社"研究》,四川师范大学 2010 年硕士学位论文。

娄美华《吴中十子及〈吴中女士诗钞〉研究》,沈阳师范大学 2010 年硕士学位论文。

毛慧君《文学史料运用中的性别视角研究(1995～2004)》,上海师范大学 2005 年硕士学位论文。

石吉梅《清朝江西女性作家作品考论》,江西师范大学 2007 年硕士学位论文。

孙婷《论美国汉学家高彦颐的明末清初江南妇女研究》,华东师范大学 2009 年硕士学位论文。

王郦玉《美国汉学家对明晚期至清中叶妇女诗词创作的研究初探》,华东师范大学 2006 年硕士学位论文。

王晓洋《明清江南文化望族研究》,苏州大学 2004 年博士学位论文。

王镱容《传播、声誉、性别:以袁枚〈随园诗话〉为中心的文化研究》,暨南大学 2002 年硕士学位论文。

王忠禄《吕碧城词研究》,西北大学 2004 年硕士学位论文。

吴永萍《吴藻词研究》,西北师范大学 2007 年硕士学位论文。

徐新韵《吕碧城词研究》,华南师范大学 2004 年硕士学位论文。

闫华《女性文学史的书写立场及策略》,陕西师范大学 2006 年硕士学位论文。

于丽艳《句曲女史骆绮兰研究》,南京师范大学 2005 年硕士学位论文。

虞蓉《中国古代妇女的文学批评》,四川大学 2004 年博士学位论文。

张丽《女性文学文献的相关性研究——以二十世纪三部妇女文学史为中心》,上海师范大学 2010 年硕士学位论文。

张敏《王端淑研究》,南京师范大学 2007 年硕士学位论文。

张清河《晚明吴江叶氏女性文学研究》,武汉大学 2005 年硕士学位论文。

张薇《清代清溪吟社女作家研究》,南京师范大学 2010 年硕士学位论文。

张远凤《清初浙江闺秀词——以蕉园诸子为中心》,南京师范大学 2003 年硕士学位论文。

赵文君《论美国学者孙康宜之明清女性文学研究》,华东师范大学 2009 年硕士学位论文。

周律诚《清代常州女诗人王采薇研究》,南京师范大学 2007 年硕士学位论文。

朱秋勤《从"倡导女权"到"皈依佛门"》,河南大学 2008 年硕士学位论文。

祖晓敏《清代桐城女性文学创作的文化内涵》,安徽大学 2006 年硕士学位论文。